Die *boek* van *Ester*

Wilna Adriaanse

Tafelberg

When Africa weeps for her children
My cheeks are stained with tears
When Africa honours her elders
My head is bowed in respect
When Africa mourns for her victims
My hands are joined in prayer
When Africa celebrates her triumphs
My feet are alive with dancing

– uittreksel uit Wayne Visser se gedig "I am an African"

Die boek *van* Ester
Wilna Adriaanse

Deur die skrywer van die blitsverkopers *Rebecca* en *Met ander woorde*.

Politieke fotojoernalis Ester Green het in 'n huis grootgeword waar sy geleer het die pen is 'n magtige wapen. Maar alles waarin sy glo, word in een aand omvergewerp wanneer haar ouers doodgeskiet word. Ester pak haar tasse en trek Londen toe waar sy 'n vryskut-modefotograaf word. Sy verander haar klere, haar haarstyl, haar leefwyse . . . en beplan om nie weer haar voete op die vasteland van Afrika te sit nie.

Maar twee jaar later bevind sy haar terug in Suid-Afrika, en in die Laeveld ontmoet sy vir Samuel Mcgreggor, wat betrokke is by 'n verskeidenheid bewaringsorganisasies. Hy is onlosmaaklik deel van die vasteland en glo dat daar genoeg mense is wat 'n verskil wil maak.

Sy geloof in die proses waarmee hy besig is, is vir Ester fassinerend en sy kan nie anders as om haar éie verbondenheid met hierdie land en sy mense te evalueer nie. Die pad tot aanvaarding is egter nie 'n maklike een nie en in die proses verklaar sy eers oorlog teen 'n vasteland en sy mense, haar ouers en broer, asook 'n man wat nie wil aanvaar dat hy met 'n verlore saak besig is nie. Maar Afrika se rooi grond word ook nie maklik uit 'n mens se skoene geskud nie.

WILNA ADRIAANSE het op Worcester grootgeword en gematrikuleer. Ná haar studies aan die Universiteit van Stellenbosch trou sy met Deon Adriaanse en hulle trek Laeveld toe. Drie jaar later keer hulle terug Kaap toe waar hulle seuns, Cobus, Jaco en Johann, gebore word. Die gesin woon al die afgelope 21 jaar in Durbanville.

ANDER TITELS DEUR DIESELFDE SKRYWER:

'n Ongewone belegging
Alleenvlug
Die reuk van verlange
Serenade vir 'n nagtegaal
Hande wat heelmaak
Rebecca
Met ander woorde
Vier seisoene kind

Tafelberg
'n druknaam van NB-Uitgewers
Heerengracht 40, Kaapstad 8001
www.tafelberg.com
© W. Adriaanse 2008
Alle regte voorbehou

Omslagontwerp deur Michiel Botha
Voorbladfoto van vrou deur Anna Klimczuk
Foto van Wilna Adriaanse deur Christine Fourie
Geset in 12.5 op 15 pt Bembo deur Susan Bloemhof
Gedruk en gebind deur CTP Boekdrukkers,
Kaap, Suid-Afrika
Eerste uitgawe, eerste druk 2008
Tweede druk 2010

ISBN: 978-0-624-04683-7

1

"Egoli." Ester kyk deur die motorvenster. "Midas-stad. Goudstad. Geldstad. Very old money meets new riches on the flyovers. Poort na Afrika. Misdaad-hoofstad van die wêreld."

"Jy vlei ons. Tweede of derde dalk, maar ek dink nie ons is al eerste nie."

Ester kyk na die man langs haar en ervaar êrens diep in haar iets soos 'n brandkol. Hoe ouer hy word, hoe meer lyk hy soos hulle pa, maar dis haar ma se rustige stem wat sy hoor. Haar ma. Die woord word 'n gesig, 'n reuk en 'n stem, en 'n oomblik voel dit of sy haar hand kan uitsteek en iets sal raakvat. Of dalk kan sy vlugtig aan die woord raak, voordat dit weer sy betekenis verloor. Sy draai haar kop en hou die straatverkopers by die verkeerslig dop.

"Ek kan nie glo dat jy ná al die jare nog die ou Volvo het nie, maar aan die ander kant is dit seker ook jou redding. Selfs nie eens die armste straatbedelaar kyk met begerige oë na dié stuk metaal nie," praat sy verby die snaakse smaak in haar mond.

"Jy kon 'n taxi van die lughawe af geneem het."

"Waarom koop jy nie van jou erfgeld vir jou 'n nuwe motor nie, of is hierdie regtig jou manier om aan die lewe te bly?"

"Ek is baie tevrede met my voertuig, maar terwyl ons nou daaroor praat, waar's jóú erfgeld? Het jy vir jou iets daarmee gekoop?"

"Dis seker in die bank waar jy dit gebêre het. Is daar nie 'n wet wat sê 'n mens mag nie bloedgeld spandeer nie?"

Ira kyk skramsweg na haar. "Dis nie bloedgeld nie."

"Waarom spandeer jy dan nie joune nie?"

"My behoeftes is min."

Ester gee 'n hees laggie. "Solank jy jou eie verskonings glo, is dit reg met my."

Hulle ry onder 'n woonstelblok in en albei is stil totdat Ira sy voordeur oopsluit. Ester kyk nuuskierig rond terwyl sy voor hom uitstap. "Nice plek, maar is jy onlangs beroof, of het jy by een of ander Orde van die Askete aangesluit?" Sy kyk na die enkelrusbank, gemakstoel, koffietafel en grootskermtelevisie in die sitkamer. "Waarom gaan haal jy nie net vir jou meubels uit die huis uit nie?"

"Wat moet ek met meubels maak? Ek het 'n sitplek én 'n slaapplek. Ek het jou gesê my behoeftes is min."

Sy stap agter hom aan na waar hy haar tas in 'n slaapkamer met 'n driekwartbed neersit. Toe stap hy kombuis toe, skakel die ketel aan en gooi koffiepoeier in twee bekers. Hy lig die blik terwyl hy na haar kyk.

"Jammer, ek weet jy drink waarskynlik deesdae net Jamaican, Blue Mountain of Luwak, maar dis die beste wat Villa Green kan aanbied."

"Hoe het Pa altyd gesê, bedelaars se keuses is wensdenkery. Ek sal my mond hou, maar net omdat ek dringend kafeïen in my bloedstroom moet kry."

Sy maak een van die kombuisvensters oop en steek 'n sigaret aan. Nadat Ira die koffie gemaak het, stap hulle saam sitkamer toe en sy sak met 'n sug op die rusbank neer.

"Dit voel vreemd om terug te wees." Sy blaas liggies oor die koffie in die beker.

"Jy moes eerder al teruggekom het. Nou het dit soos die monster in die kas geword."

"Die monster in die kas is nie my verbeelding nie. En so ver ek weet, loop hulle hier sommer buite die kaste rond."

Toe hy haar nie antwoord nie, laat sak sy die beker effens. "Waarom het jy teruggekom? Dit was die ideale geleentheid om die laaste verwronge tak en wortel van vaderlandsliefde uit te trek en nie weer terug te kyk nie."

"Ek kan dit nie verduidelik nie, in elk geval nie so dat jy my sal verstaan nie. Dis net iets wat ek moes doen. Call me a fool if you want."

"Jy's 'n fool."

"Of dalk 'n ewige optimis."

Sy skud haar kop. "Ek dink fool is 'n beter beskrywing."

"Miskien wil ek net glo dat Pa nie so verkeerd kon gewees het nie."

"Ha! Ek dink as jy hom vandag sou vra, sal hy erken hy moes die tekens beter gelees het. Mense het al die jare sy insig en waarnemingsvermoë geprys."

"Waarom is jy steeds vir hom kwaad?"

"Soos ek sê, hy moes van beter geweet het. Dit was pure hardkoppigheid."

"Dit was nie sy skuld nie."

Ester vee haar hare agtertoe. "Wie se skuld was dit dan? Hulle het hom gewaarsku om nie te krap in dinge wat hom nie aangaan nie, maar nee, hy moes krap en grawe en in die proses het hy sommer hulle albei se grafte gegrawe. Vir wie moet ek kwaad wees?"

"Hy was 'n joernalis, 'n nuushond, en het soos die Engelse joernalis William Stead geglo an editor is the uncrowned king of an educated democracy. Dis nie sý skuld dat al sy verwagtinge vir die demokrasie nie waar geword het nie."

"Waar in Afrika het dit waar geword? Waarom dink jy is ons hier en nie in Kenia nie? Jy lewe, nes hy, in 'n gekke-paradys."

"Is die huis al verkoop?" wil sy weet toe hy haar nie antwoord nie.

"Ja."

"Wanneer? En hoekom het jy my nie gesê nie?"

"Ek is seker ek het jou gesê jy moet op jou bankreke-ningstaat kyk, want ek het vir jou geld inbetaal."

Ester steek weer 'n sigaret aan en trek tot die kooltjie rooi gloei. Daar lê 'n huiwering in haar stem toe sy praat. "Wie het dit gekoop?"

Toe hy haar nie dadelik antwoord nie, haal sy haar skou-ers op. "Dit maak eintlik nie saak nie. Ek wil nie regtig weet nie."

"Samuel Mcgreggor het die huis gekoop."

"Wie's Samuel?"

"Samuel Mcgreggor. Die vriend van my op wie se plaas julle die shoot gaan doen."

"Waarom het hý die huis gekoop?" Sy kan hoor hoe haar stem styg. "Hier is seker letterlik duisende ander hui-se wat hy kon koop."

"Hy reis op die oomblik redelik gereeld en dis 'n wel-kome verandering ná verblyf in hotelle as hy hierheen moet kom. En hy hou baie van die huis."

"En wat van Josef en Gladys?"

"Hulle bly aan en kyk vir hom na die huis wanneer hy nie hier is nie. Die reëling pas almal goed en ek is bly vir hulle onthalwe. Hy sal goed na hulle kyk."

"Om dit aan 'n vriend te verkoop, beteken elke keer as jy vir hom gaan kuier, word jy gekonfronteer met al daardie herinneringe. Elke keer as jy aan hom dink, is dít die agtergrond." Sy skud haar kop. "En watter soort mens sal willens en wetens sy vriend deur 'n rivier vol riool wil laat loop wanneer hy kom kuier? Besef hy nie hoe kleef dit weer van voor af nie en hoe moeilik is dit om skoon te kom nie?"

"Met jou wat eenvoudig weggevlieg het, moes ek vinnig leer om droogvoets daardeur te kom. Ek het nie juis baie ander keuses gehad nie, het ek? Iemand moes sorg dat Josef en Gladys versorg word, dat die papierwerk afgehandel en sekere goed opgepak word."

Ester kyk stil by die venster uit en voel hoe 'n dowwe kopseer agter haar oë begin klop. Sy kon nie op die vliegtuig slaap nie. Hoe verder hulle suid gevlieg het, hoe meer het sy soos 'n skuifspeld gevoel wat deur 'n magneet getrek word, asof sy nie 'n keuse of 'n wil van haar eie het nie. Sy het na die donker kontinent onder haar gekyk en haar verbeel sy hoor 'n hortende asemhaling, afgewissel deur doodsgille. Soos 'n reus wat besig was om dood te gaan. Die boontjierank lankal afgekap. Die lewensaar het deur die jare leeggebloei. Haar hare wou orent staan en haar vel het die eerste, byna pynlike, knopperige sametrekkings van hoendervleis ervaar.

"Jy moet vir Gladys-hulle gaan groet terwyl jy hier is. Hulle wil jou baie graag sien."

"Hulle kan mý kom groet. Ek gaan nie huis toe nie. Ek kan beswaarlik in dieselfde stad wees. Wat het jy met hulle meubels en klere gemaak?"

"Samuel het die huis met meubels en al oorgeneem en die klere wat Josef en Gladys nie kan gebruik nie, het ons by 'n nagskuiling gaan afgee. Ek het 'n paar van Ma se persoonlike goed in bokse gepak. Jy moet maar eendag daarna kyk."

9

"En wat van al die foto's en ander persoonlike goed?"

"Samuel het gesê ek moet alles eers net so los. Wanneer ons tyd het, sal ons deur alles gaan en al die persoonlike items oppak."

"Hoekom sal 'n mens tussen 'n ander mens se geraamtes wil woon?"

"Hy spandeer hoogstens twee of drie aande op 'n slag daar. Ek dink dit pas hom dat dit nie 'n leë huis is wat rondom hom weergalm nie."

Ira kyk op sy horlosie. "As jy nog wil stort en skoon aantrek, moet jy jou roer. Ek moet jou twaalfuur by die konferensiesaal aflaai. Ek het 'n onderhoud wat ek nie kon verskuif nie."

Ester strek haar arms bo haar kop en staan stadig op. Sy druk die sigaret in die asbak dood. "Ek dog jy's bly om my te sien."

"Jy weet daai goed gaan jou doodmaak, nè?"

Sy sien hy kyk na die sigaret in die asbak. "Die hoogheiligheid van iemand wat opgehou het! Julle kan sulke dose wees."

Hy skud laggend sy kop en sy verstaan meteens wat haar ouma bedoel het wanneer sy gesê het sy kry 'n warm gevoel om die hart.

Toe sy egter 'n rukkie later onder 'n warm stort staan, kry sy koud. Dis 'n koue wat van binne kom, en sy het agtergekom daar is niks wat daardie koue verdryf nie. Sy lig haar kop en laat die warm water oor haar gesig ook loop. Toe sy die effense sout op haar lippe proe, laat sak sy haar voorkop teen die wit teëls en wonder gelate hoeveel trane elke dag in hierdie stad se afvoerpype beland. Miskien kronkel daar al dagin en daguit 'n sout rivier onder die stad deur. 'n Rivier wat skynbaar nooit weer sal kan opdroog nie.

10

Sy het nog nooit gehuil nie. Nie oor hulle ouers nie. Nie oor haarself of Ira nie. Dis so futiel om te huil oor iets waaraan jy niks kan verander nie. Sy wonder meteens of haar ma gehuil het. Miskien hét sy, nie oor haarself nie, maar oor haar kinders. Ester draai die warm kraan toe en trek haar asem skerp in toe 'n straal koue water haar tref. As sy gelukkig is, is die koue van buite erger as dié van binne.

"Doen my 'n guns en wees vriendelik met Samuel en die personeel op Bulweni. Hulle is baie besig en dis 'n moerse guns wat hy my doen." Dis net ná elf en Ira en Ester is weer in die motor.

"Is ek nie altyd nice nie?"

"Nee."

"Het hy beskerming nodig?"

"Teen jou het enigiemand beskerming nodig."

"Ek sal my beste Prada-boots voorsit. Wat moet ek van hom weet, behalwe dat hy 'n sissie is?"

Ira kyk skeefweg na haar en skud sy kop. "Ek moes jou in die verknorsing gelos het sodat julle die shoot sommer in die Zoo gedoen het."

Ester vryf sy hare deurmekaar. "Ek maak sommer net 'n grap. Vertel my van jou vriend."

"Hy is 'n veearts van beroep, maar is wêreldwyd intensief betrokke by die skepping en onderhouding van wildernisgebiede. Hy is 'n gewilde spreker en dien op heelwat plaaslike sowel as internasionale bewaringsliggame. Sy bewaringsprojekte sluit egter nie net diere in nie. Hy is ook betrokke by projekte om mense op te lei om hulle omgewing beter te verstaan en met groter omsigtigheid te gebruik en daardeur vir hulleself werksgeleenthede te skep en te verseker."

"Met ander woorde, 'n ernstige groene."

11

"Asof jy weet hoe om die kleur te spel."

"Dis nie 'n belediging nie. Ek probeer net seker maak ek verstaan die man reg. Waar presies is die plaas van hom waarheen hy ons so goedgunstiglik genooi het?"

"Dit grens aan die Kruger-wildtuin en is deel van 'n groep plase waar daar vrye toegang en oorgang van diere is. Op die plaas is 'n eksklusiewe lodge, wat goeie geld inbring en help om die rehabilitasiesentrum wat hy daar het, te onderhou."

"Vir wie rehabiliteer hy?"

"Wilde diere. Hetsy diere wat seergekry het of op een of ander manier getraumatiseer is."

"En waar ken jy hom vandaan?"

"Hy en Pa het mekaar eintlik geken. Ek ken nie die hele storie nie, maar daar was blykbaar 'n paar jaar gelede 'n lang artikel oor die sogenaamde geblikte of canned hunting-praktyke. Die verslaggewer wat die artikel geskryf het, het sy feite deurmekaar laat raak en Sammy se naam is daarby betrek. Hy het Pa gekontak, hulle het mekaar ontmoet en blykbaar het hulle mekaar daarna nogal dikwels gesien. Ek weet hy het 'n paar keer by hulle oorgebly as hy in Johannesburg was. Vandaar sy belangstelling in die huis toe hy hoor ons wil dit verkoop.

"Hy was in die buiteland toe hulle dood is, maar toe hy terugkom, het ons een aand gaan eet en sedertdien sien ons mekaar wanneer ons kan. Ek het al 'n paar keer by hom gaan kuier en dis waarom ek geweet het jy sal baie goeie foto's daar kan neem. Dis 'n besondere mooi plek."

"'n Regte dokter Doolittle wat met diere kan praat. Dit behoort interessant te wees."

"Sy grootste aantrekkingskrag vir my is egter die feit dat die man geen hang-ups of issues het nie. Kan jy dink hoe ongekompliseerd maak dit 'n vriendskap?"

"Ek vertrou nie mense wat nie hang-ups of ten minste 'n issue of twee in die lewe het nie."

"Ek weet, dis waarom ek bly is jy gaan 'n slag sien dit kan gedoen word."

Hulle hou by 'n rooi verkeerslig stil. Toe die lig na groen oorslaan en Ira wegtrek, lag Ester breed vir die man in die motor langs hulle en hou haar vuis omhoog.

"Wat doen jy?"

"Ek wys net vir hom ons het dit gemaak. Ek is verbaas dat julle almal dit nie doen nie. Net die feit dat 'n mens nog 'n rooi verkeerslig oorleef het, is genoeg rede om 'n oorwinnaarsdans uit te voer."

"Waarom het ek na jou verlang? Jy is soos battery-suur."

Ester draai haarself skuins op die sitplek en haar stem is sagter toe sy praat. "Dink jy ons kan nog as weeskinders geklassifiseer word, of is ons te oud daarvoor?"

"Ek weet nie. Ons is nie volgens die letter van die wet meer kinders nie."

"Ek voel wees."

Hy antwoord haar nie.

"Kon hulle die bloed van die oprit afgewas kry, of is daar 'n vlek?"

"Dis skoon. Ek weet ook nie, maar dit lyk vir my skoon. Ek gaan kyk nie regtig met aandag of ek nog tekens kan sien nie."

"Jy onthou nog dat jy belowe het jy sal na die shoot vir ten minste twee weke agterbly om te kuier," gaan hy voort, sonder om vir 'n antwoord of nog 'n vraag te wag. "Ek wil nie later hoor jy het van plan verander nie."

"Het ek gesê twee weke? So ver ek kan onthou, was dit twee dae."

"Ha-ha-ha."

"Dis moeilik, Ira. Dis baie moeiliker as wat ek ooit gedink het, maar terselfdertyd is hier iets soos 'n magneet wat trek. Ek kan dit nie verduidelik nie. Dis soos mense wat stadig by 'n ongelukstoneel verbyry en kyk. Asof hulle hulself nie kan help nie. Of soos die afgrond wat 'n mens trek. Ek is nie hier uit vrye wil nie, maar op die oomblik is hier ook trekkragte aan die werk wat ek nie kan verduidelik nie."

"Jy moes een of ander tyd kom vrede maak het."

Sy hou haar hand in die lug. "Ons praat beslis nog nie van vrede maak nie. Hoogstens van 'n verkenningsvlug."

"Hier's ons." Hy draai die venster af en sê vir die sekuriteitswag dat hy net iemand wil aflaai. Die toue word laat sak en hy parkeer reg voor die trappe. "Sal jy regkom?"

"Ek kan darem al my eie veters vasmaak en my naam spel."

Hy dra haar tas teen die trappe op en soen haar skrams teen die wang.

"Geniet dit, gedra jou en sê groete vir Sam."

14

2

In die ingangsportaal van die konferensiesentrum stap 'n meisie met 'n skoongewaste gesig en kort, donker hare nader.

"Juffrou Green? Samuel het gesê ek moet u bagasie neem. Die sekuriteitsmense sal solank daarna kyk."

Ester oorweeg dit om te sê sy sal sommer self na haar bagasie kyk, maar 'n groterige man het reeds haar tas geneem en hou sy hand uit om die twee kameratasse ook te neem.

Ester skud haar kop. "Ek sal hierdie by my hou."

Die meisie het reeds 'n deur oopgemaak en beduie na drie rye van voor waar 'n sitplek oop is. Die ouditorium is dofverlig. In die kollig op die verhoog is 'n man reeds aan die praat.

Samuel se oë het al aan die donker ouditorium gewoond geraak. Hy kan die figuur in die paadjie sien afstap. Hy hoor hoe mense verskuif om haar te laat verbykom en hy hoor haar iets mompel. Hy kan nie haar gelaatstrekke eien nie, maar aan die twee tasse wat sy langs haar onder die sitplekke inskuif, vermoed hy dis Ester Green. Hy bly net 'n oomblik stil voordat hy weer begin praat.

"Iemand het per geleentheid na Afrika verwys as die teater van die absurde. Sommige beweer dat Afrika nog nooit 'n logiese kontinent was nie, maar dat die wonder van Afrika juis in hierdie onlogiese opgesluit lê."

Ester knoop haar baadjie oop voordat sy opkyk.

15

"Die waarheid lê waarskynlik êrens tussen hierdie twee stellings," gaan hy voort terwyl hy stadig heen en weer oor die vol saal kyk. "Hoe ons ook al oor hierdie donker kontinent voel, daar is een stuk waarheid waarvan ons nie kan wegkom nie, en dit is dat Afrika geseën is met ongeëwenaarde, natuurlike hulpbronne, waarvan die interessante natuurskoon net een is. Die ekosisteme in Afrika is van die mees diverse en produktiewe wildernisgebiede in die wêreld.

"Maar teen die agtergrond van die ongeëwenaarde natuurlike rykdom, gaan Afrika gebuk onder enorme probleme en uitdagings. Armoede, beperkte ekonomiese geleenthede en onstabiele politieke sisteme veroorsaak groot druk op die mens sowel as op die natuurlike hulpbronne."

Ester sien hoe sy linkerhand ligweg in sy broeksak rus. Hy staan gemaklik met sy gewig op albei voete en praat rustig, sonder om te vroetel, asof hy dit elke dag doen. Sy vel getuig van 'n lewe in die buitelug. Selfs van hier waar sy sit, kan sy die sonplooie langs sy oë sien. Sy lyf is sterk en lenig en lyk goed in die ligte chino en olyfgroen hemp wat hy dra.

Sy let altyd lywe op. Lyftaal, oogtaal en hande. Die drie-eenheid wat alles verklap wat jy van 'n mens wil weet. Die verklikkers van diep geheime. Sy hare is donkerbruin, maar die ligte op die verhoog tel hier en daar 'n rooierigheid op.

"Die term 'derde wêreld' is 'n algemene mistasting en impliseer 'n onafhanklike wêreld wat geen verbintenis met die res van die wêreld het nie. Sedert kolonialisme bestaan daar egter reeds 'n band tussen die eerste wêreld, of die Weste, en die derde wêreld. Die verbintenis was nie altyd 'n gelyke een nie en dikwels meer voordelig vir die ryker, eerste wêreld as vir die kolonies. Maar die feit bly staan, toe die eerste produk, of dit 'n olifanttand of 'n inheemse vrug was, vir die eerste keer uit Afrika geneem is, het die verbintenis ontstaan.

"Die voormalige Britse premier Tony Blair het in 2001 op 'n kongres gesê dat die toestande in Afrika 'n litteken op die gewete van die wêreld is. Ek dink dit is 'n baie raak beskrywing van 'n baie komplekse situasie, maar hoe graag ons ook al die Weste verantwoordelik wil hou vir al die vergrype wat op die kontinent plaasgevind het, het dit tyd geword dat ons self ook verantwoordelikheid begin aanvaar vir wat hier gebeur.

"Die vernietiging van die aarde se natuurlike hulpbronne is potensieel een van die grootste rampe wat die mens in die een en twintigste eeu in die gesig staar. Afrika het die hoogste bevolkingsaanwas ter wêreld. Die bevolkingsgetalle van Afrika, suid van die Sahara, het vanaf 1950 tot en met 1990 van tweehonderd miljoen na seshonderd miljoen inwoners verdriedubbel. Na verwagting sal Lagos in Nigerië in 2015 vyf en twintig miljoen inwoners hê. Die omvang van so 'n megastad in Afrika is ontsagwekkend en maak omgewingsbeplanners bekommerd. Die streek kan nie hierdie soort bevolkingsgroei dra nie en die gevolg is dat grond 'n skaars kommoditeit raak en daar 'n voortdurende stryd tussen mens en dier en mens en mens is."

Hy bly stil terwyl sy blik oor die mense voor hom gaan. Hier en daar herken hy gesigte in die voorste rye en hy weet hulle hoor hom. Dis nie die eerste keer dat hy oor hierdie dinge praat nie, maar tog moet dit weer en weer gesê word, want dis asof die mense vergeet.

Miskien is dit makliker om te vergeet of anderpad te kyk. Hy sou ook graag anderpad wou kyk en iemand anders laat wakker lê het, maar hy het nooit werklik daardie keuse gehad nie. Sommige mense kan deur die lewe gaan sonder om te wonder, maar blykbaar is hy een van die ongelukkiges wat van kleins af gewonder het. Nie net oor hoe dinge werk nie, maar veral wat hy kan doen om dinge beter te maak. En solank hy 'n stem het, sal hy praat. Al is dit dieselfde woorde oor en oor, tot dit 'n refrein word. Miskien is dit die enigste manier om 'n boodskap oor te dra. Weer en weer, tot dit 'n mantra word. 'n Inkantasie wat oor die vasteland gehoor word, soos oeroue tromslae.

"Die mense in Afrika moet begin om die hulpbronne met verantwoordelikheid te gebruik. Die oorloë, etniese konflikte en voortslepende onrus het die streek duur gekos en is steeds een van die grootste oorsake waarom soveel state op buitelandse hulp moet staatmaak vir oorlewing.

"Wapenvervaardigers is afhanklik van oorloë om hulle wapens te verkoop. Die lande van oorsprong is afhanklik van hierdie vervaardigers se belastings en die geld wat op so 'n manier in die staatskaste beland, maak dat owerhede té dikwels blind is vir wat die maatskappye aanvang.

"Gedurende 1972 is daar na raming wêreldwyd ses honderd en tagtig biljoen dollar, gemeet teen die 1988-prysindeks, aan wapens en gewapende magte bestee. In dieselfde jaar was die getal oorlogsvlugtelinge ongeveer drie miljoen. Twintig jaar later, in 1992, het wêreldwye militêre spandering gestyg tot net onder die agthonderd biljoen Amerikaanse dollar, weer gemeet teen die 1988-prysindeks, en die getal vlugtelinge het vermeerder tot ongeveer vyftien miljoen. Afrika kan nie oorloë bekostig nie en moet noodgedwonge weer bakhand staan vir die Weste om te help," gaan hy voort.

Ester kyk om haar rond. Mense sit stil en luister. Hier

en daar knik 'n kop instemmend of dalk uit gewoonte en bygeloof, dink sy geamuseerd.

Hy versit sy gewig effens na sy linkervoet. Sy een hand bly egter steeds ontspanne in sy broeksak, wanneer hy nie albei hande gebruik om te beduie nie.

Ester haal haar selfoon uit en begin 'n boodskap tik. *Is dokter Doolittle een of ander Messias-figuur?* Sy tik Ira se nommer en maak die selfoon toe.

"Afrika het baie probleme en ek wil geensins beweer die oplossings is maklik en voor die hand liggend nie, maar heelwat van die oplossings lê in die streek self en sy mense opgesluit. Julle gaan gedurende die volgende week veral na Oos- en Suidelike Afrika kyk en dis veral hierdie streek wat met van die wêreld se rykste wildernisgebiede geseën is.

"Wildernisgebiede kan egter nie meer net eksklusiewe areas wees waar die wêreld se rykes in luuksheid na die in-heemse wild kom kyk of die natuurskoon kom geniet nie. Dit het tyd geword dat plaaslike gemeenskappe ook deur hierdie proses bevoordeel word. Maar terselfdertyd het dit tyd geword dat plaaslike gemeenskappe deel van die bewa-ring word en help dra aan die verantwoordelikheid om die gebiede te bewaar. Die wêreld stroom om hierdie rede na Afrika, maar ons is stelselmatig besig om die spreekwoor-delike gans wat die goue eiers lê, nek om te draai. Ons is soos kinders wat nie net toelaat dat ons ma beroof, verkrag en vermoor word nie, ons help om dit te doen.

"China is besig om soos 'n slapende reus uit die vaal-heid van kommunisme of Maoïsme op te staan en 'n eko-nomiese entiteit te word waarvan die wêreld met groot oë kennis neem. Die land se behoeftes is onversadigbaar en Afrika is nie altyd onderskeidend genoeg met die vriendskappe wat sy sluit nie."

Ester voel hoe die moegheid swaar in haar lyf lê en sy verskuif haarself effens op die regop sitplek. Sy het nie vandag lus om na 'n motiveringspraatjie oor Afrika en haar probleme te luister nie. Dis nie asof daar enigsins iets nuuts gesê kan word nie, maar sy kry dit ook nie reg om nié te luister nie.

"Daar lê baie werk voor en oplossings moet gevind word, want die alternatief gaan rampspoedig wees. Daarom vra ek u almal om persoonlike geskille en streeksgeskille opsy te skuif en daadwerklik hande te neem."

Sy skrik toe 'n handegeklap rondom haar opklink, maar toe sy haar skouersak van die vloer af wil optel, hoor sy hoe iemand uit die gehoor 'n vraag vra en sy sit weer regop. Sy luister met 'n halwe oor hoe daar vanuit die saal vrae gevra word. Blykbaar het Samuel Mcgreggor op elke vraag 'n antwoord, want sy hoor kort-kort hoe hy sonder aarseling antwoord.

As jy iets met die nodige oortuiging sê, sal mense jou glo. Dit maak nie saak of dit die grootste klomp kak of profetiese woorde is nie. "Lyk net of jy dit self glo en jy sal volgelinge kry", hoor Ester haar pa se stem in haar kop.

"Is dit nie 'n absolute vermorsing van tyd en geld om die natuurlike hulpbronne van hierdie kontinent te probeer red, terwyl menselewens hier niks werd is nie? Waarom probeer julle nie liewer die volksmoorde keer nie?"

Hy glimlag effens terwyl hy reguit na haar kyk. "Dis 'n baie interessante en relevante vraag, maar ongelukkig nie een met 'n maklike antwoord nie. Ek vermoed dis een van daardie soort probleme waarvoor die antwoord op 'n ander plek gesoek moet word as om slegs vir mense te sê ons moet ophou oorlog maak of bid om vrede. As ons dit kan regkry om mense respek vir lewe op 'n baie basiese vlak te leer, sal ons waarskynlik baie nader aan 'n oplossing kom. As mense leer om respek op mikrovlak vir 'n omgewing met al die lewe daarop te hê, behoort daar minder konflik te wees, want dan kry lewe waarde.

"Om 'n baie basiese voorbeeld te gebruik: dis soos mense wat vir die eerste keer 'n wildernisgebied besoek. Negentig persent van die kere stel hulle slegs in die groot vyf belang. En as hulle dalk nog kan sien hoe 'n roofdier 'n prooi plattrek, word die besoek 'n absolute hoogtepunt. Daarteenoor het ons al dikwels gevind dat, indien dieselfde mense weer en weer kan terugkom, hulle gesindheid gaandeweg verander totdat hulle nie slegs ywerige voëlkykers word nie, maar selfs begin belangstel in die kleinste ekosisteme wat daar binne die groter sisteem bestaan. Dis eers dan dat mense werklik respek vir die aarde en die lewe daarop kry. Vir mens, dier of plant.

"In die Weste word kinders grootgemaak daarmee dat moord sonde is, maar om jou omgewing te vernietig word aanvaar as 'n onafwendbare resultaat van ontwikkeling. Dis egter nie so eenvoudig soos dit nie. Mense moet leer dat mens en omgewing een is en dat die vernietiging van die een lei tot die waardevermindering en vernietiging van die ander."

"'n Inspirerende gedagte, maar ek is nie seker hierdie kontinent het soveel tyd oor nie. Dit klink vir my na 'n effens naïewe beskouing, veral in die Afrika-konteks." Ester gaan sit en ignoreer die koppe wat na haar draai.

"Dis ten minste beter as om net vir vrede te bid asof dit 'n reënbui is wat oor die kontinent sal uitsak. Vrede is 'n aktiewe proses. 'n Nimmereindigende poging en nie iets wat bestaan of nie bestaan nie. Soos met baie dinge is ons maar voortdurend besig om op 'n kontinuum te bestaan. Indien ons dit regkry om slegs 'n paar tree in die rigting van vrede te beweeg, is ons, wat my betref, suksesvol. Om te hoop vir 'n algehele kanteling van die skaal, is om naïef te wees."

Ester haal haar skouers op, maar antwoord hom nie en is ná nog omtrent 'n kwartier dankbaar toe dit lyk asof alle vrae gevra is. 'n Ander man stap die verhoog op en bedank die spreker namens al die teenwoordiges, waarna mense opstaan om hande te klap. Dan begin hulle na buite beweeg.

Buite in die ingangsportaal steek sy 'n sigaret aan, maar dieselfde sekuriteitswag wat haar bagasie geneem het, staan nader en lig haar in dat sy nie binne-in die gebou mag rook nie.

"Ek is seker die gebou gee nie om nie." Toe dit lyk of hy haar wil antwoord, lig sy haar hand en begin buitentoe stap.

Mense staan in groepies en gesels en hier en daar steek van hulle ook 'n sigaret of pyp aan. Medesondaars, wil sy uitroep.

Ester rook stadig en trek die rook diep in. Toe daar net 'n stompie oorbly, laat val sy dit op die plaveisel en trap daarop. Die volgende oomblik buk iemand by haar, tel die stompie op en gooi dit 'n paar tree verder in 'n vuilgoedhouer wat aan 'n paal vasgemaak is. Dan draai hy terug na haar en sy sien dis Samuel Mcgreggor.

"A, juffrou Green." Hy steek sy hand uit terwyl hy haar openlik bekyk. Nie op en af soos mans soms doen nie, maar eerder asof hy periferiese visie het en een kyk genoeg is om alles te weet wat hy wil weet. Sy probeer ongesiens aan haar hemp trek en voel-voel met haar vingers of daar nie dalk knope losgespring het nie.

Sy knik. "Dokter Mcgreggor."

"Ek is jammer die praatjie het langer geduur as wat ek verwag het."

"Dis seker moeilik om op te hou terwyl soveel mense aan jou lippe hang." Sy wens sy het 'n spieël gehad, want die manier waarop hy na haar kyk, laat haar vreemd ongemaklik voel. Miskien kan hy iets sien wat niemand anders kan nie.

Hy glimlag skeefweg en kyk op sy horlosie. "As jy gereed is, kan ons maar ry. Ek gaan net gou jou bagasie haal."

Ester stap agter hom aan en wil eers haar eie tas neem, maar hy is reeds besig om daarmee oor die gladde vloer van die ontvangslokaal in die rigting van die hysers te beweeg. By die hysbak neem hy een van haar kameratasse en haak dit ook oor sy skouer voordat hy die knoppie druk.

Die hysbak is 'n klein hokkie en hulle moet teen mekaar staan om die tasse ook in te kry.

"Ira kon nie bly nie. Hy het 'n afspraak gehad."

Ongemaklike stiltes in hysbakke het haar nog nooit gepla nie; daarom weet sy nie waarom sy voel sy moet iets sê nie.

Samuel kyk vlugtig af na haar en knik.

In die parkeergarage beduie hy na 'n motor en sy stap stil saam met hom daarheen.

Oomblikke later swaai hulle in die besige verkeer in en Ester kyk na die geboue langs die pad. Die stad het verander vandat sy laas hier was. Daar is nuwe, moderne geboue en beslis baie meer voertuie as wat sy kan onthou. Sommige plekke het verval tot graffitibesmeerde bouvalle, maar selfs in en om die bouvalle is daar tekens van lewe. Mense wat langs die paaie stap. Wasgoed wat van vervalle woonstelbalkonne afhang. Kinders wat met skoolklere 'n sokkerbal heen en weer op 'n oop stuk grond skop. En anderkant die strate en die oop stukke veld, troon moderne winkelsentrums en ultraluukse hotelle.

En onder dit alles loop die sout rivier. Dis vreemd dat

die hele stad nog nie brak is nie. Dat die sout nog nie op die grond uitslaan soos salpeter op 'n perd se rug nie. Dat alles nog nie bar en droog is soos langs die Dooie See nie. Dit lyk eerder asof dit toenemend 'n oase word waarheen mense stroom. Op soek na werk, 'n lewe, rykdom selfs. En op die oog af lyk dit of die water van die oase soet is, want die stad floreer blykbaar. Dis net wanneer 'n mens die doringdraad en die elektriese heinings op hemelhoë mure om huise en geboue sien dat jy weet daar is ook 'n ander kant. Die brakkigheid slaan tog deur.

'n Duur, blinkswart Mercedes Benz trek langs hulle by 'n rooi verkeerslig in en dis asof sy na 'n makabere foto kyk. Aan die ander kant van die motor hou 'n eenarm-bedelaar sy enigste hand uit vir 'n paar aalmoese. Agter die bedelaar is 'n vervalle gebou sigbaar waar 'n vrou met 'n bhurka aan en 'n baba op die arm op 'n balkon staan, en verder teen die horison blink honderde vensters van 'n luukse toringblok. Net die vrou se oë is sigbaar deur die skrefie in die mantel. Ester wonder wat sy sien.

Samuel bestuur in stilte, maar is die hele tyd bewus van die vrou langs hom. Uit die hoek van sy oog kan hy sien hoe sy deur die venster kyk en die energie wat hy aanvoel, is so gelaai dat hy haar onwillekeurig jammer kry. Dis asof hy haar gedagtes kan hoor heen en weer spring. Sy sit met haar arms voor haar gevou en vroetel met 'n kettinkie om haar regterpols.

"Dink jy die mense glo al die stories wat jy hulle vertel en dat hulle jou optimisme deel?" Ester vra die vraag sonder om na Samuel te kyk. Asof sy dit vir die venster vra.

"Het jy nie die massabekering gesien nie?"

"You pick easy targets, Doctor Mcgreggor. Om 'n klomp gelowiges te bekeer, beïndruk my nie."

"Dink jy jy was die enigste ongelowige daar?"

"As daar ander was, was hulle maar stil."

"Miskien is ek net baie oortuigend."

"Ek sê weer, jy kies die gehore vir wie jy preek versigtig."

"Ek preek nooit nie."

"Wat noem jy dit dan?"

"Ek herinner hulle net aan alles wat hulle reeds weet, maar soms vergeet."

Sy glimlag liggies. "En wie sê vir jou jy is reg? Daar is seker 'n moontlikheid dat jy verkeerd kan wees."

"Enigiets is seker moontlik, maar ek is nie verkeerd nie."

"Is arrogansie nie juis een van die euwels waarteen jy preek nie?"

Hy begin glimlag. "Het jy 'n ander plan?"

"Ek dink waar dit Afrika aangaan, is dit nou 'n geval van vrede maak met die feite en aanvaar, an honest defeat is your only reward."

"Is dit nie net lafaards wat so gou tou opgooi nie?"

"Is dit nie net verwaandes wat dink hulle kan die loop van 'n rivier verander nie?"

Hy glimlag. "Ek kan hoor wie se kind jy is."

Sy draai haar kop sodat sy hom kan sien. "Wat 'n gerieflike manier om 'n vraag te ontduik."

Sy selfoon begin lui en terwyl hy praat, kyk sy weer stil deur die vensters. Sy wens sy kan huis toe gaan. Sy is nie seker of sy na die struktuur verlang of na die onsigbare elemente wat 'n huis maak nie. Die reuk van vanilla in haar ma se klerekas, die kraak van die vloerplank voor haar pa se studeerkamer. Sy kan vir elk van haar sintuie 'n klomp herinneringe oproep en dan is daar nog die energie van die plek. Miskien was dit net 'n slegte droom. Miskien as sy by die huis kom, gaan hulle nog daar wees.

3

Ná omtrent 'n uur, waarvan Samuel die laaste half-
uur die hele tyd oor die telefoon gepraat het, draai
hulle by die hek van die Grand Central-lughawe in. Toe
hy die motor parkeer, kyk hy vlugtig na haar: "Jy het nie
'n probleem daarmee dat ons vlieg nie? Ek het vergeet
om Ira te vra."

"Nie solank die vlieënier weet hoe om te vlieg en
waarheen ons op pad is nie."

Terwyl hy die gehuurde motor teruggee en papierwerk
vir die vlug afhandel, staan sy buite om 'n sigaret te rook.
Sy hoor hoe 'n vliegtuig spoed vermeerder en oomblikke
later sien sy dit oor die gebou se dak opstyg. Die lug is
rookgrys en hier waar sy staan, bak die son warm teen
haar rug. Sy trap die sigaretstompie dood, maar tel dit op
toe Samuel daardie oomblik kies om haar te kom roep.
Met die stompie in haar hand soek sy na die naaste vuil-
goedblik.

Hulle stap na 'n spierwit tweemotorige vliegtuig met
sitplek vir ses mense. Nadat Samuel hulle bagasie weg-
gepak het, help hy haar in die kajuit in en klim langs haar
in. Sy besluit om nie kommentaar te lewer oor die feit dat
hy die vlieënier is nie, maar die oomblik toe hulle in die
lug is en sy sien hoe naby hulle aan die middestad is, kyk
sy tog na hom.

"Ek gee nie om om saam met jou te vlieg nie, maar
wou nog nooit die Brixton-toring as my laaste rusplek

26

hê nie. Moet jy nie miskien effens hoër probeer vlieg nie?"

"Ons het van hier af net 'n smal lugstrook waarbinne ons mag vlieg omdat ons tussen twee lugmagbasisse moet deurgaan. Daar is 'n hoogtebeperking tot ons oos van Pretoria kom, dan sal ons hoër styg. So, byt net vas en sê my as jy 'n Mirage of Boeing langs ons gewaar. Ons kry dalk van die Oliver Tambo-verkeer ook."

Toe sy met vernoude oë na hom kyk, glimlag hy. "Dis miskien effens dramaties, maar ek het gedink dis dalk iets waarmee ek jou kan beïndruk, aangesien my praatjie dit nie gedoen het nie."

"Laat ek eers sien hoe jy 'n Mirage of 'n Boeing systap voordat ons van beïndruk begin praat."

'n Stem roep oor die radio. Terwyl Samuel met die beheertoring praat, kyk Ester stil na die stad onder hulle. Sy kan onthou dat met die gebeure op 11 September 2001, toe die vliegtuie in die World Trade-sentrum in Manhattan vasgevlieg en nuus van verdere aanvalle op Washington begin deurkom het, hulle blykbaar vir president Bush in sy presidensiële straler gelaai en na 'n onbekende bestemming gevlieg het. In 'n rolprent wat sy jare gelede gesien het, het die laaste oorlewendes op aarde, ná 'n ruimteaanval, ook met 'n vliegtuig opgestyg om sodoende te probeer wegkom en te kyk of daar nie êrens 'n stukkie ongeskonde aarde oorgebly het nie. Sy wonder hoe lank voordat die leiers op hierdie kontinent almal gaan opstyg om weg te kom van die verwoesting wat hulle op die aarde help saai het. Terwyl die res van die bevolking soos blinde miere skarrel om te oorleef.

Hier uit die lug is die paaie bewegende slange wat heen en weer kronkel. Elke voertuig, die draer van drome, verwagtinge, teleurstellings, planne. Elkeen is potensieel stryd- of triomfwa. Hier en daar is mynhope, soos miershope bo die grond, sigbaar. 'n Lelike getuienis dat die mens die aarde hier omdolwe om by die rykdomme uit te kom. Egoli. Die stad wat op die goudaar gebou is. Oral is nuwe geboue besig om soos paddastoele uit die grond op te slaan. Huise word teen kaal heuwels staangemaak. Daar is nie 'n boom in sig nie, maar ten minste het hulle seker 'n uitsig, al weet die Here alleen waarheen hulle wil kyk so tussen die staalomheinings en elektriese drade deur.

"Wat is dit aan hierdie land wat maak dat mense terugverlang? En moenie vir my sê dis na Mrs Balls-blatjang en biltong nie. Dit sal moerse hartseer wees."

"Ek dink die land beteken vir elkeen iets anders. Vir sommige is dit dalk blatjang en vir ander is dit dalk familie."

"Wat beteken dit vir jou?"

"Vuur . . . vuur ruik nêrens soos hier nie."

"Ek hoop jy's besig om 'n grap te maak, want as dit al is wat jou hier hou, is jy dommer as wat jy lyk."

Die vliegtuig bokspring opwaarts deur die luglae en Samuel voel hoe die dag se moegheid saam met die aarde onder hom wegsak. Hier bo kan sy gedagtes stil word en kan hy homself 'n oomblik van ongebondenheid gun. Hy kan afkyk na die aarde soos na 'n skaakbord en hoop dat hy beter insig sal kry vir sy volgende skuif. Dat die hoogte en ander perspektief antwoorde sal bring wat hy deesdae dikwels nie meer daar onder kan kry nie.

Die radio kraak en stemme verbreek kort-kort die dreuning van die motore. Nou en dan sê hy iets oor die radio, maar Ester luister nie juis nie. Miskien moet hulle by elke huis en op elke straathoek, tussen bosse en in parke, op plase en in winkels waar iemand al gewelddadig

28

sy lewe verloor het, 'n rooi lig laat brand. Rooi ligte om mense daaraan te herinner dat daar bloed gevloei het.

"Jy is 'n goeie passasier," laat Samuel in haar rigting hoor toe hulle 'n oomblik erg bokspring. "Dis gewoonlik hier waar die meeste mense wil uitklim."

"My pa het nie bang kinders grootgemaak nie."

Mettertyd raak die beboude gebiede al yler en onge-merk begin daar groter stukke rooibruin grond onder hulle inskuif. Toe hulle later die platorand nader en die vlaktes oopbreek en sy afkyk op valleie en bergspitse, laat Ester stil hoor: "Afrika se natuurskoon is die spinnekop-wyfie se blink web wat die slagoffers aantrek. Selfs al het daar peste en plae anderkant hierdie berge op hulle gewag, kon die pioniers hulself nie keer nie. Hulle is dieper en dieper die web ingetrek tot waar die dood gewag het."

Samuel kyk skeefweg na haar, maar antwoord nie.

Ester kyk later na die informele nedersettings waarvan baie nog met die tradisionele ronde hutte spog, en waar die tokkelos selfs in die een en twintigste eeu in vreemde gedaantes sy opwagting maak. Is dit deel van die aantrek-kingskrag? Die feit dat Westerse denke en oerfilosofieë hier hand aan hand loop?

Hulle het die stede se rookmis agtergelaat en in die blinkhelder somersdag staan alle kleure uit asof dit vars geverf is. Die grond is 'n diep rooibruin, die akasias staan met hulle sambreeltakke wyd en groen gesprei. Rivier-lope kronkel soos wonde oor die aardkors. Altyd groen omsoom, selfs daar waar die res van die plantegroei ver-skroei en vaal uit die grond opslaan. Gevoed diep on-der die grond uit. Die uitverkorenes wie se saad naby die wateraar beland het.

Samuel praat in die mondstuk van die radio en dan kantel die vliegtuig na regs en Ester voel 'n krieweling op die krop van haar maag. Hulle vlieg oor 'n grasdakgebou, sirkel nog een keer en dan vlieg hulle weg van die gebou af. 'n Paar oomblikke later gewaar sy 'n windkous en sy voel aan haar oordromme dat hulle gereed maak om te land. Aan die einde van die landingstrook staan 'n paar rooibokke en wei en hulle kyk net lui op toe die vliegtuig oor hulle dreun.

Met die uitklimslag is dit nog warmer as op die Hoëveld en Ester wonder hoe die res van die groep hierdie hitte gaan oorleef.

'n Swart man met 'n spierwit glimlag neem haar skouersak en help haar uit die vliegtuig.

"Moses, dis Ester Green." Hy voeg iets in 'n vreemde taal by en Moses glimlag.

"Hy ken vir Ira."

Ester skud die ouerige man se hand.

Die mans laai die bagasie agter op die oop Jeep en stoot die vliegtuig in die groot skuur langs die landingstrook. Dan maak Samuel die Jeep se deur vir Ester oop en sy klim in. Moses gaan sit op die sitplek wat links voor op die neus gemonteer is.

"Waarom sit hy daar?"

"Die mag van die gewoonte. Moses is 'n spoorsnyer en hy is maar altyd op soek na spore."

Die rooibokke lig hulle koppe, maar toe die Jeep verby is, wei hulle rustig voort. Die voertuig se enjin dreun deur die stilte. Toe Samuel skielik stop, moet Ester keer om nie vorentoe te val nie. Sy arm gaan asof outomaties uit en hy druk haar teen die sitplek vas. Voor hulle in die pad staan 'n groot olifantbul. Hy lig sy kop net effens voordat hy verder die klein mopanieboom ontwortel. Samuel ry stadig verby die groot dier. Ester is so naby aan die yslike grys lyf dat sy die swart haartjies op sy slurp kan sien. Dis jammer haar kameratasse is agterop die voertuig gelaai.

"Hoe het jy geweet hy gaan ons nie storm nie?" wil sy by Samuel weet toe hulle verby is.

"Ons was windaf en ons was nie 'n bedreiging vir hom nie. Dis nie asof ons tussen hom en sy ete gekom het nie."

Voor hulle verder kan praat, doem daar goed versteekte geboue met netjies gedekte grasdakke tussen die bome en struike op en 'n vlakvark staan vinnig van sy knieë af op en hardloop nader.

"Dit is Ku biha, ons gelukbringer of nie-amptelike gate-grawer."

Ester is nie seker waar mensgemaakte tuine en die na-tuurlike plantegroei ophou en begin nie. Daar is geen formele tuine nie, maar dit lyk tog of daar 'n mate van orde is. Die bome is groot en 'n paar se stamme vorm deel van die geboue se pilare.

'n Lenige swart meisie kom met 'n tuinpaadjie na hulle toe aangestap en Samuel stel hulle aan mekaar bekend. Haar naam is Kiki Nkuna en sy is een van die personeel-lede. Sy dra 'n kakielangbroek en wit hemp en lyk koel en vars. Haar gesig is fyn en haar hare is kort en teen haar kop gevleg.

"Ek dink ek het alles gekry waarvoor julle gevra het," begroet Samuel haar. Nadat hy hulle aan mekaar bekend-gestel het, slaan Samuel oor na die taal waarin hy en Mo-ses ook gepraat het en beduie na die paar kartonne wat hy en Moses intussen van die Jeep afgelaai het. "Is Ian hier?"

Kiki skud haar kop. "Iemand het nou net laat weet daar het 'n olifant êrens deurgebreek en van die plaaslike in-woners se landerye geplunder. Hy is saam met Patrick en 'n paar van die spoorsnyers weg om te kyk of hulle hom

31

kan gewaar en om die draad voorlopig toe te maak sodat ander hom nie volg nie."

Samuel tel die radio se mondstuk van die mikkie af op en nadat hy 'n paar keer geroep het, antwoord 'n stem.

"Dit moet een van die jong bulle wees. Hy het net onder die spitskop deurgegaan, maar ek vermoed hy's terug, want ons gewaar hom nêrens nie."

"Maak seker dat julle die draad dig toemaak."

Hy kyk na Kiki. "Het jy enige dringende boodskappe?"

"Patrick vra dat jy 'n draai moet kom maak wanneer jy tyd het. Hulle het 'n olifantbul gewaar wat op een of ander manier in 'n stuk draad verstrengel geraak het en blykbaar is dit besig om sy been af te sny. Hy kan nie meer behoorlik op die been trap nie en bly gevolglik redelik op dieselfde plek."

"Enigiets anders?"

"Daar het baie e-posse gekom oor die vergadering volgende maand in Johannesburg. Wil jy dit saamneem huis toe om te gaan lees?"

Hy knik en sy draai om en stap na die groot grasdakgebou.

"Kom ons stap saam, dan kry ek vir jou iets om te drink. Is jy al honger?" praat hy met Ester.

"Nee, net dors."

Dis koel onder die rietdak en Ester ruik die effens soeterige geur van die riete. 'n Ander vrou kom van êrens met 'n skinkbord waarop twee glase en 'n verskeidenheid koeldranke en vrugtesappe is en sit dit op die groot koffietafel neer. In die ruim vertrek staan 'n paar leerrusbanke, koffietafels en 'n tafel van spoorwegdwarslêers. Op die blink sementvloer lê 'n paar sebravelle en die lampskerms teen die mure is volstruiseierdoppe. Dis 'n gesellige ontvangslokaal.

"Verskoon my asseblief 'n oomblik. Die badkamers is deur daardie opening." Samuel verdwyn agter die ontvangstoonbank in en Ester stap eers badkamer toe voordat sy vir haar 'n koeldrank kom inskink en op die breë stoep uitstap en 'n sigaret aansteek. Die gebou is op die walle van 'n rivier gebou. Dit was blykbaar tot dusver 'n goeie reënseisoen en daar is 'n lopende stroom in die groot rivier. 'n Vreemde stilte hang oor die plek, behalwe stemme wat van êrens af aangesweef kom. Vreemde tongvalle waarvan sy hier en daar 'n woord verstaan.

Sy skrik toe sy iets bo haar kop gewaar en 'n blouapie vanuit die boom tot op die stoeptafel spring. Sy kyk 'n oomblik na die swart gesiggie tussen die gryswit stekelrige hare. Die ronde ogies bekyk haar asof hy vir haar wag om iets te sê. Hy kyk na die sigaret in haar hand en sy skud haar kop: "Rook is sleg vir jou."

Die swart gesiggie kantel toe sy praat, asof hy luister.

"Never preach what you do not practise. Selfs nie eens vir 'n aap nie," praat Samuel agter haar.

Sy trap die sigaret op die sementvloer dood en gooi die stompie tussen die plante langs die stoep in.

Samuel stap teen die trappies af en buk langs die struik. Toe hy opstaan, hou hy die stompie vas. "Verkieslik nie tussen die plante nie."

"Hier is nie 'n asbak nie."

"Ek wonder waarom nie."

Ester voel 'n krieweling in haar nek.

"Ek is seker een sigaretstompie gaan nie die ekologie versteur nie."

"Gaan jy nie weer rook terwyl jy hier is nie?"

"Wat bedoel jy?"

"As hierdie jou laaste sigaret was, kan jy maar die stompie gooi net waar jy wil, maar as jy die hele tyd wat jy hier is, gaan rook, gaan ons nie net met een stompie sit nie."

Sy antwoord hom nie en hy draai een van die botteltjies water oop en drink dorstig. "Ek wil hê jy moet saam met Kiki deur die program vir die week gaan. Sy wil net seker maak alles is gereed."

Ester stap agter hom aan tot waar Kiki in 'n ruim kantoor agter die ontvangstoonbank sit. 'n Rekenaarskerm is aangeskakel en sy trek vir Ester 'n stoel nader.

Op die skerm is 'n lys van benodigdhede wat Henry, die moderedakteur, vir hulle gestuur het. Van die toilette wat in die veld beskikbaar moet wees, tot twee tente, tafels, stoele en 'n paneelvoertuig waarmee alles elke dag aangery kan word. Kos en verversings. Verblyf. Elke persoon moet sy of haar eie huis of chalet hê. Daar is dieetvoorkeure, aankoms- en vertrektye en 'n magdom ander inligting. Dit is waarom sy daarvan hou om saam met Henry te werk. Sy reëlings word met groot sorg getref en min dinge word aan toeval oorgelaat. Dis waarskynlik die enigste rede waarom sy ingewillig het om hierdie tydskrifbylae te doen.

"Dankie vir jou moeite. Ek dink almal sal tevrede wees. Ek kan nie aan nog iets dink nie," bedank Ester die meisie toe hulle deur al die lyste gewerk het.

Samuel staan buite toe sy uitgestap kom. "As jy klaar is, kan ons maar ry."

"Waarheen gaan ons?"

"Na my huis toe."

"Woon jy nie hier nie?"

"Nee. Ek woon 'n entjie hiervandaan."

"Ek dog ons bly in chalets."

"Dit was bietjie kort kennisgewing en ons het nie vir julle almal plek nie. Ons het egter van môreaand af vier tente beskikbaar en die res van die span het ons uitgeplaas na van die naburige lodges."

"Tente?" Sy probeer haar Henry se gesig voorstel as hy weet hy moet in 'n tent slaap, om nie eens van die modelle te praat nie.

"Ek is seker julle sal dit nie te ongerieflik vind nie."

Sy stap stil agter hom na waar 'n Willy's Jeep eenkant onder 'n boom geparkeer staan. Sy sien dat hulle bagasie reeds oorgelaai is.

Net buite die kamp draai Samuel op 'n klein paadjie af wat lyk of dit parallel met die rivier loop. Ná 'n rukkie sak hulle af deur 'n kleiner, droë rivierloop en die Jeep se enjin brul teen die oorkantste wal uit. Hulle skud heen en weer, en ná omtrent 'n halfuur gewaar sy skielik 'n ouerige Land Rover langs 'n groot rots staan. Hy hou langs die voertuig stil en sy klim stram uit.

Daar is nie 'n beduidenis van 'n huis of selfs 'n gebou nie en sy weet nie of sy moet vra of maar net saamstap nie. Hy haal egter reeds hulle bagasie agter van die Jeep af en dan sien sy eers die kliptrappies wat lyk of dit in die rots verdwyn. Van nader sien sy dis eintlik twee rotse met 'n smal opening tussenin. Hulle klim 'n klompie trappies en sy kyk verbaas op toe hulle skielik op 'n ruim onderdak-houtdek uitstap. Op die vloer lê sebra- en ander wildsvelle. 'n Paar leerstoele en twee groot rusbanke staan om 'n groot koffietafel gerangskik. 'n Houttafel met agt stoele staan na die regterkant toe langs 'n halflyfmuurtjie waaragter iets soos 'n kombuis is. Die hele area is met 'n netjiese rietdak bedek. Eenkant, met 'n rots as agterkant, is 'n enorme vuurmaakplek.

'n Man met 'n swart broek en spierwit sjefbaadjie is in die kombuis aan die werk. Hy kyk op toe hulle nader gestap kom. Vir Ester lyk dit of daar vreugde in die donker

35

oë kom lê. Miskien ook nie vreugde nie. Miskien eerder 'n diepe tevredenheid. Hy en Samuel groet met die hand. Die taal wat hulle praat, het sy intussen uitgevind, is Sjangaan. Ná 'n rukkie beduie Samuel na Ester.

"Dis Ester Green. Ester, dis Elias Nkuna. Kiki se pa."

Hy steek sy hand na haar uit, maar glimlag nie soos Moses of Kiki nie.

"Kom, laat ek jou gaan wys waar jy slaap." Samuel stap na die linkerkant van die stoep en dit voel vir haar of hulle in 'n massiewe wildevyboom se takke instap. Dan sien sy die kronkelende loopvlak van hout tussen die reuse takke en om die stam. Toe sy afkyk, besef sy hulle is 'n hele entjie bo die grond. Die paadjie maak oop op wat soos 'n kleiner houtdek lyk, met 'n deur wat na die regterkant oopmaak. 'n Entjie voor haar sien sy nog 'n deur. Hy het egter reeds by die eerste deur in verdwyn en sy stap agter hom in 'n kamer in. Bo haar is 'n rietdak en teen die een muur staan 'n dubbelbed met spierwit linne en 'n muskietnet oor. Weerskante is twee kassies van 'n rooierige hout en net langs die boomstam is 'n paar hake teen die muur aangebring. 'n Regop kassie met laaie en 'n gemakstoel is die enigste ander meubelstukke. Sy het al in haar lewe op vreemde plekke geslaap, maar hierdie is selfs vir haar 'n eerste ervaring.

"Is jy nie bietjie oud vir 'n boomhuis nie?" vra sy voor sy haarself kan keer. "Is dit nie 'n fase wat alle seuntjies een of ander tyd ontgroei nie?"

"Klaarblyklik het ek nie myne ontgroei nie." Hy wys na die laaikassie. "Daar behoort handdoeke en seep in te wees."

Sy kyk om haar rond. Daar is nie vensters nie, maar oorkant die bed is houthortjies wat soos deure oopvou na twee gemakstoele en 'n houtreling. Sy stap uit op die stoepie en sien dat hulle letterlik op die rivierwal is. 'n Entjie onderkant hulle staan 'n olifant en 'n entjie verder aan kom twee kameelperde en 'n paar sebras na die groot poel water aangestap.

"Is hier iets soos 'n badkamer, of maak jy ook sommer gebruik van die rivierpoele?"

"Die badkamer is anderkant die braaiplek. Stap net met die lysie links om die rots."

"En as ek vannag badkamer toe moet gaan?"

"In die laai behoort 'n flits te wees."

"Hier is nie 'n heining om die plek nie."

"Behalwe bobbejane, ape, luiperds en cheetahs het ek nog nooit juis enige ander dier hier gekry nie. Hulle beland gewoonlik per toeval hier as hulle dalk verdwaal en op 'n manier oor die rots kom."

"Waar slaap jy?"

"Die volgende deur."

"Woon jy alleen hier?"

"Ja."

"Waarom woon jy nie by die kamp nie?"

"Ek het te veel Tarzan gelees toe ek klein was."

Ester kyk hom skeef aan en hy glimlag.

"Destyds het dit soos 'n interessante eksperiment gevoel. En nou is ek gewoond hieraan en voel dit soos huis. As jy mooi kyk, sal jy sien dat dit eintlik tente is wat op die stellasies staangemaak is. Wanneer ek hier is, rol ons gewoonlik die kante op, maar as ons nie hier is nie, is dit 'n goeie manier om die plek toe te maak en te keer dat die ape en bobbejane nie oorvat nie. Nie dat hulle nie probeer nie."

Hy tel sy tas op en stap verder met die houtpaadjie langs tot sy 'n deur hoor oopgaan. Sy staan nog 'n rukkie na die toneel onder haar en kyk. Die lug is besig om van donkerblou na swart te verander en sy ril liggies toe 'n veraf geroep opklink. Haar brein sukkel skielik om alles om haar in te neem en dis moeilik om te glo dat sy die vorige aand hierdie tyd nog in Londen was. Die wêreld het klein geword en sy is nie seker 'n mens se lyf is gemaak om so vinnig so ver te kan reis nie. Dit voel vir haar of sy haarself êrens in 'n stadium tussen die werklikheid en 'n droom bevind.

Sy draai om toe 'n geluid agter haar opklink en dan sien sy dis Elias wat 'n gaslamp op haar bedkassie kom neersit. Sy haal skoon klere uit haar tas en 'n handdoek en seep uit die laaikas en stap daarmee badkamer toe. Samuel het nie 'n grap gemaak toe hy van 'n lysie gepraat het nie. Die paadjie om die rots is 'n smal lysie, maar tot haar verligting is daar darem 'n ketting gespan waaraan sy kan vashou. Sy bly egter opkyk om te sien of een of ander dier nie bo-op die rots vir haar sit en kyk nie.

Die stilte om haar is byna oorverdowend, maar ná 'n oomblik besef sy dis ook nie waar nie. Die lug om haar is gevul met geluide. Voëls wat op verskillende toonhoogtes en met verskillende klanke in die bome om haar kwetter. 'n Entjie weg hoor sy die skielike skreeugeluid van 'n blouapie en tussen alles deur raak sy bewus van die lae dreuning van 'n stem wat een of ander vreemde lied sing. Sy ril weer liggies, maar steek in haar spore vas toe sy die badkamer gewaar. Sy is seker sy het nie 'n witgeteëlde badkamer verwag nie, maar sy weet sy het dalk iets meer as 'n halwe muurtjie met 'n toilet daaragter en 'n stort onder die opelug verwag.

Die rots onder haar voete is warm van die dag se son toe sy kaalvoet onder die stort instap. Die water is koel op haar vel en sy staan 'n lang ruk onder die lopende water voordat sy haar lyf begin was.

Daar lê 'n moegheid in haar wat niks met fisieke uit-putting te doen het nie. Miskien is dit nie soseer in haar lyf nie, maar eerder in haar kop. Die dag het te veel emosies losgemaak en te veel woorde. Terwyl sy na Samuel Mcgreggor geluister het, was dit of 'n prop effens skietgegee het en woorde en gedagtes wat lank reeds in-geperk was, het begin uitkom. Dit was asof sy bewus was van 'n ander stem in haar kop en sy besef nou dis haar pa se stem. Sy het haar pa se optimisme en selfondersoek ge-hoor. Hy was ook nooit bang om te sê wat gedoen moet word nie, al het dit gevra dat hy sy hand in eie boesem moes steek.

Sy trek 'n kortbroek en T-hemp aan en is bly om te sien die paadjie word nou deur 'n paar fakkels verlig.

"Het jy vir my warm water gebêre?" Samuel staan by Elias in die kombuis. Om sy nek hang 'n handdoek en skoon klere lê op die tafel agter hom.

"'n Man bly nie in 'n boomhuis en dan wil hy warm stort nie. Dis nie goed vir jou image nie."

"Dit sal meer as 'n bietjie warm water kos om my image te skaad."

Sy skud haar kop en stap aan, maar hy roep agter haar aan: "Die kos is klaar. As ek klaar gestort het, kan ons maar eet. Trek net eers vir jou 'n langbroek en lang-mouhemp aan. Die muskiete is hierdie tyd van die jaar nog bedrywig."

4

'N Gaslamp brand in die kombuis en op die eet-
kamertafel twee groot wit kerse toe sy terug-
kom. Samuel dra 'n informele kakielangbroek, ingeloopte
stewels en 'n wit langmouhemp. Sy hare is effens klam en
hy sit gemaklik agteroor met sy voete op die stoepreling.
Die tafel is gedek en op die muurtjie tussen die kombuis
en die leefarea is 'n paar opskepbakke op 'n staander met
kersbranders.

"Kom sit," nooi Samuel toe hy haar gewaar. "Wat wil
jy drink?"

"'n Slaappil. Ek sal nooit vannag in hierdie stilte kan
slaap nie."

Hy glimlag en skink twee glase whiskey, gooi ys by en
hou die een uit na haar.

"Dit sal help."

Sy neem 'n sluk voordat sy 'n sigaret aansteek. "Wat het
van Elias geword?"

"Hy is al terug kamp toe om te gaan eet."

"Waar woon hy?"

"Amptelik in die kamp saam met die res van die per-
soneel, maar hy het vir hom hier agter die volgende rots
'n huisie gebou waar hy soms slaap. Ek weet nooit hoe hy
besluit waar hy die aand wil eet en slaap nie."

"Jy lyk soos 'n kat wat enige oomblik kan begin spin
van lekkerte."

Hy strek sy arms bo sy kop uit. "Ek was 'n maand laas

hier en dis deesdae te lank. Ek hou nie meer daarvan om so lank weg te wees nie."

"Bring jy ooit gaste hierheen?"

"Ja, maar dis gewoonlik net goeie vriende vir wie ek nie gasheer hoef te speel nie."

"Woon jy al lank hier?"

"Die grond het aan my ma se ouers behoort. Ek het feitlik al my vakansies hier deurgebring. My ma het nie broers en susters nie en ek het die plaas so ses jaar gelede by my oupa geërf. Die huis het ek egter eers so drie jaar gelede laat bou."

"Ira sê jy het in Zimbabwe grootgeword." Tussen haar vrae drink sy mondjiesvol whiskey. Dit maak 'n warm kol in haar en dis of 'n paar styfgespanne drade van haar tone af begin skietgee.

"My ouers was sendelingdokters wie se roeping dit was om die mense in die landelike gebiede van goeie mediese sorg te bedien. Ek was in Harare op hoërskool, waarna ek by Onderstepoort gaan swot het. Daarna het ek 'n jaar in die Wildtuin kom werk, toe twee jaar in Zimbabwe, voordat ek voltyds hierheen gekom het."

Sy druk die sigaret in 'n leë blikkie dood en hy skink vir hulle wyn voordat hy na die opskepbakke beduie. Toe hulle aan tafel sit, hou hy sy hand na haar uit en sy kyk vraend na hom.

"Ek wil bid."

'n Oomblik is sy nie seker of sy hom reg verstaan nie, maar dan sit sy haar hand in syne. Hy bid 'n eenvoudige gebed in Engels en Ester voel hoe 'n stukkie van haar kindwees voor haar kom staan. Toe hy klaar is, bekyk sy die bord kos voor haar, maar dit duur 'n rukkie voordat sy 'n stukkie vleis afsny. Die vurk huiwer egter in die lug. "Watse vleis is dit?" vra sy.

41

"Krokodil."

Die vurk bly in die lug.

"Ek dog jou pa het nie bang kinders grootgemaak nie. Waarvan het jy geleef toe jy nog 'n joernalis was en stories gejag het?"

"Toe was ek jonk en onnosel. Intussen het ek slimmer geword."

"Dis nie krokodil nie. Dis impala, gewone rooibok. Ek belowe jou jy sal niks oorkom nie. Elias kán kook."

"Waar het hy geleer?"

"Hy was lank 'n sjef by 'n hotel in Johannesburg. Ek het soms daar gebly en op 'n aand het ek hom ontmoet. Hy is 'n Sjangaan en toe hy hoor ek kan sy taal praat, het hy 'n punt daarvan gemaak om my te groet as ek daar oorgebly het. Op 'n dag het hy my gevra of ek nie 'n kok kort nie en 'n maand later was hy sak en pak hier."

"En nou is hy tevrede om vir jou kos te maak?"

Samuel knik. "Sy amptelike titel is hoofsjef by die lodge waar hy onder andere die ander sjefs moet oplei. Volgens hom weet hulle niks van kosmaak af nie en ek vermoed hy kom hierheen wanneer hy moeg is vir die klomp." Hy neem 'n sluk wyn. "Kiki is sy enigste kind. Sy vrou is jare gelede dood."

Ester begin weer stadigaan eet en Samuel skud sy kop. "Jy het 'n baie wantrouige geaardheid."

"Selfbeskermend," help sy hom reg, terwyl sy haar halfgeëte bord opsy skuif en 'n sigaret aansteek.

Hy staan op en skep vir hom nog kos. Intussen bekyk hy Ester terwyl sy vir haar wyn inskink en toe met haar rug teen die reling gaan staan. Sy lyk na haar pa, besluit hy. Of eerder, soos haar Joodse voorouers. Donker van haarkleur en gelaat. Donker oë wat reguit en ernstig die wêreld om haar bekyk. 'n Skraal, byna lenige lyf, maar

42

tog met subtiele vroulike kurwes en sagtheid. Sy is nie vreeslik lank nie, maar hy het 'n vermoede sy verdwyn nie sommer in 'n groep nie.

Hy kan nie onthou wanneer laas hy iemand gesien het wat so rusteloos is nie. 'n Mens kan dit selfs in haar oë sien. Soos iemand wat permanent gereed is vir 'n geveg of nie kan wag om op 'n ander plek of met iets anders besig te wees nie. Sy het dieselfde effens rollende bry-klank wat Ira het en hulle ma gehad het. Cecile Green was 'n Afrikaanse meisie uit die Swartland wat met 'n Johannesburgse Jood getrou het. Cecile het hom een aand vertel hoe geskok haar familie oor die verhouding was. Min mense was egter teen Leon Green bestand, en hy het altyd gespog dat hy loshande sy skoonouers se gunstelingskoonseun was.

Haar Afrikaans laat hom aan Leon s'n dink. Dit was altyd 'n saak van eer dat hy nie gerieflikerwys na Engels sal teruggryp as hy vashaak nie. Sodoende het daar dikwels nuwe Afrikaanse skeppings die lig gesien waaroor Cecile net haar kop geskud het. Ester se aksent is swaarder as Ira s'n, asof haar tong strammer is, maar dit keer haar nie as sy op dreef is nie. Hy is verlig sy praat nie Engels nie, want as sy moet vinniger praat, sal hy driekwart van haar sinne nie kan volg nie. En net soos haar pa, het sy 'n kleurvolle woordeskat wat sekerlik haar ma by tye rooi sou laat word het.

"En as jy my so sit en bekyk?" onderbreek haar stem sy gedagtes.

"Jy laat my aan jou pa dink."

Sy gee 'n laaste trek aan die sigaret en keer haarself net betyds voordat sy dit oor die reling gooi. 'n Oomblik lyk dit of sy nie die stompie gekeer gaan kry nie, maar sy vat dit tog weer raak en brand haar hand in die proses. "Ag, donner!" Sy gooi die stompie haastig in die vuurmaakplek en suig aan die brandplek.

Samuel stap agter die muurtjie in en kom met 'n ys-blokkie terug wat hy heen en weer oor die brandplek vryf. Sy ruik skoon, dink hy toe hy langs haar staan. Skoon en vreemd. Maar hy hou van die reuk van haar parfuum. Dis baie subtiel en speel wegkruipertjie met 'n mens se reuksintuig.

"Ira het my vertel dat jy hulle geken het." Sy trek haar hand uit syne en gaan sit op een van die rusbanke voor teen die reling, met haar bene onder haar ingetrek.

"Ek het jou die eerste keer in sy kantoor ontmoet. Jy was net klaar geleer en het jou internskap by die koerant gedoen."

"Ek kan dit nie onthou nie."

"Jy sal nie. Jy het soos 'n orkaan sy kantoor binnege-storm; julle het vyf minute soos kat en hond baklei voor jy weer daar uit is."

"Hy kon enige mens soms tot raserny dryf."

"Hy was 'n besonderse mens. Ek voel bevoorreg dat ek hom geken het."

"Moenie in die strik trap en jou verbeel hy was 'n hei-lige nie."

"Dit is die laaste ding waarvan ek hom sal verdink."

Samuel strek homself op een van die stoele uit.

"Is jy nie bang so alleen hier nie?"

"Nee. Dis seker die plek op aarde waar ek die veiligste voel."

"Is dit trots wat maak dat jy so blind idealisties is? Jy het waarskynlik soveel jaar al hierdie mooi stories van jou verkondig en nou is dit te laat om te sê jy was verkeerd sonder om face te verloor. Of is jy al so lank hier dat jy aan Stockholm-sindroom ly?"

"Ek is nie blind vir wat om my aangaan nie. Ek wil en moet glo dat daar êrens mense is wat soos ek voel en

44

hoop het dat ons eendag 'n verskil sal kan maak. Hoe gering ook al. En ek kom gereeld genoeg in ander dele van die wêreld dat ek weet hierdie is die plek waar ek die graagste wil wees. En dat ons nie die enigste land met probleme is nie."

Sy sit stil na hom en kyk waar hy ingedagte die donkerte in staar. Die stilte oorweldig haar kort-kort en dan wonder sy hoe sy geslaap gaan kry. Die enigste geluide wat soms opklink, is 'n veraf getjank of 'n geproes onder uit die rivier. Nou en dan is daar die verergde blaf van 'n bobbejaan.

Sy raak eers bewus van die lig op die horison toe dit lyk of hy nog 'n lamp êrens aangesteek het. Die maan het groot en geel oor die oorkantste boomtoppe opgekom en die droë sandbanke word skielik geelwit verlig.

"Another fucking beautiful night in Africa," laat sy met 'n sug hoor. "Hoe kan so 'n plek so totaal verrot wees?"

"Daar is niks met die plek verkeerd nie. Die probleem lê by sommige van die mense."

"Jy kan nie die twee skei nie."

"Ja, jy kan. Jy is tog nie die huis waarin jy woon nie. Jy kan die huis mooi maak of verwaarloos, maar jy kan nie die struktuur wees nie."

"Oukei, ek sal die vraag anders bewoord. Hoe kan die mense wat bevoorreg genoeg is om op hierdie kontinent te woon, so 'n enorme fokkop van alles maak? Hoe kan hulle net alles wil vernietig? Is dit dalk die straf vir die feit dat hulle die paradys geërf het?"

"Dis omdat ons nie regtig besef wat ons het nie."

"Sien jy jouself as een van hulle?"

"Natuurlik. Wie is ek om te sê ek is die enigste een wat al die lig gesien het?"

"Sal hulle ooit weet wat hulle het?"

"Almal sal nooit weet nie, nee, maar as die meerderheid net weet, sal jy hierdie plek nie ken nie."

"En wat is dit wat jy dink julle nie weet nie?"

"Ubuntu is 'n mooi woord, maar kan ook Afrika se ondergang beteken. Afrika is nie en sal nooit regtig 'n eenheid wees nie. Afrika se sterk punt is juis in haar diversiteit geleë, en in plaas daarvan dat ons mekaar se oortredinge en vergrype toesmeer en verdra, moet ons mekaar daaroor aanspreek. Op die oomblik is ons nog te geneig om te voel dis ons teen die res van die wêreld. Om jou broer of jou buurman te berispe oor sy verkeerde dade is nie verkeerd nie. Dit wys juis dat jy omgee. Volke moet ook leer om hulself, dit wat hulle het en wat hulle is, te respekteer. Eers dan sal hulle ander volke se andersheid kan respekteer. Om almal in een pot te gooi is om te sê elkeen moet sy of haar eie identiteit ignoreer. Dit is wanneer volkshaat en minagting vir mekaar se besittings en lewe ontstaan."

"Jy's 'n gek. Julle sit met 'n skaakmatsituasie. Julle kan netsowel boedel oorgee en soos slim rotte die skip verlaat terwyl die mas darem nog bo die water uitsteek. Dit wat jy bepleit, is 'n idealistiese droom."

Hy draai homself in sy stoel sodat hy haar kan sien. "Is jy nie te jonk om nou al so sinies te wees nie?"

"Sinisme beteken onder andere 'n ongeloof in die goeie. Wys my die goeie hier en ek word 'n gelowige."

Samuel strek sy bene uit. "Kyk, daar kom 'n klompie olifante water toe."

Ester sien hoe die donker skaduwees vorm aanneem. Hulle stap oor die sandvlakte en verdwyn 'n entjie stroomop van die boomhuis teen die rivierwal uit. Sy ril liggies en vryf oor haar arms. Dis soos goëlery. 'n Mens se sintuie word op 'n baie vreemde manier aanhoudend geprikkel. As dit nie 'n geur is wat op die ligte windjie aangewaai kom nie, is dit 'n geluid of, soos nou, 'n vreemde nagtafereel.

"Het jy nie 'n televisie nie? Ek wil sien wat vandag in die wêreld aangegaan het."

"Al het ek een gehad, sou jy sonder elektrisiteit gesukkel het om 'n prentjie te kry. En in elk geval, as daar iets gebeur het wat jy moet weet, sal jy dit op een of ander manier te hore kom. Solank jy niks hoor nie, is daar niks wat jy behoort te weet of te doen nie."

"'n Mens kan nie so oningelig deur die lewe gaan nie."

"'n Mens kan ook te veel weet. Dis net so gevaarlik."

"Ignorance is not innocence but sin."

Samuel gooi sy kop agteroor en lag. "Spoken like a true Green."

"Hoe oud is jy?"

"Vier en dertig, en jy?"

"Nege en twintig."

"Hoekom is jy nie getroud nie?" Sy draai haar kop effens skuins.

"Wie sê ek is nie getroud nie?"

"Ek dink nie 'n man wat getroud is, behoort so gelukkig te lyk wanneer hy alleen is nie."

"Waarom is jý nie getroud nie?" vra hy haar dieselfde vraag.

"Ek is te besig en ek glo nie aan soveel papierwerk nie. Tot die dood ons skei, klink ook na 'n hopeloos té lang tyd."

Hy lag gemaklik. "Miskien het jy net nog nie die regte man ontmoet nie."

"Glo jy aan daardie spesiale een wat die verskil gaan maak?"

"My ouers was baie gelukkig bymekaar, so miskien is ek geneties geprogrammeer om tog te hoop."

"Daar was seker al vrouens wat gedink het jy is 'n aantreklike pakket, vreemde filosofieë en boomhuis ten spyt. Jy's 'n redelik aantreklike man, op 'n aardse manier. Jy maak blykbaar 'n sukses van wat jy doen . . ."

"Dink jy dis 'n aantreklike pakket?"

Ester gee 'n kras laggie. "Lyk ek vir jou die tipe?" Sy skud haar kop heen en weer. "Miskien eens op 'n tyd, maar my smaak het verander. 'n Man met 'n Hugo Boss- of Fabiani-pak, 'n goed betalende kantoorjob, 'n voorliefde vir uiteet en wat die verskil ken tussen Egiptiese linne- en poliësterlakens, is heelwat minder moeite. As hy op 'n dag oorval word deur 'n lus vir avontuur, koop hy 'n nuwe en beter selfoon. Hy sleep jou nie die bosse in of saam om 'n nuwe kontinent te gaan ontdek nie. Hy lyk min of meer soos alle ander mans; as die verhouding met hóm dus nie werk nie, is dit nie eintlik eers nodig om daaroor te rou nie. Jy weet sommer die volgende een gaan dieselfde wees en lyk. Dis so min moeite. Jy kan selfs die klere wat by jou agtergebly het, vir die volgende een gee, en jy weet hy sal daarvan hou en dit sal pas."

Samuel lag hardop. "Enige vrou se droom."

"Ja, maar êrens moet tog vrouens wees wat daarvan hou om die pioniersding te doen. Soos die klomp wat die kongres bywoon. Ek is seker ek het in 'n hele paar se oë 'n belustheid opgemerk."

"Dis jammer jy het my nie gewys nie."

"Het jy nie eens 'n lover nie?"

"Wat is jou definisie van 'n lover?"

"Iemand wat gereeld of ten minste soms haar lyf, bed en lewe met jou deel."

"Het jý 'n lover?"

"Op die oomblik is ek tussen lovers. Ek het nog net nie kans gehad om 'n nuwe een te soek nie."

"Ek dog dis so maklik."

"Ja, hel, maar 'n mens moet darem steeds op een besluit." Sy sluk die laaste bietjie wyn in haar glas en strek dan om die bottel van die tafel af op te tel. Sy verloor byna haar balans, maar Samuel steek sy voet uit en keer dat sy vooroor val. Sy skink hulle glase weer vol en sug.

"Ek wens ek het nie gekom nie. Dis so moeilik om nie te onthou nie."

"Waarom wil jy nie onthou nie? Hier lê tog seker goeie herinneringe ook."

"Ek kan hulle nie onthou nie. Dis net die slegtes wat oorgebly het."

Hy antwoord haar nie en 'n rukkie is dit doodstil om hulle. "Waarom het jy hulle huis gekoop? Daar's tog baie ander huise waaruit jy kon kies."

"Dis 'n besonderse plek en ek het gedink dit sal dalk vir julle lekker wees om te weet dis nie vreemdes wat daar woon nie. Ira geniet dit om daar te kom."

"Ira is mal."

"Ira het net besluit dis beter om vrede te maak."

"Daar is dinge waarmee 'n mens nooit vrede kan maak nie." Sy steek 'n sigaret aan en trek die rook diep in. Toe sy dit uitblaas, is dit met 'n hoorbare sug. "Jy kan maar soveel mooi stories vertel soos jy wil. Ek het my skuld betaal en ek skuld Afrika niks nie. Veral nie vergifnis nie."

"Vergifnis is 'n belangrike deel van genesing."

"Ag, kak!" Sy kyk na hom deur die rook. "Moet asseblief nie vir my sê jy vergewe almal wat iets aan jou doen nie. Jy kan wragtig nie so 'n masochis wees nie."

"Haat is 'n vernietigende emosie en dit mors 'n klomp van 'n mens se tyd en energie."

Sy gooi haar kop agteroor en lag met 'n oop mond. "Van watter planeet af kom jy?" Haar kop ruk orent toe 'n skril geluid 'n entjie agter hulle opklink. "Hier vreet die goed my nog vannag lewendig op."

"Jy's nie regtig bang nie. Jy het net verleer hoe dit voel om nie in beheer te wees nie. Iemand wat al gedoen en gesien het wat jy gedoen en gesien het, kan nie bang wees nie."

"Dit was in 'n vorige lewe. Nou verkies ek om self te besluit hoe en wat ek wil doen en waar ek dit wil doen."

"Mis jy nie verslaggewing nie? Om mense agter die skerms te kan laat sien nie?"

"Ek verkies om nie daaroor te dink nie. In daardie stadium moes ek 'n breuk maak en dit was 'n logiese verandering. Ek kon steeds doen waarvan ek hou, net op 'n ander manier en onder beter omstandighede.

"Ronald Reagan het per geleentheid gesê dat die politiek veronderstel is om die tweede oudste professie in die wêreld te wees, maar dat hy agtergekom het dit het eintlik baie noue ooreenkomste met die oudste professie. Ek was moeg vir politiek. Ek gee nie meer om wie vir wie in die rug steek, watter opposisieparty onderdruk word en waar in die wêreld hulle oorlog maak nie. Daar sal altyd mense wees wat daaroor wil praat en skryf, maar ek wou nie meer een van hulle wees nie."

"Kan jy 'n dag voorsien dat jy dalk sal wil teruggaan? Dit was iets wat so deel van julle lewe was. Ira sê altyd julle het dit saam met moedersmelk ingekry."

Sy skud haar kop. "Ek is gespeen. Ek gee regtig net nie meer om nie. Destyds het ek geglo ek kan help deur die waarheid en die werklikheid na mense se sitkamers te neem. Dat regerings en die mense wat in die posisie was om te help, die boodskap sal kry, maar ek was jonk en

hopeloos naïef. Mense gee nie om nie. Hulle staar dalk
'n minuut of twee, indien so lank, na 'n nuusinsetsel oor
die televisie of op 'n koerantvoorblad, maar dan sluk hulle
dit saam met hulle koffie af en hulle gaan weer met hulle
lewens voort. Hulle eet, drink, maak liefde, trou, skei, reël
hulle kinders se lewens, verwaarloos hulle kinders. Hul-
le gee dalk vir die parkeeraanwyser 'n fooitjie of, as iets
hulle regtig geraak het, gooi hulle dalk 'n paar blikkies
kos by die supermark in die noodboks, maar dis so ver
dit gaan. Hulle is meer bekommerd oor wat vanmiddag
in hulle gunstelingsepies gaan gebeur as wat hulle omgee
wat by hulle bure aangaan, wat nog te sê in die res van
die wêreld." Sy skud haar kop. "Waarom sal ek my dan
daaroor moeg maak? Mense probeer mobiliseer om hulle
stemme te laat hoor, om druk uit te oefen sodat vergrype
aangespreek word?"

"Omdat die wêreld stemme soos joune nodig het. Selfs
al voel dit vir jou jy word nie gehoor nie. Daar is mense
wat hoor en daar is mense wat aangespoor word om iets
te doen. En sodoende word die stemme meer totdat die
mense wat iets kan doen, moet luister. Ons kan nie bekos-
tig dat die stemme stil raak nie."

Sy staan op en stap kombuis toe. 'n Oomblik later kom
sy met 'n bottel wyn en 'n oopmaker terug. Hy wil die
bottel by haar neem, maar sy het reeds begin om dit oop
te maak en hulle glase vol te skink. Sy neem 'n sluk voor-
dat sy weer teen die kussings terugsit.

"From politics it was an easy step to silence."

"Wat dink jy sou jou pa vir jou gesê het?"

Sy lag skel terwyl sy haar hande in die lug gooi. "O nee,
moenie daai een met my probeer nie. Dis totaal irrelevant
wat hy sou gesê of gedink het. Hy't my nie gevra wat ek
gedink het van dit waarmee hy besig was nie."

51

"Die sindikaat wat hy destyds laat ondersoek het, is verlede jaar oopgevlek en die grootbase is almal aangekeer en tronk toe gestuur. Sodoende is duisende mense se lewens waarskynlik gespaar."

"Ek gee regtig nie om nie. Waarom moes ek die prys betaal sodat ander kan bly lewe?"

"Ek kan jou nie antwoord nie."

"Wat is dit met mans, en veral die mans in Afrika, en vuur?" verander sy skielik die onderwerp. "Waar lê die bekoring, of is dit 'n oerding wat julle steeds saam met julle dra? Die trots dat julle geleer het om vuur te maak? Is dit julle manier om te bewys dat julle verder as die ape op die evolusieleer gevorder het?"

Hy lag. "Miskien is dit ons manier om te wys ons het verder op die evolusieleer as vrouens gevorder, want het jy al ooit 'n vrou gesien wat 'n ordentlike vuur kan maak?"

"Ek kan verstaan waarom jy in bome moet bly, want jy sal dit nie kan waag om daai soort stellings in die beskawing te maak nie. Die feministe sal jou stenig."

"Is jy 'n feminis?"

"Is ek 'n feminis?" Sy pruil haar mond asof sy die woorde daarin rondrol. "Ja, want ek haat diskriminasie teen my omdat ek 'n vrou is. Maar as feminisme beteken ek mag nie my beenhare waks en my wenkbroue pluk nie, dan is ek nie een nie. Ek glo nie ek hoef soos 'n man te lyk om respek te verdien nie."

Sy kyk na hom oor die rand van haar wynglas. "As ek so na jou luister, besef ek jy is waarskynlik nie goeie troumateriaal nie, want mans soos jy hou nie van vrouens wat weet wat hulle wil hê nie. Julle sien julleself gewoonlik nog as hoof en heerser van die trop."

"En waarop grond jy jou bevinding? Jou wye ondervinding met mans soos ek?"

"Ek het 'n goeie mensekennis."

"Wat is fout daarmee om myself as heerser van die trop te sien?"

"Gaan jy nie eens probeer om dit te ontken nie?"

Hy strek sy hande agter sy kop en sak effens laer in die stoel af. "Net as dit saak gemaak het wat jy van my dink."

"Maak dit nie vir jou saak nie?" Sy trek die wynbottel nader en skink weer hulle glase vol.

"Dink jy dit behoort saak te maak?"

"Nee, maar dis 'n natuurlike reaksie. Boy meets girl. Boy tries to impress. Dis van alle tye af so."

"Maak dit vir jou saak wat ek van jóú dink?"

"As jy dalk 'n Hugo Boss- of Fabiani-pak in jou kas gehad het. Hierdie . . ." beduie sy met haar arm ". . . is effens wild vir my."

Hy lag sag. "Dis wat jy dink, maar as jy werklik nie omgegee het nie, sou jy nie hier in jou ontwerpers-denims en -hemp gesit het nie. Jou beenhare sou by jou broekspype uitgehang het en jy sou nie lekker geruik het nie. Jy doen dit miskien nie bewustelik nie, maar jy bly vrou en pronk ook maar soos die res van die wyfies voor die groot, sterk mannetjies verby om hulle met jou voorkoms te verlei. Jy wil ook maar verseker dat jou nageslag sterk gene het."

Ester lag hardop. "En sien jy jouself as 'n groot, sterk mannetjie met goeie gene?"

"Waarom anders sou jy moeite gedoen het om vanaand mooi te lyk en lekker te ruik?"

Sy gooi haar hande in die lug en lag weer. "Die mag van die gewoonte! Dink jy ek probeer jou verlei? Hoe verwaand ís jy?"

"Nee, ek dink nie jy probeer my doelbewus verlei nie.

Dis meer subtiel en lê op 'n baie dieper vlak as 'n doel-bewuste besluit."

Ester skud haar kop. "Hoe de hel kan jy so veralge-meen? Alle vrouens is nie dieselfde nie."

"Maar alle mans is?"

"As jy eerlik wil wees, sal jy erken dat mans baie meer eners is as vrouens. Ek dink daar is heelwat minder van julle soort modelle op die mark en dié wat daar is, selfs mans soos jy, verskil nie veel van mekaar nie."

"Wat bedoel jy met mans soos ek, en hoeveel van ons ken jy?"

"Ek hoef nie baie te ken om sekere eienskappe te her-ken nie. Julle weet nie julle het 'n vroulike kant nie, en as julle dit vermoed, onderdruk julle dit met alle mag en me-ning. Dis net alles testosteroon. Look at me, I am man."

"In teenstelling met, look at me, I have no clue who I am. Ek moet myself elke paar maande opnuut probeer vind." Hy lag. "Dit klink na moerse baie moeite."

"Ek begin verstaan waarom jy en my pa by mekaar uitgekom het. Die heelal wou julle verseker het dat julle nie alleen is nie. Dit moes herkenning met die eerste oog-opslag gewees het."

Hy staan op en verdwyn agter die kombuistoonbank. "Hoe drink jy jou koffie?"

"Ek wil liewer nog wyn hê."

"Moet jy nie môre werk nie?"

"Julle groenes weet ook nie hoe om die lewe te ge-niet nie. Vir julle moet alles so ernstig en intens wees." Sy staan op en wieg 'n oomblik liggies heen en weer. "Ira het vir jou iets saamgestuur. Hy het blykbaar joune laas keer opgedrink. Ek is seker hy sal wil hê jy moet dit met my deel." Sy tel die flits van die tafel af op en stap oor die houtdek na haar kamer toe.

54

Oomblikke later is sy terug met 'n bottel wat sy omhoog hou. "Net die regte medisyne teen slapeloosheid."

"Ek belowe jou daar's geen kans dat jy vannag sal wakker lê nie."

Sy het egter reeds die prop afgedraai en skink 'n bietjie in elke glas. Dan knyp sy haar oë toe en gooi die tequila agter in haar keel. Haar lyf ril liggies, maar sy skink weer 'n bietjie in haar glas. Maar voor sy dit sluk, staan sy op en hou haar glas omhoog: "All civilisation has from time to time become a thin crust over a volcano of revolution. Moenie my vra wie dit gesê het nie." Sy gooi die vloeistof weer agter in haar keel, maar toe sy haar hand na die bottel uitsteek, neem Samuel dit en draai die prop toe.

"Dis my geskenk. Ek is seker Ira het nie bedoel jy moet alles alleen drink nie."

"Jy is welkom om saam te drink."

Hy hou 'n beker koffie na haar toe uit.

"Koffie gaan my nou net wakker hou en ek wil nie in hierdie creepy stilte wakker lê nie."

"Die stilte kan jou dalk net goed doen."

Sy staan op en stap kamer toe, maar kom oomblikke later met haar tandeborsel en handdoek terug. "Wat gaan jy vir Ira sê as 'n wilde dier my vannag opvreet?"

"Die wilde dier het 'n bietjie rus en stilte gesoek."

"Ha-ha-ha. Jy het 'n humorsin."

"Moenie die flits verloor nie."

"Hierdie paadjie is baie nou. Het jy nog nooit na 'n aand se kuier hier afgeval nie?" roep sy toe sy om die rots verdwyn, op pad badkamer toe.

"Hou aan die ketting vas," roep hy terug. "As jy afval, los ek jou net daar en gaan slaap."

"Dis gaaf van jou om jou plek vir ons aan te bied om die shoot te doen," sê sy toe sy 'n paar minute later terugkom. "Het Ira vir jou gesê ons was op pad Kenia toe? Maar nouja, soos jy natuurlik weet, fok hulle toe sommer vinnig die land van 'n kant af op. Dis 'n screwed-up wêreld hierdie. Maar jy glo daar's nog hoop. Ons moet net almal saamstaan, dan kan ons 'n verskil maak." Sy steek 'n gebalde vuis in die lug. "Ubuntu. Waarom hulle in elk geval 'n Afrika-tema wil hê, sal net hulle weet. Om een of ander rede is wilde diere nou weer die flavour of the hour."

Sy draai weg op pad na haar kamer en kyk terug oor haar skouer. "Kom jy ooit Londen toe? Jy moet my bel as jy weer daar is," gaan sy voort, sonder om vir 'n antwoord te wag. "As jy nie slaapplek het nie, kan jy by my kom bly. Ek het 'n lekker groot woonstel. Dis nou nie 'n boomhuis nie, maar dis baie nice. Selfs jy behoort beïndruk te wees. En as jy te bang is, ek belowe jou, ek sal jou nie probeer verlei nie."

"Dankie, dis gerusstellend om te weet."

"Dankie dat jy my saam met jou laat vlieg het. Jy is 'n goeie vlieënier en dit was baie spesiaal," roep sy oor haar skouer terwyl sy wegstap.

"Dis 'n plesier."

"Gaan jy my hoor as ek jou roep?"

"Hopelik nie. Klim nou in die bed en maak jou oë toe. Niks sal jou pla nie."

"Ook nie jy nie?" Sy roep al harder.

"Veral nie ek nie."

"Goeienag. Dankie vir die bed en jou gasvryheid."

"Jy lyk anders as die dag in jou pa se kantoor," praat hy agter haar aan.

"Hoe het ek toe gelyk?"

"Interessant."

"En nou?" Sy bly staan op die houtpaadjie en kyk af

op die vreemde, maanverligte rivier onder haar. Die water glim blink en oral is skaduwees, maar dis onmoontlik om te onderskei tussen plante en diere.

"Verveeld."

Sy lig haar hand in 'n groet en lag. "Bepaal jou maar liewer by die gedragspatrone van bobbejane en renosters. Dis gevaarlik om van dinge te praat waarvan jy bloedweinig weet." Toe sy omkyk, sien sy hoe hy homself lankuit op die stoel uitstrek. "Terloops, wat beteken Bulweni?"

"A quiet, reserved person."

Ester se lag weerklink in die oopte. "Wat 'n misnomer, as ek al ooit een gehoor het!"

Toe Samuel 'n uur later kamer toe stap en lig in Ester se kamer sien brand, loer hy om die deur. Die gaslamp brand nog, maar sy is vas aan die slaap. Hy vou die muskietnet oop en laat dit oor die bed val. Net voordat hy die lamp afdraai, kyk hy 'n oomblik na die slapende figuur en skud sy kop. Sy gaan môreoggend 'n kopseer hê.

Toe hy eindelik op sy bed gaan lê, sug hy diep. Hy kan die klammigheid uit die rivier ruik en die soet reuk van die riete in die dak. Sy ore werk soos radar wat elke klein naggeluid opvang en êrens verwerk en hy glimlag toe hy sy oë toemaak. Hy het lanklaas kuiermense gehad. In die donkerte is hy bewus van die teenwoordigheid van iemand anders in sy ruimte. Selfs in haar slaap is die energie wat sy vrystel, nie rustig nie. Dis asof sy die lug om haar laat roer. Hy is seker as hy gaan kyk, sal die blare bo haar in die boom heen en weer beweeg.

Ira het hom al so baie van haar vertel dat hy nie regtig verbaas is nie. Tog het hy haar effens anders voorgestel. Sy is ongetwyfeld haar pa se kind. 'n Interessante mengsel van innerlike krag, intelligensie en awereghseid. Maar nieteenstaande haar genetiese samestelling is sy op die

57

oomblik beslis effens verdwaal. Asof sy 'n bekende pad
byster geraak het en nie meer die aanwysings onthou om
dit weer te kry nie. Hy kan verstaan waarom Ira bekom-
merd is oor haar.

5

Ester se eerste gewaarwording die volgende oggend toe sy wakker word, is van 'n verterende dors. Sy maak met moeite haar oë oop en staar verward na die wasigheid om haar. Miskien is sy dood, dink sy terwyl sy oor haar oë vee om seker te maak hulle is oop. Maar die beweging maak haar bewus van 'n dowwe geklop in haar kop en sy maak weer haar oë toe. Sy weet nie of 'n mens pyn kan ervaar as jy dood is nie. Sy loer deur skrefiesoë en raak versigtig aan die wit wasigheid. Dit duur 'n paar minute voordat sy besef dis 'n muskietnet. Haar volgende vraag is waar sy aan 'n muskietnet kom, maar stadigaan begin sy onthou en sy laat sak haar hand. Die boomhuis. Sy het laas nag in 'n boomhuis geslaap. En tot in die laatnagure met 'n relatief vreemde man oor allerhande dinge gepraat. Sy onthou nie op die oomblik alles wat gesê is nie, maar sy kan baie woorde onthou. En sy stem. 'n Stem wat tuis klink hier tussen die growwe boomstamme en die reuk van grond en water.

Sy begin haar tone versigtig roer terwyl sy wonder of die voëls so hard moet raas. En tussenin is daar die skril geskree van 'n blouapie wat haar elke keer haar kop laat vashou. Met moeite kry sy haar horlosie raakgevat, maar verstrengel haarself byna in die muskietnet.

Tienuur. So ver sy kan onthou, sal die ander net ná een aankom en sy het nog heelwat werk wat sy moet doen. Maar die gedagte aan opstaan laat haar kreun. Dis eers 'n halfuur later dat sy haarself sover kry om haar bene oor die bed se rand te swaai en versigtig regop te kom. Gewapen met haar toiletsakkie, 'n handdoek en klere, stap sy effens wankelrig badkamer toe.

Elias is besig om die houtvloer van die leefarea te vee terwyl hy 'n deuntjie neurie. Die volgende oomblik skreeu hy iets en 'n lemoen vlieg rakelings by haar kop verby. Sy skrik so groot dat sy alles laat val en koes. Hy gee nog 'n paar uitroepe en dan sien sy hoe 'n aap tussen die takke verdwyn. Sy staan op en begin haar klere, wat oor die vloer gestrooi lê, bymekaarmaak. As Elias gesien het dat hy haar byna onthoof het, het hy blykbaar besluit dis nie nodig om iets daaroor te sê nie. Sy rug is weer na haar gedraai en hy neurie verder.

Indien dit moontlik is, klop haar kop nog erger as minute gelede en sy draai die stortkrane wyd oop. Miskien sal dit help.

Elias kyk op toe sy by hom verbystap op pad terug kamer toe. "Hier is kos."

Ester skud haar kop voordat sy onthou dat dit die een handeling is wat sy nie op die oomblik moet uitvoer nie. "Ek wil nie eet nie. Kan ek net koffie kry?"

Hy beduie na 'n pan op die gasstoof. "Ek het kos gemaak."

"Ek is nie honger nie, dankie. Kan ek net asseblief koffie kry?" Sy is seker hy verstaan haar. Hy praat vlot Engels en Afrikaans.

Sonder 'n woord skink hy vir haar 'n beker koffie en sit dit op die tafel, saam met 'n bekertjie melk en 'n suikerpot.

"Waar is Samuel?" Die koffie is kokend warm en sy brand haar onderlip toe sy dorstig 'n sluk neem.

"Hy het gaan werk. Hy sê jy moet jou goed inpak. Ek

gaan wys jou die plek vir die foto's en vat jou terug kamp toe."

"Hoe laat is hy weg?" Sy wonder of hy regtig soveel werk gehad het dat hy nie eens net kon wag tot sy wakker is nie.

"Halfses."

Sy stap met die koffiebeker kamer toe en gaan sit op een van die stoele voor haar kamer op die balkon. Die son is al warm en die rivierloop is vanoggend verlate, met slegs twee krokodille wat teen die oorkantste wal lê en bak. Die voëls is egter steeds woelig en raserig met hulle doen en late besig. Sy wens sy het 'n afstandbeheerder gehad sodat sy hulle met die druk van 'n knoppie kon stilmaak. Sy moet dringend haar sonbril gaan soek.

Die oomblik toe hulle deur die eerste knik gaan, weet Ester sy gaan nie hierdie rit oorleef nie. Haar kop gaan beslis al op haar geboortenate langs oopbars. Sy weet nie of dit sal help om te vra dat hy stadiger moet ry nie, want dis nie asof hy vreeslik vinnig ry nie.

Hulle ry omtrent 'n kwartier voordat hy stilhou en vir haar beduie sy moet uitklim. Vyf minute se stap bring hulle by 'n interessante stapel rotse wat lyk of hulle deur iemand losweg bo-op mekaar neergesit is.

"Jy kan hier foto's neem," praat Elias vir die eerste keer vandat hulle by die lapa weg is. "Kom. Ek sal jou die ander ook gaan wys."

Ester neem vinnig 'n paar foto's voordat sy haar treë rek om by te bly, want sy is seker sy hoor iets tussen die mopaniebosse 'n entjie agter hulle. Die rit word weer in doodse stilte afgelê en sy voel byna lighoofdig toe hy eindelik die Land Rover tot stilstand bring. Hy tel die geweer van die agterste sitplek af op en beduie dat sy moet uitklim. Die volgende plek wat hy haar wys, is 'n stukkie vleiland. Al op die rand daarvan staan groot palms in 'n byna volmaakte sirkel. Samuel Mcgreggor het 'n goeie oog vir detail, dink sy beïndruk.

Die derde plek wat Elias haar gaan wys, is verder op teen die rivier waar dik takke van oeroue wildevybome byna tot op die grond hang. Onder die takke, in die skaduwee, is dit koel en effens donker en sy wonder of Elias haar nie net 'n bietjie daar sal laat sit nie. Hy het egter reeds omgedraai en is besig om terug te stap voertuig toe. Hy gee haar elke keer net genoeg tyd om haastig 'n paar foto's te neem.

Die rit van daar af is nog meer stamperig en Ester moet op haar tande byt om nie te kreun nie. Nadat hulle 'n entjie teen 'n klipkoppie uitgery het, stop hy weer en sy stap agter hom aan tot hy op 'n groot, plat klip gaan staan. Sy moet eers 'n paar keer diep asemhaal toe sy bo kom, maar dan sien sy die uitsig en sy vergeet byna om weer asem te haal. Sy sal nie op so 'n plek kan woon nie, maar sy kan nogal verstaan dat iemand soos Samuel Mcgreggor nie meer hier wil weggaan nie. Hulle kyk uit oor 'n stuk ongerepte landskap. Tussen die mopanies en die maroelas troon daar twee yslike bome uit, soos reuse wat jaloers wag hou. Die rivier lê duidelik groen omsoom 'n ent onder hulle. Dis so stil dat sy êrens 'n insek kan hoor zoem.

Elias draai om en sy volg hom versigtig teen die skuinste af. 'n Entjie van die Land Rover af hou hy sy hand skielik in die lug en sy loop byna in hom vas. Sy kyk heen en weer, voor en agter haar, maar sien niks. Totdat Elias stil na 'n plek net skuins agter die voertuig beduie. Dan sien sy die renoster. Sy lig die kamera wat oor haar skouer hang en sonder om iets te sê, stap sy stadig nader, terwyl die sluiter onophoudelik klik. By die hoek van die voertuig sak sy op haar hurke en eers toe 'n hand om haar boarm sluit en sy die volgende oomblik ietwat hardhandig in die voertuig gehelp word, word sy weer bewus van die ouer man.

Van die woorde wat hy kwytraak, verstaan sy niks, maar wat sy kan aflei van die 'eish' aan die begin en van sy stemtoon, klink dit of hy nie op die oomblik te gelukkig met haar is nie.

Sy besluit om nie te antwoord nie, ook nie te vra waaroor die ontsteltenis gaan nie. As sy dalk vermoed het dat hy vir haar kwaad is, word haar vermoedens vinnig bevestig toe hy skielik met aansienlik meer spoed die stamperige pad aandurf en sy later koorsig van pyn voel. Sy was nog nooit so bly om geboue van enige aard te sien soos toe die lodge eindelik voor hulle verskyn nie. Die vlakvark kom weer nader gehardloop en in haar ylende gedagtes neem sy haar voor om nog 'n foto van die potsierlike dier te neem voor sy teruggaan.

Elias stop 'n entjie van die hoofgebou af en laai haar bagasie af. Een van die Sjangaan-mans kom oor die grasperk aangestap en tel haar tasse op. Hy beduie na die hoofgebou en sy stap agter hom aan. Voordat hulle by die gebou is, kom Kiki uitgestap en glimlag toe sy vir Ester gewaar.

"A-a-a, jy het die nag in die boom oorleef. Jy's 'n dapper vrou." Sy praat dieselfde goeie Engels as Elias, met net 'n sweempie van 'n aksent.

"Maar as ek nie nou vinnig twee baie sterk kopseerpille kry nie, gaan ek dood. Ek sal jou enigiets betaal as jy vir my twee pille kan gee."

"Laat David jou solank na jou tent toe neem. Ek sal iemand met die pille stuur. Onthou, jy mag nie alleen buite rondstap nie. Bel asseblief kantoor toe as jy êrens heen wil gaan," roep sy oor haar skouer.

In hierdie stadium voel dit vir Ester of sy dalk maar liewer moet toelaat dat 'n wilde dier haar so vinnig moontlik opvreet. Dit sal ten minste 'n einde aan haar lyding maak. Hulle kronkel met 'n paadjie tussen die natuurlike plantegroei deur totdat dit vir haar voel of hulle verdwaal is. Eindelik sien sy 'n grasdak tussen die bome deur en dan gewaar sy die byna versteekte konstruksie. Om dit 'n tent te noem, is seker tegnies reg, maar dis nie sommer 'n gewone tent nie. Alhoewel die sykante van 'n dik, roomkleur seil gemaak is, staan dit op 'n netjiese houtplatform en bo-oor die hele konstruksie is 'n netjies gedekte rietdak. Hulle klim 'n paar trappies tot op 'n stoepie en die man by haar trek die groot ritssluiter oop en vou die deursigtige binneseil weg sodat sy kan instap.

Die binnekant is koel en skemer en sy sien 'n groot dubbelbed met spierwit beddegoed. Sy skop haar skoene uit en stap oor die houtvloer totdat sy vooroor op die bed neerval. Haar tasse word êrens neergesit en daar word vir haar iets van 'n yskassie en water en dinge verduidelik, maar sy het reeds haar oë toegemaak. Sy hoor 'n stem en iemand kom sit 'n pakkie hoofpynpille en 'n botteltjie water langs haar op 'n bedkassie neer. Sy draai op haar sy en sluk dit haastig voordat sy weer op haar maag draai en haar oë toemaak.

Ester voel verward toe sy wakker word. Dis pikdonker om haar en vir die tweede keer daardie dag wonder sy of sy nie dalk dood is nie. Sy vat-vat langs haar totdat sy iets soos 'n bedkassie raakvat en begin dan versigtig rondtasl na iets wat soos 'n skakelaar voel. Sy hoor hoe iets op die vloer val en sy strompel orent. Sy is byna seker sy het 'n flits op die bedkassie gesien voordat sy aan die slaap geraak het. As dit nie 'n flits was nie, weet sy nie wat sy gaan doen nie, want dis so donker dat sy nie haar hand voor haar oë kan sien nie en sy kan nie onthou wat David alles gesê het nie. Sy soek-soek verder na 'n skakelaar, maar die enigste voorwerp wat sy raakgevat kry, is iets wat soos 'n telefoongehoorstuk voel. Sy klou verbete daaraan vas en begin rondvoel tot sy 'n knoppie raakvat. Tot haar groot verligting hoor sy 'n geluid en dan antwoord 'n stem.

"Hallo, dis Ester Green. Kan jy asseblief vir my sê wat ek moet doen om lig in my tent te kry. Dis nagdonker en ek kan nie sien wat aangaan nie."

"Daar is bedlampe langs die bed en hulle skakelaars is op die voetstukke. Op die bedkassie behoort 'n flits te wees, maar ek stuur iemand om u te kom help."

"Dankie. Weet jy dalk of die tydskrifgroep aangekom het?"

"Ja, maar hulle het reeds na die ander lodges vertrek. Die drie wat hier bly, is in die lapa. Aandete word oor vyftien minute bedien."

Sy sak weer teen die kussings terug, maar hou steeds die gehoorstuk in haar hand. In die donkerte voel dit soos haar enigste verbintenis met die beskawing . . . of miskien ook nie die beskawing nie, maar ten minste ander mense.

Sy weet nie hoe lank sy so gelê het nie, maar sy slaak 'n sug van verligting toe daar skielik lig van buite af inskyn en sy voetstappe op die stoepie hoor. 'n Beleefde stem vra of hy kan inkom en sy voel soos 'n verdwaalde wat eindelik gevind is. Sy hoor hom binnekom en die volgende oomblik word die bedlamp aan die ander kant van die bed aangeskakel. Sy knip-knip haar oë 'n paar keer en glimlag verlig.

"Ek sal vir Juffrou op die stoep wag," sê die swart man vriendelik.

Terwyl sy nog halfverdwaas om haar kyk, stap hy weer

buitentoe en vir die eerste keer kan sy behoorlik haarself en haar omgewing bekyk. Daar is 'n nat kol op een van die kussings en sy besef sy moes in haar slaap gekwyl het. Sy vee oor haar mond. Ten minste voel haar kop nie meer of dit wil oopbars nie.

Dis 'n baie mooi, luukse tentkamer. Die effens rooibruin houtvloere glim warm. Sy kyk op haar horlosie. Dis net na halfsewe. Sy het die hele middag geslaap. Toe sy haar selfoon uit haar skouersak haal, is daar nie 'n teken van 'n sein nie en sy gooi dit terug. Die badkamer is agter 'n kas aan die bed se kopkant, maar die stort is 'n opelugstort op 'n klein privaat stoepie buite die tent. Sy kyk versigtig heen en weer en bo haar in die boom voordat sy die stortkrane oopdraai en onder die water instap. Haar kopseer is weg, maar in die plek daarvan voel dit of 'n wollerige newel oor haar brein gespan is.

Die vriendelike man sit op die stoeptrappies toe sy uitstap en kom orent toe hy haar sien. Hy maak seker haar tentflap is dig toegetrek voordat hy sy flits aanskakel en voor haar op die geplaveide paadjie uitstap. Hier en daar skyn 'n lig tussen die struike en bome, maar nie so sterk dat 'n mens sonder 'n flits die pad sal wil stap nie.

Ester ruik die vuur en hoor die halfgedempte stemme voordat sy nog in die lapa is. Sy kyk oor haar skouer na die gids. "Dankie."

Hy glimlag breed.

Sy gewaar vir Henry en die twee modelle, Marja en Heidi, by 'n tafel.

Hy frons toe hy haar gewaar. "Wat het van jou geword, en waarom lyk jy so sleg?"

"Ek het vandag gewerk." Sy soen al drie vlugtig op die wang voordat sy op 'n stoel neersak.

Hy swaai sy arm in die rondte. "Ek is baie beïndruk met

die plek wat jy vir ons op sulke kort kennisgewing gekry het. Ek kan net nie glo daar is sulke plekke in die middel van nêrens nie." Hy beduie na die bord kos voor hom. "En die kos is reguit uit die hemel."

"Het ek jou al ooit teleurgestel?" Sy beduie vir die kelner om vir haar 'n bier te bring en dan sit sy terug en bekyk haar omgewing met aandag. Dit is 'n groot, los-staande struktuur met 'n grasdak oor. Aan die een kant staan leerrusbanke en -stoele om koffietafels gerangskik en aan die ander kant is 'n verskeidenheid houttafels en stoele waar mense sit en eet. 'n Paar versteekte ligte en die kerse wat op al die tafels brand, sorg vir sagte belig-ting. Die rietdak loop aan die punte van die gebou tot op die grond. In die middel is 'n groot braaiplek met aan die bokant 'n kopertregter waardeur die rook trek. Weer eens vuur, dink sy. Die mense in Afrika het nog altyd 'n byna magiese verbintenis met vuur gehad. Wit, swart en bruin.

"Gaan skep vir jou kos," por Henry haar aan. "Ek het nie die vaagste idee wat dit alles is nie, maar ek is ernstig as ek sê dis orgasmies lekker." Sy swaar Britse stem styg in ekstase.

"Ek is nie nou honger nie." Sy kyk na die ander twee om die tafel. "Het almal en alles darem hier uitgekom?"

"Elke belt en skoen. En die personeel hier is so be-hulpsaam dat alles reeds uitgepak en gestoom is. Die reë-lings vir môre is getref en hulle wag net vir jou om te sê waar ons gaan begin. Ons het blykbaar vier verskillende plekke waar ons mag skiet."

Sy neem 'n groot sluk bier. "Hmm . . . ek was vandag by almal en dit kan dalk werk."

"Dit beter werk," sê Henry ernstig. "Met die kansella-sies in Kenia en al die ander drama, is ek op die oomblik

67

nie die gunsteling by die bestuur nie. Hierdie gaan 'n baie duur shoot wees en ons moet sorg dat dit hulle asems wegslaan." Toe Ester opstaan en op een van die rusbanke gaan sit, stap hy agter haar aan en sak met 'n sug langs haar neer.

Sy steek twee sigarette aan en hou een na hom uit, maar hy skud sy kop. "Ek probeer minder rook."

"Vir wat?"

"Ek het 'n baie oulike ou ontmoet wat nie van rook hou nie. Gewoonlik sou ek gesê het dis sy probleem, maar as jy hom sien, sal jy ook bereid wees om meer as rook prys te gee . . ."

Sy stem raak stil en hy raak aan haar arm. "Ek wonder wat ek sal moet prysgee om hóm in die hande te kry?" Dit klink of hy met homself praat en Ester draai haar kop om te sien waarna of na wie hy kyk.

"Dis die eienaar," sê sy.

"Die eienaar van wat?"

"Dis Samuel Mcgreggor, die eienaar van die plaas en die lodge. Hy en Ira is vriende en dis hoe ons hier uitge-kom het."

Henry vat 'n trek aan Ester se sigaret en blaas die rook stadig uit terwyl hy deur skrefiesoë na Samuel sit en kyk waar hy groet-groet tussen die tafels deur beweeg.

"Jy rook te veel," is Samuel se eerste woorde toe hy op 'n stoel by hulle kom sit.

Ester blaas 'n mondvol rook stadig in sy rigting. "Volgens wie se standaarde?"

Hy neem die sigaret uit haar vingers en skiet dit in die vuur.

"Wat doen jy?" Sy kyk hom oopmond aan.

"Ek wil met jou praat en gaan dit nie deur 'n rookwolk doen nie." Dan kyk hy na Henry en steek sy hand uit.

68

"Jammer dat ek julle gesprek onderbreek. Ek is Samuel Mcgreggor."

"Henry Blake." Henry glimlag effens.

"Ek hoop alles is reg en dat julle tevrede is."

Henry sit regop. "Baie dankie. Alles is perfek en jou personeel is baie professioneel en behulpsaam. Ek is baie dankbaar dat ons van jou geriewe gebruik mag maak. Jy red ons uit 'n redelik netelige situasie."

"Moenie so gou dankie sê nie . . . julle betaal vir hierdie voorreg." Samuel glimlag skeefweg en Henry blaas hoorbaar sy asem stadig uit. Ester moet keer om nie te lag nie.

Sy haal 'n pakkie sigarette uit haar denim se sak, maar voordat sy weer een kan aansteek, neem Samuel die pakkie uit haar hande en sit dit in sy hempsak. "Jy kan nounou weer rook, maar nou wil ek eers hê jy moet luister en konsentreer."

Sy skuif tot in die hoekie van die rusbank en vou haar arms voor haar bors.

"Ek het gereël dat twee gidse elke dag saam met julle gaan. Hulle ken die veld en die diere, maar dis belangrik dat julle sal luister as hulle praat. Dis op daardie voorwaarde alleen dat ek sal toelaat dat julle foto's in die veld neem. Anders moet julle hier in die kamp bly en alles hier skiet. Ek soek nie die publisiteit as een van julle hier iets oorkom nie. Hierdie is nie 'n dieretuin nie. Die diere loop los rond en is gevaarlik."

"Ons is nie kinders nie."

"Ek is nie so seker daarvan nie, maar in elk geval, ek wil net hê jy moet besef dis 'n guns wat ek enige tyd sal opskort as julle nie by die reëls bly nie. Een insident soos met die renoster vandag en julle gaan nie weer veld toe nie."

"As ek iemand se lewe in gevaar gestel het, was dit my eie en ek is bereid om die verantwoordelikheid vir myself te dra."

"Solank jy op my grond is, is jy my verantwoordelikheid en ek maak die reëls. Ek gee nie om of jy daarvan hou of nie." Hy tel 'n droë blaar van die vloer af op, gooi dit in die vuur en kyk na Henry. "Dit klink dalk onnodig streng, maar ek moet julle woord hê dat julle na die veldwagters sal luister. Ek weet nie wie van julle in beheer is nie, maar sorg asseblief dat die groep weet wat die reëls is."

"Ek sal toesien dat almal weet wat aangaan."

"Het Elias ál vier plekke vir jou gaan wys?" Hy kyk na Ester en sy knik.

"En?"

"En wat?"

"Wat dink jy van die plekke wat ek vir jou uitgesoek het?"

"Dit kan dalk werk."

"As dit nie werk nie, moet jy vir jou 'n ander fotograaf kry." Hy glimlag ligweg in Henry se rigting, terwyl hy opstaan en nag sê.

Toe hy van hulle af wegstap, rek Henry sy nek lankuit terwyl hy Samuel agterna kyk en Ester sien dat 'n hele paar van die ander mense hom ook agterna kyk.

"Wat dink jy sal dit kos om hom op 'n foto te kry? Ek is bereid om my siel aan die bestuur te verkoop vir daai geld."

"Ek weet nie."

"Lyk alle mans in Suid-Afrika so?"

"Wat bedoel jy? Lyk almal so goed of so sleg?" Ester wil vir haar koffie inskink, maar bedink haar.

"Laat ons eerlik wees. Hy kan doen met 'n goeie vog-room en 'n sonblok, maar ek het lanklaas iemand gesien

wat so gemaklik in sy eie lyf is. Dit moet hemels bevry-
dend wees. Dink jy hy besit 'n spieël?"

"Ek het nie 'n idee nie."

Henry se oë trek weer op skrefies toe hy met meer aan-
dag na Ester kyk. "Bespeur ek lyftaal tussen julle?"

"Ons het gisteraand tot wie weet hoe laat in sy boom-
huis gekuier en ek het vanoggend met 'n helse kopseer
daar wakker geword. Ek kan nie juis onthou waaroor ons
alles gepraat het nie. So as daar lyftaal is, is dit waarskyn-
lik braille, want ek kan baie min onthou. Ek dink ek het
hom dom genoem en in 'n stadium vir hom gevra of hy
'n vrou het."

Henry pruil sy mond. " 'n Boomhuis? Jy het die nag
saam met hóm in 'n boomhuis deurgebring en jy vertel
my nie? En nou pleit jy kastig geheueverlies! Moenie my
weer enigiets vra nie."

Ester soen laggend sy wang. "Ek kan dalk nie onthou
wat ek alles gesê het nie, maar ek onthou beslis dat ek
alleen in 'n bed geslaap het. Daar is sekere dinge wat 'n
mens beslis nie sal vergeet nie, en om met Tarzan in 'n
boomhuis te slaap, is sekerlik een daarvan. Ek kan nie
onthou dat enigiemand aan toue geswaai of uit volle bors
geskreeu het nie."

"Is daar toue?" Henry se oë rek verbaas en Ester lag
hardop.

"Nie wat ek kon sien nie, maar ek was nie in sy kamer
nie. 'n Mens weet nooit."

6

Ester is reeds wakker toe haar wekkertjie vieruur die volgende oggend lui. Ná 'n vinnige stortbad en 'n ligte ontbyt in die lapa, vertrek sy en Henry saam met twee gidse. Dis nog donker onder die groot wildevybome, maar daar is twee tente opgeslaan en gaslampe brand oral. Marja en Heidi is reeds gegrimeer en hulle hare is gestileer. Assistente is besig om hulle te help aantrek en ander is besig om ligskerms op te slaan. 'n Paar ape spring verskrik hoër in die bome op, maar loer tog nuuskierig tussen die blare uit.

Toe die eerste model klaar aangetrek is, begin Ester werk en dis eers toe sy 'n sweetdruppel teen haar nek voel afloop dat sy daarvan bewus word dat die son al warm geword het. Die lig onder die bome is egter sag en sy werk nog 'n uur of wat voordat sy begin oppak. Hier en daar klap 'n paar hande en oral word sweet afgevee.

"Ons sien julle weer vieruur hier," demp sy egter die opgewondenheid voordat almal na hulle onderskeie lodges toe verdwyn.

Terug by die kamp besluit sy en Henry om iets op die stoep te gaan drink. Sy bêre haar kameras in die tent en stap weer saam met die gids terug.

Henry sit reeds daar, druk in gesprek met twee jong mans. Hy klop langs hom op die rusbank toe hy haar gewaar. "Kom sit, ek is besig om so slim te word. Ester, dis Ian Wessels en Percy Nkuna. Hulle werk albei hier, en as jy ooit iets wil weet oor 'n boom of 'n bobbejaan, is hulle die mense om te vra." Hy beduie na Ester. "Hierdie een het ook Afrika-bloed in haar are." Ester skud hand met die twee mans.

"Jy is Ira se suster," merk Ian op toe hulle weer gaan sit.

"Dit lyk my almal ken hom."

"Hy was al 'n paar keer hier."

"Ek het nou net vir hulle gevra of hulle dink Samuel Mcgreggor sal toelaat dat ons foto's in sy huis neem."

"Dink julle hy sal?" Ester kyk hoopvol van Ian na Percy. Sy het toevallig vandag oor dieselfde ding gewonder.

"Julle kan hom vra, maar hy is baie heilig op sy privaatheid," sê Ian.

"Sal jy hom vra?" Henry kyk na Ester, maar sy skud haar kop.

"Hy sal makliker vir jou ja sê as vir my."

"Ek het nog nie eens die huis gesien nie. Jy was ten minste al daar. Al wat ek vir hom kan sê, is dat ek hoor hy het 'n interessante huis. Wat maak ek as hy sê ek het verkeerd gehoor?"

"Ek sal hom vra." Ester neem dankbaar die koeldrank wat een van die personeel vir haar gee.

Hulle gesels nog 'n rukkie voordat Ian en Percy verskoning maak dat hulle nog moet gaan werk.

"Waarom het jy my nog nooit genooi om saam met jou huis toe te kom nie?" wil Henry weet toe hulle alleen is.

"Hierdie land is nie meer my huis nie."

"Jy kon dit nog steeds vir my kom wys het."

"Ek het nooit gedink dis 'n plek wat jy sal wil sien nie."

"Ek ook nie, maar noudat ek hier is, sal ek graag die res ook wil sien. Die plek het 'n vreemde energie. Ek weet

73

ook nie of dit die plek of die mense is nie. Al wat ek weet, is hulle lyk nie soos mense wat ek ken nie. Miskien het dit iets met hulle rustigheid te doen of dalk die feit dat almal so gemaklik in hulle eie velle lyk." Hy neem 'n sluk koeldrank en skud liggies sy kop. "Dis vreemd om te dink jy kom hiervandaan en dat dieselfde oergene in jou is."

Ester kyk stil hoe 'n troppie sebras in 'n ry met 'n voetpad afgestap kom rivier toe. Die lug agter en voor hulle maak dynserige lugspieëlings in die hitte. Sy het Henry een aand, kort nadat sy in Londen aangekom het, op 'n partytjie ontmoet en dit was hy wat haar die eerste keer gehuur het om 'n bylaag vir hom te skiet. Sedertdien werk sy baie dikwels vir hom.

Hy is waarskynlik die enigste mens wat weet hoe swaar sy soms kry en beslis die enigste een in haar nuwe vriendekring wat die hele storie ken. Dit beteken egter nog nie hy hoef op 'n dag soos vandag allerhande onsinnige opmerkings te maak nie. Daar is iets in die windstil, warm lug wat haar so hartseer stem, dat sy eintlik net haar kop wil toetrek en gaan slaap. Of eenkant alleen wil sit en soos Job haar sere krap.

"Ek dink ek gaan 'n bietjie lê voordat ons weer moet gaan." Sy stap weg sonder om terug te kyk en is bly toe sy op haar bed kan neerval. Hulle behoort haar vir hierdie projek dubbel haar gewone fooi te betaal om te probeer vergoed vir die stryd wat sy het om te sien, maar ook nie te sien nie. Nie die lug, die grond, die mense nie, niks. En die stryd om te hoor, maar ook nie te hoor nie. Nie die vreemde, aardse deuntjies wat geneurie word, of die ritmiese stemvalle nie, ook nie die stilte wat nie stil is nie. Sy onthou 'n aanhaling wat sy eenkeer gelees het: Tonight at the magic theatre, for madmen only, price of admittance: your mind. Dit kon netsowel gelui het, 'n week in die teater van die absurde, vir die malles onder julle, toegang: jou hart. Ja, hulle behoort haar baie meer te betaal.

Laatmiddag pak die wolke donker saam, maar sy kry 'n goeie twee uur se goeie lig om by te werk en is dankbaar toe hulle 'n ruk ná sononder by die kamp aankom. Sy gee nie om om hard te werk nie, maar sy haat dit om alles oor te doen. En soms gebeur dit dat niks uitwerk soos dit beplan is nie. Haar Afrikaanse ouma sou gesê het dis asof die duiwel in alles ingevaar het. Dis sulke dae dat sy haarself streng moet aanpraat om nie op almal te skreeu nie. Maar vandag was die duiwel blykbaar met ander dinge besig, want dit was asof elkeen besluit het perfeksie is nie 'n onmoontlike droom nie. Selfs die ape in die bome was soos afgerigte sirkusape wat presies geweet het wanneer en waar hulle hul verskyning mag maak.

Sy en Henry gaan eet later saam, maar albei is moeg en hulle klim vroeg in die bed.

Toe hulle die volgende oggend by die stukkie vleiland aankom, is die kamp reeds weer opgeslaan en almal is soos die vorige oggend besig om alles in gereedheid te bring. 'n Tafel met koffie en toebroodjies staan eenkant en Ester skink vir haar 'n beker koffie terwyl sy stadig die terrein deurstap. Sy kom agter 'n veldwagter is nooit ver van haar af nie. Sy wonder of hulle werklik sulke streng opdragte gekry het en of hy dalk net sy werk baie ernstig opneem.

"Die man het 'n goeie oog. Hy het interessante plekke uitgesoek." Henry staan hande op die heupe toe sy omdraai.

Ester antwoord hom nie, maar gaan haal 'n kamera en begin foto's uit verskillende hoeke neem. Soos dit begin

75

lig word, is dit asof 'n byna onsigbare lagie mis oor die stukkie vlei tussen die palms sigbaar is en sy roep die modelle nader.

Net voor die son agter die horison uitkom, sit sy in die middel van die stukkie vleiland. Sy sien hoe 'n veldwagter woes vir haar beduie. Toe sy opkyk, besef sy 'n groot olifantbul is besig om stadig tussen haar en die res van die groep in te stap. Sy bly doodstil sit en bid dat Heidi nie sal skrik en weghardloop nie, want van waar sy sit, kan sy die ongelooflikste foto's neem. Asof die meisie haar stil wens gehoor het, bly staan sy op die plek en Ester se kamera klink soos 'n masjiengeweer. Sy verskuif elke keer net effens van posisie. Van die foto's neem sy onder die olifant se maag deur en op ander lyk dit of die model langs die olifant staan en aan sy slurp kan raak. Ester maak of sy nie weet dat een van die veldwagters omgestap het en agter haar kom staan het nie. Sy maak ook of sy nie hoor toe hy vra dat sy moet ophou foto's neem nie. Sy kyk net vinnig oor haar skouer en glimlag breed. Ná omtrent twintig minute begin die olifant weer stadig terugstap op die pad waarmee hy gekom het. Die jong model gaan sit op die grond en gee 'n hoë laggie.

"Niemand gaan glo ons het nie die foto's gedokter nie."

Ester laat sak die kamera en vee oor haar voorkop. "Baie dankie." Sy glimlag vir die veldwagter.

Hy skud sy kop en mompel 'n paar woorde in sy taal, waarvan sy net Samuel se naam en die woord "doodmaak" verstaan, maar dan glimlag hy ook terwyl hy oor sy voorkop vee.

"Jy moet dit nie doen nie. Dis gevaarlik en Samuel gaan ons moeilikheid gee as hy weet," slaan hy na Afrikaans oor toe hy sien sy verstaan hom nie.

"Miskien moet hy dan liewer nie weet nie."

"Hy weet alles."

Ester kan haar indink dat min dinge ongesiens by hom verbygaan. Dis een van sy eienskappe wat haar effens ont-senu of eerder ongemaklik laat voel. Dis 'n gewaarwor-ding wat sy van hulle eerste ontmoeting af gehad het. Miskien is dit ook maar net 'n truuk om mense te laat glo hy sien en weet alles.

"Ek sal hom sê hy moet vir my kwaad wees en nie vir julle nie. Jy het my gewaarsku, maar ek wou nie hoor nie."

"Hy gaan baie kwaad wees."

"Ek is jammer dat ek julle in die moeilikheid laat be-land het. Ek sal regtig met hom praat."

Hy glimlag 'n wit glimlag terwyl hy sy kop skud. "Mis-kien moet ons maar niks sê nie. Miskien is sy ore en oë nie op die oomblik so goed nie."

"As ons vanaand uitgeskop word en môre die res van die foto's in 'n dieretuin moet gaan skiet, gaan ek jou in die leeuhok gooi," laat Henry hoor toe hulle later die og-gend oppak. "Wil jy my 'n hartaanval gee?"

"Wag tot jy daai foto's sien. Jy gaan diep in die skuld wees by my. Groet maar solank daai klomp Hermes-serpe van jou."

"En as hy jou uitskop, gaan ek maak of ek jou nie ken nie."

"Hy oorreageer. Het dit vir jou gelyk of enige van ons ooit vandag in gevaar was?"

"Moenie my probeer oortuig nie. Hou maar jou ver-skonings vir die groot man."

Ian staan by die parkeerplek toe hulle stilhou en help hulle om van die Jeep af te klim.

"Het julle 'n suksesvolle dag gehad?" Hy vra die vraag so in 'n algemene rigting, maar kyk tog na Ester.

"Baie suksesvol." Ester gee haar kameratasse vir hom aan sodat sy van die voertuig kan afklim. "Was dit Samuel se Jeep wat ek sien wegry het?"

"Ja. Hy is op pad na die rehabilitasiesentrum toe."

"Kom hy later weer terug? Ek moet met hom praat."

Ian skud sy kop. "Nie so ver ek weet nie."

"Kiki het vanoggend gesê daar is vanaand 'n nagrit. Hoe laat vertrek julle? Ek sal graag wil saamgaan," onderbreek Henry hulle.

"Net ná aandete. Gaan sê net by die kantoor jy wil graag saamry."

Henry draai om en stap kantoor toe, maar roep oor sy skouer: "Wil jy ook saamgaan?"

Ester skud haar kop. "Ek dink nie so nie."

Sy val op haar bed neer toe sy in die kamer kom. Sy het vandag vergeet om sonroom aan te smeer en sy kan voel sy het gebrand. Haar vel voel stram en warm. Sy begin lê-lê uittrek en stap kaal badkamer toe. Toe sy in die spieël kyk, sien sy waarom haar gesigvel voel of dit gekrimp het. Haar skouerknoppe is ook rooi en sy verwens haarself vir haar agterlosigheid. Dit gaan 'n rukkie duur om van die wit strepe ontslae te raak.

Toe sy uit die stort kom, gaan lê sy met die effens klam handdoek om haar gedraai op die bed. Sy moes aan die slaap geraak het, want toe sy wakker word, is dit net ná drie-uur. Sy trek aan en tel haar kamera op voordat sy buitentoe stap. Miskien moet sy die vlakvark gaan soek en kyk of hy nie vir haar wil poseer nie. Sy stap om 'n groot struik en skielik voel dit of haar voete in nat sement beland het. Reg voor haar in die paadjie sit 'n yslike bobbejaanmannetjie. Sy oë is effens skeelgetrek soos hy na iets in sy hand staar. Ester probeer retireer, maar dit duur 'n paar sekondes voordat haar voete haar brein wil gehoorsaam. Sy kry dit egter reg om 'n paar treë terug te gee, maar dan gee sy 'n gilletjie toe sy skielik in iets vasloop. Die bobbejaan is skielik weer voor haar en sy swaai verskrik om. Een van die gidse lig sy hand waarin hy 'n stok vashou en die bobbejaan spring skuinsweg eenkant toe en in 'n boom.

"Jy moenie alleen loop nie," kom die droë vermaning en Ester knik.

"Ek is jammer. Ek het vergeet om te bel. Dankie."

Hy knik en wag dat sy voor hom uitstap. Toe hulle by die ontvangs verbystap, gewaar sy vir Elias en sy stap nader. Hy groet stram terug.

"Is jy op pad terug huis toe?"

"Ja."

"Kan ek asseblief saam met jou ry? Ek moet met Samuel praat."

"Hy is nie by die huis nie."

"Kan jy my dan asseblief neem na waar hy is. Ek is seker hy sal my weer terugbring." Ester weet nie of sy haar moet vervies of probeer kalm bly nie. Al die personeel is vriendelik en hulpvaardig, behalwe die man met die strak gesig en stil oë.

"Ek dink nie hy wil daar gepla word nie. Hy's besig."

Op daardie oomblik kom Kiki uit die kantoor.

"Ek moet dringend met Samuel praat, maar Ian sê hy kom nie weer vanaand terug nie. Hy is blykbaar by die olifante en ek sal bly wees as Elias my daarheen kan neem."

Kiki kyk na Elias en dan terug na Ester. "Hy laat gewoonlik nie gaste daar toe nie."

"Ek verstaan en ek wil hom ook nie gaan pla nie, maar ek is seker hy sal nie omgee nie."

"Ek wil nie hê hy moet kwaad wees nie."

79

Ester skud haar kop. "Hy sal nie en as hy is, sal hy vir mý kwaad wees en nie vir julle nie."

Daar volg 'n gesprek tussen pa en dogter en toe stap Elias buitentoe en Kiki glimlag. "Hy sal jou gaan aflaai."

"Dankie. Ek belowe ek sal jou nie in die moeilikheid laat kom nie."

Elias het reeds die Land Rover aangeskakel toe Ester buite kom en sy moet haastig inklim. Hy praat nie 'n woord met haar nie en haar vrae droog later op. Sy verbeel haar dat sy die pad na die boomhuis herken, maar hulle ry nie deur die rivier nie en mettertyd weet sy glad nie meer waar hulle is nie. Ester gewaar eers die Jeep en toe die gebou wat soos 'n skuur lyk. Elias stop 'n entjie van die Jeep af en klim saam met haar uit. Twee mans kom agter die gebou uit en glimlag toe hulle Elias gewaar. Die drie groet en daar volg weer 'n onverstaanbare gesprek voordat een beduie dat sy saam met hom kan stap.

Hulle stap langs die skuur verby, maar die sykante is oop en sy gewaar drie jongerige olifante binne. 'n Ent verder sien sy nog twee sulke skure en 'n verskeidenheid kampe en hokke. Mense stap heen en weer, maar om een of ander rede voel dit nie na 'n bedrywige plek nie. Daar hang 'n laatmiddag-rustigheid oor alles en almal.

Hulle stap met 'n voetpaadjie langs tot op die rivierwal en dis eers toe die takke van die bome effens lig dat sy behoorlik kan sien. Sy gaan staan doodstil. 'n Ent voor hulle in die rivier kom 'n olifant aangestap, met Samuel op sy rug. Die groot dier se lyf swaai ritmies heen en weer en die man bo-op wieg gemaklik saam met die beweging. Sy haal haar kamera uit en gaan sit plat op die grond teen die rivierwal. Soos die son agter die horison wegsak, verander die lig van skerp en helder na 'n sagte effekleur. Asof 'n sagte doek oor alles gegooi word.

80

Sy verstel haar lens voordat sy die knoppie begin druk. Sy sien verbaas dat hulle deur die groot waterpoel gaan loop. Die logge lyf van die olifant sak in die water af en sy kyk vasgenael hoe daar water in die slurp opgetrek word en Samuel papnat gespuit word. Van waar sy sit, kan sy hom hoor lag. 'n Onbevange klank wat haar hoendervleis gee.

Dit voel skielik of sy inbreuk maak op 'n baie intieme ritueel en sy wonder of sy nie liewer stilweg moet om- draai en vir hom by die Jeep gaan wag nie, maar sy kry nie opgestaan nie. Die prentjie voor haar laat haar staar. En terwyl sy nog sit en kyk, begin hulle stadig uit die waterpoel stap, al met die voetpad langs. Toe sy eindelik opstaan, besef sy dis te laat om om te draai.

Hy gewaar haar toe hulle teen die wal begin uitstap. Hy kyk 'n oomblik verbaas na haar en sê dan: "Gee jou kamera vir Julius."

"Ekskuus?"

"Gee jou kamera vir Julius en klim op daardie boom- stomp."

Sy gehoorsaam voordat sy kans gehad het om te dink. Die volgende oomblik is die olifant langs haar en Samuel strek sy hand na haar uit. Sy voel hoe Julius haar oplig en dan sit sy agter Samuel se rug bo-op die olifant. Eers voel dit asof sy nie asem kry nie, maar geleidelik begin die pa- niek bedaar en kry sy dit reg om nie so verbete aan hom vas te klou nie.

"Waaraan het ek die eer te danke?"

"Ek wil jou iets vra en Ian het gesê jy kom nie weer terug kamp toe nie."

"Wat wil jy my vra?" Hulle lywe wieg ritmies heen en weer en vir die eerste keer in haar lewe sukkel sy om te praat. Sy is nie seker wat haar hoendervleis gee nie,

81

sy klam klere teen haar of die feit dat sy op 'n olifant ry nie.

"Ek . . . ek wil hoor of ek 'n paar foto's in die boom . . . boomhuis kan neem."

"Nee."

"Ons sal niks breek of deurmekaar maak nie."

"Nee." Die woord word sonder 'n sweempie van aggressie gesê, maar sy herken 'n beslistheid in die toon. Nogtans probeer sy weer.

"Dit sal so 'n stunning agtergrond wees."

"Nee."

"Ek sal jou ekstra betaal."

"Sjjjt . . ."

Ester bly stil en gee haar oor aan die skommelbeweging. Die aandskemerte lê soos 'n kombers oor hulle. Hy praat nie weer nie en Ester gryp hom vervaard vas toe hulle by die skuur kom en hy iets vir die olifant sê en dié afsak om te kniel. Hy help haar af en dan volg daar 'n gesprek met die olifant. Sy bly langs hom staan en wonder of sy nie besig is om te droom nie. Maar dan skielik trek hy haar nader, en toe hy haar hand neem en dit in die olifant se bek steek, weet sy nie of sy moet lag of gil nie.

"Hy wil net kennis maak. Kan jy die sagte plekkie in die verhemelte voel? Dis 'n baie gesofistikeerde orgaan, of die sogenaamde Jacobson-klier. Olifante gee uiting aan emosies en verkry inligting deur die uitruil van vloeistowwe afkomstig van hierdie klier. Deur die vloeistowwe vind hulle uit hoe dit met 'n ander een gaan, wat in sy of haar lewe aan die gang is, ensovoorts. Hulle is nie soos mense wat vir mekaar kan lieg en sê dit gaan goed terwyl hulle lewe eintlik al uitmekaarval nie."

"En as hy my hand afbyt?"

"Hy byt net ontroue vroue se hande af." Hy kyk na haar en skud sy kop. "Vir iemand wat volgens gerugte nie 'n bang haar op haar kop het nie, is jy skielik vreeslik beskeie."

"As jy nou nog na die renoster-episode verwys . . . ek het gesê ek is jammer, maar ek dink steeds nie iemand se lewe was in gevaar nie." Terwyl sy praat, voel sy hoe die hoendervleis weer deur haar lyf trek, maar sy kry dit ook nie reg om verder weg te staan nie. Daar is iets betowerends daaraan om so naby die groot dier te wees.

Samuel voer hom 'n paar lemoene voordat hy omdraai en, nadat hy en die twee mans 'n rukkie lank gesels het, begin hy Jeep toe stap.

Ester drafstap agter hom aan en hy kyk oor sy skouer. "Waarheen is jy op pad?"

"Ek moet saam met jou ry."

"Ek is op pad huis toe."

"Jy moet my net eers terug kamp toe neem."

Hy skud sy kop terwyl hy in die Jeep klim. "Ek gaan nie weer vanaand terug kamp toe nie. Dis 'n hele ent hiervandaan."

Ester voel hoe haar nek letterlik warm word. "Moet asseblief nie nou kinderagtig wees nie." Sy beduie met haar arm. "Verwag jy ek moet die nag hier deurbring?"

Hy skakel die Jeep aan en haal sy skouers op. "Ek weet nie wat jou planne vir die aand was nie. Miskien wou jy vannag saam met die olifante kom slaap het, of miskien was dit net 'n truuk om my te sien. As dit laasgenoemde was, wil jy seker nie nou al terug kamp toe gaan nie."

"Ek kan nie besluit of jy verwaand, moedswillig of vies is nie."

"Miskien iets van al drie." Hy leun oor en maak die deur vir haar oop.

Sy klap die deur effens te hard toe en hy gee haar 'n skuins kyk.

"Jammer."

Hy trek weg en vir 'n hele ent is net die dreuning van die Jeep se enjin hoorbaar. Dit het intussen donker geword en die twee kopligte baan die pad vir hulle.

"Ek het nie van die renoster-episode gepraat nie en ek dink jy weet dit."

Ester wonder verbaas hoe hy van die voorval met die olifant weet, want sy is seker die veldwagters sou nie geklik het nie.

"Moet asseblief nie vir die gidse kwaad wees nie. Hulle het my gewaarsku, maar die versoeking was net te groot. Ek is seker as jy in my posisie was, sou jy dieselfde gedoen het. Het jy nog nooit 'n berekende kans gewaag nie?"

"Dit was nie 'n berekende kans nie. Dit was sommer net arrogant en dom."

"Ek dink jy oorreageer effens. Ek is nie dom nie en as dit vir my gelyk het of ek iemand se lewe in gevaar stel, sou ek dit nie gedoen het nie."

Hy stop skielik en keer met sy linkerhand toe sy effens vooroor val. Sy kyk vraend na hom, maar hy kyk nie na haar nie en sy ril skielik. Wat maak sy as hy haar hier aflaai? Wat weet sy in elk geval van hom, en wat as Ira hom ook nie so goed ken as wat hy dink nie?

"Waarom het jy gestop?"

"Sjjt."

Ester voel hoe haar rug hol word en die hare op haar kop 'n lewe van hulle eie kry. Sy probeer opkyk om te sien of hulle nie dalk onder 'n boom staan en daar nie dalk 'n leeu of een of ander van die katte besig is om haar te merk vir sy aandete nie.

"Ons is midde-in 'n trop buffels." Sy stem is rustig asof

hy vir haar sê hulle het so pas by 'n teepartytjie aange-
kom.

"Hoe weet jy?"

"Daar's stof in die lug."

"Ons is in die veld. Is hier nie permanent stof nie?"

"Dis windstil."

Die volgende oomblik verskyn twee paar enorme ho-
rings agter 'n bos uit en dan volg twee groot swart lywe.
Agter die twee sien sy hoe 'n klomp lywe in die ligstreep
voor hulle verbybeweeg. Toe sy agtertoe kyk, kan sy die
skaduwees in die truligte ook sien.

"Sal hulle ons nie probeer trap nie?"

"Ons hoop nie so nie."

"Hoe groot is die trop?"

"Honderd en vyftig na tweehonderd toe, skat ek."

"You must be joking! Ons kan nie hier bly sit tot twee-
honderd buffels verby is nie. My donner, ons sal môre nog
hier sit."

"Wat stel jy voor? Dat ek hulle gaan aanjaag?"

Sy kyk stil voor haar uit na waar lyf op lyf voor die
voertuig verbybeweeg. Miskien is hierdie een van die
vreemde drome wat sy droom vandat sy in Johannesburg
aangekom het.

"Kan ek foto's neem?"

"Nee."

"Waarom nie?"

"Waarom wil jy van alles 'n Kodak-oomblik maak? Sit
net en neem waar. Dis nie iets wat 'n mens aldag beleef
nie."

Hulle sit nog omtrent tien minute voordat hy stadig
wegtrek. Sy moet haarself inhou om nie uit te roep nie
toe 'n paar lywe links voor die ligte verby probeer spring.
Sy vrees hulle gaan dalk bo-op haar beland. Sy weet nie

hoe lank hulle nog gery het nie, maar toe hy weer stop en die enjin afskakel, sug sy hoorbaar. "Wat's dit hierdie keer? 'n Trop krokodille?"

"Ons is by die huis."

"Dis nie die kamp nie."

"Hoeveel keer moet ek vir jou sê ek gaan nie weer vanaand kamp toe nie? Ek dog Ian het jou ook gesê."

"Hoe verwag jy moet ek daar kom?"

"Ek gaan môreoggend vroeg kamp toe. Jy's welkom om saam te ry." Hy klim uit en toe hy om die Jeep stap en die deur vir haar oopmaak, klim sy stadig uit, nie seker wat om te doen nie. Sy kan die Jeep leen, maar sy weet sy sal nie in die nag die kamp kry nie; sy sal dit nie eens in die dag kry nie.

Hy stap voor haar uit en fluit onderlangs een of ander onbekende deuntjie. Hy het 'n flits uit die Jeep se paneelkissie gehaal en sy bly op sy hakke terwyl hulle teen die rotstrappies opklim. Die dek is donker en sy slaak 'n sug van verligting toe hy een van die lanterns opsteek en sy weer rondom haar kan sien.

"Maak jouself tuis. Jy weet waar alles is. Ek gaan gou stort voor ons eet."

"Ek dink nie Elias het vir jou gekook nie. Hier's nie kos nie," roep sy uit die kombuis waar sy 'n botteltjie water in die gasyskassie gaan soek.

"Hy het seker aangeneem jy sal vir ons iets maak om te eet."

"Dan het hy verkeerd aangeneem."

"Hoe anders wil jy jou slaapplek vanaand betaal?" Hy stap met 'n handdoek oor sy skouer verby stort toe.

"Ek sal vir jou 'n tjek gee."

"Ek vat nie tjeks nie, ook nie kaarte nie."

Sy gaan sit op die rusbank en sak agteroor teen die kussings. Soos sy nou voel, is sy selfs bereid om 'n paar van haar tande te gee om terug by die kamp te wees, of 'n long om terug in Johannesburg te wees.

Maar eerste prys sal wees as sy in haar eie woonstel kan wees. Daarvoor is sy bereid om dalk 'n ledemaat af te staan.

7

Ester moes ingesluimer het, want toe sy wakker skrik, ruik sy uie wat braai. Sy staan dronkerig op en stap nader. Samuel staan voor die tweeplaat-gasstoof, besig om uie in 'n pan te roer.

"Waarom het jy my nie wakker gemaak nie?" Sy neem 'n sluk water uit die botteltjie waarmee sy in haar hand aan die slaap geraak het en vee oor haar gesig.

"Ek hou van stilte."

"Jy is so 'n schmuck." Sy lig haarself op die toonbank langs die stoof. Toe hy vir haar 'n botteltjie bier uit die yskas haal, kyk sy net 'n oomblik onseker daarna voordat sy die doppie afdraai en 'n sluk neem.

"Is dit nie gevaarlik om op 'n olifant te ry nie?"

"Dit kan wees, en ek sal dit beslis nie sommer vir enige mens aanbeveel nie."

"En tog ry jy op hulle."

"Ons het hom hier grootgemaak nadat sy ma deur wilddiewe doodgeskiet is. Hy ken my."

"Is hy nie oud genoeg om weer losgelaat te word nie?"

"Ons is reeds besig om daaraan te werk."

"Waarom red julle nog olifantkalwers as daar reeds 'n oorbevolking is en daar sprake is dat die regering uitdunning gaan goedkeur?"

"Selfs met 'n oorbevolking dun 'n mens nie sommer net voor die voet uit nie. Olifante het 'n ingewikkelde familiestruktuur en dis wreed om dit nie in gedagte te hou wanneer 'n mens met so 'n proses begin nie."

"Is dit nie genadiger om juis dan 'n wees kalf te los dat hy sterf nie?"

"Hy was 'n sterk kalf en ek glo nie uitdunning is die enigste manier om die probleem op te los nie. Dis die maklike opsie, maar nie noodwendig die beste of die enigste nie."

"Is dit nog een van jou naïewe drome?"

"Of praktiese benaderings."

Sy neem 'n sluk bier en bekyk hom aandagtig. "Jy lei 'n vreemde lewe."

"Nie vreemder as die meeste ander mense nie. Ek staan ook in die oggend op, doen my werk en kom vanaand huis toe."

"Jou werk behels onder andere om olifante te ry en jou huis is in 'n boom! Die meeste ander mense, of as ek meer akkuraat wil wees, ál die ander mense wat ek ken, lewe nie so nie."

Ester kyk hoe hy die uie eenkant toe in die pan krap en 'n stuk bloederige, rooibruin vleis in repe begin sny. Die repe word daarna langs die uie gebraai.

"Wat is dit?"

"Rooiboklewer."

Sy skuif eenkant toe. "Ek eet nie lewer nie."

"McDonalds behoort nog oop te wees."

"Miskien moes ek maar by die olifante geslaap het; ek is seker hulle sou vriendeliker gewees het."

Hy haal twee borde van die rak af en toe hy die tweede kastrol oopmaak, sien sy dis kapokaartappels. Sonder om haar te vra of sy wil saam eet en ondanks die feit dat sy gesê het sy eet nie lewer nie, skep hy twee borde kos in en stap daarmee tafel toe.

"Ek is nie regtig honger nie," begin sy verskoning maak.

"Jy gaan my in die gesig vat as jy nie eens proe nie."

"Ek sal siek word as ek dit moet eet." Sy raak-raak met die vurk aan die repe gebraaide lewer en kyk dan hoe hy met oorgawe begin eet, nadat hy gebid het.

"En dan sê jy jou pa het nie bang kinders grootgemaak nie!"

Sy sny 'n stukkie vleis af, skep 'n hoop aartappels bo-op en sit dit in haar mond. 'n Rilling trek deur haar lyf. Sy voel hoe die hap kos dreig om in haar keel vas te steek, maar sy kry eindelik gesluk. Dan neem sy 'n groot sluk bier.

"Ek is seker daar is kos wat jy ook nie eet nie."

"Nie regtig nie. Alles is nie vir my ewe lekker nie, maar ek hou daarvan om vreemde smake te probeer."

"Selfs iets soos sushi?"

"Selfs sushi."

Sy sit agteroor en kyk belangstellend hoe hy hap vir hap neem en stadig kou. Soms sit hy agteroor en neem 'n sluk bier. Dan bekyk hy haar sonder om 'n woord te sê. Sy haal 'n pakkie sigarette uit haar skouersak en sit en speel 'n rukkie daarmee op die tafel. Die stilte rek en sy skuif haar stoel 'n entjie agteruit voordat sy 'n sigaret aansteek.

"Waarom maak stilte jou so onrustig?"

"Dit maak my nie onrustig nie. Ek is net gewoond daaraan dat waar twee of meer mense bymekaar is, daar gesels word. Dis normale interaksie."

"Mense praat oor die algemeen te veel. Soms sê 'n mens baie meer deur stil te bly en dikwels hoor mens mekaar baie beter as daar nie woorde betrokke is nie."

"Is jy in jou vrye tyd nog 'n filosoof ook?"

Hy dra hulle borde kombuis toe en kom met 'n bottel wyn en twee glase terug. Hy maak homself op een van die rusbanke tuis en skink vir hulle elkeen 'n glas wyn. Dan lê hy lui agteroor en laat sy voete op die groot koffietafel rus.

"Ek sal nie weer vra om foto's hier te kom neem nie, maar kan Henry nie net kom kyk nie? Hy verkyk hom aan alles en almal en die feit dat jy in 'n boomhuis bly, fassineer hom." Sy tel een van die glase op en gaan sit op 'n gemakstoel oorkant hom.

"Laat jy enige vreemdeling wat jy teëkom, sommer net in jou huis toe?"

"Hy's nie enige vreemdeling nie."

"Dan is daar iets wat jy vir my ook moet doen."

"Wat?"

"Verwyder die foto's wat jy vanmiddag van my geneem het van jou kamera."

"Die foto's van jou op die olifant? Jy weet nie eens hoe dit lyk nie. Waarom wil jy nie hê ek mag foto's van jou hê nie; dis nie asof ek heimlik op jou verlief is en nou skielik my hele woonstel met foto's van jou gaan toeplak nie. Ek sal dit ook nie gebruik nie, as dit is waarvoor jy bang is."

"Wat wil jy dan daarmee maak?"

Sy haal haar skouers op. "Ek het baie foto's wat ek nooit gebruik nie."

"Jy hoef nie foto's van my op 'n olifant se rug te hê nie. Dis nie 'n sirkus nie. Ek is seker hier's baie ander dinge wat jy eerder kan afneem om vir die mense by die huis te gaan wys."

"Ek kan nie verstaan waarom Ira sê jy't nie hang-ups nie. Jy is een lopende kontradiksie en verwar die hel uit my uit."

Hy haal sy skouers op. "Jy is geregtig op jou mening, maar as jy vir Henry my huis wil wys, is dit my voorwaarde."

91

"Jy moes 'n moerse slegte dag gehad het."

"Ek het eintlik 'n heerlike dag gehad. Dit het eers laatmiddag begin sleg word."

Ester gooi haar hande in die lug. "Hoeveel keer moet ek nog sê ek is jammer dat ek jou gepla het? As ek geweet het dit gaan so 'n helse probleem vir jou wees, het ek veel eerder by die kamp gebly." Sy vee deur haar hare. "Vader, dis nie asof ek jou die hele week gepla het nie."

"Dis terloops die eerste keer dat jy om verskoning vra."

"Ek het net nie gedink dis so 'n groot oortreding nie."

"Amerika dink gewoonlik ook nie hulle invalle is oortredings nie."

Ester staan op. "Miskien moet ek net die Jeep leen en terug kamp toe ry. Ek sal iemand daar vra om dit môreoggend vroeg vir jou terug te bring. Ek is seker as jy my beduie, sal ek die plek kry."

"Die sleutels hang daar in die kombuis. Jy ry net met die pad soos ons die eerste dag gekom het. As jy deur die rivier is, vurk die pad. Neem die linkerkantste een, maar draai daarna slap regs om die groot kremetart en as jy by die akasia met die gebreekte tak verbygaan, moet jy 'n U-draai maak en weer vir 'n rukkie al langs die rivier ry. By die plat klip moet jy die Jeep na eerste rat toe oorskakel, want dis 'n steil bult. Moenie dat die Jeep daar vrek nie, dan sukkel 'n mens nogal. Hou dan net nog so vier kilometer aan, dan draai jy weg van die rivier af en ná so ongeveer tien kilometer behoort jy die ligte van die kamp te sien."

Toe sy besluiteloos bly staan, frons hy liggies. "As jy dalk die troppie leeus wat gewoonlik daar naby die plat klip is, raakloop, moenie skrik nie. Stop net en klim onder die Jeep in. Hulle kruip gewoonlik nie onder voertuie in nie."

"Dit sal jou verdiende loon wees as ek opgevreet word."

"Nee, dit sal jóú verdiende loon wees. 'n Mens moet nooit so arrogant wees om te dink jy is meester van elke situasie nie. Dis 'n kwaal waaraan die meeste Westerlinge ly."

"Ek kan nie glo jy sal my in die nag alleen laat ry nie. Is mans nie veronderstel om êrens 'n ingebore beskermingsdrang te hê nie?"

"Net teenoor vrouens wat beskerming verdien."

"En ek verdien nie vanaand jou beskerming nie?"

"Dink jy jy verdien dit?"

"Ek hoop nie jy behandel al jou gaste so nie."

Hy klop op die rusbank langs hom. "Kom sit, Green. Jy weet jy gaan nêrens heen ry nie en dit help nie jy baklei met my nie." Hy skud sy kop. "Die vader alleen weet, jy het te veel baklei in jou. Jy maak my moeg."

Sy huiwer 'n oomblik voordat sy oorkant hom op 'n stoel gaan sit en haar bene onder haar intrek. "En om te dink Ira het gesê jy's nice."

Sy tel weer die halfgedrinkte glas wyn op. "Sy mensekennis is beslis nie meer wat dit was nie."

"Het jy so ver mooi foto's geneem?" verander hy die onderwerp en dis asof haar skouers skietgee. Sy sak agteroor teen die rugleuning.

"Ek hou nie van mooi nie. Dis die laaste ding wat ek wil hê mense oor my foto's moet sê."

"Wat wil jy hê moet hulle sê?"

"Interessant, anders, treffend . . . enigiets, maar net nie mooi nie. Mooi is so vervelig."

"Het jy so ver interessante en treffende foto's geneem?"

"Ja. Ek probeer om dit nie net nog 'n *Out of Africa*-shoot te maak nie. Ek soek iets anders. 'n Skerpheid." Hy

93

antwoord haar nie. Sy vee deur haar hare en toe sy verder praat, beduie haar hande saam.

"Waarom sal ek 'n konsep soos mooi probeer verkoop as almal weet dit bestaan nie meer nie? Ek is nie eens meer seker of dit ooit bestaan het nie. Dis was heel waarskynlik nog altyd 'n vals gerug. Die wortel wat mense vorentoe laat beweeg het. Soekend en daarom nooit tevrede nie. Maar solank die pot goud aan die einde van die reënboog aan hulle voorgehou is, het almal bly soek." Sy neem 'n sluk wyn. "Mooi en onskuldig gaan eintlik hand aan hand en ons almal weet die wêreld het lankal sy onskuld verloor. Ons kan netsowel wys hoe dit nou is."

"En hoe is dit nou?"

"Gestroop. Bar. Lelik. Die wêreld het lelik geword." Toe hy haar nie antwoord nie, lig sy haar hande vraend. "Verskil jy van my?"

Hy skud stadig sy kop. "Dit maak nie saak wat ek dink nie. Jou werklikheid is nie myne nie."

"Kan jy eerlik vir my sê daar's nog iets moois in die wêreld? En moet nou asseblief nie vir my een of ander soetsappige voorbeeld gee soos om te sê ek moet net na die sonsondergange hier kyk nie. Ek het nuus vir jou, die rooi gloed wat julle aan die toeriste verkoop, kom eintlik van die bloed wat oor Afrika uit die son drup."

"Ja, ek dink daar is nog mooi in die wêreld, behalwe al die mooi sonsondergange. Dis net makliker om die ander kant raak te sien, want mooi is soos 'n fluistering, terwyl lelik soos 'n gil is. Ek verwonder my altyd aan 'n groep mense wat almal al harder praat in 'n poging om hulself hoorbaar te maak. Die oomblik wat almal sagter praat, sal almal outomaties mekaar beter kan hoor. Maar die wêreld het daaraan gewoond geraak om te gil, en een van die redes is omdat elkeen heimlik dink sy storie is belangriker as die ander persoon s'n. Sy storie het 'n groter bestaans-reg as sy buurman s'n."

"Jy weet, jy is soos 'n dinosourus wat in 'n wêreld pro-beer oorleef waarin daar nie meer plek vir jou is nie. Het jy nog nooit agtergekom jy is alleen nie? Die ander het lankal reeds uitgesterf."

"Jy kom maar net nie met die ander in aanraking nie, maar hulle is daar."

"Wys my waar is hulle. Al is dit net een." Sy maak 'n groot swaaigebaar met haar hand en die helfte van haar wyn stort op haar hemp uit.

Sy kyk mismoedig na die groot, nat kol.

"Dis 'n truuk wat ek lanklaas gesien het. As jy van jou klere ontslae wil raak, hoef jy nie 'n verskoning te soek nie."

Toe sy hom net aankyk, staan hy stadig op en stap met 'n laggie in die rigting van die kamers.

"Ek was bang die skok is te groot vir jou," roep sy agter hom aan. Sy lig die glas na haar mond toe en neem 'n sluk. Sy proe die son, dink sy. Dis asof die druiwekorrels dit reggekry het om die son vas te vang, net soos die bome en plante hier om haar elke dag die son in hulle takke en blare vasvang. Sy wonder hoeveel die son te doen het met die persoonlikhede van die verskillende bevolkings in die wêreld. As Afrika skielik koud en reënerig word, sal die mense verander?

Sy is so ingedagte dat sy 'n rukkie na die vreemde to-neel voor haar staar, voordat sy dit vir die eerste keer raak-sien. 'n Swartgeklede figuur is besig om oor die reling van die dek te klim. Die oomblik toe hy regop kom en haar gewaar, kan sy die verbasing in sy oë sien en die volgende oomblik gaan sy hande omhoog, maar sy gil reeds. Sy kry dit reg om regop te kom en 'n paar treë terug te gee, voordat haar rug teen een van die boomstamme druk. Haar keel brand en haar bene wil-wil onder haar pad-gee, maar sy weet sy moet regop bly. As sy wil wegkom, moet sy regop bly. Net voordat sy omswaai om te hard-loop, hoor sy Samuel se stem en sy sien uit die hoek van haar oog hoe hy op die dek uitgehardloop kom en in 'n vreemde taal begin praat.

8

Samuel kyk na die figuur wat steeds op dieselfde plek staan en dan stap hy haastig na Ester toe. Sy arms vou om haar en hy begin paaiende geluide maak. Haar gille het intussen stilgeraak, maar in die bome bo hulle koppe het voëls en ape blykbaar wakker geword. Daar is skielik 'n gefladder en 'n skril geskreeu.

Samuel sit sy hande om haar gesig. "Kyk na my." Hy wag tot sy opkyk. "Alles is reg. Ek ken hom."

Met sy een hand om haar skouers kyk hy na die ander man en terwyl hy sy kop skud, begin hy praat. "Wat de donner doen jy? Ek kon jou doodgeskiet het."

"Hoe moes ek geweet het jy's nie alleen nie!" Die besoeker gooi sy hande in die lug. "Ek kon dit nog nooit regkry om jou te verras nie, waarom sou ek gedink het vanaand sal anders wees! Ek het aanvaar jy het my lankal gehoor." Hy gaan sit op die naaste stoel terwyl hy sy hand op sy hart sit. "Ek kon 'n hartaanval gekry het."

Ester hoor die woorde en die Afrika-tongval, maar dis 'n vreemde taal wat sy nie verstaan nie. Die man op die stoel is donker van gelaat met 'n fyn beenstruktuur, 'n sterk neus en hoë wangbene. Sy voorsate moes wyd in Afrika gereis het.

"Ester, dit is my vriend, Robert Morewa. Robert, dis Ester Green. Ira se suster."

Robert kom orent en stap nader tot hy sy hand na haar uithou. "Ek vra opreg verskoning dat ek jou so gruwelik laat skrik het. As ek geweet het Samuel het gaste, sou ek beslis nie so onaangekondig en ongenooid hier opgedaag het nie."

Ester skud sy hand en probeer die bewing in haar tot bedaring bring. Hy praat 'n byna perfekte Engels asof hy so pas uit Engeland hier aangeland het.

"Ek is jammer ek het so gegil." Sy kry die woorde met moeite uit.

Hy skud sy kop. "Ek neem jou nie kwalik nie. Ek is seker jou brein het vir jou gesê 'n swart man in swart klere wat oor die reling klim, is definitief gelyk aan 'n moordenaar."

"Dis nie . . ."

Hy glimlag skielik breed. "Twee plus twee . . . in hierdie land . . . jy sou dom wees as jy dit nié gedink het nie."

Samuel het intussen kombuis toe geloop en hou nou 'n glas na Ester uit. "Drink, dit sal die skrik laat bedaar."

"Ek is orraait."

Hy druk haar op die rusbank neer en sit die glas in haar hand. "Drink dit in elk geval." Toe hy langs haar op die rusbank gaan sit, kyk hy na Robert.

"Ek het nie 'n voertuig gehoor nie."

Robert maak homself op een van die gemakstoele tuis en glimlag. "Jou aandag was met ander dinge besig."

Samuel gee hom 'n veelbetekenende kyk. "Waar is jou voertuig?"

" 'n Ent hiervandaan, windaf. As ek geweet het jy's nie meer so skerp nie, kon ek baie nader gestop het."

"Was jy by die kamp aan?" Samuel gaan haal 'n botteltjie bier uit die yskas en kom gee dit vir Robert.

Hy neem 'n lang sluk. "Nee, ek was nie seker waar Pappa Elias vanaand slaap nie." Hy skud sy kop. "Ek kan nie verstaan waarom hy nie van my hou nie."

"As Kiki my dogter was, sou ek ook nie van jou gehou het nie."

Robert kyk na Ester. "Hoe gaan dit met Ira?"

"Dit gaan goed met hom. Waarvandaan ken julle mekaar?"

"Ons het per geleentheid mekaar al raakgeloop. Ek dink die eerste keer was so twee jaar gelede toe Sammy ons aan mekaar voorgestel het."

"Woon jy in Johannesburg?"

"In Jozi?" Hy neem eers weer 'n sluk en skud dan sy kop. "Dis nie 'n lekker plek daardie om in te woon nie."

"Robert woon in Lusaka."

"Jy's 'n Zambiër."

Hy skud sy kop. "Eintlik 'n Zimbabwiër, soos Sammy."

"Ons het saam grootgeword. Sy pa is 'n dokter by dieselfde sendingstasie waar my ouers gewerk het. Sy ma is 'n onderwyseres. Een van die bestes wat daar is." Samuel kyk na Robert. "Hoe gaan dit met hulle?"

"Baie goed. My ma raak net haastig vir kleinkinders."

Samuel lag. "Ek hoop nie haar verwagtinge het iets met jou te doen nie."

"Shani is volgens haar nog te jonk en moet eers klaar leer." Robert gaan haal nog drie biere uit die yskas en gee die ander twee vir Samuel en Ester. Ester skud haar kop en sak laer af teen die leuning van die rusbank.

"Wanneer het jy gekom?"

"Ek is eergister by die huis weg, maar ek het 'n paar dinge langs die pad gehad om te doen. En dan natuurlik moes ek soveel petrol saamry, want met al oom Bob se manewales in Zim, weet 'n mens nooit of daar nog petrol beskikbaar is nie." Hy vee oor sy gesig. "Hulle behoort daai man 'n medalje te gee. Daar is nie baie mense wat daarop kan roem dat hulle manalleen vir die ondergang van 'n hele land verantwoordelik is nie."

Ester kyk na Samuel waar hy langs haar op die breë rusbank sit en sy lig haar wenkbroue effens. Hy glimlag. "Hy het dit darem nie alleen gedoen nie. Daar was beslis 'n paar maatjies wat hom gehelp het." Hy kyk na Ester. "En ja, ondanks Bob en sy trawante glo ek steeds dat daar hoop is. Ons kan nie bekostig om moedeloos te word nie."

"A-a-a, hoe verblydend dat jy nog nie jou optimisme verloor het nie." Robert skud sy kop. "Al vermoed ek jy is deesdae omtrent nog die enigste een in die ganse Afrika suid van die Sahara wat so voel."

Ester glimlag. "I rest my case."

"Moet haar nie in haar kwaad sterk nie. Sy beweer ek is 'n dinosourus wat nog net nie agtergekom het my spesie het almal al uitgesterf nie."

"Het jy al na een van sy praatjies gaan luister? As jy dit nog nie gedoen het nie, moet jy gerus gaan. Dis 'n belewenis om te sien hoe hy ongelowiges binne 'n uur tot ander insigte kan bring. Die man is 'n towenaar wat dit betref."

"Ek het dit beleef, maar ek is oortuig die lammes wat hy weer laat loop, was nooit lam nie en die blindes kon nog altyd sien. Hy preek vir die gelowiges, maar laat dit soos 'n massabekering lyk."

Robert lag skielik hardop terwyl hy met sy plathand op sy been slaan en na Samuel kyk. "En jy laat haar daarmee wegkom? My kop sou gerol het."

"Where ignorance is bliss, 'tis folly to be wise."

"Profetiese woorde, as ons nou net kan ooreenkom waar die dwaasheid lê. Soos dit vir my lyk, is jy op die oomblik in die minderheid."

Samuel neem 'n sluk bier en glimlag lui toe hy na haar

kyk. "Ek hoop nie jy beroep jou op vriend Robert hier nie. Hy is 'n prostituut. Hy verkoop idees aan die eerste, hoogste bod, afhangend van wat jy wil hoor."

Robert staan op en hulle hoor hoe hy die yskas se deur oopmaak. "Ek hoop nie julle gee om as ek die reste opeet nie. Ek is rasend honger."

"Hou net vir Ester 'n stukkie lewer oor. Dis haar gunsteling."

Ester het mettertyd al meer regop gesit en sy rek nou haar nek asof sy oor die toonbank sal kan sien. "Hoe smaak koue lewer?" Sy ril sigbaar.

"'n Mens kan sien jy was nog nooit honger nie."

"Wat doen hy vir 'n lewe?" Sy vra dit effens onderlangs asof sy nie wil hê Robert moet haar hoor nie.

"Robert, Ester wil weet wat doen jy vir 'n lewe."

"Ek gee klas by die Universiteit van Zambië."

"In watter vak?"

"Politieke Wetenskap."

"Dan behoort jy mos te weet waarvan jy praat. Waarom help jy nie jou vriend reg nie?"

Robert kom sit met die bord kos by die tafel. "Dis nie asof ek nog nie probeer het nie."

"Waarom woon jy nog in Afrika? Daar is tog seker ander universiteite in die wêreld waar hulle Politieke Wetenskap aanbied."

Robert kou stadig asof hy haar nie gehoor het nie.

Samuel sit agteroor en glimlag. "Smaak die lewer lekker?"

"Heerlik."

"Waarom woon . . ." begin Ester haar vraag herhaal, maar Robert onderbreek haar met 'n sug.

"Ek het jou gehoor."

"Hy kan jou nie antwoord nie."

101

"Hoe moeilik kan dit wees?"

"Waarom het jý teruggekom?" wil Samuel van haar weet.

Ester kyk na Samuel. "Ek het jou nie gevra nie. Ek wil hoor wat hý sê."

"Ek bly vir die rooiboklewer." Robert vee sy mond af en sit agteroor op die stoel.

"En as daar nie meer rooibokke oor is nie?"

Robert vee oor sy kop. "Sjoe, dan sal dit seker moeilik wees om te bly."

Ester kyk van hom na Samuel. "Waarom sê julle nie liewer net julle het nie 'n benul waarom julle bly nie?"

"Ons het nie 'n benul waarom ons bly nie," koor hulle saam.

Robert kyk op sy horlosie. "Nouja, ek gaan dit maar waag en kyk of Pappa Elias nie dalk al slaap nie." Hy staan op en rek sy arms bo sy kop voordat hy oorstap na waar hulle op die rusbank sit en sy hand na haar uithou. "Dit was aangenaam om jou te ontmoet en ek vra weer eens verskoning dat ek julle rustige aand so ongenooid onderbreek het."

Samuel staan ook op. "Kom, Green, dat ek jou huis toe neem. Ek wil nie môre beskuldig word dat ek jou teen jou wil hier gehou het nie."

"As jy in elk geval van plan was om my kamp toe te neem, kon jy dit mos lankal gedoen het." Sy staan op en gaan haal haar kamera op die toonbank. "Nou het hulle sekerlik al klaar geëet en ek sal honger moet gaan slaap."

"Ek is seker ná die veertig sigarette wat jy vanaand gerook het, is daar nie nog plek vir kos in jou lyf nie. Jou smaakorgane is in elk geval nou so afgestomp dat jy nie die verskil tussen lewer en lemoene sal kan proe nie."

"Ek het nie veertig gerook nie."

"Oukei, nege en dertig dan." Hy neem die kamera by haar en sien die klam kol teen haar hemp.

"Met al die opwinding het ek toe nooit vir jou 'n droë hemp gegee om aan te trek nie."

"Ek sal oorleef, en waarom ry ek nie sommer net saam met Robert nie?"

"Hy kan nie dié tyd van die aand daar aankom nie. Ek gaan hom net by sy voertuig aflaai sodat hy kan terugkom."

Ester maak haar mond oop om iets te sê, maar die twee mans is reeds by die trap en sy stap haastig agterna. In die Jeep hang Samuel 'n baadjie oor haar skouers.

"Dit kan soms koel word in 'n oop voertuig."

Minute later sak hulle in die rivierbed af en Ester kyk verbaas na die verlate voertuig langs die tweespoorpaadjie.

"Het jy al die pad hiervandaan gestap?"

Robert spring flink agter uit die Jeep. "Daar is 'n korter pad." Hy lig sy hand. "Goeienag."

Ester kyk om toe hulle wegtrek en teen die gloed van die agterligte sien sy vaagweg hoe hy hulle agterna kyk.

"Waarom bekruip julle mekaar in die nag tussen wilde diere deur? Gee dit julle een of ander kick?" Sy het weer na Afrikaans oorgeslaan.

"Sommer speletjies."

"Of julle is opgelei om onsigbaar rond te beweeg. Die vraag is net, waar is julle so opgelei?"

"Moenie dat jou vrugbare, joernalistieke verbeelding met jou weghardloop nie."

"'n Mens kan agterkom daar lê 'n leeftyd se gedeelde ervarings en woorde tussen julle twee. Ek dink die feit dat jy my skielik terugneem, is omdat julle nie voor my wil praat nie. Ek dink nie hy's hier met vakansie nie."

Samuel lag sag. "Miskien is jy reg, of miskien is hy maar net hier omdat hy na Kiki verlang."

"Is daar iets tussen hom en Kiki aan die gang?" Sy kyk verbaas na hom terwyl sy probeer om 'n beeld van die twee persoonlikhede op te roep. Die mooi, slanke meisie met die ritmiese swaaistap, breë glimlag en vriendelike oë en die man met die donker oë wat ongesiens oor dakhoogte-relings kan klim en Politieke Wetenskap doseer.

"Hy probeer al lank en ek dink van haar kant af is sy nie ongeneë nie, maar Elias is nog nie bereid om sy seën op die verbintenis te sit nie. Binne die eg of daarbuite. En as hy moet weet Robert is in die nabyheid, slaap hy weer vir die volgende paar nagte nooit."

"Waarom hou hy nie van hom nie?"

"Dis nie soseer dat hy nie van hom hou nie. Hy is maar 'n tipiese pa wat wil seker maak 'n man sal goed vir sy dogter wees."

"Waar het hulle mekaar ontmoet?"

"Net nadat ek die lodge laat bou het. Hy was hier vir die opening."

"Sy is 'n baie aantreklike meisie. Ek sal haar graag wil afneem."

"Sy is 'n baie spesiale mens en ek is gelukkig om haar hier te hê. Die gaste kan gewoonlik nie uitgepraat raak oor haar vriendelikheid en behulpsaamheid nie en die beste van alles is dat sy dit werklik geniet."

"Sy kan 'n model wees met daardie lyf en gesig."

"Moet nooit dat Elias hoor wat jy nou sê nie." Terwyl hy nog praat, hou hy skielik stil en sy kyk vraend na hom.

"Moet asseblief nie weer sê ons is tussen 'n trop buffels nie."

"Hier's leeus naby." Hy skakel die voertuig af en Ester

voel hoe sy onder die baadjie ril. Sy weet nie wanneer laas in haar lewe sy op een dag soveel hoendervleis gekry het nie. Dis of haar vel permanent saamgetrek is.

"Wat as die Jeep nie weer wil aanskakel nie?" fluister sy terwyl sy om haar probeer kyk.

Hy haal iets agter die sitplek uit en oomblikke later hou hy 'n sterk soeklig omhoog. Die veld om hulle word helder verlig en toe hy stil met sy hand beduie, sien sy dit ook en sy trek haar asem in. 'n Entjie van die Jeep af, net langs die tweespoorpaadjie, lê ses leeus, besig om aan 'n redelik vars sebrakarkas te vreet. Hulle oë blink in die lig en sy kan die rooi bloedvlekke om hulle monde sien. Sy probeer so stil moontlik haar kamera uithaal en neem haastig 'n paar foto's.

"Hoe voel jy oor die toneel wat besig is om voor jou oë af te speel?"

Ester laat sak die kamera effens. "Wat bedoel jy?"

"Hoe ervaar jy dit? Dink jy dis 'n wreedaardige toneel?"

Sy neem weer 'n foto. "Ja, 'n mens kan seker sê dis wreedaardig."

"Waarom is dit wreedaardig?"

Haar skouers roer onder die baadjie. "Om te sien hoe 'n dier verskeur word."

"Tog neem jy foto's."

"Dis nie aldag dat ek so iets sien nie. Ek wil dit vir Henry gaan wys."

Samuel leun effens na haar toe oor en beduie voor haar verby. "Kyk daar links, aan die rand van die ligkring."

Ester se blik volg sy vinger en dan sien sy die drie jong leeutjies wat huiwerig wag, maar tog voetjie vir voetjie nader aan die feesmaal beweeg. Hulle lywe nog effens lomp en hulle pote te groot.

"Maak dit die toneel minder wreedaardig as jy weet dit is maar net 'n klomp ma's wat vir hulle gesinne aandete huis toe gebring het?"

Sy laat sak die kamera en kyk na die vreemde toneel. "Ek weet nie."

"Is jou simpatie by die sebra of by die honger leeus? Of is dit dalk maar net 'n toneel wat deel van die lewe is en nie werklik emosies verg nie?"

Die kamera lê nou op haar skoot terwyl sy met nuwe aandag na die toneel voor haar kyk.

Hulle sit omtrent nog tien minute so stil voordat Samuel die lig afskakel en hulle weer verder ry. "Daar is 'n ou Afrika-gesegde wat daarop neerkom dat daar elke oggend in Afrika 'n springbok, hier by ons 'n rooibok, wakker word en weet dat hy vandag vinniger as die vinnigste leeu sal moet hardloop as hy nog 'n dag wil sien. En elke oggend word 'n leeu in Afrika wakker en hy weet hy moet vandag vinniger as die stadigste springbok kan hardloop as hy nie van hongerte wil sterf nie."

"Oorlewing van die sterkste." Sy sê die woorde half ingedagte asof sy met haarself praat.

"Dink jy 'n foto kan ooit werklik aan 'n oomblik of gebeurtenis reg laat geskied?"

"Ja, ek het al ongelooflike foto's gesien. Daardie een-uit-'n-miljoen foto wat die essensie van 'n oomblik vasgevang het."

"Om dit te kan doen, moet 'n fotograaf eers die wêreld sonder 'n kamera beleef het. Jy kruip agter jou kamera weg. Om nie te ervaar nie."

"Jy het nog nie eens van my foto's gesien nie!"

"Nee, maar ek sien jou en ek sien hoe jy altyd eerste na jou kamera gryp. Sodoende hoef jy nie emosioneel of intellektueel betrokke te raak nie."

"Is dit waarom jy al die onsinnige vrae gevra het?"

"Ten minste weet ek jy het 'n rukkie behoorlik gekyk en ingeneem."

"Is Robert regtig 'n dosent by die universiteit?"

"Ja, waarom vra jy? Dink jy hy het vir jou gelieg?"

Sy skud haar kop. "Nee, ek weet nie hoe om dit te beskryf nie, maar dis asof daar iets aan hom is wat my bang maak. Dieselfde geld vir jou. Nou die dag by die kongres het jy vir my soos 'n goeie, onskadelike groene gelyk en die meeste van die tyd klink en lyk jy net te goed om waar te wees. All love and peace. Maar vanmiddag op die olifant se rug en vanaand nadat Robert daar aangekom het, was dit of ek iemand anders onder die vreeslik vreedsame uiterlike gesien het."

"Ek weet ek het dit al gesê, maar jy is ongetwyfeld jou pa se kind. Julle verbeeldings hardloop op paaie wat nog nie eens gekarteer is nie. Indien dit moontlik is, is jy selfs nuuskieriger as hy. Dis óf dit, óf die lang ure in die buitelug en in die son wat jou laat hallusineer."

"My pa se aanvoeling het hom daar teen die einde in die steek gelaat, maar ek het nog altyd baie vertroue in myne gehad en ek weet ek is nie verkeerd nie."

"Ek is bly jy het soveel vertroue in jou aanvoelings. Dit kan 'n mens soms handig te pas kom."

"Jy gaan my nie antwoord nie."

"Ek het nêrens in al die gepraat 'n vraag gehoor nie."

Ester lag onderlangs. "Vir 'n wetenskaplike is jy baie vaardig met woorde."

"Hier's ons." Hulle ry die kamp binne en Ester is bly sy moes nie alleen die pad probeer vind het nie. Sy het nie 'n benul hoe hulle hier gekom het of waar sy huis van hier af sit nie. Miskien verkies hy dit ook so, dink sy stilweg toe hy uitklim en die deur vir haar kom oopmaak. Toe sy die baadjie wil uittrek, skud hy sy kop. "Los dit sommer by Kiki of Melany wanneer julle Saterdag vertrek."

"Beteken dit ek gaan jou nie weer sien voor ek terug- gaan nie?" Toe die vraag uit is, kan Ester nie besluit of sy haarself moet skop of vir haarself moet skaam kry nie. "Wat het van jou belofte geword dat ek jou huis vir Hen- ry kan gaan wys?"

"Ek het nog nie gehoor dat jy belowe het jy sal die foto's op jou kamera uitwis nie."

Sy druk haar hande in die baadjie se sakke en skop- skop na 'n denkbeeldige klippie op die grond. "Dis nie asof jy kaal op die olifant gesit het en ek dit op die inter- net gaan versprei nie."

Sonder om haar te antwoord roep hy na een van die wagte en toe die man nader stap, praat hulle 'n oomblik voordat hy in die Jeep terugklim. "Goeienag. Hy sal saam met jou kamer toe stap."

Ester voel soos 'n kind wat haar voete teen die grond wil stamp toe sy die Jeep agterna kyk. Toe sy omdraai, staan die wag met 'n glimlag na haar en kyk, asof hy haar gedagtes kan lees. Sy sal graag wil hoor wat hy op daardie oomblik dink, want sy is nie seker van haar eie gedagtes nie. Al waarvan sy bewus is, is 'n gevoel van intense frus- trasie. Sy stap stil agter die man aan.

"Jy's vinnig terug." Robert sit langbeen op een van die rusbanke toe Samuel by die huis aankom. Hy beduie na die bottel whiskey en twee glase wat op die koffie- tafel staan. Waterdruppels blink op sy hare en hy het ander klere aan. "Ek het nou net klaar gestort en was net van plan om vir my 'n bietjie van jou lekker whiskey te skink. Ek was nie seker hoe lank jy gaan weg wees nie, maar het darem solank vir jou ook 'n glas gebring." Hy buk vooroor om te skink. "Is juffrou Green veilig in die bed?"

"Ek neem aan sy is veilig in die bed." Samuel gaan sit oorkant hom en neem een van die glase.

"Hel, ek's jammer oor vanaand. As ek geweet het jy't geselskap, sou ek verbygehou het, maar toe ek lig sien, kon ek die versoeking nie weerstaan nie. Dit was egter nie nodig om haar huis toe te neem nie. Ek kon sommer in die Land Rover geslaap het . . . of in jou spaarkamer."

"Vir jou straf behoort jy heelnag wakker te sit, verkieslik op 'n spykertafel of iets wat redelik seer kan maak. Jy het my tien jaar ouer gemaak met jou sluipery. Ek wil nie eens weet watter nagmerries sy na dese gaan hê nie."

"Jy kon haar hier gehou het sodat sy nie vannag alleen met haar nagmerries is nie."

"Ek gaan nie byt nie, so los nou maar die gevis. As ek haar hier wou hou, sou ek."

"Jy bring gewoonlik nie sommer vrouens huis toe nie. Ek het maar net aangeneem . . . en sy't iets . . . behalwe die voor die hand liggende. Daar's 'n vuur, 'n diepte wat baie interessant kan wees om te leer ken."

"Lyk ek vir jou na 'n man wat nou tyd of lus het om met vuur te speel?" Samuel skud sy kop. "Ek soek nie nou moeilikheid nie."

"Wie sê sy's moeilikheid?"

Samuel lag sag. "Glo my, sy's moeilikheid. Mad, bad and dangerous to know."

"Jy was nog nooit 'n bang man nie."

Samuel maak homself geriefliker op die bank. "Oukei, genoeg oor my dapperheid. Waaraan het ek die besoek te danke?"

"Moet jy altyd so agterdogtig wees? Wie sê ek het vir jou kom kuier?"

"Jy is besig om twee vlieë met een klap te slaan. Jy het nuus, wat jy waarskynlik oor die telefoon of deur middel van die internet kon aangestuur het, maar jou hart verlang en toe besluit jy om die nuus self te kom oordra."

Robert sug. "Jy kan ook maar soms probeer om verkeerd te wees."

"Wat's aan die gang?" Samuel voel hoe 'n bitter smaak in sy mond kom lê.

"Ek is seker jy weet dat 'n nuwe sindikaat besig is om hulself te organiseer en hulle het baie meer geld as die vorige een, baie wyer konneksies en heelwat regeringsamptenare op hulle betaalstaat. Nie net hier nie, maar oor die hele suidelike Afrika. Suid-Afrika is miskien minder kwesbaar omdat feitlik al julle wild in privaatbesit of in staatsbeheerde wildparke is, maar indien dit vir hulle maklik gemaak word, sal hulle nie skroom om al verder suid te kom nie. Heinings kon hulle nog nooit uithou nie, en as die plaaslike bevolking bereid is om inligting of hul dienste te verkoop, sit julle ook maar soos die res van die subkontinent met 'n dam waarin daar 'n onsigbare lek is. Jy weet hoe moeilik dit is as die plaaslike bevolking deel van die probleem raak."

Samuel staan op en begin in die kombuis werskaf. Ná 'n paar minute kom hy met 'n fles koffie en twee bekers terug.

"Ek het gerugte gehoor, maar dit was so vaag en so uiteenlopend dat ek my nog nie te veel daaraan gesteur het nie."

"Ek wens dit was maar net gerugte, maar ek is bevrees hierdie storie kom uit die binnekringe."

Samuel vra hom nie waar hy aan die inligting kom nie, net soos Robert hom ook nie vra waar hy die gerugte gehoor het nie. Deur die jare het hulle geleer om slegs die nodige te vra en mekaar se inligting en aanvoeling te vertrou.

"Hoe wyd is hulle al bedrywig?"

"Daar was al 'n paar voorvalle by ons in die noordooste, vier gevalle in Zim en twee in Botswana. Hulle kom met swaarkalibervuurwapens en in al die gevalle was van die plaaslike bevolking betrokke. Dit bly die moeilikste om te beheer wanneer jou eie mense betrokke raak. En steeds laat hulle hul verlei deur 'n paar muntstukke, terwyl die grootbase met die miljoene wegstap. By ons en in Zim is veldwagters doodgeskiet."

"Ons het volgende week 'n vergadering in Johannesburg. Ek sal tog hoor of die nuus al hier uitgekom het. Alhoewel, as daar amptenare betrokke is, sal dit eers so lank moontlik stilgehou word."

Robert skink vir hom ook 'n beker koffie en sit agteroor.

"Maar dis nie al nuus wat jy het nie, is dit?"

Robert skud stadig sy kop. "Ek bring eintlik vir jou 'n persoonlike waarskuwing. Jy moet versigtig wees. Jy was nog altyd uitgesproke, maar 'n paar mense voel jy begin op te veel tone trap en jy besit die vermoë om elke keer die liddorings raak te trap. Nie net bewaringsmense s'n nie, maar politici s'n ook."

"Dis nie op die politici se tone wat ek trap nie, dis die groot maatskappye wat sorg dat die politici se Switserse bankbalanse maandeliks groei, op wie se tone ek trap, en hulle verdien dit."

Robert lig sy hande. "Dis juis die mense op wie se tone jy nie wil trap nie. Hulle kan nie bekostig dat al wat politikus en landsburger is, skielik 'n gewete ontwikkel nie. Dit gaan nie hulle bankbalanse goed doen nie."

"Fok hulle bankbalanse! Kyk hoe lyk hierdie kontinent."

"En tog verkondig jy nog drome van hoop en vrede."

"Want ek glo dit. Ek sal dit glo tot ek die dag doodgaan en ek sal dit bly verkondig tot ek nie meer 'n stem het nie. Ek sien genoeg mense wat daagliks lewe in hierdie hoop en op hulle manier 'n verskil maak. As dit nie vir hulle was nie, sê ek jou, was die waansin al baie erger. Die ou Romeine het oor die hele Europa mure gebou om die barbare te probeer uithou. In Afrika is die mure on-gelukkig nie van opmekaargestapelde stene nie, maar van mense gemaak. Dié wat begryp waaroor dit gaan, is al wat tussen ons en die vergrype van die waansinniges staan. Dis net jammer dat die waansinniges 'n harder stem en 'n groter beeld in die media het. Niemand hoor of sien die ander nie. Die stil meerderheid wat maar net dag vir dag 'n eerlike bestaan wil maak."

Samuel vee oor sy gesig. "Waarom stel niemand belang om hulle stem te wees nie?"

"Hulle het nie die geld nie. Politiek gaan oor twee goed . . . mag en geld, maar ek dink deesdae gaan dit meer oor geld as mag. Mag sonder geld beteken nie meer veel nie. Wie wil met 'n septer in die hand, maar op 'n leë maag gaan slaap?"

"Maar die dag as hulle bakhand voor die kiesers kom staan, praat hulle oor vaderlandsliefde en demokrasie, werkgeleenthede en huise vir almal. Ná die verkiesing word dit eieliefde, tirannie, werkgeleenthede vir familie en napraters, en paleise vir 'n paar uitverkorenes." Samuel skud sy kop stadig heen en weer. "No science is immune to the infection of politics and the corruption of power."

"Dis jammer die mooie juffrou Green kan jou nie nou hoor nie. Sy sal dalk begin dink daar's hoop vir jou. Dat jy nie so blind idealisties is soos jy klink nie."

"Ek is nie blind nie; ek verkies net om te glo ons kan 'n

verskil maak. Die stil massa moet miskien net harder begin fluister, hulle hoef nie eens te gil nie. Hulle fluistering sal genoeg wees, want dis die stem van rede."

"Genoeg politiek vir een aand. Vertel my liewer hoe dit met my geliefde gaan. Dink jy sy het my gemis?"

"Ek is seker jy weet dit, want ek vermoed sy sê dit in al haar e-posse."

Robert gooi sy kop agteroor en lag hardop. "So much for trying to keep secrets. Dink jy haar pa weet ons korrespondeer?"

"Ek dink hy het sy vermoedens, maar hy het nie genoeg bewyse nie."

"Dink jy hy gaan ooit vrede daarmee maak dat ek sy dogter wil hê?"

"Wonderwerke gebeur seker nog, maar jy kan hom nie kwalik neem nie. Dis sy enigste kind en jou reputasie loop jou ietwat vooruit. En dan praat ek nie net van die vrouens nie. Hy weet ongelukkig genoeg van jou ander bedrywighede om bang te wees vir sy dogter se geluk en veiligheid."

"Jy weet ek is nie meer so aktief nie. Dit gaan hoogstens nog oor 'n bietjie inligting uitruil. Ek raak ouer en het nie meer krag om weke lank op die vloer te slaap en slegte kos te eet nie."

"So much for principles."

"Miskien het ek net agtergekom daar's dalk ander maniere om dinge gedoen te kry. Of miskien raak ek net sag in die kop."

Samuel lag onderlangs. "Of in die hart."

Robert sit vooroor met sy arms op sy bene. Sy oë staar na die houtvloer. "Ek begeer haar soos ek nie gedink het ek kan begeer nie en sal waarskynlik baie dinge prysgee as ek haar kan kry. Ek dink ek sal selfs vir jou kom werk, alhoewel dit hel op aarde sal wees, maar vir die voorreg om saans met haar in my arms te slaap, sal ek my siel verkoop."

Samuel bekyk die man oorkant hom met meer belangstelling. "Jy's ernstig."

"Hoe lank is dit nou? Twee, drie jaar . . . en my gevoel het nog nie verander nie. Ek het by tye gebid dit moet en by tye het ek dit met ander afleiding probeer besweer, maar vergeefs. Wat sê dit vir jou?"

"Dat jy in jou moer is."

Robert kyk vraend op toe Samuel Afrikaans praat.

"You're screwed. Whichever way you look at it."

"Dankie. Jy was nog altyd 'n goeie vriend en het nog altyd geweet wat om te sê."

"Is jy ernstig as jy sê jy soek werk?"

"Ek het 'n werk, maar as dit al manier is waarop Pappa Elias my naby haar gaan toelaat, ja, dan soek ek hier 'n werk. Nie eens in Jozi nie, hier, waar hy 'n wakende oog oor ons kan hou. Ek sal hom waarskynlik dikwels in sy slaap wil versmoor, maar ek sal dit maar sien as deel van my straf vir alles wat ek dalk in my lewe verkeerd gedoen het."

" 'n Regverdige straf vir alles wat jy in jou lewe verkeerd gedoen het, sou waarskynlik gewees het om van haar te vergeet."

"Vergifnis, my broer. Het jy nog nooit van die woord gehoor nie?"

"Hoe lyk dinge in Zim?" verander Samuel die onderwerp.

"Hoe dink jy kan dit gaan as baie mense nie eens meer die moeite doen om werk toe te gaan nie omdat dit hulle meer kos om by die werk te kom as wat hulle verdien?"

"Jou naamgenoot kan nie vir ewig leef nie."

114

"Seker nie, maar soos hy nou aangaan, sterf die land voor hom."

Robert staan op en strek hom uit. "Ek neem aan ek mag die gastekamer kry. Dit was nie my eerste keuse vir vanaand nie, maar nouja . . ."

"Dis die veiligste keuse vir vanaand. Ek het Elias al sien skiet en ek het nie nou tyd om begrafnis te hou nie."

Robert raak aan Samuel se skouer toe hy agter die bank verbystap. "Ek ook nie. Jy moet versigtig wees."

Samuel staan ook op. Hy blaas die kerse en lampe dood en stap kamer toe.

"Die lakens ruik na vrou," praat Robert uit die gaste-kamer toe Samuel verbyloop.

"Ester Green het Sondagaand hier geslaap. Ek is jam-mer. As ek geweet het ek kry 'n gas, sou ek die bed skoon oorgetrek het."

"Ester Green het in jou gastekamer geslaap?"

"Dis wat ek gesê het."

"Was dit haar besluit of joune?"

"Moenie omdat jy belustig is, dink ons almal is nie."

"Weet Ira jy probeer sy suster verlei?"

"Nag, Robert."

Robert antwoord hom nie, maar toe Samuel hom sag hoor lag, skud hy sy kop en kan nie help om te glimlag nie. Dis goed om hom weer te sien, al bring hy nie goeie nuus nie.

9

Samuel voel die bekende opgewondenheid toe die helikopter van die grond af lig. Die voël wat van die aarde se aantrekkingskrag los word. Hy vlieg laag oor die bome en toe al met die rivierloop langs.

Dit is 'n goeie reënseisoen en daar is oral nog groot waterpoele sigbaar. Die plantegroei is ruig en as jy nie weet hoe om te soek en waarna om te kyk nie, sien jy nie baie diere nie. Maar hulle is daar en hy weet, sodra sy oë gefokus het, sal hy hulle sien. Die grensdrade tussen hierdie paar plase en die wildtuin is oopgemaak, maar hy weet presies waar die grense loop en uit die lug is hulle maklik herkenbaar. 'n Groot maroelaboom wat effens op 'n hoogtetjie staan, 'n droë rivierloop, 'n klipkoppie. Hy vlieg hulle een vir een na.

"Het jy al die modelle gesien wat hier is?" verbreek Ian die stilte.

"Ja."

Ian vee oor sy hare. "Donner, maar die een met die rooi hare is mooi. Het jy haar gesien?"

"Ek het."

"Ek dink nie ek het in my lewe al so 'n mooi vrou gesien nie. En sy is baie nice."

Samuel beduie grond toe en 'n oomblik is daar stilte terwyl hulle na die trop buffels kyk wat teen 'n effense helling staan en wei.

"Ken jy Ira se suster?"

Samuel skud sy kop effens. "Ek het haar nou vir die eerste keer ontmoet. Die vorige keer wat ek haar gesien het, was jare gelede."

"Ek dink ek sal nogal bang vir haar kan wees."

"Waarom?"

Ian bly 'n oomblik stil asof hy eers moet dink. "Ek weet nie. Ek dink dis haar oë. Dis asof sy 'n mens die hele tyd uitdaag. Asof sy aanvaar almal is onnosel en dat jy jouself aan haar moet bewys. Sy is nie so mooi soos die een met die rooi kop nie, maar om een of ander rede bly 'n mens kyk. Dis seker maar soos 'n mens vir die duiwel ook sal wil kyk wanneer jy hom raakloop. So omkyk-omkyk. Net om seker te maak jou oë bedrieg jou nie. Ek dink 'n man wat ooit in haar belangstel, sal letterlik nie vir die duiwel moet skrik nie, anders gaan hy tweede kom."

Samuel beduie weer grond toe waar 'n troppie olifante agter mekaar al met 'n voetpaadjie langs loop. Tussen die groot lywe is drie kleineres sigbaar.

"Die diere se kondisie is goed. Ná die reën is daar vir almal volop om te eet en drink." Samuel sug. "Wat meer kan 'n man vra?"

"Ek kan aan 'n paar ander dinge dink."

"Dit was 'n retoriese vraag, Ian." Samuel grinnik in sy rigting. "Ek kan sien dat jy vanoggend aan 'n paar ander dinge as kos en water dink."

"Hoe groot presies is die professionele afstand wat ons veronderstel is om met ons gaste te handhaaf?" Ian vee sy vingers deur sy hare.

"Baie groot."

"Dink jy nie dit kan bydra tot die hele Afrika-belewenis nie? Toeriste hou deesdae daarvan om die plaaslike bevolking en hulle gewoontes beter te leer ken."

117

"Jy is nie deel van die plaaslike bevolking nie. Jy kom van die Vrystaat af."

Ian skud sy kop en klik spytig sy tong. "Jy besef jy staan dalk tussen my en die liefde van my lewe."

"Dit sal nie die eerste keer wees nie."

"Hierdie keer is dit anders."

"So het jy van die ander ook gesê." Samuel raak stil toe die radio kraak en 'n stem begin praat.

"Ek dink dis tyd dat jy vir jou 'n vrou of ten minste 'n meisie kry. Jy verstaan nie meer dat 'n man behoeftes het nie," praat Ian voort toe die stem oor die radio stil word.

"Behoeftes of belusthede?"

"Lewensbelangrike behoeftes."

Samuel wys weer grond toe waar 'n renoster homself teen 'n boom staan en skuur.

"Jy kan donners bly wees ons is nie te voet nie. Jy is siende blind vandag."

"Moenie omdat jy besig is om oud te word, my ook nou sommer alles wil misgun nie. Op vyf en twintig het ek nog nie eens gepeak nie."

"Ek het nuus vir jou. Op vyf en twintig is jy omtrent al sewe of agt jaar oor jou peak." Samuel swaai die helikopter 'n oomblik na regs voordat hy stadig begin daal. "Ek dink jy moet solank begin terugstap. Dit sal my 'n klomp kakpraatjies spaar en jou kop behoorlik skoonmaak."

"Ha-ha-ha." Ian haal die gehoorstuk van sy kop af en gordel homself los. "As jy nice is met my, reël ek dalk vir jou een van die ander meisies."

Samuel begin die enjin afskakel terwyl hy homself ook losgordel. "Spaar jouself die moeite. Ek kan nog vir myself sorg."

Patrick en Neil staan eenkant onder 'n boom en begin

nader stap toe die helikopter se skroewe tot stilstand gekom het.

Neil kyk op sy horlosie. "Ook bleddie tyd. Ons dog julle het teen 'n boom of iets vasgevlieg." Hy steek sy hand na Samuel uit. "Jy is nou so besig om 'n wêreldreisiger te word dat ek nie meer seker is of jy nog kan vlieg nie."

Samuel strek sy arms bo sy kop uit voordat hy die ander man groet. "Patrick. Hoe gaan dit?"

"Waarom is julle so laat?" Hy kyk ook op sy horlosie. "Ek het regtig begin bekommerd raak."

"Hy was eers weer op 'n nostalgiese trip. Soos 'n kind wat nog nooit iets gesien het nie." Ian skud sy kop en toe hy verder praat, is sy stem 'n fluistering. "Die man is besig om oud te word."

Die ander twee lag hardop voordat hulle in alle erns begin om met Samuel te simpatiseer. Samuel is egter besig om sy swart medisynetas uit die helikopter te haal en antwoord hulle nie. Toe stap hy na waar 'n vierwielaangedrewe bakkie staan en sonder 'n verdere kyk in hulle rigting klim hy voor in. Die ander volg en oomblikke later trek hulle weg.

"Kon julle agterkom waar hy seergekry het? Is hy deur 'n grensdraad of was dit 'n strik?"

"Ons kry nêrens tekens dat 'n grensdraad stukkend is nie en vermoed dit was 'n strik. Sy been lyk sleg, of altans dit wat ons kan sien."

"Daar is gerugte van 'n nuwe sindikaat wat aan die werk is. Volgens my bronne is hulle baie beter ingerig, het baie meer geld en baie minder genade."

"Waar hoor jy dit?" Patrick, wat bestuur, kyk vlugtig na Samuel.

"Hier en daar."

"Waar kom jy aan al hierdie inligting wat jy altyd het?

119

Ek het soms al gewonder of jy nie dalk self deel van 'n sindikaat is nie."

"Dis dalk nie 'n slegte plan nie."

"Ek hoop jy besef as hulle jou uitvang, gaan hulle nie net jou tande uitsny nie. Nie eens die aasvoëls sal jou wil hê as hulle met jou klaar is nie. Ek het nou een dag die bedrae geld gehoor wat hierdie sindikate per jaar maak en ek sê julle, ek dink ons is in die verkeerde beroep."

"Don't go there." Samuel voel hoe die hare op sy arms orent staan en die ou kwaadwees bitter in sy mond kom lê. "Nie eens in 'n grap nie."

Patrick hou op 'n hoogtetjie stil en beduie bultaf na waar 'n groot maroelaboom staan. "Ons het hom vanoggend vroeg nog hier gesien."

Samuel klim uit en sy blik gaan oor die toneel voor hom. Dan gewaar hy die swartgrys rug in 'n opening tussen die bosse. Toe hy terugklim, beduie hy vorentoe. "Jy kan nog 'n entjie vorentoe ry, maar bly windaf." Hy lig sy hand toe hy wil hê Patrick moet stop. Nadat hy uitgeklim en sy tas van die bak afgehaal het, begin hy in die olifant se rigting stap, maar toe Ian hom volg, skud hy sy kop.

"Wag hier. Dis beter dat ek alleen gaan. Die kanse is goed dat hy my sal herken."

"Moenie onnodig onverskillig wees nie. Ons kan hom eerder dart."

Samuel kyk oor sy skouer. "Was ek al ooit onverskillig?"

"Ja!" kom dit uit drie monde en hy glimlag.

"Dalk toe ek nog jonk was, maar julle hoor mos ek is nou oor die muur."

Hy stap stadig en sorg dat hy nie op droë takke trap nie. Toe hy binne sigafstand kom, gaan sit hy op sy hurke en bekyk die olifant se linkervoorbeen. Die draad is nie meer om die been gedraai nie, maar hy kan sien waar dit 'n diep sny net bo die voet gemaak het. Die wond lyk septies en hy maak stil sy tas oop en begin 'n inspuitingnaald vol trek. Dié steek hy in sy broeksak. In sy hempsak kom 'n buis salf en in sy ander broeksak 'n groot rol watte en 'n botteltjie ontsmettingsmiddel. Hy los die swart tas agter die bos toe hy verder stap. Hy verkies sy hande oop en los. Die oomblik toe die olifant sy kop in sy rigting draai, begin Samuel sag praat. Trooswoorde asof hy 'n bang kind probeer kalmeer. Hy sien hoe die dier op die seer been probeer trap om weg te beweeg, maar toe dit blykbaar te pynlik is, lig hy sy slurp en trompetter. Samuel bly staan 'n oomblik, maar begin weer stadig nader stap toe die trompetter ophou. Die ore flapper egter nog heen en weer, maar al die pogings om Samuel weg te jaag is halfhartig. Samuel voel hoe die jammerte magteloos in hom kom lê.

Die mens is veronderstel om die kroon op die skepping te wees, maar elke keer wanneer hy sien waartoe die mens in staat is, wonder hy of dit nie 'n voorreg is wat hulle lankal verbeur het nie.

Samuel is byna by hom toe die olifant 'n laaste poging aanwend om weg te kom. Met die omswaai tref die slurp hom rakelings, maar hy koes betyds en dan gaan hy maar weer voort om die dier te paai. Dit duur egter nog 'n paar minute voordat Samuel toegelaat word om aan hom te raak. Eers vryf hy net oor die slurp en laat hom toe om aan hom te ruik. Hy steek sy hand in die olifant se bek en raak aan die sagte kol in sy verhemelte. Samuel bly staan omtrent 'n kwartier lank so by hom terwyl hy steeds onverpoos praat en hom streel. Die oomblik toe hy egter buk en aan die seer been raak, trompetter die olifant skielik en probeer wegstaan. Samuel gaan sit op 'n boomstomp en wag tot hy bedaar.

Dit duur nie lank nie voordat die olifant kruppel nader

staan totdat hy naby genoeg is vir Samuel om weer aan hom te kan raak. Hy haal watte en ontsmettingsmiddel uit sy broeksakke en begin versigtig die wond skoonmaak. Die olifant bly ruik aan sy hande en aan die watte, maar hy staan nie weer weg nie en Samuel probeer so vinnig werk as wat hy kan.

Terwyl hy besig is, val die moegheid van die laaste reis weg. Die ure op lughawens, die dag lange samesprekings, seminare en vergaderings vervaag. Dit is wat hy die graagste wil doen. Hier waar hy die veld kan ruik en die frank reuk van die maroelas deur die windjie aangedra word. Hy haal die inspuitingnaald uit sy sak en druk die naald in die groot oor. Dan gaan sit hy weer op die boomstomp en laat die dier nog 'n wyle aan hom raak en ruik voordat hy met 'n laaste streel oor sy slurp stadig begin terugstap na waar die ander drie 'n entjie van die bakkie af vir hom wag.

"Moet jy dit altyd so vreeslik maklik laat lyk?" Patrick skud sy kop. "Dit laat die res van ons bleddie onhandig lyk."

"Julle kan dit doen. Die probleem is dat julle nie geduldig genoeg is nie. Dis waarom julle ook nie meisies kan kry nie."

Al drie begin lag terwyl hulle bakkie toe stap. "Ons het nie meisies nie omdat ons in die middel van nêrens sit," laat Neil verontwaardig hoor.

"En moenie my oor dieselfde kam as hierdie twee losers skeer nie. Ek is op die punt om verloof te raak." Patrick glimlag selfvoldaan.

"Aan wie?" Neil en Ian vra gelyk die vraag terwyl hulle gaan staan.

"Aan Melany."

"Óns Melany?" Ian se mond gaan oop terwyl hy na Samuel kyk. "Weet jy iets hiervan?"

Samuel tel eers sy tas op die bak en klim voor in die bakkie voordat hy antwoord. "Waarom dink jy kuier hy so dikwels op Bulweni? Dink jy hy's agter jou geselskap aan?" Samuel skud sy kop. "Ek dink egter hy's effe oorop- timisties as hy dink die verlowing is so naby. Ek vermoed hy het nog heelwat werk om daar te doen."

"Jy kan vir my 'n goeie woord doen."

"Met jou reputasie? Nee. Hierdie is maar 'n ou jop- pie wat jy self moet hanteer." Samuel kyk na die twee op die agterste sitplek. "Is dit iets in die lug of waarom is ek skielik vandag omring deur hormone en wellustigheid? So ver ek weet, is die lente al verby."

"Ek sê julle hy's besig om oud te word," laat Ian fluiste- rend hoor. "Mag dit my gespaar bly."

"Jy moet onthou hy is elke paar weke in die beskawing waar hy kan rondkuier soos hy wil. Ons hoor en sien hom maar net wanneer hy rus nodig het. As ek so baie soos hy gereis het, sou ek ook vir 'n week of twee alleen in 'n boomhuis kom wegkruip het. Die man is nie oud nie, hy's moeg."

"Ek sweer ek moet droom, want die kak wat julle praat, klink soos die praatjies van vyftienjarige koshuisseuns saans ná ligte-uit."

Die ander drie lag en skerts tot hulle 'n kwartier later 'n kampplek binnery. Voor hulle is 'n groot grasdakgebou en 'n entjie verder 'n paar luukse chalets op die wal van 'n dam.

"Hoe gaan dit met my gaste? Kyk julle darem mooi na hulle?"

"Ek kan nie glo jy stuur vir ons sulke mooi meisies en dan gee jy opdrag ons mag net kyk nie. Hoe wreed kan 'n mens wees?"

"Ek dink maar net aan julle reputasie en aan ons sakke. Ek wil nie graag hê hulle ondervinding van Afrika moet so teleurstellend wees dat hulle nooit weer wil kom nie."

Al drie snork verontwaardig.

"Hoe lyk julle besprekings vir die res van die somer?" verander Samuel die onderwerp.

"Verbasend goed. Die rand is mos weer in sy moer, so die buitelanders kom hou basies verniet vakansie. En met die voortslepende onstabiliteit in baie van die lande, word ons skielik oorval deur navrae. Asof alles hier by ons maanskyn en rose is."

Hulle klim uit en Ian en Samuel gaan groet eers die ander personeel in die kantoor en by ontvangs voordat hulle by die ander twee op die stoep gaan sit. Ná 'n ruk word 'n skinkbord met koffie en 'n groot bord toebroodjies op die tafel tussen hulle neergesit.

"Nou nie Bulweni-styl nie, maar manna vir 'n honger maag," laat Patrick hoor terwyl hy 'n toebroodjie optel en begin eet.

"Dink jy jou informante is reg en dat ons ons moet regmaak vir 'n verskerpte aanval?" Patrick kyk met 'n frons oor die koppie koffie na Samuel.

"Hulle was in die verlede nog altyd reg. Ek het nie nou rede om aan hulle inligting te begin twyfel nie."

"Dit beteken weer dat van ons eie mense gewerf gaan word. Hoe de moer kom jy dit agter voordat dit nie heeltemal te laat is nie?" Neil vee sy vingers deur sy hare.

"Ek raak soms so moeg van oppasser speel. En dis sleg vir die hele groep se moraal, want almal is later wantrouig. Dit beteken ook dat ons weer alle nuwe aanstellings deur omtrent 'n duisend keuringsprosesse moet laat gaan, en al het jy dit reggekry om deel van hulle DNS te bekom en voorbeelde van hulle voetspore en vingerafdrukke in jou kluis te bêre, is daar steeds 'n kans dat dit een van hulle kan wees. Shit, ek haat dit."

"Dis die spreekwoordelike duiwel met die baie koppe wat 'n mens hier moet beveg. Sodra jy dink nou het jy die ding doodgekry, dop daar net weer 'n nuwe kop uit. Ek wou julle net solank waarsku dat julle op die uitkyk vir enige vreemdelinge moet wees. Ek is seker ons sal hoor as hulle begin om voetsoldate onder die plaaslike bevolking te werf."

"Die arme donners wat vir 'n appel en 'n ei hulle siele verkoop en die risiko loop om doodgeskiet of gevang te word, terwyl die grootbase met die miljoene sit." Neil skud sy kop.

Samuel sluk die laaste koffie in sy koppie en kyk op sy horlosie. "Hoe lekker dit ook al is om hier saam met julle te sit en kuier, ons het ongelukkig werk om te doen."

Hulle groet Patrick by die kamp en ry saam met Neil terug na die helikopter-landingsplek.

Samuel draai suid nadat hulle opgestyg het, en toe hulle weer die grens oorsteek, vlieg hy laer. Hulle sien heelwat diere en 'n paar keer draai hy om om beter te kan sien. Op die horison pak blougrys cumuluswolke saam en hy verkyk hom aan die koppe wat wit die lug in toring. Hy kan al van die vorige aand af die reën in die lug ruik.

Hulle land op twee plekke sodat Samuel na twee waterpompe kan kyk en kan seker maak daar is water in die damme. Toe hulle oor 'n groterige dam vlieg, land hy weer en stap met die houtvoetpaadjie langs tot waar 'n voëluitkykpunt 'n entjie in die water gebou is.

Twee Duitsers en 'n gids sit in die skuiling, gewapen met kameras, verkykers en 'n paar voëlgidse. Hulle wys opgewonde watter voëls hulle al gesien het en Samuel luister geduldig.

"Ons moet nog 'n paar sulke uitkyke bou," laat hy hoor toe hy en Ian 'n halfuur later weer opstyg. "Die hoeveelheid besoekers wat in voëls belangstel, het oor die afgelope twee, drie jaar aansienlik vermeerder, wat 'n goeie teken is. Dit beteken ons is besig om weg te beweeg van die groot-vyf-histerie. Een van die dae kan ons miskruierkyk-toere reël."

Ian lag. "In your dreams. Jy kan die gids wees."

"Ek werk my gat af om mense op te voed om na die groter prentjie te kyk en my eie personeel is nog ekologiese barbare."

"Elke man het sy grens en hierdie is myne."

10

Ester haal die pet van haar kop af en vee deur haar hare. Hulle staan op die klipkoppie, maar dit voel eerder of hulle in 'n sauna is. Hulle het vroegoggend omtrent twee uur lank geskiet en moes toe eers weer terug lodge toe omdat die lig te skerp geword het. Dis een van die probleme wanneer jy 'n shoot in Afrika doen.

Maar net ná drie het die lig begin sagter word toe die wolke weer begin opsteek het. Net ná vier was almal terug en nou is hulle al weer byna 'n uur lank besig. Almal is vandag moeg en iesegrimmig. Die blinkbruin rotse vorm egter so 'n interessante agtergrond vir die modelle dat Ester nog nie bereid is om op te pak nie. As hulle môre wil klaarmaak, sal hulle nou maar net geduldig moet wees. Hoe meer die wolke saampak, hoe interessanter word die lig. Sy klap vererg na 'n vlieg wat al om haar kop draai.

Ester het sleg geslaap. Sy het gedroom van 'n swart man met swart klere en hoe meer sy probeer weghardloop het, hoe langer het sy op een plek gebly. Eindelik het sy natgesweet wakker geskrik en kon toe nie weer aan die slaap raak nie. Hoe meer sy aan die vorige aand en die twee mans gedink het, hoe sekerder was sy dat hulle twee 'n lewe deel waarvan min mense weet. Hulle kan met een blik meer sê as wat ander mense waarskynlik in 'n dag kan sê.

Sy wens haar pa het nog geleef sodat sy hom oor Samuel Mcgreggor kon uitvra. Toe sy ná 'n uur steeds wakker lê, het sy opgestaan en haar kamera uitgehaal. Op die klein skermpie het sy na die foto's van Samuel op die olifant se rug gekyk. Ira het gesê hy is 'n ongekompliseerde mens, maar sy weet nie of sy met hom saamstem nie. Sy besef daar is waarskynlik niemand vir wie sy ooit sal kan vra om hom aan haar te probeer verduidelik nie. Sy glo niemand ken hom goed genoeg nie. Die enigste moontlikheid is waarskynlik Robert Morewa, maar sy verwag hy sal dit uit lojaliteit of een of ander broederskap nie doen nie.

"Waar wil jy haar hê?"

Ester kyk op en sien Henry en een van die modelle 'n entjie van haar af staan. 'n Oomblik lank weet sy nie waarvan hy praat of wat sy veronderstel is om te doen nie.

"Hallooo . . . is jy wakker?" Henry kom nader gestap en klap sy vingers voor haar oë.

"Onder die boom, op die rotslysie." Sy laat staan die meisie op die laaste rotslysie en hoop van harte haar balans is goed. Toe begin sy versigtig in die boom klim wat op die rand van die klipkop groei. Die boom se wortels is in die rotse verstrengel en as sy effens hoër kan kom, kan sy Marja teen die agtergrond van die verwronge wortels afneem. Van bo af sal dit 'n baie interessante foto maak. Dis asof die grysblou lug die skilderdoek is waarteen alle kleure al helderder uitstaan.

"Jy gaan jou nek breek!" roep Henry na haar.

"Kyk net dat sy nie beweeg nie. Ek het baie boomgeklim toe ek klein was."

"Ek dink nie die boom is baie stewig nie. Hy is nie juis vreeslik goed geanker hier teen die rotse nie," roep Henry weer, maar sy hoor hom nie. Sy het haar sit in 'n mik gekry en is besig om deur die lens te kyk. Dis presies soos sy gedink het. Die wortels vorm knoetserige vingers wat oor jare heen oor die rotse gekruip het in 'n poging om kos te soek en vashouplek te kry. Nugter alleen weet hoe hulle kos uit sulke bar rotse kan haal, maar die boom het oorleef.

"Draai jou kop effens op en na links, kyk op na my, regs, laat sak jou kop, gaan sit op daardie plat klip tussen die wortels. Perfek. Laat sak jou kop, kyk op. Bly net so."

Ester hoor eers die kraak, voordat sy besef dat sy besig is om te kantel. Een van die takke het onder haar gebreek en sy en die tak is besig om te val. Gelukkig is dit weg van waar die meisie onder die boom nou verskrik opgespring het. Met haar kamera styf teen haar bors vasgeknyp, begin sy weg van die boom spring. Een van die takke spring terug en sy voel 'n brand teen haar wang, maar dan is sy los uit die boom en sy sien hoe die grond, of eerder 'n rots, baie vinnig nader kom. Oomblikke later tref haar linkerskouer eerste die rots, terwyl sy die kamera omhoog hou. Dis 'n ronde, gladde rots, maar Ester kan voel hoe 'n pyn deur haar arm trek. Sy sak gebukkend neer.

Twee van die veldwagters is dadelik by haar. Agter hulle sien sy Henry grootoog aangehardloop kom. Die ander staan asof geplant en bekyk haar in stilte.

"Het Juffrou seergekry?" wil een van die veldwagters weet terwyl hy by haar buk. Die ander een wil haar ophelp, maar sy skud haar kop.

"Ek sal nou-nou opstaan. Gee my net 'n oomblik." Sy gaan sit plat op die grond en hou die kamera na Henry uit sodat sy haar skouer en arm kan vryf.

"Ek dog jy sê jy kan boomklim!"

"Bome is blykbaar nie meer wat hulle was nie."

"Dink jy jou arm is gebreek?"

"Dit voel omtrent so, maar ek hoop nie so nie. Ek dink ek het net 'n helse kneusing opgedoen. Miskien is iets gekraak."

"Ek hoop jy was klaar vir die dag, want ek gaan nou huis toe. Ek gee nie om of jy nog 'n video van 'n leeu se rug af wou skiet nie. Ek het my byna morsdood geskrik."

"Ons is klaar vir die dag." Sy begin stadig orent kom en die twee veldwagters steek versigtig hul hande uit om te help.

Sy sien hoe hulle na haar bene kyk en toe sy afkyk, sien sy die opgehewe rooi haal waar 'n tak haar geskraap het.

"Jy kan bly wees jy het nie anderkant toe geval nie, dan was julle albei dalk die afgrond af." Henry kyk kopskuddend na Ester. "Altyd die onmoontlike. Nooit tevrede met die voor die hand liggende nie, nè?"

"Wag tot jy die foto's sien, dan raas jy weer met my." Ester glimlag skeefweg voordat sy die verskrikte meisie nader trek en haar 'n druk gee. "Ek is jammer ek het jou so laat skrik. Ek het vergeet ek is nie meer tien nie en weeg nie meer twintig kilogram nie."

"Kyk hoe lyk jy." Henry vee oor Ester se wang.

"Jy sal plastiese snykunde moet laat doen, anders gaan jy soos 'n monster lyk." Een van die meisies kyk met afgryse na die diep skraap teen Ester se wang.

Die oppakkery duur 'n rukkie, maar uiteindelik is hulle op die Land Rovers en Ester laat sak haar kop op Henry se skouer. Sy is dankbaar toe hulle 'n halfuur later die kamp binnery en sy dadelik na haar tent kan gaan. Een kyk in die spieël teen die badkamermuur laat haar besef die sny teen haar wang is nie regtig so erg nie, maar sy lyk beslis of sy deur 'n oorlog is. Sy trek haar klere uit en staar na die diep pers kneusplek teen haar skouer en boarm.

Toe sy in die stort klim en die krane oopdraai, trek sy haar asem in toe die eerste waterstrale die skrape en snye tref. Dit was waarskynlik 'n onnosel ding om te doen, maar sy is bly sy het. Dit gaan beslis van die beste foto's wees wat sy al ooit as modefotograaf geneem het.

Sy draai haar in 'n groot handdoek toe en nadat sy vergeefs na pynpille in haar tas gesoek het, gaan lê sy op die bed. Sy weet nie hoe laat sy aan die slaap geraak het nie en nog minder hoe laat dit is toe 'n stem langs haar praat. Sy maak haar oë oop. Die bedlig is aangeskakel en Samuel sit langs haar op die bed.

"Weet jy wat is die boete as 'n mens die fauna of flora hier beskadig?"

Sy lek oor haar droë lippe en knip haar oë. "Waarvan praat jy?"

"Jy het een van my bome beskadig."

"Sue my."

"Ek oorweeg dit sterk." Hy raak aan haar skouer en sy trek haar asem in. Dan eers besef sy dat sy net die handdoek om haar het en sy trek daaraan om bietjie meer toe te maak.

"Sit regop dat ek na jou arm en skouer kan kyk."

"Ek is nie aangetrek nie."

"Soveel te beter." Hy skuif effens opsy dat sy regop langs hom kan sit.

"Jy is 'n veearts. Wat weet jy van mense af?"

"Nie veel nie." Hy raak weer aan haar skouer en sy rem effens weg.

"Sit stil, ek sal jou nie seermaak nie." Sy hande is koel teen haar warm vel en sy maak haar oë toe. 'n Paar keer trek sy haar asem in.

"Jou arm en sleutelbeen is nie gebreek nie, maar jy gaan vir 'n paar dae baie seer wees."

131

"Hoe weet jy?"

"Ek raai sommer."

Sy maak haar oë oop en kyk vererg na hom.

"Ek het al 'n paar gebreekte arms en bene in my lewe gesien. Toegegee, nie almal was mense s'n nie, maar daar is nie so 'n groot verskil nie. Ek sal jou 'n inspuiting vir die pyn gee."

" 'n Mens-inspuiting?"

Hy sug. "Ja, 'n mens-inspuiting." Hy buk en toe sien sy eers die tas wat by sy voete staan. "Jou boud of jou arm? Die boud gaan minder seer wees."

"Dis nou maar jammer, maar daar's nie 'n kans dat ek hierdie handdoek gaan oplig nie. Ek sal maar net dapper moet wees en die pyn vat."

Nadat hy haar in haar linkerarm ingespuit het, haal hy 'n bottel ontsmettingsmiddel uit die tas en 'n buis salf. Sy kan net stil sit en kyk hoe hy al haar snye begin skoonmaak en salf aansmeer.

"Het jy en Robert lekker gekuier?"

"Baie lekker."

"Het hy nou al vir Kiki gesien?"

"Hy het vanoggend kom groet en eet vanaand hier. Ongelukkig moet sy werk, so hy sal tevrede moet wees om net te kyk. Aan die ander kant is Elias meer gerus en gaan hy nie die hele tyd by wil wees nie."

"Waarom hou Elias nie van hom nie?"

"Het jy al ooit 'n pa teëgekom wat dink daar is 'n man goed genoeg vir sy enigste dogter?"

"Is Robert 'n spioen of 'n vryheidsvegter of so iets?"

Samuel smeer room aan die sny teen haar been en kyk net vlugtig op. "Dis 'n vreemde vraag om te vra. Hy het mos vir jou gesê wat hy doen."

"Ja, ek weet, maar ek het vandag aan hom en aan jou gedink en ek vermoed julle is by allerhande bedrywighede betrokke. Dis seker waarom Elias nie van hom hou nie."

"En vir wie dink jy spioeneer ons, of met watter bedrywighede is ons deurmekaar?"

"Ek weet nie presies nie, maar ek dink julle is goeie kandidate om met inligting te smokkel."

"Te smokkel of te ruil? Daar is 'n groot verskil." Hy begin die sny teen haar wang skoonmaak en sy hou sy gesig dop.

"Noem dit wat jy wil."

Toe hy haar nie antwoord nie, glimlag sy tevrede. "Is ek so naby aan die waarheid dat jy dit nie eens gaan probeer ontken nie?"

"Sal jy my glo as ek sê jy is verkeerd?"

"Nee, want ek vertrou my sesde sintuig."

"Dan is dit tydmors om te stry. Net solank jy onthou dat dit ernstige bewerings is wat jy maak en nie die soort gerugte is wat 'n mens rond en bont behoort te versprei nie." Alhoewel daar 'n glimlag om sy mond huiwer, is sy stem skielik ernstig en sy ril liggies.

"Ek is amper klaar, dan kan jy aantrek."

"Wie het jou vertel ek het seergekry?"

"Wie het my nie vertel nie? Dit was die hoofnuus van die aand." Hy draai die buisie salf toe en bêre dit in sy tas voordat hy opstaan. "Trek aan, ek wag buite vir jou. Aandete begin oor tien minute."

"Dankie vir die inspuiting en die noodhulp. Die pyn is klaar beter."

Tien minute later is sy aangetrek en stap effens mank op die stoepie uit waar Samuel op een van die stoele sit.

"As Ira nie so 'n goeie vriend was nie, het ek jou waarskynlik met al jou pyne gelos. 'n Mens wat so 'n dom ding doen, verdien om te ly."

"Die boom het vir my stewig gelyk."

"As jy iets van bome geweet het, sou jy geweet het dis nie 'n goeie klimboom nie. Sy takke is redelik bros en breek maklik."

"Ek is jammer ek is nie 'n botanis nie. Ek sal volgende keer eers jou toestemming vra voor ek in 'n boom klim."

"Jy het 'n manier om vir ander kwaad te word wanneer jy verkeerd was. Waarom sê jy nie net jy's jammer dat jy een van my bome gebreek het en bedoel dit nie?"

Sy kyk skuins na hom toe op. "Ek's jammer ek het een van jou bome gebreek. As jy vir my sê watter soort boom dit is, sal ek dit met 'n nuwe een vervang."

"Los liewer."

"Gaan jy vanaand saam met ons eet?"

"Ek eet saam met die groep Duitsers wat vanoggend aangekom het. Hulle kom elke jaar hierdie tyd vir ten minste tien dae."

"Leef jou ouers nog?"

Samuel kyk 'n vlietende oomblik na haar voordat hy antwoord: "Nee, albei is reeds oorlede."

"Het jy broers en susters?"

"Ek is my ouers se oulikste, slimste en enigste kind." Toe sy hom nie antwoord nie, wil hy weet wat haar nou skielik aan sy ouers laat dink het.

"Ek weet nie. Ek dink ek het maar net skielik gewonder."

"Hulle is sewe jaar gelede in Zimbabwe op pad na 'n kerkkonferensie vermoor. Dit was destyds in die koerante. Hulle was vyf mense in die motor."

Ester gaan staan stil en kyk hom verdwaas aan.

"Kom, die ander eet al." Hy wag tot sy by hom is voordat hy die lapa binnegaan.

Ester voel heeltemal van balans af en eers toe Henry

haar aan die arm neem en op 'n stoel langs hom neertrek, begin sy registreer waar sy is. Maar sy moet steeds 'n paar keer haar oë knip om seker te maak sy is wakker.

"Ek hoor jy was vandag in 'n geveg met 'n boom betrokke en blykbaar het die boom die slegste daarvan afgekom."

Ester kyk op en sien dis Robert wat met haar praat. Sy raak liggies aan haar wang. "Hy het darem ook 'n hou of twee ingekry."

"Ester, dis Robert Morewa. 'n Professor uit Zambië," stel Henry hulle aan mekaar bekend en Ester kan nie help om te glimlag toe Robert formeel, maar met 'n vonkel in sy oë, sy hand uitsteek nie.

"Aangename kennis. Het ons nie dalk al êrens ontmoet nie, want jy lyk nogal vaagweg bekend." Sy skud haar kop. "Miskien verbeel ek my dit. 'n Mens kan jou hier nogal baie dinge verbeel."

Robert lag hardop. "Dit is inderdaad so, veral in die aand."

"Ester, ek dink ek moet Kiki ompraat om 'n model te word. Sy is een van die mooiste vrouens wat ek al ooit gesien het en sal die modewêreld op sy kop draai," val Henry vir Robert in die rede.

"Wie sê vir jou sy wil 'n model word? Miskien het sy ander planne met haar lewe."

"Ek kan haar waarborg sy is binne 'n jaar 'n supermodel."

"Miskien wil sy eerder trou."

"Dink jy so?"

Ester kyk Kiki agterna waar sy 'n paar gaste by die kostafels help. Aan die meisie se lyftaal kan 'n mens sien sy is oorbewus van Robert se teenwoordigheid. Nie dat almal dit sommer sal raaksien nie, want sy is baie diskreet, maar dis of daar 'n ekstra swaai in haar stap is. 'n Vreugde wat sy vanaand in haar lyf dra.

Ester besef sy sal self nooit so oor 'n man kan voel nie. Miskien kon sy, eens op 'n tyd toe sy jonk en voortvarend was, maar nie nou meer nie. Sy is te bang vir die afgrond waarheen sulke emosies 'n mens kan lei. Soos haar ma wat haar pa al die pad graf toe gevolg het. En al weet sy haar ma het nie 'n keuse gehad nie, glo sy haar ma sou nie anders gekies het as sy kon nie. Leon Green was haar verslawing.

Sy kyk na waar Samuel by die Duitsers se tafel sit. Leon het ook die vermoë besit om mense te oorrompel. Miskien nie op dieselfde skaal as Samuel nie. Sy twyfel of daar iemand is wat op daardie vlak met hom kan kompeteer.

"Miskien is daar reeds 'n man in haar lewe oor wie sy mal is. Een wat nie baie gelukkig gaan wees as jy haar so 'n aanbod maak nie."

Ester kyk onderlangs na Robert en sien hoe hy vir haar knipoog.

"Die mans in Afrika is 'n besitlike klomp, veral wat hulle vroue betref. As ek jy is, bly ek liewer stil," gaan sy voort.

Henry skud spytig sy kop, maar sy gesig verhelder byna dadelik weer.

"Raai waar was ek vanaand nadat ons teruggekom het?"

Ester is besig om die kos in haar bord deurmekaar te krap, want om een of ander rede het sy geen eetlus nie. Toe Henry met haar praat, skuif sy die bord opsy.

"Ek weet nie. Waar was jy?"

"In die boomhuis."

"In Samuel se boomhuis? Hoe het jy daar gekom?"

"Die baas van die huis het my genooi. Ek is jammer

ons bly nie nog 'n week nie." Hy staan op om nog kos te gaan skep.

Ester kyk na waar Samuel sit en eet. Selfs van waar sy sit, kan sy sien hoe sy tafelgenote sy geselskap geniet. Hy lyk ontspanne en sy kan kort-kort sy diep rammel-lag hoor. Vader, dat 'n mens so gemaklik met homself en ander mense kan wees, dink sy wrewelrig. Dis nie juis of hy uit sy pad gaan om aanvaarbaar te wees nie. Dis asof mense dink deur met hom te praat, of selfs net in sy teenwoordigheid te wees, sal daar iets van sy menswees na hulle oorspoel. Soos een of ander towerpoeier.

Sy probeer om nie te dink aan wat hy haar oor sy ou-ers vertel het nie, want dit maak dat sy wil skreeu en vra waarom hy dit oënskynlik sommer net so kan aanvaar en voortgaan met sy lewe, terwyl haar ouers se dood soos 'n loodbal is wat sy elke dag saam met haar moet dra. Hoe kan hy van verhoë af verkondig dat daar hoop is vir hier-die kontinent en leef asof hy dit glo? Is hy dalk dommer as wat hy lyk? Verkies hy om siende blind en horende doof vir die werklikheid te wees? Wat vertel hy vir die mense saam met hom aan tafel? Mooi stories?

Toe Samuel opkyk en sien hoe sy na hom staar, wil hy eintlik sy kop skud. Haar oë is donker en onrustig en dis asof hy die vrae helder oor haar gesig kan sien flits. Hy voel jammer vir haar, want onder die aggressie en die selfversekerdheid, herken hy die weerloosheid en die magteloosheid wat hy gedurende daardie eerste weke en maande ná sy ouers se dood, self ervaar het. Die vrae waarmee 'n mens rondloop, maar wat jy weet nooit be-antwoord sal word nie. Die vuis wat jy in elkeen om jou se gesig wil swaai. En veral die magteloosheid waarmee jy boontoe wil kyk asof daar dalk 'n antwoord kan wees. Selfs al het jy nie meer dikwels boontoe gekyk nie.

137

Hy het êrens gelees dat daar nog nooit in die geskiedenis van die wêreld op een oomblik deur soveel mense na God geroep is soos die dag toe die vliegtuie in die World Trade-sentrum vasgevlieg het nie. Hy het nog altyd gewonder oor die mens se geneigdheid om na God te roep as daar nie meer 'n ander uitkoms is nie. Óf hulle glo in die bestaan van 'n god óf nie. As alles en almal hier op aarde hulle gefaal het, draai hulle na die hemele.

Hy knipoog vir haar en sien hoe sy vir die eerste keer daarvan bewus word dat hy na haar kyk. 'n Oomblik bly sy net kyk voordat sy stadig haar kop wegdraai.

"Moenie te veel wonder nie."

Ester kyk na Robert. "Ekskuus."

"Ek kan sien jy wonder oor hom, maar dit gaan jou net moeg maak. Hy is terselfdertyd baie eenvoudig en intens kompleks en om daardie somme te maak, is 'n uitputtende taak. Dit kan jou lewenslank besig hou. Dis waarom ek sê, moenie eens begin wonder nie. Vat hom maar net soos jy hom kry. Dis baie makliker."

Ester wil eers vir hom sê sy wonder nie, maar iets in die donker oë sê vir haar hy gaan haar nie glo nie.

"Ira dink hy is baie ongekompliseerd."

"Hy is."

"En tog sê jy hy is kompleks."

Robert sit agteroor op sy stoel en glimlag. "Miskien is hy kompleks in sy ongekompliseerdheid of ongekompliseerd in sy kompleksiteit. Hoe jy dit ook al wil verstaan."

"Sy ouers is vermoor." Toe sy dit klaar gesê het, weet sy nie of sy dit as 'n vraag of 'n stelling bedoel het nie. As dit bedoel was om 'n vraag te wees, weet sy nie juis watse antwoord sy soek nie en as dit 'n stelling is, weet sy ook nie wat die punt van so 'n stelling behoort te wees nie. Miskien is dit meer 'n sug as enigiets anders.

"Hulle was goeie mense, of miskien eerder engele, wat 'n rukkie aan die aarde geleen is. Dit was moeilik vir hom ná hulle dood."

"En tog bly hy hier en verkondig vrede en hoop . . ."

Robert glimlag skeefweg. "Ek dink hy weet hulle sou dieselfde gedoen het as hulle in sy skoene was. Hulle was mense wat daarin geglo het om te dien. Eie gewin of om iets te doen omdat dit vir jou makliker of beter is, was nie 'n konsep waaraan hulle baie waarde geheg het nie."

"As hy nog aan daardie tipe lewensbeginsels vashou, is dit geen wonder hy klink soos 'n dinosourus nie. Die tyd van feetjies en kabouters, elwe en engele, is helaas verby."

"Wat jy eintlik sê, is dat daar nie meer goeie mense op aarde oor is nie."

"Wanneer laas het jy een gesien?" Haar wenkbroue lig vraend. "Of selfs net gerugte van een gehoor?"

Toe Robert se blik in Samuel se rigting draai, skud sy haar kop. "Nee, moenie na hom kyk nie. Hy mag dalk mooi stories vertel, maar ek is nie so seker hy is die lam met die wit wol waarvan ons nou praat nie. Of die engel met die blink vlerke nie."

Robert lag hardop en toe Samuel in hulle rigting kyk, lig Robert sy glas vir hom.

'n Halfuur later is Ester besig om 'n sigaret by die vuur te rook toe Samuel langs haar kom staan. "Jy rook te veel."

"So het jy al gesê."

"Wil jy twee pynpille vir die nag hê, of is die pyn nie so erg nie?"

"Waarom het jy my nie gesê jy neem Henry om jou huis te gaan kyk nie?"

"Moes ek?"

"Ek sou graag wou saamgaan om sy kommentaar te hoor."

"Ek is seker as jy hom vra, sal hy jou vertel wat hy daarvan gedink het."

"Dis nie dieselfde nie."

Hy druk sy hande in sy broeksakke en begin omdraai. "Nag, Green, lekker slaap. Ek hoop jy voel môre beter. Sê groete vir Ira."

Ester kyk hom agterna en moet haarself keer om hom nie met een van die stompe op die vuur te gooi nie. Sy is lus om te baklei en dit maak nie juis saak met wie nie. Om een of ander rede voel hy na 'n goeie teiken. Sy kan nie glo dat hy net kan wegstap nie. Wie stap weg van 'n lekker argument af?

"Ek wil pynpille hê," praat sy agter hom aan.

Hy gaan staan, maar draai nie dadelik om nie. Toe hy omdraai, is sy gesig vreemd stil. "Daar is 'n noodhulpkissie in die kantoor. Ek sal vir Kiki sê om vir jou uit te haal voordat sy gaan slaap."

Ester gooi haar sigaret in die vuur en sonder om terug te kyk, stap sy kamer toe. 'n Paar wagte sit net buite die lapa en gesels en een staan dadelik op om saam met haar te stap. Sy stap stil agter hom aan en knik toe hy die tentflap vir haar oopmaak en die lig aanskakel. Sy trek haastig uit en klim in die bed. Haar kop het begin pyn en sy skakel die bedlig af, net om dit oomblikke later weer aan te skakel toe sy 'n geluid buite hoor. Sy spits haar ore en ná 'n paar minute hoor sy dit weer. Dit klink soos 'n geproes, nie ver van haar tent af nie. Miskien is daar een of ander dier in die rivierbedding.

Sy skakel weer die bedlig af, maak haar oë toe en droom die hele nag van feetjies en kabouters en allerhande ander aardlinge, sommige met songebrande gesigte en blinkwit vlerke. Sy skrik uit 'n byna koorsige slaap wakker toe die wekker die volgende oggend lui.

11

"Het jy met 'n leeu slaags geraak of het jy uit 'n boom geval?" Ira laat sak sy sonbril toe sy voor die lughawegebou by hom in die motor klim.

"My kop is seer, my lyf pyn en ek het 'n week van harde werk agter die rug. 'n Bietjie minder kwinkslae sal waardeer word."

"Ek hoop nie jy was die hele week in so 'n bedonnerde bui nie. Wat moet die mense van my dink?"

"Ek is seker hulle dink jy is 'n vreeslike nice ou met 'n bedonnerde suster."

Hulle ry in stilte, maar toe Ira 'n halfuur later voor 'n hospitaal stilhou, kyk sy vraend na hom: "Is jy siek?"

"Samuel het gesê ek moet jou bring dat hulle x-straalplate van jou skouer en arm neem om seker te maak niks is gebreek nie."

"Waarom het hy dan gesê niks is gebreek as hy nie seker was nie?"

"Hy is steeds seker, maar hy sê jy vertrou nie sy diagnose nie." Hy klim uit en kom maak die deur vir haar oop.

"Ek wil regtig nie nou laat plate neem nie. As dit oor 'n week nie beter is nie, sal ek kom, maar nou wil ek asseblief net by die huis kom."

"Ons is nou hier."

Ester klim teësinnig uit en 'n uur later klap sy die deur te hard toe toe hulle weer in die motor klim. "Wat 'n vermorsing van tyd en geld."

141

"Dis jou eie skuld. Jy moes geweet het Samuel sou nie 'n diagnose gemaak het as hy nie seker was nie."

"Ira, die man is 'n verdomde veearts, nie 'n siener of 'n profeet nie. En beslis ook nie 'n ortopeed nie."

"Dan verstaan ek nie waarom jy kla nie."

"Ek is moeg en seer en, as dit nie te veel gevra is nie, wil ek net by die huis kom."

"Vlieg die ander almal vanaand terug?"

"Ja. Henry sou langer wou bly, maar hy het ander verpligtinge wat hy nie kon verskuif nie."

"Was hulle beïndruk met die plek?"

Ester begin hom vertel wat die span se kommentare was en hoe bang sommige is dat hulle dalk allerhande ongeneeslike peste opgetel het.

"En wat het jy van die plek gedink?"

"Interessant."

"Is dit hoe jy dit ervaar het? Dat dit interessant is?"

"Wat moet ek meer sê? Ek het goeie foto's geneem."

"Het jy al jou opinie oor Samuel getemper?"

"Het ek 'n opinie oor hom gehad?"

"Oor wie het jy nie 'n opinie nie? In sy geval was dit 'n redelik subjektiewe een, maar dis ook nie vreemd vir jou nie."

"Ek het nie regtig tyd gehad om 'n mening oor hom te vorm nie. Hy is klaarblyklik goed in wat hy doen en dit lyk of hy hard werk. Alles is netjies en 'n mens kan sien niks word sommer net aan die toeval oorgelaat nie. Sy reëlings vir ons was goed gedoen en sy personeel is professioneel en vriendelik. Pa sou sekerlik beïndruk gewees het."

"Maar jy is nie?"

"Ek het nie dit gesê nie."

Ira krap haar hare deurmekaar terwyl hy lag. "Ek ken

jou te goed. Ek sal graag eendag wil hoor wat jy teen die man het, maar ek kan sien jy is nie nou lus om te praat nie." Hy sit die flikkerlig aan en hulle ry onder die woonstelblok in.

Ester skrik wakker met die geluid van 'n sirene in haar ore. 'n Oomblik is sy nie seker of die geluid nog die oorblyfsel van haar ou, bekende nagmerrie is en of die geluid deel van die buitewêreld is nie. Sy voel hoe haar hartslae stadiger word. Geleidelik kry sy afstand en herken dit as 'n geluid êrens daar buite. 'n Normale deel van hierdie stad, of seker van enige groot stad se asemhaling.

Sy staan dronkerig op en stap kaalvoet kombuis toe. Sy ruik die koffie voordat sy in die kombuis is en stilweg sê sy vir Ira dankie. Op die toonbank lê 'n briefie.

Shalom aleichem, Hadassa. Maak jouself tuis. Mi casa, es su casa. Moes gou iemand gaan sien het. Sien jou later.

Sy kyk na die Mickey Muis-muurhorlosie. Dis net ná tienuur. Sy kan nie onthou hoe laat sy gisteraand in die bed geklim het nie, maar dit moes vroeg gewees het. Hulle het wegneemetes bestel, maar voordat dit gekom het, was sy vas aan die slaap op die bank in die sitkamer. Ira het haar wakker gemaak toe die kos gekom het, maar sy weet nie of sy ooit geëet het nie.

Sy skink vir haar 'n beker koffie en gaan sit by die toonbank waar 'n paar Sondagkoerante op 'n hoop lê. Die Afrikaanse een wat bo-op lê, kondig nog 'n gesinstragedie en nog 'n moord aan.

Polisieman skiet vrou en twee kinders dood en daarna homself.

Bejaarde egpaar op kleinhoewe vermoor.

Laer af op die voorblad darem ook: *Bekende Australiese rugbyspeler besoek skool in Pretoria. Nog foto's op bladsy drie.*

143

Sy glimlag meewarig. Die kleurfoto van die rugbyspeler staan uit soos 'n nar by 'n begrafnis. Net sodat dinge darem nie te swart word in hierdie land van sonskyn, rugby en braaivleis nie.

Sy lees verder.

Tienjarige meisie vermis. Twee dae gelede laas gesien op pad van die skool af.

Dis soos om 'n stuk rou vleis saam met jou oggendkoffie, vrugtekelkie en roosterbrood te probeer afsluk.

Sy lees die koerant van voor tot agter deur en moet lag vir die mag van die gewoonte. Ira is reg as hy sê hulle het joernalistiek saam met moedersmelk ingekry. En Leon het hulle graag saans aan tafel oor die jongste nuusgebeure uitgevra. Geen wonder hulle het nie van beter geweet toe hulle die dag beroepe moes kies nie. Sy is so ingedagte dat sy byna die beker koffie laat val toe haar selfoon skielik langs haar lui.

"Donner, wil jy my 'n hartaanval gee?" antwoord sy uitasem en probeer die druppels koffie van haar hand aflek.

"As ek jou nog nie in die aand beleef het nie, sou ek gedink het jy's net nie 'n oggendmens nie," praat Samuel se stem in haar oor.

"Waar kry jy my nommer?"

"Ira het dit verlede week vir my gegee voordat ek kongres toe is. Is dit 'n staatsgeheim?"

"Wat wil jy so vroeg hê, dokter Mcgreggor? Mis jy my?"

"Ek is redelik dringend op soek na Ira, maar hy antwoord nie sy selfoon nie, en ek wou jou laat weet dat daar 'n paar kledingstukke in van die tente en voertuie agtergebly het. Waarheen moet ek dit aanstuur?"

"Ek weet nie waar Ira is nie. Stuur maar die klere

hierheen. Ek sal dit saamneem wanneer ek teruggaan. Miskien net nie met 'n posduif nie. Ek is net vir twee weke hier."

"Ek sal my bes probeer om dit binne veertien dae by jou te besorg. Kan jy asseblief vir Ira vra om my te bel sodra hy kom? Ek het al 'n boodskap gelaat, maar ek weet nie of hy dit gekry het nie."

"Waarvandaan bel jy? Ek dog julle het nie selfoonontvangs nie en dat geen vorm van kommunikasie met die buitewêreld geduld word nie."

"Ek is in Johannesburg."

"Wanneer het jy gekom?" Sy weet nie waarom sy verbaas is nie.

"Ek het 'n uur gelede geland. Wil jy my vlugplan ook weet?"

"Ek sal vir Ira sê jy't gebel." Sonder om te groet druk sy die knoppie en die verbinding word verbreek. Sy begin verder lees en kyk net skeefweg op toe Ira 'n uur later die kombuis met 'n paar sakke kruideniersware instap.

"Ma sh'lomech." Hy druk 'n soen op haar kroontjie en begin die sakke uitpak.

"Iemand het my nou die dag gevra in watter taal dink ek. Ek het nie die vaagste idee gehad wat om te antwoord nie. Ek weet nie of ek ooit daarvan bewus was dat my denke 'n taal het nie."

Ester kyk op en frons. "Waarom vertel jy my daarvan? Nou is ek glad nie seker of ek ooit dink nie."

"Waarom dink jy praat ons Afrikaans met mekaar?"

Sy trek haar sigarette nader en steek een aan. "Hoe moet ek weet?"

"Miskien is dit 'n hunkering na kindwees en die taal van moedersknie," beantwoord hy sy eie vraag.

"Het jy dit uitgedink?"

145

"Nee, ek het Dinsdag my sielkundige gevra en dis sý verduideliking. Dat ons weerloos voel en dan geneig is om dit wat as kind vir jou troos gebring het, te soek."

"Waarom praat ons nie Hebreeus of Engels met mekaar nie?"

"Ons Hebreeus was nog nooit so goed soos ons Afrikaans nie en Engels was nie een van hulle twee se moedertaal nie. Verder was Afrikaans die troostaal van ons kindwees omdat sy ons primêre versorger was."

"Waarom gaan jy na 'n sielkundige toe?"

"Ek wil soms oor dinge praat wat 'n mens nie noodwendig oor 'n bier met jou vriende kan bespreek nie. Niks ernstigs nie. Ek dink ek wil eintlik net keer dat ek nie 'n klomp bagasie saamdra nie. Nou dump ek dit elke nou en dan op sy skoot en ek kan weer met my lewe voortgaan. Ek kan dit aanbeveel."

"Ek het nie tyd nie en in elk geval glo ek nie daar is iets wat enigeen kan sê wat my beter kan laat voel nie. Ek verkies om net te probeer vergeet. Dis waarom ek ook nie verstaan dat jy nog steeds huis toe gaan nie. Watter bevrediging kry jy daaruit om elke keer die roof af te krap en weer van voor af te bloei?"

"Maar ek bloei nie meer elke keer nie. Weet jy hoe bevrydend dit was toe ek op 'n dag daar kom en ontdek ek bloei nie meer nie. Die roof het droog geword en daar is nog net 'n merk om my daaraan te herinner."

Ester tel ingedagte die broodrolletjie op wat hy voor haar neergesit het en neem 'n hap. Sy kou langsaam. "Weet jy dat Samuel Mcgreggor se ouers vermoor is?"

Ira moet eers sluk voor hy kan antwoord. "Ja."

"Waarom het jy my nie gesê nie?"

"Ek het nie gedink dis relevant nie." Hy kyk oor die koffiebeker se rand na haar. "Ons is nie die enigste weeskinders in hierdie land of op hierdie kontinent nie, Haddie."

Ester voel hoe die troetelnaam in haar weerklink. Soos 'n klank wat in 'n leë vertrek van die mure af bons. Vir haar ma en die res van die wêreld was en is sy Ester. Vernoem na haar Joodse ouma, Ester. Vir haar pa was sy Hadassa, Ester se Hebreeuse naam, wanneer hulle geargumenteer het, en Haddie wanneer hy wou terg of troetel.

"Dink jy Samuel Mcgreggor glo self wat hy alles verkondig, of is dit leë retoriek waarmee hy 'n klomp goedgelowiges paai?"

"Jy laat dit klink of hy homself die Messias verklaar het en besig is om mense te bedrieg."

"Is dit nie bedrog om mense te laat glo daar's hoop as daar eintlik nie is nie?"

"Wie van ons kan ooit sê daar is nie meer hoop nie? In watter stadium besluit 'n mens alles is verlore? Die geskiedenis is vol van vreemde gebeure, of as jy wil, wonderwerke. Mirakels. Terminale pasiënte word soms, teen alle mediese diagnoses en prognoses in, gesond, of leef nog vir jare. Swakker sportspanne wen teen alle verwagtinge 'n sterker span, 'n handvol mense bring die magtige Amerika met een felle slag byna op sy knieë, Suid-Afrika word 'n demokrasie sonder dat 'n druppel bloed vloei. Hoe vreemd dit ook al mag klink, weet ek nie meer of dit in die mens se vermoë is om te sê wanneer 'n situasie hopeloos is nie."

"Jy klink soos iemand wat gebreinspoel is. Ek is bang dat jy vreeslik ontnugter gaan word wanneer hierdie bubble van julle bars."

"Dit mag so wees, maar terwyl die bubble nog hou, voel dit nogal goed."

Hy begin hulle borde in die skottelgoedwasser pak.

147

"Wat is jy lus om vandag te doen? Sal ons êrens gaan middagete eet of wil jy by iemand gaan kuier?"

"Ek is te lui om aan te trek. Lees jou Sondagkoerante. Ek sal televisie kyk en sommer net sleg wees."

"Ek dog jy gaan ten minste aanbied om vir ons 'n lekker Sondagmiddagete te kook."

"Dream on."

"Ma en Gladys het jou te veel bederf. Hoe gaan jy eendag 'n man kry as jy nie kan kos maak nie?"

"Daar bestaan hierdie wonderlike stelsel in groot dele van die wêreld waar 'n mens 'n nommer kan bel en 'n uur of so later, verskyn daar 'n vriendelike persoon op jou drumpel met 'n bord warm kos . . . Oukei, die kos is miskien nie in 'n bord nie, maar nietemin, daar staan die vriendelike persoon met 'n paar kartonne of plastiekhouers en binne-in is warm kos. 'n Mens noem dit takeaways. Dis jammer dat julle dit nog nie hier het nie. As ek jy is, sal ek net daarvoor al trek."

"Ha-ha-ha . . . goeie grap."

Ester staan op en gaan lê uitgestrek op die rusbank in die sitkamer. "O ja, dokter Doolittle het jou gesoek. Hy kon nie antwoord op jou selfoon kry nie."

Hy maak homself eers op sy gemakstoel tuis, die hoop koerante langs hom, voordat hy sy selfoon neem en begin bel.

Ester is besig om stelselmatig deur die televisiekanale te flits. By sommiges vertoef sy 'n rukkie, ander word weer vinnig verbygeblaai. Sy luister met 'n halwe oor na die eensydige gesprek, maar toe Ira begin lag, kyk sy op en sien hoe hy na haar kyk.

"Ek sal nie en, as jy weet wat goed is vir jou, jy ook nie." Hy lag weer voordat hy groet.

"Wat was die grap?"

"Hy het my verlede Maandagaand gebel om te sê julle is veilig op die plaas en ek het hom gevra wat hy van jou dink. Hy het gesê dis bietjie vroeg, maar hy sal my sê sodra die jurie terug is met die uitspraak."

"Ek neem aan die jurie is nou terug."

Ira glimlag terwyl hy 'n koerant optel.

"Gaan jy my nie sê nie?"

"Ek weet nie of ek moet nie."

"Moenie kinderagtig wees nie."

"Mad, bad and dangerous to know."

Ester kyk hom met vernoude oë aan. "Ekskuus?"

"Hy sê na vele oorwegings het hy besluit dis die beste opsomming van jou."

Teen haar sin glimlag sy. "Wat 'n lafaard om dit nie self vir my te sê nie. Hy is 'n vreemde karakter. Ek weet nie wanneer laas ek soveel uur in 'n man se geselskap deurgebring het sonder dat hy my probeer beïndruk of probeer verlei het nie."

"En nou is jou ego gekrenk." Ira maak simpatieke klikgeluide.

"Dink jy hy is die soort man waarvoor ek sal val?"

"Ek dink hy's die soort man waarvoor jy 'n paar jaar gelede sou geval het. Sy andersheid sou jou aangetrek het, maar nou weet ek nie meer vir wie jy val nie. Come to think about it, sien jy op die oomblik iemand?" Hy kyk bo-oor sy bril se raam na haar.

"Nee. Die vorige een het nie uitgewerk nie en ek het nog nie tyd gehad om intensief na 'n plaasvervanger te soek nie."

"Wat was sy probleem, of het jy maar net agtergekom hy is 'n papierpop met mooi klere aan?"

"Moenie beledigend raak nie. Tony was 'n suksesvolle, intelligente beleggingsbestuurder. Hy het 'n pragtige

149

woonstel in die stad en ons het heerlike tye saam gehad."

"Waarom het dit dan nie gewerk nie?"

Ester skakel na 'n ander kanaal oor en kyk eers 'n rukkie na die beelde op die skerm voordat sy hom antwoord. "Ek dink hy wou dalk oor trou begin praat. Hy het nog nie, maar ek het die tekens begin lees."

"En dis nie 'n onderwerp waaroor jy graag saampraat nie."

"Ek is nog nie gereed vir so iets nie."

"Dink jy jy gaan ooit gereed wees?"

Ester skakel die klank sagter. "Moenie daai toon met my aanslaan nie. Ek sien nie juis tekens van meisies hier rond nie. Waarom is jy nog nie getroud of ten minste verlief of verloof nie?"

"Wie sê ek is nie verlief nie?"

Ester lag hardop. "As dit is soos jy lyk as jy verlief is, kry ek die vrou jammer."

"Vir iemand met jou veelbewoë liefdeslewe behoort jy eintlik glad nie oor 'n ander mens s'n kommentaar te lewer nie."

"Wat makeer my liefdeslewe?"

"Die slagoffers wat dit nie gemaak het nie, lê gesaai agter jou. Jy het nog nooit met 'n ou uitgegaan waaroor jy nie 'n mondvol te sê gehad het nie. Asof jy nou so 'n onbesproke vangs is."

"Jy moet erken vandag se mans is wragtig pateties. Dis asof hulle grootgemaak word om net hulself te dien en te verheerlik."

"Jy kan nie so veralgemeen nie. Daar was 'n paar nice ouens deur die jare, maar jou standaarde is effens hoog vir gewone sterflinge. Neem nou byvoorbeeld vir Martin . . . wat was met hom verkeerd?"

150

"Hy wou gedurig weet wat ek dink. Ek weet self nie eens altyd wat ek dink nie! Dis die probleem . . . hulle is óf te klouerig, óf hulle is so bang vir intimiteit dat hulle skaars naby jou kom."

"En wat van Bennie? Ek het van hom gehou."

"Bennie het vier keer 'n dag gestort omdat hy nie van die mensreuk hou nie. Dit, terloops, is sy woord, nie myne nie."

"Ester, jy praat nou nonsens en jy weet dit. Jy wou sommer net fout vind en ek vermoed die rede lê by jou. Sodra iemand te na aan jou kom, raak jy soos 'n ystervark met penne wat orent spring."

"En waarom sou ek dit doen?"

"Jy hou daarvan om in beheer te wees. Jy het al die Green-gene geërf. Julle hou daarvan om die baas te wees. Of dit nou by die werk of by die huis is, dit maak nie saak nie. Solank julle net nie hoef te volg nie, is julle tevrede."

Ester gooi haar kop agteroor en lag, 'n diep, hees lag. "Ek gee nie om om te volg as die een voor my weet waarheen hy op pad is nie, maar hel, jy kan nie verwag ek moet geduldig agterna kruie terwyl hy nog met sy rigting en spoed sukkel nie."

"Waar kom jy aan 'n woord soos kruie? Jy praat net soos Pa Afrikaans. Dis asof julle breine die vermoë het om die vreemdste woorde op te vang en te onthou en dan vergeet julle soms die alledaagse woorde. Ek weet jy wil dit nie hoor nie, maar hoe ouer jy word, hoe meer herken ek hom in jou. Ek dink dis waarom jy so kwaad is vir hom. Jy weet jy sou waarskynlik dieselfde keuses as hy gemaak het."

Ester steek 'n sigaret aan en gaan staan op die balkon. "Ek mag na hom aard, maar ek sou nie so selfsugtig ge-wees het nie. Ek sou nie 'n hele gesin verwoes het om 'n punt te bewys nie." Sy staan met haar rug teen die muurtjie.

"Dit is waarom ek nie wil trou en kinders kry nie. My besluite is net myne. Ek wil nie eers al die moontlike gevolge bedink voordat ek iets besluit nie. Hy moes daaraan gedink het voordat hy getrou en kinders gekry het. Die dag wanneer jy so 'n verbintenis gemaak het, is jou lewe nie joune alleen nie. Jy het 'n verantwoordelikheid."

"As jy so daarna wil kyk, waarom het jy dan weggegaan? Dink jy nie jý het 'n verantwoordelikheid teenoor my ook gehad nie?"

Sy druk die sigaret in die asbakkie op die stoeptafel dood en stap weer binnetoe. "Dink jy nie jy het 'n verantwoordelikheid teenoor my om hier weg te kom nie?"

"Maar ons wortels lê hier."

"My wortels lê nêrens nie."

Hy sug. "Ons sal ure hieroor kan stry sonder om ooit tot 'n vergelyk te kom, so ek stel voor ons los dit liewer. Ek sal my koerante lees en jy kyk jou televisie."

"Moenie jou vir my vererg nie. Ek het ook 'n reg om te voel dat jy my in die steek laat deur hier te woon waar die herinneringe na bloed smaak. As jy die ketel swart wil noem, moet jy eers na die pot ook kyk."

"Waar is 'n mens jou lewe seker? Moet ons almal Swede toe trek, waar die moordsyfer net meer as een per honderdduisend mense is?"

"Nee, maar jy hoef nie in 'n land te woon met die tweede hoogste moordsyfer ter wêreld nie. Dis nog net Colombia wat tussen julle en die eerste plek staan."

"Die mens is weerloos, Haddie. Dis deel van die lewe. Wie het ooit gedink Manhattan kan in 'n oogopslag in 'n slagveld verander of dat Londen se ingewande uitgeruk kan word met een ontploffing? Daar is bomontploffings in Madrid, moorde in Parys, onrus en onluste wêreldwyd. Die wêreld beleef 'n gewelddadige en onverdraagsame tydperk."

Ira se selfoon begin skielik lui en Ester bly eers stil terwyl hy antwoord.

"Nee, ons het nog nie planne nie. In hierdie stadium sal dit waarskynlik iets in 'n wegneemboks wees." Ira bly 'n oomblik stil voor hy antwoord. "Dit klink heerlik. Ek sal haar vra." Hy hou die selfoon weg van sy mond af toe hy na Ester kyk. "Samuel nooi ons vir middagete. Hy sê Gladys het lekker kos gekook."

Ester ruik haar ouers se huis op 'n Sondag. Daar was altyd reuke. Soms van die vleis buite op die rooster, ander tye uit die ruim kombuis waar haar ma graag gewerskaf het. Sy skud haar kop. "Jy kan gaan."

"Ons albei gaan of ons albei bly by die huis. Ek gaan nie alleen nie."

"Ek is nie honger nie."

Ira kyk stil na haar voor hy die selfoon na sy oor toe bring. "Ons sal ongelukkig nie kan kom nie, maar dankie vir die uitnodiging. Dalk 'n ander keer. Sê groete vir Gladys-hulle."

Hy tel die koerant van sy skoot af op en begin weer lees.

"Waarom gaan jy nie? Ek is heeltemal in staat om alleen hier te bly. Jy hoef my nie op te pas nie." Daar lê 'n ergerlike klank in haar stem. Ira skud sy kop, maar laat nie die koerant sak nie.

"Ek sal weer gaan wanneer jy weg is. Dis nie so belangrik nie."

Ester skakel die klank van die televisie harder en sak laer af teen die kussings. Hulle bestel later wegneemetes en nadat hulle klaar geëet het, raak sy op die bank aan die slaap. Dis donker buite toe sy van 'n gelui wakker word. Dit neem 'n rukkie voor sy besef dis die interkom. Ira sit nie meer op die stoel nie en sy strompel orent om die gelui stil te maak.

"Ek is onder in die portaal, kan jy asseblief vir my die veiligheidsdeur oopmaak?" begroet Samuel se stem haar toe sy antwoord. Sy druk 'n knoppie en sluit die voordeur oop. Terug op die bank vee sy haar hare uit haar gesig en gaap lank terwyl sy haar uitstrek. Vader, sy voel heeltemal gedisoriënteerd.

"Slaap julle?" Samuel maak die voordeur agter hom toe en stap die sitkamer binne. Hy hou 'n groot mandjie in sy een hand. "I bring gifts. Gladys het julle jammer gekry."

"Ons het geëet." Ester gaap weer terwyl sy na die leë polistireenbakkies op die koffietafel wys.

"As dit 'n bord kookkos is, soen ek jou oopmond." Ira kom gaap-gaap die sitkamer binne en neem die mandjie by Samuel. "Hmm . . . Wat wil jy hê: my siel, my voor-tande, my suster, my kar . . . maak jou prys."

"Enigiets behalwe jou suster en 'n oopmondsoen."

Ester staan dronkerig op en stap sonder 'n woord ka-mer toe. Sy val op die bed neer, maar ná 'n rukkie haal sy skoon klere uit die kas. Sy hoop 'n stort sal haar wakker maak of ten minste net die dofheid effens laat verdwyn.

"Ek is jammer, dis nie veel van 'n verskoning nie, maar sy het nie altyd sulke swak maniere nie. Soms slaan my ma se goeie opvoeding darem nog deur." Ira het die mandjie kombuis toe geneem en is besig om die verskillende bak-ke met groot versigtigheid oop te maak. Met elke deksel wat hy lig, snuif hy diep.

"Manners are especially the need of the plain. The pret-ty can get away with anything," roep Ester uit die gang voor die kombuis en die twee mans kyk na mekaar.

"Dan moet jy miskien aan jou maniere begin werk," laat Samuel droogweg hoor en Ira skud laggend sy kop.

"Jy's 'n dapper man."

Samuel haal sy skouers op toe hy by die kombuistoonbank gaan sit. "Die kos kom nie heeltemal verniet nie. Ek het 'n guns om te vra."

"Wil jy eerder 'n nier of 'n long hê?" Ira het 'n stukkie vleis in sy mond gesit en is besig om stadig te kou.

"Ek het inligting nodig."

"Jy is gewoonlik die een met die kontakte waarvan ons net kan droom. Wat is dit wat jy wil weet?"

"Inligting oor 'n nuwe sindikaat wat in die land bedrywig is. Hulle werksaamhede is nie tot wilddiefstal beperk nie. Daar word vermoed hulle het belange in die perlemoenbedryf, mensehandel, omkopery, dwelms, noem dit op. 'n Moderne Hydra. Die spreekwoordelike monster met die sewe koppe en die giftige asem. My kontakte vermoed hulle is nog besig om hulle werksaamhede te beplan, maar hulle is baie goed georganiseerd en dis nie so maklik om hulle binne te dring nie. Ek wil eintlik net bevestiging hê of iemand hier al gehoor het van hulle. Straatnuus. Ek wil nie hê jy moet jou nek onnodig uitsteek nie."

"Het jy 'n naam vir my?"

"Ongelukkig nie, maar ek het 'n naam van iemand wat dalk betrokke kan wees." Samuel haal 'n notablaadjie uit sy hempsak en skuif dit oor die toonbank tot voor Ira.

Ira lees die naam en kyk dan op. "Ek het al van hom gehoor. Nie baie detail nie, maar volgens wat ek gehoor het, is hy nie iemand met wie 'n mens onnodig moeilikheid soek nie. Hy het bande met die Chinese mafia en waarskynlik nog 'n paar ander broederbonde ook." Ira skeur die nota op. "Ek sal luister of ek iets kan uitvind."

"Wat moet jy uitvind?" Ester kom die kombuis binne. Sy dra 'n swart denim, swart hemp en 'n paar plat, swart skoene. Haar hare is agter haar kop in 'n poniestert vasgemaak. Sy lig die deksels van die bakke op en druk 'n aartappel in haar mond.

"Hy soek inligting." Ira beduie na die bakke kos. "Ek gaan nou vreeslik ongeskik wees, maar as ek nie nou eet nie, kwyl ek die vloer nat. Gaan jy saam eet?"

Samuel skud sy kop. "Nee dankie. Ek het vanmiddag meer as my kwota gehad. Eet gerus."

"Wat maak jy in Sodom en Gomorra?" Ester neem die bord wat Ira na haar uithou en begin vir haar inskep.

"Ek het die week 'n paar vergaderings hier."

"Still spreading the good news."

"Ester!" Ira se stem klink skerp en sy lig haar hand.

"Dit was 'n grap. Moenie so gou op jou perdjie spring nie." Sy kyk na Samuel. "Jammer as ek jou beledig het."

"Ek vergewe jou."

"Jy hoef nie. Jy kan my skel." Sy glimlag skeefweg op na hom toe sy oorkant hom by die toonbank kom sit.

Hy skud sy kop. "Te veel moeite."

Samuel sit effens agteroor op die stoel en kyk na die twee mense oorkant hom. Die kartonne in die vuilgoeddrom is die stille getuie dat hulle vandag al kos gehad het, maar daar is iets kinderliks aan die manier waarop hulle die kos voor hulle eet. Soos straatkinders wat nie hulle geluk kan glo nie. Wees straatkinders wat sonder orde of ritme lewe en dankbaar is vir hierdie stukkie genade.

Of hy moet liewer sê, dit is oneindig bevredigend om te sien hoe Ira die kos geniet. Hy is nie seker Ester is besig om te eet nie. Hy hou haar onderlangs dop en sien hoe sy aan die kos raak, haar vinger deur die bruin sous trek en dit stadig aflek. Sy tel die pampoenkoekie op en nadat sy dit in twee verdeel het, ruik sy daaraan, onbewus daarvan dat hy na haar kyk. Sy speel 'n oomblik met die aartappels voordat sy een in haar mond druk. Dit lyk of sy enige oomblik haar hande in die bord kos gaan druk en dit soos 'n kind deurmekaar gaan maak. Haar sintuie soek na iets tasbaars. Asof sy iets bekends raakgevat sal kry as sy hard genoeg probeer. Hy wonder of Ira weet hoe sy sukkel om die tragedie te verwerk. Hy wonder of sy self weet hoe verdwaald sy is. Sy dink om haar spiere elke nou en dan vir die wêreld te wys, sal 'n bewys wees dat sy sterk is. Wanneer sy aangetrek is en grimering dra, lyk sy in beheer, maar met haar hare vasgebind en 'n seepskoon gesig lyk sy jonk en weerloos.

"Sê asseblief vir Gladys sy het my van algehele wan-voeding gered." Ira lek die laaste sous in sy bord met sy vinger op.

"Waarom het jy nie by jou ma geleer kook nie? Sy was 'n besonder goeie kok."

Ester kyk van Samuel na Ira. "Praat jy met my?"

"Ja, is dit nie enige ma se droom om so iets aan haar enigste dogter oor te dra nie?"

"Sy kon dit seker aan haar enigste seun ook oorgedra het."

"Gaan jy nie eet nie?" Ira kyk na die bord kos wat feitlik onaangeraak voor Ester staan.

"Ek het genoeg geëet. Jy kan hierdie kry as jy wil."

Hy trek die bord nader en minute later vryf hy oor sy maag. "Nou is ek 'n hoogs bevredigde man."

Samuel kyk op sy horlosie en staan op. "Ek moet loop."

Ira staan saam met hom op. "Baie dankie vir die kos. Ek sal die kosbakke terugneem sodra my suster dit gewas het."

"Geniet jou kuier," groet Samuel toe hy na Ester kyk. "Ek het die klere by die huis vergeet, maar sal sorg dat dit nog hierdie week hier afgelewer word."

"Ek hoop jy het 'n suksesvolle week ... Mag die bekering soos 'n vloedgolf oor die land versprei."

"Komende van jou beteken dit baie."

12

Die res van die week slaap Ester soggens laat. Dis net soveel makliker as om vroeg op te staan en 'n dag lank met haar gedagtes opgeskeep te sit. Sy ontmoet Ira twee keer vir middagete en twee keer gaan hulle na werk saam met 'n paar van sy kollegas na 'n kroeg waar almal mekaar ken. Slegs die feit dat hulle in 'n stadium honger begin word, verhoed dat hulle nagte deur daar kuier.

Die gesprekke wissel tussen absurde, swart humor, waartoe net 'n klomp joernaliste in staat is, tot ernstige politieke praatjies waar die stemme dikwels dakwaarts styg en argumente mekaar soos treinspore kruis. Dit maak nie saak hoeveel mense op enige gegewe aand om bottels bier, glase whiskey of bottels wyn vergader nie, die samestelling bly dieselfde. Daar is die beswaardes, die teleurgesteldes, die optimiste en 'n handjievol realiste. Laasgenoemdes se argumente is gewoonlik deurdag en emosie speel nie 'n rol in die manier waarop hulle na die situasie in die land of die wêreld kyk nie. Sy hoor haarself toe sy nog jonk en voortvarend was.

Ná so 'n aand kan sy gewoonlik nie slaap nie omdat sy elke gesprek oor en oor in haar kop herhaal. Sy onthou vrae wat sy nog wou vra en menings wat sy nog wou lug. Êrens deur die nag oortuig sy haarself altyd dat sy eintlik glad nie meer belangstel nie en nie weet waarom sy die moeite doen om saam te praat nie.

'n Paar keer gedurende die week betrap sy haarself dat

sy dit oorweeg om na haar ouers se huis te ry, maar die verste wat sy kom, is 'n paar blokke daarvandaan. Ira het haar ma se motor gaan haal en ry daarmee sodat sy met die Volvo kan ry.

Donderdagoggend kom groet Gladys. Ester het 'n knop in haar keel toe sy in die vrou se arms staan. Hulle het mekaar drie jaar gelede, net ná haar ouers se begrafnis, laas gesien. Gladys se gesig het nie veel verander nie. Dis eerder in haar oë waar Ester 'n verandering sien. Die uitdrukking in haar oë was altyd warm en vriendelik, maar nou het daar 'n stilte bygekom. Of miskien is dit 'n verslaentheid.

"Waarom het jy so lank geneem om terug te kom? Ek was bekommerd oor jou." Sy praat Zoeloe met 'n musikale stem.

"Ek was besig." Ester voel hoe haar tong na die woorde soek. Woorde wat as kind so maklik gekom het, maar nou effens vasgeroes in haar geheue lê. "En ek het nie kans gesien om terug te kom nie. Ek hou nie meer van die plek nie."

"Dit sal nie help jy hardloop weg nie. Die hartseer sal net saam met jou hardloop. Jy moet huis toe kom sodat jy hulle kan kom groet."

"Ek het niks by die huis verloor nie, Gladys, want hulle is nie meer daar nie." Ester skrik byna vir die aggressie wat sy in haar eie stem hoor.

"Hulle is nog daar en hulle wag vir jou om te kom groet." Die ouer vrou se hand raak aan Ester s'n. "Jy moet jou kwaadwees los. Dit vreet 'n gat in jou binneste en jy sal nooit tot ruste kom as jy saam met die kwaad loop nie."

"Hoe gaan dit met Josef en die kinders?" verander Ester die onderwerp.

"Dit gaan goed met hulle. Felicity doen goed by die kollege en Joël het 'n goeie werk by die bank. Jou ma-hulle was goed vir die kinders en ek sê elke dag dankie dat hulle na goeie skole gegaan het. My hart sing vir my kinders, maar huil vir jou, Haddie. Ek het altyd jou ma belowe ek sal mooi na julle kyk, maar ek kan nie my belofte hou as jy so ver bly nie."

"Vertel van Josef. Hoe gaan dit met hom?"

"Met Josef gaan dit ook goed. Hy het goeie promosie by die werk gekry en naweke werk hy in die tuin en sorg dat alles reg en mooi is. Hy sê jou ma sal hom pla as hy haar tuin laat lelik word. Ons is dankbaar vir Samuel. Hy is 'n goeie man en hy kyk mooi na ons en na die huis. Dis goed dat daar soms weer iemand bly. 'n Huis kan nie so alleen staan nie."

Sy neem Ester se hande in hare. "Kom saam met my huis toe, kom stap saam met my deur jou ma se tuin of kom sit by my in die kombuis en laat ek vir jou 'n koppie koffie maak of iets om te eet."

Ester rol haar skouers agtertoe asof sy die woorde wil laat afrol.

"Nie vandag nie. Miskien 'n ander dag."

Hulle gesels nog 'n uur oor alles en nog wat, drink saam tee en kort-kort raak Gladys aan Ester asof sy wil seker maak sy droom nie.

"Ek moet nou eers loop." Gladys staan effens stram uit die stoel op. "Sê groete vir Ira en sê hy moet kom kuier." Sy kyk in die woonstel rond. "Wat eet julle elke dag?"

Ester slaan haar arms om die vrou. "Moenie so bekommerd lyk nie, hier's baie eetplekke en wie sê ek het nie dalk leer kook nie?"

Gladys klik met haar tong. "Jou siel is te onrustig om kos te maak. Ek kry jou man en kinders jammer. 'n Ma wat nie eens vir haar kinders kan kos maak nie ...." Haar kop skud heen en weer. "My en jou ma se skande."

"As ek nie trou en kinders kry nie, is die probleem opgelos en niemand hoef van julle skande te weet nie."

"Dit sal miskien beter wees, ja, maar jy kan ook nie altyd so alleen loop nie. Die mens is gemaak om 'n maat te hê."

Ester soen laggend haar wang. "Ja, ouma Gladys. Sê Josef en die kinders moet vir my kom kuier."

Gladys trek haar baadjie by die voordeur aan en kyk skalks oor haar skouer. "Dit sal makliker wees as jy vir hulle kom kuier."

"Laat ek 'n taxi bel," ignoreer Ester die ander vrou se laaste woorde.

"Nee, ek sal sommer een onder in die straat kry. Ek wil nog by die winkel stop."

Toe die deur agter Gladys toegaan, loop Ester uit op die balkon en kyk straat toe tot sy Gladys onder die gebou sien uitstap. Daar is 'n vreemde smaak in haar mond, maar sy het nie 'n beskrywing daarvoor nie. Sy wonder hoe dit moontlik is om soveel woorde te ken en tog soms nie woorde te hê nie. Hoe beskryf jy die onbeskryfbare? Waar lê die geheue wat reuke onthou en hoe loop die drade wat betekenis daaraan gee? Miskien moet sy haar reuksin laat verwyder; sy is seker sy het eendag so 'n rolprent gesien waarin iemand dit laat doen het. Hulle sal egter meer moet uithaal as haar geheue, want daar is klanke ook wat haar laat onthou, daar is stemme en woorde, musiek en boeke. Sy wil nie meer onthou nie en sy wil nie meer so verlang nie. Dit vreet aan 'n mens totdat dit voel of daar nie meer vleis aan jou bene is nie. Slegs kaalgestroopte bene en oop senuweedrade.

Sy stap terug in die woonstel toe haar selfoon lui. Dis

Samuel wat wil weet of sy nie saam met hom wil gaan eet nie.

"Ira het 'n vergadering en daarna moet hy nog iemand gaan spreek, maar hy sal later by ons aansluit."

"Waar wil jy gaan eet?"

"Hier naby is 'n ou restaurant waar ek nog altyd lekker geëet het."

Ester sien dadelik die gesellige ou huis in haar geestes-oog. Dit was haar pa se gunsteling en hy en die ou Italia-ner was groot vriende.

Asof hy haar gedagtes kan lees, laat Samuel gemoedelik hoor: "Ons kan na 'n ander plek toe ook gaan."

"Nee, dis reg. Hoe laat moet ek jou daar kry?"

"Ek sal jou kom oplaai."

"Ek is beïndruk."

"Dit kan seker nie die eerste keer wees nie. Ná alles wat ek vir jou gedoen het?"

Sy glimlag teen haar sin. "Glo my, dis die eerste keer."

"Ek kon sweer my rooiboklewer het jou oorrompel."

"A-a-a . . . ek het daarvan vergeet. Jy is reg, dit het my sprakeloos gehad."

"Ek sien jou agtuur. Moet my asseblief nie laat wag nie."

Ester maak haar mond oop om hom te antwoord, maar die verbinding is reeds verbreek en sy skud haar kop. Sy sal graag die soort meisies wil sien met wie hy uitgaan.

Net voor agt lui die interkom en Ester staan van die rusbank af op waar sy al tien minute lank sit en televi-sie kyk. Haar ma was nie die soort vrou wat ure voor 'n spieël nodig gehad het nie en haar pa nie die soort man wat geduld met so iets gehad het nie. Sy self het ook nog nooit uitrusting na uitrusting op 'n bed gegooi omdat sy nie kon besluit wat om aan te trek nie. Die effense huiwering waarmee sy vanaand na die klere in die kas gekyk het, was 'n nuwe gevoel vir haar, maar het gelukkig nie lank geduur nie. Die keuse het op haar swart regaf rok geval en daarby dra sy haar nuutste Prada-sandale en 'n paar groot silwer oorringe. Eenvoudiger kon dit seker nie.

"Ek is beïndruk," laat hy hoor toe sy die deur oopmaak en hy op sy horlosie kyk.

"Vir die eerste keer?"

Hy frons asof hy dink. "Moes daar al 'n vorige keer gewees het?"

Sy gaan tel haar handsak van die tafel af op terwyl hy die televisie afskakel. "Raak jy nooit moeg vir die ewige geraas nie? Hoe hoor jy jouself dink as die ding heeltyd aangeskakel is?"

"Waarom wil ek myself hoor dink?"

Hulle trek die deur op knip en sy kyk onderlangs na hom toe hulle in die hysbak staan. Hy dra 'n ligte kakiekleur langbroek en wit hemp en lyk koel en gemaklik. Ester wonder of hy ooit ontuis of verleë voel.

"Jy lyk baie mooi." Hy kyk haar op en af en dit voel of 'n borsel liggies oor haar vee.

"Spesiaal vir die alfa-mannetjie." Sy laat sak haar oë, druk haar hande teen mekaar en buig liggies vorentoe.

Hy begin lag en dis of sy die veld hoor. Oop en wyd, sou die maklike beskrywing gewees het, maar dis meer as dit. Dis of hy energie uit 'n oerbron tap. Onbesoedelde energie wat soos 'n voelbare kleed om hom hang. Geskiedkundiges beweer dat van die ou antieke beskawings kristalkamers gehad het waarin hulle die siekes behandel het. Sy wonder of hy nie toegang tot so 'n kamer het nie.

Die eienaar van die restaurant herken haar nie toe hulle instap nie. Toe sy hom sê wie sy is, kom daar trane in sy oë en hy neem haar hande in syne.

164

"Ek mis hom so baie."

Ester kan net haar kop knik en sy is bly dat hulle dade-lik na hulle tafel gewys word.

Samuel maak sy mond oop om iets te sê, maar sy hou haar hand omhoog. "Ons gaan nie oor hulle praat nie."

"Ek wou gesê het ek het weer die klere by die huis vergeet, maar ek sal dit môreoggend op pad lughawe toe kom aflaai."

Sy vee 'n paar los hare uit haar gesig en knik. Sy sal nou-nou weer haar balans terugkry, troos sy haarself.

"Sit terug en haal asem. Ek sal die kelner vra om vir jou 'n glas water te bring."

"Ek makeer niks."

"Ek weet."

Sy sit terug op haar stoel en kyk na die ander mense in die restaurant. Dis so 'n normale prentjie. Anders as op straat.

Sy drink die glas water toe die kelner dit bring en knik toe Samuel vra of hy vir hulle wyn kan bestel.

"Moenie nou skielik nice raak nie. Ek gaan jou nie herken nie en ek is nie lus om die hele aand nice met jou te wees nie."

"Waarom wil jy so graag met my baklei?"

"Dit irriteer my net dat jy so onaangeraak kan bly. Kry jy nooit lus om terug te baklei nie?"

"Waaroor moet ons baklei?"

"Ek wil nie nou spesifiek oor iets baklei nie, maar dis frustrerend as jy alles net van jou laat afrol. Lyk ten minste net of jy hoor as ek jou beledig of iets leliks vir jou sê."

Hy sit terug op die stoel en bekyk haar eers 'n lang ruk voordat hy antwoord. "Wat gaan dit my baat as ek 'n helse argument met jou aanknoop oor dinge wat jy vir my gesê het of oor verskille wat ons mag hê? Ek gaan 'n klomp onnodige energie mors en ná die tyd dalk vies vir myself wees omdat ek soveel energie op onsin gemors het."

"Raak jy nooit kwaad nie?" Sy neem 'n sluk van die wyn wat die kelner ingeskink het.

"Natuurlik raak ek kwaad. Ek kies net wat ek daarmee wil doen."

"Ek glo dis ongesond om emosies so te beheer. Dis waarom mense maagsere en allerhande probleme kry."

"Dink jy ek beheer my emosies?"

"Die aand toe ek so ongenooid by die olifante opge-daag het, was jy vies, maar in plaas daarvan om te baklei het jy tot tien getel en my toe maar saam huis toe ge-neem. Waarom het jy my nie daar gelos of 'n helse bohaai opgeskop nie?"

"Ek was nie kwaad nie. Verbaas, wel, en ietwat geïr-riteerd, maar nie kwaad nie. As ek kwaad was, sou jy die nag daar geslaap het. Woede is 'n intense emosie en 'n mens moet leer om te onderskei tussen woede en irritasie of ongerief. Jy was op daardie oomblik niks meer as 'n ongerief nie."

"Dankie. Mans het my al in die verlede 'n paar dinge genoem, maar nog nooit 'n ongerief nie."

Hy lag hardop en 'n paar mense rondom hulle kyk om. Ester sien hoe 'n paar onwillekeurig glimlag. Die fluit-speler van Hameln, dink sy. Henry het gesê hy kan mense rustig maak of oor die afgrond laat loop, dit hang net af wat hy kies om te doen.

"Vertel my wat jy alles dié week gedoen het," laat hy hoor toe hy ophou lag.

"Laat geslaap, koerantstories met Ira en sy kollegas gesels, winkels toe gegaan, vir Gladys gesien." Sy kyk 'n oomblik oor die restaurant. "Sy sê jy is goed vir hulle . . . dankie."

"Hulle is vir my ook goed." Hy proe aan die wyn. "Het jy nie ou vriende opgesoek nie?"

"Ek is nie nou lus vir almal se ongemaklikheid nie. Het jy agtergekom dis asof mense eintlik nie weet wat om onder sulke omstandighede te sê nie en dan maar liewer enige oogkontak vermy?" Sy huiwer asof sy nie seker is of sy moet voortgaan nie, maar dan skud sy haar kop ligweg. "Vertel my eerder hoe jou week was. Groot bekerings beleef?"

"Van tsunamiese afmetings. Het jy nie in die koerante daaroor gelees nie?"

"Van wanneer af publiseer hulle sprokies in die koerante?"

"Werk jy met opset hard daaraan om my ego 'n knou te gee, of doen jy dit met alle mans wat vir jou lekker kos en wyn koop?"

"Ek het jou naam in 'n paar koerante gesien. Jy het kommentaar gelewer oor die moontlike uitdunning van olifante omdat hulle getalle besig is om handuit te ruk. Ek was nogal verbaas oor die heel gematigde uitspraak."

"Emosies is 'n wonderlike ding, maar dit laat 'n mens ongelukkig te veel oorloë maak en verloor. 'n Mens behoort elke saak op meriete te beoordeel. Dis opwindend om groot protesoptogte te lei en bloed op pelsjasse uit te gooi en walvisjagters se bote te beskadig, maar al wat 'n mens bereik, is dat niemand jou ernstig opneem nie. Dis asof jy self olie op die brandstapel gooi waarop jy verbrand gaan word. Ek het al in te veel vergaderings gesit en luister hoe mense hulle eie sake verloor. Dis nie asof die ander kant gewen het nie; hulle het eenvoudig deur allerhande emosionele stellings en uitsprake die saak verloor. Dit doen ons saak veel meer skade as wat dit goed doen."

"Het jy nog nooit aan 'n protesoptog deelgeneem nie?"

167

"Ja, ek het al, veral toe ek jonger was en meer tyd gehad het, maar ook net as daar nie 'n klomp ooremosionele mense betrokke was nie."

"Doen jy ooit iets spontaans?"

Hy vee laggend deur sy hare. "Wat is dit? Twenty questions time?"

"Jy beheer jou kwaadword, jy raak nie ooremosioneel nie, jy beredeneer alles met logika en jy wys hoegenaamd nie wat jy dink of voel nie. Ek wonder maar net."

"Ek doen dikwels spontane dinge. Seker nie so dikwels as wat ek sou wou nie, maar so dikwels as wat ek kan."

"Wanneer laas het jy jouself verras met jou eie spontaneïteit?"

"Verlede week."

"Wat het jy gedoen?"

"Het jy by die Russe geleer om ondervragings te doen?"

Sy sit agteroor en glimlag. "Moenie onder die vraag probeer uitgly nie. Antwoord my."

"Ek het jou in my huis laat slaap. Dit was onbeplan."

"Jy het nie juis 'n keuse gehad nie. So ver ek kan onthou, was die lodge vol. Waar anders kon jy my laat slaap het?"

"Al die tente was vol, maar ons het 'n gastekamer langs die kantoor wat ons hou vir mense wat my kom spreek of iemand wat skielik net 'n nag daar moet deurbring."

"Waarom het jy my nie daar laat slaap nie?"

"Ek was nuuskierig."

"En kon jy jou nuuskierigheid in een aand bevredig?"

"Ja dankie."

Ester begin die mes voor haar heen en weer oor die tafel stoot. "'n Mens leer ken nie iemand in een aand nie. Dit impliseer ek is eendimensioneel en ek is seker ek is nie."

"Ek is 'n goeie waarnemer."

"Ek is nie ydel genoeg om te vra wat jou gevolgtrekking was nie. Vertel my eerder wat het ek die eerste keer aangehad toe jy my gesien het. As jy dan so oplettend is, behoort dit nie te moeilik te wees nie."

"Die heel eerste keer in jou pa se kantoor het jy 'n denim en 'n soort kort, militêre baadjie gedra. Heeltemal anders as wat jy deesdae lyk. Jou hare was bo-op jou kop gestapel en met 'n rolpuntpen vasgesteek. As ek reg onthou, was dit 'n geel Bic-pen."

Ester onderdruk 'n glimlag. "Die aand in die boomhuis?"

"'n Swart denim, swart hemp en swart bra met pienk strikkies hier teen die skouerbande." Hy beduie na sy skouers toe.

"Jy hoef nie in soveel detail in te gaan nie."

"Jy betwyfel my oplettendheid."

"Laat ons sê, ek is ietwat beïndruk. Dit beteken egter nog nie jy ken my ná een aand nie. Daarvoor het jy beslis baie meer tyd en baie beter skills nodig."

"Met die eerste oogopslag dink 'n mens jy het bruin oë, maar daar is 'n paar van jou ma se oë se groen vlekkies in. Wanneer jy lag, is daar 'n kuiltjie links van jou mond. Jou oë lag egter selde saam. Jy het 'n manier om jou kop effens skeef te hou as jy konsentreer en, wanneer jy onseker is, vee jy altyd hare uit jou gesig, of daar hare is of nie. Jou lyf is nooit regtig ontspanne nie en, wanneer jy geïrriteerd is, skop-skop jou voet heen en weer. Jy konsentreer nie altyd wanneer mense met jou praat nie, maar soms is dit 'n truuk en ek vermoed jy hoor en sien dikwels beter as wat dit vir buitestanders lyk. Jy is ongeduldig en weet nie hoe om te ontspan nie. As jy nie volstoom werk of kuier nie, slaap jy, want daar is eintlik niks an-

169

ders tussenin nie. Jy is van nature ongeneeslik nuuskierig, maar probeer deesdae jou bes om dit te onderdruk. Dis 'n eienskap wat jy glo, deel van jou vorige persona was. Jy hou van mense, maar doen jou bes om nie afhanklik te raak nie en jy vertrou nie meer maklik nie. Jy hou nie van stilte nie en jy rook omdat dit jou 'n verskoning gee om te vroetel."

Sy wenkbroue lig. "Jy hoef nie so beïndruk te lyk nie. Dit was nie so moeilik nie."

'n Oomblik voel dit vir haar of sy onbewustelik haar klere uitgetrek het en nou kaal voor hom sit. Hoe vergesog die gedagte ook mag wees, raak sy ongemerk aan haarself en bid sy raak nie aan kaal vel nie.

"Wat as ek vir jou sê jy sit die pot heeltemal mis?"

Hy begin stadig glimlag. "Maar ek doen dit nie."

"Jy is nie so slim soos jy dink jy is nie."

"Ek het nie gesê ek is slim nie; ek het gesê ek is oplettend."

"Ek kan nie besluit of ek van jou hou en of jy my eintlik grensloos irriteer nie."

"Jy's mal oor my."

Ester lag hardop voordat sy haarself kan keer en 'n paar mense kyk op en glimlag saam. "Dis 'n tipiese voorbeeld van dwase wat instorm terwyl wyses huiwer."

Samuel beduie na die spyskaart wat onoopgemaak voor haar lê. "Wat wil jy eet, Green? En moet asseblief nie sê 'n slaai nie. Die lewe is te kort om slaaiblare te eet."

"Jy is baie voorskriftelik."

"Net met mense wat dit nodig het."

Sy blaai heen en weer deur die spyskaart en maak dit vinnig weer toe. "Ek sal die hoenderslaai eet."

Hy neem dit by haar en gee dit vir die kelner. "Vergeet van 'n hoenderslaai. Bring vir ons die salm vir 'n voorgereg en die kalfsvleis as hoofgereg." Die kelner knik en Samuel sit agteroor. "Hmm . . . dis wat ek die perfekte maaltyd noem."

Ester skud haar kop. "Ek hoop jy's baie honger, want jy het so pas vir jou twee etes bestel." Sy trek die bottel wyn nader en skink haar glas vol.

"Geen mens bestel in so 'n restaurant 'n hoenderslaai nie. Ruik net die geure wat uit die kombuis kom . . . dis mos genoeg om jou visioene te laat sien. Hierdie kos word gemaak met 'n mens se sintuie in gedagte. Die reuke, saam met die onopgesmukte voorkoms van die plek, klassieke Italiaanse musiek en die geselskap van 'n baie oulike man . . . wat meer kan 'n vrou vra?"

Sy kyk op haar horlosie. "Hoe lank moet ek nog vir die oulike man wag?"

Sy oë verkreukel toe hy glimlag. "Jy praat Afrikaans soos jou pa. Ek het my altyd verstom oor sy woordeskat. Al was die uitspraak nie altyd reg nie, het dit hom nooit gepla nie. Hy was die spreekwoordelike, ewige leerder." Hy hou sy hand op toe hy sien hoe haar oë verdonker en sy onbewustelik haar arms voor haar vou asof sy iets wil afweer. "Ek is nie van plan om 'n huldeblyk te lewer nie. Dit was 'n onskuldige opmerking."

"Waarom het jy my nie daardie eerste dag van jou ouers vertel nie?" Sy speel weer met die mes voor haar op die tafel.

"Waarom moes ek? Dis nie asof ek dink die feit dat ons albei so 'n tragedie beleef het, maak dat ons outomaties geesgenote is of dat ons mekaar noodwendig beter gaan verstaan nie. Ek sal nooit weet hoe jy dit ervaar het nie, net so min soos jy ooit sal weet hoe dit vir my gevoel het. Empatie is 'n woord wat 'n mens versigtig moet gebruik, want alle mense se omstandighede verskil. Om te sê ek

171

kan myself in jou skoene plaas, is ietwat aanmatigend. Dit was makliker vir jou om te glo niemand anders het al ooit so iets beleef nie. Dit het jou byna onaantasbaar gemaak. Jou 'get out of jail free'-kaartjie. Die lewe het jou geskuld en om daardie rede kon jy sekere dinge doen en sê.

"Die lewe is egter nie heeltemal so eenvoudig nie. Alle mense voel in 'n mindere of meerdere mate dat die lewe hulle skuld. Of daardie verwagtinge geregverdig is, is 'n ander saak, en wanneer is jou skuldbrief groter as 'n ander een s'n? Wat van ouers wat 'n gebreklike kind het? Wat verdien hulle om te vergoed vir jare se bekommernis en versorging? Vir die vrees dat jou kind jou sal oorleef en daar niemand gaan wees om na hom of haar om te sien nie?"

"Preek jy vir my?"

Hy glimlag. "Ja."

"Ek hou nie daarvan as jy vir my preek nie."

"Ek weet, maar niemand anders sien blykbaar kans om dit te doen nie."

Die kelner verskyn langs die tafel met hulle voorgeregte en sy kyk stil na die stukkie pienk vis op haar bord.

"Weet jy hoe dankbaar gaan jou smaakorgane wees om 'n slag weer iets te proe? Maak hulle dag en probeer net."

"Moenie dink omdat jy weet watter kleur my oë is en op watter sy ek slaap, dat jy skielik 'n verhandeling oor my kan skryf nie. Daar is niks met my smaakorgane verkeerd nie en hulle ly nie."

"Op watter sy slaap jy?"

"Op my rug."

Hy skud sy kop terwyl hy stadig sy eerste hap neem. "Jy slaap beslis nie op jou rug nie."

"Hoe weet jy?" Sy het 'n klein stukkie vis in haar mond gesit.

"Om op jou rug te slaap is 'n daad van onvoorwaarde-like oorgawe en vertroue en jy is nie die tipe wat oorgee of vertrou nie."

Ester begin sag lag. "Ek begin verstaan waarom daar nie 'n permanente vrou in jou lewe is nie. Sy sou jou al lankal in jou slaap met die kussing versmoor het."

Hy sit sy mes en vurk neer en glimlag. "Ek is baie goed vir die vrouens in my lewe. Hulle kry swaar wanneer hul-le moet aanbeweeg."

Ester stik byna toe sy begin lag. "Bliksem, maar jy ís verwaand."

"Is julle tevrede met die shoot?" verander hy die on-derwerp.

"Henry is hoog in sy skik. Hy reken dit gaan uitstekend wees. Marja en Heidi het alles baie geniet. 'n Mens sou sweer hulle het Afrika persoonlik oorwin. Henry is gefas-sineer deur die land, die mense, deur jou, die diere . . . net mooi alles – en min dinge fassineer hom nog. Die ander was diep dankbaar dat die week verby is en hulle terug beskawing toe kon gaan."

"En is jy tevrede?"

"Hmm . . . 'n foto van 'n model op 'n olifant se rug of in jou huis sou dit nog interessanter gemaak het, maar 'n mens kom maar klaar met wat vir jou gegee word."

"As jy 'n model op 'n olifant se rug wou gehad het, hoekom het jy nie sommer net sirkus toe gegaan nie?"

Ester se wenkbrou lig. "Die shoot se tema is Afrika, nie 'n besoek aan die sirkus nie."

Toe hulle hoofgereg ná 'n rukkie voor hulle neergesit word, kyk sy na die kalfsvleisgereg en begin dit liggies met haar vurk rondskuif.

"Niks in jou bord is lewendig nie. Wees dapper en vat 'n hap."

"Het Robert toe darem al 'n kans gehad om by Kiki te kuier?"

"Toe ek daar weg is, sou hy die aand by hulle gaan eet het, maar die kanse dat Elias hulle vir 'n aand lank alleen sou los, is baie skraal. Ek vermoed hy moet op die oomblik tevrede wees met gesteelde oomblikke."

"Daar moet 'n baie goeie rede wees waarom Elias nie van hom hou nie." Sy bly 'n oomblik stil. "Maar aan die ander kant, hy hou ook nie van my nie en ek het hom beslis nie rede gegee nie. Die oomblik toe hy my sien, het hy besluit hy hou nie van my nie."

"Hy is maar net bekommerd oor sy kinders. En ek is soos die seun wat hy nie het nie."

"Dink hy jy het beskerming teen my nodig?"

"Het ek nie?"

"Wat kan ék aan jou doen?" Haar stem styg vraend.

"Hy is dalk bang jy probeer my verlei. Miskien het hy gesien met watter begerige oë jy na my kyk." Hy neem 'n hap kos en maak 'n oomblik sy oë toe. "Hmm . . . as jy nie saamstem dat dit honderd maal lekkerder as 'n hoender-slaai is nie, het ek ernstige bedenkinge oor jou smaak."

"Jy is nie my tipe nie."

"Ek hoop nie so nie, want dit sou beteken het ek is een van die generiese produkte waarmee jy uitgaan en dat daar in jou kaste klere hang wat jy vir my gaan gee om te dra. Ek weet nie of ek gemaklik daarmee gaan wees nie."

"Waar kom jy aan al die onsin?"

"Jy het my daarvan vertel."

"Miskien moet jy nie alles wat ek jou die eerste aand vertel het, so letterlik opneem nie. Ek was nog vlugvoos en die verandering van hoogte en klimaat het my aangetas."

"En al die tyd dink ek dit was 'n paar bottels wyn en 'n halwe bottel tequila."

"Ha-ha-ha . . ." Sy sit haar mes en vurk langs mekaar neer en sit agteroor.

"Twyfel jy nooit oor jou oortuigings nie?"

Samuel onderdruk 'n sug. Sy besit die vermoë om vinniger van onderwerp te verander as wat hy sy oë kan knip.

"Ek raak soms moeg en by tye moedeloos. Soms raak ek sommer net kwaad vir mense se inherente gulsigheid en stiksienigheid. Ek twyfel of ons gaan regkry wat ons graag sal wil bereik, maar oor die suiwerheid van my oortuigings twyfel ek nooit. Ek het te veel gesien en te veel beleef. Ek het mense oor die hele spektrum van menswees ontmoet. Ek ken engele en ek weet hoe lyk suiwer boosheid. Ek verkies egter om te glo dat 'n mens met volgehoue, harde werk 'n verskil kan maak. Ek dink nie dis vir ons om te vra of ons 'n sukses gemaak het nie, maar wel 'n verskil. Al is dit in een mens se lewe of om een stukkie aarde te bewaar. Ons job is net om te probeer. Dis al wat van ons verwag word."

"Wie verwag dit van ons?"

"Ons menswees. Die feit dat ons die voorreg het om te lewe. Dat ons as 't ware gekies is vir die unieke reis."

" 'n Mens kan tog nie net onbepaald voortgaan as jy nooit sukses op jou arbeid of jou pogings sien nie. Dis soos 'n sportspan wat elke wedstryd verloor, maar te dom of te hardkoppig is om te erken hulle speel buite hulle liga. Daar is tog seker perke aan masochisme."

"Jou probleem, soos met baie ander mense, is dat julle hierna as 'n wen- of verloorsituasie kyk, maar jy kan dit nie in hierdie konteks doen nie. Al wen ons nie, kan ons terselfdertyd genoeg doen om ook nie te verloor nie. Wat sal jy as 'n sukses beskou?"

Haar skouers roer liggies. "Ek weet nie. As julle dit

regkry om alle geweld te laat ophou. As mense weer die waarde van lewe verstaan en respekteer. En dan praat ek van lewe in alle vorme."

Hy skud sy kop. "As ek dit as my maatstaf moet gebruik, kan ek netsowel op 'n hoop gaan sit en moed opgee. Ek beleef 'n gevoel van oorwinning sodra ons een persoon tot ander insigte kan bring. Is daar nie êrens in die Bybel 'n storie waar God gesê het as hulle vir hom slegs 'n paar gelowiges of regverdiges in die spesifieke stad gaan haal, sal hy nie die stad vernietig nie? En toe hulle nie soveel gelowiges kon vind nie, het hy die getal verminder en weer verminder totdat hy gesê het, selfs al is daar net een regverdige mens oor, sal hy die stad spaar. Dit is soos ek voel. Solank daar een gelowige is, sal ek aanhou probeer en nie sommer net die hele mensdom verdoem nie. Ek sal bly hoop."

"Ek weet nie of ek jou moet bejammer of bewonder nie."

"Nie een van die twee nie." Hy sit sy mes en vurk langs mekaar op die leë bord neer en kyk verskonend na haar. "Ek hoop nie jy wou nog 'n stukkie van my kos ook gehad het nie?"

"Ek is seker jy sal nie omgee om by Kentucky te stop nie."

Hy kyk na haar halfvol bord. "Jy het 'n snaakse gewoonte om met kos te speel. Verstaan jy nie hoeveel moeite en passie gaan in die voorbereiding van so 'n bord kos nie? Ek kan verstaan as jy dit met een van jou kitskos-etes doen, want alles smaak min of meer dieselfde, maar hierdie . . ." Hy druk sy duim en wysvinger teen mekaar. "Hierdie is poësie."

"Daar is 'n paar dinge aan jou wat ek glad nie verstaan nie, maar weet jy wat is die eienskap wat vir my

176

die vreemdste is? Dat jy die meeste van die tyd kan lyk asof jy werklik gelukkig is. Call me crazy, maar ek kan nie sien waaroor jy so intens gelukkig kan wees nie. Dis nie asof jy 'n gemaklike nege-tot-vyf-job het, of 'n ongelooflik vervullende gesinslewe het, of die lotto gewen het nie."

"You are crazy."

Sy lig haar hande in 'n moedelose gebaar. "Is dit jou antwoord?"

"Ek het 'n ruk gelede êrens gelees dat geluk in 'n mens se gene lê. My ouers was gelukkige mense. Onder enige en alle omstandighede. As sendelingdokters was hulle nooit welgesteld nie, maar op een of ander vreemde manier was daar altyd genoeg. Vir kos, klere, geleerdheid. Maar selfs die kere dat iets onvoorsiens opgeduik het, was hulle steeds gelukkig. Hulle geluk het nooit van enige eksterne faktore afgehang nie. Met twee stelle gelukkige gene kon ek seker nie anders wees nie."

"My ouers was ook gelukkige mense, veral my ma. Ek weet nie of Jode ooit werklik gelukkig kan wees nie. Dit voel soms vir my of hulle, soos die Afrikaners, slegs kan bestaan as daar wroeging in hulle lewens is. Wanneer dit te goed gaan, máák hulle moeilikheid. Al baklei hulle net onder mekaar. Miskien het dit met hulle pioniersbloed te doen. Hulle floreer onder swaarkry en sukkel."

Hy vee oor sy gesig en sy oë rek gemaak verbaas. "Nou sê jy my. En jy het ewe veel bloed van albei gekry. En om te dink ek het jou in my huis laat slaap!"

"Mad, bad and dangerous to know."

Hy lag hardop. "Ira was nie veronderstel om dit oor te vertel nie."

"Jy jag en tem leeus en olifante en wie weet watse gediertes nog, maar jy is nie mans genoeg om dit self vir my te sê nie?" Haar wenkbroue lig vraend en om haar mond speel 'n spotlaggie.

"Daar is 'n groot verskil tussen dapperheid en domheid. Weet jy wat is die gevaarlikste dier wat ek al in my lewe gejag het?"

"Waarskynlik een of ander mensvreter."

" 'n Vrou."

"Ekskuus?"

"Vrouens is die gevaarlikste diere om te jag en tweede is buffels."

Ester maak haar mond oop, maar begin stik, en toe hy 'n glas water na haar uithou, neem sy 'n groot sluk en kug 'n paar keer voordat sy weer kan praat. "Ek gaan maak of ek dit nie gehoor het nie."

"Moet dit nie so persoonlik opneem nie. Iemand of iets moet die gevaarlikste wees en uit my ondervinding, is dit vrouens."

Die kelner kom vra of hulle nagereg gaan eet, maar sy skud haar kop en bestel net koffie.

"Jy moet dit dalk oorweeg om decaf koffie te drink."

"Ek het nie gehoor dat jy decaf bestel nie. Waarom moet ek myself so martel?"

"Ek het nie so 'n aggressiewe . . . disposisie nie."

Voordat sy hom kan antwoord, praat 'n stem skielik langs hulle. Dis Ira.

"Is ek besig om iets belangriks te onderbreek?" Hy kyk van Ester na Samuel en weer terug na sy suster.

Samuel skud sy kop. "Jou suster was net op die punt om my te vertel hoeveel sy die aand geniet het, maar dit was my plesier. Ek gee nie om om soms vir 'n vriend 'n guns te doen nie. Dit het wel ietwat meer gekos as wat jy my gegee het, maar ek is seker jy sal later met my regmaak."

"Het jy hom betaal om my uit te neem?" Ester begin

in haar stoel orent kom en Ira het moeite om haar terug te druk. Hy kyk hulpeloos na Samuel.

"Wil jy nou hê ek moet nooit vannag slaap nie!"

"Ira?" Ester kyk na haar broer.

"Green, ek is besig om 'n grap te maak. Vader, jy moet leer om nie alles so letterlik op te neem nie." Samuel skud sy kop. "Miskien moet jy anger management-klasse loop, of vir jou 'n paar bokshandskoene en 'n slaansak aanskaf."

Sy ontspan merkbaar. "As daar geld betrokke was, behoort ek dit te kry en nie jy nie."

Voordat een van hulle iets verder kan sê, kom groet die eienaar vir Ira en terwyl hulle gesels, bring die kelner die koffie. Ira vra vir nog 'n koppie koffie en die eienaar beduie vir die kelner om nog 'n stoel ook te bring. "Het jy al geëet?" Hy kyk Ira op en af. "Jy en jou suster is te maer."

"Ek het 'n toebroodjie gehad, dankie. Ek sal op 'n ander aand kom eet."

Die ou Italianer knik en raak 'n oomblik aan Ira se skouer toe hy wegstap.

"Het julle lekker geëet?"

"Ek het baie lekker geëet. Jou suster het soos gewoonlik net haar kos deurmekaar gekrap."

"As jy my dalk toegelaat het om my eie kos te kies, sou ek geëet het."

"Ek het die inligting gekry wat jy gevra het," sê Ira vir Samuel. "Dis 'n groot operasie en hulle het verskeie vertakkings. Nie net hier nie, maar feitlik oor die hele Suidelike Afrika." Hy kyk vlugtig na Ester, asof hy nie seker is hoeveel hy moet sê nie.

"Wil jy hê ek moet my ore toedruk?"

"Nee, ek wil net nie hê jy moet enigsins herhaal wat jy hoor nie."

"Lyk dit of ek belangstel?" Sy roer haar koffie en lek aan die teelepel voordat sy dit op die piering terugsit.

"Het hulle 'n naam?" Samuel het sy stoel effe teruggestoot van die tafel af en hy sit en drink stadig aan sy koffie.

"Ek weet nie. Dis asof niemand kans sien om dit 'n naam te gee nie, maar almal weet baie duidelik waarvan 'n mens praat. Daar is beslis regeringsamptenare betrokke, ook nie net hier nie, en hulle vertakkings strek werklik vanaf motordiefstal of kapings, tot menseroof. Daar is niks waarmee hulle nie sal handel dryf nie en wanneer ek so luister, is daar ook min of meer 'n mark vir enigiets. Van mense tot eksotiese reptiele en skaars plante."

Ira neem eers 'n sluk koffie voordat hy verder gaan. "Hulle betaal redelik goed en het gevolglik nie probleme om voetsoldate te werf nie. Wat my bekommerd maak, is dat hulle blykbaar nie teenstand duld nie en dat hulle toegang het tot allerhande wapens."

"Baie dankie." Samuel knik en Ester kan sien hoe sy oë stil word. Die gemoedelikheid het plek gemaak vir 'n peinsende uitdrukking, asof hy byna nie meer bewus is van sy omgewing nie.

"Is daar nie nog iets wat ek kan doen nie? Miskien as ons nog 'n bietjie rondvra, kom ons dalk op name af."

"Nee . . . dankie. Jy het oorgenoeg gedoen."

Ira glimlag skeefweg. "Jy kan nie sommer verwag dat ek met sulke inligting sit en nie verder sal wil krap nie."

"As daar iets is wat jy behoort te weet, sal ek jou sê, maar ek sal verkies dat jy nie betrokke raak nie. Ek wil my nie oor jou bekommer nie."

Samuel kyk op sy horlosie en beduie vir die kelner om die rekening te bring. Al drie staan gelyk op en nadat Samuel betaal het, stap hulle in die windstil, soel aand uit. Samuel steek sy hand na Ira uit.

"Nogmaals dankie. Kom kuier as jy tyd het." Dan buk hy oor en soen Ester op haar voorkop. "Dankie dat jy saam met my kom eet het. Ek sal môreoggend op pad lughawe toe die klere kom afgee. Lekker slaap."

Ester is stil op pad na Ira se woonstel, maar toe hy die voordeur agter hulle toesluit, laat sy effens bars hoor: "Ek wil nie hê jy moet by een of ander sindikaat betrokke raak nie. Ek gee nie om hoe groot die scoop kan wees nie. Ek wil 'n belofte van jou hê dat jy jou nie in so iets gaan begewe nie."

"Ek skryf nie vir jou voor hoe om jou werk te doen nie." Hy gooi die motorsleutels op die eetkamertafel neer en stap kombuis toe.

"Dis nie dieselfde nie. Jy weet ek is nie met lewensbedreigende werk besig nie."

"Jy kon jouself verlede week doodgeval het."

"Moenie belaglike argumente gebruik nie." Sy gooi haar hande in die lug. "Jy weet dis nie dieselfde nie en jy is dit aan my verskuldig om veilig te wees." Voordat sy kan keer, begin trane oor haar wange loop. Sy vee dit ergerlik weg, maar Ira tree nader en vou sy arms om haar.

"Ek is nie onverskillig nie, maar hierdie is my lewe, Haddie. Dis wat ek die graagste op aarde doen en as ek dit moet prysgee omdat ek bang is ek gaan dood, kan ek netsowel op 'n hoop gaan sit en wag dat die einde kom. Ek weet jy is bang en ek is ook bang vir jou, maar ons kan onsself nie afsluit en in 'n bubble leef nie. Dit sal onregverdig wees om dit van mekaar te verwag."

Ester draai haarself uit sy arms los en klap die kamerdeur agter haar toe. Sy val op die bed neer en trek die duvet skuinsweg oor haar tot net haar neus se punt uitsteek. Sy haat hierdie magtelose gevoel.

13

Ester is die volgende oggend met haar derde koppie koffie en tweede sigaret besig toe die interkom lui. Sy het Ira vroeg hoor uitgaan en het net daarna opgestaan en vir haar 'n koppie koffie geskink. Daarna het sy deur die oggendkoerante geblaai, maar was te rusteloos om te lees. Nou stap sy haastig voordeur toe en toe Samuel sê hy is in die portaal, druk sy die knoppie en sluit die voordeur oop. Sy bly in die portaal staan en hoor toe die hyser se deur oopgaan en hy op die teëlvloer aangestap kom.

"Jy's vroeg wakker." Samuel kyk na die gekreukelde swart rok. Hy kan sweer dis dieselfde rok wat sy die vorige aand aangehad het, maar nou lyk dit of sy daarin geslaap het. Sy is kaalvoet en haar hare is deurmekaar. Haar oë lyk moeg en effens rooi en hy wonder wat het gebeur nadat hy hulle gegroet het. Hy vra egter nie, want langs hom het 'n meisie in die deur verskyn en toe hy sien Ester se blik verskuif, trek hy haar die woonstel binne.

"Ester, dis Carla Morrison." Die twee vrouens knik vir mekaar en skud hand.

Samuel sit 'n karton op die eetkamertafel neer. "Kiki sê dis alles wat agtergebly het."

Ester kyk skramsweg na die karton. "Ek sal dit saam-neem." Dan gaan haar blik weer na die ander vrou wat net binne die deur staan. Sy is aantreklik met ligbruin hare, groenblou oë en 'n byna deursigtige wit vel. Haar lyf is skraal en sy is nie veel korter as Samuel nie. Dis moeilik om haar ouderdom te skat, want haar vel toon geen ooglopende tekens van veroudering nie. Sy is goed versorg en lyk elegant in 'n kakiekortbroek, wit T-hemp en plat sandale. Om haar nek hang 'n interessante goue kettinkie.

"Wil julle koffie drink?" Ester vee haar hare agtertoe.

Samuel en Carla kyk gelyk na hulle horlosies en skud hulle koppe. "Ongelukkig is ons reeds laat." Hy begin omdraai en by die voordeur knik Carla in Ester se rigting.

"Totsiens."

Samuel huiwer net 'n oomblik voordat hy haar, soos die vorige aand, skrams teen haar voorkop soen. "Pas jouself op, Green, en moenie weer in bome klim nie." Hy stap in die gang uit, maar draai met 'n glimlag terug. "Kom kuier as jy lus raak vir 'n stukkie rooiboklewer."

Ester maak die deur toe en bly staan 'n oomblik met haar rug daarteen. Sy wou met hom gepraat het. Oor Ira. Haar mond gaan onwillekeurig oop en toe en sy voel die stywe brandpyn in haar skouers. Terwyl sy kamer toe stap, begin sy haar rok se rits losmaak en toe sy uitgetrek is, klim sy onder die stort in. Haar kop is seer en haar oë brand asof sy in 'n sandstorm is.

'n Halfuur later sit sy toegedraai in 'n handdoek op haar bed, besig om die ergste nattigheid uit haar hare te druk, toe haar selfoon lui.

Sy sien Samuel se naam op die skermpie en huiwer 'n oomblik, maar antwoord tog.

"Wat het laas nag gebeur dat jy so sleg lyk?" val hy met die deur in die huis.

"Daar het niks gebeur nie."

"Green, ek moes al opgestyg het, so moenie nou met woorde speel nie. Wat gaan aan?"

"Waarom het jy Ira betrek by dinge wat jy voor jou siel

183

weet gevaarlik kan wees? Jy ken hom en weet donners goed dat jy nie vir hom kan sê daar's 'n been êrens begrawe en verwag dat hy nie daarna gaan soek nie!" Haar stem styg ergerlik.

"Ek het net gevra hy moet vir my inligting kry. Niks meer nie. Ek sal nooit verwag hy moet iets doen as ek dink dit sal sy lewe in gevaar stel nie."

"Jy sê nie vir 'n joernalis soos hy so iets en verwag hy moet net 'n paar vrae vra en dan weer op die agtergrond gaan wag nie. Dis common sense vir dummies."

"Ester, ek moet gaan, maar ek sal met Ira praat. Kalmeer nou. Ek belowe ek sal hom nie insleep by potensieel gevaarlike situasies nie."

"Jy beter nie, want as hy iets oorkom, maak ek jou persoonlik dood en moenie dink dis 'n ydel dreigement nie."

"Ek moet gaan . . . ek is jammer."

Sy hoor hoe die verbinding verbreek word en sy gooi haar selfoon oor die mat tot in die hoek van die kamer.

"En as jy skielik so bedruk lyk?" Carla raak liggies aan Samuel se arm toe sy langs hom kom staan waar hy net klaar is met die vorms wat hy moes invul.

Hy tel hulle tasse op en skud sy kop. "Ek het 'n onnosel ding gedoen en ek kan myself skop."

"Gun my die voorreg."

Hy glimlag liggies. "Jy sal nie hard genoeg skop nie."

"Hoe onnosel kan jy raak?" Sy moet haar treë rek om by hom te bly toe hulle op die aanloopbaan uitstap.

"Dis seker nie so onnosel as dat ek net nie gedink het nie en dis eintlik gevaarliker. Ek was nog altyd onder die indruk dat ek dink voor ek doen, maar blykbaar was ek verkeerd."

"Het dit iets met Ira se suster te doen?"

"Ja, en nee."

Haar wenkbroue lig, maar hulle is reeds by die vlieg-tuig. Hy praat eers weer met haar toe hulle in die lug is en Pretoria reeds 'n entjie skuins agter hulle lê.

"Ek het Ira gevra om iets vir my te doen sonder om te dink hoe sy daaroor sal voel."

"Maak dit saak hoe sy daaroor voel?"

"Seker nie, maar gegewe hulle geskiedenis, moes ek meer sensitief gewees het."

"Sy lyk na 'n komplekse mens, of was daardie net haar vroegoggend-gesig?"

"Ek dink nie sy is so kompleks as wat sy verdwaal is nie. Sy is destyds net ná haar ouers se begrafnis Londen toe en in die drie jaar was sy nog nooit weer terug nie. Sy het politieke verslaggewing vir modefotografie verruil en dis asof sy haar bes probeer om te vergeet wie en wat sy eint-lik is. Dis asof sy glo sy het op 'n dag haar ou persona saam met 'n stel ou klere in 'n winkel se aanpashokkie gelos en 'n nuwe mens daar uitgestap. Dis egter nie so maklik nie en ek dink vir iemand soos sy is dit nog moeiliker. Dis nie asof sy 'n stil, stemmige persoonlikheid gehad het nie. Sy het al die drif en vuur van haar gemengde bloed geërf. Ek vermoed wat eintlik gebeur het en nog elke dag gebeur, is dat sy eenvoudig haar persoonlikheid ten alle koste probeer onderdruk. Asof sy net 'n doek oor alles gooi. In Londen werk dit waarskynlik, maar hier wil die doek kort-kort oplig."

"Jy het haar goed leer ken in die kort rukkie."

Samuel kyk skeefweg na haar en glimlag. "Nou klink jy nes Robert."

"Robert was nog altyd 'n goeie waarnemer."

"Dis nie wat jy jare gelede van hom gesê het nie."

185

"Ek was jonk en julle twee was 'n formidabele span. Dit was nie maklik om in die broederbond in te kom nie."

"Ek is jammer . . . as ek vandag terugkyk, weet ek nie waarom jy my nie in my slaap met die kussing versmoor het nie."

"Ek het dit nooit oorweeg nie, want ek het geweet jy is te sterk, maar ek het wel dikwels gif oorweeg."

Samuel lag hardop. "En om te dink ek het so lekker uit jou hand geëet."

"Jy maak al weer allerhande ander praatjies, maar eintlik was ons besig om oor Ester Green te praat."

"Soos jy sê, ek ken haar 'n week. Daar's nie veel om te sê nie."

"Het ek my die lyftaal verbeel?"

"Ek weet nie wat jy jou alles verbeel nie."

"Komaan, Sammy, moenie maak asof jy nie weet daar is lyftaal tussen julle nie."

"My hel, ek en Ian en ek en Robert het ook lyftaal. Mense wat mekaar lank genoeg of goed genoeg ken, ontwikkel noodgedwonge lyftaal. Ek en jy het lyftaal."

"Ek weet, maar ek is miskien net jaloers omdat ek dit nog nooit tussen jou en 'n ander vrou gesien het nie. Old habits die hard."

"As dit jou beter sal laat voel, dis net lyftaal. Niks meer nie. Ek dink as sy hierdie gesprek moet hoor, lag sy onbedaarlik, of sy sal voorstel dat jy na jou kop moet laat kyk."

"Sal jy graag wil hê daar moet meer as lyftaal wees?"

"Ek het dit verlede week een aand so vyf minute oorweeg, maar ongelukkig om al die verkeerde redes."

"En wat was jou redes?"

"Belustigheid. 'n Arrogante behoefte om daardie weerbarstige energie te kanaliseer. Jy ken my onblusbare behoefte om met die weerlig te dans."

"Of dalk was dit 'n beskermingsdrang. Soos jy teenoor al die gewonde diere voel wat op jou drumpel beland. Jou behoefte om gesond te maak."

Hy skud sy kop. "Nee, daardie aand was my motiewe beslis nie so edel nie. Ek twyfel in elk geval of sy haarself sal laat regdokter . . . sy verkies om te baklei."

"Sy weet nie wat sy mis nie."

Samuel tel laggend haar een hand op en druk 'n soen in haar palm. "Het ek al vir jou gesê ek is mal oor jou?"

"Ja, maar ongelukkig ook om al die verkeerde redes."

"Ek het my bespreking vervroeg. Ek vlieg môreaand terug Londen toe." Ester en Ira is laataand op pad terug woonstel toe nadat hulle saam met vriende van hom gekuier het.

"Waarom het jy dit gedoen?"

"Ek kan nie so ledig wees nie."

"Die ooreenkoms was twee weke." Sy kan die ongelukkigheid in sy stem hoor en sy voel hoe haar hande oop en toe vou.

"Wel, sue my."

"Ek gaan dit nie vir jou makliker maak deur nou in 'n moerse argument betrokke te raak nie. Jy is 'n grootmens. Jy kan doen wat jy wil." Hy begin sag 'n wysie neurie.

"Waarom kom kuier jy nie vir my nie?"

"Ek kan nie nou verlof neem nie."

Hulle ry in stilte verder en in die woonstel sê hy nag. Ester staan 'n oomblik sonder woorde na die toe kamerdeur en kyk. Hy is reg. Sy wil liewer vanaand met hom baklei. Dit sal soveel makliker wees om op die vliegtuig te klim as sy vir hom kwaad is. Sy skop haar skoene in die kamer uit en gaan lê op die bank voor die televisie.

Sy slaap die volgende oggend laat en toe sy uit die kamer kom, is Ira in die kombuis besig om roosterbrood en roereiers te maak. 'n Pot koffie staan op die toonbank.

"Ek wou jou nou net kom wakker maak het."

Sy skink vir haar 'n beker koffie en sak op een van die hoë stoele langs die toonbank neer.

"Ek verdien nie 'n tuisgekookte ontbyt nie."

"Ek weet. Dis nie vir jou nie. Ek was net lus vir roereiers."

"Is jy kwaad vir my?"

"Ja, maar ek gaan steeds nie baklei nie. Ek wil hê jy moet skuldig voel as jy vanaand op die vliegtuig klim." Hy begin die roosterbood smeer.

"En jy noem jou my broer!"

"Ek twyfel deesdae daaraan. Ek is seker as ek 'n suster het, sal sy baie nicer wees."

Ester staan op en gooi haar arms om sy nek. "Ek is jammer . . . meer as wat jy ooit sal weet. Ek wil nie weggaan nie, maar ek kan ook nie bly nie. Ek is jammer dat ek met jou baklei en soms beneuk is. Jy verdien dit nie."

"Net sóms beneuk?"

Ester tree laggend terug en klap na sy arm. "Jy moet minder tyd met jou groen vriend deurbring. Ek herken hopeloos te veel van sy maniere."

"Hy het vroeg vanoggend gebel en stuur groete."

"Waarom het hy gebel?" Sy begin die voorblad van die oggendkoerant lees.

"Om te sê hy wil nie hê ek moet verder betrokke raak by enige navrae oor die sindikaat nie. Dat hy nie regtig nou tyd het om iets daaraan te doen nie en dat dit moontlik sommer net gerugte is."

"Dis dalk 'n goeie plan." Sy blaai die eerste bladsy om en begin na die foto's op die tweede bladsy kyk.

"Ek het toe vir Henry gebel en gevra dat hy jou nie

weer gebruik wanneer hulle op die platteland 'n shoot doen nie. 'n Mens weet nooit wanneer jy dalk deur 'n koei doodgetrap word nie. Ek wil ook nie hê hy moet jou gebruik wanneer hulle in die trope skiet nie, want daar is geelkoors en malaria en wie weet watse peste nog."

"Ek glo jou nie. Jy sal dit nooit doen nie!" Sy vou die koerant toe en skuif dit opsy.

"Waarom nie? Is jy die enigste een wat voorskriftelik mag wees? Wat die juffrou mag bel en sê sy moet tog sorg dat jou arme boetie met die halwe brein nie iets gevaarliks doen soos om op die rondomtalie te ry nie. Hy kan dalk afval."

"Rondomtalies kán gevaarlik wees. Onthou jy nie daai kind wat saam met my in die laerskool was wat sy vinger in die rondomtalie se skroef gedruk en dit afgedraai het nie?"

"Hy was onnosel."

"Ek is net bekommerd."

"Ek is nie dom nie, Ester. Dis een ding wat Pa seker gemaak het ons nie is nie. Ons het common sense en ek sal nie willens en wetens onverskillig wees nie." Hy skep van die roereier op die brood en skuif een van die borde tot voor haar. "Hel, ek wil nog eendag 'n vrou vat en kinders hê."

Ester lag hardop. "Die arme vrou. Ek hoop sy weet waarvoor sy haar inlaat."

Ira beduie met sy vurk na die bord voor haar. "Eet jou kos. Ek het baie moeite gedoen en wil nie 'n krummel sien oorbly nie."

"Wie was die vrou wat gisteroggend saam met dokter Doolittle hier was?"

"Wat is haar naam?"

"Ek kan nie onthou nie. Sy het kort, ligbruin hare, langer as ek, skraal gebou, maar goed bedeeld." Ester beduie met haar hande na haar borste.

"Mooi groenblou oë?"

"Hmm . . ."

"Dit klink soos sy eks, Carla."

"Sy eks wat?"

"Sy eks-vrou."

"Hy was getroud?" Ester se mond gaan oop en sy los die mes en vurk dat dit met 'n slag terug in die bord val.

"Waarom is jy verbaas?"

"Ek het hom een aand gevra of hy 'n vrou of 'n meisie het en hy het niks gesê nie."

"Het jy nie agtergekom hy praat nie baie oor homself nie? Aan die begin het ek gedink hy het dalk geraamtes wat hy wil wegsteek, maar hoe beter ek hom leer ken het, hoe meer het ek agtergekom dis net iets wat hy nie doen nie. Asof hy dink hy's nie interessant genoeg om oor te praat nie. Hy het my eendag vertel dat sy ouers baie beskeie mense was. Miskien is hy geleer dis swak maniere om oor jouself te praat."

"Om te sê jy was getroud, is nie swak maniere nie. Dis normale gesprekvoering."

Ira beduie weer na die bord voor haar. "Hou nou op bitch oor Samuel en sy gewoontes en eet jou kos."

"Ek sou graag net een keer wou by wees as hy en Pa gesels het." Daar lê 'n byna verlate klank in haar stem en Ira knik.

"Ek ook."

"Jy hoef my nie vanaand lughawe toe te neem nie. Ek sal sommer 'n taxi kry."

Ira skuif agteroor op die stoel en vou sy arms voor hom. "Jy weet, vir 'n slim kind kan jy, die vader alleen weet, soms die mees idiotiese goed kwytraak."

190

"Ek gaan dalk huil."

Hy koes agter sy arms. "O nee, net nie dit nie! Dis on-
wettig om op ons lughawens te huil. Hulle kan jou in die
tronk gooi en ek weet nie hoe goed jy in daai klere gaan
lyk nie."

"Ha-ha-ha . . . jy is só snaaks."

Ester stoot met haar voet haar woonstel se deur oop en
skuif die tas voor haar uit. Die woonstel is koud en sy ril.
Sy moes iemand gevra het om die verhitting aan te skakel.
Alles lyk skielik so strak en netjies . . . en vreemd – asof sy
per ongeluk in iemand anders se woonstel beland het.

Sy sleep die tas kamer toe, maar gaan skakel eers die
ketel aan. Terwyl sy 'n sigaret aansteek, kyk sy na die pos-
stukke wat sy in die portaal uit die posbus gehaal het.
Niks interessants nie. Mense skryf nie meer briewe nie.
Dit wat 'n mens nie oor die rekenaar en selfoon kan doen
nie, is nie belangrik genoeg om te doen nie. Sy skakel die
verhittingstelsel aan en wonder hoe lank dit gaan neem
voordat sy haar baadjie sal kan uittrek. Londen is in die
greep van 'n ysige winter en die stad is donker en grys.
Mense loop vooroor gebuk teen die reën en koue en hier
van bo af lyk die baie swart sambrele soos 'n uitgebrande
woud.

Sy druk haar sigaret dood en nadat sy koffie gemaak
het, neem sy haar beker en stap daarmee kamer toe. Sy
voel moeg en verlate. Die groet op die lughawe was selfs
'n groter nagmerrie as waarvoor sy gevrees het. Ira se oë
was nat toe hulle klaar gegroet het en sy kon net in sy
arms staan en voel hoe 'n stuk van haar hart uitgehaal
word en daar agterbly. Sy kon nie huil nie. Net soos sy die
eerste keer ook nie kon huil nie.

Op die vliegtuig het sy gewens sy kon liewer huil, want

191

die brandpyn op haar bors was byna ondraaglik. Selfs die slaappil wat sy kort na die opstyging gedrink het, kon dit nie wegneem nie en elke keer wat sy deur die nag wakker geword het, het sy haar hand op haar hart gesit.

Ester lê 'n lang ruk voordat sy die gelui van haar eie selfoon herken en dan neem dit nog 'n rukkie voordat sy dit op die bedkassie raakgevat kry en kan antwoord.

"Slaap jy?"

Sy kyk na die skermpie en sien tot haar verbasing Samuel se naam.

"Ek het, totdat jy my wakker gebel het."

"Ek dog teen dié tyd is jy al weer besig om Londen rooi te verf, of om 'n eienaar vir die klere in jou kas te soek. Jy weet wat sê hulle as jy moeg is vir Londen?"

"Waarvandaan bel jy?"

"Van die plaas af."

"Ek dog daar is nie selfoonontvangs nie."

"As 'n mens weet waar om te soek, kry jy soms 'n sein of twee."

"Waarom het jy ons nie gesê nie? Daar was mense wat dringend wou bel."

"As dit so dringend was, sou hulle 'n plan probeer maak het. Mense het te afhanklik van hulle selfone geword. Dis nie gesond om vier en twintig uur van die dag met ander mense te kommunikeer nie. Geen mens kan so baie te sê hê nie."

Ester gaap en strek haarself lankuit op die bed.

"Verveel ek jou?"

"Ja, want jy preek al weer." Sy vra nie eens hoe hy weet sy het gegaap nie. Want miskien hét hy buitengewone vermoëns.

"Is dit lekker om terug by die huis te wees?"

Sy kyk om haar in die kamer rond. Twee bedkassies

langs die bed, twee stoele voor die venster, 'n laaikas teen die oorkantste muur. Mooi genoeg, maar sedert sy die oggend hier ingestap het, is dit asof sy iets mis en sy weet nie wat dit is nie.

"Is dit nie altyd lekker om terug by 'n mens se huis te kom nie?"

"Sjoe, hoe mooi seil jy onder daai vraag uit. Het die beloofde land iets van sy glinster in jou afwesigheid verloor, of mis jy net die boomhuis?"

"Moenie so vinnig probeer afleidings maak nie. Miskien is ek net moeg en nie nou lus om so diep te dink nie."

"Ek is jammer ek kon nie nou die dag met jou praat nie, maar ek was baie laat en hulle het vir my gewag om op te styg."

"Waarom het jy my nie gesê jy was getroud nie?"

"Die onderwerp was nooit onder bespreking nie."

"Ek het jou gevra waarom jy nie getroud is of 'n meisie het nie. Dit was 'n gulde geleentheid om die brokkie inligting met my te deel. Enige ander mens sou dit gedoen het."

"Dit gaan niemand anders aan nie. Waarom moet ek daaroor paat?"

Sy sit regop teen die kussings. "Is jy skaam daaroor?"

Hy lag hardop in haar oor en 'n oomblik ruik sy die dekriet in die boomhuis en hoor sy die voëls in die bome. "Glad nie. Sy is 'n besonderse mens en ek voel bevoorreg dat sy eens op 'n tyd deel van my lewe was."

"Is sy saam met jou plaas toe?"

"Ja."

"Is daar nog iets tussen julle?"

Hy lag weer. "Jy is hopeloos te nuuskierig. Die rede waarom ek gebel het, was nie om duisend en een vrae oor my persoonlike lewe te beantwoord nie. Ek wou eintlik net vir jou gesê het ek het met Ira gepraat en sal nie weer vra dat hy vir my inligting in die hande probeer kry nie. Ek is jammer ek het dit gedoen en jou in die proses ontstel. Dit was onnadenkend van my en ek moes van beter geweet het."

"Nou laat jy my soos 'n invalide klink wat nie ontstel mag word nie."

"Jy is nie 'n invalide nie en dis normaal dat jy so reageer het. Iemand anders in jou posisie sou waarskynlik dieselfde gevoel het. Dis nie verkeerd om soms bang te wees nie. Inteendeel, dis 'n belangrike deel van ons oorlewingsmeganisme."

"Waarvoor is jý bang?"

Daar volg 'n stilte en net toe sy begin dink hulle is afgesny, praat hy weer. "Vir die kollektiewe waansin waartoe die mens dikwels in staat is. En vir vrouens."

"You could have fooled me. Jy het nie vreeslik bang vir my gelyk nie."

"Ek het dit maar net goed weggesteek. Het jy nog nooit gehoor dat 'n mens byvoorbeeld nie vir 'n hond wys jy's bang nie? Met vrouens werk dit min of meer dieselfde."

"Ek gaan weer eens maak of ek dit nie gehoor het nie."

"Dis baie frustrerend dat jy glad nie vanaand met my wil baklei nie." Hy sug. "En ek het so uitgesien na 'n lekker fight."

"Dis goed dat jy 'n bietjie van jou eie medisyne terugkry."

"Nag, Green, pas jouself op. Ek hoop jy voel môre beter en dat Londen al die ou charm sal terugkry sodat jy weer tuis kan voel."

"Sê groete vir jou eks. Sê vir haar ek dink sy is 'n baie

dapper vrou of miskien is sy net dom . . . of miskien is sy 'n masochis. Om 'n tweede keer by jou betrokke te raak, klink vir my na ekstreme lyding."

" 'n Mens kan sien jy praat uit onkunde. Lekker slaap."

Sy klap haar selfoon toe en sak terug teen die kussings. Die woonstel is skielik weer koud en sy wonder of die verhittingstelsel werk. Sy gooi die duvet oor haar skouers en skuifel daarmee kombuis toe, maar toe sy daar kom, weet sy nie waarvoor sy lus is nie. Sy skuifel verder tot sy op die rusbank voor die televisie sit. Asof iemand besig is om 'n grap met haar te maak, is die televisie op die National Geographic-kanaal ingeskakel en word 'n program oor die Kruger-wildtuin vertoon. Sy staar 'n oomblik na die omgewing wat skielik so bekend lyk. Dis asof sy die hitte kan voel en die veld kan ruik. Die son lyk byna onnatuurlik geel. Sy skakel oor na 'n ander program. Sy was nog nooit 'n masochis nie en dis nie asof sy skielik verlang nie. So lekker het sy beslis nie gekuier nie.

14

Ester soek oor die koppe in die vol restaurant en glim-lag toe sy Henry sien. Hy en 'n aantreklike jong man is druk in gesprek langs die kroegtoonbank. Henry is seker een van die mees uitgesproke mense wat sy ken, maar wanneer hy die sjarmekrane oopdraai, is hy onweerstaanbaar. Sy soen hom op die wang en maak haarself tussen hom en die jong man op 'n kroegstoel tuis.

"Hallo, my skat, ek is jammer ek is laat." Sy loer oor haar skouer na die jong man en sien hoe hy opsy staan en met iemand anders begin gesels.

"Kan jy enigsins meer ondiskreet wees?"

"Jammer, het ek so pas iets onderbreek?" Haar oë rek.

"Dis redelike algemene kennis dat niemand meer in jou belangstel nie, maar ek is steeds 'n onweerstaanbare vangs. Jy is net jaloers."

"Moenie so vinnig praat nie. Daar is nog oorgenoeg belangstellendes. Ek het net nie tyd vir almal nie."

"Dis 'n oeroue verskoning en een waarvoor ek nie meer val nie." Hy raak aan haar bruingebrande arm. "Op watter eiland was ons nou weer?"

"Majorca. Wat 'n vervelige affère. As dit nie vir Martin was nie, sou ek beslis nie ja gesê het nie, maar ek werk altyd lekker saam met hom. Dis die res van hulle wat ek nie kan uitstaan nie."

"Wanneer laas het jy enige projek geniet? Selfs Parys verveel jou deesdae."

"Ek het nie gesê Parys verveel my nie. Ek is net so moeg vir dieselfde soort foto's oor en oor. Niemand kom meer met iets nuuts nie."

Henry lig sy hand en bestel vir haar 'n drankie voordat hy verder praat. "Miskien is dit tyd om 'n verandering te maak. Gaan neem portretstudies van die ryk en beroemdes se kinders of hulle vrouens en honde. Dit behoort anders genoeg te wees."

Ester lig haar kop en kyk hom uit die hoogte aan. "Waarom gaan versier jy nie afdelingswinkels se vensters nie?"

"Want ek, my skat, is nie moeg vir en verveeld met my beroep nie. Inteendeel, ek word net al beter." Hy hou 'n toegedraaide plat pakkie na haar toe uit.

Sy maak haastig die lint los en kyk met 'n glimlag na die glanstydskrif toe sy die papier oopvou. Sy begin dit deurblaai en sit terug toe sy by die modebylae kom. Die foto's lyk selfs beter as wat sy gedink het dit sal. Hierdie is 'n stukkie werk waarop sy besonder trots is.

"Jy moet erken, ek is die beste wat daar is," sê Henry langs haar terwyl hy nader skuif om die foto's beter te sien.

"Het jy die foto's geneem? Jy het in die koelte van die tent rondgestaan en koffie drink terwyl ek my in die son tussen allerhande vlieënde insekte afgesloof het." Sy sit effens agteroor op haar stoel. "Hel, dis goed . . . al moet ek dit nou self sê."

Hy soen laggend haar wang. "Dit ís goed . . . ek is bereid om dit hierdie een keer te erken, maar dit beteken nie jy kan verwaand raak nie. Onthou, ons is ook maar net so goed soos ons laaste projek. Hierdie een gaan moeilik wees om te klop, maar ek is seker ons sal dalk 'n plan kan maak. Met my kreatiewe genialiteit en jou oog, sal ons weer 'n haas uit 'n hoed kan trek."

"Beteken dit ek is gehuur?"

"Maak solank 'n aantekening in jou dagboek vir die eerste week in Maart. Ons weet nog nie waar of hoe nie, maar ek sal jou laat weet." Hy trek die tydskrif nader. "Dis tog jammer ons kon nie 'n foto van jou vriend kry nie. Ek sal nogal wat wil gee om hom op 'n glansbladsy te sien. Die kanse is natuurlik goed die hele tydskrif slaan aan die brand. Selfs daai jong enetjie sou ook gewerk het. Ek sê weer, dis 'n skandaal dat daar mense rondloop wat so gemaklik in hulle eie velle is, terwyl ons gewone sterflinge ons moeg spartel om 'n bietjie selfvertroue te kry."

"Ek verstaan nie die bohaai nie, veral nie van jou af nie. Ja, hulle is aantreklik, op 'n aardse manier. Ja, hulle lyk dalk gemaklik met wie en wat hulle is, maar dis nie asof hulle op water kan loop nie."

"Dis net omdat jy gewoond is aan mans soos daardie. Jou broer is dan self een van hulle."

"As jy so sê."

Hy kyk op sy horlosie. "Gaan ons eet, of gaan ons winkels toe?"

"Winkels toe. Ek is nie honger nie."

"Waarna soek ons vandag?" Hy staan van die hoë stoeltjie af op.

"Van wanneer af moes ons met 'n vooropgestelde plan winkels toe gegaan het? Ek is seker ons sal iets kry wat ons kan koop."

Buite die restaurant op die sypaadjie haak Henry by haar in, maar hou haar 'n oomblik terug toe sy begin stap. "Ek wil net seker maak jy weet dis nie regtig terapie vir alles in die lewe nie, al sê die slim mense so."

"Sulke heiligskennis uit jou mond! Waarteen gaan jy my volgende waarsku? Die gevare van hoëhakskoene?"

Hy rits haar jas toe en slaan die kraag op. "Jy is 'n slim

kind, maar jy weet nog nie alles nie. Nie eens naastenby nie."

Toe sy lag, maak haar asem 'n wit wolk voor haar mond. "Maar ek weet wie het die mooiste syserpe ingekry."

Hy val langs haar in en saam beur hulle teen die koue wind wat kort-kort om 'n gebou se hoek huil.

"Mis jy nie op dae soos vandag die son nie?"

Sy skud haar kop. "Te veel son maak 'n mens lui."

"En te veel van hierdie grysheid maak 'n mens depressief."

Ester gooi die pakkies op 'n stoel in haar kamer voordat sy op die bed gaan sit en haar stewels begin oprits. Haar jas is klam van die reën en sy gaan hang dit in die portaal op. Op pad verby die kombuis skakel sy die ketel aan en druk die knoppie van haar antwoordmasjien. Drie oproepe van vriendinne wat wil weet of sy vanaand na een of ander partytjie toe wil gaan, een van Henry om te sê hy het nog van haar inkopies by hom. Sy kyk na haar selfoon en sien vir die eerste keer dat sy omtrent sewe oproepe gehad het wat sy nie gehoor het nie. Sy sal almal terugbel nadat sy koffie gehad het. Sy haal eers weer die tydskrif uit en blaai na die foto's van Heidi en Marja. Sy streel sag oor die papier. Die een waar die olifant agter Heidi ingeloop het, lyk byna te goed om waar te wees. Die foto straal om een of ander rede 'n rustigheid uit. En die een van Marja onder die boom tussen die knoetserige boomwortels lyk asof dit op een of ander eksotiese planeet geskiet is, of in 'n ander eeu, toe die aarde nog woes en leeg was. Haar ma sou so opgewonde gewees het, dink sy voordat sy haarself kan keer. Sy raak-raak weer aan die papier en voel hoe die verlange na Ira in haar binneste kom lê. Ingedagte tel sy die telefoon langs haar op en begin sy nommer skakel.

199

"Sê vir my jy sit in 'n aardskuddende verkeersknoop vas en dis so warm dat die sweet in strome teen jou lyf afloop."

"Jammer, maar ek sit by Gladys en Josef en ons kyk hoe 'n aardskuddende donderstorm besig is om op die horison uit te sak. Jy sou in jou element gewees het."

"Wat maak jy daar?"

"Ek moes hier naby iemand gaan spreek het en het gou gestop om te hoor hoe dit gaan. Hulle sê groete."

Sy wil vra waar hulle sit en hoe die tuin lyk en of hulle al die reën kan ruik, maar sy kry haarself nie so ver om dit te doen nie. Hulle het altyd van die stoep af gekyk as die weer na die ooste toe opgesteek het. Die huis lê hoog teen die rantjie en die uitsig daarvandaan was altyd besonders. Voor haar geestesoog sien sy die blouwit weerligkettings en sy hoor die gerammel wat al nader kom, totdat die eerste koel windjie jou tref en jy die reën kan ruik. Hier kan 'n mens nie die reën ruik nie, of miskien kan sy dit net nie meer ruik nie. Alles ruik net nat en klam en bedompig. Hier is ook nie 'n stoep waarop sy kan uitloop om ver te sien nie. Haar ma het daarvan gehou om ver te kan sien.

"Wat het jy alles vandag gedoen?"

"Sommer dit en dat. Ek en Henry het vanmiddag gaan shop."

"Is daar iets wat julle, tussen die twee van julle, nog nie het nie?"

"Net omdat jy nie aan vernuwing glo nie, beteken nie ons almal moet in vodde loop en in wrakke rondry nie."

"Hoe was Majorca, of was dit Mauritius?"

"Majorca, en dit was lekker."

"Wat is die volgende projek?"

"Henry het my vir die eerste week van Maart bespreek,

maar ek weet nog nie waarheen nie. Intussen moet ek 'n plaaslike ateljee-shoot doen."

"Het julle darem al herstel van julle Kers- en Nuwe-jaar-hangovers?"

"Ek kan seker dieselfde vir jou vra."

"Ek het jou mos gesê ek is vanjaar baie rustig. Jy vergeet ek is nie meer vandag se kind nie en kan nie meer so hard party hou nie."

Ester lag hardop. "So sê jy nou, maar wag tot die geleentheid reg is en jy vergeet gerieflikheidshalwe van jou ouderdom."

"Gaan jy vanjaar saam met my my vyf en dertigste kom vier?"

"Wat gaan jy doen?"

"Ek weet nie. Miskien gaan ek sommer net vir die naweek plaas toe en gaan sit in Samuel se boomhuis."

"Nee hel, jy's vyf en dertig, nie honderd en vyf nie."

"Miskien neem ek iemand saam . . ."

"Wie? Het jy 'n meisie? En jy sê my nie daarvan nie! Ek kan dit nie glo nie. Ek is jou enigste suster en jy vertel my nie jy het 'n lover nie. Dis laag en gemeen."

"Lover is dalk 'n oordrewe term. Belangstelling is dalk meer akkuraat."

"Weet sy darem sy is 'n belangstelling?"

"Ek hoop so, anders het ek al 'n paar rand op etes gemors."

"Wat dink jy is jy? 'n Outydse ridder wat 'n meisie eers moet court voordat jy jou intensies bekend mag maak! Vader, Ira, dis die een en twintigste eeu. Geen meisie verwag meer courtship nie."

"Die een en twintigste eeu? Wanneer het dit gebeur en waarom het ek nie die kennisgewing gekry nie? Shit, ek kon myself baie geld gespaar het."

Ester skud haar kop. "Ek raak regtig deesdae baie bekommerd oor jou."

"Sien jy weer iemand of is daar niemand meer in Londen oor vir wie jy nog nie 'n Dear Johnny gegee het nie?"

"Ek is op die oomblik te besig en moenie maak of ek 'n straatkat is nie. Ek het in drie jaar nét twee redelik ernstige verhoudings gehad. 'n Mens sou sweer ek verhuur myself per uur soos jy aangaan."

"Terloops, het jy nog nie vir Samuel raakgeloop nie? Hy is op die oomblik in Londen, of hy was daar, en nou is hy in Brussels of andersom, ek weet nie, maar hy is op die oomblik in die Noordelike Halfrond."

"Wat maak hy hier?" Sy vou haar bene onder haar in.

"Een of ander kongres. Daai man versamel op die oomblik vliegmyle soos 'n kind roomysstokkies bymekaarmaak." Daar is skielik 'n harde slag en Ira lag. "Ek gaan nou eers groet. Dis bietjie intimiderend om met die hemele te probeer kompeteer."

"Sê groete vir Gladys-hulle en ry versigtig wanneer jy huis toe gaan."

Sy druk die telefoon dood en bly 'n oomblik diep in gedagte sit voordat sy weer die knoppies begin druk.

"A-a-a, dis 'n verrassing," antwoord Samuel ná die tweede lui.

"Ek hoor jy's hier rond. Waarom het jy my nie gebel nie?"

"Ek het nie geweet jy het destyds die uitnodiging bedoel nie."

"Ek sê nooit goed wat ek nie bedoel nie."

Voordat hy haar kan antwoord, wil sy weet waar hy is.

"In jou tuisstad, besig om van die lughawe af hotel toe te ry."

"Waarom kom bly jy nie by my nie? Ek het genoeg plek en ek skuld jou seker nog vir jou gasvryheid."

Hy bly 'n lang oomblik stil.

"Ek het nie bymotiewe nie, as jy dalk daarvoor bang is."

"Dis nie waarvoor ek bang is nie. Ek wil net nie graag 'n ander man se gebied ongenooid betree nie. Ek weet nie hoe territoriaal die mans hier is nie."

Ester lag hardop. "Hier is lanklaas teen die boomstamme gepiepie. Jy sal niemand kwaad maak nie."

"Ek is hier vir 'n week. Dit kan dalk 'n bietjie lank raak en jy skuld my niks. Ek glo nie aan skuld nie."

"Nou gaan hotel toe." Sy druk die selfoon dood en steek 'n sigaret aan.

'n Uur later kyk sy op van die televisieskerm toe haar interkom lui. Sy staan stadig op en wonder of dit Henry is wat haar pakkies bring. Sonder om te vra wie dit is, druk sy die knoppie en minute later is daar 'n klop aan haar deur. Toe sy dit oopmaak, staan Samuel voor haar, met 'n tas langs hom. Hy dra 'n donker jas en serp en lyk soos enige van die mans in die stad, behalwe dat hy bruingebrand is.

"Is dit nie gevaarlik om deure oop te maak sonder om te weet wie dit is nie?"

"Was die hotel vol?"

"Moenie op jou perdjie klim nie. Ek is nie ondankbaar nie, maar ek wil nie hê jy moet voel jy skuld my enigiets nie. Dis baie gaaf van jou om verblyf aan te bied en as jy seker is dit gaan jou nie verontrief nie, sal ek graag van die aanbod gebruik maak. Ek het so pas twee weke van hotelle agter die rug."

Sy staan opsy dat hy kan binnekom. "Ek sou nie aangebied het as dit ongerieflik was nie. As jy die hele tyd so verskonend gaan wees, moet jy liewer in 'n hotel gaan bly.

Ek is nie goed daarmee om mense oor en oor te verseker dat hulle welkom is nie, of dat hulle mooi of oulik of slim is nie. Ek het genooi; aanvaar dit of nie. Dis eintlik heel eenvoudig."

Hy buk vorentoe en soen haar op die wang. "Hallo, Green. Dis goed om jou weer te sien."

Sy begin teen haar sin glimlag. "You could have fooled me. Sou jy my enigsins gebel het terwyl jy hier was?"

"Ek het nog nie besluit nie."

"Miskien moes jy maar in 'n hotel gaan bly het of miskien sommer op 'n stasiebank geslaap het; dis omtrent wat jy verdien."

Hy maak die voordeur agter hom toe en skud sy kop. "Dis nou te laat. Jy gaan nie sommer weer maklik van my ontslae raak nie."

Sy stap voor hom uit na die gastekamer links agter die kombuis. "Die bed is skoon oorgetrek. As jy nie genoeg klere het nie, daar behoort in die kas te wees en jou badkamer is deur daardie deur."

"Ek gaan nie tussen ander mans se klere slaap nie."

"Wie weet, miskien pas dit perfek."

"Ek spring liewer van jou balkon af as wat ek sal erken dat een van jou generiese ekse se klere my pas."

"Nie eens as die fringe benefit ek is nie?" laat sy oor haar skouer hoor toe sy wegstap.

"Veral nie as die fringe benefit jy is nie, want dit beteken ek gaan ook op 'n dag uitgeskop word en my klere gaan weer aangegee word na die volgende een toe. My ego sal dit nie oorleef nie."

"Miskien is jou ego te groot!"

"Miskien wil ek net glo ek sal 'n groter indruk maak as om een van die gesigloses te wees."

"Sit jou goed neer; ek maak solank 'n bottel wyn oop."

"Het jy al geëet?" roep hy uit die kamer. "Of beplan jy nog wat jy vir ons gaan gaarmaak?"

"As jy mooi geluister het, sou jy gehoor het ek het niks van etes gesê nie."

Toe hy uit die kamer gestap kom, is hy besig om sy hempsmoue op te rol en sy staan 'n oomblik stil om na hom te kyk. Hy dra 'n wit dashemp, maar die das is afgehaal en sy voorarms wat onder die opgerolde moue uitsteek, is sterk en bruingebrand. Aan sy linkerpols dra hy 'n silwer horlosie aan 'n sagte leerband en om sy regterpols is 'n dun koperkleurige armband en 'n verstelbare bandjie van swart olifanthare. Twee wêrelde wat mekaar in een lyf ontmoet, dink sy half verwonderd. Sy kan verstaan dat iemand soos hy tuis in sy eie omgewing en in sy normale klere lyk, maar dis nie regverdig dat hy selfs in 'n vreemde omgewing en in formele klere tuis kan lyk nie. Die gode glimlag beslis te vriendelik vir hom.

Sy hou 'n glas wyn na hom uit, maar hy ignoreer dit en stap stadig deur die ruim leefvertrek. Hier en daar tel hy 'n ornament of boek op en by 'n paar van die skilderye huiwer hy 'n oomblik voordat hy verder gaan.

"Indrukwekkend en gesofistikeerd." Hy neem die glas wyn en gaan sit oorkant haar op een van die gemakstoele. "Maar 'n fotograaf met geen foto's nie?"

"So ver ek kan onthou, het jy ook nie foto's nie."

"Dis nie prakties om in die boomhuis foto's of skilderye te hê nie. Die ape kom soms in en gooi dit van die mure af. Ek wil ook nie graag die plek te veel clutter nie. Maar ek hét foto's . . . baie foto's."

"En dan sê jy ek maak van alles 'n Kodak-oomblik." Haar wenkbroue lig spottend.

"Die verskil is, ek gryp nie eerste na 'n kamera, soos jy nie. Ek laat myself toe om eers iets te beleef."

"Soms het 'n mens net 'n sekonde of twee om iets vas te lê en as jy dit mis, kan jy dit nooit weer oorkry nie."

"Miskien is sulke oomblikke nie gemaak om vasgevang te word nie. Miskien is dit die oomblikke wat net beleef mag word."

"Sê asseblief jy is soms sonder 'n antwoord . . . al is dit baie selde. Ek moet net glo dat jy ook soms twyfel of sonder woorde is."

"Ek is dikwels sonder woorde."

"Klaarblyklik nie wanneer jy by my is nie."

Hy skuif homself gemakliker op die stoel en kruis sy bene. "Jy is baie maer."

Ester stik byna aan die mondvol wyn.

"Aansienlik maerder as toe jy by die huis was. En toe het ek al gedink jy is ongesond maer."

Sy hou haar hand omhoog en kug 'n paar keer. "Ek weet jy het soms probleme om mense en diere van mekaar te onderskei, maar ek wil regtig nie hê jy moet my lyf bespreek asof jy besig is om na 'n dier se kondisie te kyk nie."

"Ek dink net nie dis gesond om so maer te wees nie."

"Ek dink ook nie dis gesond om wildslewer te eet nie, maar ek sien nie dat jy jou daaraan steur nie."

Hy hou sy hande omhoog asof hy hensop. "Ek is jammer. Ek sal nie weer oor jou lyf of kondisie praat nie. Vertel my liewer waarmee jy jouself op die oomblik besig hou."

Ester skud haar kop. "Nee, vertel my eerder 'n slag iets oor jouself, soos hoekom jy geskei is as jy dink jou eks is so 'n oulike vrou."

Hy neem eers 'n sluk wyn en rol dit stadig in sy mond rond voordat hy dit sluk. "Ons het saam grootgeword. Haar ouers het in Zimbabwe geboer tot sy universiteit toe moes gaan. Toe het hulle daar verkoop en in Natal vir hulle 'n plaas gekoop. Ons het so min of meer van skooldae af uitgegaan en dit was maar net 'n volgende stap. Sy het advertensiewese geswot en 'n kopieskrywer geword. Ons is getroud net nadat ek klaar geswot het. Ek het vir die Parkeraad in die Wildtuin gewerk. Sy het vryskutwerk gedoen. 'n Jaar later is ons terug Zimbabwe toe waar ek vir hulle Parkeraad gaan werk het.

"Ná my ouers se dood was dit nie altyd maklik om saam met my te leef nie. Ons het probeer, maar ná agttien maande het ons besef ons is miskien besig om kinderemosies te probeer red. Die volwassenes het ander behoeftes gehad. Sy het terug Suid-Afrika toe gegaan en ek het nog 'n paar maande in Zimbabwe agtergebly, maar ons het kontak behou.

"My oupa is aan die begin van die volgende jaar oorlede en ek moes besluit of ek Bulweni wil hê of nie. Sy het 'n paar jaar gelede haar eie uitgewery begin en gee hoofsaaklik koffietafelboeke uit. Sy doen goed, veral met die boeke oor Suid-Afrika se ryk natuurlewe. Die toeriste koop graag die boeke."

"Jy klink trots."

"Ek ís trots op haar. Sy verdien dit, want sy werk baie hard."

Toe sy hom nie antwoord nie, glimlag hy. "Het ons nou genoeg oor my gepraat? Kan ék nou weer 'n vraag vra?"

Sy skud haar kop en mors van die wyn op haar hand. "Ons het nog nie eens begin nie." Sy lek die druppels van haar hand af. "Is daar steeds iets tussen julle?"

"Is daar nie 'n beperking op wat jy mag vra nie?"

"Nee, jy slaap onder my dak en dit gee my die reg om enigiets te vra."

Hy skud sy kop. "Herinner my dat ek volgende keer

liewer in die hotel gaan bly. Hulle personeel is aansienlik minder nuuskierig."

"Jy het my nog nie geantwoord nie."

"Ons is baie goeie vriende. Nie dat ek weet waarom dit belangrik is nie."

"Ek hou maar net daarvan om die hele prentjie te sien."

Hy skink hulle glase weer vol. "Dink jy jy het nou die hele prentjie?"

Sy glimlag lui. "Nee, maar die week is nog lank."

"Ek het vergeet om te sê, ek het nou net 'n boodskap gekry dat ek môreoggend vroeg Amsterdam toe moet gaan."

Sy lag oopmond. "Moenie so 'n bangbroek wees nie. Dit maak nie seer om oor jouself te praat nie. Dit kan dalk 'n bevrydende ervaring vir jou wees."

15

Toe Samuel die volgende oggend opstaan, is die woonstel stil en op die kombuistoonbank lê 'n bossie sleutels en 'n nota.

Moet vroeg in die ateljee wees. Neem vir jou die spaarsleutels saam. Jammer, het nie juis ontbytkos nie. Koffie in kas by ketel. Hoop nie jy's te honger nie. Het gisteraand vergeet van aandete. Laat weet of jy vanaand besig is. Ek sal vir ons plek bespreek vir ete. Lekker dag. E.

Hy het nie besef hoe honger hy is tot hy die nota lees nie, maar nou kan hy sy eie maag hoor grom en hy skakel die ketel aan. Terwyl hy wag dat dit kook, maak hy die yskasdeur oop en staar met verbystering na die inhoud. Op die tweede rak staan 'n klein bottel melk. En in die leë eierrakkie is twee botteltjies naelpolitoer. Die een 'n ligte, byna wit kleur en die ander donkerrooi. Op die onderste rak lê drie bottels wit wyn. Hy haal die melk uit en begin koffie maak. Hy weet nie hoe dit gebeur het dat hulle die vorige aand nie geëet het nie. Miskien het hulle net te veel gesels. Toe hy uiteindelik bed toe is, het hy vir die eerste keer besef hoe honger hy is, maar hy was te moeg om toe moeite te doen vir kos. Klaarblyklik pla dit haar nie om dikwels sonder kos te gaan slaap nie.

Hy tel sy beker koffie op en begin weer stadig deur die leefvertrek stap. Die boekrak is feitlik leeg en hy kan nie glo dat sy nie boeke het nie. Die paar stukke meubels is van goeie gehalte en die drie skilderye was sekerlik duur aankope. Hy kry haar egter nie tussen haar besittings nie. Dis asof sy in iemand anders se plek bly. 'n Tydelike verblyf. Die kamer waarin hy slaap, is netjies en die meubels is van dieselfde goeie gehalte as die res, maar dis ook 'n onpersoonlike kamer. Hy kyk na haar kamerdeur wat half-oop staan, maar skud sy kop ingedagte. So nuuskierig is hy darem nog nie.

Terwyl hy later onder die stort staan, dink hy weer aan hulle gesprekke van die vorige aand. Sy het weer eens tussen die onderwerpe beweeg soos 'n jagluiperd op die spoor van 'n prooi. Net as hy dink hy is redelik veilig en dat hy op al haar vrae en opmerkings gereageer het, verander sy so skielik van rigting, dat dit soms voel of sy kop draai. En daar is blykbaar geen onderwerp waaroor sy nie bereid is om te praat nie, behalwe haar ouers en haar vorige lewe. Die keer of wat dat hy iets daaroor gesê het, het sy net haar skouers teruggetrek en die gesprek in 'n ander rigting gestuur.

Hy kan nie besluit of hy vir haar of vir Ira die jammerste is nie. Hy is net dankbaar hy het nie so 'n verantwoordelikheid ná sy ouers se dood gehad nie. Om jou eie vrede te probeer maak en jou eie spoke te beveg, is moeilik genoeg. Om te sien hoe iemand vir wie jy lief is, soos 'n verdwaalde rond en bont soek na wie weet wat, moet ondraaglik wees.

"Hmm, dit ruik lekker. Wat kan 'n man meer vra as om saans na 'n warm huis toe terug te kom waar sy oulike vrou vir hom 'n heerlike bord kos gekook het?" Samuel sit sy aktetas in die gastekamer neer en stap op die balkon uit waar Ester 'n sigaret staan en rook.

"Jy sal baie harder moet probeer om my sleg te laat voel."

"Ek weet jy hou jou ekse se klere as hulle die dag loop, maar weet jy dat jy een van hulle se blinknuwe stel potte en kastrolle ook gehou het?" Hy staan met sy rug teen die balkonmuurtjie. "Sy naam is selfs daarop gegraveer."

"Waarvan praat jy?"

"Ek dink sy naam is Jamie ... Jamie Olivier of so iets. Is hy 'n Suid-Afrikaner?"

Ester begin laggend haar kop skud. "Is jy seker jy mag alleen die land verlaat? Het niemand al vir jou gesê jy behoort eintlik maar op die plaas te bly en jouself met die ape en ander gediertes besig te hou nie?"

"Nou raak jy beledigend."

"Jamie Oliver is nie 'n eks van my nie ... hy is 'n bekende ..."

"The naked chef ..." voltooi hy haar sin.

"As jy die dag nie meer tussen die ongediertes wil woon nie, kan jy tog 'n beroep as komediant probeer." Sy druk die sigaret in die asbak op die klein, ronde tafeltjie dood en stap terug in die woonkamer. Sy trek haar baadjie uit en gooi dit oor 'n stoel.

"Weet jy dat jy die stel potte besit, of het iemand dit dalk regtig hier vergeet?" Hy trek ook sy baadjie uit en begin sy hempsmoue oprol.

"Ek en Henry was in die winkels toe hulle dit die dag uitgepak het. Dit was 'n goeie kopie. Waarom krap jy in elk geval in my kaste?"

"Ek was honger en wou seker maak jy steek nie dalk êrens kos weg nie." Hy kyk op sy horlosie. "Terwyl ons oor kos praat, het jy vir ons plek bespreek? Ek besef nou net ek het nog nie vandag geëet nie."

Die restaurant waarheen sy hom neem, is vol. 'n Paar mense kom groet haar en hier en daar stel sy hom voor.

"Die res se name kan ek nie onthou nie," verduidelik sy toe sy hom nie verder voorstel nie.

"Ek het so iets vermoed. Ek is dankbaar dat jy nog my naam onthou."

"Dokter Doolittle . . . dis darem nie te moeilik nie."

Voordat hy haar kan antwoord, begin haar selfoon lui en terwyl sy praat, bekyk hy die mense by die ander tafels.

"Ek kan eintlik voel hoe ril jy." Sy klap haar selfoon toe en bekyk hom onderlangs.

"Ek ril nie. Dis 'n mooi restaurant en ek bewonder mense wat 'n lewe hier kan maak. Hulle moet regtig guts hê."

"Saint Samuel! Bliksem, kan jy nie net een keer sê jy hou nie van iets of iemand nie? Jy kan tog nie regtig so verdraagsaam wees teenoor al wat leef en beweeg nie. Dis wragtig te vervelig vir woorde."

Hy sit agteroor op die stoel en gaap agter sy hand. "Ek het genoeg vir een dag baklei, Green. As jy argumente wil aanknoop, is ek nie die regte geselskap vanaand nie."

"Met wie het jy baklei en waaroor?"

"Waaroor het ek nié baklei nie? Met regeringsamptenare oor lisensies vir die oprigting van olie- en gasbore in 'n gebied langs die kus waar 'n handvol bottelneusdolfyne nog voorkom. Met nog regeringsamptenare omdat Europa se staatshoofde nog nie die gevolge van aardverhitting ernstig genoeg opneem nie. Ons het oor die moontlikheid van 'n Earth Hour vir volgende jaar gepraat, waar stede oor die hele aarde gevra word om op 'n gegewe dag vir een uur alle ligte af te skakel om sodoende hulle ondersteuning te gee aan 'n wêreldwye aksie teen klimaatsverandering."

"Was jy suksesvol?" Sy sien hoe sy oë wat so maklik kan

glimlag, stil word en 'n moeë uitdrukking kom lê in die lagplooitjies om sy mond.

Hy haal sy skouers op. "You win some and you lose some."

"Waarom doen jy dit?"

Hy neem 'n sluk wyn en kyk eers weer oor die restaurant voordat hy antwoord. "Ek is erflik belas met 'n verantwoordelikheidsgevoel. My ouers het altyd namens almal wat nie 'n stem gehad het nie, gepraat. Mens en dier. Nou is dit my beurt."

" 'n Mens hoef nie noodwendig in jou ouers se voetspore te volg nie. Ek dink hulle sal veel eerder wil weet jy maak jou eie voetspore."

"Is dit waarmee jy jouself troos?" Toe hy dit klaar gevra het, weet hy by voorbaat wat haar reaksie gaan wees en sy stel hom nie teleur nie. Haar kop lig en haar mond trek op 'n reguit lyn.

"Ons is nie besig om oor my te praat nie."

"En ek gaan jou nie vanaand probeer oortuig dat wat ek doen, nodig is, of selfs enige uitwerking het nie. Miskien is ek besig om my tyd te mors. Miskien is ek te onnosel om te besef ek is die enigste een wat omgee."

Ester maak haar mond oop om iets te sê, maar sê dit tog nie. Om een of ander rede het sy haar behoefte om met hom te argumenteer, 'n oomblik verloor. In die plek daarvan ervaar sy 'n gevoel wat sy nie verstaan nie.

"Wat het jy vandag gedoen wat opwindend was?" Sy oë is steeds stil, maar die plooitjies keep langs sy oë en sy mond glimlag ligweg.

"Ook baklei, maar dis daagliks 'n redelike algemene gebeurtenis. Ek is nie veronderstel om met die modelle te baklei nie. Daar is genoeg ander mense om dit te doen. Maar ek kan myself soms net nie keer nie en voor ek my kom kry, is ek midde-in 'n helse geveg. Ek weet nie eers waarom ek die moeite doen nie, want dis nie asof dit daarna noodwendig beter gaan nie."

"Miskien moet jy minder koffie drink."

"Ek baklei nie met hulle omdat ek te veel koffie drink nie. Ek baklei omdat sommige van hulle sulke prima donnas is dat dit onmoontlik is om met hulle te werk. Ek kan geduldig wees tot op 'n punt, maar daarna het ek nie meer lus om te paai en te pamperlang nie. Dan wil ek hê almal moet hulle job doen sodat ons kan klaarmaak."

"Jou frustrasie lê nie by die modelle nie. Jy is met jouself gefrustreerd, want dis nie wat jy eintlik wil doen nie."

Ester lag hardop en die kelner huiwer met die borde kos in sy hande voordat hy dit voor hulle neersit.

"En wat wil ek eintlik doen?"

"Is dit nie iets wat jy eerder jouself moet afvra as vir my nie?"

"Maar iets sê vir my jy dink jy ken die antwoord." Sy draai die bord voor haar een keer in die rondte.

"Dit beteken nog nie ek moet dit vir jou gee nie. Dit het baie meer waarde om self iets uit te werk of uit te vind. Dis iets wat my ma my van kleins af geleer het wanneer ek te lui was om my huiswerk te doen en ek haar die antwoorde gevra het."

"En het haar lesse gehelp?"

"Die meeste mense is van nature lui en ek is een van hulle, maar as ek die dag die moeite doen om volgens daardie beginsel te leef, leer ek gewoonlik nogal baie in die proses."

"Is daar dan nog iets wat jy kan leer?"

"Sjoe, dit was 'n wrede klap daai."

Sy lag. "Ek is ernstig. So ver ek kan agterkom, het jy

min of meer die antwoorde op al die lewensvrae, nie net jou eie nie, maar sommer nog ons ander s'n ook. Dit moet heerlik wees om so slim te wees."

"Miskien verkies die res van julle dit dalk net om dom te wees. There is in human nature generally more of the fool than of the wise."

"Jy weet jy moet nog vanaand in my huis slaap, nè?"

"Jy sal my nie uitskop nie."

"Wat maak jou so seker?" Sy kou stadig aan 'n hap pasta terwyl sy hom bekyk.

"Ek is te nice met jou."

Sy lag so hard dat al die tafels se mense opkyk. "Die model met wie ek vandag baklei het en wat my, terloops, haat, is nicer met my as jy."

Hy sit agteroor en glimlag lui voordat hy sy mond aan die servet afvee en sy bord effens terugstoot.

"Waarom het jy my nog nie probeer verlei nie?"

Samuel laat sak sy wynglas terug op die tafel voordat hy die laaste sluk neem. "Ekskuus?"

"Ek wonder maar net of jy net nie belangstel nie en of jy 'n ander rede het waarom jy my nog nie probeer verlei het nie. Is dit nie min of meer deesdae die algemene ding om te doen wanneer 'n mens mekaar ontmoet en daar 'n redelike goeie rapport is nie? Alhoewel, dis seker ook nie 'n voorvereiste nie. As ek aan my vriende dink, vermoed ek dis baie dikwels net 'n geval van lyflike aantrekkingskrag of nie. So, óf jy vind my nie aantreklik genoeg nie, óf daar is een of ander vreemde rede waarom jy nie eens 'n poging aanwend om my in die bed te kry nie."

"Wil jy verlei word?"

"Moenie weer die vraag omdraai na my kant toe nie. Donner, jy's 'n meester om dit te doen. Ek het jou 'n baie eenvoudige vraag gevra en vir 'n slim man soos jy behoort dit nie te moeilik te wees om dit te beantwoord nie."

"Ek vind jou nie aantreklik genoeg nie."

Sy laat sak haar mes en vurk en skuif haar bord een-kant toe. Haar blik gaan oor sy gesig, maar hy glimlag nie. Sy begin haar wynglas heen en weer stoot, meteens baie jammer sy het die vraag gevra.

"Wil jy nagereg eet?" vra hy asof hulle oor iets onbe-langriks gepraat het. Sy skud haar kop.

Hy lig sy hand vir die kelner en vra die rekening. Mi-nute later stap hulle op die sypaadjie uit. Sy druk haar hande diep in haar jassakke en probeer aan iets onbenul-ligs dink om te sê, maar op die oomblik is daar 'n lug-leegte in haar brein. Ná 'n rukkie kom sy agter dat hy ongemerk sorg dat hy altyd aan die straat se kant stap. Sy wonder of dit ook een van sy ma se lewenslesse was. 'n Keer of wat steek hy sy hand uit en hou haar teë sodat 'n motor eers kan verbyry. Oor die groot kruising naby haar woonstel, neem hy haar hand en vleg met haar tussen die stadig bewegende verkeer deur.

By die woonstel haal hy die sleutels uit sy jassak en sluit die deure oop. Toe sy voor hom uit in die rigting van haar kamer stap, trek hy haar aan haar hand terug.

"Ester, ek is oud genoeg om te weet dat ware liefde en 'n belofte van trou en 'n huis met 'n hond nie noodwen-dig meer die voorvereiste vir seks is nie, maar terselfder-tyd is ek ook oud genoeg om te weet seks tussen ons twee gaan nie heeltemal ongekompliseerd wees nie. Jy weet dit was 'n belaglike vraag om te vra en jy het die belaglike antwoord verdien wat jy gekry het. Die redes waarom ek jou nie tot dusver probeer verlei het nie, is eenvoudig, maar terselfdertyd veelvuldig en geldig. Jou aantrekkings-krag het egter niks daarmee te doen nie. Miskien was ek naïef toe ek jou aanbod om hier te bly, aanvaar het. Ek is jammer as ek jou onder 'n verkeerde indruk gebring het."

"Moenie belaglik wees nie." Sy gee 'n skerp laggie. "Ek het jou nie genooi om hier te kom bly omdat ek planne met jou het nie. Vader, as ek wil seks hê, kan ek aan heelwat minder gekompliseerde mans dink om dit mee te doen. Dit was 'n vraag, nie 'n uitnodiging nie. Jy laat dit klink of ek desperaat of 'n straatvrou is."

"Dis nie wat ek gesê het nie." Hy vee sy vingers deur sy hare. "Ek gaan nou slaap, goeienag."

Sonder om hom te antwoord stap sy op die balkon uit en steek 'n sigaret aan. Die stad lê blinknat en besig onder haar en die straatgeluide styg saam met die klamheid op. Dis koud en haar asem meng wit met die rook wat sy stadig uitblaas. Sy weet nie wat haar besiel het om so 'n simpel vraag te vra nie. Miskien haar behoefte om te soek na voete van klei, want hy herinner haar net te veel aan die plek waar sy nie weer kan of wil wees nie. 'n Plek waar die son goud kan drup en die vlaktes wyer as 'n armswaai is. 'n Plek wat sy nog net in haar drome besoek. Maar sodra die dag breek, moet sy naarstiglik soek na die voete van klei, want hoe anders oorleef 'n mens in die vreemde?

Jy soek elke dag tussen die nuusbrokkies en artikels na kleivoete. Dis nie moeilik nie, want die beeld rus op begrippe soos moord en doodslag, bedrog, wanadministrasie, kindermolestering, 'n geldeenheid wat wipplank ry. Groot woorde wat 'n mens kan najaag totdat die droom in skerwe lê. En tog betrap sy haarself dat sy soms tussen die skerwe na flenters hoop soek. Hoe klein en stukkend ook al.

"Jy rook te veel." Hy het stil agter haar kom staan en

sy kan die hitte uit hom voel straal, asof hy die son in sy lyf dra.

"So het jy al gesê."

"Ek is nie jou probleem nie en jy weet dit. Ek is net 'n gerieflike plaasvervanger. Jy is nie vir my kwaad nie, net so min soos jy nou saam met my wil bed toe gaan. Ek is ook nie die minnaar wat jou verraai het nie."

Sy druk die sigaret dood en vryf oor haar arms toe sy terugdraai en voor hom die woonstel inloop. "Is ek so 'n eenvoudige, oop boek, of is jy regtig net 'n besonder goeie waarnemer?" 'n Skewe glimlag trek aan haar mond-hoeke.

"Ek is baie goed."

"En so nederig."

"Dit ís een van my heel mooiste eienskappe."

"As ek nie Ira se suster was nie en jy nie my ouers ge-ken het nie, sou jy steeds met my . . . sou ons steeds . . ."

"Sou ek steeds wat?"

"Met my vriende gemaak het, of is ek nou weer aan-matigend?"

Hy tree nader en druk 'n soen in haar hare. "Ek weet nie. Miskien het ek jou dan tog probeer verlei." Toe sy terugtree en hom onthuts aankyk, sit hy sy arm om haar skouers en druk haar 'n oomblik teen hom vas. "Dit was 'n grap. Ja, ek sou jou steeds graag beter wou leer ken het en, as dit moontlik was, vriende gemaak het. Ten spyte van al jou eienaardighede en die feit dat jy baie uitputtend kan wees."

"Wat sou jy gedoen het as ek jou probeer verlei het?" Sy gaan sit op die armleuning van een van die gemak-stoele en lag op in sy gesig.

"Gevlei gevoel het."

"Maar nie daarop gereageer het nie?"

218

"Dit hang seker af van wat jy als aangebied het. Ek weet nie hoe ervare jy is nie."

Sy sak laggend af op die stoel en kyk hom agterna soos hy kamer toe stap.

"Jy gaan nog eendag jammer wees dat jy so 'n geleentheid deur jou vingers laat glip het," roep sy agterna.

Hy lag net terwyl hy die deur toemaak.

16

Ester ruik die kos die oomblik toe sy uit die hysbak klim en sy wonder wie in die woonstelblok so 'n oomblik van huislikheid beleef. Sy sluit haar voordeur oop en steek op die drumpel vas. Die kosgeure kom uit haar eie kombuis, waar Samuel met 'n houtlepel in die hand staan. Hy neurie 'n onbekende wysie.

Sy maak die deur agter haar toe en stap stadig nader. Hy staan met sy rug na haar en sy sien hy is kaalvoet. Die denim wat hy dra, lyk of dit al 'n hele paar wasse agter die rug het en die ligblou T-hemp hang informeel oor die denim. Henry sou baie oor dié prentjie te sê gehad het.

"Die brandweer het my laat weet daar trek rook uit my woonstel."

Hy draai om en hou die lepel na haar uit om te proe. Sy bekyk die bruin sous met agterdog voordat sy liggies daaraan lek.

"Vleiserig." Sy trek haar jas uit en hang dit aan die klerehaak langs die voordeur. "Waarom is ek nie verbaas nie?" Terwyl sy praat, trek sy die baadjie uit wat sy onder haar jas gedra het, daarna die dik wollerige langmoutop en toe 'n dunner langmou-T-hemp."

"Hoeveel lae klere dra jy?"

"Dis vrek koud vandag."

"Jy kry so koud omdat jy geen liggaamsvet het nie. Dis waarom 'n mens veronderstel is om in die winter ryker

kosse te eet sodat jy 'n lagie vet kan aansit. Dis goeie iso-
lasie teen die koue."

"Jy verwar my weer met 'n dier." Sy neem die glas wyn
wat hy vir haar ingeskink het en gaan sit op een van die
hoë stoeltjies by die toonbank. "Waarom kook jy en waar
kry jy die kos?"

"Ek het gaan inkopies doen toe my laaste vergadering
vroeër klaargemaak het as wat ek verwag het. Ek het ge-
dink dis die minste wat ek kan doen om dankie te sê vir
my verblyf. Al wat jy moet doen, is om die skottelgoed
te was."

Sy kyk na die twee blinknuwe kastrolle op die stoof en
haar wenkbroue lig. "Ek weet nie hoe nie. Waarom dink
jy kook ek nooit?"

"Dis soos om te sê jy hou nie van rose nie omdat hulle
dorings het. Hoe kan jy jouself die vreugde van 'n tuisge-
kookte ete ontsê omdat jy nie lus het om skottelgoed te
was nie? Dis tragies."

"Waarom is jy in so 'n goeie bui? Het jy dolfyne gered
gekry, of was dit vandag pikkewyne of goudvisse?"

"Ek het my verpligtinge vroeër afgehandel en dit bete-
ken ek kan môreaand huis toe gaan."

Ester ervaar weer 'n vreemde gevoel waaraan sy nie 'n
naam kan gee nie. Sy het haarself vandag 'n paar keer betrap
dat sy aan hom gedink het, maar dis nie asof sy romantiese
verwagtinge koester nie. Sy weet sy was die vorige aand
moedswillig. Indien hy op die uitdaging gereageer het,
sou sy waarskynlik haarself in haar kamer toegesluit het.
Onder sy uiterlike gemoedelikheid gewaar sy iets anders,
'n onvoorspelbaarheid wat haar versigtig maak.

Ira is reg as hy sê sy hou daarvan om in beheer te wees.
Sy weet nie of dit erger geword het ná haar ouers se dood
nie, maar sy besef dis 'n noodsaaklike vereiste in haar

lewe. Sy hou nie van verrassings nie. Selfs die feit dat hy vanaand in haar kombuis, in haar blink potte kos maak, laat haar van balans af voel. Sy het reeds gedurende die dag beplan waar hulle vanaand kan gaan eet.

En nou ervaar sy hierdie vreemde teleurstelling omdat hy môreaand huis toe gaan. Hy het gesê hy is vir 'n week hier en drie dae is nie 'n week nie. Daar was nog dinge wat sy hom wou vra. Of miskien wou sy net nog sy stem gehoor het of dalk wou sy net die voete van klei vind. Miskien as sy lank genoeg tyd saam met hom deurbring, sal hy onverskillig raak en dinge sê. Dinge waarop sy kan teer. Dinge wat haar sal laat twyfel, haar teleurstel, haar kwaad en moedeloos sal maak. Gevoelens wat vertroosting moet bring en haar sal verseker sy het die regte besluit geneem.

Sy knip haar oë toe hy sy vingers skielik voor haar klap. "Waarom lyk jy so moerig? Wie het jou weer vandag kwaad gemaak, of het jy nie noodwendig iemand nodig om dit te doen nie?"

"Dit was 'n lang dag en die verhitting in die ateljee was te warm. Die imbesiel wat die ding moes koeler gaan stel, het dit nog warmer gemaak en daarna kon niemand dit weer teruggestel kry nie. Ek het later kopseer gehad."

"Om in hierdie klimaat binnenshuis so lig te kan aantrek, het sy voordele, maar dit maak my geweldig benoud as ek nie vars lug kry nie. Dis waarom ek altyd by die huis met die hortjies oop slaap. Die lekkerste is as daar donderweer in die lug is en 'n mens die reën kan begin ruik."

Hy staan met sy rug teen een van die kombuiskaste en drink langsaam aan sy wyn. Sy gesig lyk so vredig, dink Ester wrewelrig. So verdomp tevrede met die wêreld.

"Is jy nie bang een of ander ongedierte bekruip jou in die nag nie?"

222

"Dit sal bietjie moeilik wees om sommer net daar in te kom. Die meeste diere sal in elk geval nie sommer net aanval nie."

"Het jy al meer oor die sindikaat uitgevind?"

"Ek het nie nou tyd om daaraan aandag te gee nie." Hy draai om en roer in die pot.

"Ek glo jou nie. Jy is nie die soort mens wat sulke kennis sal ignoreer nie. Veral nie as dit 'n bedreiging is vir dit wat vir jou belangrik is nie."

Hy glimlag. "Jy is 'n regte nuushond. Julle sintuie werk gewoonlik oortyd en julle kan nuus in enigiets vind."

"Kyk my in die oë en sê vir my jy is bereid om te wag en sien of hulle êrens in jou geweste kop gaan uitsteek."

"Ek wil nie graag hieroor praat nie. Dis maar net een van die dinge waarop ek op die oomblik bedag moet wees."

"Wat kan ek met die inligting maak?"

" 'n Mens weet nooit. Jy het my nog nie vir die lewer vergewe nie."

"Die straf daarvoor sal ek nog eers mooi bedink. Dit behoort lank en uitgerek te wees."

"Dis waarom die Russe so graag vrouens gebruik het as ondervraers. Julle is tien maal wreder as mans."

Hy skakel die stoof af en haal vir hulle borde en eetgerei uit die kaste. "Weet jy ooit wat jy alles in hierdie kaste het?"

"Natuurlik weet ek."

Hy haal 'n langwerpige voorwerp uit en hou dit orent. "Wat doen jy hiermee?"

Ester bekyk die voorwerp op en af en probeer die dag onthou toe sy dit gekoop het. Dit sou waarskynlik saam met Henry gewees het. Haar produktiefste inkopietogte is gewoonlik saam met hom.

"Ek het nou vergeet, maar ek het dit in 'n stadium nodig gehad."

Hy lig die velletjie met instruksies op. "Die label is nog nie eens afgehaal nie."

"Die vrou in die winkel het gesê 'n mens moet dit met die label aan gebruik."

Hy gooi die voorwerp onder bespreking in die laai en lag kopskuddend. "Shopping is nie heeltemal sulke goeie terapie soos die glanstydskrifte beweer nie. Miskien moet jy liewer vir jou 'n hond kry . . ." Hy skud sy kop voor hy klaar gepraat het. "Nee, liewer niks wat lewe nie. As jy nie eens vir jouself kan kos maak nie, waarvan gaan 'n arme dier leef?"

"En wanneer kry jy kastig tyd om glanstydskrifte te lees? Leer jy saans by kerslig hoe om te exfoliate en wat die tekens is as 'n meisie 'n orgasme fake?"

"Ek koop soms vir Kiki en Melaney tydskrifte wat ek dan lees as ek op 'n lughawe gestrand sit en nie ander leesstof het nie."

Voordat sy hom kan antwoord, hoor hulle 'n sleutel in die deur en die volgende oomblik steek Henry sy kop om die kosyn.

"Is ek in die verkeerde woonstel?"

"Kom in . . ." roep Ester terwyl sy haar eerste hap kos neem. "Kom red my van algehele vleisvergiftiging."

"Wat's aan die gang? Ek bel en bel, maar jy antwoord nie jou selfoon nie . . ." Hy steek in sy spore vas toe hy om die pilaar kom en Samuel vir die eerste keer sien. Sy oë rek merkbaar en die kyk wat hy Ester gee, wil haar laat lag. Sy kan net dink hoe sukkel sy brein nou om al die gedagtes en vrae te kanaliseer.

Samuel staan met 'n uitgestrekte hand op. "Hoe gaan dit?"

"Baie goed, dankie." Henry kyk van Ester na Samuel. "Ek is jammer om julle ete te onderbreek."

"Haal 'n bord uit die kas en eet saam," nooi Ester.

"Het jy gekook?" Hy het intussen sy jas uitgetrek en is besig om 'n bord uit die kas te haal. Toe hy die deksels van die potte afhaal, snuif hy hoorbaar. "Waarom het jy nog nooit vir my gekook nie?"

"Jy behoort van beter te weet. Die man uit Afrika het gekook."

Henry kyk na die bruingebraaide lamsvleis in sy bord. Dis so sag, as hy met die vurk daaraan raak, kom dit los van die been. "Het jy regtig die kos gekook?"

"Dit is nie so moeilik nie." Samuel moet keer om nie te lag nie. 'n Mens sou sweer hy het die atoom gesplits. Intussen het hy 'n doodgewone lamsbredie gekook.

"Ja, maar het jy soos van die begin af alles self gedoen of het jy gaar kos gekoop en dit bymekaargegooi?" Henry kom sit vol verwondering by die toonbank en neem 'n sluk wyn. "Ek weet nie of ek in my lewe al iemand gesien het wat van die begin af alles self gedoen het nie. Ek hoop jy het gekyk sodat jy my kan wys," laat hy in Ester se rigting hoor.

"Helaas, ek was te laat om die wonderwerk te aanskou."

"Ek het nie geweet jy kom ooit hier na ons deel van die wêreld toe nie."

"Ek het Maandagaand van Brussel af hierheen gekom vir 'n paar vergaderings, maar vlieg môreaand weer terug huis toe."

Toe Samuel se kop effens sak om 'n hap kos te neem, kyk Henry met groot oë na Ester en sy skud haar kop. Hy is so 'n agie.

"Ek het nie eens geweet Ester het die week 'n gas nie."

225

Ester skop na sy skeen, maar toe Samuel opkyk, besef sy sy het die verkeerde een getref.

"Ek wou in 'n hotel gaan bly, maar Ester het so aangehou dat ek op die ou end nie kon nee sê nie."

Ester wonder of Samuel weet watter kas vol vrae hy so pas oopgemaak het. Henry gaan na dese elke stukkie detail wil weet van elke gesprek wat sy en Samuel al ooit gehad het.

"Ek het hom probeer verlei, maar hy stel nie belang nie," lag sy. "En ek het hom nie uitgeskop nie. Sê weer ek is nie vergewensgesind nie."

"Ek sal toelaat dat hy met spykerskoene oor my loop as ek elke dag sulke kos kan eet." Henry maak sy oë toe en kou stadig. Toe hy hulle weer oopmaak, kyk hy verskonend na Samuel: "Ek is jammer, maar my ma kon nie eens brood smeer nie." Hy klop teen sy heupe. "Waar dink jy kom my obsessie met kos vandaan?"

"Wat hy nie sê nie, is dat hulle 'n inwonende sjef gehad het en dat sy ma vir *Vogue* gewerk het en hy van kleins af op die een eksotiese shoot na die ander saam met haar gegaan het. Die arme, ryk seuntjie wat nou kastig oor kos kla."

Henry snork deur sy neus. "As kind wou ek ook 'n huis gehad het waar ons om die stoof kon gesels terwyl my ma lekker kos kook." Hy begin lag. "As sy my nou hoor, kan ek vergeet om 'n pennie te erf. Wat nog te sê van die silwer en porselein en haar diamante. Sy gaan gee sweerlik alles by Oxfam af, voordat ek iets daarvan sal sien."

"Ek sal dit onthou wanneer jy my weer kwaad maak." Ester vee haar vingers deur sy netjiese hare. "Dis waarom hulle sê 'n mens moet nooit goeie vriende maak nie. Op 'n dag weet julle net te veel van mekaar en al wil julle mekaar los, kan julle dit nie bekostig nie."

"Onthou net, ek weet ook hopeloos te veel van jou, my skat. Ons sal mekaar moet doodmaak as ons kwaaivriende raak."

Samuel luister na die gesprek en wonder of Henry regtig weet wat alles in haar kop aangaan. Sy is so oortuigend in haar nuwe gedaante, dat hy wonder hoeveel mense die Ester sien wat sukkel om haar voete in die ontwerperskoene te vind. Hy weet nie of hy dit sou raakgesien het as hy haar nie daardie dag in haar pa se kantoor gesien het nie. Gereed om die wêreld storm te loop, terwyl 'n geel Bic-pen haar hare bo-op haar kop moet hou. Passievol en vurig.

"As julle nie omgee nie, gaan ek die laaste bietjie in die pot vir my uitskep en dan gaan drink ons iets lekker eksoties saam met hierdie Afrikaan. Julle keuse. Ek betaal, om dankie te sê vir 'n gastronomiese orgasme."

'n Uur later sit hulle in 'n ultramoderne kuierplek waar die hele binnekant wit en chroom is en die ligte so helder dat Samuel jammer is hy dra nie 'n sonbril nie. Skemer kroeë se tyd is blykbaar verby en in die plek daarvan is hierdie oorverligte, kliniese ruimtes. Die musiek is by tye luisterbaar en by tye is dit net 'n geraas in sy ore, maar dis interessant om die mense om hom dop te hou en veral om te sien hoe Ester die laaste bietjie van haar ou persona afskud en soos 'n vlinder in die helderwit lig vlerke kry. Sy praat hard, beduie met groot gebare en lag selde.

Maar sy is nie die enigste een wat nie lag nie. Wanneer hy om hom kyk, lyk dit of die era van lag ook verby is. Die gesigsuitdrukkings is oor die algemeen verveeld. Asof almal gedwing is om vanaand hier saam te kuier en nie kan wag om huis toe te gaan nie. Tog loop niemand nie. Miskien is die verveling by die huis nog groter.

Tussen die rumoer van harde, verveelde stemme luister hy na die musiek wat oor die luidsprekers kom. Dis 'n polsende ritme en hy begin ingedagte na die woorde luister: 'n Manstem onthou die dag wat hy gek geraak het en hoe aangenaam dit was. Toe hy oor 'n paar koppe na Ester kyk, sien hy sy hou hom dop. Dan begin sy haar heupe ritmies op maat van die musiek swaai. Sy kom al dansende nader. Haar mond vorm die woorde terwyl haar lyf tyd hou.

". . . well it wasn't that I didn't know enough. I just knew too much . . . Does that make me crazy . . ."

"Dit is nie uit onkunde dat ek nie kan teruggaan nie, ek weet dalk net te veel . . ." praat sy by sy oor toe sy langs hom staan. "Dink 'n bietjie daaraan. Maybe I really just know too much."

Sy sit haar arm om Henry se nek. "Ek het so pas die perfekte idee vir 'n shoot gekry. Wag tot julle dit hoor . . . Ons gaan Beiroet toe. Ons gaan die rommel en verval as agtergrond gebruik vir die wintermodes. Dit gaan ongelooflik wees. Ek ken mense daar wat vir ons reëlings kan tref."

"Is dit nie een van die plekke waar hulle nie te vriendelik is nie?" wil Henry met 'n diep frons op die voorkop weet.

"Moenie 'n sissie wees nie. Jy het Afrika oorleef, waar die vlak van waansin baie hoër is."

"Dit kan dalk net werk. Kom maak môre 'n draai by my. Ná die Afrika-shoot, sal ons met iets nog meer uitdagends vorendag moet kom."

Net ná twaalf kyk Samuel op sy horlosie en toe Ester dit sien, glimlag sy spottend. "Is dit al verby jou slaaptyd?"

Hy gaap agter sy hand en knik. "Ek sal jou môreoggend sien voor ek gaan."

Hy groet Henry, met 'n belofte om te laat weet wanneer hy weer in Londen is, maar toe hy vir Ester wil nagsê, beduie sy dat sy saamgaan.

"Jy hoef nie nou al huis toe te gaan nie," sê hy toe hulle op die sypaadjie uitstap.

"Jy mag dalk goed rigting in die bos kan hou, maar hier's nie baie sterre nie en ek gaan nie weet waar om jou te kom soek as jy wegraak nie."

"Dis baie bedagsaam van jou."

Terug by die woonstel gaan staan sy op die balkon om 'n sigaret te rook en Samuel pak die vuil borde en eetgerei in die skottelgoedmasjien. Daarna begin hy die twee potte was.

"Wat maak jy?"

"Ek was vir Jamie."

"Probeer jy my nou regtig beïndruk?" Sy maak die balkondeur toe en trek haar jas uit.

"Ek is seker dít het ek lankal gedoen."

"Ek wonder of jy weet hoe vreemd jy is." Sy lig haarself op die toonbank langs die wasbak en kyk hoe hy die potte in die seepwater was.

"Wanneer laas was jy in Beiroet?" vra hy.

"Vier jaar gelede. Net voordat ek terug Suid-Afrika toe is."

"Jy besef dis polities een van die mees onstabiele plekke in die Midde-Ooste?"

"En besef jy dat net Colombia op die oomblik meer gewelddadig as Suid-Afrika is?"

"Ek wonder maar net waarom jy teen so 'n agtergrond 'n klomp modelle wil gaan afneem. Ek weet jy hou nie van mooi foto's nie, maar daar behoort seker iets tussen 'n tropiese eiland en 'n verminkte stad soos Beiroet te wees." Hy haal die laaste pot uit die water en begin dit afdroog.

"Ja, natuurlik is daar baie plekke, maar dis om te settle

vir middelmatigheid en ek hou nie van middelmatigheid nie. Wat is in elk geval jou probleem met 'n shoot in Beiroet?"

"Dis banaal."

"Ekskuus?"

"Dis swak smaak."

"Om te wys wat oorlog aan 'n stad kan doen?"

"Moenie jouself probeer bluf dat dit is wat jy doen nie."

"Waarmee is ek dan besig?" Waar sy op die toonbank sit, is sy byna op ooghoogte met hom. Sy maak haar rug reguit.

"Dink jy mense wat daardie tydskrifte lees, gaan die verval en die ellende agter die klere raaksien?" Hy pak die potte terug in die kas en vee die wasbak uit. Dan sit hy sy hande weerskante van haar op die toonbank en kyk reguit in haar oë. "Jy is soos iemand wat iets het om te sê, maar nie die guts het om dit self te sê nie. Nou wil jy dit via iemand anders sê. Dis lafhartig, Green." Hy druk homself weg van die toonbank.

Ester kyk na die vadoek wat sy onnadenkend opgetel het van waar hy dit oor die krane gehang het en 'n oomblik het sy 'n kinderagtige behoefte om hom daarmee te gooi.

"Jy het nie die antwoorde op alles in die lewe nie, al dink jy so." Sy frommel die vadoek in haar hande op. "En om te dink jy weet waaroor dit hier gaan, is aanmatigend. Ek oorleef al drie jaar lank in 'n genadelose wêreld waar bitter min lojaliteit is en waar jy net so goed soos jou vorige poging is. As ek lafhartig was, sou ek dit nie gemaak het nie."

"Moenie my opsetlik verkeerd verstaan nie. Jy het 'n sterk stem gekry, 'n stem wat mense laat stilstaan en luister. Om fluisterend deur die lewe te gaan, is lafhartig. Al is die fluistering hoe interessant en treffend. Jy is tot soveel meer in staat."

"Om nie die werklikheid om jou in die oë te wil kyk nie, is ook lafhartig en tog het jy nie 'n probleem om dit te doen nie. Dis maklik om 'n ander te kritiseer, maar tog so moeilik om die klip in jou eie oog raak te sien."

"Die balk . . ."

"Die wat?"

"Dis nie 'n klip in jou eie oog nie, dis 'n balk. Die splinter in die ander een se oog en die balk in jou eie. Dis soos die storietjie gaan."

"Klip, balk, dis irrelevant. Die punt is, jy verbeel jouself jy is Moses wat met die towerstaf rondloop en die volk uit die woestyn gaan lei, maar ek het nuus vir jou. Niemand loop agter jou aan nie. Dis nog net jy wat aan die beloofde land glo. Leshana Habaah Birushalayim. Next year in Jerusalem. Jy troos jouself soos die Jode dat die beloofde land herstel sal word, maar jy flous jouself. Net soos vir baie Jode sal dit maar net 'n versugting bly."

Hy draai terug en toe hy by haar kom, sit hy weer sy hande weerskante van haar terwyl sy gesig reg voor haar is. "Ek lewe eerder met 'n versugting as met soveel bitterheid." Hy lig haar van die toonbank af en hang weer die vadoek op.

"Dankie vir die interessante aand. Lekker slaap." En daarmee draai hy om en stap kamer toe terwyl sy met 'n kop vol woorde agterbly, maar nie in staat is om vinnig genoeg die beginpunt daarvan te kry nie. Soos met 'n swak opgerolde bol wol, gryp-gryp sy na enige deel wat lyk of dit orde sal bring as sy daaraan begin trek. Sy deur gaan egter toe voordat sy sinvolle vordering kan maak.

231

Sy skakel die ligte af en stap kamer toe.

Dit duur egter 'n lang ruk voor sy haar gedagtes on-der beheer kry en rustig genoeg raak sodat haar oë kan toegaan. Selfs tóé kom daar telkens nog woorde en sinne op wat sy eintlik nog graag sou wou gesê het. Sy is nie lafhartig nie. Sy kom uit families met dapper gene en uit-houvermoë. As hy die moeite doen om na haar werk van die afgelope paar jaar te kyk, sal hy sien sy het nog nooit die maklike pad gekies nie. Daar was altyd uitdagings, nie net aan die mense saam met wie sy werk nie, maar veral uitdagings aan haarself.

Sy gooi die beddegoed van haar af, maar trek dit mi-nute later weer nader en maak haar oë bewustelik toe. Sy weet nie waarom sy wakker lê oor sy woorde nie. Dit maak nie saak wat hy dink nie.

17

"Jy weet ek sal die huis eendag aan jou terugverkoop wanneer jy moeg is vir die woonstellewe?" Samuel en Ira het klaar geëet en sit nou elkeen met 'n koppie koffie en 'n glasie likeur in een van die leefvertrekke in Ira en Ester se gewese ouerhuis. "Of wanneer jy eendag 'n tuin vir jou kinders soek."

Ira skud stadig sy kop heen en weer. "Ek is baie lief vir hierdie huis en ek is baie bly ek kan nog hier kuier, maar ek het nie regtig 'n behoefte aan soveel ruimte nie. En as ek dalk eendag 'n vrou vat, weet ek nie of sy daarvan gaan hou om in haar oorlede skoonma se huis te bly nie ... om nie eens te praat van die feit dat Ester beslis nooit by ons sal kom kuier nie."

"Sy sal eendag terugkom ... huis toe, bedoel ek. Hier lê op die oomblik nog net te veel herinneringe."

"Hoe was jou verblyf by haar?" Ira kyk skeefweg na Samuel en sug. "Ek is eintlik te bang om te vra, want ek weet nie meer wat om alles van my suster te verwag nie."

"Dit was baie bedagsaam van haar om my te nooi. Ek kan net so lank in hotelle tuisgaan voordat ek engtevrees begin kry, maar ek vermoed ek sal nie sommer weer genooi word nie."

Toe Ira net vraend na hom kyk, gaan Samuel met 'n glimlag voort: "Ek het haar kwaad gemaak."

"Ek het so iets vermoed toe sy nie juis oor jou verblyf

daar wou uitwei nie. Net gesê sy het jou nie veel gesien nie."

"Ek moes eintlik net stilgebly het, want dit het niks met my te doen nie."

"As dit die enigste maatstaf is waarvolgens ons besluit of ons iets mag sê of nie, sal die meeste van ons nooit iets kan sê nie. As jy mooi daaroor gaan dink, gaan min dinge ons werklik aan. Maar kan jy jou voorstel hoe eentonig so 'n lewe sal wees?" Ira skud sy kop. "Terloops, het sy jou die foto's gewys wat hulle op Bulweni geneem het?"

"Nee, ek het nie geweet dit het al verskyn nie."

"Herinner my dat ek môreoggend vir jou 'n eksem-plaar gee wanneer jy die ander dokumente kom haal. Al moet ek dit self sê, sy het 'n besondere talent gekry. Of sy dit op die oomblik reg aanwend, weet ek nie aldag nie, maar dis seker ook nie vir my om te sê nie."

"Dis waarom sy vir my kwaad is, want ek het dit vir haar gesê, en ek dink sy wil dit nie hoor nie. Sy het my daarvan beskuldig dat ek my verbeel ek is Moses, maar dat ek nie sien niemand volg my meer nie."

Ira lag. "Sy is soos my pa. As jy haar wil kritiseer, moet jy sorg dat jy op baie vaste grond staan. Wanneer sy ag-terkom daar is dalk 'n swak plek onder jou, gaan sy dit gebruik, en voor jy jou kom kry, lê jy op jou rug en jy weet nie hoe jy daar gekom het nie."

"Sy is 'n baie interessante mens, kompleks en by tye vreesaanjaend, maar interessant."

"Hoe interessant?"

Toe Samuel na Ira kyk en die glimlag om sy mond sien huiwer, lag hy onderlangs. "Baie interessant . . . vir 'n man met baie tyd en hope geduld."

"Ek neem aan jy sluit jouself nie by die groep in nie."

"Die versoeking was daar. Een aand, vyf minute lank,

maar toe begin sy met my argumenteer en net daar raak ek so moeg dat ek my bedink."

"Jy is nie iemand wat maklik moeg raak nie."

"Dit wys jou net hoe sleg kan 'n mens jouself ken."

"Kan jy jou indink hoe moeg sy mý maak? Sy het van kleins af hopeloos te veel energie en te veel woorde gehad, maar ons was ten minste drie wat mekaar kon aflos wanneer sy te veel vir een van ons geword het. Dan was daar nog Gladys en Josef en hulle kinders ook wanneer die nood gedruk het. Deesdae voel ek soos 'n enkelouer wat nooit slaap kry nie. Sy is 'n handvol, selfs op 'n afstand."

"Dis jammer sy doen nie iets wat haar meer stimuleer nie," sê Samuel. "Mense soos sy moet nooit verveeld wees nie. Dis soos om 'n jong, energieke hond in jou huis toe te sluit en te verwag alles sal reg wees as jy terugkom."

Ira se selfoon begin lui en toe hy na die skerm kyk, glimlag hy. "Praat van die duiwel se suster en jy trap op haar stert," sê hy.

"Gladys en Samuel het my vir ete genooi. Ons het nou net klaar koffie gedrink en probeer nog ons pad deur 'n bottel likeur oopdrink." Hy bly 'n oomblik stil.

"Samuel het my sommer vertel hoe gasvry jy was en ek het beaam dat jy eintlik 'n baie nice mens is en dat ek so bly is jy's my suster." Ira glimlag breër toe hy na haar antwoord luister. Maar dan versober sy gesig merkbaar.

"Wat de donner wil jy daar gaan maak? Dis belaglik. Waarom gaan jy nie sommer Bagdad toe en laat die modelle tussen die lyke poseer nie?"

Samuel staan op en stap studeerkamer toe. Hy kan dink waaroor die gesprek gaan en dis dalk beter dat hy hulle alleen laat om dit uit te baklei.

"Of nog beter, gaan na 'n hospice en laat hulle saam

met die terminale pasiënte poseer," volg Ira se stem hom egter. "Dis donners swak smaak as jy my vra, en dan praat ons nie eers oor die veiligheidsaspek nie."

Ira luister weer na haar, sê dan: "Dis 'n ou argument daardie. Ons is nie in 'n oorlog betrokke nie." Hy is kennelik geïrriteerd.

"Nee, dis nie wat ek dink nie, dis 'n bleddie feit en . . . Ester, Ester! Fok, sy't die telefoon in my oor neergesit."

Samuel kan nie help om te glimlag waar hy in die studeerkamer voor die groot boekrakke staan nie. Hy is bly hy was nie deel van daardie argument nie.

"As ek vir hulle kwaad is, is dit nie omdat hulle doodgegaan het nie, maar omdat hulle my alleen met haar gelos het. Ek kan dit nie alleen doen nie." Ira stap die studeerkamer binne en sak op sy pa se groot gemakstoel onder die staanlamp neer.

"Sy vertrek volgende week Beiroet toe vir 'n shoot. Van al die belaglike planne wat ek al gehoor het, vat hierdie een die koek. Sulke tye wonder ek ernstig oor haar intelligensie."

"Dit is waaroor ons ook die laaste aand geargumenteer het en waarom ek vermoed sy die volgende oggend so vroeg uit die huis is dat ek nie eens kon groet en dankie sê nie. Sy het darem 'n nota gelos om te sê ek moet die sleutel in die posbus gooi."

"So jy het geweet van die plan om in Beiroet te gaan skiet?"

"Ek het gehoor toe sy vir Henry vertel het."

"Haar argument is, as ek in 'n oorloggeteisterde land kan bly, kan sy in een gaan werk. En tweedens kan sy nie onthou dat sy my probeer keer het toe ek in Beiroet gewerk het nie. Watse argumente is dit?"

"Seker geldiges wanneer jy mooi daaroor dink."

236

Ira kyk skeef op na Samuel. "Moet jy nie ook nog begin nie."

"Sy is nie 'n kind nie, Ira. Ek dink nie jou ouers sou van jou verwag het om verantwoordelikheid vir haar te aanvaar nie. Ek dink dit sal goed genoeg vir hulle wees om te weet julle gee vir mekaar om en is daar vir mekaar wanneer julle mekaar nodig kry."

"As dit so eenvoudig was, waarom het jy met haar geargumenteer oor die shoot in Beiroet? En sy is nie eens jou suster nie."

Samuel glimlag. "Ek dink net dis 'n snaakse manier om sensasie te soek. Dis asof hulle alle grense van welvoeglikheid wil oorskry, nie omdat hulle iets daarmee wil bereik nie, maar omdat hulle kan. Vandat ons regstreeks, in die veiligheid en gemak van ons eie sitkamers, na oorloë op televisie kan kyk, verbeel ons ons dis net nog 'n fliek en ons dink nie twee keer aan die verwoesting en ellende vir die mense wat midde-in die proses is nie. As sy iets oor die ellende van oorlog of voortslepende geweld wil sê, is daar ander maniere om dit te doen . . . Die modewêreld gaan nie noodwendig regop sit en die agtergrond ontleed nie. Die meeste van hulle gaan slegs beïndruk wees met die aweregse aanslag."

"Het jy dit vir haar gesê?"

"Ja, nie noodwendig in soveel woorde nie, maar genoeg daarvan dat sy haar vererg het."

Ira vee met sy hand oor sy gesig. "En dan wil ek nog eendag kinders hê! Ek moet dit ernstig heroorweeg. Soos dit maar met my gaan, gaan hulle almal na haar aard."

"Sy is nie dom nie en ek glo nie sy sal daar ingaan as dit nie redelik veilig is nie."

"Jy ken haar definitief nog nie goed genoeg nie. Sy sou dalk nog van plan verander het as ek nie iets gesê het nie, maar nou het twee van ons haar gekritiseer. Om haar punt te bewys dat sy beter weet, sal sy gaan, al skiet hulle die plek rondom haar aan flarde. Sy het 'n sterk streep moedswil in haar."

Ira kom stadig orent. "Ek moet gaan slaap. Dankie vir die ete. Ek is jammer dat jy op 'n vol maag 'n stamgeveg moes aanhoor."

"Ek mis dit soms dat ek nie deel van 'n stam is met wie ek kan baklei sonder om bang te wees die liefde sal op-raak nie. Nie dat ek jou jou besondere stamgenoot beny nie."

Die twee mans stap in stilte uit na waar Ira se motor in die oprit staan. "Ester het my nou die dag gevra of hier nog 'n kol op die plaveisel is. Ek het gesê ek weet nie, maar ek dink ek verkies net om nie te kyk nie."

"Dis moeilik om te sê wat natuurlike verkleuring en wat nog oorblyfsels van daardie nag is. Ek dink nie jy moet te veel probeer soek vir tekens nie."

Die twee mans groet met die hand en Samuel kyk hoe die swart hekke oopswaai en weer geruisloos toeswaai en die motor se rooi ligte straataf verdwyn. In die huis soek hy sy selfoon. Toe hy dit kry, soek hy 'n nommer, maar skakel nie dadelik nie. En toe hy eindelik die groen telefoontjie druk, weet hy nie waarom hy dit doen nie en hy verstaan nog minder waarom sy die oproep beant-woord.

"Het jy nou genoeg kwaad gestook by my broer?"

Samuel oorweeg dit 'n oomblik om die telefoon dood te druk.

"Waarom is jy nie bly daar is iemand wat genoeg vir jou omgee om besorg oor jou te wees nie?"

"Ek het jou nie gevra om besorg oor my te wees nie."

"Ek het van Ira gepraat."

Hy hoor hoe sy haar asem intrek en maak hom reg vir 'n stortvloed woorde. Tot sy verbasing lag sy sag.

"Dit was 'n onbewaakte, dom oomblik."

"Ek wou nog gisteroggend groet en dankie sê vir jou gasvryheid," neem hy sy kans waar om die onderwerp te verander. "Ek het darem jou sleutel in die posbus ge-gooi."

"Ek was nog vies en nie lus om met jou te praat nie. Jy behoort bly te wees ek was nie daar toe jy wakker geword het nie, dan het jy dalk alles gehoor wat Ira vanaand moes aanhoor."

"Miskien moet jy in die vervolg eerder met my as met Ira baklei. Hy probeer sy bes, maar dis nie maklik om altyd die grense raak te sien nie. Veral nie wanneer mense baie na aan mekaar is nie."

"Dis nie lekker om met jou te baklei nie, want jy wil nie terugbaklei nie. Op die ou end voel ek soos 'n kind wat al haar speelgoed uit die cot gegooi het en nou niks het om mee te speel nie en niemand om dit weer vir my aan te gee nie. Jy besit die vermoë om al die pret uit 'n lekker fight te haal."

Hy weet sy verkies om op die ligter deel van sy woorde te reageer, want soos hy haar ken, pla haar gewete haar omdat sy met Ira baklei het en hy laat haar begaan. "Ek sal my bes doen om 'n waardiger teenstander te wees."

"Miskien moet jy liewer net probeer om my ernstig op te neem."

"Waarom dink jy ek neem jou nie ernstig op nie?"

"My ma het 'n stemtoon gehad wanneer ek lastig was en sy nie so wou sê nie en jy het dieselfde stemtoon. Ek kan dit in jou oë ook sien. Julle hoor, maar hoor ook nie. Julle sien wat ek doen, maar sien ook nie. Daar is net genoeg aandag sodat ek dink al my gepraat en geneul

beteken iets, maar eintlik is julle besig om my net te ver-
duur . . . in die hoop dat ek eindelik moeg sal word en
iets anders gaan doen of verkieslik gaan slaap."

Samuel kan die lag nie keer nie. "Ek kan nie namens
jou ma praat nie, maar dis beslis nie wat ek doen nie. Ek
kan vir jou woordeliks 'n klomp van ons gesprekke her-
haal."

"Dis omdat jy intelligent is en 'n goeie geheue het. Dit
beteken nie jy dink daar is substansie agter my woorde of
menings nie."

"Ek kan nie glo jy kan so selfbejammerend wees nie."

"Gaan jy nie eens met my stry oor wat ek ervaar nie?"

"Sal jy my glo as ek sê dit is nie so nie?"

"Nee, maar jy kan ten minste probeer om my te oor-
tuig."

Samuel lag hardop. "Dit klink na moeite en ek is inhe-
rent 'n lui mens."

"Wanneer gaan jy weer terug bosse toe?"

"Môreoggend. Terloops, waarom het jy nie vir my die
bylae gewys wat op die plaas geskiet is nie?"

"Ek weet nie. Miskien is ek net te beskeie."

Hy lag weer. "Of miskien is die foto's net nie baie goed
nie. Maar toemaar, Ira het gesê hy sal môre vir my 'n ek-
semplaar gee."

"Net solank jy weet jy is nie bevoeg om 'n opinie te
vorm nie."

"Dis natuurlik om 'n opinie te vorm, maar dit beteken
nie ek hoef dit te gee nie."

Toe sy hom nie antwoord nie, begin hy nagsê. "Sal jy
ten minste net vyf minute neem en die shoot in Beiroet
ernstig in heroorweging neem?"

"Nee, ek het reeds vriende daar gekontak wat vir ons
besprekings gedoen en 'n paar mense omgekoop het so-

dat ons op die plekke kan kom waar ons graag wil wees. Sê vir Ira hy moet ophou om 'n huigelaar te wees, en dat hy nie mag preek as hy self nie bereid is om dieselfde te doen nie. En terloops, dit geld vir jou ook. Julle sou slegs kommentaar kon lewer as julle nie self met albei voete in 'n oorlogsone gestaan het nie."

"Nag, Green. Lekker slaap. Ek hoop julle het 'n suksesvolle sending. Koes wanneer jy goed oor jou kop hoor fluit."

"Ten minste kan 'n mens die geluid daar herken . . . anders as daar by julle waar 'n mens dalk kan dink dis die voëls in die bome."

Hy skud stilweg sy kop toe hy die telefoon afskakel. Soms is dit ook maar goed hy het nie broers of susters nie.

Samuel klim die trap na sy boomhuis op en kan al die bier proe wat hy eerste wil drink, voordat hy stort en skoon aantrek. Hy het lanklaas fisiek so hard gewerk soos die afgelope drie weke. Soggens voor die son opkom, is hy reeds aangetrek en besig om ontbyt te eet en die meeste dae kom hy eers weer na sononder by die huis. Hy dink nie daar is 'n sentimeter van die plaas waar hy nie was nie. Met die Jeep, te voet, met die helikopter, enigiets wat hom na die uithoeke kon dra. Hy het self weer die drade geïnspekteer. Lang vergaderings by die hoofman se kraal onder die bome gehad. 'n Hele dag weer saam met die toordokter en die kruiekenner in die veld spandeer op soek na plante en knolle. 'n Gebied afgebaken waar die plaaslike bevolking in die volgende paar maande op gegewe tye kan kom hout haal. Hy het saam met die personeel deur die boeke van Bulweni gegaan en gesorg dat elke gebou in 'n goeie toestand is. Hulle het 'n renosterkalf, waarvan die ma deur wilddiewe in Natal doodgeskiet is, ingekry. By tye het hulle nie gedink hulle sal die kalf gered kry nie, maar sy is al heelwat sterker en die personeel by die rehabilitasiesentrum klink al meer optimisties.

Vandat hy terug is, kan hy nie help om die ekstra swaai in Kiki se stap te sien nie, en hy kan ook nie help om soms Elias se bekommerde blik te sien wanneer hy na haar kyk nie. Hy sal een of ander tyd vir Robert bel en hoor wat gaan aan. Miskien het hy uiteindelik die moed bymekaargeskraap om met Elias te praat.

Hy haal 'n bottel bier uit die yskas en stap daarmee badkamer toe waar hy sy klere uittrek, die stortkrane oopdraai en op die rotsinham gaan sit. Hy laat sy rug teen die louwarm rots rus, terwyl hy stadig die yskoue bier drink. Die hemel kan nie beter wees as dit nie, besluit hy toe die bottel leeg is en hy voel hoe die dag se moegheid saam met die afloopwater in die pyp af verdwyn. Die boomhuis is stil en hy wonder of hy self sal moet kos maak en of Elias beplan om vanaand nog terug te kom. Toe hy klaar gestort het, stap hy kamer toe. Hy is nog besig om aan te trek toe hy die Land Rover hoor stilhou en minute later hoor hy Elias roep.

Samuel stap na die leefarea terwyl hy sy T-hemp oor sy kop trek.

"Ek het kos gebring. Ek moes daar anderkant kook, want daar is mense en die kinders kan niks doen nie. Alles wat ek hulle leer, gaan by die een kant van die kop in en dadelik weer aan die ander kant uit." Hy sit twee bakke kos op die stoof neer. Dan krap hy in sy hempsak en bring 'n wit papiertjie te voorskyn. "Kiki sê ek moet vir jou gee."

Samuel lig eers die deksels op om te kyk wat daar vir ete is, voordat hy die nota oopvou en lees.

Bel asseblief vir Ira Green sodra jy kan. Hy sê dis dringend.

Samuel vermoed Ira is tog stilweg nog besig om in-ligting oor die sindikaat bymekaar te maak, al ontken hy dit ten sterkste. Hy is steeds jammer hy het hom gevra, al weet hy Ira is een van die beste informante wat jy kan kry. Hy wil egter nie hê Ester moet nog meer rede hê om oor Ira wakker te lê nie. Die stories en sake wat hy vir die televisieprogram moet navors en opvolg, het genoeg risiko's. Hy druk die nota in sy sak en toe Elias 'n bord uit die kas haal, beduie Samuel dat hy nog een moet uithaal.

"Jy is die laaste tyd skaars. Wat is aan die gang?"

Nadat hulle ingeskep het, sit hulle weerskante van die eetkamertafel en Samuel begin eet. Hy weet dit sal nie help hy vra Elias weer of daar 'n probleem is nie. Elias sal praat wanneer hy dink die tyd is reg om te praat.

"Hy wil met Kiki trou," kom die woorde ná omtrent vyf minute. Die aand is windstil en soel en die vlam van die groot kers op die tafel roer net effens toe Elias praat. "Wat weet hy van trou af?"

"Hy is baie lief vir haar, Elias."

Elias maak 'n geluid met sy mond en vee met sy hand, asof hy die woorde wil wegvee. "Wat weet hy van lief-hê?"

Samuel weet dat dit nou Elias se antwoord op enige woord sal wees.

"Wat het jy vir hom gesê?"

"Ek het gesê hy kan haar nie kry nie."

"Wat sê Kiki?"

"Sy is 'n kind. Ek is haar pa en sy sal na my luister."

"Sy is 'n goeie kind en sy verdien dit om gelukkig te wees. En Robert is nie 'n slegte man nie, Elias. Hy is dalk net voortvarend en soms onverskillig, maar dis nie omdat hy sleg is nie. Ons het saam grootgeword. Ek sal weet."

243

"Jy kan nooit binne-in die hart van 'n ander man sien nie."

"As jy wil, kan jy, maar die probleem is dat die meeste mense net sien wat hulle wil omdat dit te veel moeite is om regtig te kyk en te luister."

"Sal jy vir hom staan? Sal jy jou naam langs syne skryf?"

Samuel knik. "Ja, ek sal. Hy kom uit goeie familie, Elias, en hy het grootgeword. Hy sal mooi na Kiki kyk."

"As hy nie mooi na haar kyk nie, sal ek hom dood-maak. Hy weet dit, maar ek wil hê jy moet vir my kyk en sê, jy hoor my ook. Ek wil nie daardie dag hoor hy is jou broer nie. As hy nie na my kind kyk nie . . ." Elias trek 'n vinger oor sy keel. "Hy sê hy gaan vir jou kom werk. Lieg hy vir my?"

"Nee, hy het met my daaroor gepraat en ek het gesê dis reg. Hy kan hier kom werk." Samuel glimlag. "Jy kan hulle elke dag sien. Ek hoop net jy maak hulle nie so kwaad dat hulle gif in jou kos gooi nie."

Elias maak weer die geluid met sy mond en dan staan hy stadig op. Terwyl hy die borde kombuis toe neem, kyk hy oor sy skouer. "Ek gaan weer terug. Ek moet met haar gaan praat."

"Sê vir haar ons gaan 'n mooi troue hier hou."

"Miskien wil hy haar nie meer hê as ek ja sê nie."

Samuel wil lag vir die vonkel van hoop in Elias se oë. Miskien moet hy dringend met Robert praat, want as sy vriend hierdie verhouding verongeluk, sal Elias hulle al-twee lewendig vir die leeus gooi.

Toe Samuel later die Land Rover hoor wegry, onthou hy vir die eerste keer van die nota in sy sak. Hy gaan haal sy selfoon in die kamer en klim langs die groot vuur-maakplek teen die ronde rots op tot hy bo-op sit. Dan sit hy eers 'n paar oomblikke na die donkerwordende land-skap om hom en kyk.

Dis vreemd dat alles hierdie tyd van die aand so rustig lyk, asof iemand 'n groot swart doek sag oor alles laat sak. Maar as 'n mens mooi luister en jy ken die bos, dan weet jy dat dinge eintlik hierdie tyd van die aand bedrywig begin raak. Die roofdiere maak hulleself reg vir 'n nag van feesvier, terwyl die potensiële prooi waarskynlik probeer beplan waar hulle veilig sal wees. Die grootste gedeelte van hierdie wêreld se drama speel hom af sonder dat daar ooit 'n toeskouer teenwoordig is.

Tot sy verbasing het hy vanaand 'n redelike sterk sein en hy skakel Ira se selfoonnommer. Dit duur 'n ruk voor-dat hy sy stem hoor. Dis nie baie duidelik nie.

"Waar is jy?" wil hy weet toe die gesuis effens bedaar.

"Ek is in 'n mediese sentrum in Beiroet."

Die gesuis is terug en Samuel staan regop in 'n poging om beter te kan hoor.

". . . ontploffing . . . heup gebreek. Hulle het Maan-dagnag geopereer. Volgens die dokters was die operasie 'n sukses en behoort sy die volle gebruik van haar been te hê." Die gesuis bedaar en Samuel staan doodstil. "Sy het op die oomblik nog baie pyn."

"Ek kon nie alles mooi hoor nie," stop Samuel hom eers. "Was Ester in 'n bomontploffing?"

"Ja, sy was op pad na 'n plek waar hulle die volgende dag wou skiet. Sy moes vooraf toestemming gaan kry. Op pad daarheen het 'n motorbom ontplof en haar voertuig het gerol. Sy kan baie bly wees dat mediese hulp so vinnig opgedaag het. Dis nie eintlik haar heup wat gebreek is nie. Die fraktuur is aan die femurnek."

Samuel vee oor sy gesig. "Enige ander beserings?"

"Sy het 'n redelike stamp teen die kop weg en 'n lelike sny teen haar bobeen af. Haar gesig het 'n paar klein merkies waar stukkies glas haar getref het, maar dis al. Sy was baie gelukkig. Daar is vyf mense in die ontploffing dood."

Ira se stem klink kalm en saaklik en Samuel wonder of hy dalk nog aan skok ly.

"Is daar iets wat ek vir jou kan doen?"

"Nee dankie. Ek het vriende hier wat my help. Ek het net gedink ek laat jou weet."

"Ek is jammer, Ira."

Samuel hoor duidelik die sug. "Die oproep het net ná drie Sondagmiddag gekom. My eerste reaksie was om te maak of ek nie die nuus gehoor het nie. 'n Paar minute het ek dit selfs oorweeg om die oproep te ignoreer. Kan jy glo dat 'n mens so iets kan doen?"

"Skok laat mense snaakse dinge doen."

"Ek was 'n oorlogkorrespondent. Slegte nuus was my werk. Dis waaroor ek geskryf het. Dag na dag. En nou skrik ek so groot dat ek my kop onder die komberse wil toemaak. Ek is besig om sag te word."

"Die ander was nie jou familie nie. Dis maklik om dapper te wees as daar nie familie of geliefdes betrokke is nie."

"Ek dink ek wou haar nie sien nie omdat ek te kwaad was. Ek is nou nog kwaad en dis moeilik, want sy het pyn. Ek kan die swaarkry in haar oë sien, maar ek is baie kwaad vir haar."

"Miskien moet jy vir haar sê jy's nog kwaad. Ek dink dit sal beter vir julle albei wees. Sy sal dit waarskynlik verkies dat jy liewer met haar baklei as dat jy probeer om gaaf en vriendelik te wees."

"Ek weet nie of ek dit vir haar wil makliker maak nie."

"Ja, jy wil."

"Ek moet gaan," begin Ira deur die suisgeluide groet.

"Dankie dat jy my laat weet het. Sê vir haar groete en laat weet my as ek iets vir jou kan doen."

Samuel gaan sit weer op die steeds lou rots terwyl hy die donkerte in staar.

18

Ester maak die krukke langs die yskas in die hoek van
die kombuis staan en skakel die ketel aan. Sy vryf
haar hande teen mekaar. Haar hande voel hard en eelterig,
maar ten minste is haar armspiere sterk en geoefen, asof sy
'n gereelde besoeker aan die gimnasium is. Nog 'n week
het die dokter gesê. Sy kan al klein entjies sonder die
krukke loop, maar is nie veronderstel om dit te doen nie.

Sy het 'n maand gelede met 'n sak vol pynpille en 'n
ellelange lys voorskrifte hier aangekom. Intussen het 'n
Suid-Afrikaanse dokter oorgeneem en sy eie lys voor-
skrifte bygevoeg. Sy voel ingeperk, soos 'n gevangene met
'n loodbal aan die enkel. Miskien is sy gevonnis en is dit
die straf wat sy moet uitdien. Word 'n misdadiger dan nie
altyd teruggeneem na die plek waar die misdaad plaasge-
vind het nie? Wat, wonder sy, sal die grootste klag teen haar
wees? Verraad. Dat sy haar geboortereg versaak het? Dat sy
moed opgegee het? Miskien is die woord waarna sy soek,
versaking. Het sy hierdie plek verloën? Gemaak asof sy nie
deel hiervan is nie? Asof sy nie medeverantwoordelik is
nie? Soos Petrus in die donker nag ontken het dat hy vir
Jesus ken? Sy wou ook wegstaan van die skande.

Sy maak haar oë toe en probeer stilte in haar kop kry.
Haar gedagtes dryf soos vlieswolke deur haar bewussyn.
Van ver af lyk dit dalk stadig en grasieus, maar sy kan die
wind voel. Dis 'n stormwind wat hier bo woed en die
wolke voortjaag.

Sy het Ira net ná middernag hoor inkom en stilweg dankie gesê. Sy weet nie meer vir wie sy dankie sê of vir wie sy vra om hom te beskerm nie, maar dis woorde wat elke dag stilweg in haar binneste opklink.

Die meeste aande drink sy 'n slaappil omdat die nagte die ergste is, maar sy wou hoor wanneer Ira inkom en sy weet dis nou te laat om die wit pilletjie te sluk. Dit begin al lig word in die ooste. Nie dat dit seker saak maak as sy die hele dag lê en slaap nie. Soms verkies sy dit egter om wakker te bly. Daar is iets aantrekliks aan selfmarteling. Masochisme het 'n nuwe betekenis gekry. Sy onthou 'n Bybelstorie waar Job, die troostelose, op 'n hoop gesit en sy sere met potskerwe gekrap het. Sy het die nagte nodig sodat sy ook in vrede aan haar sere kan krap en haarself kan verlustig in die pyn. Die pyn is 'n gerieflike fokuspunt en terselfdertyd 'n goeie verskoning om met Ira te baklei. Want die baklei lê op die oomblik vlak by hulle albei.

Sy is besig met haar derde koppie koffie toe Ira net ná ses kaalvoet en kaalbolyf die kombuis binnekom. Sy donker hare staan regop op sy kop en sy oë lyk nog on-gefokus.

"Waarom maak jy nie liewer vir ons kos terwyl jy in elk geval wakker is en ure in die kombuis deurbring nie?" Hy skink 'n groot beker koffie en gaan staan met sy rug teen een van die kaste. "Waarom drink jy nie net 'n slaappil nie? Ek weet nie hoe bevorderlik dit vir jou gesondheid is om snags so wakker te bly nie."

"Ek sal vanaand weer een drink."

"Jy onthou nog dat ons volgende Vrydagmiddag saam met Samuel plaas toe vlieg vir Robert en Kiki se troue?"

"Ek dink nie ek kan gaan nie."

"Waarom nie?"

"Ek ken nie regtig die mense nie."

"Jy het hulle almal ontmoet en jy gaan saam met my." Hy blaas oor die koffie voordat hy 'n sluk neem. "Jou afspraak by die dokter is Vrydagoggend en as alles goed gaan, hoef jy nie meer op die krukke te loop nie, so daar is geen verskoning nie. Al wat ek eintlik wil weet, is of jy iets het om aan te trek en of ek jou een of ander tyd winkels toe moet neem."

"Ira, ek het nie lus vir 'n klomp vreemde mense nie. Ek sal veel eerder die naweek hier bly. Dit sal jou goed doen om 'n slag sonder my weg te kom."

"Wat my goed sal doen, is as jy ophou stry oor alles." Hy stap uit die kombuis en sy hoor die voordeur oop-gaan. 'n Paar minute later is hy terug met 'n paar koerante onder die blad. Hy skink sy beker weer vol koffie en gaan sit in die sitkamer met die koerante. Die televisie word aangeskakel en hy kyk kort-kort bo-oor die koerant na die skerm. Toe Ester voor hom kom staan en wil begin praat, hou hy sy hand omhoog.

"Ek is besig. Ek wil nie hoor dat jy nie wil saamgaan nie; ek wil nie hoor dat jy niemand ken of nie van troues hou nie. Ek gee nie om wat jy van Samuel of enige ander mens dink nie." Hy hou een van die koerante na haar toe uit. "Sit en lees of kyk TV of gaan slaap 'n bietjie, maar moet in godsnaam net nie vanoggend met my stry of baklei nie."

Sy ignoreer die koerant. "Jy kan my nie soos 'n kind stilmaak nie."

"Ester, een van my kollegas is gisteraand geskiet terwyl hy besig was met 'n storie oor onwettige immigrante in die middestad. Hy lê in die intensiewesorgeenheid, maar gaan waarskynlik nie die dag maak nie."

Haar mond gaan oop, maar hy lig weer sy hand. "Ek

weet . . . dis 'n fokken gevaarlike plek hierdie. Mense word daagliks doodgemaak, alles gaan agteruit, hier's geen wet en orde meer nie. Jy kan my niks nuuts vertel nie. Ek leef hier. So, as jy kan, pak net vir een dag jou slagtersmesse weg en los my net in vrede. Dis regtig al wat ek van jou vra."

Ester maak haar mond toe, maar dis asof sy nie die boodskap by haar ledemate kan kry dat hulle moet beweeg nie. Toe sy eindelik so ver kom, weet sy nie waarheen sy wil gaan nie. Die woonstel se mure druk haar vandag vas. Sy verlang huis toe. Sy verlang na haar kamer en haar ma se tuin. Na die stoep. Sy wil op haar maag oor die rand van die visdam hang en onder die plat waterlelieblare soek na die goudvisse. Sy wonder of hulle nog daar is. Sy wil onder in die tuin op die swaai ry en kyk of sy so hoog kan swaai dat sy oor die muur tussen hulle en die bure kan sien.

Sy wil in haar woonstel wees. Weg van Ira af. Weg van die ysterbal aan haar voet en die skuld oor die verraad. Sy wil nie na 'n troue toe gaan waar twee mense trou aan mekaar belowe nie. Wat beteken die woorde in elk geval? Dit kan enige dag deur 'n hof ongeldig verklaar word. Sy wil nie sien hoe 'n vrou haarself verbind om lief te hê tot die dood haar van haar geliefde skei nie, of dalk tot die dood hulle albei wegneem nie. Dit is om te sê, ek verbind my tot 'n lewe van voortdurende vrees en onsekerheid. Sy wil nie weet van 'n man in 'n intensiewesorgeenheid wat nie die dag gaan maak nie.

Sy stap stadig kamer toe en maak die kamerdeur hard agter haar toe. In die bedkassie kry sy die pakkie slaappille en sy druk twee in haar hand uit. Sy wil nie weet nie. 'n Mens kan te veel weet.

Vrydag breek helder en koel aan en Ester kan nie help om te sug toe sy haar tas toerits nie. Sy gun Kiki 'n mooi en lekker dag, maar sy weet ook dat sy nie jammer sal wees as 'n storm losbars en hulle nie meer kan gaan nie. Dis egter 'n volmaakte herfsdag en Ira gaan haar enige oomblik kom oplaai.

Ira se kollega is steeds in die intensiewesorgeenheid en die gesin weet nie of hulle dankbaar of bekommerd moet wees nie. Die feit dat hy steeds lewe, is volgens die dokters dalk 'n positiewe teken. Sy wou lag toe Ira haar dit vertel. Die dokters het definitief vergeet hoe lyk positiewe tekens. Positiewe tekens is wanneer mense nie meer op straat doodgemaak en aangerand word nie.

Sy hoor 'n sleutel in die voordeur en staan van haar bed af op. Haar heup is nog effens stram en sy loop mank, maar die dokters reken met die nodige oefening en rehabilitasie behoort sy weer normaal te kan loop. As alles goed gaan en die skroewe en penne pla nie, gaan 'n volgende operasie dalk nie eens nodig wees nie. Intussen moet sy net positief wees. Miskien moet hulle vir elke mediese student eers 'n taalkursus ook aanbied voordat hulle mag begin praktiseer, want daar is duidelik 'n klomp woorde wat hulle gebruik sonder om werklik die betekenis daarvan te besef.

"Is jy klaar?" Ira loer om die deur.

"Ek gee nie om om te bly nie," probeer sy teen haar eie voorneme in nog een keer.

"Ek weet." Hy tel die tas op en begin daarmee voordeur toe stap. 'n Huurmotor staan voor die gebou en toe Ira die kattebak oopmaak, is sy tas reeds ingelaai. Hulle ry in stilte en Ester kyk sonder belangstelling deur die venster. Dit maak nie saak hoe en waar jy kyk nie, die prentjie bly dieselfde. Krotte teen die agtergrond van blink

toringgeboue, lemmetjiesdrade om woonhuise, bede-
laars, straatsmouse, bestuurders van duur motors wat by
verkeersligte stip voor hulle kyk. 'n Evangelis se tent op
'n oop stuk grond en oral minibustaxi's.Volgepak, oorvol
en blykbaar aan geen wet verbind nie.

Samuel kyk op van waar hy by een van die toonbanke
in die vertreksaal staan en glimlag toe hy hulle sien. Hy
gee 'n paar vorms vir die meisie agter die toonbank, groet
haar met 'n glimlag en stap dan nader. Hy was die afge-
lope maand twee keer in die buiteland, maar was tussenin
twee of drie keer by die woonstel. Sy was nie lus om
mense te sien nie en Ira moes vir haar verskoning maak.
Samuel het ook 'n groot bos blomme laat aflewer.

Die twee mans groet en Samuel soen haar teen die
wang. "Ek is bly jy het besluit om saam te gaan, want dit
beteken jy kan sommer die troufoto's neem. Jy sal Kiki se
dag maak."

Ester maak haar mond oop om te sê sy neem nie trou-
foto's nie, maar Samuel het reeds haar tas geneem en Ira
beduie dat hulle maar kan gaan. By die vliegtuig klim Ira
agter haar in en sy kan redelik gemaklik haar been strek
waar sy voor langs Samuel sit.

"Is jy gemaklik?" Samuel kyk na haar toe die vliegtuig
begin beweeg. Sy knik. Sy is nie vandag lus om praatjies
te maak nie. Haar maag maak 'n draai toe die wiele lig
en dan sak die stad onder hulle weg. Sy wonder of voëls
ooit van hulle probleme af wegvlieg. Besef hulle ooit hoe
maklik dit is om van jou moeilikhede af weg te kom? Jy
klap jou vlerke 'n paar keer en siedaar, weg is jy. Aan die
ander kant weet sy ook nie of voëls probleme het nie en
as hulle het, verkies hulle dalk om dit op 'n ander manier
uit te sorteer. Miskien kwetter hulle dit uit. Sy wil-wil
glimlag vir haar eie gedagtes.

Die vliegtuig gee meteens 'n bokspring en Ester gee 'n uitroep voordat sy haar kan bedink. Sy raak aan haar heup.

"Ek is jammer." Samuel kyk verskonend na haar. "Ek sal die slaggate probeer misvlieg."

Sy moes daarna ingesluimer het, want sy word wakker toe Samuel liggies aan haar skouer raak. "Ons gaan land."

Haar lyf voel styf en seer en 'n oomblik is sy nie seker waar sy is nie.

"Praat jy altyd so baie in jou slaap?" wil Ira van die agterste sitplek af weet. Sy vee oor haar mond. Dit voel of haar kakebeen ook styf is.

"Ek praat nie in my slaap nie."

"Wil jy wed?"

"Wat het ek gesê?"

"Ek sal jou liewer die verleentheid spaar, maar wie's Heinrich? Jy moet oppas vir die Duitsers."

"Dis niemand nie. Jy is nou sommer net besig om onsin te praat."

"En Kenneth?" Samuel kyk vlugtig na haar voordat hy gereed maak om te land.

"Ek ken nie 'n Kenneth nie."

"Dit het nie so geklink nie." Ira klik sy tong. "Miskien het jy 'n mate van geheueverlies."

Die wiele raak grond en Ester kyk na die troppie rooibokke wat langs die aanloopbaan staan en wei. As sy reg onthou, was hulle die vorige keer ook daar. Asof hulle die verwelkomingskomitee is.

"Dink jy dis dieselfde troppie rooibokke wat die vorige keer ook hier was?"

Samuel knik. "Ja, hulle kom en gaan, maar hierdie is beslis een van hulle gunstelingplekke."

Sy sien 'n Land Rover by die skuur se deur en herken vir Moses waar hy langs die voertuig staan.

Toe die vliegtuig gebêre is en hulle bagasie oorgelaai is, maak Samuel vir haar die voorste deur oop en help haar in. Ira en Moses klim agter in en Samuel trek weg. Op pad gesels Ira en Moses soos ou vriende en 'n paar keer moet Samuel stop vir diere wat in die pad staan.

Ester ervaar 'n vreemde gevoel waaraan sy nie betekenis kan heg nie. Dis nie asof sy beplan het om ooit weer hierheen terug te kom nie, maar noudat sy hier is, ervaar sy 'n gevoel van bekendheid ... byna asof sy bly is om hier te wees. Asof sy onbewustelik geweet het sy sal weer eendag terugkom. Miskien ly sy aan meer as net geheueverlies.

Die vlakvark hardloop nader toe hulle die parkeerplek binnery en Ester kan nie help om te glimlag nie. Sy weet nie of 'n vlakvark vreugde kan ervaar nie, maar dit lyk beslis of hy bly is om hulle te sien. Miskien is hy maar net een van daardie ongeneeslik vriendelike wesens.

Die kartonne word afgelaai en 'n kleresak wat op die heel agterste sitplekke gelê het.

"Die trourok." Samuel haak dit oor sy vinger en lag toe Kiki haastig nader gestap kom.

"Het jy die rok onthou?"

"O, jou kleingelowige mens. Jy behoort te weet jy kan my vertrou."

"Ek weet ook jy sal niks daarvan dink om te sê ek kan sommer in een van my denims trou nie."

"Die vere maak nie die voël nie, Kiki, my skat."

"As die vere 'n trourok is, maak dit beslis die voël. Gee, dat ek dit veilig gaan bêre." Sy neem die sak by Samuel en groet dan met 'n breë glimlag vir Ira en Ester. "Ek is bly julle kon kom."

"Ester het aangebied om jou troufoto's te neem," laat Samuel hoor terwyl hy na Ester kyk.

Ester kyk van Samuel na Kiki en wil begin verduidelik

dat sy nie juis troufoto's neem nie, maar toe sy die skugter dankbaarheid in die meisie se oë sien, knik sy.

"Ek sal my bes doen."

"Waar is Robert?" Samuel kyk rond.

"Hy's seker by sy ouers se tent. My pa het gesê hy wil hom nie weer vandag naby my sien nie. Hy't gesê jy moet hom kom roep wanneer jy kom."

Sy kyk na Ester. "Kom, hulle kan solank jou bagasie af-laai, almal wag al by my huis. Ek wou net seker maak my trourok het veilig hier aangekom."

Sy neem Ester se arm en die twee vrouens begin in die rigting van die personeel se huise stap, maar Kiki steek vas en sê oor haar skouer: "Kyk mooi na hom, Sammy. Ek wil hom môre heel hê."

"Is dit nie tradisie dat hy vanaand 'n leeu se toonnael vir sy voornemende bruid moet vind nie? Of is dit 'n krokodil se ooghare?"

"Jy is glad nie snaaks nie."

Samuel glimlag. "Ons sal baie mooi na hom kyk, maar dis belangrik om te weet jy trou 'n dapper man."

Ester sien hoe die lagplooie langs sy oë kreukel en 'n oomblik lyk hy soos 'n seuntjie wat weet hy is besig om kattekwaad te beplan.

Toe hy sien sy kyk vir hom, knipoog hy. "Gedra jou, en moenie die bruid allerhande ander gedagtes gee nie."

"Soos dat alle mans eintlik deep down inside diktators is. Ek dink nie dis 'n geheim nie."

Samuel kyk na Ira. "Het jy geen beheer oor haar tong nie?"

Ira lig laggend sy skouers. "Ek ken haar gelukkig nie."

Kiki neem weer Ester se arm en hulle begin stap, maar sy gaan staan weer. "Ek is jammer, ek het van jou been vergeet. Sal ons liewer een van die voertuie neem?"

"Nee, ek kan stap." Ester skrik self vir die kras klank van haar stem en voeg sagter by. "Miskien nie teen jou spoed nie, maar ek sal daar kom."

"Ek is jammer oor jou ongeluk. Dit moet vir jou baie moeilik wees."

Ester besluit om nie op die sagte woorde te antwoord nie.

"Al die tente is ongelukkig vol, maar ons het vir jou die gastekamer langs die kantoor reggemaak."

Ester weet nie waarom sy aanvaar het sy en Ira slaap by Samuel nie.

"Waar slaap Ira?"

"Hy en Robert slaap vanaand by Samuel."

Kiki neem Ester se kamerasak en swaai dit gemaklik oor haar skouer. "Ek is baie opgewonde dat jy my foto's gaan neem." Hulle stap om 'n groot boom en 'n ry huise lê in 'n halfmaan voor hulle uitgesprei.

"Welkom in ons dorpie."

"Wie woon almal hier?" Ester kyk na die huise met hulle perfekte rietdakke. Al die huise lyk min of meer eenders.

"Al die personeel, behalwe natuurlik Samuel. Ons is soos 'n klein Verenigde Nasies hier bymekaar."

Hulle klim 'n paar trappe op en toe Kiki die stoepdeur oopmaak, hoor hulle vrouestemme vanuit die huis op-klink. Die toneel in die leefvertrek laat Ester ook aan die Verenigde Nasies dink. Daar is 'n paar Sjangaan-vroue, Melaney, met haar wit vel en blonde hare, nog twee wit meisies, 'n swart vrou met 'n fyn beenstruktuur en 'n interessante Afrika-rok. Toe Kiki haar as Robert se ma voorstel, is Ester nie verbaas nie. Hy het dieselfde fyn ge-laatstrekke as sy ma. Die jongmeisie langs haar is Robert se suster, Shani. Sy kyk na Ester se gepunte stewels.

257

"Ek hou van jou skoene," laat sy gemaklik en op dieself-
de goeie Engels as Robert hoor en Ester glimlag stram.
Sy kan aan min dinge dink wat haar so benoud maak as
'n vertrek vol vrouens, besig met een of ander vroue-
ritueel. Om saam met 'n vreemde bruid op die vooraand
van haar troue te kuier, is nie hoog op haar prioriteitslys
nie en sy wens sy kan aan een of ander verskoning dink
om hier weg te kom. In haar binneste verwens sy vir Ira
en sommer vir Samuel ook. Niemand het haar gevra of sy
wil kom nie. Is dit nie erg genoeg dat sy die troue moet
bywoon nie?

'n Glas word in haar hand gestop en sy begin dankbaar
drink. Sy is skielik verlig toe sy van haar kamera onthou.
Sy sal foto's neem. Dit sal haar vir die grootste deel van
die aand besig hou. Terwyl sy haar kameratas begin oop-
maak, gee haar selfoon 'n paar klingels en sy haal dit uit
haar denim se sak om die SMS-boodskap te lees.

*Glimlag. Hulle is nie mensvreters nie en moenie die hele aand
agter jou kamera wegkruip nie. Jy gaan 'n rare oomblik mis. Dit
kan jou dalk net goed doen om in voeling met jou vroulike kant
te kom.*

Ester kyk om haar rond of Samuel dalk êrens vir haar
staan en kyk, maar dit is net die groep vroue in die ver-
trek.

Sy stap op die stoep uit en begin 'n boodskap tik.
Preek jy?

Sy bly op die stoep staan nadat sy die boodskap gestuur
het en sekondes later kom 'n antwoord.

Ek preek nooit. Ek gee net goeie raad.

You could have fooled me.

*Ontspan, Green, en geniet die aand. Troukoors is so ver ek
weet, nie aansteeklik nie . . . alhoewel . . . hoe goed is jou im-
muniteit?*

Sy kan die glimlag nie keer terwyl sy die knoppies druk nie.

Uitstekend.

Dan het jy niks om oor bekommerd te wees nie. Sien jou môre.

Sy druk die selfoon in haar broeksak en skrik toe 'n stem agter haar praat.

"Dit maak nie saak waar 'n mens in Afrika is, of hoe moeilik die dag was nie, maar hierdie tyd van die dag is min mense teen haar bekoring bestand." Robert se ma kom staan langs haar en saam kyk hulle na die laaste lig wat geleidelik besig is om plek te maak vir die skemerte van die vroegaand. 'n Groepie tarentale hardloop voor die huise verby en in die boom voor die huis het 'n verskeidenheid voëls hulself al vir die nag ingeburger. 'n Blouapie spring skielik uit die boom en land byna op een van die tarentale.

" 'n Ou Afrika-legende lui dat twee ape tydens 'n vloed in 'n boom gesit en gesien het hoe 'n klomp visse in die malende massa water spartel. Vir hulle het dit gelyk of die visse besig was om te verdrink en die ape het gevoel dis hulle plig om die visse te red. Met groot moeite het hulle uit die boom geklim tot op 'n hoë stukkie grond van waar hulle die spartelende visse uit die water kon haal. Daar het later 'n hoop roerlose visse langs hulle op die droë grond gelê en in hulle wysheid het hulle besluit die arme visse was so moeg gespartel dat hulle eers 'n rukkie moes slaap. Hulle was seker dat, wanneer die visse wakker word, hulle baie dankbaar sou wees dat die ape hulle gered het."

Ester kyk na die vrou langs haar. "Beteken dit 'n mens moet jou liewer nie met ander se sake bemoei nie?"

"Miskien beteken dit net dat 'n mens nie altyd die hele prentjie sien of verstaan nie."

Ester glimlag. "Of miskien moet 'n mens jou liewer nie met ander se sake bemoei nie."

Die ouer vrou lag sag. "Of miskien moet 'n mens nie probeer om 'n superheld te wees nie."

"Wie's 'n superheld?" Robert se suster kom uit die huis gestap en kyk van haar ma na Ester.

"Jou pa, maar moet hom nie sê nie."

"Asof hy dit nie weet nie. Soos jy oor hom tekere gaan, dink hy hy kan op water loop. Dis skandalig. Ek hoop nie my man verwag ook eendag dat ek hom so gaan verafgod nie." Die jongmeisie kyk na Ester. "Is jy getroud?"

"Nee."

"Wil jy trou?"

"Ek dink nie so nie."

"Ek wil graag trou, maar ek wil 'n man hê wat my aanbid en alles vir my sal doen. As ek my vingers klap, moet hy spring."

"Dis wat julle jongvrouens deesdae dink, maar sodra julle so 'n man het, kan julle nie gou genoeg van hom ontslae raak nie. Die vrou is gemaak om op te sien na haar man, en as jy nie 'n man kan kry na wie jy kan opsien en wat jy kan respekteer nie, moet jy liewer nie trou nie. Om met 'n marionet te trou wat spring sodra jy die toutjies trek, is 'n seker resep vir 'n ongelukkige huwelik. Soek vir julle mans wat julle laat veilig voel, wat inisiatief het, wat julle laat lag en wat sterk van karakter is, maar wat nooit 'n skoothond sal wees nie."

Die jongmeisie lag hardop terwyl sy na Ester kyk. "Daar het jy nou sommer 'n vinnige les in mansoek gekry."

"Ek dink nie daar bestaan meer sulke mans nie, of altans, ek ken nie sulke mans nie."

Brenda Morewa skud haar kop. "Hulle is nog daar. Die vrouens wil hulle net nie raaksien nie."

"Vir wie wil ons nie raaksien nie?" Kiki kom op die stoep uitgestap.

"My ma is besig om gratis mansoekraad uit te deel. Praat van die aap wat die vis probeer red het."

"Moenie ander mense se gesprekke afluister nie."

Shani haak haar arm deur haar ma s'n. "Ek kon nie help om te hoor nie en dis buitendien 'n storietjie wat ons al baie in ons lewe moes aanhoor."

"Julle moet binnekom, want ek wil my geskenke oopmaak," laat Kiki hoor. Die ander drie vrouens volg haar die huis in. In die leefvertrek kies Ester 'n sitplek effens eenkant, sodat sy ongesteurd foto's kan neem. Sy weet nie juis wat sy verwag het nie, maar dit voel vir haar alte veel na 'n Westerse kombuistee. 'n Klompie toegedraaide pakkies lê op die koffietafel en Kiki sit plat op die vloer langs die tafel. Ester kyk na haar deur die lens en begin ingedagte foto's neem. Elke gesigsuitdrukking word op die lens vasgevang. Iemand bring later groot borde eetgoed uit die kombuis en tussen die gesels en gelag deur, word daar geëet en gedrink.

"Is jy opgewonde?" wil Shani in 'n stadium van Kiki weet. Dis of die meisie se hele gesig ophelder.

"Ja, ek is baie opgewonde."

"Hoe weet jy my broer gaan 'n goeie man vir jou wees?"

"Want hy is lief vir my."

"Miskien sê hy maar net so. Hoe weet jy dis waar?"

"Shani!" Mevrou Morewa se stem klink skielik streng. "Dis persoonlike vrae en dit gaan jou nie aan nie."

Die jongmeisie lig haar hande. "Ek is jammer, maar hoe moet ek eendag weet of 'n man regtig vir my lief is as niemand bereid is om vir my te sê hoe 'n mens dit weet nie?"

"Jy sal weet."

"Ma sê altyd so, maar dis nie so eenvoudig nie."

"Daar is iets in hulle oë." Kiki kyk na Shani en glimlag. "Jy sal dit in sy oë sien."

"Wat gebeur in sy oë? Traan dit? Knip hy dit meer as gewoonlik? Komaan, Kiki, jy sal beter moet verduidelik."

Ester sien hoe van die vrouens byna van hulle stoele afval soos hulle agter hulle hande lag en sy lig die kamera.

"Dis net iets wat 'n mens weet. Hy sal bedagsaam wees en jy sal veilig by hom voel."

"Voel jy veilig by Robert?"

Kiki knik en haar oë kry 'n veraf kyk. Ester sien die donker gesig voor haar en die manier wat hy en Samuel die aand vir mekaar gekyk het en sy kry skielik hoendervleis. Sy wonder hoe veilig 'n mens by mans soos daardie kan voel.

Daar is skielik 'n geluid buite en Kiki staan op, gevolg deur die ander vroue. Toe hulle op die stoep uitstap, sien Ester 'n groep vrouens in tradisionele Sjangaan-klere voor die huis. Toe hulle Kiki gewaar, begin hulle sag sing terwyl hulle met hulle vocte die ritme uittrap. Kiki maak die deur oop en almal stap buitentoe.

Iemand het in die middel van die opening voor die huise 'n vuur aangesteek en die vrouens gaan maak hulle op die lang, skurwe boomstompe wat om die vuur gepak is, tuis. 'n Sekelmaan hang laag oor die horison en die lug is aansienlik koeler as toe hulle hier gekom het. Die lied wat die vrouens sing, is klaar, maar hulle begin dadelik met 'n volgende een. Hierdie keer trek hulle Kiki nader tot sy tussen hulle staan.

Ester lig haar kamera, maar laat dit byna dadelik weer sak en kyk byna verwonderd na die toneel voor haar. Die moderne jong vrou wat 'n rukkie gelede nog heel besadig haar geskenke oopgemaak het, is besig om te transformeer in 'n aardwese wat ritmies saam met die ouer vroue om 'n vuur dans. Daar is nie krete nie, nie cliché-agtige voetestamp en gille nie. Net 'n stadige, byna magiese dans om die vuur, op maat van die vrouens se sagte stemme.

Ester lig haar kamera en begin foto's neem, maar ná 'n rukkie hou sy op en sit effens terug op die houtstomp, terwyl sy die toneel voor haar dophou. Toe die tempo effens toeneem, staan Shani op en begin saamdans en geleidelik begin die ander vroue ook opstaan en een vir een val hulle by die groep om die vuur in. Toe Ester alleen bly sit, trek Melaney haar orent en beduie sy moet kom saamdans. Sy wil eers nee sê, maar om een of ander rede begin sy stadig met haar mank heup om die vuur skuifel. Die klank van die vroue se stemme vibreer in haar asof dit van binne haar kom. Hulle swaai en trap omtrent 'n uur so saam om die vuur en sonder dat Ester die woorde wat gesing word, verstaan, sing iets in haar die wysie saam. Asof daar op 'n dieper vlak 'n herkenning is.

Eindelik kom die dans en die sang tot 'n einde en die vroue vorm 'n ry tot by Kiki se huis. Terwyl hulle 'n ander lied begin sing, dans sy tussen hulle deur tot sy op haar stoep staan. En soos hulle gekom het, verdwyn hulle weer sag in die nag. Ester kyk die figure agterna en 'n oomblik voel dit vir haar of sy agter hulle wil aanstap.

"Dit was 'n soort reinigingsdans," vertel Kiki vir Ester toe hulle weer in haar huis is. "As my ma gelewe het, sou sy dit blykbaar vir my moes sing."

"Vind jy dit nie teenstrydig met jou Westerse leefstyl nie?"

"Ek het ook soos Robert op 'n sendingstasie grootgeword, maar in Afrika is jy nooit werklik los van sekere rituele nie. Vir my lê daar 'n groot stuk aardse waarheid en eerlikheid in sulke rituele. Miskien is ek 'n huigelaar wat wil kies waaraan ek deelneem en waarvoor ek lag. Ek dink egter dis met die meeste jongmense in Afrika die geval. Ons wil graag die twee wêrelde op 'n manier met mekaar versoen. Ek dink ook nie dis verkeerd om die mooiste en betekenisvolste uit verskillende kulture te neem en dit joune te maak nie."

Ester kyk na die jongvrou voor haar wat skielik soveel ouer as 'n paar uur tevore lyk. Sy luister na die woorde en sy dink aan die manier hoe haar ma hulle ook met verskillende rituele en familiegewoontes grootgemaak het en hoe dit op 'n dag net tot 'n einde gekom het.

Kiki het ook nie meer 'n ma nie, maar daar was vanaand ander vroue wat vir haar kom sing het. Ester weet in Afrika word gesê dat dit 'n hele dorp of gemeenskap verg om een kind groot te maak. Sy is nie meer deel van 'n gemeenskap nie en sy wonder of Ira nog deel van so iets is. Miskien het sy dit nie meer nodig nie, want sy is reeds groot, maar Kiki is ook reeds groot, en sy het vanaand 'n gemeenskap van vroue nodig gehad om haar vir haar bruidegom te reinig.

Ester glimlag ligweg. Dis ook maar goed sy beplan nie 'n troue of kinders nie.

19

Ester maak haar oë stadig oop en staar na die wasige muskietnet om haar bed. Hierdie keer wonder sy gelukkig nie weer of sy dalk gedurende die nag doodgegaan het nie. Sy raak aan die fyn materiaal. Ragfyn, soos 'n bruid se sluier. Sy strek haar arms bo haar kop en gaap oopmond. Sy wonder of Kiki 'n sluier gaan dra en, as sy een dra, sal sy dit voor die seremonie afhaal of mag Robert dit eers afhaal wanneer hulle tot wettige man en vrou verklaar is? Sal dit nie snaaks wees as Robert ná die troue die sluier lig en uitvind hy het die verkeerde meisie getrou nie? Miskien het Elias 'n ander meisie omgekoop om met Robert te trou. Sy glimlag vir haar eie gedagtes, maar terselfdertyd is sy bewus van ligte hoendervleis op haar arms. Sy sal nie graag in Elias se skoene wil wees wanneer Robert uitvind dis nie sy geliefde Kiki onder die sluier nie.

Sy wonder hoe ervaar mense soos Robert 'n emosie soos liefde. Of Elias. Sy is seker dit moet anders wees as vir Westerlinge wat van kleins af deur 'n magtige mediamasjien geïndoktrineer word oor hoe die liefde lyk en werk. Romanse, blomme, diamante, kersligetes. Sy is nie seker hoeveel mense steur hulle nog aan so 'n formele hofmakery nie, want seksuele aanpasbaarheid het heel waarskynlik deur die jare die plek van ten minste 'n paar van die ouer voorvereistes ingeneem. Sou Robert en Kiki al ooit die geleentheid gehad het om te kyk of hulle seksueel aanpasbaar is? Seker nie as dit van Elias afgehang het nie. Sal 'n man soos Robert met 'n vrou trou saam met wie hy nog nooit geslaap het nie? As dit so is, sal sy graag wil weet wat presies sy gevoel teenoor haar is. Is dit begeerte omdat sy so mooi is? Het sy hom met haar innemende geaardheid betower? Hoe werk romanse hier waar blomme aan bome groei, die doudruppels op die blare die enigste diamante in sig en kerse 'n alledaagse gesig is? En waar meisies se stap getuig van 'n oeroue ritme en die mans nog letterlik die jagters is?

Miskien moet sy 'n artikel oor die onderwerp skryf. Die titel van die artikel kan iets wees soos "Liefdesvure". Sy lag hardop terwyl sy onder die muskietnet uitklim en kaalvoet op die stoep uitstap.

Die bome vibreer van beweging en klank. Haar ouers was ywerige voëlkykers, maar sy was nog altyd te ongeduldig van aard. Daarom kan sy nie verstaan waarom die klanke so verskillend kan wees nie, want alle voëls lyk vir haar min of meer eenders. Daar is wel kleurverskille en afwisselings in grootte, maar almal behoort tog aan dieselfde familie van gevlerktes. Maar as 'n mens na die verskillende geluide luister, sou jy dink hulle is totaal onverwant aan mekaar. Dis nie net asof die verskillende soorte voëls se geluide van toonhoogte verskil nie. Elke soort het sy eie klank, byna soos 'n eie, geheime taal. Daar is die kwelers wat melodieuse sanggeluide voortbring, sommige kwetter onverpoos voort, terwyl ander 'n skerp, ratelende "tjip-tsjiee-w" maak. Daar is vrolike dubbelnote, hoë fluite, onmusikale, kras geluide, klanke wat soos alarms klink en tussen dit alles deur, hier en daar 'n onverwagse treurige "tsieep-tsiee-oeee". 'n Babelse verwarring.

Sy is so ingedagte dat sy nie dadelik die beweging links van haar sien nie. Toe sy eindelik omdraai om terug in die kamer te loop, steek sy in haar spore vas en staar na die kop wat tussen die bome links van haar uitsteek. Sy sien eers die twee stomp horinkies en dan die lang, skraal gesig met die gepunte elfore wat heen en weer draai. Die bruin-en-wit gevlekte lyf speel wegkruipertjie agter die blare en boomstamme. Sy sien hoe die kameelperd se lippe om die klein blaartjies vou en die dun takkie gestroop word. Sy draai om en stap vinnig die kamer in om haar kamera te gaan haal, maar toe sy terugkom, is die kameelperd weg. Sy kyk heen en weer, maar dis soos 'n droom wat met 'n oogknip verdwyn het. Net so sag soos hy of sy verskyn het. Miskien het sy haar dit verbeel. Daar moet 'n rede wees waarom Afrika so vol legendes is. Dié wêreld is gemaak vir verbeeldingsvlugte.

"A-a-a, jy's wraggies wakker. Is dit jou sondes wat jou so wakker hou?" Samuel kom oor die stoep na haar toe aangestap en, sonder om te dink, lig sy haar kamera en begin die knoppie druk.

"Ek is besig om te kyk hoeveel rare gediertes ek voor ontbyt kan afneem." Sy hou aan om die knoppie te druk soos hy na haar toe aangestap kom.

"En hoeveel het jy al gekry?"

"Tot nou toe, nog net een."

"Jy ken duidelik nie die onderskeid nie, want op die oomblik is jy besig om 'n uiters waardevolle bedreigde spesie af te neem, beslis nie 'n rare gedierte nie." Samuel neem die kamera uit haar hand. "Slááp jy met dié ding in jou hande?"

"Hier was 'n kameelperd."

"En jy kon nie sommer net kyk nie?"

Sy gooi haar hande in die lug. "Moenie preek nie!"

"Jy lyk mooi vanoggend," ignoreer hy haar uitroep.

Ester kyk af na haar wit slaapbroek en sy trek aan die wit rekstoftoppie. "In my pajamas?"

"In wit. Ek besef nou net ek het jou nog nooit in iets anders as swart gesien nie."

"Is daar iets verkeerd met my kleredrag?"

"Nee, behalwe dat dit baie neerdrukkend is."

"En wit en kakie is kleurvol en opwindend?"

"Dis rustig en aards. Dit laat 'n mens asemhaal en jy jaag nie die arme diere die skrik op die lyf nie."

"Ek het êrens gelees daar is nog nooit met een honderd persent sekerte bepaal wat diere kan sien en wat nie. Miskien is kakie en wit vir hulle soos skelpienk vir jou sal wees."

Samuel lag hardop. "Probeer weer."

"Het jy al die pad hierheen gekom om my kleredrag te kritiseer?"

"Nee, goeie gasheer wat ek is, het ek kom hoor of jy goed geslaap het en of jy iets nodig het."

"Waar is Ira?"

"Hy en Robert slaap nog."

"Moet Robert nie te opgewonde wees om te slaap nie?"

"Ek dink hy sal verkies om vandag so lank moontlik te slaap, anders gaan die dag eindeloos raak. Hy is vrek bang Elias besluit om Kiki te ontvoer of weg te steek."

"Dink jy hulle het al saam geslaap?"

"Nee."

"Nee, jy dink nie so nie, of nee, jy weet hulle het nog nie?"

"Hulle het nog nie."

"Dink jy sy het al saam met 'n ander man geslaap?"

"Met 'n pa soos Elias? Nee, beslis nie."

"Ek is seker Robert het nie so 'n kuis lewe tot nou toe gelei nie. Is hy nie bang sy is te onervare vir hom nie?"

"Dan sou hy seker nie met haar wou trou nie."

"Ek dog seksuele versoenbaarheid is deesdae die hei-
lige wagwoord, veral voordat daar beloftes uitgeruil kan
word."

"Miskien is hulle net so lief vir mekaar dat dit nie saak
maak nie."

Ester kyk skeef op na hom toe. "Wat is liefde?"

"Love is when she gives you a piece of your soul that
you never knew was missing." Hy vee 'n haar uit haar
gesig terwyl hy in haar oë kyk.

Ester se mond gaan oop en ná 'n rukkie weer toe. Haar
oë knip-knip en dan lag sy hees. "Is dit waarmee jy jou
eks gevang het?"

"Ongelukkig was ek toe nog nie so slim nie."

"Het jy dit uitgedink?" Sy staan effens tru terwyl sy die
moue van die toppie oor haar hande trek.

"Ongelukkig nie. Die eer behoort aan die sestiende-
eeuse digter Torquato Tasso. Net weer 'n bewys dat die
moderne mens nie die liefde uitgevind het nie."

"Wil jy hê ek moet glo jy lees sestiende-eeuse liefdes-
verse?"

"Daar is baie dinge van my wat jy nie weet nie."

Ester skud haar kop asof sy haarself wil wakker maak.
"Waarom het jy gesê is jy hier?"

"Ek het jou vir ontbyt kom haal, maar ek gee nie om
as jy eerder wil hê ek moet jou van die liefde leer nie.
Aangesien jy vandag deel gaan wees van 'n besonderse
liefdesviering is dit belangrik dat jy moet glo in wat jy
sien en ervaar. Dis ongelukkig om ongelowiges by jou
troue te hê."

"En om te dink mense betaal om jou te hoor praat."

"Laat dit jou nie wonder waarom jy die enigste een is
wat nie die wyse pêrels raaksien nie?"

"Ek het nog altyd geweet ek is bogemiddeld slim. Hierdie is net weer eens 'n bewys daarvan en van die feit dat jy jou gehore versigtig kies, sodat jy soos 'n profeet kan klink."

Hy lag hardop terwyl hy omdraai. "Trek aan, ek gaan gou iets in die kantoor haal. Ek kry jou oor tien minute hier. Moenie alleen loop nie."

"Het jy gehoor wat ek vir jou gesê het?"

"Ja."

"En jy gaan nie met my stry nie?"

Hy draai om en strek sy arms wyd uit. "Op so 'n mooi dag . . . en met soveel liefde in die lug?" Hy skud sy kop. "Jy sal iemand anders moet soek."

"Ek dink jy is net eenvoudig te bang om met my 'n argument aan te knoop, want jy weet jou argumente is by tye uiters wankelrig," roep sy agter hom aan.

"En ek dink jy is eenvoudig te bang om nice met my te wees."

"Waarom sal ek bang wees om nice met jou te wees?" Hy is byna by die deur wat na die ontvangsarea lei, en sy moet harder praat.

"Jy is die slim een . . . werk dit vir jouself uit."

Ester kyk hoe hy in die gebou verdwyn en dan stap sy terug in die kamer. Onder die stort glimlag sy on-verwags. Niemand kan so onverstoorbaar deur die lewe gaan nie. Sy sal wel op 'n dag 'n manier kry om agter daardie skans in te kom. Al is dit net om hom kwaad te sien. Woede is iets waarmee sy kan werk, maar hierdie gelykmatigheid is soos 'n klip in haar skoen of sand tus-sen haar tande.

Tien minute later is sy gereed toe hy aan die kamerdeur klop. Samuel kyk haar op en af toe sy die deur oopmaak.

"Ek is skielik jammer ek het gesê jy moet gaan aantrek. Ek het van jou gehou in jou wit pajamas."

"En ek hou van swart."

"Ek sou dit nooit gesê het nie." Hulle stap teen die stoeptrap af en vir die eerste paar treë is haar heup styf, maar mettertyd kry sy haar ritme en gaan dit makliker. As hy dit agterkom, sê hy niks, maar sy merk dat hy tog na 'n paar tree stadiger stap.

Ontbyt word op die stoep voor die lapa bedien en heelwat tafels is reeds vol. 'n Lang tafel staan eenkant gedek. Ira en Robert, saam met Robert se ma, Shani, en 'n vreemde gryskopman wat as Erasto, Robert se pa, voorgestel word, wag vir haar en Samuel. Hulle skud hand en Robert glimlag toe hy haar hand neem.

"Ek hoop die feit dat jy hier is, beteken jy het my al vergewe."

"Hoe kan ek vir jou kwaad wees as jy vir die enigste opwinding van die aand gesorg het?"

Robert se kop val agteroor soos hy lag en 'n oomblik gaan sy arm om haar skouer en druk hy haar teen hom vas. Dan kyk hy na Samuel oorkant die tafel.

Samuel sê iets in 'n taal wat Ester nie verstaan nie en Robert lag weer.

"Until the lion has his own storyteller, the hunter will always have the best part of the story," vertaal hy vir Ester en die ander lag ook.

Ester kyk na Samuel, maar sy aandag is nie meer by die gesprek nie. Toe sy oor haar skouer kyk, sien sy waarna hy kyk. 'n Jong vrou het op die stoep uitgekom en is nou besig om nader te stap. Sy dra 'n roomkleur langbroek en 'n wit tuniekstyl hemp daarby. Haar skouerlengte hare hang glad en blink. Die prentjie is een van koel elegansie, dink Ester.

Dan herken sy Samuel se gewese vrou, wie se naam sy nou nie meer kan onthou nie. Daar is 'n paar uitroepe uit

271

die groep en daar word oor en weer gegroet. Ester gaan staan langs Ira en hy sit sy arm om haar skouers.

"Ek hoor jy het gisteraand om 'n vuur gedans. Ek is so jammer ek kon dit nie sien nie."

"Moenie so opgewonde klink nie. Dit sal meer as een dans of een vuur neem om my te bekeer."

"Ek is nog nie so hoopvol nie. Ek is net bly jy het die aand geniet."

"Geniet is dalk 'n té sterk woord. Kom ons sê ek het die aand oorleef. Jy sou trots op my gewees het. Ek het nie eens met Robert se ma gestry toe sy my probeer oortuig het dat 'n man 'n vrou se heer en meester moet wees nie."

Ira kyk na die ouer vrou wat so pas by die tafel gaan sit het. "Lyk dit vir jou of sy 'n heer en meester het?"

"Hoe het Ma altyd gesê? Ander mense se boeke is donker."

"Duister," help hy haar reg terwyl hy sy kop skud. "'n Mens kan gou sien as 'n vrou onderdruk word en daai vrou word nie onderdruk nie. Trust me."

"Carla, jy onthou vir Ester?" Samuel en die vrou het nader gekom en sy steek 'n hand na Ester uit.

"Hallo, ja. Ek was een oggend vlugtig saam met Sammy by Ira se woonstel."

Ester skud die vrou se hand en daarna groet Ira haar met 'n soen op die wang.

"Baie geluk met jou groot scoop verlede week, Ira. Ek dink dit was 'n uitstekende program."

Ira begin met haar gesels terwyl Samuel na die buffettafels beduie en almal aanpor om te gaan kos skep.

Ester drentel belangeloos agter Ira aan en skep hier en daar vir haar iets om te eet. Sy skink egter by voorbaat 'n groot koppie koffie.

"Het jy besluit om 'n bedagsame roker te word, want ek het jou nog nie van gister af sien rook nie," wil Samuel weet toe Ester by die tafel gaan sit.

"Die narkotiseur het haar verbied om in die hospitaal te rook omdat sy twee operasies redelik kort ná mekaar moes kry," antwoord Ira namens haar.

"En al die tyd dink ek dit was my goeie invloed."

"Moenie jouself vlei nie." Sy kyk na Ira. "En jy moet onthou, ek het gesê ek sal ophou totdat ek weet of daar nog 'n operasie moet wees of nie. Niemand het van 'n permanente reëling gepraat nie."

Ira sug. "Ek het nie vergeet nie . . . jy herinner my dan honderd keer op 'n dag daaraan, maar 'n man mag hoop."

Sy glimlag breed. "Jy weet wat sê hulle: 'Hope is a good breakfast, but a bad supper'."

Samuel kyk van Ira na Ester en voel vir die soveelste keer jammer vir sy vriend.

Hy weet nie waarom hy Ira destyds gebel het ná hulle ouers se dood nie. Miskien wou hy seker maak dit was nie vals gerugte wat hy gehoor het nie. Al wat hy kan onthou, is dat sy eerste gewaarwording een van intense verlies was. Dit het hom aan die kinders laat dink en hy wou simpatiseer. Hy sou eintlik meer wou doen as simpatiseer, maar uit eie ondervinding het hy geweet daar is baie min wat 'n ander kan doen. Woorde . . . dis al wat 'n mens regtig onder sulke omstandighede het. En 'n beskikbare oor.

Hy het Ira plaas toe genooi en tot sy verbasing het Ira die uitnodiging aangegryp asof dit 'n broodnodige reddingsboei was. Onder normale omstandighede sou twee kennisse eers 'n tyd lank verkennende gesprekke voer. Daardie eerste voel-voel praatjies om grense en sensitiwiteite te toets. Maar reeds in die vliegtuig op pad plaas toe het hulle gesels asof daar 'n stuk gedeelde geskiedenis lê.

Ira het hom vertel hoe Ester op die lyke in die oprit afgekom het toe sy laataand by die huis gekom het. Hoe hulle hom eers die volgende middag in die hande kon kry omdat hy in die Midde-Ooste was.

Hulle het tot laat in die nag gesels. Oor sy ouers, die land, moord, moordenaars, die dood. Hy kan onthou dat hy gedink het hoe vreemd dit is dat al daardie woorde iets beteken. Dis nie sommer net losstaande letters wat toevallig saam ingespan word nie. Hy het daardie aand vir die eerste keer besef 'n woord is meer as net letters.

"Jy moet onthou, vir die Jode is die begrafnis 'n belangrike ritueel en daar is 'n regte en verkeerde manier om dit te doen." Ira het met sy rug teen die balkonreling gestaan en ingedagte na die vuur gestaar en Samuel was nie seker of hy van sy omgewing bewus was nie. Hy dink op daardie oomblik was Ira nie soseer besig om iets vir hom te vertel as wat hy orde in sy eie kop probeer kry het nie.

"Aan die ander kant was daar my ma wat haar nooit amptelik tot die Joodse geloof bekeer het nie, maar met haar een voet nog altyd in haar Afrikaner-Protestantisme gestaan het. Ester was hopeloos te jonk om dit te moes hanteer en as daar iets is waaroor ek vir hulle kwaad is, is dit dat hulle nooit met ons oor hierdie dinge gepraat het nie."

"Min mense praat oor hulle eie sterflikheid." Samuel het aan sy eie ouers gedink. Mense wat na aan die grond en aan God geleef en gewerk het, maar om een of ander rede ook nie daaroor gepraat het nie. Dis nie asof dit 'n taboe was nie, eerder asof dit net by niemand opgekom het nie.

"Die aand toe ek van die lughawe af by die huis gekom het, het sy in al my pa se baadjies 'n skeur geknip en met

274

al my ma se hemde en bloese op dieselfde plek, links oor die hart, dieselfde gedoen. Toe ek haar vra waarom sy dit gedoen het, was haar antwoord dat sy seker is hulle rou oor mekaar. Sy het self 'n week lank met 'n geskeurde hemp rondgeloop."

Samuel onthou hoe moeg Ira se oë daardie aand vir hom gelyk het. Waar hy nou oorkant die tafel sit, lyk hy nie meer so moeg nie. Hy lyk weliswaar nie meer soos op die foto's in die huis nie, maar die verdwaaldheid het plek gemaak vir 'n rustigheid en 'n aanvoelbare aanvaarding.

Die vrou wat langs hom sit, lyk nie net moeg nie, maar ook asof sy koersloos voortstap. Sonder plan of rigting. Dis nie die eerste keer dat die beeld by hom opkom as hy na haar kyk nie. Hy weet sy sal waarskynlik lag as sy moet weet wat hy dink, maar hy vertrou sy aanvoeling en hy weet hy is nie verkeerd nie. Ira het sekere prosesse afgehandel en aanbeweeg. Sy, daarenteen, systap hulle liewer.

Robert kom maak homself langs Ester tuis. "My ma het blykbaar gisteraand vir jou klasgegee in die kuns van manvang. Jy moet haar maar verskoon. Sy is 'n tipiese onderwyser en hou daarvan om haar idees op ander af te druk."

"Ek het nie klasgegee nie en ek druk nooit my idees op 'n ander af nie," maak mevrou Morewa beswaar toe sy hoor wat Robert sê. "Dis net goeie raad. Die jongmeisies wil deesdae so sterk wees en baklei so hard om die mans se gelyke te wees. As hulle maar weet hoe lekker dit is om die swakker geslag te wees en 'n sterk man te hê wat na jou kyk." Sy kyk na haar man aan die kop van die tafel en glimlag.

"En terwyl sy hom laat glo hy is die sterker een, wen sy al die binnegevegte sonder om een skoot te skiet. Vrouens is baie uitgeslape." Robert se pa kyk skeefweg na sy vrou.

"Daar is min dinge waarvoor ek so bang is soos vir 'n vrou."

Samuel lag hardop terwyl hy na Ester kyk. "Wat het ek jou gesê?"

Die ander wil weet wat hy bedoel en hy wag dat Ester moet praat, maar toe sy net mondjiesvol koffie sit en drink, vertel hy hulle dat hy dink die gevaarlikste dier om te jag, 'n vrou is. Die ander om die tafel lag hard en lank en Ester kan nie help om later te glimlag nie.

Carla sit haar arm om sy nek. "Ag siestog. Jy moes ons gesê het hoe bang jy is, dan kon ons al lankal namens jou help soek het na 'n oulike vrou vir jou."

"Een wat min moeite is, asseblief. En mak is . . ." Samuel kou stadig aan 'n stukkie roosterbrood. "En onderdanig. En wat sal aanvaar dat ek die heer en meester is . . ."

"Klink vir my soos 'n koolkop," brom Ester onderlangs, maar die ander het haar gehoor en kyk nou vraend na haar.

"Dit klink my julle kan julleself baie moeite spaar as julle sommer net vir hom 'n koolkop of 'n geelwortel of 'n patat bring. Hy sal nie die verskil agterkom nie."

Daar klink weer 'n gelag om die tafel op.

"Miskien nie 'n geelwortel nie," laat Robert hoor. "'n Geelwortel het nog ietsie van 'n persoonlikheid."

Ester knik instemmend. "Jy's reg. Miskien eerder 'n Brusselse spruitjie of 'n beet."

"Ek is nie seker van die beet nie . . . dit het ten minste 'n mooi kleur. Dit klink of hy nie op soek is na iets wat te kleurvol is nie," gesels Robert voort.

Ester knik weer, maar net toe sy daarop wil antwoord, val Samuel hulle in die rede. "Vergeet dit, asseblief. As julle geluister het, sou julle gehoor het niemand het julle tot die soekgeselskap verkies nie. Allermins ek."

"Miskien moet jy dit ernstig oorweeg. Ons is dalk die enigste twee wat besef waarna jy werklik op soek is."

"Ek dink dit sal veiliger wees om vir Ku biha, die vlakvark, te vra."

Op daardie oomblik kom een van die kelners nader om vir Samuel iets te sê. Samuel antwoord hom op Shangaan en Ester luister na die onverstaanbare woorde. Hoeveel makliker sou dit nie wees as almal dieselfde taal gepraat het nie? Veral in 'n land soos hierdie waar soveel kultuurverskille mense skei. Die groep om die tafel praat op die oomblik almal Engels omdat die grootste groep Engelssprekend is. Wanneer sy, Ira en Samuel alleen is, praat hulle Afrikaans, want al was hy in Engelse skole, was sy ouers se huistaal blykbaar Afrikaans en hy praat nog graag die taal wanneer hy die geleentheid kry.

Sy en Ira het as kinders basiese gesprek-Zoeloe by Gladys en haar gesin geleer. Hulle ouers het hulle aangemoedig om soveel moontlik Zoeloe te leer praat. Haar pa kon nooit verstaan waarom die meeste skole in Suid-Afrika Europese tale aanbied, terwyl soveel mense in hierdie land mekaar nie verstaan nie.

Taal het haar nog altyd geïnteresseer en die storie in die Bybel van die toring van Babel was altyd een van haar kindertyd-gunstelinge. Ira se gunsteling was die verhaal van Dawid en Goliat. Dawid was vir die klein Ira die verpersoonliking van die onderdrukte en die hulpelose. Maar sy het snags in haar bed gelê en gewens sy was daar toe soveel mense skielik in verskillende tale begin praat het.

En tog het sy al dikwels gewonder of taalverskille nie net 'n gerieflike verskoning vir mense is om mekaar nie te verstaan nie. Sy ken mense wat dieselfde taal praat, maar nooit 'n woord hoor of verstaan wat die ander sê nie. As sy weer na Robert se ouers kyk, besef sy daar is ook mense wat verskillende tale sou kon praat en steeds elke woord hoor en verstaan wat die ander een sê. Soos Robert en Samuel ook. Miskien Samuel en Carla ook. Tussen hulle lê 'n groot stuk gemaklikheid.

"En as jy so stil is?"

Ester knip haar oë en draai na Ira. "Ek dink ek ly dalk aan een of ander tropiese siekte, want ek begin allerhande filosofiese gedagtes kry, of dalk is dit hallusinasies."

"Dis wat hierdie plek aan 'n mens doen. Dit lei jou gedagtes op paaie wat tot nog toe onbekend vir jou was."

"Jy sê dit asof dit 'n goeie ding is."

"Natuurlik is dit 'n goeie ding. Dis terapeuties en verslawend as 'n mens dit lank genoeg ervaar."

"Ek dink die regte verduideliking is dat hier met 'n mens se sintuie gespeel word. Dis soos om gebreinspoel te word. Voor jy jou kom kry, aanvaar jy alles en bevraagteken jy niks meer nie."

Ira skud sy kop liggies. "Dan hoef jy niks te vrees nie, want jou brein is beslis immuun teen enige spoeling. Glo my . . . ek het al deur die jare dikwels probeer."

20

Ester laat sak die kamera en kyk 'n paar oomblikke stil na die jong vrou in die goudroom rok. Vandat sy Kiki se huis binnegestap het, kan sy nie ophou kyk nie. Die rok lyk baie soos die sari's wat die Indiër-vrouens dra. Dit vlei Kiki se skraal lyf en laat haar koninklik lyk. Met haar lang nek en regop houding straal sy selfvertroue en grasie uit en Ester weet nie of enige foto reg aan die prentjie kan laat geskied nie. Sy is gewoond aan mooi en interessante gesigte voor haar kamera, maar die beeld deur haar lens is so besonders dat sy vir die eerste keer huiwerig is om die knoppie te druk. Sy wonder of alle bruide so lyk. Dis asof haar vel gloei, en of 'n tasbare energieveld om haar een of ander gevoel van geluk en vrede uitstraal.

Sy kry die meisie meteens jammer, want as hierdie verbintenis nie uitwerk nie, en die droom wat sy op hierdie oomblik koester, nie verwesenlik word nie, gaan die teleurstelling verpletterend wees. Dan onthou sy die oerstraf wat oor Eva uitgespreek is en sy ril liggies. Na jou man sal jou begeerte wees. Kort en klaar.

Sy wonder of haar ma ook so op haar troudag gegloei het. Eintlik hoef sy seker nie te wonder nie, want haar ma het waarskynlik tot die dag van haar dood na haar pa gehunker. Die begeerte na mekaar het nooit deur die jare opgehou of afgeneem nie. Vir sommige versplinter die droom vinnig en dit bring seker mee dat hulle gouer onder die straf kan uitkom, maar 'n handjievol word lewenslank gevonnis tot begeerte en hunkering na een man. Letterlik tot die dood hulle skei.

Sy lig weer die kamera en terwyl sy deur die lens kyk, raak sy bewus van 'n vae gevoel van afguns. Die gevoel duur egter net 'n asemteug lank voordat dit vervang word deur 'n diepe bangwees vir die emosie wat sy op die jong vrou se gesig sien. Dis asof sy vanuit 'n donker vertrek buitentoe stap en skielik met haar blote oog in die son kyk. Sy kyk hoe Melaney die los sluier oor Kiki se kop gooi en laat sak weer die kamera. Kiki draai na haar en glimlag onder die room wasigheid.

"Ek wil so graag vir hom mooi lyk."

Ester is 'n oomblik sonder woorde en dan glimlag sy skeefweg.

"Ek het lus en praat jou om om hom te los en eerder saam met my terug Londen toe te gaan. As Henry hier was, het hy jou sekerlik laat ontvoer."

Kiki se glimlag verbreed. "Ek sal tog sorg dat Robert dit hoor." Sy maak 'n laaste draai voor die spieël. "Maar vandag gee ek eintlik nie om hoe ek vir die ander mense lyk nie. Solank hy net dink ek is mooi."

"Hy gaan sy oë nie van jou kan afhou nie," verseker Melaney haar en dan raak dit tyd om te gaan.

Buite die huis wag die vroue wat die aand om die vuur gedans het. Hulle glimlagte breek blinkwit oor hulle ge-sigte toe hulle Kiki gewaar. Hulle maak 'n kring om haar en so in die sirkel van vroue, begin Kiki aanstap na waar Robert en die gaste op die rivier se wal wag. Elias sluit halfpad by hulle aan. Ester voel skielik jammer vir die man met die stroewe gesig. Sy donker gelaatstrekke lyk of dit rofweg uit 'n stuk graniet gekap is. Die skerpheid en skadu's wissel mekaar af en sy wens 'n oomblik sy kan met haar vingers oor sy gesig streel, soos 'n mens oor 'n stuk beeldhouwerk kan streel. Sy neem 'n paar foto's van Kiki saam met haar pa voordat die sirkel vroue weer om hulle toemaak. Dan moet sy haar treë rek om vooruit te loop.

Die area waar die seremonie gaan plaasvind, is 'n oop stuk grond op die riwerwal waar stoele in 'n paar half-mane gepak is en 'n boog van takkies en grasse staange-maak is. Sy gewaar vir Robert waar hy met sy pa staan en gesels. Hy dra 'n swart langbroek met 'n swart tuniekstyl hemp en lyk besonder elegant. Dan sien sy vir Samuel waar hy agter Robert staan. Hy dra dieselfde swart tuniek-pak en sy kan nie help om 'n tweede keer te kyk nie. Sy wonder skielik hoe dit moontlik is om tegelykertyd so elegant en tog so ongetem te lyk. Soos twee panters. Sy lig haar kamera en neem 'n paar foto's soos sy nader stap en ril weer liggies toe hulle albei deur die lens na haar glimlag. Robert effens meer stram as Samuel.

"Ek hoop nie jy is die boodskapper wat kom sê sy het kop uitgetrek nie." Robert kyk fronsend in die rigting waaruit Ester gekom het.

"En die risiko loop dat my kop afgekap word?" Sy skud haar kop. "Ek is nie dapper genoeg vir so 'n gevaarlike sending nie."

Robert lag hardop en 'n oomblik versag die lyne om sy mond. "Jy is 'n baie slim vrou."

"Moenie haar in haar kwaad sterk nie," laat Samuel kopskuddend hoor. "Daar is beslis nog baie plek vir ver-betering."

Ester maak of sy hom nie hoor nie. Sy gaan staan een-kant en begin die gaste afneem. Hulle klere is spatsels kleur teen die geelbruin grasse. Onder in die riwerloop lig 'n troppie sebras hul koppe asof hulle beter wil sien. Vier veldwagters staan op die vier hoeke van die oopte en al kan 'n mens nie hul gewere sien nie, weet Ester hulle is gewapen. En dan klink die ritmiese tromslae op en die gaste begin hul nekke rek.

Toe die vrouens se veelkleurige rokke deur die struike sigbaar word, kan sy sien hoe Robert se skouerspiere saamtrek asof hy hom gereed maak om te veg. Van êrens kom die klanke van 'n fluit en die vroue om Kiki begin die sirkel oopmaak, totdat hulle in 'n halfmaan agter Elias en Kiki staan. Ester hou Robert dop en voel hoe die hoendervleis op haar arms uitslaan toe hy Kiki gewaar. 'n Oomblik lyk dit of sy mond oopgaan en hy iets wil sê, maar daar kom nie woorde uit nie. Sy is seker hy het op daardie oomblik nie die vaagste benul van wat om hom aangaan nie. As tyd kan stilstaan, het dit beslis op daardie oomblik vir hom gaan staan. Sy oë is vasgenael op die bruid wat aan die arm van haar pa stadig na hom toe aangestap kom.

Toe Elias en Kiki by Robert kom, lig Shani die sluier en Elias groet sy dogter vir die laaste keer as 'n ongetroude vrou. Die priester van die sendingstasie waar Kiki skoolgegaan het, glimlag gemoedelik toe hulle voor hom onder die koepel gaan staan, voordat hy sy hande lig en 'n seën uitspreek. Ester sien hoe mense se koppe buig, maar sy kan nie haar oë toemaak nie. Die toneel voor haar is so onwerklik dat sy seker is dit is 'n buitengewoon vreemde droom waarin sy vasgevang is. Sy verstaan ook nie waarom dit so moeilik is om die foto's te neem nie.

Vroegoggend het sy haarself getroos dat dit dieselfde is as om modelle af te neem, maar vandat sy die eerste keer deur die lens na Kiki in haar trourok gekyk het, weet sy dis nie dieselfde nie. Hier is emosies betrokke. Emosies wat by tye so intens sigbaar is dat sy soos 'n afloerder voel en sy wonder of die ander gaste dit ook raaksien. Miskien is dit net omdat sy belangrike oomblikke probeer vasvang dat sy so oorbewus van 'n kyk of 'n klein handgebaar is. Daardie byna onsigbare stukkies lewe wat elke dag om 'n mens afspeel, maar wat die meeste van die tyd nie opgelet word nie. Sy dink dit is wat haar na fotojoernalistiek aangetrek het. Die soeke na daardie klein oomblikke wat soms onberekenbare gevolge inhou. Sy het 'n goed ontwikkelde aanvoeling en oog daarvoor gehad en kon soms op 'n lughawe waar mense gedurig kom en gaan, tonele sien wat sy seker is niemand anders opgelet het nie. Maar nou sien sy met opset nie meer nie. En as sy sien, laat sy nie toe dat dit 'n blywende indruk word nie.

Die toneel voor haar is egter nie een wat sy sommer maklik opsy sal kan skuif nie en sy wens sy het nie nodig gehad om hier te wees nie. 'n Ligte windjie roer aan haar hare en laat die grasse liggies heen en weer swaai ... asof hulle dans. Nou en dan ritsel 'n blaar of zoem 'n by verby haar kop. En tussendeur is die stem van die priester hoorbaar ... 'n stadig murmelende stroompie.

Ester sien hoe Samuel in 'n stadium in haar rigting kyk en stadig knipoog. Haar blik gaan na waar Carla Morrison sit en sy wonder wie se besluit dit was om die huwelik te beëindig, en of hulle al spyt was daaroor. Aan die ander kant het 'n mens ook nie 'n stuk papier nodig om 'n verhouding met iemand te hê nie, en miskien verkies hulle dit nou meer ongekompliseerd.

Ester se aandag keer terug na die ritueel skuins voor haar toe sy Kiki se stem hoor en sien hoe sy en Robert na mekaar draai. Kiki praat eerste.

"For it was not into my ear that you whispered, but into my heart. It was not my lips you kissed, but my soul."

Robert glimlag en dan word sy tenoorstem op die windjie na haar aangedra.

"You are the rising sun, assuring me of a bright new

day. Filled with light and hope to have. You are the cool breeze of my morning, the sweet bird of the morning, singing tunes of love and affection. With cheers and courage for a happy day. You bless the dawn of my new day, and because of you, everyday I rise."

Samuel hoor net elke tweede of derde sin van die gedig wat Robert gisteraand uit sy kop sit en leer het. Dis blykbaar 'n gedig van Oliver Mabamara, die Nigeriese digter wat in New York woon. Toe Samuel en Ira Robert spot dat hulle nie geweet het hy weet iets van die digkuns nie, het hy net meewarig geglimlag en sy middelvinger in die lug gesteek.

Wanneer hy na Robert en Kiki kyk, is Samuel bewus van 'n diep dankbaarheid en 'n versugting dat dit met hulle goed sal gaan. Hy het geen twyfel oor Robert se gevoel vir Kiki nie, en 'n mens hoef net na Kiki se stralende gesig te kyk om te sien sy is in 'n hemel van haar eie. Ongelukkig het die jare hom geleer dat liefde soms nie genoeg is om mense gelukkig te maak nie. Niemand belowe trou aan mekaar met die gedagte dat daar moeilike tye kan wees nie, maar so seker soos die son soggens opkom, breek daar tye aan dat elkeen wonder oor die verbintenis. Hy ken Robert goed genoeg om te weet hy is daarvan bewus, maar Kiki is so jonk en so verlief.

Sy blik verskuif na Ester wat eenkant teen 'n boom staan, die kamera gereed in haar hand. Hy wonder wanneer sy begin het om net swart klere te dra. Die uitdrukking op haar gesig waarmee sy die verrigtinge dophou, is geslote, maar nou en dan is daar tog 'n klein gebaar of 'n draai van haar kop wat hom laat dink sy is nie so afsydig soos sy probeer lyk nie. 'n Paar keer het hy gesien hoe sy die kamera lig en dit 'n breukdeel van 'n sekonde weer laat sak, asof sy onseker is of sy die knoppie moet druk of nie. As hy sy verbeelding gebruik, kan hy eintlik die vibrasies om haar in die lug sien. Soos gewoonlik, onrustige vibrasies wat die lug rondom haar versteur.

Hy wonder of sy ooit toelaat dat iemand aan haar raak. Miskien is "aanraak" 'n beter woord. Daar is 'n verskil, het hy al agtergekom. 'n Mens kan aan iemand raak of jy kan iemand aanraak. Miskien as iemand haar aanraak, sal die vibrasies bedaar.

"Is dit nie al genoeg nie?" wil Robert en Samuel gelyk weet toe Ester 'n uur later die bruidsgroep begin afneem terwyl die gaste solank na die lapa vertrek waar die tafels gedek staan vir die bruilofsfees.

"Staan stil, 'n mens kan nooit te veel troufoto's hê nie," laat Kiki vinnig hoor.

"Ek is dors," kla Robert onderlangs, maar bly stil toe Elias kwaai na hom kyk.

"Jy is nie dors nie, jy het iets nodig om jou knieë te laat ophou bewe," fluister Samuel onderlangs, maar Elias het gehoor en hierdie keer draai hy na Samuel.

"Het julle twee iets anders wat julle wil gaan doen?"

Samuel en Robert skud gelyk hulle koppe en glimlag soos skoolseuns toe Elias wegdraai.

Ná 'n uur is hulle klaar en toe hulle die lapa binnestap, word daar vrolik hande geklap en die feesvieringe kan in alle erns begin. Ester gaan soek na Ira en is dankbaar toe sy kan gaan sit. Sy is die hele middag van 'n dowwe pyn in haar heup bewus, maar nou kan sy voel dit is besig om skerper te word.

"Het jy mooi foto's geneem?" Ira trek vir haar 'n stoel nader en stel haar aan Neil van die buurplaas voor.

"Sy glo nie aan mooi nie," onderbreek 'n stem hulle en Samuel hou 'n glas vonkelwyn na Ester uit. Hy lig sy eie glas.

"Dankie. Ek waardeer dit dat jy hulle foto's geneem het."

"Kiki is baie fotogenies."

"Is die pyn baie erg?" Hy beduie na haar heup en sy haal haar skouers op.

"So-so."

"Ek is jammer dat jy vandag so lank moes staan."

Ester gee 'n spotlaggie. "Is dit al die liefde en goeie wense wat in die lug is wat jou so nice maak?"

"Ek is altyd nice."

"Jy hoef nie met my nice te wees nie. Ek het nie vandag die planeet gered of iets dramaties gedoen nie."

"Jy het gesorg dat iemand mooi herinneringe van hierdie dag sal hê. Dis op 'n ander skaal net so belangrik."

"Dis vir nou belangrik, maar as daar probleme kom, word die foto's op 'n dag saam met al die ander ongewenste goed op die ashoop gegooi of in 'n oomblik van woede aan die brand gesteek."

Samuel hou twee vingers soos 'n kruis omhoog. "Jy is besig met heiligskennis. 'n Mens praat nie van sulke ongelukkige goed op 'n dag soos vandag nie."

Ester frons. "Ek sal dit mos nie vir Kiki of Robert sê nie."

"Jy hoef dit nie vir hulle te sê nie. Jy het nou reeds die woorde op die wind gestrooi en dit kan dalk 'n deur vir die negatiewe geeste oopmaak."

"Ek is seker hulle gaan idillies gelukkig wees." Sy kyk om. "Is die deur nou weer op slot en grendel?"

Samuel raak liggies met sy vinger aan haar mond. "Sjjt ... drink jou vonkelwyn en gee jouself oor aan die gevoel van vreugde en gemeensaamheid. Wie weet, miskien ontdek jy iets van jouself wat jy nog nie geweet het nie ... soos dat jy eintlik hou van troues, of dat jy aan die liefde glo."

"Hoeveel vonkelwyn het jy? Ek is bevrees een glas gaan dit nie doen nie."

Samuel lag hardop voor hy omdraai en wegstap.

Ester drink stadig aan die vonkelwyn en die borrels lê effens branderig op haar tong. Sy kyk om haar na waar groepies mense sit en staan, almal aan die gesels. As sy bewustelik nie na die woorde luister nie, klink dit baie soos die gekwetter van die voëls in die bome. Sy sien hoe Robert en Kiki langs mekaar by 'n groepie staan en hoe Robert kort-kort aan Kiki raak. Klein gebare, maar van waar sy sit, kan sy sien Kiki is van elke aanraking bewus.

Net voor die ete stel Samuel 'n heildronk op Robert en Kiki in.

Robert bedank daarna almal wat gekom het, en spesiaal vir Elias, en belowe dat hy mooi na Kiki sal kyk. Elias kyk net strak voor hom en 'n kopknik is die enigste getuienis dat hy Robert gehoor het.

Die feesvieringe hou tot laat in die nag aan, selfs nadat Robert en Kiki na 'n onbekende bestemming vertrek het.

"As ek vanaand op die bank slaap, kan Ester maar daar by ons kom slaap?" vra Ira.

Samuel kyk na Ester waar sy besig is om haar kamera weg te pak.

"Sy is welkom om saam te kom."

"Dankie. Ek loop gou saam met haar om haar bagasie te gaan haal. Ons sal jou by die Jeep kry."

Die rit na die boomhuis toe is kouer as wat Ester verwag het en sy vou haar baadjiekraag teen haar nek op toe hulle deur die rivierloop afsak. Hulle kom 'n paar bokke teë wat verskrik eenkant toe spring toe die ligte op hulle val en 'n entjie verder moet hulle vir 'n olifant uitswaai. Ester kan nie wag om twee pynpille te drink en in die bed te klim nie. Dit was 'n lang dag en haar kop is vol gedagtes. Dis asof sy na 'n foto-uitstalling in haar kop kyk. Haar gedagtes beweeg stadig van oomblik na oomblik en staan 'n rukkie stil by haar en Samuel se dans.

"Kom dans met my," het hy laat hoor toe hy langs haar stoel verskyn en, sonder om te wag dat sy iets sê, het hy haar versigtig orent gehelp.

"My been pyn en wie sê vir jou ek kan dans?" Sy het teruggerem.

"Ons kan stadig dans en daar bestaan nie iemand wat nie kan dans nie. Almal dans net nie ewe goed nie, maar ek sal die risiko loop."

Hulle het stadig op maat van die musiek begin beweeg. Sy arm was sterk en seker op haar rug.

"Net soos ek gedink het," het hy ná 'n minuut of wat opgemerk. "Moenie my probeer stuur nie en die musiek is nie veronderstel om by jou aan te pas nie. Luister na die ritme."

"Ek hou nie daarvan om ander te volg nie."

"Ek wil jou ook nie lei nie. Ek wil net hê jy moet saam met my dans. Ons is nie met 'n kompetisie besig om te kyk wie die sterkste is nie."

Hulle het 'n rukkie stil gedans.

"Dans is soos die lewe," het hy teen haar oor gepraat. "Solank jy wil hê die lewe moet sy pas verander om by jou aan te pas, gaan jy sukkel om jou balans te kry, maar sodra jy na die natuurlike ritme van die lewe begin luister en jou daarby aanpas, word dit 'n besondere ervaring."

"Preek jy vir my?"

"Ek sal dit nie preek noem nie. Ek wil jou net leer dans."

"Ek kan dans."

"Jy kan soveel beter dans . . ."

288

"As ek na die ritme van die lewe luister." Haar stem-toon was spottend.

"En toelaat dat 'n ander saam met jou dans . . . jy wil tog nie altyd alleen dans nie."

Die musiek het verander, maar hy het haar net weer nader getrek en verder gedans. Sy lyf het ritmies teen hare gewieg.

"Waar het 'n kind die geleentheid om op 'n sending-stasie te leer dans?"

"My ma het my geleer. Dis net die Westerlinge wat van dans 'n sonde kan maak. Onder die ouer volkere is dit so 'n natuurlike deel van die lewe soos asemhaal."

"Van die prediker na die filosoof in een asem . . . hoe indrukwekkend."

"Dankie, ek probeer my bes."

Sy kon nie help om te lag nie, maar terwyl sy laatnag in die Jeep aan die gesprek dink, wonder sy hoeveel mense dit regkry om op maat van die lewe se ritme te dans. Is dit nie 'n aangebore geneigdheid om die pas te wil aangee nie? Dui dit nie op sterkte van karakter nie? In plaas van passief toekyk hoe die ritme vir jou gegee word, self die ritme te bepaal?

Sy het nie nou lus vir so 'n diep filosofiese gesprek nie, maar miskien sal sy hom tog eendag vra. Hoe en waar hulle paaie dalk weer kruis.

By die huis bied Ira aan om koffie te maak, maar Ester verkies om dadelik in die bed te klim. Op pad badkamer toe laat Samuel van die rusbank af hoor: "Hoeveel kos jy?"

Ester steek in haar spore vas en kyk oor haar skouer. "Ekskuus?"

"Hoeveel kos dit om jou te huur?"

"Praat ons nou van 'n per-uur-tarief of vir die hele

289

nag? Gaan daar enige kinky speelgoed of vreemde posi-
sies betrokke wees, want dit kan die prys beïnvloed."

"Ons praat van twee tot drie maande, dalk langer . . .
miskien effens korter . . . afhangende van hoe goed jy is."

"Maande?" Sy byt haar onderlip vas. "Ek dink nie jy
kan dit bekostig nie."

"Hoe sal jy weet wat ek kan bekostig?"

"Dit gaan ook nie net oor die onkoste nie . . ."

"Waaroor gaan dit anders?"

"Of ek belangstel."

"Dit lyk nie vir my of daar op die oomblik vreeslik baie
ander opsies vir jou is nie, so, jy kan netsowel my aanbod
aanvaar."

"Waarvan praat julle?" Ira kom met twee bekers koffie
nader gestap en gaan sit langs Samuel met sy voete op die
balkonreling.

"Ek wil jou suster huur om vir my te kom foto's
neem."

"Ooo . . . jy is op soek na 'n fotograaf!" Ester glimlag ter-
wyl sy aanstap badkamer toe, maar net voor sy om die rots
verdwyn, laat sy oor haar skouer hoor: "Hoe vervelig."

Ira druk sy vinger in sy oor en maak of hy probeer
water uitskud. "Miskien moet ek nie verder invra nie. Ek
hoor dalk dinge wat ek nie wil hoor nie."

Samuel se blik huiwer 'n oomblik op die plek waar
Ester om die rots verdwyn het, voordat hy praat. "Carla
het my drie jaar gelede gevra om die teks vir 'n koffie-
tafelboek oor die groot wildsoorte van die Laeveld te
skryf. Niks te tegnies nie. Ek het nie regtig die tyd nie,
maar nou is ek eindelik klaar en op soek na 'n fotograaf
om die foto's te neem. Die fotograaf wat dit moes doen,
het onverwags swanger geraak en daar is probleme met
die swangerskap. Die ander fotograwe wat sy gewoonlik

290

gebruik, is reeds met ander projekte besig. Ek het gewonder of Ester nie sal belangstel nie. Sy het 'n baie goeie oog en ek dink as sy 'n bietjie tyd in die veld deurbring, sal sy maklik 'n gevoel vir so 'n projek ontwikkel."

"Is jy ernstig of is jy nou besig met laatnagpraatjies?"

"Ek is ernstig." Samuel draai hom effens skuins in die stoel sodat hy Ira kan sien. "Tensy jy dink dis nie 'n goeie plan nie."

Ira neem 'n sluk koffie en toe hy eindelik praat, is sy stem 'n fluistering. "Dis so 'n gelaaide vraag dat ek nie weet hoe ek dit moet beantwoord nie en ek weet ook nie of enigiets wat ek sê enige waarde kan hê nie. As sy dit wil doen, sal mý mening haar nie keer nie, en as sy nie belangstel nie, sal ek haar beslis ook nie kan oortuig nie. As jy dit dalk nog nie agtergekom het nie, my suster is nie iemand met wie 'n mens graag in argumente betrokke wil raak nie. Sy steur haar min aan enige reëls en dink haar eie uit soos sy voortgaan."

"Ek weet nou jou suster is koppig, maar ek weet nog nie of jy sal omgee as sy vir my 'n projek doen nie."

"Ek gee nie om nie. Op vele vlakke gee ek beslis nie om nie. Ek vertrou jou genoeg om te weet jy sal goed na haar kyk. Op 'n ander vlak sal ek moerse verlig wees as sy iets kry om te doen, want sy en ledigheid was nog altyd 'n dodelike kombinasie. Ek glo ook sy sal dit kan doen en ek weet sy is bekwaam genoeg om jou nie teleur te stel nie. My enigste vrees is dat sy jou so tot raserny sal dryf dat jy haar op 'n dag vir die eerste trop leeus voer wat jy in die hande kry. Sy's moeite, Sammy. Moenie jou deur haar humorsin en haar voorkoms laat mislei nie. Dit sal party dae voel of jy met 'n druppel kwik in jou hande rondloop en ek weet nie of jy enduit lus gaan wees vir soveel moeite nie."

"Wie's nie lus vir moeite nie?" Ester het agter Ira kom staan en laat haar hande op sy skouers rus.

"Ek is nie lus vir moeite nie," antwoord hy haar gladweg.

"Watse moeite?"

"Enige moeite."

"Sit julle dié tyd van die nag oor moeite en praat?"

"Het jy iets anders waaroor ons kan praat?" Samuel kyk oor sy skouer na haar.

"Wat van die feit dat jy vandag getuie was van 'n sprokie wat enige oomblik kan uitrafel en net nog 'n riller gaan word? Pla jou gewete jou nie? Daai man gaan so seker as wat ek leef haar hart breek, en sy gaan verpletter wees." Sy kom staan met haar rug teen die reling en kyk op die twee mans af.

"Het jy haar ooit gewaarsku? Jy ken hom blykbaar beter as enigiemand anders wat vandag daar was, sy familie ingesluit, en dit was jou plig om haar te vertel dat trou nie die hemel is nie en die troudag maar net die begin is van 'n periode waarin jy toenemend opofferings sal moet maak. En sy is so verlief. Ek het vandag na haar deur die kameralens gekyk en ek wou by tye naar word daarvan. Hoe kan 'n mens so lief word vir iemand anders? Dis selfmoord."

Samuel kyk na Ira. "Wil jy haar antwoord? Ek is baie lui."

Ira skud sy kop. "Sy het gelukkig nie met my gepraat nie." Hy gooi die laaste bietjie koffie in sy keel af en staan gaap-gaap op. "Die bank roep my."

"Jy kan my nie nou alleen los nie."

"Ek is seker jy is mans genoeg om haar te antwoord."

"Hoekom dink jy Robert voel nie dieselfde oor haar nie? Miskien is hy die een wat gaan seerkry."

Sy skud haar kop en sonder om te vra, neem sy die koffiebeker uit sy hand en neem 'n sluk voordat sy dit weer vir hom teruggee. "Hy is 'n wêreldwyse man. 'n Mens kan dit in sy oë sien. Haar onskuld is dalk nou 'n groot aantrekkingskrag, maar dit gaan mettertyd vervaag en hy gaan na opwindender geselskap soek."

"Het jy êrens in jou lewe 'n ernstige teleurstelling beleef, of vertrou jy mans sommer net uit gewoonte nie?" Samuel weet nie waarom hy die vraag vra nie, want hy is eintlik te vaak om te gesels, wat nog te sê om iemand soos sy te probeer oortuig dat daar wel mans bestaan wat net een keer in hul lewe werklik liefkry. Toe sy hom nie dadelik antwoord nie, gaan hy met 'n sug voort: "Wie het jou vorige verhouding verbreek?"

"Dit het net nie meer vir my gewerk nie." Sy gaan sit op die stoel waaruit Ira opgestaan het.

"En die een voor dit?"

"Hy wou trou en ek was beslis nie gereed om tot so 'n stap oor te gaan nie."

"En die een voor dit?"

"Nou begin jy van my studentedae praat. Hel, ek was beslis te jonk om toe al bloed te meng met een mens. Daar was nog te veel dinge wat ek wou doen."

"En jou skoolverhoudings?"

"Ek het op hoërskool met hoogstens twee ouens verhoudings gehad en dit het maar net nie gewerk nie."

"Ek neem aan jy was elke keer die een wat besluit het dit werk nie meer nie?"

"Wat probeer jy sê?"

"Jy glo dis net 'n kwessie van tyd voor Robert Kiki se hart breek, want dis wat mans doen, maar as ek na jou geskiedenis luister, was jý die een wat elke keer gesorg het dat daar 'n hart breek. Maar ten spyte daarvan gaan ek nie sommer nou begin glo alle vrouens is so hardvogtig soos jy nie. Robert is baie lief vir Kiki. Miskien meer as wat sy ooit sal besef. Ja, hy het 'n lang en kleurvolle verlede, maar dit beteken nie dat hy nie 'n goeie man vir haar kan wees nie. Hy gaan dalk juis daarom 'n goeie man vir haar wees."

"So, jy glo een man en een vrou kan vir die res van hulle lewens gelukkig saam wees?"

"Ek dink jou ouers was 'n sprekende voorbeeld daarvan."

"En kyk wat het dit my ma in die sak gebring."

"Jou ma is nie dood omdat sy jou pa liefgehad het nie."

"Sy sou letterlik deur vuur saam met hom loop."

"En in plaas daarvan dat jy hoop om eendag so 'n verbintenis met iemand te hê, deins jy daarvan weg."

"Ek dink dis dom om iemand so onvoorwaardelik lief te hê en te vertrou. Dit gee die ander persoon te veel mag."

"Het jou pa ooit daai mag misbruik?" Hy wag nie vir 'n antwoord nie. "Nee, want jou ma het net soveel mag gehad. Sy kon toor met hom."

"Ek dink nog steeds dis dom."

Samuel staan lui uit die stoel op en gee 'n lang gaap. "A-a-a, Hadassa, dis maar net omdat jy dalk nog nie die regte een ontmoet het nie. Daar buite êrens is dalk 'n man wat jou eendag oor gloeiende kole sal laat loop, en dit terwyl jy dink dis die beste ding wat al ooit met jou gebeur het."

"Ek laat sertifiseer myself eerder." Sy draai haar kop effens skeef.

"Kon jou vrou jou oor gloeiende kole laat loop?"

"Nee, maar ek kon haar dit ook nie laat doen het nie."

"Dink jy êrens daar buite is 'n vrou wat jou dit sal laat doen?"

"Miskien. Die hoop beskaam nooit."

"Soek jy aktief na 'n vrou?"

"Ek glo nie dis iets waarna jy kan soek nie. 'n Mens vang nie skoenlappers deur hulle te jaag nie."

Sy lag hardop. "Ek kan nie glo jy het dit gesê nie. Jy klink soos 'n Middeleeuse romantikus."

"Miskien is ek een." Hy vryf oor haar hare. "Nag, Hadassa. Sweet dreams."

"Jy kan nie nou loop nie. Ek's nou wawyd wakker."

"Dan kan jy die koffiebekers gaan uitwas en vee sommer die kombuisvloer ook terwyl jy besig is. Ek sien dis nogal stowwerig."

"Was jy ernstig dat jy 'n fotograaf soek?"

"Ja, maar ons gaan nie nou daaroor praat nie, want ek het dalk effens vinnig gepraat. Ek sal my huis met die fotograaf moet deel en op die oomblik is ek nie seker ek sien kans vir jou nie. Ek weet in elk geval ook nie of jy die beste kandidaat is nie."

"Sê jy ek kan dit nie doen nie?"

"Ek sal daaroor moet slaap, want dit help nie ek huur jou en jy kry dit nie reg nie of gooi ná 'n week tou op nie. Die uitgewer wag vir die boek."

"Ek gooi nooit tou op nie."

Hy kyk oor sy skouer na haar. "Nie?"

"Dis anders. Ek het besef ek is met 'n futiele oefening besig. Politiek is vir die voëls."

Samuel glimlag vir die uitdrukking.

"Ons kan môre hieroor praat. Ek moet nou gaan slaap."

21

Daar lê wit vliese op die rivier toe Samuel die volgende oggend wakker word en uitkyk. Die voëls is reeds besig om in verskillende toonhoogtes en stemme die dag aan te kondig, maar ondanks die kwetterende geluide hang daar 'n Sondagstilte oor die veld. Die twee kameelperde wat onder in die rivier water drink, se bewegings is stadig, asof hulle ook nog sukkel om wakker te word. 'n Klein troppie sebras word deur die vliese sigbaar en 'n oomblik lyk dit asof hulle letterlik uit die niet verskyn. Swart-en-wit strepe kom in gelid aangestap water toe. 'n Paar tarentale hardloop op hulle stokkiesbene teen die rivierwal af en die lug weergalm met hulle skril kek-kek-kek-krrrr. Dis die gesig en die geluid van vrede en tevredenheid.

Hy stap kaalvoet oor die plankvloer kombuis toe om solank koffie te maak. Sy twee gaste slaap nog, maar toe hy klaar die ketel op die gasstoof gesit het, word Ira op die rusbank wakker en strek homself lankuit terwyl hy hardop kreun. Hy sien Samuel in die kombuis en swaai sy bene van die bank af.

"Hel, nou het ek darem 'n lekker droom gehad." Ira vee oor sy hare en gesig en glimlag skeefweg. "Miskien is dit nou nie 'n droom wat 'n mens kan oorvertel nie. Miskien moet ek net weer my oë toemaak en verder slaap." Hy stap stadig kombuis toe. "Kan 'n mens van 'n meisie droom wat jy nie ken nie en nog nooit eers in jou lewe gesien het nie?"

"Ek verkies daai soort drome, want 'n meisie wat deur my onderbewuste geskep is, is soveel minder moeite. Sy is gewoonlik mal oor my en in alle opsigte perfek."

Ira grinnik. "Dit moet al die vars lug wees, want ek kan nie onthou wanneer laas ek gedroom het nie, wat nog te sê oor 'n vrou gedroom het."

Die twee mans gaan sit voor teen die reling met hulle koffie en Samuel sit 'n outydse koekblik vol beskuit tussen hulle neer.

"Ek het toevallig nog inligting oor die sindikaat in die hande gekry."

"Sonder dat jy toevallig daarvoor gaan soek het?"

"'n Mens hoor mos maar dinge."

"As jou suster my stenig, stoot ek jou voor. Ek het gesê, los dit. Daar is maniere om hierdie dinge uit te vind, sonder dat jy moeilikheid moet soek."

"Die wapens wat hulle gebruik, is 'n wye verskeidenheid weermagwapens uit Mosambiek, asook ou Suid-Afrikaanse goed. 'n Mens wonder waar kry hulle al die wapens."

"Dis die een kommoditeit wat volop in Afrika beskikbaar is. Selfs meer geredelik beskikbaar as 'n brood of 'n pynpil." Samuel se oë trek op skrefies terwyl hy 'n sluk koffie neem. "Daar is weer 'n renoster in die Park doodgeskiet. Helder oordag, en op die oog af lyk dit nie of hulle haastig was nie, want hulle het vuur gemaak en die reste van 'n rooibok is by die renoster se karkas gevind. Hulle het die boude van die rooibok uitgesny en gebraai."

"Hoe onnosel kan hulle wees?"

Samuel se kop skud liggies. "Hulle is dalk nie onnosel nie. Hulle weet net hulle is goed genoeg gewapen dat hulle hul pad sal kan oopskiet as iemand op hulle afkom."

"Dink jy dis 'n gulsigheid uit hongerte gebore?" Ira

doop 'n stuk beskuit in die koffie en sit dit versigtig in sy mond.

"Iemand het per geleentheid gesê gierigheid begin waar armoede ophou. Ek is nie seker wat die persoon daarmee bedoel het nie, maar ek vermoed die armes en die hongeres is nie gierig nie. Dis diegene wat reeds te veel het wat nie weet waar om die streep te trek nie."

"Bliksem, kan julle nie die voëls stilmaak nie?" Ester stap op die stoep uit en gaap oopmond. "Dis soos om in 'n malhuis wakker te word." Haar hare staan effens regop op haar kop en haar wange is pienk geslaap. Sy dra 'n swart denim en 'n wit slaaphemp. Aan haar voete is 'n paar insteekskoene.

"Hulle het jou nie stilgemaak toe jy wie weet watter tyd van die nag nog hier gesit en praat het nie." Samuel bekyk haar op en af.

"Ek het sag gepraat."

Ira skud sy kop toe hy sien Samuel se mond gaan oop. "Spaar jou asem. Al wat sy nodig het om haar sonnige self te wees, is 'n koppie koffie."

Ester stap kombuis toe en kom met 'n beker koffie te-rug. "Waarom kwetter almal so gelyk in die môre? Kan hulle nie beurte maak om te praat en te luister nie?"

"Daar is 'n baie interessante stuk navorsing gedoen waarin hulle probeer vasstel het of alle voëls soggens op dieselfde tyd begin sing of fluit of kwetter, watter ge-luid ook al gemaak word. Volgens die resultate is daar 'n besliste volgorde waarin hulle begin gesels en dit hang saam met die grootte van hulle oë. Hoe groter die oë, hoe vroeër begin hulle. Dit beteken nou nie uile begin heel eerste nie. Maar onder die swerms wat so min of meer 'n habitat deel, is dit blykbaar die reël wat geld. Die groter oë neem eerste die lig waar. Dit het 'n voordeel omdat hulle dan kan begin kos soek, maar aan die ander kant beteken dit ook dat hulle hul skuilplek openbaar en roofdiere hulle kan vang. Daarom wag die kleiner ogies tot hulle seker is hulle behoorlik kan sien voordat hulle van hulle laat hoor."

"Ek wil net graag weet hoe mense tot sulke gevolgtrekkings kom. Dis nie asof hulle die voëls kan vra nie." Ester sleep vir haar 'n stoel nader en kom sit by hulle.

"Daarmee impliseer jy daar kan oor niks anders as oor mense navorsing gedoen word nie."

"Ek weet mense doen oor 'n wye verskeidenheid onderwerpe navorsing. Ek wonder maar net altyd hoe hulle tot betroubare gevolgtrekkings kan kom."

"Dis gewoonlik mense met eindelose geduld en wat bereid is om maande en selfs jare hulle onderwerp te bestudeer. Dis nou nie 'n beroep wat ek vir jou sal aanbeveel nie."

"Ek kan baie geduldig wees as dit nodig is. My magtig, dink jy daardie een spesiale foto kom stap op 'n dag sommer net na my toe aan? Ek moet soms baie lang ure werk om te kry wat ek wil hê."

"Ek is seker jy doen dit."

Toe Ira onderlangs lag, kyk Ester van Samuel na Ira. "Is jy nie veronderstel om aan my kant te wees nie?"

"Ek het nie geweet daar is kante nie."

"Het jy toe lekker geslaap?"

Ester neem eers 'n sluk koffie voor sy antwoord: "Dit kon seker erger gewees het. Hierdie stilte is baie creepy. Ek verkies 'n plek met naggeluide. Daar is iets vertroostends aan naggeluide."

"Het jy nie vannag die hiënas gehoor nie? Hulle was net daar onder in die rivierloop. Ek het 'n paar keer jakkalse ook gehoor en die uile was ook baie bedrywig."

"Dis nie heeltemal die geluide wat ek in gedagte het nie."

"Sy praat van polisiesirenes en loeiende ambulanse. Afgewissel deur skreeuende remme en 'n gil of twee."

"'n Motor wat verbyry of veraf musiek wat soms hoorbaar word as die wind draai. 'n Motordeur wat toeklap ... sulke geluide," praat Ester verder, asof sy Ira nie gehoor het nie.

"Wat is so vertroostend aan die geluid van motors of musiek in die nag? Ek sou dink ná 'n dag waarin 'n mens se sintuie tot die uiterste toe gebombardeer is met beelde en geluide, is dit juis nodig om 'n nag van stilte te hê waarin jou sintuie kan ontspan."

"Jou sintuie kan ook nie ontspan as jy die hele nag na bloeddorstige roofdiere se geluide moet luister nie."

Samuel kyk na Ira: "Waarom laat ek my in hierdie soort redenasies betrek?"

"Sy is goed daarmee om die onervarenes te betrek, maar jy sal algaande leer."

Ester gee Ira se been 'n skewe skop. "Ek kon nooit verstaan waarom Ma-hulle jou gehad het nie. As hulle maar geweet het perfeksie is aan die kom, sou hulle geduldiger gewees het."

Samuel staan op. "Ek is jammer om julle opwindende geselskap te verlaat, maar ek wil nou eers gaan stort."

'n Stilte daal tussen broer en suster en 'n paar oomblikke is dit net die gekwetter en gekweel van die voëls wat hoorbaar is.

"Jy hou van die plek." Ester kyk skeefweg na Ira.

"'n Paar jaar gelede sou ek dalk nee gesê het, of ek sou 'n paar voorbehoude gehad het, maar op die oomblik kan ek verstaan dat 'n mens hierna kan hunker. Jy moet erken, hier is iets sielsverrykends aan."

"Ek het nog nooit daardie woord verstaan nie, maar ja, dis interessant. Op 'n vreemde manier. Of ek egter dink ek sal my siel hier kan verryk, is 'n ander saak. Miskien het my siel net nie verryking nodig nie."

Ira grinnik. "As pure as the driven snow."

"Ek wil met jou praat," ignoreer sy die grap.

"Gaan ons baklei, want dan sien ek nie nou daarvoor kans nie."

"Ons hoef nie te baklei nie." Sy raak 'n oomblik stil. "Ek wil teruggaan Londen toe."

Hy antwoord nie dadelik nie, en toe hy antwoord, is daar 'n sug in sy stem. "In die hospitaal het die sielkundige voorgestel jy kom vir 'n paar maande saam met my terug huis toe. Jy was daar en het self ingestem. Ons het 'n baie bekwame ortopeed in Johannesburg gekry om na jou te kyk en volgens hom is jou been besig om mooi te herstel. Ek kan op die oomblik weer slaap, want ek weet waar jy is en dat jy versorg is. Wat byt jou nou skielik weer?"

"'n Mens kan nie 'n paar maande lank nie werk nie. Ek het finansiële verpligtinge."

"Jy het oorgenoeg geld om van te leef, so moenie daai verskoning gebruik nie."

"Ek kan nie so stilsit nie, en as ek dit moet doen, sal ek verkies om dit in my eie omgewing te gaan doen."

"Jy moet dalk nog weer geopereer word."

"Ek sal terugkom, of ek kan dit daar ook laat doen. Dis nie asof ek in een of ander godverlate plek woon nie."

Hy draai sy kop in haar rigting. "Wat is die werklike rede?"

"Ek kan nie so niks doen nie."

"As jy op soek is na iets om te doen, is ek seker jy sal hier iets kry wat nie te veeleisend vir jou heup sal wees nie. Aanvaar Samuel se aanbod om die fotoboek te doen. Jy kan jou eie pas bepaal en dit is anders genoeg om interessant te wees."

"Ek is bang ek gaan nie weer terug nie." Haar stem is sag, asof sy met haarself praat. "Ek is bang ek verloor my moed om jou hier te los en weer weg te gaan en ek sien nie kans om hier te bly nie. Ek kan nie vrede met hierdie plek maak nie."

"Jy is te ongeduldig."

"Ek dink nie jy verstaan nie. Ek wíl nie vrede maak nie."

"Dan hoef jy nie. Ek sal dit nie teen jou hou as jy volgende jaar teruggaan nie, maar gee my asseblief net hierdie paar maande. Jy hoef nie vrede te maak nie, jy hoef nie huis toe te gaan as jy nie wil nie. Ek sal eendag die huis self gaan oppak, maar laat ek net sien jy is weer behoorlik op die been voordat jy die pad vat. Ek weet as jy nou teruggaan, is dit net 'n week of twee voordat jy weer 'n projek aanvaar en dit gaan net gerieflike weghardloop wees. Gee jouself asseblief net kans om gesond te word. Die sielkundige het gesê dit kan 'n rukkie duur voordat jy regtig die ongeluk verwerk het."

"Dít was nou geldmors. Het jy al ooit van 'n sielkundige gehoor wat vir 'n pasiënt gesê het hy of sy makeer niks?"

"Mense is rondom jou aan flarde geruk. Iemand se been het bo-oor jou maag gelê toe die reddingswerkers by jou gekom het. Ek dink nie dit was leë woorde toe sy gesê het jy moet geduldig met jouself wees nie. En dat jy jou lyf kans moet gee om die ongeluk op alle vlakke te verwerk nie."

Hy vee oor sy gesig. "Ek het jou nie destyds probeer keer toe jy wou gaan nie. Ek het nooit daarop aangedring dat jy vir my moet kom kuier nie en ek ken jou goed ge-

302

noeg om te weet dat, wanneer die tyd aanbreek, jy dapper genoeg sal wees om terug te gaan."

"Hoe kan jy so seker wees?"

"Ek is realisties genoeg om te weet ek is nie in staat om jou hier te hou nie."

"Waarom sal ek by iemand wil bly wat heeltyd met my baklei?"

"Ek baklei nie met jou nie."

"My lewe sou soveel eenvoudiger sonder jou gewees het." Toe die woorde uit is, proe Ester 'n bitterheid in haar mond en sy weet niks kan verder van die waarheid wees nie.

Sy maak haar mond oop, maar Ira spring haar voor: "Glo my, dis 'n gedagte wat ek ook al dikwels gehad het. If only . . ." Hy sug. "En glo my, om oor jou bekommerd te wees, is 'n baie meer voltydse werk as wat dit is om oor my bekommerd te wees. Ek weet eintlik nie waar ek nog die tyd kry om my werk te doen nie."

"Ha-ha-ha. Dis een bleddie kompetisie wat jy nie kan wen nie. Ek het al in die stilligheid begin om meisies deur te kyk op soek na iemand wat ek aan jou kan voorstel, want sy kry dit dalk reg om jou hier weg te kry. Iets wat ek blykbaar nie sal kan doen nie."

"Ek is dalk 'n groter gek as wat ek self wil weet, maar solank ek nog dink ek kan een of ander verskil hier maak, sal ek maar nog eers hier moet bly. Dis seker daai dun fase waarna die ou trouformulier verwys. Ek was lank 'n baie bevoorregte kind in hierdie land en dit voel net nie reg om nou te sê ek loop omdat ek nie meer al die vettigheid het waaraan ek gewoond is nie."

"Watse vettigheid? Jou ouers is hier vermoor. Jy is 'n kaalgestroopte weeskind in 'n land wat jou nie respekteer nie. Jou bene is kaalgevreet deur die aasvoëls en jy praat

303

van vettigheid! Wat het jy nog om te gee? Jou siel? Ek het nuus vir jou: jou siel is lankal dood. Jy is soos die afkop-hoender wat nog 'n paar laaste mal draaie maak omdat hy nie weet hy is al dood nie."

Ester staan op en begin in die rigting van die kamer stap, maar sy draai ná 'n paar tree om. "Hardloop maar jou paar draaie en kyk of dit jou êrens gaan bring."

Ira kyk haar agterna tot sy uit sig verdwyn voordat hy stadig opstaan en kombuis toe loop. Hy steek vas toe hy Samuel in die kombuis gewaar. "Jammer . . . ons is nie goeie gaste nie."

Samuel haal sy skouers op. "Dis goed om te praat. Ek dink jy moet bekommerd raak as sy die dag ophou om met jou hieroor te baklei."

"Dit is seker so, maar ons kan gerus ons plek beter kies. Jy verdien nie so 'n bloedige spul derms op jou deur-drumpel nie."

"Dis nie my deurdrumpel nie . . . ons noem dit die stoep of, as ons baie grênd wil wees, die balkonarea."

Ira skud sy kop, maar om sy mond huiwer 'n glimlag. "Miskien moet ek haar net los dat sy teruggaan. Ek is wragtig te moeg vir hierdie gesprekke. En ek dink jy moet werklik jou aanbod heroorweeg. Ek sal jou help soek na 'n ander fotograaf. Dit gaan jou baie meer sielerus gee en ek gaan nie kort-kort namens haar wil verskoning vra nie. Ek laat dink my al meer aan 'n ouer wat allerhande verskonings probeer maak vir die dinge wat sy kind sê en doen, soos dat sy moeg is of sleg geslaap het of honger is. Al daai onsin waarmee ouers hulle stout kinders se gedrag probeer verskoon."

"Jy hoef nie vir my verskoning te vra nie. Ek is in elk geval al mooi groot en behoort te weet waarna om te luister en waarna nie."

"As ek sê sy was nie altyd so nie, lieg ek, want sy was maar altyd uitgesproke en het nooit vir die duiwel gestuit nie, maar dis asof sy haar eie grense oorgesteek het en nie meer weet hoe om terug te kom nie."

"Ira . . ." Samuel wag tot Ira vir hom kyk. "Jy hoef haar nie te probeer verduidelik nie."

"Miskien probeer ek haar aan myself verduidelik."

Samuel lag sag. "Dis soos om 'n kameelperd aan jouself te probeer verduidelik. Ek dink dis waarom ek so lief vir die bos is . . . hier is soveel getuienis dat God 'n besondere humorsin moet hê, want hoe anders verduidelik jy al die kolle, strepe, lang nekke, horings en slurpe?"

"Ek dink nie sy is op die oomblik deel van God se humorsin nie."

"Julle moet net 'n bietjie uit mekaar se hare wegkom."

"My opsies is op die oomblik nie so groot nie. Óf ek laat haar teruggaan, wat ek weet nie 'n goeie plan is nie, óf ek maak haar jou probleem, en daaroor voel ek ook nie te gerus nie."

"Dis beter dat sy my haat as vir jou."

"Jy sê dit baie ligtelik, maar ek is moeg en moedeloos genoeg om jou aan jou eie lot oor te laat. Moet net nooit sê ek het jou nie gewaarsku nie."

"Hoe laat gaan ons terug?" Ester kom uit die kamer se rigting aangestap en kom staan langs Ira, maar dis na Samuel wat sy kyk.

"Ek het vir die ander gesê om elfuur by die landing-strook te wees. Dit gee my genoeg tyd om dadelik weer terug te draai."

Ira stap by haar verby en verdwyn om die rots in die badkamer se rigting.

"Gaan jy nou weer vir my sê ek moet ophou met hom baklei?"

305

"Waarom sal ek dit wil doen?"

"Omdat jy daarvan hou om vir my te preek."

"Gaan jy vir my kom foto's neem of moet ek iemand anders soek?" ignoreer hy die opmerking.

"Hoeveel gaan jy my betaal?"

"Wat kos jou dienste . . . as fotograaf?"

Sy kou 'n rukkie aan haar onderlip. "Dit hang af hoeveel foto's dit moet wees en hoe lank dit my gaan neem."

"Wat my betref, kan jy al die foto's in een dag ook neem, solank ek net tevrede is dat dit die beste is wat jy kan doen."

"Ek lewer nooit iets anders as my beste nie."

"Wat ek bedoel, is dat jy nie sommer net hier kan uitloop en die eerste die beste olifant of renoster of wat ook al afneem nie. Ek sal darem ten minste vra dat jy die teks lees en so 'n paar dae jouself kans gee om die omgewing deur te kyk en jouself te oriënteer."

"Waar gaan ek bly?"

Sy arm maak 'n sirkelbeweging. "Ongelukkig op die oomblik hier, want die lodge is vir die volgende drie maande volbespreek, maar indien daar kansellasies kom, sal ek vra dat hulle eers vir jou 'n tent moet hou."

"Ek maak nie kos nie."

"Ek weet."

"Ek gaan nie elke dag nice met jou wees omdat ek onder jou dak slaap en jou kos eet nie."

"Jy is nooit nice met my nie en wat die kos en slaapplek betref, ek sal dit as deel van jou vergoeding bereken."

"Wat doen ons as ons nie oor 'n foto kan ooreenkom nie? Ek gaan nie jare lank hier sit omdat jy dink ek kan dalk eendag 'n beter foto kry nie."

"Moenie jou daaroor bekommer nie. So 'n groot masochis is ek beslis nie."

"Doen jy dit uit een of ander jammerte vir my of Ira?
Nie een van ons het jammerte nodig nie."

"Ek stem saam . . . jy het nie my jammerte nodig nie."

"Dink jy Ira het dit nodig?"

Hy stap laggend by haar verby en sy roep agter hom
aan.

"Jy sal moet leer om te baklei!"

"Ek is seker jy sal my leer terwyl jy hier is." Hy kyk
oor sy skouer: "As jy enige klere het wat nie swart is nie,
onthou asseblief om dit in te pak . . . jy laat my alte veel
aan 'n swart knopiespinnekop dink."

Sy maak haar mond oop, maar hy het reeds teen die
trap af verdwyn. Sy stap kamer toe om seker te maak sy
het alles ingepak.

22

Ester glimlag toe Ira haar baadjie se ritssluiter toetrek. Hy laat haar soos 'n graad-eentjie voel. Hy moet nog net haar hare platdruk en 'n denkbeeldige stofstreep van haar wang afvee, dan is die prentjie volmaak.

"Luister na die meneer en moenie met die ander kinders baklei nie. Tel jou klere van die vloer af op en maak die badkamer aan die kant nadat jy daar was," rammel hy die instruksies af asof hy haar gedagtes kan lees. "En bied jou hulp in die kombuis aan. Moenie dat hulle alles agter jou moet aandra nie. Ons wil nie hê hulle moet sleg van jou dink nie."

"Wil ons nie?" Sy rek haar oë gemaak groot.

"En moenie vol fiemies met die kos wees nie." Hy druk 'n soen teen haar voorkop. "Sê groete vir Samuel."

"Het jy nie vir hom ook 'n lys instruksies nie?"

"Vir hom kan ek net sterkte toewens."

"Jy is verlig dat ek weggaan, nè?"

"Waarom is jou vrae altyd soos landmyne wat die potensiaal het om enige oomblik 'n been of arm weg te skiet?"

"Dis 'n onskuldige opmerking." Haar stem styg verbaas.

"Ek is nie verlig dat jy weggaan nie. 'n Mens raak mettertyd aan 'n klippie in jou skoen gewoond." Hy lag toe hy die uitdrukking op haar gesig sien, maar toe hy praat, is sy stem ernstig. "Ek is bly dat so 'n geleentheid hom voorgedoen het, omdat ek dink jy dit tog gaan geniet om iets heeltemal anders te doen. Ek voel verlig omdat ek weet waar jy gaan wees en by wie. Beantwoord dit jou vraag?"

"Is jy nie eers 'n bietjie bang hy probeer my verlei of hy dring homself aan my op nie?"

Ira se lag klink bo die aankondiger se stem op. "You should be so lucky!"

Toe haar mond oopgaan, hou hy laggend sy hande in die lug. "Dit was 'n grap! Ek is seker hy vind jou on-weerstaanbaar, maar ek vertrou dat hy die eerbare ding sal doen en nie 'n oorlas van homself maak terwyl jy onder sy dak bly nie."

"Jy kan maar lag . . ." Sy gee 'n tree weg.

"Haddie, as ek moes wakker lê oor al die mans wat jou dalk wil verlei of met wie jy uitgaan, sal ek wragtig nooit 'n oog toemaak nie. Ek glo en vertrou dat jy goeie oordeel aan die dag lê wanneer dit kom by die keuse van partners en dat jy nie met 'n Jeffrey Dahmer-karakter deurmekaar sal raak nie."

"Hy het mans en seuns doodgemaak."

"Oukei, Ted Bundy dan. Ek hoop en bid maar dat jy nie met 'n Ted Bundy deurmekaar sal raak nie."

"En ken jy dokter Doolittle goed genoeg om te weet hy is nie 'n Ted Bundy nie?"

"Ek is bereid om die kans te waag." Ira se oë vernou effens toe hy skielik met meer aandag na haar kyk. "Is jy bang om alleen by hom te gaan woon?"

"Nee, ek is nie bang nie. Ek wou sommer net nie hê jy moet so verlig lyk om van my ontslae te raak nie."

"Waarom ek my enigsins oor jou bekommer, weet ek wragtig nie. Ek moet my eerder oor die mense bekom-mer wat jou pad kruis."

Ester soen sy wang. "Ek kan ongelukkig nie langer met jou praat nie. Pas jouself op terwyl ek weg is en bel darem so nou en dan om te hoor of hy my nog nie êrens op 'n slawemark verkoop het nie."

Met haar rugsak swaaiend oor die een skouer, stap sy weg van hom af. Ira sug diep.

Ester is besig om deur die venstertjie na die bedrywighede om die aanloopbaan te kyk toe sy voel hoe iemand op die sitplek langs haar inskuif. 'n Oomblik oorweeg sy dit om nie te kyk nie, want sy was al te dikwels die slagoffer van 'n medepassasier se praterigheid. Sy het geleer die enigste manier om daarvan weg te kom, is om nooit oogkontak te maak nie. Die kanse dat sy ooit die persoon weer eendag raakloop, is waarskynlik kleiner as nul.

Tog kyk sy nou om een of ander rede na die persoon langs haar en wonder of sy nie haar teorie in die vervolg sal moet herevalueer nie. Die man wat langs haar sit, is baie aantreklik. Sy let dadelik die klein, geborduurde polospeler-embleem op die gholfhemp op, en met 'n geoefende oog takseer sy die res van sy klere. Wie hom ook al adviseer, het baie goeie smaak, en wie ook al vir die uitrusting betaal het, het beslis genoeg geld.

"Slaag ek die inspeksie?"

Sy glimlag effens verleë. "Jammer, die mag van die gewoonte, en ek het lanklaas so 'n goed saamgestelde uitrusting gesien."

Hy steek sy hand uit. "Richard Allen."

Sy neem sy hand. "Ester Green."

Sy kop knik liggies. "Aangename kennis." En dan glimlag hy. "Is jy in die klerebedryf, of is jy net 'n klerekenner?"

"Ek is in die modebedryf."

"Ek moes dit geweet het. Jy lyk soos 'n model."

Sy lag hardop. "Ek sal jou daai klap met die heuning-kwas net vergewe omdat jy sulke mooi skoene aanhet. Ek is 'n fotograaf."

Hy lyk opreg verskonend. "Dit was 'n eerlike mening."

"Is jy op pad Wildtuin toe?" verander sy die onder-werp. Sy kan nie glo sy is besig om 'n wildvreemde man uit te vra na sy doen en late nie.

"Nee, ek is op pad na my plaas toe, daar naby. En jy?" Hy bekyk haar aandagtig. "Jy lyk nie soos die safari-tipe nie."

"Ek is op 'n werksending."

"'n Mode-shoot in die bosse? Dit klink interessant."

"Nee, om die waarheid te sê het ons dit verlede jaar gedoen. Nou gaan ek om wildlewefoto's vir 'n boek te gaan neem."

"In die Wildtuin?"

"Nee, ek weet nie of jy die plek ken nie . . . Bulweni. Dit behoort aan Samuel Mcgreggor. Ek gaan vir hom die foto's neem."

"A-a-a . . . jy is op pad na Sammy toe. Ja, ons ken me-kaar. Om die waarheid te sê, ons plase deel 'n stukkie grens."

"Hulle sê nie verniet elke twee mense in Suid-Afrika het ten minste een gedeelde kennis nie."

Hy glimlag. "Waarvandaan ken jy vir Sammy?"

"Ons het verlede jaar 'n modeartikel by hom op die plaas geskiet." Sy bly 'n oomblik stil terwyl die vliegtuig se wiele van die grond af lig en die enjins hard dreun in hulle geveg teen swaartekrag. "Hy het ons eintlik 'n guns gedoen, want ons was op pad Kenia toe. Ons kontak het ons egter gewaarsku dat toestande aan die versleg was en ons aangeraai om nie meer soontoe te kom nie."

"En toe kom Sammy tot julle redding."

"My broer en hy ken mekaar. Op dié manier kon ons die foto's op Bulweni gaan skiet."

"Is die wildlewefoto's 'n nuwe beroep, of is dit 'n guns vir die goeie dokter?"

"Miskien eerder 'n afleiding. Ek het 'n paar maande lank vakansie geneem, maar 'n mens kan ook net so lank stilsit." Sy vertel nie van die bomontploffing of haar heup nie.

"Ek beplan om 'n hele rukkie op die plaas te wees en jy kan gerus 'n draai kom maak as jy tyd het . . . of as jy 'n bietjie asem wil skep van die werkery. Ek hoop jy weet waarvoor jy jou ingelaat het, want so 'n gesoek na diere en die ure wat 'n mens wag om daardie een perfekte foto te kry, kan uitmergelend wees. Jy sal al die afleiding nodig hê wat jy kan kry. So, ry gerus oor. Daar is genoeg slaapplek ook as jy vir 'n naweek wil wegloop."

"Dankie. Dis vriendelik van jou."

"Dis nou natuurlik as Sammy nie sal omgee nie."

Ester lag toe sy die betekenis agter sy woorde hoor. "Hy sal dalk verlig wees om soms van my ontslae te raak."

"Beteken dit julle twee is nie . . ."

"Nee, ons twee is nie . . . wat dit ook al is waaraan jy dink."

"Die laaste keer wat ek op Bulweni was, was daar 'n baie mooi meisie, en dit het gelyk of hulle nogal ernstig oor mekaar was. Hulle is nie dalk intussen getroud nie?"

"Nie so ver ek weet nie." Ester wonder skielik wat sy sal doen as sy daar kom en sy moet die boomhuis met Samuel en 'n vrou deel. Sy wonder of hy na Carla verwys, maar sy besluit om nie te vra nie.

"As jy sê jy gaan vir 'n ruk op die plaas wees, beteken dit jy woon nie permanent daar nie?"

"Nee. Ek het daar grootgeword en ek kom kuier wanneer ek tyd het. Die lewe het darem meer om te bied as 'n paar wilde diere, 'n boom of drie en stof." Hy hou skielik sy hande op. "Moet my nie verkeerd verstaan nie, ek sou nie die plek gehou het as ek nie die wegkom soontoe geniet het nie. Ek wil dit net nie my permanente woon- en werkplek maak nie."

"Jy hoef nie verskoning te maak daarvoor nie. Dis ook nie my idee van die lewe nie."

Hy glimlag. "Wat 'n verligting. Die oordrewe sentimente wat rondom die natuur bestaan, gaan dikwels my verstand te bowe. Ek sê weer, ek geniet dit om hierheen te kom en dis 'n lekker afwisseling, solank 'n mens dit nie uit verband ruk nie. Elke boom en bos is nie noodwendig 'n waardevolle aanwins vir die omgewing nie. En die diere dra ook nie altyd by tot die behoud van 'n omgewing nie. Neem nou maar byvoorbeeld die probleem wat in die Wildtuin bestaan omdat die olifantgetalle so toegeneem het. Die groenes baklei teen die vermindering van die getalle, maar intussen word groot stukke veld vernietig." Hy skud sy kop. "Mense het soms verwronge sentimente."

"As jy nie voltyds 'n wildboer is nie, wat doen jy dan?" neem haar natuurlike nuuskierigheid oor.

"Ek is betrokke by 'n paar ontwikkelingsprojekte in die land en dan het ek sakebelange in Engeland. Ek kom juis nou van Londen af, waar ek die laaste drie maande gewerk het."

"Dis my tuisdorp," sê sy.

"Ek wou sê ek bespeur 'n bekende aksent. Dis nou 'n stad waar ek graag tyd deurbring en nooit voor sal moeg word nie. Ek probeer deesdae al meer verskonings uitdink waarom ek daar moet wees en nie in Johannesburg nie.

Nie dat dit te moeilik is nie. Ek dink negentig persent van alle mense in hierdie land wens deesdae hulle kan op 'n ander plek wees."

"Waarom sê jy so? Dink jy nie die mense hier gaan een of ander tyd die ommeswaai maak en die land gered kry voordat hy heeltemal sink nie?"

Sy lag is kras. "Lees jy ooit koerante? Kyk jy televisie?" Hy skud sy kop. "Die Titanic se sink gaan na 'n amateur-poging lyk teen die spoed waarmee hierdie plek aan die sink is. Ek is bevrees daar is nie 'n ander pad as af nie."

"En tog het jy nog eiendom hier? Dink jy nie dit sal beter wees om daarvan ontslae te raak voordat daar dalk niks meer is om te verkoop nie?"

"Dis nie so maklik nie. Solank my ouers geleef het, wou hulle nie die grond verkoop nie en op die oomblik is die kopers nie juis volop nie. Maar ek is nie so gepla oor die grond nie. Op die oomblik is dit selfonderhoudend en neem dit nie te veel van my tyd en aandag in beslag nie."

"Ek ken mense wat van jou sal verskil wat die land betref."

"Dis nie nuus nie. Ek ken ook sulke mense, en Sammy is een van hulle, maar ek hou dit nie teen hulle nie. Die wêreld het sekerlik die optimiste en die goedgelowiges ook nodig. Ek het dalk net te veel gesien en te veel ge-hoor, en wanneer ek na die res van Afrika kyk, weet ek ek is nie verkeerd nie. Ons gaan dit nie maak nie en dit help nie ons probeer dit toesmeer met gebede en moti-veringspraatjies nie. Die skrif is lankal aan die muur, en die enigstes wat dit nie verstaan nie, is heel waarskynlik diegene wat nie kan of wil lees nie."

Ester voel hoe 'n rilling deur haar trek en sy vou haar arms voor haar. Dis nie asof hy dinge sê wat sy nie weet nie, maar om haar eie gedagtes so te hoor eggo, is nogal 'n ongemaklike ervaring. Dis juis die dinge waarmee sy Ira en Samuel probeer oortuig. Sy verstaan nie waarom dit haar bang maak as iemand anders dit sê nie.

"Het jy 'n geleentheid Bulweni toe? Anders kan ek jou neem."

"Ek dink Samuel het reëlings getref, dankie." Sy kyk by die venstertjie uit en sien hulle het al begin daal. Onder die vliegtuig skuif dakke van geboue verby. Dan gewaar sy die lang, reguit aanloopbaan. Sy kan aan haar oordromme voel hoe hulle daal en dan is daar die ligte stampgeluid toe die vliegtuig se wiele die grond raak.

Die kajuitbemanning bedank die passasiers en wens al die toeriste 'n voorspoedige en aangename verblyf toe. Toe die vliegtuig tot stilstand kom, help Richard Ester om haar twee kameratasse uit die oorhoofse stoorruimte te haal, en dan wag hy dat sy voor hom uitstap, terwyl hy die blink tasse vir haar dra.

Die lug is aansienlik warmer as op die Hoëveld en sy sien hoe van die buitelanders hulle baadjies begin uittrek. In die gebou staan 'n verskeidenheid werknemers van wildplase in die omgewing, almal met plakkate voor hulle. Soos die besoekers hulle name op die plakkate herken, sien Ester die verligting op hulle gesigte. Sy het al dikwels gewonder waarom toeriste so dikwels weerloos voel, selfs al kan hulle die taal van die land praat. Dis interessant om te sien hoe verskillende mense ook verskillend op hierdie gevoel reageer. Sommige bondel soos skape saam, ander probeer so gou moontlik hulself oriënteer deur soveel moontlik inligting in 'n kort tydjie in te win, en nog ander hou hulself eenkant en praat net die nodigste. Asof hulle deur 'n subtiele meerderwaardigheid die onsekerheid kan beswer.

Sy kyk ook rond, maar daar is niemand bekends of onbekends met haar naam op 'n plakkaat nie. Intussen word die bagasie ingedra en toe sy al haar tasse bymekaar het, stap Richard oor na haar toe.

"Het jy vervoerprobleme?"

"Ek weet nie." Sy begin haar selfoon uithaal en hoop daar is 'n sein. Iemand by die lodge behoort haar seker te kan sê waar Samuel is en hoe sy veronderstel is om daar te kom.

Richard het intussen 'n jongerige man nader geroep. "Ek was ernstig toe ek gesê het ons kan jou gaan aflaai. Dis nie so 'n groot draai as ons veldlangs ry nie."

Die jong man begin van haar tasse optel terwyl sy die selfoon na haar oor bring. Maar dan sien sy hoe Samuel met lang treë vanaf die aanloopbaan se kant af die gebou binnestap.

Sy skakel die selfoon af en lig haar hand om die jong man te keer. Richard het Samuel ook gesien en hy gee 'n laggie. "En ek wou so graag die ridder gewees het."

Ester glimlag. "Baie dankie in elk geval dat jy bereid was om my te help."

Samuel het intussen tot by hulle gevorder en Richard steek sy hand uit. "Sammy! Jy het my so pas die geleentheid ontneem om die held van die dag te wees. Ester was effens bekommerd toe hier nie 'n teken van Bulweni se mense is nie."

Samuel skud die ander man se hand. "Ek moes wag om ná julle te land." Hy soen Ester skrams teen die wang.

"Ester vertel my jy is met allerhande interessante projekte besig. Ek sal 'n slag 'n draai moet kom maak. Ons het lanklaas 'n lekker kuier ingekry."

"Jy is welkom om te kom kuier, alhoewel ek nie so seker is wat sy as interessant beskou nie."

"Ek het 'n kennis van jou in Johannesburg raakgeloop

en volgens hom is julle op die uitkyk vir wildstropers. Selfs van 'n sindikaat wat betrokke is. Jy sal met my praat as jy dink ek moet bekommerd raak? 'n Plek wat so leeg staan, kan baie maklik 'n teiken word."

Samuel glimlag en haal sy skouers sigbaar op. "Jy weet hoe dit met stories gaan. Een renoster of olifant wat êrens dood aangetref word en die boere begin praat van sindikate. Hulle onderskei nog moeilik tussen georganiseerde voorvalle en gevalle waar plaaslike inwoners 'n kans kry en dit doen. As ek jy is, sal ek nie te bekommerd wees nie, maar ek sal jou sê as ek iets hoor." Hy kyk na Ester. "As jy reg is, kan ons maar gaan."

Ester steek haar hand na Richard uit, maar toe hy dit neem, trek hy haar nader en soen haar wang.

"Dit was baie lekker om jou te ontmoet, en onthou die uitnodiging. Sterkte met die projek en laat weet as Bulweni se diere nie goeie modelle is nie. Ons het miskien nie so 'n wye verskeidenheid nie, maar die verandering van omgewing is dalk goed vir die inspirasie."

"Dankie. Ek sal dit onthou. En dankie vir die gesels. Dit het 'n andersins vervelige vlug aansienlik korter gemaak."

Die twee mans skud ook vlugtig hand voordat Samuel haar tasse optel en daarmee in die rigting van die aanloopbaan stap. Ester moet haar treë rek om by te bly, maar dis gelukkig nie te ver na waar die helikopter staan nie.

"Is jy seker jy het 'n lisensie om 'n helikopter te vlieg?" wil Ester weet nadat hy haar ingehelp het en langs haar inklim. "Of probeer jy my beïndruk?"

"Ek probeer jou beïndruk."

"Miskien moet ek liewer Richard se aanbod aanvaar." Sy kyk oor haar skouer terug na die gebou. "Ek wonder of hulle al weg is."

317

"Maak jou vas en moenie so baie praat nie. Ek sal my bes doen om te onthou wat ek op die televisie gesien het."

Ester kyk skeefweg na hom. "As dit 'n grap is, is dit nie snaaks nie. Jy maak my senuweeagtig."

"Ha-ha-ha . . . ek sal graag die dag beleef dat iets jou senuweeagtig maak."

Toe hulle bo die boomtoppe uitstyg, voel dit vir haar of hulle 'n oomblik tussen hemel en aarde hang, soos 'n motor wat 'n rukkie in neutraal luier, voordat die stert effens swaai en hulle koers kies in 'n suidoostelike rigting.

Die nadraai van die goeie somerreëns slaan steeds plek-plek groen uit die bruin aarde op. Rivierlope en stofpaadjies kronkel soos 'n netwerk van are oor die grond. Vlaktes styg teen koppies uit om aan die ander kant weer weg te val en nog 'n vlakte te ontbloot. Hier en daar sien sy 'n dak of twee, maar dit raak al verder uit mekaar. Selfs die informele nedersettings word nou agtergelaat soos hulle verder en verder die Laeveld binnedring.

Sy hand beduie na links, en toe hy oor die oorfone praat, skrik sy terug uit haar gedagtes. Dit duur 'n rukkie, maar dan sien sy die klomp vaal, swart rûe teen 'n effense bultjie.

"Buffels?" Haar stem klink snaaks oor die oorfone.

"Blouwildebeeste."

"Hoe weet jy dis nie buffels nie?"

"Want dis blouwildebeeste."

"Maar hoe weet jy? Kan dit nie dálk buffels wees nie?"

"Nee." Die helikopter verander effens van rigting, en toe hulle nader aan die trop kom, laat hy die helikopter 'n oomblik hang terwyl hy beduie. "Buffels is heeltemal anders gebou. Hulle koppe en gesigte lyk meer soos beeste s'n, maar wildebeeste het langer, skraal gesigte met heelwat korter horings. En as jy mooi kyk, kan jy die plooi-strepe teen hulle nekke sien; buffels het dit nie."

"'n Mens kan nie al daardie dinge van ver af sien nie. Ek vermoed jy het ook maar geraai."

Hy skud sy kop. "Miskien was hierdie een van die domste besluite van my lewe. Hoe de hel gaan jy vir my foto's neem as jy nie die verskil tussen 'n kameelperd en 'n koedoe ken nie?"

"Dis heeltemal anders. Buffels en wildebeeste daaren-teen kan maklik verwar word."

"Miskien moet jy jouself 'n guns doen en net eers seker maak jy weet presies hoe die verskillende diere lyk."

"Richard sê hierdie wêreld het op die oomblik 'n oor-populasie van 'n klomp verskillende spesies. Waarom is julle dan so gesteld daarop dat die diere nie gesteel of doodgemaak mag word nie? Is dit nie 'n manier om die getalle in toom te hou nie?"

"Het jy nie daai eerste dag geluister toe ek van ekosis-teme verduidelik het nie? 'n Mens verminder nie sommer net sekere spesies omdat hulle getalle te veel is nie, want dit gaan onvermydelik 'n uitwerking op die ander spesies hê. Dis 'n proses wat met groot oorleg aangepak moet word."

"Hy sê hierdie deel kan ook baie meer ontwikkel word as wat dit op die oomblik is. Volgens hom is wildboerdery 'n duur soort boerdery, en as die boere nie toegelaat gaan word om die plase meer te ontwikkel nie, gaan van hulle dit nie maak nie."

"Het jy hom gevra wat hy met ontwikkel bedoel?"

"Ek dink hy het iets van gholflandgoedere gesê, huise of chalets wat per deeltitel verkoop kan word, sulke soort dinge." Sy beduie deur die venster. "As ek na al hierdie grond kyk, maak dit nogal vir my sin. Julle kan baie meer

319

geld maak as julle die wêreld meer intensief ontwikkel."

"Is jy besig om 'n grap te maak, of is jy werklik oortuig dis 'n goeie plan?"

"Wat máák julle met al die grond? Dink net hoeveel diere julle weer kan red as julle ekstra geld genereer."

"Waarom sal ons diere wil red as ons hulle habitat verklein? Dit maak mos nie sin nie."

"Ken jy hom goed?"

"Wie?"

"Vir Richard."

"Ons het deur die jare al 'n paar keer kontak met mekaar gehad."

"Hy is 'n baie aangename man. En daai klere! Ek kan net dink hoe beïndruk Henry sal wees. Dis min dat 'n man so 'n natuurlike aanvoeling vir klere het."

Hy antwoord nie en sy kyk skielik na hom met meer belangstelling. "Hoekom hou jy nie van hom nie?"

"Wie sê ek hou nie van hom nie?"

"Ek kan mos sien jou nekspiere trek styf as ek oor hom praat. Het jy 'n spesifieke rede waarom jy nie van hom hou nie, of is dit net 'n geval van manlike gebiedsjaloesie? Het hy dalk al op 'n dag teen een van jou bome gepiepie?"

"Die enigste rede waarom ek nie op die oomblik oor hom wil gesels nie, is omdat jy sy kleresmaak met my wil bespreek en ek het nie die vaagste idee wat ek behoort te sê nie. Om die waarheid te sê, ek sal ook nie oor my eie kleresmaak kan saamgesels nie."

"Ek dink dit gaan nie net oor sy kleresmaak nie, maar ek sal dit eers daar laat." Sy glimlag skielik breed. "Dis net moerse lekker om te sien jy is toe nie so verhewe bo menslike emosies soos jy almal wil laat glo nie. Deep down inside word daar ook maar 'n paar normale sondes gepleeg . . . soos my ouma altyd gesê het . . . ook maar net mens."

"Ai, en ek hét so hard probeer om dit nie te wys nie."

"Waaraan dink jy as jy oor hierdie gebied vlieg?" ignoreer sy die spottende opmerking.

"Dit hang af in watse soort bui ek is of waarvandaan ek kom of waarheen ek op pad is. Hoe die dag lyk en wat ek alles sien."

"Maar wat is die een grootste gedagte wat altyd by jou opkom as jy so vanuit die lug na alles kan kyk?"

"Seker dankbaarheid dat ek 'n deel hiervan kan wees."

"Sien jy nooit die ongenaakbaarheid van die wêreld raak nie? Die peste en plae wat seker nou nog nie alles uitgeroei is nie?"

"Wanneer dit droog is, kry ek die diere jammer, maar ek weet ook teen dié tyd dat die lewe in siklusse verloop. Die droogte sal weer een of ander tyd gebreek word. Soms is die uitkoms net om die draai, soms neem dit na my sin te lank, maar in die droogte gebeur daar ook weer ander dinge wat nodig is vir die natuur om sekere aanpassings te maak. As 'n mens die natuur kon los, sal dit eintlik in perfekte balans wees, maar nou het die mens die aarde en alles wat daarmee saamgaan so opgedonner dat ek eintlik verbaas is dat die aarde nie méér teen ons gedraai het nie."

"Is jy een van dié wat glo die mens is verantwoordelik vir die veranderde klimaatsomstandighede?"

'n Stem roep oor die oorfone en hy praat eers met die persoon voordat hy haar antwoord. "Wat het die mense laat dink hulle kan 'n woud met die omvang van die Amasone-reënwoud vernietig en niks sal gebeur nie? Daar word bereken dat die gebied oor die grootste plantdiversiteit in die wêreld beskik, met tot vyf en sewentig

321

duisend verskillende soorte bome en honderd en vyftig-
duisend hoër plante per vierkante kilometer. Die omvang
van die lewende organismes wat daar bestaan, is onbere-
kenbaar. Tussen 1991 en die jaar 2000 het die area wat
ontbos is, vergroot tot meer as ses keer die grootte van
Portugal. Die paar stemme wat jare lank gewaarsku het,
is afgemaak as mal groenes wat nie verstaan waaroor alles
gaan nie, en nie die gebiede wil sien vooruitgaan nie. En
nou skarrel almal heen en weer en maak asof die woord
'balans' 'n nuwe skepping is waarvan niemand nog ge-
hoor het nie. Wat baie mense blykbaar nie verstaan nie,
is dat gebiede soos daardie, net soos vleilande, lewende,
werkende organismes is. Dis nie net 'n paar mooi bosse
of 'n stukkie moeras nie. Ek is seker kinders sal dit nie so
moeilik vind om te verstaan nie."

Hy kyk skeefweg na haar. "Genoeg lesings vir een dag.
Soos jy daardie eerste dag gesê het, ek kies gewoonlik my
gehoor beter . . . verkieslik moet hulle klaar halfbekeer
wees."

"Ek het daardie eerste dag baie dinge gesê."

"Wil jy vir my sê jy het intussen ander insigte gekry?"

Sy lag hardop. "Moenie so opgewonde klink nie! Dit
was sommer net 'n niksseggende opmerking."

Sy wys na 'n boom wat bo al die ander uittroon. "Watse
boom is dit wat lyk of hy onderstebo geplant is met sy
wortels boontoe?"

" 'n Kremetart. En jy is reg, hy is onderstebo. Die kre-
metart was vir baie lank die mooiste en grootste boom
in die bos en al die voëls het graag tussen sy takke nes
gemaak. Maar op 'n dag het sy hoogmoed oorgeneem en
hy het besluit hy is te mooi en groot dat die voëls hom so
kan toesit en het almal verjaag. Toe God dit sien, het hy
besluit om die boom te straf en hy het hom uitgetrek en

gesê vir sy straf sal hy van daardie dag af met sy wortels na bo moet groei."

Ester glimlag. " 'n Skatkis van kennis."

Hy beduie na die rivierloop onder hulle en sy kom agter hulle het al aansienlik gedaal. Sy sien dadelik die troppie olifante wat agter mekaar teen die wal uitstap.

"Is ons al oor Bulweni?"

"Ja, 'n geruime tyd al."

"Ek is nog nie seker ek gaan hierdie stiltes oorleef nie."

"Dalk raak jy so verknog hieraan dat jy nie weer wil weggaan nie."

Sy lag weer hardop. "En miskien staan jy een oggend op en al jou olifante is pienk en kan vlieg."

"Enigiets is seker moontlik."

Ester kyk na die landskap onder hulle en 'n rilling trek stadig deur haar.

23

Terwyl Ester later die middag haar klere uitpak, wonder sy stilweg hoe ver 'n suster se omgee behoort te gaan. Sy kan nie glo dat sy nie net vir Ira gesê het sy gaan huis toe nie. Maar sy weet die antwoord is nie 'n eenvoudige een nie. Om daarby uit te kom moet sy aan dinge dink waarvoor sy nie nou kans sien nie.

Sedert sy verlede jaar vir die eerste keer teruggekom het Suid-Afrika toe, weet sy hier lê 'n stuk pad wat sy moet kom loop, maar net om daaraan te dink, laat haar naar voel. 'n Vriendin het eendag gesê daar was 'n oomblik in haar swangerskap toe sy nie meer kans gesien het vir wat voorlê nie, maar terselfdertyd het sy geweet daar is nie meer omdraaikans nie.

Ester weet nog nie wat háár vorentoe presies alles gaan behels nie, maar as daar een ding is waaroor sy al sekerder raak, is dit dat sy een of ander tyd sal moet teruggaan na haar ouerhuis toe. Sy sal met die oprit moet opry en by die voordeur ingaan. Al is dit tien jaar van nou af. Haar hande raak stil, en die hemp wat sy besig was om op te vou, val terug op die bed. Of twintig jaar van nou af.

Sy kyk na waar die hortjies oopgevou is en stap dan stadig tot teen die balkonreling. Behalwe 'n paar bobbejane onder 'n boom links van haar, is daar nie 'n ander dier in sig nie. Selfs die groot krokodil wat vroeër op die sandbank gelê en bak het, is weg.

Hoe het sy hier beland? wonder sy meteens. Hoe beland 'n trein op 'n spoor wat eintlik nie veronderstel is om ooit met syne te kruis nie? Sy kyk na die smal strook water in die rivier asof dit skielik oorbelig is. Sy sien haarself by die reling staan en voel soos iemand wat verdwaal het. Wat as sy nooit weer haar pad terug huis toe kry nie? Sy het nie eens kans gehad om broodkrummels te strooi nie en die pad terug is onbekend en vol gevare. Wat as hierdie bome haar doodeenvoudig verswelg en sy vir ewig op hierdie bodem vasgevang word? Sy wil nie hier doodgaan nie. Sy wil nie deel van Afrika se onherbergsaamheid word nie.

Samuel klop liggies teen die kamerdeur, maar toe sy nie antwoord nie, stap hy die kamer binne. Hy sien die halfleë tas op die bed en die paar stukke klere wat al aan hangers teen die muurhake hang. Alles ligte kleure: kakies, witte, rome. Hier en daar 'n flenter blou of pienk, maar nie een swart item nie. Hy stap dieper die kamer in en dan sien hy haar by die reling staan. Sy staan stil, maar soos altyd is dit asof hy die lug om haar kan voel roer. Gedagtes en emosies vibreer in byna sigbare golwe om haar. Hy wil vir homself lag. Die lewe het hom geleer dat jammerte 'n sinnelose emosie is wat tot geen hulp vir enigiemand is nie, en tog kan hy nie help om, soos by vorige geleenthede ook, jammer vir haar te voel nie. Sinneloos of nie. Miskien is dit omdat iets in die manier waarop sy haar skouers regop trek, vir hom bekend lyk en voel. Asof hy weet waar sy haar op die oomblik bevind. Hy draai stil om en stap kombuis toe.

"Ek hoop nie dis weer lewer nie." Ester snuif hardop toe sy ná 'n halfuur die kombuis binnestap.

"Nee, ek het gedink vir 'n verandering eet ons vanaand die longe. Dis lekker sag en sponserig." Hy kyk vlugtig op van waar hy voor die tweeplaatstofie staan. Die persoon wat na hom toe aangestap kom, is iemand anders as die een wat hy 'n rukkie gelede by die reling sien staan het. Haar kop is regop en daar is 'n gemaklikheid in die manier waarop sy nader kom. Sy is soos 'n verkleurmannetjie waarvan die emosies saam met die omgewing kan verander. Op hierdie oomblik is dit blykbaar vir haar nodig om vrolik en sorgeloos te lyk.

"Ek is seker jy sal dit nie aan my doen nie." Sy knip-knip haar oë en kom staan 'n paar tree van hom af. "Jy is hopeloos te mal oor my."

"Daai is 'n saak waaroor die jurie nog nie 'n finale beslissing gevel het nie."

Sy tree 'n entjie terug en sprei haar arms wyd. "Wat is daar om nie van te hou nie?"

"Gif kom dikwels in mooi, klein botteltjies."

Sy lag hardop. "Is dit wat 'n mens 'n oksimoron sal noem? 'n Dwarsklap en 'n heuningklap in een sin."

Hy skink 'n glas wyn in en hou dit na haar uit voordat hy sy glas lig.

"Dankie dat jy gekom het. Carla het al begin bekommerd raak dat ek nooit die boek gaan klaarkry nie."

"Net solank sy nie dink sy kan my voorsê oor hoe ek die foto's moet neem nie."

"Die finale besluit sal by my en haar lê, so moenie by voorbaat jou nekhare laat rys nie."

"Was daar al ná jou egskeiding iemand anders oor wie jy ernstig gevoel het?"

"Nie regtig nie."

"Maar daar was ander vrouens?"

"Ja."

" 'n Paar gelyk of een-een?"

"Een-een."

"Wie is hulle, en waar is hulle? Hou jy hulle êrens in

een of ander kas en haal hulle uit wanneer jy tyd het, of waar sien jy hulle?"

"Waarom gebruik jy die meervoudsvorm?"

"Oukei, waar hou jy die huidige een aan?"

"Daarmee veronderstel jy daar is op die oomblik iemand."

"Ja, alhoewel ek vermoed jy is eintlik nog heimlik doodverlief op jou eks en sy op jou ook."

Toe hy haar nie antwoord nie, lag sy onderlangs. "Jy mag maar teenoor my bieg. Ek het niemand vir wie ek dit kan vertel nie."

"Dankie, ek sal dit onthou wanneer ek die behoefte kry om te bieg."

Sy tel die vadoek op en gooi dit na hom. "Ag komaan, dokter Mcgreggor, jy kan nie verwag ek moenie nuuskierig wees nie. Richard sê die vorige keer toe hy op Bulweni was, was hier 'n baie mooi vrou en julle het erg danig met mekaar gelyk."

"Hoe lank was julle vlug? Jy en Richard het tyd vir baie praatjies gehad."

"Moenie die onderwerp verander nie."

Hy begin egter vir hulle opskep, en dis eers toe hulle by die tafel sit en begin eet, dat hy weer praat. "Ek weet nie waarom jy oor my liefdeslewe nuuskierig is nie. Ek belowe jou dis nie so interessant dat jy daaroor sal wil praat nie."

"Humour my."

"Ek het verlede jaar 'n paar maande iemand gesien. Sy woon in Johannesburg en ons het deur gemeenskaplike vriende ontmoet. Om een of ander rede het dit egter net nie uitgewerk nie. Miskien is my skedule net te moeilik om 'n verhouding te laat werk, ek weet nie. Ons het mekaar die laaste drie maande weer 'n keer of wat gesien, maar dit raak toenemend moeite, en jy weet teen dié tyd ek is nie baie lief vir moeite nie." Hy neem 'n sluk wyn. "Beantwoord dit jou vraag?"

"En Carla? Is dit regtig verby, of kyk julle nog die hond uit die bos uit?"

"Die kat uit die boom."

"Hond, kat, bos, boom, wat maak dit saak?"

"Ons is vriende."

"So sê hulle almal." Sy sit terug teen die stoelleuning en glimlag. "Waarom het sy nie by jou gebly met Kiki-hulle se troue nie?"

Hy lag hardop. "Sommer."

"Dis nie 'n antwoord nie!"

"Miskien het ek haar nie gevra nie, miskien wou sy nie . . . wie sal weet?"

"Is jy nog lief vir haar?"

Hy neem eers weer 'n hap van die kos en kou 'n paar keer voor hy haar antwoord. "Het ek nie al daardie vraag met 'n vorige ondervragingsessie beantwoord nie?"

"Dink jy sy is nog lief vir jou?"

"Vir iemand wat nie aan die liefde glo nie, heg jy baie waarde daaraan. Mense trou tog seker nie deesdae net vir 'n vlugtige emosie soos liefde nie."

Ester sug. "Tandetrek moet honderd maal makliker wees as om iets uit jou te kry."

"My ma het my geleer dat 'n man nooit oor vrouens behoort te skinder nie. Dit getuig van swak maniere."

"Mis jy hulle?"

Samuel laat sak sy mes en vurk en voel 'n oomblik soos iemand wat onverwags in die rondte gedraai is. Dit duur 'n paar sekondes voor hy sy sinne bymekaarkry.

"Ongelooflik baie. Omdat daar nie ander kinders was nie, moes hulle maar al die rolle vervul. Ons het 'n baie goeie verhouding gehad."

"Waar is hulle begrawe?"

"Ek het hulle laat veras en hulle as hier op die plaas kom strooi. Ek dink dis wat hulle sou wou hê. Hulle was albei verknog aan die veld." Hy gee 'n skewe glimlaggie. "Soms verbeel ek my ek hoor hulle in die wind lag of laataand in die bome fluister."

Ester kry byna seer soos haar vel saamtrek en sy dink aan haar ouers wat nie bymekaar begrawe is nie. "My ma is ook veras, maar ek het nog nooit vir Ira gevra wat hy met die as gedoen het nie. Jode mag egter nie veras word nie. Die woorde 'stof is jy en tot stof sal jy terugkeer', word baie letterlik opgeneem. Die liggaam moet na die aarde toe terugkeer, net soos die siel na die goddelike moet teruggaan. Soveel rituele, en eintlik weet niemand regtig of enigiets daarvan 'n verskil maak nie." Sy kyk na hom. "Glo jy aan rituele?"

Samuel het sy leë bord opsy geskuif en sy stoel effens gedraai en nou sit en kyk hy stil na haar. Die verkleurmannetjie se vel het skielik donker geword. Die ligte trant van vroeër die aand is weg en in die plek daarvan is daar donker emosies en 'n hoorbare verlange.

"Ek dink rituele is 'n belangrike deel van menswees. Of ons daaraan glo of nie. Dis 'n stuk bekendheid waaraan 'n mens kan vashou wanneer dit voel of alles skielik vreemd geword het. Daar lê 'n groot mate van vertroosting in die wete dat jy ten minste van een ding seker is, al is dit 'n lied wat jy kan saamsing of 'n dans waarvan jy die passies ken."

Sy krap met haar vurk die kos heen en weer oor haar bord, en Samuel sien sy het feitlik niks geëet nie. Hy moet homself inhou om nie die vurk by haar te neem en haar soos 'n kind te voer nie. Waarvan sy lewe, weet hy nie, want hy het haar nog nooit 'n bord kos sien eet nie. Hy wonder of sy kan ruik en proe en of sy nie dalk destyds saam met die trauma sommige van haar sintuie verloor het nie.

Elias glo as 'n mens nie kan proe en ruik nie, sal jy ook nie lus hê om te eet nie. Volgens hom gaan eet nie net oor die volkom van die maag nie, maar oor al die sintuie wat geprikkel word, vandat 'n mens die eerste geure van die kos begin kry.

Sy vee 'n stringetjie hare uit haar gesig en sug. "Hoe het ons op dié onderwerp beland?"

"Om oor 'n mens se geliefdes, lewendig of dood, te praat is 'n baie natuurlike ding om te doen."

"Wat is daar om te sê?"

"Dink jy jou ander vriende sal dit nie verstaan as jy oor jou ouers praat nie?"

Sy haal haar skouers ligweg op. "Die wêreld waarin ek daagliks woon en werk, gaan oor mooiwees, nie oor bloed en derms nie. Ek kan my nie indink hoe ek so 'n storie sommer net aan 'n etenstafel of op 'n stel kan oorvertel nie. Dis nie asof ek dink die mense is almal ongevoelig nie. Dis net nie die soort dinge waaroor 'n mens praat nie. As ek nou mooi daaroor dink, weet ek eintlik bloedweinig van enige van my vriende se families." Toe hy haar nie antwoord nie, glimlag sy en lig haar hand. "Moet dit nie sê nie."

"Wat moet ek nie sê nie?"

"Dat dit baie oppervlakkige vriendskappe is."

"Dink jy dis oppervlakkig?"

Sy byt haar onderlip vas. "Dis anders."

"Miskien moet jy dit eendag vir hulle vertel. Hulle verras jou dalk."

"Hulle weet my ouers is dood. Dis net die detail wat ek nie graag bespreek nie. Praat van 'n party stopper."

"Ons almal hanteer dit maar op ons eie manier."

"Waarom praat ek met jou oor hierdie dinge?" Sy lig haar hande. "Hoe lank ken ek jou? En jy weet verdomp meer van my lewe as wat my vriende en eks-kêrels gesamentlik van my weet. Gooi jy elke keer een of ander waarheidserum in my wyn of wat doen jy dat ek soos 'n skuldige kind aan die bieg gaan sodra ek jou sien?"

"Miskien is dit my breë skouers."

"Moenie ligsinnig wees nie. Ek hou nie daarvan dat ek dit doen nie. 'n Mens is nie veronderstel om jou siel so aan iemand bloot te lê nie. Dit laat my baie weerloos voel."

"Wat dink jy kan ek, of sal ek, met die inligting doen? Dink jy ek sal minder van jou dink, of dat ek die situasie sal probeer uitbuit omdat ek weet jy het 'n weerlose kant?"

"Ek gee nie om wat jy van my dink nie."

"Dan hoef jy nie jou kop daaroor te breek nie."

"Maar ek weet niks van jou nie. Dit veroorsaak 'n wanbalans in ons twee se verbintenis."

"Daar is min dinge van my wat jy nog nie gehoor het nie. Die probleem is dalk dat jy nie luister nie."

"Jy het 'n verstommende manier om onder vrae uit te glip of met woorde gapings vir jouself te skep."

Hy lag 'n diep rammellag. "Is 'n goeie joernalis nie veronderstel om verby die gapings en deur die glippe te kom nie?"

"Miskien is my vaardighede effens verroes, maar glo my, ek beplan om hulle op te skerp terwyl ek die tyd het. Wanneer ek hier klaar is, skryf ek dalk 'n in-diepte artikel oor dokter Doolittle. Ek kan 'n paar duisend rand op dié manier maak, veral as ek 'n paar foto's aanheg."

Hy glimlag. "Vir iemand wat nie vervoer het nie, nie weet waar sy is nie en op die oomblik nie te vinnig kan hardloop nie, moet jy dalk nie sulke dreigemente maak nie."

Sy gee 'n hees laggie. "Ek het geweet ek moes liewer vandag saam met die mooie Richard gegaan het. 'n Man met so 'n goeie oog vir klere sal beslis weet hoe om 'n vrou te behandel."

"En 'n vrou met sulke swak insig in die manlike psige, verdien die klone wat sy kry."

Ester staan op en dra hulle borde kombuis toe. Sy draai die krane oor die wasbak oop en begin die borde was.

"Ek het net 'n paar borde. Wees asseblief versigtig." Hy stap nader en gaan staan eenkant met sy rug teen die toonbank. "En moenie die borde half was nie. Elias gaan met jou raas."

"Darem iemand met wie ek kan baklei."

"Waarom is dit vir jou so belangrik om met my te baklei?"

"Omdat ek vermoed die rede waarom jy nie met my wil baklei nie, is omdat jy my jammer kry, en ek hou nie daarvan om bejammer te word nie. Ek het dit al vir jou gesê."

"Al kry ek jou jammer, sal dit my nie keer as ek dink daar is iets waaroor ek met jou wil of moet baklei nie. Maar teen hierdie tyd behoort jy ook te weet ek is nie 'n bakleierige mens nie." Hy glimlag. "Ek sal veel eerder liefde maak as oorlog."

"Dis die bleddie probleem. Vir my lyk dit of jy op die oomblik ook nie liefde maak nie, so wat doen jy met jou emosies? Beoefen jy snags vreemde rituele, of wat doen jy?"

Hy lag dawerend. "Jy het nou genoeg tyd om uit te vind wat ek doen."

Sy was die borde klaar en sê nag.

Nadat sy kamer toe is, sit hy nog 'n rukkie nikssiende voor hom en kyk. 'n Oomblik lank wonder hy self wat doen hy met sy emosies. Dis egter nie al waaroor hy wonder nie. Hy betrap homself al die hele dag dat hy wonder of daar werklik nie 'n ander fotograaf was wat hy vir hierdie projek kon huur nie.

24

Ester hoor die stem, soos deel van 'n droom, maar met-
tertyd word dit net te hard vir die droom en alles
versplinter. Sy maak haar oë oop en staar teen die wit
muskietnet vas. 'n Gaslamp brand op die laaikas en Sa-
muel staan voor die bed met 'n beker koffie en 'n bakkie
beskuit. Sy lek oor haar lippe en vee haar hare uit haar
gesig.

"Goeiemôre." Hy sit die koffie en beskuit op die bed-
kassie neer en bind die muskietnet weg.

"Hoe laat is dit?"

"Vyfuur."

"Waarom maak jy my dié tyd van die nag wakker?" Sy
sit regop teen die kussings en tel die beker koffie op.

"Vroegoggend en laatmiddag is die beste tyd om diere
te sien. Ek het gereël dat jy Moses net ná ses by die lodge
kry. Hy sal vir jou bestuur en kan sommer terselfdertyd
vir jou een en ander oor die diere vertel."

Sy neem 'n sluk koffie en maak haar oë toe.

"Green, jy kan nie met 'n warm beker koffie in jou
hand aan die slaap raak nie. Maak oop jou oë en sit regop
sodat ek kan sien jy's wakker."

Sy loer deur een oog. "Ek's wakker."

"Amper oortuig jy my. As jy nog wil stort, sal jy moet
opskud."

"Ja, baas."

Veertig minute later sit sy langs Samuel in die Jeep en

toe hulle wegtrek, rits sy haar baadjie tot onder haar keel toe. Die vroegoggendlug is koud. Die voertuig se ligte gooi twee strale voor hulle en nou en dan gewaar sy 'n beweging langs die pad. Twee keer moet hulle stop, toe eers 'n troppie sebras en toe twee kameelperde skielik voor hulle in die ligte verskyn. Sy wil eers na haar kamera gryp, maar toe Samuel na haar kyk, laat sak sy haar hand.

"Wat gaan jy vandag doen?" wil sy weet toe hulle die ligte van die lodge deur die plantegroei gewaar.

"Ek moet eers by die kantoor kom om te sien of daar enige sake is waaraan ek aandag moet gee en daarna gaan ek gewoonlik na die rehabilitasiesentrum toe. Dis dikwels nie moontlik om voor die tyd my dag te beplan nie."

"Wat wil jy hê moet ek vandag doen?"

"Ry saam met Moses en leer ken die wêreld 'n bietjie. Ek dink dit sal help om jou 'n beter idee te gee van watter soort foto's gaan werk en wat nie."

"Ek het nog nie die teks gelees nie."

"Ek wil dit nie te vroeg vir jou gee nie, want dan gaan jy begin soek vir sekere foto's. Ek dink dit sal beter wees as jy wag dat die foto's gebeur."

"Ek kan vir ewig wag."

"Nee, jy sal nie vir ewig hoef te wag nie." Hy bring die voertuig tot stilstand langs die twee safarivoertuie en hou sy hand na haar uit. "Gee vir my jou horlosie."

"Waarom wil jy my horlosie hê?" Haar hand sluit om haar duur polshorlosie.

"Jy het dit nie hier nodig nie."

"Hoe gaan ek weet wanneer ek kan huis toe gaan of wanneer dit etenstyd is?"

"Jy sal honger word as dit etenstyd is en hier is nie regtig iets soos huistoegaantyd nie. Laat die dag jou lei."

"Jy weet, ek is nie hier vir 'n kursus in oorlewing of so

iets nie. Ek het geen behoefte om my pad of die tyd van die dag volgens die stand van die son of die maan of selfs die sterre te bepaal nie. So ver ek onthou, was dit nie deel van die job-beskrywing nie."

"Dis net 'n praktiese reëling." Hy hou steeds sy hand uit en met 'n sug knip sy die bandjie los en laat die horlosie in sy hand sak.

"As my horlosie wegraak, gaan jy vir my 'n nuwe een koop."

"Ek sal dit met my lewe oppas."

Moses doem skielik uit die donkerte op en Ester wonder waarin sy haarself begeef het. Hy dra 'n geweer oor die een skouer en 'n koelhouer in sy hand.

"Ek ken Moses vandat ek 'n kind is en ek vertrou hom met my lewe. Jy hoef nie bang te wees nie."

"Ek is nie . . ." Haar stem klink vir haarself onoortuigend en sy bly liewer stil.

"Avuxeni," groet Moses met 'n glimlag toe hy by die Jeep kom en die koelhouer en geweer agter die sitplekke neersit.

Samuel groet terug terwyl hy uitklim en vir Moses die deur oophou om in te klim. Daar volg 'n kort gesprek waarvan Ester net hier en daar 'n woord verstaan.

Die lug is besig om stadig te verkleur. Skaduwees en onherkenbare vorms kry geleidelik gedaante en raak bome, rotse, miershope of plante, hoe verder hulle ry.

"Ek sal mooi ry. Samuel sê jou been het seergekry."

"Dis nie so erg nie. Ek sal sê wanneer dit seer is."

"Die winter kom vroeg hierdie jaar."

Ester weet nie wanneer die winter veronderstel is om te begin nie, daarom reageer sy nie op die woorde nie, maar dit pla hom blykbaar nie, want hy gaan voort om oor alles en nog wat te praat.

"Die leeus het gisteraand hier naby iets gevang. Ek wil kyk of ons hulle kan kry."

"Hoe weet jy waar om te soek?"

"Ek het hulle gehoor en dit het geklink of hulle daar naby die groot maroelaboom was."

"Is alle maroelabome nie groot nie?" kan Ester nie help om te vra nie.

"Ja, maar hierdie een is baie groot. Hy was al groot toe my pa 'n kind was."

"Het jy op die plaas grootgeword?"

Hy knik met 'n breë glimlag. "En my pa ook."

Hulle stop skielik en sy moet keer om nie vooroor te val nie.

"Kyk daar bo in die boom sit 'n visarend op sy nes. Hulle begin nou nes maak. In Junie lê hulle die eiers."

Ester kyk na waar sy hand beduie, maar dit duur 'n paar minute voordat sy die boom raaksien en met groot moeite, die gedeelte waar hy beweer 'n nes is.

"Hoe kan jy sien dis 'n visarend?"

"Ek kan sien."

Ester wil nie op hierdie eerste dag in 'n argument met Moses betrokke raak nie, want dan kan hulle tyd saam dalk baie lank en ongemaklik raak, daarom bly sy stil en probeer met skrefiesoë iets uitmaak van dit wat hy klaarblyklik sien.

"Het jy al die visarend gehoor as hy roep?"

"Op die televisie." Ester is nie seker of hy weet wat 'n televisie is nie.

"Dis nie dieselfde nie. Ons kan eendag hier by die dam kom sit sodat jy hulle kan hoor."

Hulle ry weer verder, en gedurende die volgende half-uur begin Ester ernstig vermoed dat Samuel gebruik maak van vooropgestelde rekwisiete. Terwyl Moses se aandag

337

klaarblyklik by die pad is, sien hy elke dier, klip en voël in die omgewing raak. Soms is dit so ver dat sy sukkel om enigiets raak te sien.

Toe hy egter ná 'n uur onverwags weer stilhou, trek sy haar asem hoorbaar in. 'n Paar tree van hulle af, onder 'n reuse maroelaboom, lê drie leeus uitgestrek langs 'n karkas. 'n Vierde een vreet nog nou en dan die laaste vleisigheid van die ribbebene af. Daar hang 'n vreemde reuk in die lug.

"Wat is dit wat hulle gevang het?"

" 'n Blouwildebees."

Sy lig haar kamera en Moses skakel die voertuig se enjin af.

Die mannetjie het 'n welige bos maanhare wat liggies in die windjie beweeg. Die een wat nog besig is om te vreet, kyk vlugtig op en maak 'n diep gromgeluid voordat sy kop weer sak.

Moses se hand lig effens en toe sy kyk na waar hy beduie, sien sy twee klein jakkalse in die digte struike 'n entjie weg. Hulle oë is vasgenael op die leeus, of dalk eerder op die prooi wat so te sê al opgevreet is.

"Sal hulle kom saam eet?"

"Nee, soms sal 'n dom een probeer om nader te kom voordat al die leeus klaar is, maar hy sal vinnig leer dit was 'n fout." Hy grinnik.

"Daar is 'n mooi storie van die leeu, die wildehond en die jakkals wat saam gejag het. Tussen die drie van hulle het hulle 'n blouwildebees, 'n springbok en 'n haas gevang. Toe die leeu vir die wildehond vra hoe hy dink hulle die kos moet verdeel, antwoord die wildehond dat die leeu die wildebees kan kry, die jakkals kan die haas kry en hy sal tevrede wees met die springbok. Met een slag slaan die leeu die wildehond se kop inmekaar dat jy net bene hoor kraak. Toe kyk hy na die jakkals en vra hoe die jakkals die kos sal verdeel. Die jakkals se antwoord was dat die wildebees die leeu se middagete behoort te wees, die springbok sy aandete en die haas kan oggendete wees. Die leeu was baie tevrede en wou weet wanneer die jakkals so slim geword het."

Moses gee 'n kekkellaggie. "Die jakkals sê toe: 'Die oomblik toe ek hoor hoe kraak die wildehond se skedel.'"

Ester hoor in haar gedagtes die gekraak van 'n kopbeen en weet nie of sy moet lag of ril nie.

'n Kwaai grom laat haar vinnig terugkyk na waar die karkas lê en sy sien hoe die mannetjie na een van die wyfies wat nader gekom het, hap.

"Wyfies moet jag, maar die mannetjies besluit hoe die kos verdeel mag word."

"Is dit nie baie onregverdig nie?"

Moses kyk vraend na haar asof hy nie verstaan nie.

"Jy sal nie daarvan hou om al die werk te doen en dan besluit iemand anders wat met jou geld gedoen moet word nie," probeer sy verduidelik.

Hy glimlag. "A-a-a, maar hy is Hosi . . . die koning."

"Dit gee hom nog nie die reg om al haar harde werk vir homself te hou nie," praat Ester voort, terwyl sy deur die kameralens kyk.

"Gee jy nie jou geld vir jou man nie?"

Sy laat sak die kamera effens en skud haar kop. "Ek het nie 'n man nie, maar as ek een gehad het, sou ek beslis nie my geld vir hom gegee het nie."

"Sy sal nie baklei nie, want sy weet hy is die baas. Hulle leer van kleins af die man is die baas. Dis maar soos dit is. Die mannetjies beskerm die wyfies in die trop teen vreemde leeus wat in hulle gebied kom."

339

"Wat gebeur as daar 'n sterker mannetjie kom?"

"As hy sterker is en hy neem die gebied oor, sal hy die kleintjies doodmaak sodat die wyfies gou met hom sal paar. Hy soek nie die ander mannetjie se kinders in sy huis nie."

"Dis nie baie vriendelik van hom nie."

Moses lag.

"Dis nie 'n maklike lewe om 'n leeu te wees nie. Uit elke vyf kleintjies wat gebore word, sal daar dalk net een grootword. Hulle word deur ander roofdiere gevang as hulle klein is en party word in gevegte doodgemaak. Dis maar soos dit is."

Een van die leeuwyfies staan op en Ester fokus die kameralens op die groot pote wat plof-plof in die stof neergesit word. Sy kan verstaan dat 'n klap met een van daardie pote die arme wildehond se kopbeen gekraak het. Nadat sy 'n entjie gestap het, gaan staan sy en, met haar kop gelig, begin sy 'n sagte geluid maak. Dis 'n vreemde geluid wat soos 'n roep klink, en toe Ester na 'n rukkie 'n beweging in die gras sien, kan sy nie help om te glimlag nie. Twee kleintjies kom skielik uit die hoë grasse en begin om hulle ma se bene skuur. Sy gee elkeen 'n lek, maar dan lig sy haar kop en maak weer die geluid.

"Waarom hou sy aan met roep?"

"Daar moet nog een wees."

Ester maak haar mond oop om te vra of hulle die leeus hier leer om te tel, want anders kan sy nie insien hoe die wyfie kan weet al haar kleintjies is nog nie by haar nie, maar toe die gras weer begin roer, lig sy die kamera en die vraag bly ongevraag op haar lippe. Miskien is dit maar soos dit hier is. Miskien gee ma-leeus vir hulle kleintjies name. Wie sal weet hoe dinge werklik hier werk? Maar toe die derde kleintjie teen sy ma aanskuur en sy hom 'n paar lekke gee, ervaar Ester meteens 'n vreemde gevoel en sy kyk weg.

Moses raak aan haar arm en sy kyk na waar hy beduie. 'n Paar aasvoëls kom land effens wankelrig met gespreide vlerke en een of twee hop-hop nader aan die karkas. Die leeumannetjie gee 'n onderlangse grom, maar sy oë val dadelik weer toe. Asof dit 'n teken is, sak die aasvoëls met hulle skerp, krom snawels op die karkas toe en word die ribbebene stelselmatig kaalgestroop.

Hulle sit nog 'n rukkie na die doenighede onder die boom en kyk, voordat Moses die voertuig aanskakel en stadig wegtrek. Ester se eerste reaksie is om op haar horlosie te kyk, maar sy kyk teen 'n kaal arm vas en voel dadelik grimmig.

"Moses, het jy 'n horlosie?"

Hy skud sy kop.

"Hoe gaan ons weet wanneer om huis toe te gaan?"

"Ons sal weet. Is Juffrou al honger?"

"Nee, net dors en my naam is Ester."

"Daar is water in die koelhouer."

Sy strek haar arm agtertoe. In die koelhouer is bottels water, 'n fles koffie, toebroodjies en vrugte.

Sy haal 'n bottel water uit en begin om haar baadjie uit te trek. Dit is aansienlik warmer as toe hulle by die kamp weg is.

Moses stop weer skielik en Ester wonder of sy nie dalk moet begin soek na 'n sitplekgordel nie. Sy is nie lus om voor op die enjinkap te beland nie.

Haar oë soek-soek na waar hy kyk, maar al wat sy sien, is bosse. Ook nie besonderse bosse nie. Haar trots verhoed haar egter om dadelik te vra waarna sy veronderstel is om te kyk, want sy is seker hy gaan vir die res van die personeel vertel sy is blind. Maar hoe verder haar blik dwaal, hoe minder sien sy.

"Ek sien niks, Moses."

"Jy kyk nie."

"Natuurlik kyk ek." Sy haal die sonbril af en knip haar oë 'n paar keer in die helder sonlig, maar steeds is daar nie 'n teken van 'n dier nie.

"Waarna moet ek kyk?"

"Kyk tussen daardie twee takke."

Daar is net takke voor hulle, dink sy effens ergerlik, maar sy sit haar soektog voort. Dit sou dalk gehelp het as sy geweet het of sy na horings, ore, 'n slurp of 'n lang nek moes soek. Sy probeer kolle of strepe onderskei, maar vergeefs. Die takke gaan nie die geheim so maklik prysgee nie.

"Ek sien niks."

Moses maak die deur oop en beduie sy moet saamstap. Sy huiwer eers 'n oomblik, maar klim tog stram uit die voertuig. Hulle stap minder as twintig tree voordat hy gaan stilstaan en met sy vinger beduie. Dan sien sy die reuse spinnerak wat van een tak na 'n ander geweef is. Ragfyn drade wat in perfekte simmetrie gevorm is. Maar al het Moses haar 'n duisend rand of selfs 'n miljoen aangebied, sou sy dit nooit raakgesien het nie. Haar oë is geoefen om mense raak te sien en af te neem. Enkelinge, groepe, pare, solank dit mense is. Sy kan emosies eien en gelaatstrekke herken. Hierdie stukkie natuur sou by haar verbygegaan het. Sy stap egter wel terug Jeep toe om haar kamera te gaan haal. 'n Paar minute speel sy met die verstellings van die lens en dan begin sy die knoppie druk. Sy neem die web van alle moontlike hoeke af en is verbaas om te sien hoe die perspektief verander sodra sy van posisie verander.

342

Moses wag geduldig tot sy klaar is, voordat hy vir haar die Jeep se deur oopmaak en hulle weer verder ry. Ester het heeltemal tred met die tyd verloor en toe Moses in 'n stadium stop en uitklim, is sy nie seker of hulle middag- of aandete gaan eet nie. Die stand van die son beteken ook nie veel vir haar nie.

"Hoe laat dink jy is dit?" Sy kyk in die rondte asof sy na 'n horlosie soek.

"So drie-uur. Wil jy al huis toe gaan?"

"Nee. Miskien kry ons nog foto's soos vanoggend in die hande."

Sy neem die beker koffie wat hy vir haar ingeskink het en leun terug teen die Jeep.

"Dis baie stil." Sy weet nie eintlik waarom sy dit sê nie.

"Die diere rus gewoonlik hierdie tyd van die dag, maar dis nooit regtig stil hier nie." Hy hou 'n vinger in die lug. "Jy moet net luister." Hy draai sy kop effens. "Die voëls is maar altyd besig."

"Hulle sal my nog soggens mal maak in die bome daar by Samuel se huis."

"Ja, hulle kan baie raas. Soos kinders wat almal gelyk wil praat. Maar as 'n mens verstaan wat hulle sê, is dit nogal lekker om te luister."

"Verstaan jy wat hulle sê?"

"Baie van die geraas is maar net praatjies." Hy maak 'n oop-en-toe beweging met sy hand. "Soos vrouens wat praat, praat, praat. Maar as 'n mens mooi luister, hoor jy wanneer hulle mekaar waarsku as daar 'n slang naby is, of 'n ander voël wat dalk hulle eiers wil kom eet, of as hulle op kos afkom, roep hulle mekaar. Hulle praat ook maar met mekaar net soos ons."

"Waar het jy van die diere en die voëls geleer?"

"Ek het my pa se beeste en bokke opgepas toe ek 'n

343

kind was, en die dae in die veld het baie lank geraak. Dan maak 'n mens maar speletjies met jouself en jy soek voetspore en bekruip voëls en probeer hulle geluide namaak. Jy ruik aan blare en grasse en proe aan die vrugte. 'n Mens se oog sien gou as daar 'n dier in die bos staan of teen 'n rots, want jy weet hoe lyk die bos en die rots."

"Is jy getroud?"

"Ek het 'n vrou. Sy werk in die kombuis. Ons seun is een van die gidse, maar ons dogter woon in Johannesburg. Sy het twee seuntjies."

"Gaan kuier julle vir haar?"

"Ja, maar dis nie 'n lekker plek daai nie."

Ester wil vir hom sê sy stem saam, maar sy is seker dis dalk om ander redes.

"Die mense daar het al vergeet hulle is mense. Hulle laat sak net hulle koppe soos die donkies en loop net aan. Niemand kyk langs hom of agter hom nie. Hulle gee nie om wat langs hulle of agter hulle gebeur nie." Hy skud sy kop. "Dis nie 'n lekker plek daai nie. Die kinders raak ook te stout daar. Dis net TV, elke dag. Hulle leer net om mekaar dood te maak en stout te wees."

"Dink jy nie as 'n kind hier grootword en hy sien hoe wreed die natuur is, dat hy ook later nie meer waarde aan die lewe heg nie?"

"Dis nie dieselfde nie en die natuur is nie wreed nie. Diere maak mekaar nie dood vir die lekkerte nie, maar vir kos. Hulle is so gemaak."

"Hulle baklei ook maar soos mense."

Die grys kop skud stadig heen en weer. "Net wanneer hulle kos, blyplek of kleintjies in gevaar is. Daar is 'n goeie rede waarom hulle baklei."

Hy pak hulle bekers terug in die koelhouer en dan ry hulle verder. Hulle kry verbasend min diere die res van die middag, maar toe Moses vra of sy eers wil terug kamp toe gaan en later weer gaan ry, sê sy nee. Sy voel soos 'n dobbelaar wat met elke rol van die dobbelsteen of druk van die knoppie op die masjien, dalk die boerpot kan wen. Die volmaakte foto wag dalk net om die volgende draai. Sy neem later 'n paar voëls af. Moses gaan stop langer as 'n uur by 'n dam, maar 'n paar wildeganse is die opwindendste wat hulle gewaar. 'n Vlakvarkgesin maak darem onverwags hulle verskyning, maar verdwyn weer net so vinnig tussen die bosse langs die dam, die sterte soos antennas in die lug, van groot na klein op 'n ry.

Toe die son sy draai maak en na die horison begin mik, trek Ester weer haar baadjie aan, want dis skielik weer koeler. Net voor die son verdwyn, kom hulle op 'n troppie koedoes af wat rustig aan die hoë takke van 'n akasia staan en knibbel. Toe Ester na hulle deur die kameralens kyk, besluit sy sy hou van koedoes. Daar is iets baie rustigs en statigs aan die groot bokke met hulle regop elfore.

"Ons moet huis toe gaan. Samuel sal dink ek het jou vir die leeus gevoer."

"Hy sal dalk bly wees."

Moses glimlag, maar skud terselfdertyd sy kop. "Nee, hy sal nie. Hy het gesê ek moet mooi na jou kyk."

"Wat het hy nog gesê?"

"Hy praat mos nie baie nie."

"Het jy hom al kwaad gesien?"

"Ja, hy kan baie kwaad word."

"Vir wie raak hy kwaad?"

"Mense wat nie hulle werk doen nie en die diere verwaarloos of gevaarlike goed doen sodat mense of diere kan seerkry. Hy raak baie baie kwaad as van die diere geskiet word, of in die ysters gevang word."

Ester rits haar baadjie tot hoog teen haar keel toe en

wonder hoe Samuel lyk wanneer hy kwaad is. En wanneer hy baie gelukkig is. Nie dat hy ooit ongelukkig lyk nie, maar tevredenheid is nog nie geluk nie. Sy sal ook nie omgee om te sien hoe hy lyk wanneer hy verlief is nie, of sy kop verloor oor iets of iemand nie. Miskien wil sy sommer net sien hoe dit lyk wanneer hy passievol raak.

Daar brand lig in die boomhuis toe sy die trap klim. Haar heup voel skielik seer en stram, maar Moses loop agter haar en sy wil nie hê hy moet sien sy sukkel nie. Samuel staan in die kombuis toe sy bo kom.

"Julle is laat." Hy kyk na Moses agter haar, maar dis Ester wat hom antwoord.

"Moses wou al vroeër terugdraai, maar ek het gedink terwyl ons aan die gang is, kan ons netsowel 'n paar goed klaarmaak."

Sy wenkbroue lig net effens. "Het jy in een dag genoeg foto's geneem vir die hele boek? Jy werk vinnig."

"Ek het 'n goeie klompie foto's geneem gekry. Ons het vanoggend op 'n troppie leeus afgekom wat nog besig was om aan 'n karkas te vreet."

"Ek is bly jy het 'n suksesvolle dag gehad."

"Hoe laat ry ons môreoggend?" onderbreek Moses hulle.

"Jy kan my net ná ses kom oplaai. Ek sal reg wees," antwoord Ester hom. "Dankie vir jou moeite vandag."

Moses sê nag, maar toe hy omdraai, stap Samuel saam met hom teen die trap af en Ester hoor hoe hulle na Sjangaan oorslaan. Sy hoor Samuel iets sê en dan klink Moses se kekkellaggie helder op. Hulle praat nog 'n rukkie voordat sy die Jeep hoor wegtrek.

Ester het intussen haar kamera in die kamer gaan neersit en is op pad badkamer toe, toe Samuel terug in die kombuis kom. Hy sien hoe sy haar linkerheup met moeite vorentoe beweeg en is vir homself kwaad dat hy nie vir Moses gesê het om vroeër by die huis te wees nie. Met haar soort geaardheid moes hy verwag het sy sal oorreageer op die opdrag. Geduld is beslis nie 'n woord wat enigsins in haar woordeskat bestaan nie.

"Ek hoop jy's honger, want ek het 'n groot pot kos gemaak," praat hy toe sy uit die badkamer kom. Haar wange gloei effens pienk van die warm water en haar hare maak klam punte. Sy dra 'n witgewaste denim en 'n ligblou langmoutop. Sy lyk jonk en moeg en aan die manier wat sy nou en dan dieper asemhaal en haar oë vir 'n rukkie toemaak, kan Samuel sien sy het pyn. Maar hy weet as hy haar daarna vra, sal sy dit waarskynlik afmaak as nie so erg nie. Om een of ander rede verduur sy nie swakheid in haarself nie. Hy wonder wat sy dink sal gebeur as iemand anders uitvind sy het 'n weerlose kant.

"Jy sal dan baie moet eet, want ek is regtig nie vanaand honger nie. Ek sal graag 'n glas wyn wil hê." Sy gaan sit op die rusbank en strek haar bene lank voor haar uit.

"Dis nie lewer nie." Hy bring 'n glas wyn en sit dit langs haar op die koffietafel neer. Sy tel dit dadelik op en neem 'n groot sluk.

"Ek is bly dis nie lewer nie, maar ons het redelik laat eers ons toebroodjies geëet." Sy neem nog 'n sluk wyn. "Hoe was jou dag? Enige spesie van uitwissing gered of 'n paar vroulike gaste se bene lam gemaak?"

"Nee, op albei vrae, maar die aand is nog jonk. 'n Mens weet nie wat nog alles kan gebeur nie. Daar was belangriker dinge om vandag te doen."

"Soos wat?"

"Papierwerk, drade nagaan, 'n pomp laat regmaak."

"Ag nee, jy's besig om die beeld wat ek in my kop het, heeltemal te versteur."

"Ek is jammer as ek nie voldoen aan jou vereistes nie."
Hy het vir hom kos ingeskep en kom sit op een van die
stoele oorkant haar.

"Dis nie my vereistes nie. Dis wat die wêreld van die
Camel-man verwag. 'n Geweer oor die skouer, besig om
'n trop dolfyne of 'n swerm skoenlappers van algehele
uitwissing te red."

" 'n Skool dolfyne."

Sy waai met haar hand sy woorde weg. "Moenie van
die onderwerp afdwaal nie."

"Ek dink nie 'n mens kan dit 'n onderwerp noem nie.
Dit klink meer vir my of jy aan sonsteek ly."

"Moses is 'n chauvinis."

Hy kyk op en kou stadig aan die hap kos, maar tussen
sy oë het 'n fronsplooi kom lê.

"Wyfieleeus doen al die jagwerk, but the males control
the feast. Volgens hom is daar nie veel met dié praktyk
verkeerd nie. Hy was baie verbaas dat ek nie bereid sal
wees om my geld met 'n man te deel nie."

Samuel laat sak die vurk terug bord toe en begin lag.
"Ek dog hy het een of ander neerhalende opmerking ge-
maak."

"Nee, hy's baie beleef en vriendelik, maar ek kan ag-
terkom hy dink nie veel van die vroulike geslag nie. Dier
of mens."

"Ek is seker hy dink nie sleg van julle nie. Hy reken
maar net 'n vrou moet weet wat en waar haar plek in die
rangorde is."

"Ek hoop my gehoor het my so pas in die steek gelaat,
want ek wil nie weet dat jy so iets kan sê nie. Dit gaan
verby alle grense van aanvaarding."

Samuel stoot die leë bord effens opsy en strek sy bene
terwyl hy agteroor sit. "Dink jy nie dis tyd dat ons verby

die vreeslike kragvrou-era beweeg en weer teruggaan na die tyd toe vrouens nog daarvan gehou het om vrouens te wees nie? En daarmee saam weer mans toelaat om mans te wees nie? Ons het nou gesien die huidige stelsel werk nie. Ek het onlangs êrens gelees dat in sommige lande meer mense op die oomblik weer trou as 'n paar jaar gelede, maar die huwelik hou omtrent so lank soos dit neem om die skottelgoed van die huweliksfees te was. Mense is nie meer gelukkig nie."

"Sê iemand wie se huwelik hoe lank nou weer gehou het?"

"Ek het myself nooit buite die prentjie geplaas nie. Ek is heeltemal bereid om te erken dat ek deel van die statistiek is."

"Jy kan nie verwag vrouens moet mans se ondergeskiktes wees nie. Ons kan wragtig nie so regresseer nie."

"Niemand het gepraat van ondergeskik wees nie. Dit sal 'n moerse groot sprong wees wanneer vrouens net weer 'n slag 'n man kan respekteer." Sy maak haar mond oop, maar hy lig sy hand. "En wanneer mans vrouens weer respekteer. Respek is altyd 'n tweerigtingstroom."

Ester hou haar glas dat hy dit vol maak en gee 'n lang sug. "Soos met al jou wonderlike teorieë en praatjies, is hierdie een se kans op sukses omtrent so groot soos vrede in hierdie pragtige land van jou. Die golf het gebreek en niks wat jy of ek kan sê of doen, kan dit keer nie. Mans het nie meer ruggraat nie, en daarom kan hulle nie meer aandring op vrouens se respek nie. Tensy jy een of ander wonderkuur het waarmee jy alle mans gaan inspuit sodat hulle oornag weer regop loop, kan ek nie sien dat dit sommer gaan gebeur nie."

"A-a-a, my liewe, ongeduldige Hadassa. Mans kort nie 'n wonderkuur nie, hulle kort die wil. Soos met alles in die lewe het ons keuses. Ons, as die kroon op die skepping, het die vermoë om in liefde saam te woon, of ons kan baklei. Ons is in staat tot grootse dade van vrede en welwillendheid, maar ook tot die ergste gruwels denkbaar. Ons kan kies en, soos ek eendag vir jou my standpunt oor vrede verduidelik het, glo ek dat, as die meerderheid van ons meer kere die pad van vrede en liefde kies, jy die wêreld nie sal ken nie."

Toe haar mond oopgaan, val hy haar in die rede. "En net nog 'n laaste gedagte . . . ek moenie vir jou wag om eerste respek te toon voordat ek dit sal teruggee nie. Dis my job om vir jou te wys ek verdien respek, want ek is uiteindelik net vir my eie dade verantwoordelik en aanspreeklik; nie vir joune nie."

Sy draai die wynglas 'n paar keer in die rondte terwyl sy na die vlamme kyk. "Ek kan nie besluit of jy een van die min wyse manne op aarde is of so mal soos 'n donnerse haas nie."

Hy lag terwyl hy opstaan en sy bord kombuis toe neem. "Miskien 'n bietjie van albei. Wil jy koffie hê?"

"Nee, ek is bang dit maak my wakker."

"Kan ek nie vir jou 'n bietjie kos inskep nie? Dis nog warm."

"Het jy dit nog nooit oorweeg om in die politiek betrokke te raak nie?" ignoreer sy die vraag.

"Nee."

"Waarom nie? Jy het op alles en nog wat 'n antwoord en jy is baie woordvaardig."

"Suid-Afrika, en heel moontlik die grootste gedeelte van Afrika, verdien nie die luuksheid van 'n politieke bestel of politieke leiers nie." Hy kom sit weer oorkant haar, met 'n beker koffie.

Sy skuif haarself effens meer regop teen die kussings.

"Daai een sal jy vir my moet verduidelik, want ek is nie seker ek verstaan dit nie."

"Solank duisende kinders in 'n land honger ly, duisende nie 'n goeie basiese skoolopleiding ontvang nie, ou mense nie toegang tot basiese lewensmiddele en 'n waardige oudag het nie, duisende nie 'n werk of 'n huis het nie, en kinders toegelaat word om wapens vas te hou, het politiek nie 'n plek in so 'n land nie. Solank mense se magsvergrype en korrupsie toegesmeer word, en enige mens toegelaat word om enige vorm van haatspraak van verhoë af te verkondig, het politiek nie 'n plek in so 'n land nie. Politiek is die voorreg van lande waar die meeste mense kos en werk en lewensmiddele het. Waar alle kinders toegang tot 'n vorm van skoling, opleiding of veilige bewaring het, en met 'n verwagting kan grootword. Afrika kan nie bekostig dat leiers met mekaar oor politieke beginsels baklei en verskil nie. Nie solank daar werk is wat gedoen moet word nie.

"Die enigste voorvereiste om 'n leier te word moet wees of die persoon oor die vaardighede en wysheid beskik om mense te lei. Weet jy hoe belangrik is leierskap in die diereryk? Dit is die een wat die trop na kos en water moet lei. Wat die paaie ken. Die een wat die oeroue kennis aan die jonges moet oordra. Moet sorg dat die kleintjies gedissiplineer word en die reëls van die trop leer. Dit is die een wat die trop uit gevaar moet hou en teen gevaar moet beskerm.

"By ons mense werk dit net mooi andersom. Die leiers is dikwels dié wat sorg dat hulle alleen kos en water het, dat hulle oor huise en vet bankrekenings beskik en hulle kinders goeie skoling ontvang. Die idee dat hulle deel van die trop is en deur hulle optrede hulle eie voortbestaan ook bedreig, is blykbaar te moeilik vir hulle om te begryp.

Hulle lei letterlik die trop die afgrond in en steeds kies ons hulle op grond van irrasionele alliansies en verbintenisse."

Hy vee oor sy gesig. "En dit is die allerlaaste toespraak wat jy van my sal kry. Ek is jammer ek het effe meegevoer geraak."

"Weerspreek dit wat jy nou gesê het nie jou optimisme en hoop vir die land en die kontinent nie? Ek stem heeltemal met jou saam, maar dis juis vir my 'n bevestiging dat die oorlog hier klaar verloor is."

"Nie noodwendig nie. Ek kom weer terug na my idee van keuses, en ek ken genoeg mense wat met groot wysheid keuses maak. En gewoonlik nie uit eie belang nie, maar juis tot voordeel van die hele trop."

Hy sug. "Waarom is dit so moeilik vir mense om te besef dat dit tot hulle eie voordeel is as dit met hulle buurman goed gaan en as die bure se kinders ook lewensvaardighede geleer word? Interafhanklikheid is tog nie so 'n moeilike begrip nie."

"Waarom de hel gee jy nie net moed op nie? Ek wil jou nie vanaand beledig nie, want vir die eerste keer vandat ek jou ken, maak jy vir my sin, maar jy gaan nie hierdie geveg wen nie."

"When pack meets pack in the jungle, and neither will go from the trail, lie down till the leaders have spoken . . . it may be fair words shall prevail." Hy glimlag skeefweg. "Ek hoop steeds op leiers met wysheid en fair words."

"Jy's 'n fool."

"En jy's baie moeg en moet in die bed kom. Ek betaal jou nie om tot wie weet watter tyd van die nag te sit en ginnegaap nie."

Sy kyk na haar arm voordat sy onthou hy het haar horlosie geneem. "Ek vermoed jy het my horlosie gevat sodat ek nie kan agterkom ek moet saans saam met die voëls bed toe gaan nie."

"Saam met die hoenders."

"Waarom help jy my gedurig reg as jy baie goed kan verstaan wat ek bedoel?"

"Waarom noem ek jou nie sommer net Hester nie? Ek is seker jy sal weet ek praat met jou."

"Want dis nie my naam nie."

"Die uitdrukking is: om saam met die hoenders bed toe gaan, nie saam met die voëls nie, en hou nou op praatjies maak. Jy gaan enige oomblik aan die slaap raak."

Sy sukkel orent en kom ná 'n rukkie met haar tande-borsel van die kamer af verbygestap badkamer toe. Elke tree is 'n marteling en sy wens sy het liewer net in die bed geklim. Op die rotslys moet sy aan die reling vashou, want haar kop draai ook effens. 'n Oomblik dink sy sy gaan haar balans verloor en vooroor val, maar sy gaan staan met haar rug teen die rots tot die ergste duiseligheid bedaar het. Toe sy ná 'n rukkie weer terugstap, staan Samuel by die vuur. Hy kyk op en dan stap hy nader en sonder om te vra, gaan sy arms om haar en tel hy haar op.

"Sit jou arms om my nek en hou vas."

"Ek kan loop."

"Ek weet."

"Ek is nie 'n invalide nie."

"Ek weet."

"Moenie vir my jammer wees nie. Ek hou nie daarvan nie."

"Sjjt . . . niks wat jy sê, is nuus vir my nie. Hou vas en geniet dit. Dis nie iets wat ek aldag doen nie. Wanneer laas ís jy deur 'n man kamer toe gedra?"

"Is jy nie bang ek raak verlief op jou nie?"

"Doodbang. Dis waarom ek nie 'n gewoonte hiervan

353

sal maak nie." Hy stoot met sy voet haar kamerdeur oop en laat sak haar versigtig. "Sal jy regkom?"

"As ek nee sê, gaan jy my slaapklere vir my aantrek?"

"Nee, maar ek kan dit vir jou aangee."

"Ek sal regkom."

Op pad terug deur toe, tel hy die bottel pille op wat op die bedkassie staan.

"Het jy vanaand hiervan gedrink?"

"Ja, dis pynpille wat die dokter vir my voorgeskryf het."

"Jy is nie veronderstel om dit op 'n leë maag te drink nie, en beslis ook nie om dit met 'n paar glase wyn af te sluk nie." Hy druk die houer pille in sy broeksak.

"Wat maak jy met my pille? Ek mag dit drink."

"Ek sal môreoggend met ontbyt vir jou een gee; jy is in elk geval nie veronderstel om vanaand weer daarvan te drink nie. Lekker slaap."

"Is jy nou skielik my dokter ook?" roep sy ergerlik agter hom aan toe hy die deur toetrek, maar al antwoord wat sy kry, is sy voetstappe op die houtvloer.

25

"Waar is Moses, en waarom het jy my nie vroeër wakker gemaak nie?"

Samuel bring vir Ester net ná agt 'n koppie koffie en 'n toebroodjie en nadat sy geëet het, gaan haal hy vir haar 'n pynpil.

"Moses het iets anders wat hy vandag moet doen en ek het gedink jy kan netsowel saam met my ry."

"Ek weet ek kan; ek is net nie so seker ek wil nie. Jy kan my nie soos 'n kind behandel nie. Ek is heeltemal in staat daartoe om verantwoordelikheid vir my eie gesondheid te aanvaar. Ek weet jy kan leeus tem en olifante ry en waarskynlik op water ook loop, maar ek is nie jou verantwoordelikheid nie, en ook nie een of ander projek waarmee jy jou hoef besig te hou nie. Ek is gelukkig met wie ek is en met my lewe. Ek wil nie gered of bekeer word nie."

Toe dit lyk of hy uit die kamer wil stap, roep sy agter hom aan. "Ek het met jou gepraat."

"Trek aan, ons kan later praat."

'n Halfuur later wag hy reeds by die Land Rover toe sy onder kom. Hy help haar in voordat hy self inklim en die voertuig aanskakel. Sy kyk by die venster uit.

"Om sulke sterk pynpille te drink en boonop nooit te eet nie, is onverantwoordelik. As jy so aanhou, kan ek netsowel nou al 'n ander fotograaf soek, want jy gaan dit nie maak nie. So, as dit jou manier is om vir my te sê jy wil dit nie doen nie, of dat dit vir jou te moeilik is en jy wil teruggaan, is hierdie nou jou kans. Ons hoef nie mekaar se tyd te mors nie. Maar as jy besluit om te bly, gaan jy sorg dat jy met verantwoordelikheid na jou eie gesondheid kyk, en dit sluit in om gereeld te eet."

"Het iemand al vir jou gesê jy is 'n pyn in die gat?"

"Ja, maar nie terwyl ek hulle probeer help het nie."

"Het ek jou hulp gevra?"

"Sommige mense weet nie wat hulle nodig het nie, en jy is een van hulle." Hy hou sy hand op toe sy wil praat. "Ek probeer nie snaaks wees nie, en ook nie klink asof ek alles weet nie, maar hierdie is nie jou gewone soort projekte nie. Ek weet jy werk waarskynlik dikwels baie lang ure en dikwels in die buitelug, maar hierdie situasie bly steeds anders. Dit gaan nie net 'n week of twee wees en jy kan teruggaan na die gerief van jou woonstel toe nie. Hierdie plek se ritme is heeltemal anders as waaraan jy gewoond is en dit kan veeleisend wees. Ek het vir jou die job aangebied, wetende dat jy op die oomblik nog nie heeltemal herstel het nie, maar ek weet ook as jy versigtig is en soms net nie so koppig wil wees nie, sal jy dit kan doen. So, los in vadersnaam die egospeletjies en beskou hierdie as 'n eenmalige geleentheid om 'n deel van die wêreld te sien en te ervaar wat jy dalk nooit weer gaan sien nie. Any change is as good as a holiday, selfs al gaan dit gepaard met 'n bietjie werk en inspanning."

Sy antwoord hom nie en ná 'n kilometer of wat hou hy skielik stil en vra: "Wil jy liewer teruggaan Johannesburg toe?"

Sy kyk 'n lang ruk stip voor haar, voordat sy haar kop draai. "Ek weet nie waarom ek ingewillig het om hierdie job vir jou te doen nie. Ek het al heelwat tyd spandeer om my redes te probeer verstaan, maar dis moeilik, en ek het nie die geduld of die soort persoonlikheid om ure lank oor myself en my gedagtes of dade te wonder of te worstel nie. Miskien wou ek vir Ira tevrede hou, miskien het ek gedink hy kan baat by 'n tydjie weg van my af, miskien fassineer hierdie wêreld my meer as wat ek wil erken, of miskien was ek gatvol van stilsit.

"Ek weet nie waarom ek hier is nie, net so min as wat ek weet waarom jy my gevra het, maar daaroor gaan ek ook nie wakker lê nie. Miskien sien jy my as een of ander dier wat gerehabiliteer of bekeer moet word. Ek verstaan jou die helfte van die tyd glad nie, en die ander helfte van die tyd weet ek nie of ek jou wil verstaan nie. Ek is moer bang ek begin soos jy klink en kort voor lank soos 'n groupie al agter jou aan trek om mense te help bekeer."

"Solank jy die tent help opslaan, die kollekte invorder en nooit terugpraat nie, gee ek nie om nie."

Haar oë vernou merkbaar. "Die mees scary gedeelte van die hele saak is dat ek weet jy maak waarskynlik 'n grap, maar ek is nie so seker of dit heeltemal 'n grap is nie, en dan verstaan ek glad nie waarom ek enigsins bereid is om tyd saam met jou deur te bring nie.

"Ek het jou al gesê ek hou nie van onsekerheid nie. Ek voel selde of ooit ambivalent oor enigiets, maar jy laat my so voel, en om hier te wees laat my so voel, en dis nie 'n lekker gevoel nie." Sy kyk na hom, maar toe hy haar nie antwoord nie, gooi sy haar hande in die lug. "Ek praat met jou!"

"En ek hoor alles wat jy sê."

"Het jy geen kommentaar om hierop te lewer nie?"

"Ek het nie geweet ek is veronderstel om iets te sê nie. Dit klink of jy oorgenoeg het om te sê."

"Kan jy nie net een keer in jou lewe ernstig probeer

wees nie? Ek is nie nou in 'n bui vir grappe of slimmighede nie."

Samuel vee met sy hand deur sy hare en sug hardop. "Ester, ek is nie 'n guru of 'n sage wat antwoorde op alle lewensvrae het nie. Ek hou my dalk soms slim, maar dis dikwels ook maar net 'n manier om dinge vir myself uit te sorteer. As ek oor alles wat in my lewe gebeur het, moet wonder en wroeg, sal ek niks anders kan doen nie. Dit was dalk 'n impulsiewe besluit om jou te vra. As ek reg onthou, was dit baie laat in die nag. Dit was dalk net so impulsief van jou om ja te sê, maar nou is ons hier en ons kan óf elke dag in sirkels redeneer en nêrens kom nie, óf ons kan vertrou dat daar nie regtig verkeerde paaie in die lewe is nie. Miskien is dit tyd om so bietjie agteroor te sit en te kyk waarheen die stroom jou gaan neem. Jy weet nooit, dalk geniet jy dit."

"Ek gee nie om om saam met die stroom te gaan nie, maar op die oomblik voel dit of jy die stroom se vloei wil beheer en dit voel nie vir my reg nie."

Hy gee 'n laggie. "As jy sien iemand is op pad rotse toe, sal jy nie voel dis jou plig om hom te waarsku nie?"

"Jy mag waarsku, maar dit bly my besluit of ek wil luister. Dalk wou ek nog altyd voel hoe dit is om kop aan kop met 'n rots kennis te maak."

"Miskien moet ek my beeldspraak effens wysig, want ongelukkig is ons twee vir 'n ruk in een stroom gegooi. As ek die boek suksesvol wil afhandel, is ek daarvan afhanklik dat jy kop bo water bly en nie op die rotse beland nie. So, stel jouself 'n dubbelkano voor, of 'n opblaasboot, dis jou keuse, maar solank jy hier is, is jy ongelukkig nie alleen in die boot nie. Ek wil nie noodwendig roei nie, maar ek gaan ook nie stil toekyk hoe jy niks doen om ons van die rotse af weg te hou nie."

"As 'n mens moet terugsit en jouself oorgee aan die stroom, beteken dit nie rotse en al nie?"

Hy lag hardop. "Vergeet die stroom, vergeet die boot en sorg maar net dat jy luister as ek vir jou raad gee. Ek is dalk nie alwetend nie, maar my pa het gesorg dat ek 'n gesonde hoeveelheid common sense het . . . en ek is baie ouer as jy."

Ester voel hoe die baklei in haar gaan lê. Hy maak dit net onmoontlik om met hom te baklei.

Hulle ry 'n rukkie in stilte en Ester weet nie of sy al ooit in haar lewe 'n groter behoefte gehad het om 'n ander se gedagtes te lees as op hierdie oomblik nie. Dis 'n ou grap dat vrouens graag wil weet wat mans dink, en dat hulle eintlik baie teleurgesteld sal wees, want die meeste van die tyd dink mans aan baie basiese dinge. Sy het haarself nog altyd daarop geroem dat sy nie soos ander vrouens is nie. Sy het nie nodig om in mans se koppe te kan sien nie. Sy ly nie aan een of ander minderwaardigheidsgevoel wat versekering nodig het nie. Maar vandat sy die man langs haar ontmoet het, was daar al 'n paar geleenthede waar sy haarself betrap het dat sy graag sal wil weet wat hy dink. Nie omdat sy vermoed hy dink aan haar nie. Sy wil net sien wat agter die gemaklike stiltes en die donker oë lê.

"Waarheen gaan ons?"

"Die plaaslike gemeenskap se kruiedokter is besig om daar naby die hek na veldkruie en medisinale plante te soek. Ek wil sommer net gaan groet en hoor hoe dit gaan."

"Glo jy aan al die tradisionele gelowe en gewoontes?"

"Wat bedoel jy met die woord 'glo'?"

"Dink jy 'n toordokter kan met die gooi van 'n paar doodsbeendere en 'n vreemde konkoksie enigiets van my seksuele probleme tot my finansies regmaak?"

359

"Sukkel jy met enige van genoemde sake?"

Sy skud haar kop.

"Jammer, ek kon dit nie weerstaan nie. Ek dink, soos in enige beroep is daar die werklike bekwames en die minder bekwames wat die professie 'n slegte naam gee. Met ander woorde, ek dink nie alle prokureurs is skelm en alle dokters alwetend nie. Daar is baie eerbare prokureurs of regskundiges en daar is dokters wat aan 'n gevaarlike godsmentaliteit ly, maar ek ken genoeg van albei professies om te weet dis gruwelike veralgemenings. Net so is daar tradisionele genesers wat werklik probeer om met die kennis waaroor hulle beskik, 'n verskil in mense se lewens te maak, terwyl ander daarop uit is om mense te bedrieg en beroof."

"Hoe herken jy die verskil?"

"My rule of thumb is gewoonlik dat ek nie sommer iemand vertrou wat vir my die son en die maan en die sterre belowe nie. Sodra iets klink asof dit te goed is om waar te wees, is dit dikwels regtig net te goed om waar te wees. Ek sal nie sommer na iemand toe gaan wat belowe hy kan alles van my liddorings tot my karprobleme oplos nie. Ek het jou nou net gesê my pa was 'n groot aanhanger van outydse common sense. Te min mense pas dit deesdae toe."

Toe sy hom nie antwoord nie, wil hy weet of hy haar vraag beantwoord het.

"Ja en nee. Ek weet nou wat jou filosofie oor die saak is, maar ek weet steeds nie of jy kruie, knolle en bolle gebruik en glo dat jy vratte met die volmaan kan wegblaas nie."

"Dit hang af wie die kruie, knolle en bolle gee en wie my vratte probeer wegblaas."

"Glo jy 'n gesonde dieet met genoeg vitamines en minerale kan mense van vigs genees?"

"Wat dink jy?" Hy kyk vlugtig na haar.

"Dit klink soos uitbuiting van goedgelowige mense en 'n onwilligheid om 'n moerse groot probleem te erken."

"Maar aan die ander kant kan enige mens net voordeel trek uit 'n gesonde dieet. Ek glo aan enigiets wat die liggaam kan help om homself te help. Vigs is letterlik 'n dodelike siekte, en daar gaan waarskynlik nog baie water in die see loop voordat alles daaroor geskryf of gesê is, maar intussen wil 'n mens graag die liggaam 'n regverdige kans in die geveg gee. Ek glo enigiets wat die liggaam kan help, moet gedoen word. As ek siek is en ek voel beter solank ek 'n halfuur elke dag op een been rondspring, sal ek graag die keuse wil hê om dit te doen, ongeag of mense daarvoor lag."

"Maak dit jou nie moeg om so verdraagsaam te wees nie? Is daar niks wat jy summier verdoem nie?"

"As ek eendag alle lewensantwoorde het, sal ek myself dalk die arrogansie gun, maar tot dan verkies ek om half veilig te speel en alles 'n kans te gee."

"Selfs hierdie kontinent en sy mense." Sy sê dit stilweg, asof sy met haarself praat.

Hy stop en beduie na twee bokke wat 'n entjie weg in 'n opening staan.

"Watse bokke is dit?" vra Ester.

"Waterbokke."

"Hoe weet jy dis waterbokke? Kan dit nie 'n koedoe of rooibok of iets anders wees nie?"

"Nee, want hulle het die kenmerkende wit kring agter op hulle kruis en hulle horings lyk glad nie soos 'n koedoe of rooibok s'n nie." Hy kyk na haar toe sy haar kamera oplig. "Moet jy nie miskien begin deur die verskillende diere te probeer uitken voordat jy na jou kamera gryp nie? Dit kan dalk help."

"Ek kan die verskillende diere uitken, dis net die klomp bokke wat min of meer almal dieselfde lyk."

"Hulle lyk so verskillend soos ek en jy. Jy sal nie graag wil hê mense moet sê jy lyk soos ek net omdat ons albei tot die groep homo sapiens behoort nie."

Haar kamera klik egter reeds en hy skud sy kop toe hy die kamera uit haar hande neem. "Jy's lui, Green. Kyk na die bokke en probeer ten minste een eienskap raaksien sodat jy hulle dalk weer sal herken."

"Hulle bly in water."

Hy sit terug en sug stadig. "Hulle naam is eintlik 'n misnomer, want hulle is nie regtig lief om in water in te gaan nie."

"Ek verstaan nie waarom hulle naam dan waterbokke is nie."

Hy haal 'n verkyker onder sy sitplek uit en gee dit vir haar. "Kyk, en sê my wat jy sien."

"Bruin hare . . ."

"Kort of lank?"

"Langerig."

"Horings?"

"Lank en spits. Na die buitekant geboë. Wit ring op die boude. Dit lyk of die meeste se onderbene effens donkerder as hulle lyf is."

Hy neem die verkyker by haar en trek weer stadig weg. "Probeer dit nou onthou."

"Waarom het jy nie 'n onderwyser geword nie?"

"Want ek sou kinders soos jy vermoor het."

"En wat van verdraagsaamheid?"

"Daar is grense aan alles, selfs my geduld."

"So, ek het net nog nie hard genoeg probeer nie?"

"Jy wil nie regtig die einde van my geduld sien nie."

"Raak jy gewelddadig?"

Hy lag sag. "Ongelukkig nie. Sou dit jou tevrede gestel het?"

"Enige verdomde emosie van jou kant af sal my tevrede stel."

Nou lag hy hardop terwyl hy die Land Rover onder 'n boom tot stilstand bring en die deur oopmaak. "Jy moet miskien ernstig daaraan dink om iemand te gaan spreek oor jou onnatuurlike behoefte aan konflik en aggressie."

Sy maak haar deur ook oop en klim uit. "Miskien is dit net op jou van toepassing."

"Dan moet jy dalk éérs dringend hulp kry."

Hy swaai 'n geweer oor sy skouer en begin weg van die voertuig af stap. Hy stap stadig sodat sy kan bybly. Hier en daar breek hy 'n blaar van 'n struik af en laat haar daaraan ruik en dan verduidelik hy wat dit is. Dit voel vir haar of sy kort-kort haar kop wil skud om seker te maak sy is wakker en by haar volle bewussyn, want hierdie is so ver verwyder van haar normale lewe dat dit soos 'n absurde droom voel. Toe hy eenkeer haar hand neem om oor 'n omgevalle boomstam te klim, moet sy haarself keer om nie terug te rem nie.

Sy het geen bewustelike rede daarvoor nie, behalwe dat daar iets aan sy aanraking is wat haar bang maak. Miskien is dit ook nie sy aanraking nie, maar eerder om by hom te wees. En tog het sy besluit om terug te kom hierheen. Om vir 'n tyd lank 'n ruimte met hom te deel.

Sy wonder meteens of sy ooit werklik 'n keuse gehad het. Sy wonder nie dikwels oor die pad wat haar lewe geloop het nie, want om te wonder is soos 'n lig wat sy op die magteloosheid laat skyn, en voor sy haarself kan keer, speel haar kop sê-nou-maar-speletjies. Wat as . . .? Speletjies wat nie 'n goeie einde het nie, want die werklikheid kan 'n groot pretbederwer wees. Die boelie op die skoolgrond wat nie duld dat iemand anders 'n lekker tyd kan hê nie. Die een wat die speelgoed stukkend trap of die bal oor die draad skop.

Maar sy was ernstig toe sy vir hom gesê het, sy wonder al van die vorige dag af waarom sy hier beland het. Was daar êrens 'n padteken wat sy verkeerd gelees het? Was sy altyd bestem om eendag hier 'n draai te maak, en as dit so is, wat is die doel daarvan?

Sy het oor die laaste paar jaar haar lewe op 'n sekere manier ingerig. Dit was asof sy haar eie wêreld geskep het, soos wat stede soos Dubai doelbewus gebou word. Daar was geen normale groei nie. Daar is op 'n dag sekere besluite geneem en daar word daagliks uitvoering aan gegee. Dit is haar lewe. 'n Sorgvuldig geboude struktuur wat werk. Dit het miskien nie die sjarme en atmosfeer van 'n stad wat oor jare heen gegroei het nie, maar dit werk vir haar.

En nou voel dit of iemand haar uit haar lewe gehaal het en sy soos die spreekwoordelike vis op droë grond hap na lug. Hierdie is nie haar lewe nie. Hier is te veel kleure en reuke en stemme wat sy kan hoor. Hierdie is soos 'n ou stad vol versteekte gangetjies en draaitjies waar jy onverwags op interessante ontdekkings afkom. Die reuke is 'n vermenging van eeue oue kulture, met as basisgeur die aarde se eie reuk.

Sy het doelbewus 'n orde in haar wêreld geskep, juis omdat sy nie meer van verrassings hou nie. Maar hier is geen orde nie, of miskien is die orde wat hier heers, 'n orde wat haar bang maak. Sy ken haarself nie hier nie, en die ergste is dat sy nie eens weet wat om hier van haarself te verwag nie.

Sy is so ingedagte dat sy teen Samuel vasloop voordat sy besef hy het gaan staan. Hy strek sy arm agtertoe en keer haar val. 'n Entjie voor hulle sit 'n ouerige Sjangaan gebukkend op die grond en 'n entjie van hom af sit een van die plaas se gidse met 'n geweer oor die skouer. Hulle stemme is rustige op-en-af melodieë. Sy weet nie of dit 'n gesprek genoem kan word nie, want dit klink veel eerder na losstaande gedagtes wat nie noodwendig met mekaar gedeel word nie, maar eerder op die windjie gestrooi word.

Toe Samuel begin praat, skrik die gids effens, maar die gebukkende figuur bly so kop onderstebo sit terwyl hy iets sê.

Samuel lag toe hy hom antwoord.

Die man kyk eindelik op en kom dan stram orent. Sy blik gaan oor Ester en sy bly stil staan terwyl 'n krieweling teen haar rug afgly. Hy sê iets en Samuel glimlag.

"Ester Green."

Die ou man sê iets, maar sy weet nie of dit die normale, aangename kennis is of dalk iets soos, ek kan jou in 'n padda verander nie. Sy kan voel dat 'n ergerlikheid van haar nek af opkruip na haar gesig toe.

"Ester, dis dokter Lucas Mabanda. Hy is die kruiedokter van wie ek jou vertel het."

Ester knik liggies.

Samuel gaan sit eenkant op 'n klip en die ou man kniel weer op die grond waar hy besig was om plantjies en grasse te bekyk.

Samuel stuur die gids om eet- en drinkgoed in die Land Rover te gaan haal en Ester soek ook 'n klip om op te gaan sit. Toe sy wil buk, kry sy nie haar heup gebuig nie en sy kom weer regop. Die twee mans kyk vlugtig op en dan skuif Samuel opsy en beduie na die groter en hoër klip waarop hy sit.

"Kom, ek sal jou help."

"Ek staan sommer." Sy stap 'n entjie weg en maak asof sy een of ander struik met gepunte pienk blommetjies bekyk, terwyl die mans se stemme agter haar styg en daal. Samuel praat die Afrika-taal met 'n ingebore ritme.

Toe die jonger man van die Jeep af terugkom, staan Samuel op en Ester sien hoe die ouer man se blik weer na haar toe draai en hy iets vir Samuel sê. Aan die manier waarop Samuel na haar kyk, kan sy sien hy het 'n opmerking oor haar gemaak.

Hulle groet die twee mans en dan stap sy weer agter hom aan terug Jeep toe. Sy het besluit sy gaan nie vra nie, maar ná tien minute kan sy haarself nie keer nie.

"Wat het hy oor my gesê?"

"Hy sê jy is kleiner as wat hy jou gesien het."

"Wanneer het hy my al gesien?"

"In 'n droom."

"Hy het van my gedroom?" Die verbasing slaan in 'n spotlaggie deur. "En jy glo hom?"

"Wie is ek om te sê waaroor Lucas droom en nie droom nie. Hy sê ook jy het 'n lang pad geloop om hier te kom en ek moet geduldig met jou wees. Jy het nog pyn."

"Het hy nie sommer ook vir jou die Lotto-nommers gegee en gesê waar ek 'n nuwe paar Prada-boots kan koop nie? Al die winkels waar ek gevra het, se voorraad was uitverkoop."

"Hy sê hy sal vir jou iets stuur vir jou heup . . . en vir jou hart."

"Het ek hartprobleme?"

"Blykbaar het jy."

"Hy het nie dalk 'n kardioloog aanbeveel nie?"

"Ek dink nie jy het daai soort hartprobleme nie."

Sy skud laggend haar kop. "Sê asseblief vir my jy glo

nie regtig sulke nonsens nie, anders gaan ek ernstig jou geestesgesondheid bevraagteken."

"Waarom sal ek hom nie glo nie? Hy het ook 'n paar ander dinge gesê wat hy nie veronderstel was om te weet nie."

"Soos wat?"

Samuel bestuur 'n lang oomblik in stilte. "Soos dat jou hart nie sal ophou pyn voordat jy nie terug huis toe gegaan het nie."

"Ag, asseblief! Watse klomp bullshit. Ek hoop nie jy dink ek moet dit glo nie."

"Jy het my gevra wat hy oor jou gesê het, en nou baklei jy met my wanneer ek jou sê."

Ester vee 'n haar uit haar gesig en verskuif op die sitplek. "Jy maak asof ek 'n idioot is. Hy kan net van die huis weet as jy hom vertel het, en dis wat jý eintlik vir my wil sê, maar nie die moed het nie. Nou maak jy asof een of ander toordokter op 'n onverklaarbare manier weet wat in my lewe aangaan. Hoe bleddie onnosel dink jy is ek?"

"Jy behoort seker beter as ek te weet hoe onnosel jy is."

"Moenie beledigend raak nie."

"Moet my dan nie van goed beskuldig wat nie waar is nie. As ek vir jou iets wil sê, sal ek dit reguit vir jou sê. Ek is nie 'n buikspreker wat deur 'n pop moet praat nie."

Samuel het byna lus om te spoeg, asof daar sand tussen sy tande beland het. Dit moet makliker wees om met 'n kaktusplant 'n verhouding te hê as met Ester Green. Ten minste kan 'n mens 'n kaktus se dorings sien en versigtig wees. Anders as met haar, waar jy nooit weet waar die volgende dorings gaan uitskiet nie.

Toe hulle 'n halfuur later by die lodge kom, kyk sy

vraend na hom toe hy uit die Land Rover klim en haar deur kom oopmaak.

"Kom laai gister se foto's op die rekenaar af sodat ek kan sien hoe dit lyk."

Hulle stap stil langs mekaar na die ontvangsgebou en glimlag stram toe hulle deur die personeel gegroet word. Sy gaan sit agter Samuel se lessenaar en is verbaas oor die moderne rekenaar wat hy het. Om een of ander rede het sy gedink hy het in die dae van 'n slingertelefoon vasgesteek. Hy gaan sit eenkant en begin deur 'n hoop posstukke blaai, maar toe sy sê sy is klaar, kom staan hy agter haar terwyl sy die foto's een vir een op die skerm oopmaak.

Hy lewer nie kommentaar nie en dit voel of haar nekhare letterlik orent begin staan.

"Dis goeie foto's, maar glad nie wat ek vir die boek wil hê nie," praat hy eindelik, nadat hy die laaste een gesien het.

"Wat is verkeerd met die foto's?"

"Daar is geen gevoel nie . . . waar is die magic?"

"Hoeveel magic kan daar in wilde diere wees?" Haar hand lig in 'n vraende gebaar.

"Daar is magic in enigiets, dit hang net af of jy dit wil sien. En verder kan 'n mens sien jy ken nie jou onderwerpe nie."

Sy begin haar kamera wegpak en stamp byna die stoel agter haar om toe sy opstaan. "Fok jou en jou alewige filosofieë. Daar is niks met hierdie foto's verkeerd nie."

"Ek gaan dit weer vir jou sê: jy het lui geword en as jy eerlik met jouself wil wees, sal jy dit erken. Vir 'n leek sal dit goeie foto's wees, maar ek en jy weet jy kan beter, en net soos jy nie tevrede is met tweede beste in jou werk nie, gaan ek nie my naam koppel aan middelmatigheid nie. Ek het vroeër vanoggend vir jou gesê jy moet besluit

of jy hierdie job wil doen of nie. Ek is nie besig om 'n ge-
weer teen jou kop te hou nie. Jy is 'n vrywilliger wat goed
betaal sal word . . . mits jy die werk behoorlik doen."

Sy stap by hom verby en deur die ontvangslokaal, waar
Kiki opkyk en iets sê, maar Ester maak of sy haar nie
hoor nie. Sy het nie nou lus om praatjies te maak nie. Nie
eens met Kiki nie. 'n Kiki wat lyk asof sy in 'n sonkol
dans. Asof een of ander iets haar van binne af laat gloei.
Op hierdie oomblik verkies Ester veel eerder donkerte. Te
veel lig maak haar onrustig en hier is net te veel mense
wat lyk asof hulle ligstrale is. Dis soos 'n epidemie, dink sy
wrewelrig terwyl sy aanstap na waar die voertuie gepar-
keer is. Asof iemand haar gedagtes gehoor en besluit het
om haar te help, loop sy Moses raak, maar sy ignoreer die
wit glimlag.

"Is jy klaar met jou ander werk vir die dag?"

"Ja. Ek het nou net teruggekom."

"Dis goed, want ek wil hê jy moet met my gaan ry."

Hy kyk na die son en vee oor sy kop. "Dis amper mid-
dagete."

"Ek is nie honger nie, maar ek sal wag as jy vir jou iets
wil gaan haal. Moet net nie lank neem nie."

Sy kyk hoe hy wegstap, en toe hy oor sy skouer na haar
kyk, maak sy of sy dit nie sien nie.

"Waarheen moet ons gaan?" wil hy weet toe hy 'n ruk-
kie later met 'n koelhouer in die hand by die Jeep kom.

"Ons gaan sommer net ry en kyk wat ons sien."

"Waarom gaan sit ons nie by een van die damme nie?"

"Hoe seker is jy daar gaan diere kom?" Ester kan dit
nie vir hom verduidelik nie, maar die gedagte om êrens te
gaan stilsit, laat haar vreemd benoud voel.

"'n Mens is nooit seker nie, maar ons is ook nie seker
ons gaan iets sien as ons rondry nie."

Sy oorweeg die twee moontlikhede en dan knik sy. "Goed, laat ons maar gaan kyk of daar iets by die dam aangaan."

Twee rooibokke staan by die water toe hulle stop. Hulle ore beweeg heen en weer toe hulle rusteloos opkyk en effens wegstaan. Moses parkeer die voertuig onder 'n maroelaboom en begin die koelhouer oopmaak.

"Ek het vir ons kos en water gebring."

Ester neem 'n botteltjie water by hom, maar skud haar kop vir die toebroodjie, al lyk dit baie lekker. Moses klim uit en gaan sit eenkant op 'n omgevalle boomstomp terwyl hy eet. Die veld om hulle is stil, maar soos gewoonlik moet 'n mens net lank genoeg luister en jy hoor allerhande geluide. Soms net die ritseling van blare, soms 'n insek, dalk êrens 'n sagte geproes of 'n veraf geroep en dan natuurlik is daar altyd die voëls. Die kwetteraars van die veld. Hulle roep en sing, fluit en koggel onophoudelik en hier by die dam is dit asof hulle selfs meer bedrywig is.

Omdat daar niks anders is om na te kyk nie, begin sy hulle dophou. Die verskillende vorms, uiteenlopende vlerke, kleure, geluide. Dit voel asof 'n hele simfonie gereed maak vir 'n uitvoering. Van die klanke klink soos oefennote, asof hulle besig is om hul instrumente in te stel of hulle stemme op te warm. Sommige klink skaam en onseker, maar tussenin is die pronkers wat uit volle bors lostrek, seker in die wete dat hulle die sterre in die opvoering is. Die prima donnas.

Sy betrap haarself dat sy kort-kort haar kamera wil lig, maar telkens laat sak sy dit weer sonder om 'n foto te neem. Dis asof sy elke keer Samuel se stem hoor, en al laat dit haar ergerlik voel, kan sy haarself ook nie so ver kry om die stem stil te maak nie. Daarom sit sy maar stil en bekyk die voëls. As iemand 'n maand gelede vir haar gesê het sy sal êrens in die bos na 'n klomp voëls sit en kyk, sou sy haarself seker doodgelag het. Stilsit was nog nooit een van haar sterk punte nie.

Sy skuif haarself effens af op die sitplek en kyk hoe Moses se kake rustig op en af beweeg. Asof in stadige aksie. Sy tel haar kamera op en fokus op sy profiel. Hy sit en kyk uit oor die water. Sy bring die beeld nader totdat sy elke lyn en plooi kan sien. Elke vlekkie en onreëlmatigheid. Gewoonlik sal sy reeds begin planne maak het hoe om van al die foute ontslae te raak. Digitale fotografie het gesorg dat niemand meer minder as perfek hoef te lyk nie. Foto's word gedokter totdat net 'n generiese beeld oorbly. Al die eiesoortige eienskappe bly in die slag; die plooie en lyne wat die stories vertel. Die merke wat getuig van 'n lang en vol lewe, of miskien selfs net van 'n lewe.

Sy het lanklaas met onvolmaaktheid gewerk. Maar soos sy nou deur die lens na Moses se verweerde gelaatstrekke kyk, kan sy haar pa se stem hoor. Hy was lief om te sê dat van die mooiste dinge op aarde, soos poue en lelies, eintlik nutteloos is. Sy glimlag. Hy was omtrent so vol idees en filosofieë soos Samuel Mcgreggor. Sy sien hoe die lig wat deur die takke syfer, skaduwees op Moses se gesig maak wat sy voorkoms gedurig verander. Die beeld deur die lens verander saam met elke blaar wat in die boom roer.

Sy laat sak die kamera toe hy opkyk en iets beduie. Sy wil vra wat hy sien, maar dan gewaar sy die voël wat uit 'n boom aan die oorkant na die water toe duik. Toe hy oomblikke later met 'n vet, blinklyf vis in sy kloue weer opstyg, weerklink 'n vreemde geroep oor die dam. Sy ril liggies en besef te laat sy het vergeet om 'n foto te neem.

26

Daar brand lig in die boomhuis toe Ester die trap klim. Die geur van vleis wat braai, tref haar toe sy op die dek uitstap. Elias is besig om iets op die vuur gaar te maak, terwyl hy onderlangs neurie. Sy wonder of hy gemoedeliker was voor sy vrou se dood. Miskien treur hy steeds oor haar. Die gedagte laat haar met meer aandag na die figuur by die vuur kyk en sy wonder waar 'n swart man se hartseer en verlange sit. Is dit soos in haar geval 'n brandpyn oor haar bors en 'n leegheid op die krop van haar maag? Wonder hy ooit oor hoe die kaarte vir hom geval het, of is daar 'n stille aanvaarding? Vandat sy haar oë in die wêreld oopgemaak het, was Josef en Gladys deel van haar wêreld, maar sy kan nie onthou of sy hulle ooit aan mekaar sien raak het nie. Tog het sy altyd met 'n kinderlike aanvoeling geweet hulle is lief vir mekaar. Maar nou wonder sy skielik of sy reg was. Was Elias lief vir sy vrou, en as hy was, hoe het hy dit vir haar gewys?

Sy draai weg kamer toe en skud haar kop liggies. Te veel vars lug kan 'n mens vreemde gedagtes laat dink.

Samuel staan met sy hande uitgestrek oor die vuur toe sy later uit die badkamer kom.

"A-a-a, Hadassa . . . ek het nie geweet jy's nog hier nie. Ek dog jy's lankal opgepak en op jou pad terug beskawing toe."

"Net nog 'n bevestiging dat jy nie alles weet nie." Sy

glimlag gemaak breed vir hom en gaan staan ook langs die vuur.

"Het jy 'n vrugbare dag gehad? Baie foto's geneem?"

"'n Paar."

"Enige wat jy vir my wil wys?"

"Nee, en ek wil ook nie verder oor foto's of diere praat nie. Ek sal jou wys wanneer ek dink jy moet iets sien, en moenie my vanaand weer probeer kwaad maak nie. Ek is nie lus vir baklei nie."

"Ekskuus, kan jy net gou herhaal wat jy nou net gesê het? Ek dink nie ek het mooi gehoor nie."

Sy gee hom 'n dwarskyk, maar glimlag weer breed. "I am a sea of calmness. I am serenity incarnated."

"En dan glo mense nie meer aan wonderwerke nie . . ."

"Dit beteken egter nie ek is nie steeds die moer in vir jou oor jou kwaadwillige kommentaar op my foto's nie. Ek glo steeds jy was kleinlik en dat jy nie weet waarvan jy praat nie, maar dit nou eers daar gelaat. As jy perfeksie wil hê, sal ek vir jou perfeksie gee."

"Perfeksie is die laaste ding wat ek soek. Ek soek iets met soul. Dis moeilik om te verduidelik, maar ek herken dit gewoonlik wanneer ek dit sien."

Sy maak 'n ligte veebeweging met haar hand. "Ja, ja . . . ek weet wat jy bedoel. Moet nou nie weer filosofies raak nie. Ek wil oor iets anders praat. Jy en die kruiedokter het vandag oor geld en diefstal gepraat en oor vreemde mense. Waaroor het dit gegaan? Jy het nie sommer net gaan groet nie. Jy het gaan inligting soek."

"Wat laat jou so dink?"

"Ek was as kind redelik vlot in Zoeloe en daar is hier en daar 'n woord wat ek dink ek vandag verstaan het, al het julle Sjangaan met mekaar gepraat."

Toe hy haar nie dadelik antwoord nie, gee sy 'n tree

agteruit asof sy hom beter wil sien. "Dit gaan oor die sindikaat waaroor Ira inligting moes kry."

"Jy sal maak dat ek nooit weer binne trefafstand van 'n joernalis kom nie, veral nie so 'n nuuskierige een soos jy nie."

"Wat dink jy kan ek met die inligting maak? Ek is nie meer 'n joernalis nie en het geen behoefte om enige storie uit te snuffel nie. Ek sal net graag wil weet ek het vandag reg verstaan en dat my afleidings nie verkeerd is nie."

Voordat hy haar kan antwoord, kom sê Elias dat die kos gaar is en dat hy nou huis toe gaan.

"Dankie, Elias." Ester weet nie of hy haar hoor nie, maar die beeld van die stil gesig oor die vuur is steeds in haar geheue.

Samuel stap saam met hom af tot by die Land Rover en eers nadat sy die voertuig hoor wegtrek het, kom hy terug teen die trap opgestap. Sy het intussen 'n bottel wyn oopgemaak en twee glase ingeskink, voordat sy 'n stoel nader aan die vuur gesleep het en nou met opgekrulde bene na die vlamme sit en kyk.

"Die nuutgevonde rustigheid pas jou." Hy trek ook 'n stoel nader en kom sit langs haar.

"Moenie die onderwerp probeer verander nie. Vertel my waaroor jy en die toordokter vandag gepraat het."

"Hy's nie . . ."

"Ek weet, ek weet. Ek is sommer net moedswillig."

"Min dinge in die omgewing ontgaan Lucas en in ruil vir toegang tot die plaas, hou hy daarvan om my van tyd tot tyd op hoogte te bring met wat aangaan. Hy het gister 'n boodskap gestuur dat ek moet kom, want hy het nuus. Soms is dit sommer net 'n bietjie onskadelike skinderstorietjies, maar soms help hy my om potensiële probleme uit te sorteer voordat dit te groot word. Soms is die stories eintlik net 'n bedekte manier om hulp te vra. 'n Skool se dak wat reggemaak moet word of 'n sokkerspan wat truie en broeke moet kry. Hy is 'n baie slim man."

"En wat was die aard van gister se stories?"

"Waarom wil jy weet?"

" 'n Oorblyfsel van my nuuskierige dae."

"Volgens hom is daar mense wat besig is om van die plaaslike bevolking te werf vir een of ander job. Dit beteken gewoonlik maar net hulle soek mense wat die omgewing ken en redelik ongesiens kan beweeg om wild te steel of dood te maak. Die plaaslike mense word 'n paar rand betaal, genoeg om hulle te laat glo dit is die moeite werd, maar wat hulle nie altyd besef nie, is dat hulle die ouens is wat die grootste risiko's loop."

"En tog is hulle bereid om dit te doen?"

"As jy nie 'n werk het nie, is drieduisend rand 'n fortuin. Selfs 'n duisend sal jou dalk van 'n hele paar beginsels kan laat vergeet."

"Wat gaan jy doen?"

"Met ons mense praat. Letterlik met my oor op die grond loop en hoop en bid niemand uit die binnekringe voel te na gekom of ongelukkig met sy werk hier nie. Ons het een keer vantevore, reg aan die begin, 'n voorval gehad waar een van ons eie mense betrokke geraak het en dit was baie lank voordat ons besef het wat aangaan."

"Waarom klink jy so gelate? Kan die potensiële roof en doodmaak van onskuldige diere jou nie eens kwaad maak nie?"

"As ek te kwaad raak, dink ek nie meer helder nie. Dis beter dat ek die saak van alle kante af bekyk en nie te emosioneel daaroor raak nie. Die voetsoldate is gewoonlik nie te slim nie, maar die base wat dit beplan, is, en ek kan nie bekostig om kop te verloor nie. En om jou vraag

te beantwoord, ja, dit maak my woedend, soos enige an-
der vorm van gulsigheid. Om 'n dier te sien wat soms op
die wreedste moontlike manier doodgemaak is, net om-
dat sy tande of horing iets werd is, is om jou naar te maak
en self van 'n paar beginsels te laat vergeet."

"Sal hulle mense doodmaak?"

Hy neem eers 'n sluk wyn voordat hy haar antwoord.
"As iemand hulle pad kruis, sal hulle enigiets doen. Hier-
die besigheid gaan oor een ding, en dis geld. En baie geld.
Daar is seker ook begrotings wat moet klop en lewen-
standaarde wat volgehou moet word."

Hy bly lank stil. "Ek weet dis moeilik vir mense soos jy
om te verstaan waarom 'n mens diere probeer red, terwyl
daar soveel ellende in die wêreld bestaan, maar as ons nie
na die diere kyk nie, wie moet?" Hy glimlag skeefweg.
"As ek heeltemal poëties mag raak, glo ek dat elkeen wat
die kans kry om met diere te werk of selfs net 'n bietjie
omtrent diere te leer, iets van sy siel terugkry. Dit het
daarmee te doen dat daar geen voordeel in kan wees nie.
'n Dier kan jou nooit vergoed nie. Jy kan nog nice met
jou buurman wees in die hoop hy nooi jou saam na sy
luukse strandhuis of gee vir jou kaartjies in sy rugby-losie.
Die besoek aan die bejaarde familielid of vriend kan dalk
jou naam in die testament verseker, maar kinders en diere
het niks waarmee hulle jou kan vergoed nie."

"Wie koop die ivoor en renosterhoring? Kan daar so
'n groot mark wees dat hierdie mense bereid is om hulle
lewens op die spel te plaas?"

"Daar was oor die afgelope twee jaar 'n paar voor-
valle waar doeanebeamptes in byvoorbeeld Hong Kong
op 'n besending ivoor van ongeveer vyf ton op 'n vrag-
skip beslag gelê het. Daar word gereken dat die hoeveel-
heid ivoor waarop in 2007 beslag gelê is, tussen twintig

en vier en twintig ton beloop. Dit klink dalk nie na veel nie, maar as jy die tande sien, besef jy hoeveel olifante doodgemaak is om soveel ivoor in die hande te kry. Ons reken egter dis 'n baie konserwatiewe berekening en dat die ware hoeveelheid baie meer is. In 2005 was die geraamde waarde van 'n kilogram ivoor in Asië ongeveer tweehonderd Amerikaanse dollar. Hierdie pryse het egter twee jaar later gestyg na sewehonderd Amerikaanse dollar. 'n Bobbejaan kan die somme maak en sien dis 'n baie winsgewende bedryf.

"Volgens 'n ander studie bestaan die moontlikheid dat daar gedurende 2006 ongeveer tweehonderd en veertig ton ivoor uit Afrika gesmokkel is. Na raming is dit ongeveer vier en twintig duisend olifante wat gedood is. Ek is besig om vir jou syfers te noem, maar as jy eenkeer 'n jong olifantkalfie gesien het wat dae lank by sy dooie ma wag en soms selfs nog probeer drink, dan kry syfers en statistiek 'n gesig, en dis 'n gesig wat my so kwaad maak dat ek bang raak vir myself. Dit is soos om 'n kind met 'n geweer in die hand te sien.

"Die gevoel wat ek ervaar, is iets wat nie deur die woord 'woede' beskryf kan word nie. Ek het geleer daar is 'n wêreld anderkant kwaadword."

Ester luister na die stem wat vanaand 'n ander klank gekry het. Sy het hom al ernstig gesien, maar sy het nog nooit hierdie kilheid gehoor nie. Sy voel hoe die hoendervleis op haar arms uitslaan. Hy het 'n mooi stem. Sy weet nie wat die definisie van 'n mooi stem is nie, en 'n mens gebruik dit seker gewoonlik om 'n sanger se stem te beskryf, maar hy het 'n stem wat 'n mens opval en jou laat luister. Miskien is dit omdat sy stem dit regkry om jou die beelde te laat sien. Die beelde wat vanaand gevorm word, laat haar woordeloos.

Dis asof daar vanaand 'n byna tasbare ring om hom is, soos 'n skild wat hom teen die waansin van die wêreld moet beskerm. Sy wil haar hand uitsteek om daaraan te raak. Of miskien wil sy maar net, deur die skild, aan hom as mens raak.

Hy staan op en ná 'n rukkie roep hy uit die kombuis: "Kom eet, Elias gaan die hel in wees as hy weet hoe lank ons sy kos laat wag het."

Die gedagte dat sy nie honger is nie, kom vlietend by haar op, maar sy onderdruk dit vinnig. In die kombuis neem sy die bord wat hy na haar uithou en sy laat toe dat hy vir haar kos inskep.

"Moses sê jy wou nie vanmiddag eet nie."

"Waarom sou hy dit nodig vind om so iets oor te vertel? Het hy nog nooit iemand gesien wat nie honger is nie?"

"Wanneer laas was jy werklik dankbaar vir 'n maaltyd? Opreg, nederig dankbaar vir die kos wat aan jou voorgesit word?"

Sy frons. "Ek weet nie."

"Miskien moet ek vra of jy al ooit werklik dankbaar vir 'n maaltyd was, en of jy dit nog altyd as vanselfsprekend aanvaar het?"

Toe sy hom nie antwoord nie, gaan hy met 'n skewe glimlag voort.

"Moses het baie arm grootgeword en dit was nooit 'n voldonge feit dat daar kos in die huis gaan wees nie. Daarom is hy tot vandag toe diep dankbaar vir enige kos en kan hy nie verstaan dat 'n mens sommer net 'n maaltyd van die hand kan wys nie."

"Is jy nog werklik dankbaar vir kos?"

"Elke dag. Nie omdat ek 'n goeie, vrome mens is nie, maar omdat ek weet hoeveel mense daar is wat nie vandag 'n krummel gehad het om te eet nie. My ouers het seker gemaak ek leer daardie les van kleins af."

"Is dit waarom jy aan tafel bid, of is dit uit gewoonte en bygeloof?"

Hy lag gemaklik. "Miskien iets van al drie."

Hulle eet 'n rukkie in stilte voordat sy haar mes en vurk laat sak. "Hou jy van seks?"

Samuel begin stik en moet opstaan en in die kombuis gaan water drink. Selfs toe duur dit nog 'n rukkie voordat hy weer kom sit. Toe hy praat, is sy stem krakerig.

"Wil jy my doodmaak?" Hy kug hees.

"Ek is jammer. Ek het nie gedink jy sal dit so 'n vreemde vraag vind nie."

"Komende van jou moet ek dit seker nie so vreemd vind nie, maar dit bly steeds 'n vraag wat niemand my nog gevra het nie; beslis nie oor 'n gebraaide tjop nie."

"Is jy ongemaklik om daaroor te praat?"

Hy skud sy kop en neem 'n sluk wyn. "Nee, maar ek sal graag wil weet wat jou dit laat vra het. Ek is seker jy vra dit nie vir elke mens saam met wie jy eet nie."

"Miskien wil ek net seker maak jy is 'n mens en nie een of ander heilige nie."

Sy lag spoel oor haar en laat haar onwillekeurig glimlag. "A-a-a, ek kan net hoor wat Robert sal sê as hy dit moet hoor! 'n Heilige . . . nee, my liewe Hadassa, ek is nie 'n heilige nie. Nie eens amper nie. Ek kan egter op water loop . . . as dit dalk iets tel."

"Dit was nie bedoel om 'n grap te wees nie en jy het my nog nie geantwoord nie."

"Ek hou baie van seks."

"Genoeg om saam met 'n meisie te slaap wat jy so pas ontmoet het?"

"Genoeg om dit seker te kan doen, maar ek hou nie

379

daarvan nie. Ek hou daarvan om iemand te ken. Ek is 'n sucker vir intimiteit. Vir daai veilige ruimte waarbinne jy niks hoef te vrees nie en net jouself kan wees." Hy glimlag. "Daai deel waarvan jy nie hou nie."

"Hoe kan jy dit sê?"

"'n Blinde kan sien dat intimiteit jou bang maak. Dit het waarskynlik te doen met die feit dat jy dink jy nie meer in beheer sal kan wees nie, of sommer net omdat jy niemand so naby aan jou wil vertrou nie. Ek dink jy's bang vir jouself."

Nou lag sy hardop. "Hoe de donner kry jy dit reg om alle gesprekke weg van jou af te stuur? Hierdie was nie veronderstel om 'n praatjie oor my seksualiteit te wees nie."

"As ons oor myne kan praat, kan ons seker netsowel oor joune praat. Is daar nog iets wat jy wil weet?"

"Nee dankie. Eet maar liewer jou kos."

"Nadat ek nou net byna my lewe verloor het, is ek te bang om te eet. Waarsku my asseblief in die vervolg, of maak seker ek is nie besig om te kou nie."

"Dink jy swart mense ervaar dieselfde emosies as wit mense? Ek het vanmiddag na Elias gekyk toe ek by die huis kom en gewonder of hy sy vrou mis en hoe dit vir hom voel."

"Waarom dink jy hulle ervaar dit anders?"

"Dis nie dat ek dit dink nie . . . ek wonder maar net. Ek kyk na iemand soos Elias of Moses en sien 'n byna kinderlike aanvaarding dat die lewe nie maklik is nie, maar dat dit nie gaan help om te kla nie.

"Ek het byna dieselfde gevoel in die Midde-Ooste gehad wanneer ek na die ma's met klein kinders gekyk het. Jy ry deur die strate van Bagdad en tussen die uitgebrande motorwrakke sien jy 'n ma wat met 'n kind aan die hand skool toe stap. Daar kan enige oomblik 'n bom ontplof, maar sy stap byna gelate aan. Of die winkeleienaar wat sy kraampie oopsluit en net kan hoop en vertrou hy sal die aand na sy gesin toe kan teruggaan. En dan wonder ek of intense emosies en verwagtinge van die lewe nie 'n luukse is waarmee die welvarendes hulself bederf nie."

Samuel hou haar dop soos sy praat, en in sy geestesoog sien hy 'n voël wat van tak na tak spring. Proe-proe aan honderde gedagtes. Met geen logiese orde of ritme nie.

"Elias was baie lief vir sy vrou. Hy het my eenkeer vertel hoe hulle mekaar ontmoet het en dat hy nooit weer na 'n ander vrou gekyk het nie. Kiki sê hy dra 'n foto van haar in sy beursie, en hy raak baie kwaad as sy hom met 'n ander vrou spot, of as iemand vra wanneer hy weer trou."

"Het jy al ooit vir Robert en Kiki aan mekaar sien raak?"

"Ja, maar jy moet onthou, sy het konserwatief grootgeword en sal altyd meer skugter wees as byvoorbeeld 'n meisie van haar ouderdom wat in die stad grootgeword het. Maar as een van hulle iets moet oorkom, sal die ander een se hartseer net so groot soos myne of joune wees, al is hulle dalk nie so demonstratief nie. Ek kon nog nooit agterkom of dit jare se swaarkry onder 'n moeilike regeringstelsel was wat hulle genoodsaak het om hulle gevoelens vir die wêreld weg te steek, en of dit 'n ingebore teruggetrokkenheid by sommige mense is nie."

"Dis dalk die probleem met die wêreld: dat ons nie mekaar se hartseer verstaan nie. As ons dalk verstaan het waar 'n ander se trane vandaan kom, sou ons die persoon se pyn beter verstaan, of ons mekaar se taal kan praat of nie. Miskien mekaar se pyn én vreugdes."

"Jy is in 'n baie filosofiese bui vanaand."

"Ek en Moses het vandag ure lank by die dam gesit. Het jy al ooit in jou lewe so lank niks gedoen nie, net gesit en kyk? Dis bleddie scary. En die enigste diere wat ons gesien het, was 'n paar rooibokke, twee koedoes en 'n vlakvarkgesin."

"En wat het jy die hele tyd gedoen?"

"Na die voëls gesit en kyk. Hier moet miljoene voëls wees."

"En het jy iets by die voëls geleer?"

"Ek het jou gesê, ek is nie hier om te leer of om my te bekeer nie. Wat ek wel agtergekom het, is dat sekere karaktereienskappe universeel aan lewende wesens is, of jy nou voël of mens is. Jy kry die besiges, wat jou moeg maak net deur na hulle te kyk, die pronkers, wat graag gesien wil word, die klaers, die skinderbekke, wat gedurig op soek is na 'n gewillige oor, die skugteres, en dan dié wat so seker van hul vermoëns is dat hulle niks het om te bewys nie."

"En in watter van hierdie groepe val jy?"

"In 'n groep van my eie."

"En dan beskuldig jy mý van verwaandheid!"

"Ek het gesien hoe 'n visarend 'n vis in die dam vang en hom hoor skreeu," ignoreer sy die opmerking.

"Het jy 'n foto geneem?" Hy sit agteroor en probeer nie glimlag nie.

"Nee, ek het nie."

Die glimlag sprei stadig en maak plooitjies langs sy oë. "Ek is baie trots op jou."

"Voordat jy jouself op die skouer begin klop ... ek was doodeenvoudig net nie vinnig genoeg nie, anders het ek 'n foto geneem."

Sy weet dis nie waar nie, maar hy hoef dit nie te weet nie. Soos hy ook nie hoef te weet hoeveel keer sy per dag aan hom dink of aan iets dink wat hy gesê het nie. Oor die afgelope paar jaar het sy haar gedagtes geoefen om op sekere paaie te bly. Soos 'n goed afgerigte atleet het sy geweet wat om van hulle te verwag en wanneer hulle effens uitgesak het en nie na wense presteer het nie, het sy hulle harder geoefen. Maar nou is daar 'n indringer wat haar gedagtes verlei om afdraaipaaie te neem, of om teen 'n stadiger pas te beweeg, of soms sommer stil te staan. Dit maak haar by tye iesegrimmig. Ander kere ervaar sy 'n weerloosheid omdat dit voel asof hulle klaar besluit het om nie meer na haar te luister nie, maar eerder die vreemdeling te volg. Sy voel daagliks hoe haar beheer getoets word, en meer as een keer kan sy net magteloos toekyk.

"Ek sal nooit so aanmatigend wees as om te dink dat enigiets wat ek sê, 'n invloed op jou doen en late sal hê nie. 'n Man moet darem sy beperkinge ken."

"Beskeidenheid pas jou nie. Wees liewer eerlik en sê dat jy vol vertroue is dat jy van my 'n nuwe mens gaan maak terwyl ek hier is."

"Ek is nie 'n towenaar nie."

Sy strek haar uit en gaap 'n lang gaap terwyl sy na haar bord beduie. "Aangesien ek al my kos opgeëet het, verdien ek sekerlik 'n pynpil, of gaan jy weer een of ander verskoning gebruik waarom ek nie een mag kry nie?"

"Het die dokter nie vir jou oefeninge gegee om te doen nie? Jy kan nie onbepaald pynmiddels neem nie. Hy moes een of ander vorm van rehabilitasie voorgestel het."

"Sien jy 'n gym hier rond?"

"Jy het nie 'n gym nodig om oefeninge te doen nie. Wat dink jy het die mense gedoen voor daar gyms was?"

"Pynpille gedrink."

"Jou herstel gaan soveel vinniger wees as jou spiere sterk is, want dit help om die been te beskerm."

383

Sy gaap weer. "Ek het êrens 'n papier met oefeninge op, maar ek gaan dit nie nou soek nie."

"Jy wil nie vir die res van jou lewe mank loop nie."

"Ja, Pa, ek sal my oefeninge doen, Pa, hou net asseblief op kerm."

Hy staan op en vryf oor haar kop. "Gaan slaap. Jy is besig om weer iesegrimmig te raak, en dit sal jammer wees. Jy was so ver vanaand nogal nie slegte geselskap nie, vreemde vrae ten spyt."

Sy staan stram op en moet eers aan die stoel vashou voordat sy kan beweeg. "Voordat jy weer begin preek, gaan slaap ek maar."

"Jy sal 'n man na drank dryf," antwoord hy met 'n sug uit die kombuis waar hy hulle borde gaan neersit het. Sy glimlag oor haar skouer.

27

Die volgende drie weke verval Ester in 'n roetine van vroeg opstaan en lang ure werk. Samuel kom maak haar gewoonlik net voor ses met 'n koppie koffie en 'n bakkie beskuit wakker. Aanvanklik het sy net die koffie gedrink, maar die lang ure in die buitelug wakker op die oomblik haar eetlus aan en die bakkie beskuit gaan deesdae leeg terug kombuis toe.

Sy en Moses vertrek gewoonlik voor halfsewe. Soms neem hulle kos en drinkgoed saam, ander kere gaan hulle terug na die lodge vir middagete. Vroegoggend en laatmiddag is vir haar die beste tye van die dag, en hy laai haar selde voor donker by die boomhuis af.

Samuel is nie altyd daar wanneer sy afgelaai word nie en, al het sy Moses al oor en oor verseker dis nie nodig om by haar te bly tot hy kom nie, verseg hy om te ry voordat Samuel of Elias daar is.

Sy en Moses het 'n gemaklike ritme gekry. Hulle kan al lang tye omgesels, maar hy gee blykbaar ook nie om as sy nie praat nie. Hy is 'n baie ervare veldkenner, en sy kom toenemend agter dat sy al minder na haar kamera gryp wanneer hy haar iets wys. Sy doen dit nie doelbewus nie, maar betrap haarself dat sy vergeet om 'n foto te neem omdat sy na sy stories luister. Hy is 'n man met baie stories. Sy terg hom soms dat hy stories versin. Dan lag hy gewoonlik dat sy oë wegraak tussen die plooie en sy lyf liggies skud.

Hy is nie seker hoe oud hy is nie, maar Ester vermoed hy is met buitengewone goeie sig geseën. Min dinge ontgaan sy oë, selfs op sy gevorderde ouderdom.

Hy wys haar hoe hy spoorsny en toets haar waarnemingsvermoë deur haar na grashalms en gebreekte takkies te laat kyk. Die eerste keer toe sy reg was met haar raaiskoot, was hy baie trots. Sy het gevoel of sy die lotto gewen het.

Wanneer sy tyd het, gaan laai sy die foto's op Samuel se rekenaar af, en dan bekyk sy gewoonlik elkeen met 'n baie kritiese oog. Sy is steeds nie seker sy weet waarna hy soek nie, maar sy begin al 'n verskil agterkom tussen sommige van die foto's. Sy voel soos 'n lens wat daagliks fyner en fyner ingestel word en dis byna asof die beelde wat sy elke dag sien, al duideliker word. Asof sekere dinge vervaag en ander geleidelik belig word.

Sy probeer om nie te veel daaraan te dink nie, maar dis nie maklik nie. Sy weet almal wat haar ken, dink sy het verander, en die meeste van die tyd kry sy dit reg om haarself daarvan te oortuig. Sy het al dikwels gelees van mense wat na een of ander gebeurtenis in hul lewens 'n totale persoonlikheidsverandering ondergaan; die vraag is net of sy daartoe in staat is. Kan 'n mens werklik op 'n dag die bedrading wat van jou mens maak, uitruk en vervang, of ontkoppel 'n mens net sekere drade?

Haar pa was reg toe hy gesê het sy reageer dikwels met haar emosies en nie met haar kop nie. Dis grootliks waar, alhoewel sy graag met hom daaroor sou wou redeneer. Sy het agtergekom dis nie soseer haar emosies wat eerste reageer nie; dis haar bloed. En sy weet nie of 'n mens jou bloed kan verander nie. Miskien moes sy destyds 'n algehele bloedoortapping laat doen het, of miskien moet sy dit steeds doen.

386

Die dag toe sy op die vliegtuig geklim het, het sy doel-bewus sekere verbindings afgesny. Sy het grootskaalse werk aan haar bedrading gedoen. Sy het kortpaaie geskep en die uitskopskakelaar gesystap. Maar deesdae weet sy nie of dit enigiets opgelos het nie, en sy begin toenemend haar bloed die skuld gee. Haar bloed is die voorbarige kind in die klas wat die antwoorde uitskreeu, terwyl al die ander kinders weet hulle moet hulle hande opsteek. Sy verstaan nie waar die bloedrebellie skielik vandaan kom nie, maar soos met enige opruier, is dit moeilik om nie soms agter hom aan te loop nie. Dis opwindend en verleidelik. Ge-dagtes en emosies kry 'n vryheid. 'n Swaai kom sit in die heupe. 'n Lag is weer dieper, 'n reuk skerper. Smake lê weer op haar tong en verlei haar om nog 'n hap te neem. Haar vingers voel teksture raak en sy hoor toonhoogtes. Hoe kan sy nie verlei word nie? Hoe kan enige mens so 'n moeilikheidmaker weerstaan?

Sy kan nog 'n duisend maal haar bedrading nagaan en probeer om nog meer kortpaaie te kry, maar sy weet nou dis nie waar die probleem lê nie. Die enigste en die regte ding om te doen, is waarskynlik 'n bloedoortapping, maar sy kan die traagheid voel. Soos 'n kind wat sy voete sleep. Sy het traag geword om die regte ding te doen, want sy kan haar nie voorstel dat sy nie meer sal kan hoor hoe verskillend die wind in die verskillende bome klink nie. Sy kon nie glo dat sy dit nooit geweet het nie. Bome bestaan tog almal uit stamme, takke en blare, maar elkeen het sy eie klank. Sy eie lied. Wat as sy nie meer die ver-skillende geure kan ruik wat elke dag op die lug aangedra word, of die klanke kan hoor wat van oomblik tot oom-blik verander nie?

Sy het Moses eendag daarna gevra en dit was asof hy nie kon verstaan dat sy dit vra nie. Volgens hom het elke boom, plant en grassaad 'n eie almanak waarvolgens hulle ryp word, vrugte dra, sade skiet, ensovoorts. Dis nie vreemd dat daar elke dag 'n ander geur aangedra word nie. En dan praat hy nie eens van die diere nie. Wanneer die bobbejane dit naby aan die huis waag, sal hulle reuk skerper wees; ander kere sal sy dalk die olifante ruik as hulle op die sandbank onder die boomhuis is, of die seekoeie in die poel. Dit hang ook af watter wind waai en hoe sterk hy waai. Daar is ontelbare moontlikhede, het sy agtergekom.

Sy weet nie of sy sterk genoeg is vir hierdie verleiding nie. Miskien kan sy net nog 'n rukkie haar voete sleep.

Die meeste van die tyd sien sy Samuel soggens vroeg wanneer hy haar kom wakker maak en weer saans. Soms gewaar sy hom as sy by die lodge kom, maar dis selde dat hulle deur die dag tyd het om te gesels. Sy is nie seker wat hy alles doen nie, maar hy lyk altyd besig, soos die res van die personeel ook.

Volgens Kiki het Samuel baie van sy verpligtinge ten opsigte van die lodge aan Robert oorgegee en gee dit hom meer tyd om weer by die rehabilitasie van die diere en die omgewing betrokke te wees. Robert bly vir haar 'n interessante persoonlikheid en sy kom agter dat sy graag met hom gesels, al is dit soms net skertsend of oor alledaagse gebeure. Sy weet nie of sy ooit die geleentheid sal hê om al die vrae wat sy vir hom en oor hom het, te vra nie, maar geleidelik raak ook sy prentjie helderder. Kiki is selfs mooier as toe sy haar die eerste keer gesien het, en wanneer Robert na haar kyk, is dit asof hy sigbaar 'n gedaanteverwisseling ondergaan. Waar sy met die troue gewonder het wat van Kiki sal word as Robert op 'n dag besluit hy wil na groener weivelde gaan soek, wonder sy deesdae wat van Robert sal word as Kiki ooit moet besluit sy wil nie met die huwelik voortgaan nie. Op die oomblik lyk dit egter nie of een van hulle sulke planne het nie.

Die ander personeel is 'n interessante vermenging van persoonlikhede, met elkeen sy eie hebbelikhede en sterk punte. Daar is soms wrywing, maar ander kere sien sy hulle saam lag, soos in enige gesin.

Op 'n vreemde manier het elkeeen 'n besondere band met Samuel. Dis asof hulle onder mekaar kan baklei dat die hare waai, maar hulle verbintenis met hom bly on- aantasbaar. Nie dat hulle nie ook soms met hom stry nie, maar onderliggend is daar altyd die onsigbare draad van lojaliteit.

Sy is nie seker wat die verbintenis tussen haar en Sa- muel is nie, dink sy een aand toe sy in haar bed lê. Om van 'n vriendskap te praat is dalk effens voortydig, maar sy vermoed hulle is ook nie meer net kennisse nie. Dit voel in elk geval nie so nie. Sy het steeds by tye 'n onkeerbare behoefte om met hom te baklei, of meer akkuraat, om hom kwaad te sien, maar al haar pogings tot dusver was vrugteloos. Op die ou end is sy elke keer die een wat soos 'n kind voel. Toe sy dit eendag vir hom sê, het hy net gelag en gesê die rede is miskien omdat sy haar soms soos een gedra.

Hulle aande het nie werklik 'n ritme of 'n patroon nie. Die enigste gegewe is dat daar elke aand 'n vuur aange- steek word en dis waar hulle een of ander tyd beland. Soms sit hulle lang tye stil, met hulle eie gedagtes; ander kere weer gesels hulle 'n aand lank oor alles en nog wat. Die gedagte aan stilsit en in stilte sit, het haar aan die begin so bang gemaak dat sy al gedurende die dag aan onderwerpe gedink het waaroor sy hom kan uitvra as hy nie wil gesels nie. Tot hy haar een aand summier stilgemaak het.

"Is dit ek wat jou so senuweeagtig maak, of waarom praat jy so baie?"

"Wat bedoel jy?"

"Vrouens praat gewoonlik so baie as hulle senuweeagtig is. As dit iets is wat ek doen, sê my, sodat ek daarmee kan ophou. Jy sal my nog mal praat."

"Ek kan net nie verstaan hoe de donner jy net so stil kan sit nie. Waaraan dink jy?" Sy het haar hande in die lug gegooi en toe hy begin lag, vreemd verleë gevoel.

"Die doel van stilbly is nie om jou kop mal te praat nie, dis juis om stil te word."

"Gedagtes is nie 'n willekeurige handeling wat jy kan aan- en afskakel nie."

"Ja, dit is. Jy moet net leer hoe om dit te doen."

"Wil jy eerlik vir my sê jy het nou aan niks gedink nie?"

"Oukei, streng gesproke dink ek seker aan iets, maar dis eerder asof die gedagtes verbybeweeg. Soos modelle op 'n loopplank. Die truuk is om daarna te kyk en hulle te laat gaan. Jy klou aan sekeres vas en voor jy jou kom kry, het jy die hele show bederf."

"Ek verstaan nie 'n woord wat jy sê nie." Sy het vir haar nog wyn ingeskink en neem nou 'n sluk. "Gee my 'n voorbeeld."

"Voordat jy my so wreed in die rede geval het, het ek jou parfuum geruik en gedink ek hou daarvan en gewonder wat die naam is."

"Waarom het jy my nie gevra nie?"

"Want dis nie op die oomblik belangrik nie."

"Jy wil dalk eendag vir my parfuum koop en dan weet jy nie wat ek dra nie!"

"Daar is maniere om sulke dinge uit te vind, sonder dat ek nou die salige stilte daarmee moes onderbreek."

"En toe jy klaar oor my parfuum gewonder het?"

"Toe het ek sommer net na die naggeluide geluister."

"En wat gedink?"

"Ek het net geluister. 'n Mens hoef nie elke waarneming te oordink nie. Jy sal jouself mal maak."

"Wil jy vir my vertel jy het in die verloop van 'n halfuur my parfuum geruik en na die diere geluister? Het niemand nog ooit terapie aanbeveel nie?"

Hy het sy bene lankuit gestrek en vir haar geglimlag. "Niemand wat saak maak nie."

"Dan sê ek dit nou vir jou."

"Dink jy jy maak saak?"

"Ek gee nie om nie. As jy slim is, sal jy my raad volg en hulp soek vir jou vreemde gedrag."

Sedert daardie aand probeer sy haar bes om soms stil te bly wanneer hulle saam is. Die eerste paar keer was dit soos om 'n jeukplek te hê en nie te mag krap nie, maar geleidelik het die gejeuk draagliker geword.

Ira het al 'n paar keer gebel en sy bel hom soms van die lodge af. Hy was 'n week lank Zimbabwe toe, en sy is bly sy het dit eers gehoor nadat hy terug was. Sy praat soms met Robert oor die toestande in sy geboorteland, en elke keer is dit asof daar 'n wolk voor die son inskuif. Kiki sê hy is bekommerd oor sy familie en dat hy dit oorweeg om vir 'n paar dae daarheen te gaan. Ester kry om een of ander rede die gevoel dat hy iemand is wat nie op die oomblik met ope arms in die land verwelkom gaan word nie.

Die daaglikse nuusgebeure gaan egter grootliks by haar verby, en selfs wanneer sy by die lodge is, vergeet sy dikwels om na die belangrikste brokkies op die internet te gaan kyk. 'n Paar jaar gelede sou sy nie oorleef het met so min nuus uit die buitewêreld nie. Nou voel dit soms asof sy in 'n kokon is waardeur enkele gebeure soms filtreer.

Dit laat haar wonder of dit nie die rede is waarom Samuel nog hoop het nie. Soos destyds ná haar ouers se dood, wonder sy of 'n mens nie dalk te veel kan weet nie. Miskien lê die oplossing in hierdie gefiltreerde bestaan, maar sy weet ook Samuel se wêreld is nie gefiltreer nie. Dis waarom sy nie kan verstaan hoe hy nog kan hoop nie.

Samuel maak die deur oop en hoor hoe Ester onder die muskietnet beweeg. Dan prewel sy binnensmonds: "Gaan weg, dis nog nag."

"Gaan na die mier, jou luiaard . . ."

Hy sit die koffie en bakkie beskuit op die bedkassie neer, vou die punte van die muskietnet weg en bind dit vas. Toe hy omdraai, lê sy op haar sy na hom en kyk.

"Kan jy nie net een oggend, soos 'n normale mens, beneuk lyk nie? Wat doen jy snags? Drink jy die bloed van springhase of arende of snuif jy leeuhare, of wat maak jy dat jy elke bleddie oggend lyk asof jy een of ander magic potion gedrink het? Get a life! Dis boring om so vriendelik en vrolik te wees."

"Waarom sal ek nie vrolik wees nie? Ek het lekker geslaap en nou lê daar 'n oneindige hoeveelheid moontlikhede in die nuwe dag voor. Ek is op my gunstelingplek in die wêreld, en verder is die verwagting elke oggend dat ek hier gaan instap en jy gaan vir my glimlag."

"So het ons almal maar ons onrealistiese drome, nè?" Sy sit regop teen die kussings en tel die beker koffie op.

"Ek het 'n boodskap vir jou van jou vriend met die mooi klere."

"Henry?"

"Nee, nie Henry nie, alhoewel hy blykbaar ook gebel en gesê het as hy nie binne 'n dag van jou hoor nie, onterf hy jou."

"Van wie is die ander boodskap?"

"Richard. Hy vra dat jy hom so gou moontlik kontak. Ek het vergeet om gisteraand vir jou die boodskap te gee."

"Ken ek 'n Richard?" Haar voorkop trek op 'n plooi, maar dan verhelder haar gesig. "A-a-a . . . Richard, die mooi buurman. Hel, ja, ek het gesê ek sal hom een of ander tyd bel, maar jy laat my so hard werk dat ek nie kans kry nie."

Samuel begin deur toe stap, maar praat oor sy skouer. "Kiki of Melaney het sy besonderhede."

"Dankie vir die koffie. Miskien moet ek jou saam met my terugneem Londen toe. Jy maak baie lekker koffie."

"Staan op sodat ons kan gaan stap voor Moses kom."

"Waarom moet ons gaan stap? Dis nagdonker buite."

"Jy doen nie jou oefeninge nie en ek gaan nie verantwoordelikheid aanvaar as jy vir die res van jou lewe kruppel loop nie. As jy nie bereid is om die been te oefen nie, kan jy ten minste elke dag gaan stap en trappe klim. Dis 'n goeie begin."

"Ek sal vanaand my oefeninge doen," roep sy agter hom aan.

"Nee, jy sal nie. Staan op. Die oggendstond het goud in die mond."

"Ek hou nie van jou nie!"

"Ek weet. Staan op."

'n Halfuur later staan hy onder die trap vir haar en wag toe sy daar kom. 'n Geweer hang oor sy skouer.

"As ek opgevreet word deur 'n honger gedierte wat nie laas nag 'n bok gevang kon kry nie, gaan ek by jou spook. Jou hare sal later uitval en jy sal nie meer kan slaap nie."

Samuel kyk na haar skoongewaste gesig en die effense blos op haar wange, en 'n oomblik oorweeg hy dit om

393

haar te soen. Die slaap lê nog in haar oë en daar is iets sags en weerloos aan haar lyf. Haar mond het nog nie tyd gehad om hard te word nie. As hy haar net kan stil kry. Die gedagte is egter so vlugtig dat hy na die tyd wonder waar dit vandaan gekom het.

As hy eerlik wil wees, is dit nie die volle waarheid nie. Dit is nie die eerste keer dat hy aan die moontlikheid dink nie. Elke keer troos hy homself daarmee dat dit die gouste manier sal wees om haar stil te kry, maar hy weet nie of hy homself meer glo nie. Hy vermoed die gedagte het heelwat meer te doen met haar mond en met die feit dat hy aan haar wil raak. Hy hou daarvan om aan dinge te raak. Asof hy nooit heeltemal net op sy oë kan vertrou nie. Hy stap met moeite 'n standbeeld verby. Hy vryf oor die rondings van boomstamme en kan verskillende soorte leer só toe-oë uitken. Hy laat hom deur sy vingerpunte lei wanneer hy 'n dier ondersoek. Maar om aan 'n vrou te kan raak, is beter as selfs aan die mooiste standbeeld en die sagste stuk leer. Dit bly die kroon op God se skepping.

Sy ma was fisiek 'n sterk vrou, met min rondings, en tog was daar iets sags aan haar. Carla is rondings. Selfs haar persoonlikheid het rondings. Sy laat hom aan 'n heuwelagtige landskap dink. Die op- en afdraandes is net steil genoeg om die pad interessant te maak, sonder om te veel inspanning te verg.

Ester Green het nie soseer rondings nie, maar eerder kurwes. Interessante kurwes. Soos 'n bergpad met 'n oneindige hoeveelheid draaie en kinkels. Sommige verleidelik eenvoudig, maar hy vermoed, een verkeerde tree en jy stort 'n afgrond af waar jy nie sommer weer sal uitkom nie. Die uitsig laat jou by tye na jou asem snak, maar meer as een keer laat dit ook jou maag draai. Niemand kan waarskynlik ooit seker wees van 'n veilige aankoms nie.

En 'n mens sal 'n ernstige adrenalienverslaafde moet wees om die tog aan te pak, dink hy geamuseerd.

Hy was al by 'n paar geleenthede teenwoordig waar die deskundiges in Mosambiek mynvelde skoonmaak, en hy weet dit vra baie geduld, 'n uitstekende aanvoeling, maar bowenal senuwees van staal. 'n Mens moet 'n sekere soort geaardheid hê en hy weet nie of hy meer soveel adrenalien nodig het nie. Maar daar is altyd die moontlikheid dat jy dit gaan maak. Dat jy die kurwes kan baasraak of 'n landmyn suksesvol gelig sal kry.

Samuel het moeite om nie te lag nie. As sy op hierdie oomblik gedagtes kon lees, het sy hom sweerlik met die geweerkolf platgeslaan of dalk sommer geskiet.

"Ek gaan vir 'n dag of wat weg en wil hê jy moet by Robert en Kiki gaan bly. Daar is ongelukkig nie 'n tent beskikbaar nie en die gastekamer is ook vol."

"Waarom kan ek nie net hier bly nie? Volgens jou is dit die plek in die wêreld waar jy die veiligste voel."

"Dit beteken nie jy gaan hier veilig voel nie."

"Ek is nie bang nie."

"Dit sal beter wees as jy by Kiki-hulle gaan slaap."

"Waarheen gaan jy?"

Toe hy haar nie dadelik antwoord nie, gaan staan sy. "Het dit iets met jou en Robert se bedrywighede te doen?"

"Ek en Robert het nie bedrywighede nie. Ek moet sommer net iets gaan doen."

"Waar?"

"Zimbabwe."

"Wat gaan jy in Zimbabwe doen?"

"Ek het nog vriende daar."

"Dis nie 'n antwoord nie."

Hy sit sy arm om haar skouers en trek haar teen hom vas. "Staan stil. Daar's 'n renoster voor ons in die paadjie."

"Nice try . . ."

"Sjjuut . . ." Hy beduie met sy hand en dan sien sy die vaalgrys lyf in die oggendskemerte. Van so naby en sonder die beskerming van 'n voertuig lyk die dier skielik baie groter, en sy wonder waar sy daardie eerste dag saam met Elias die moed gekry het om te probeer foto's neem.

"Het jy al ooit renosterhoring gebruik om te sien of dit werk?"

"Of dit werk vir wat?"

"As 'n sekshulpmiddel."

"Nee, nog nie. Het jy al?" Hy praat by haar oor en sy kan nie help om te glimlag nie.

"Nee, ek dog dis net mans wat dit moet gebruik."

"As jy wil, sal ek vir jou uitvind."

Sy skud haar kop liggies. "Dis nie nodig nie, dankie."

"Toe ek klein was, het my ma my haar renosterkalfie genoem omdat sy geweet het sy sal nie meer kinders kan hê nie. Renosterkoeie gee net elke drie tot vier jaar geboorte aan een kalf. Daar is nooit boeties en sussies om mee te speel nie. Sodra die volgende kalf gebore moet word, word die ouer kalf weggejaag, want teen daardie tyd is hulle oud genoeg om vir hulleself te sorg."

"Ek is innig dankbaar ek moenie in die bos, sonder pynmedikasie en 'n dokter of twee kraam nie. Kan jy jou indink hoe bang moet so 'n dier wees wanneer die kraampyne begin?"

"Waarom sal hulle bang wees? Die natuur sorg dat hulle weet wat besig is om te gebeur, en dis ook waarom hulle ná die tyd presies weet wat om te doen. Die mens het dieselfde instinkte gehad, maar dit ongelukkig deur die jare verloor."

"Hierdie is 'n onderwerp waaroor ons nooit gaan saamstem nie. Ek gee nie om of ek in staat is om 'n naelstring met my tande af te byt of wat ook al te doen nie. Die dag as ek 'n kind het, gaan dit met elke moontlike hulpmiddel wees wat daar beskikbaar is. Ek gee nie om as daar selfs 'n paar onwettige middels in die mix gegooi word nie. Ek gaan nie alleen en by my volle positiewe deur so iets nie."

Samuel se lyf skud teen hare soos hy lag. Sy kom agter dat sy steeds teen hom staan, met sy arm om haar skouers. Maar sy staan nie weg nie, al weet sy hierdie is nog een van die verleidings wat haar op die oomblik teister en waarskynlik die gevaarlikste een waarmee sy kan speel. Vroegoggend in die veld tel nie, troos sy haarself. Niemand kan van haar verwag om met die eerste lig van die dag al slim en sterk te wees nie.

Hulle wag nog 'n rukkie, maar toe die logge dier nie aanstaltes maak om te loop nie, stuur Samuel haar op 'n ander paadjie. Toe sy onder sy arm uitstap, voel sy skielik koud. Hoe weerstaan 'n vrou 'n man wat die son in sy lyf dra?

Hulle stap nog 'n entjie voordat hy terugdraai. By die boomhuis se trap gaan staan hy bo en laat haar die trap nog vier keer op en af klim.

"Is jy bang jy kan nie weer van my ontslae raak as jy te nice met my is nie?" wil sy uitasem weet toe sy die derde keer bo kom. "Miskien is jy bang ek raak verlief op jou."

"Gelukkig ken ek jou te goed om daarvoor bang te wees."

"Jy dink jy ken my, maar jy het nie 'n clue nie."

"Jy weet jy sal makliker klim as jy minder praat, nè?"

"Wanneer laas het jy met jou gewese vrou gepraat?" ignoreer sy die opmerking.

"Gister. Sy stuur vir jou groete."

"Het julle oor my gepraat?"

"Onder andere. Sy wou weet of jy regkom met die foto's en of sy 'n ander fotograaf moet soek."

Ester steek vas op die trap. "En wat het jy gesê?"

"Dat ons jou maar nog 'n kans moet gee. Jy is dalk maar net 'n stadige leerder, maar dat daar potensiaal is."

Sy klim tot bo en stap hygend by hom verby kombuis toe om te gaan water drink.

"Ek hoop jy weet jy gaan elke woord moet sluk. Jy en jou geliefde."

28

Ester maak die elektroniese posbus oop en glimlag toe
sy Henry se naam gewaar en die eerste sin lees.

Waar de fok is jy? Scotland Yard help al soek, so jy kan my ver-
basing verstaan toe ek Ira bel en hy my verseker, so ver hy weet,
makeer jy niks en woon jy by Tarzan in die boom! En ek het
nog altyd gedink ons is vriende. Maar blykbaar nie. So wat gaan
aan? Het die sterk man jou ontvoer? Is jy vasgeketting aan die
boom? Is jy veilig? Laat my weet, want ek is op die punt om jou
naam uit my testament te laat verwyder.

Met my gaan dit onder die omstandighede goed . . . dankie dat
jy belangstel. Ek werk my morsdood en om een of ander rede mis
ek jou vreeslik. Ons het die nuwe bylaag in Parys geskiet en ek
het byna die hele span in die Seine verdrink. Ek raak te oud vir
soveel drama. Maar die shopping was uit 'n ander wêreld. Dit
was net uitverkopings so ver soos die oog kan sien, en al wou ek
aanvanklik niks koop nie, het ek besef in hierdie moeilike eko-
nomiese klimaat is dit my plig om die arme winkels te help. Ek
meen, die arme winkeliers het kinders wat moet eet en aantrek.
Ek het vir jou ook iets gekoop, maar jy sal moet wag tot jy terug
is, tensy jy my nooi om by jou en dokter Doolittle in die boom te
kom kuier. Dan sal ek dit dalk oorweeg om jou geskenke saam
te bring. Ek het onder andere vir my die mooiste stel glase gekoop
en kan nie wag om dit in te wy nie.

Jy wil nie dalk Saterdagaand kom eet nie? Niks groots nie, ek
wil eintlik net die glase inwy en dalk 'n man beter leer ken. Ek

het jou lank gelede van hom vertel . . . die een wat nie van rook hou nie. Wel, hy is weer op die horison en ek dink hierdie keer kan daar dalk iets van kom. My ma het hom toevallig ontmoet, dit was heeltemal onbeplan en sy is vir die eerste keer beïndruk. Ek weet nie of dit my moet bang of bly maak nie. Waarom is 'n mens tog so bleddie afhanklik van ander se menings en waarom maak dit op hierdie ouderdom saak of my ma van hom hou of nie? En tog is dit 'n groot verligting. Ek moet onthou om vir my terapeut te vra of dit net ek is, en of daar nog mense is wat op hierdie ouderdom nog onderliggend so onseker is. Ek is seker die mooie dokter Mcgreggor sal nie oor so iets wroeg nie. Maar nouja, as ek hy was, sou ek seker ook oor niks in die lewe gewroeg het nie. Hel, dit moet hemels wees. Dink jy dis iets wat hy eet of drink? Vind 'n bietjie uit en stuur aan as jy kan.

Met die ander vriende gaan dit goed . . . of so goed soos dit met enige van hulle kan gaan. Molly en Dave is vir 'n week na 'n Boeddhistiese klooster waar hulle veronderstel was om vir die week lank glad nie te praat nie. Molly het gereken hulle sal soveel nader aan mekaar kom as hulle dit in stilte kan doen. Ongelukkig het hulle so gestry dat hulle ná twee dae gevra is om te gaan. Ek is nou nog nie seker of hulle met gebare baklei het en of hulle verbaal was nie. Nietemin, die hele ekspedisie was 'n volskaalse mislukking en nou het sy Dave vir 'n woedehanteringskursus ingeskryf. Hy sê natuurlik nie 'n woord nie, en ek vermoed hy is baie verlig, want nou kan hy elke Woensdagaand in rus en vrede saam met sy vriende gaan kuier, terwyl sy dink hy is by die kursus. Is jy nie ook mal oor die lewe nie?

Ons verswelg in die hitte en ek kan verstaan waar die ge-woonte van strandhuise vandaan kom. Geen normale mens met 'n gesonde verstand en 'n paar ekstra ponde in die bank behoort so gemartel te word nie. Ek beplan om volgende week vir tien dae weg te loop. My ma is in Spanje en die strandhuis staan leeg. As alles Saterdagaand goed verloop, neem ek dalk geselskap saam.

Dit is al nuus wat ek het. Bel my of skryf. Ek wil weet hoe dit met jou gaan. Is jy gelukkig? Hoe voel dit om weer 'n tyd lank op jou geboortegrond te wees? Was jy al terug na julle huis toe? Is daar iets tussen jou en die boomman?

Terloops, dis nie ydel dreigemente dat ek jou gaan onterf nie. Jou gewese vriend.

Henry

Ns. Sê groete vir die mooi man.

Ester begin haastig 'n antwoord tik, want sy is seker Moses het klaar geëet en wag al vir haar.

My liewe Henry, ek weet te veel van jou dat jy my ooit kan onterf! Ek is jammer ek het nog nie van my laat hoor nie, maar jy moet onthou ek sit in die bos waar telefoonverbindings nie 'n gegewe is nie en wat meer is, ek werk van vroegdag tot saans donker. Ek is jammer om jou teleur te stel, maar daar is steeds geen kettings in die boomhuis nie. Nie eens toue nie. Om die waarheid te sê, ek het nog nie eens die binnekant van die man se kamer gesien nie!

My lewe bestaan op die oomblik uit lang ure in die buitelug. Glo dit as jy kan. Ek leer van diere en hulle gewoontes. Ek sal 'n paar foto's aanstuur. Die meeste van die tyd voel dit of ek in iemand anders se droom ingestap het en nie weet wat ek hier maak nie, maar om een of ander onverklaarbare rede kry ek dit ook nie reg om te loop nie. Dis nie die soort projek wat ek 'n jaar of twee gelede eers sou oorweeg het nie en dit maak my soms bang as ek dink wat ek dalk nog vorentoe kan aanvang. Dinge waaroor ek dalk nou nie eens sal droom nie.

Is ek gelukkig? Wanneer laas het jy vir jouself daardie vraag gevra? Is dit iets waaroor ons ooit wonder? Om baie filosofies te wees, wat is geluk? Ek het nie die vaagste idee nie. Ek word nie elke oggend wakker met 'n behoefte om noodwendig êrens anders te wees nie. Nie dat ek weet of ek hier wil wees nie . . . dit voel net na so goed of sleg 'n plek as enige ander op die oomblik.

Ira is gelukkig dat ek hier is. Ek kan dit in sy stem hoor wanneer ons praat. Hy is verlig dat ek besig is en ek dink hy gee nie om of ek krokodille moet voer of ape se sterte moet kam nie. Om een of ander rede laat dit hom rustig voel dat ek hier is. Miskien dink hy Afrika se towerkrag sal my laat besluit hier is waar ek hoort. Ek weet nie.

Nee, ek was nog nie terug huis toe nie en ek weet nie of ek ooit sal gaan nie. Ek martel myself ook nie met die gedagtes nie. Miskien maak die baie ure in die buitelug ook net dat ek saans te moeg is om nog daaroor wakker te lê.

Wat was jou ander vraag? O ja . . . of daar iets tussen my en die boomman is. Jy sal die woord "iets" moet definieer. As jy van iets romanties of lyfliks praat, is die antwoord nee. Ek dink nie enige vrou met verstand raak willens en wetens by iemand soos hy betrokke nie. Dis selfmoord om met iets te begin wat potensieel verslawend kan wees. Lag maar . . . ek lag self. Ek weet eintlik self nie wat ek daarmee bedoel nie. Dis meer 'n aanvoeling as iets anders. En dit het waarskynlik niks te doen met waartoe hy dalk in staat is nie, dis 'n ander dag se gesprek, maar eerder met wat hy nié doen nie. Daardie rustigheid om hom is 'n dodelike verleier. Genoeg oor Samuel Mcgreggor.

Wat my geboorteland betref. Dis moeilik om my gevoelens te bepaal, want ek hoor en sien selde nuus en elke mens hier het 'n gesig en stem gekry, so dis moeilik om kollektief vir hulle kwaad te wees. Ek beleef mense wat net elke dag hulle werk wil doen en verder in vrede wil leef met mekaar en hulle omgewing. Solank hulle kos, water en ander basiese lewensmiddele het. Solank hulle kinders kan skoolgaan en op hulle beurt weer 'n werk kan kry, het hulle geen groter behoeftes nie. En tog kry die regering dit nie eens reg om aan daardie baie basiese behoeftes te voldoen nie. Wat nog te sê van die drome van groot hoogtes en rykdomme?

Van mag en bekendheid? Of miskien is die regering op die oom-
blik so besig om in diesulkes se behoeftes te voorsien dat hulle nie
die res raaksien nie.

Luister jy nog of het jy besluit ek het die kluts kwytgeraak?
Maar jy het gevra en nou moet jy luister. Ek het gisteraand in
my bed gedink dat, as 'n mens met Afrika wil of moet vrede
maak, hierdie seker die ideale plek is om dit te doen, want 'n
dag is hier langer as vier-en-twintig uur en die mense het tyd om
mekaar in die oë te kyk. En dis moeilik om apaties te bly as jy
eenkeer in iemand se oë gekyk het.

Die miljoen-pond-vraag is nou of ek wil of moet vrede maak
met Afrika? Ek dink nie so nie. Maar ek dink ook nie ek wil
meer almal verdoem nie. Dalk het ek nou in te veel oë gekyk.
Selfs in 'n paar diere se oë.

Oukei, voordat jy my heeltemal afskryf, gaan ek groet. Ek het
ongelukkig geen nuwe aankope waarmee ek jou kan vermaak
nie. Ek was 'n maand laas in enige winkel. Ja, ek kan jou hoor
snak! Maar het jy geweet dat renosterhoring in Hong Kong vyf
keer duurder is as goud? En dat die handel in wilde diere die
derde grootste sluikhandelbedryf in die wêreld is? Volgens som-
mige kenners is net die handel in dwelmmiddels en wapens gro-
ter. Hmm ... ek kom dalk nie in die winkels nie, maar ek weet
'n paar dinge wat jy nie weet nie. In 1990 was daar 'n geval
waar twee renosterhorings die enorme bedrag van vyftigduisend
Amerikaanse dollar op die swartmark behaal het. Die hartseer
in hierdie hele verhaal is dalk dat wetenskaplikes reken dat die
inneem van renosterhoring nie werklik enige uitwerking op 'n
man se seksuele vermoëns het nie. Dit beteken al daardie diere
het deur die jare waarskynlik verniet gesterf. So, spaar jou geld
en bly weg van renosterhoring of tiervleis of nagtegaaltongetjies.
Jy gaan nie beter of slegter word nie. Net armer.

En met hierdie paar kleinhandelwenke sluit ek eers af. Ek
wens ek kan Saterdagaand daar wees. Stuur 'n foto as jy kan en

403

geniet die strandhuis, met of sonder geselskap. As ek dokter Doo-
little was, sou ek wou weet waarom jy geselskap wil saamneem.
Wat is verkeerd met jou eie geselskap? Ek het nie nou tyd nie,
maar herinner my dat ons eendag oor die onderwerp praat. Kan
jy glo dat hy dink ek praat te baie en dat hy ure lank niks kan
sê nie? Toemaar, ek het terapie voorgestel.

  Baie liefde.
  Jou enigste erfgenaam.
  E.

Sy stuur die e-pos en begin dan die nommer skakel wat
Melaney haar gegee het. 'n Man antwoord. Toe sy vra om
met Richard te praat, vra hy wie praat. Sy gee haar naam
en word gevra om aan te hou.

"Juffrou Green, jy is 'n moeilike vrou om in die hande
te kry. Is dit opsetlik, of laat hulle jou net te hard werk?"

"Harde werk en 'n gebrek aan telefoonseine is waar-
skynlik die twee grootste redes."

"Ek is jammer jy moet so hard werk en waardeer dit
dat jy tog tyd maak om my terug te bel. Ek wil hoor of jy
nie die naweek wil kom kuier nie, of werk jy oor naweke
ook?"

"Ek het nie regtig verpligte werksure nie."

"Kan ek aanvaar dis 'n ja? Hoe laat kan ek jou Vrydag
kom oplaai?"

"Laat my met Samuel praat en hoor of hy iets vir my
beplan het, dan bel ek jou terug. Dit sal waarskynlik eers
môre wees, en as ek nie kan nie, sal ek vra dat iemand jou
bel."

"Dankie. Dit sal lekker wees as jy kan kom."

"Dankie vir die uitnodiging."

Hulle groet en sy stap vinnig na waar Moses by die Jeep
vir haar wag.

"Ek is jammer ek het jou laat wag," praat sy soos sy nader stap, maar hy glimlag net.

"Ek is nie haastig nie."

"Ons moet nog na die luiperd gaan soek. Miskien kry ons vandag weer sy spoor."

"Of miskien sien ons iets anders."

"Ja, maar ons moet die luiperd kry." Sy klap die Jeep se deur toe en haal haar kamera uit sy tas.

"Môre is nog 'n dag. Miskien wil hy nie vandag gekry word nie. Ons sal hom kry wanneer die tyd reg is. Jy is ongeduldig."

Hy glimlag toe hy skeefweg na haar kyk. "Jou been is seer, maar jy wil altyd vinnig loop, jy praat vinnig én eet vinnig. Die lewe wil nie altyd so vinnig wees nie. Jy hardloop voor jou siel uit en waar gaan jou siel jou weer kry? Jy moet bietjie wag sodat hy jou kan kry. Miskien moet ons nie môre gaan ry nie."

"Ek kan nie vir ewig hier bly nie, Moses. Ek moet klaarmaak en Samuel is haastig vir die foto's."

"Waarheen moet jy gaan?"

"Ek het 'n huis . . ."

"Het jy 'n man en kinders by die huis?"

Sy skud haar kop. "Nee, jy weet ek het nie 'n man en kinders nie."

"Wat jaag jou dan terug huis toe?"

"Hou jy nie daarvan om by jou eie huis te wees nie?"

Hy dink lank voor hy antwoord. "Jou huis is nie 'n gebou nie. Jou huis sit hier." Hy raak aan sy hart. "Ek weet nie hoe ek dit vir jou moet verduidelik sodat jy my kan verstaan nie."

Ester wil vir hom sê hy hoef nie te verduidelik nie, want sy wil nie verder daaroor praat nie, maar sy praat voordat sy gedink het. "Probeer, ek sal mooi luister."

" 'n Huis keer dat ons nie koud is nie. Dit help as die son baie warm is en hou ons droog as dit reën. Dit hou ons veilig en is 'n plek waar jou familie en vriende vir jou kan kom kuier, want hulle weet waar jou huis is. Maar 'n huis kan afbrand of wegspoel of diewe kan inbreek en jou huis se goed steel. Waar is jou huis dan?" Hy raak weer aan sy hart. "Dan het jy net wat hier binne jou is. Moya. Jou siel. Solank soos die moya daar is, sal almal weet waar jy is, al kan hulle jou nie sien nie. En jy sal nie bang wees nie, want jy weet jy kan weer 'n huis bou. Maar as jy nie meer die siel het nie, sal jy verdwaal en niemand sal weet waar jy is nie en jy sal nie weer 'n huis kan bou nie, want jy sal nie weet hoe nie. 'n Mens het 'n siel nodig om te weet hoe om 'n huis te bou. Die sterkste deel van jou huis moet jou siel wees. Dis die eerste raamwerk, en as dit sterk is, kan baie dinge met die res van die huis gebeur."

Toe sy hom nie antwoord nie, glimlag hy. "Jy verstaan nie wat ek sê nie."

"Ja, ek dink ek verstaan. Ek dink net nie dis so maklik soos jy dit laat klink nie. Net soos die huis van stene kan afbrand of wegspoel, kan daar dinge gebeur wat die siel ook laat afbrand of laat wegspoel. Dis nie dinge wat jy wou hê nie; dit gebeur maar net."

Hy knik 'n paar keer instemmend. "As dit gebeur, moet jy vir 'n rukkie gaan stilstaan sodat die siel tyd het om gesond te word. Regmaak dit wat stukkend is. Dit help nie jy hardloop weg en los die siel dat hy maar stukkend bly nie. Jy kan 'n ander man se huis gaan koop, maar jy kan nie 'n ander mens se siel koop of vat nie. Jy moet joune regmaak."

"Dink jy my siel is stukkend?" Sy kyk nie na hom nie, want sy is bang sy sien die antwoord in sy oë.

"Net jy kan dit weet."

"As jy dit nie gedink het nie, sou jy seker nie al hierdie dinge vir my gesê het nie."

"Samuel het my van jou pa en ma vertel en van die ongeluk toe jy jou been seergemaak het. As dit met my gebeur het, sou my siel seergekry het. Ek sal bietjie gewag het voordat ek weer probeer hardloop het."

"Wás jou siel al stukkend?"

"Ja. Ons het 'n seuntjie gehad wat dood is toe hy vier jaar oud was. Hy het een aand in die vuur geval en ons was nie gou genoeg om hom uit te haal nie."

Sy vou haar arms om haar toe 'n rilling deur haar trek. "Ek is jammer." Haar mond voel droog, en sy kyk uit oor die grasvlakte waardeur hulle stadig ry.

"En toe hulle vir Samuel geskiet het, en ons gedink het hy gaan dood."

'n Oomblik dink sy sy het hom verkeerd verstaan, of dat die wind haar vreemde dinge laat hoor, maar toe sy omdraai en na hom kyk, sien sy die hartseer om sy mond.

"Die koeël is langs sy hart en sy long deur en die dokters het gedink hulle sal dit nie kan regmaak nie."

"Wie het hom geskiet?" Sy haal 'n botteltjie water uit die koelhouer, neem 'n groot sluk en vee met die agterkant van haar hand oor haar mond.

"Ons weet nie wie hom geskiet het nie. Dit was so vyf jaar gelede. Ek en hy was besig om 'n trop buffels te soek, want ons het gehoor 'n paar van hulle lyk siek. Ons was daar ver, naby die noordgrens toe ons op die olifantkarkas afkom. Hy is in 'n strik gevang en toe met machetes doodgekap. Sy tande was weg, maar die vleis is gelos. Samuel was baie kwaad en is dadelik dorp toe om met die polisie te gaan praat. Daar was twee polisiemanne wat hy nooit vertrou het nie. Dit was al donker toe hy van die dorp af teruggery het. Daar was 'n kar langs die pad en iemand het gewys hy moet stilhou. Hy het gedink die man het moeilikheid, maar toe hy stop, het hulle geskiet. Ek wou saam met hom ry, maar hy wou my nie saamneem nie. Hy het gesê dis beter as hy alleen gaan."

Moses hou onder 'n boom stil.

"Is die mense ooit gevang?"

"Nee. Die moeilikheid is dat Samuel nie omgee wat hy sê nie." Hy skud stadig sy kop. "Hy kan so mooi met mense praat, maar as hy dink iemand doen iets verkeerd, dan sê hy dit, en mense hou nie daarvan nie. Hy kry partykeer briewe ook wat sê hulle gaan hom doodmaak as hy nie ophou praat nie."

Ester voel meteens so naar dat dit voel of sy enige oomblik kan opgooi. Sy maak haastig die Jeep se deur oop en stap 'n entjie weg. Sy hoor hoe Moses ook uitklim en nader kom.

"Ek is jammer. Ek moes jou nie vertel het nie. Dis nie iets waaroor Samuel praat nie."

Sy sluk aan die naarheid wat in haar keel opstoot, maar skud haar kop toe hy vra of hy iets moet doen. Sy gaan sit eenkant op 'n klip en laat sak haar kop tussen haar knieë. Ná 'n lang ruk kry sy dit reg om haar kop te lig. Sy sien hoe Moses 'n entjie van haar af op 'n boomstomp sit, sy gesig die ene plooie soos hy oor die grasvlakte uitkyk.

"Waarom bly hy in die boom en nie by die kamp nie? As daar mense is wat nie van hom hou nie, kan hulle hom daar soveel makliker in die hande kry. Niemand sal eens weet nie."

"Baie min mense weet van die boomhuis. Hulle weet hy woon nie in die kamp nie, maar daar naby die wesgrens is 'n ou huisie wat hy 'n paar jaar gelede laat regmaak het. Die meeste mense dink hy woon daar. Ek dink nie hy het dit om daardie rede laat regmaak nie, want hy sê as hulle hom wil doodmaak, sal hulle hom kry. Dit het maar net so gebeur dat mense dink dis waar hy woon."

"Hy het nou die dag met die kruiedokter gepraat oor vreemde mense in die dorp. Weet jy iets daarvan?"

"Ja. Hy het my vertel. Dis waarom Elias baie aande daar by hom 'n draai gaan maak. Partykeer ry ek saam en dan laai Elias my langs die pad af sodat ek kan kyk vir vreemde spore, maar hier is nog nie vreemde spore by ons nie."

Sy laat sak weer haar kop op haar knieë.

"Ek moes jou nie gesê het nie."

"Ek is bly jy het my gesê, Moses. En ek sal nou-nou beter voel. Miskien het ek net vandag al bietjie baie son gekry." Sy wys na haar arms wat aansienlik bruiner is as toe sy hier aangekom het.

"Ek dink ons moet huis toe gaan en môre moet jy net bietjie stilsit."

"Sodat my siel my kan kry."

Hy glimlag. "Ja, en sodat jy kan begin om hom reg te maak."

"En wat as ek nie meer een het nie?"

"Hau ... jy moenie so praat nie. Elkeen het 'n siel. Party s'n is net so stukkend dat hulle nie meer weet waar om te begin om dit reg te maak nie. Dan gee hulle maar moed op en probeer sonder siel leef."

Hulle praat nie op pad terug huis toe nie, maar toe Moses wil wag tot Samuel kom, is Ester baie beslis. "Dis nog dag en ek is nie bang nie. Vandag is jou kans om vroeg by die huis te wees en met jou vrou te gesels. Ek is seker sy is al vies omdat jy elke aand so laat daar kom."

Hy trap ongemaklik rond, maar op die ou end oorreed sy hom dat sy niks sal oorkom so alleen nie.

"Dankie vir die gesels vandag. Jou kinders is gelukkig om jou te hê."

"Kinders luister gewoonlik nie vir hulle eie pa en ma nie."

"Dan is ek gelukkig dat ek jou leer ken het."

Hy draai by die bopunt van die trap om. "Miskien moet jy maar hier bly sodat ek jou kan help om jou siel reg te maak. Ons kan dit nie altyd self doen nie."

Sy lig haar hand glimlaggend, en toe hy omdraai, laat sy sag hoor: "Hierdie is 'n man wat die son in sy siel ronddra."

29

"Ek hoor jy en Moses het besluit om dit 'n kort dag te maak." Samuel stap op die dek uit en kyk na Ester waar sy voor teen die stoepreling sit. Haar bene rus op die boonste sport en langs haar staan twee bottels wyn, waarvan een al leeg lyk.

"Het jy 'n probleem daarmee?"

"Nee. Waarom sal ek?"

"Ek weet nie. Miskien omdat jy op alles iets te sê het en op alles 'n antwoord het."

Hy stap nader en tel die leë wynbottel op. "Gaan jy my vertel waarom jy besig is om jouself te verdrink en waarom jy vir my kwaad is?"

"Ek wil huis toe gaan. Ek weet ek het gesê ek sal hierdie foto's vir jou neem, maar ek wil nie meer nie. Ek wil huis toe gaan." Sy staan op en hy steek sy hand uit toe dit lyk of sy gaan omkantel, maar sy systap hom en stap na die vuurmaakplek. Sy tel 'n dosie vuurhoutjies op wat eenkant lê. Dan sien hy iemand het 'n hoop hout redelik wanordelik opmekaar gestapel.

"Ek dink hierdie hout is nat, want dit wil nie brand nie."

Hy neem die vuurhoutjies uit haar hand en begin om die hout oor te pak.

"Wat is met my hoop verkeerd, of is dit 'n manding dat julle self 'n vuur moet pak?"

Hy antwoord haar nie en sy gaan skink vir haar nog wyn.

"Hoe was jou dag? Enige opwindende dinge gedoen? Gekoes vir koeëls, of met 'n krokodil geveg?"

Hy kom orent toe die vuur vlamvat. "Ek weier om met jou te praat wanneer jy in so 'n bui is. Óf jy vertel my wat jou pla, óf jy bly stil."

"Ek het jou gesê, ek wil huis toe gaan."

"Ek het jou gehoor. Wil jy my vertel waar die skielike besluit vandaan kom?"

"Ek het net nie meer lus om hier te bly nie. Ek het gedink ek kan dit doen. Miskien wou ek aan myself bewys dat ek sterk genoeg vir Afrika is, maar ek was verkeerd. Ek stel nie daarin belang om sterk genoeg te wees nie. Ek gee nie om of jy iemand kry om jou diere te kom afneem nie. Ek wil huis toe gaan.

"Ek sal Ira môre bel en vir hom sê hy moet my klere wat nog by hom is, sommer lughawe toe neem. As jy my dalk net Phalaborwa toe kan neem, of ek sal vir Ian of Moses vra."

Sonder om haar te antwoord, stap hy in die rigting van die kamers, en toe hy ná 'n paar minute nog nie terug is nie, stap sy agter hom aan. Sy kamerdeur staan halfoop, en sy stoot dit verder met haar voet oop. Hy staan voor 'n laaikas en is besig om 'n warm trui oor sy kop te trek. Sy kyk om haar rond. Die kamer is groter as hare, maar daar is nie veel meer meubels in nie. Die koninggrootte dubbelbed het 'n ligte roomkleur duvet oor en die twee gemakstoele is met rooibruin leer oorgetrek. Twee bedkassies staan weerskante van die bed en eenkant staan 'n soortgelyke laaikas as die een in haar kamer, behalwe dat hierdie een groter is. Teen die oorkantste muur staan 'n hangkas van dieselfde soort hout. Op die laaikas staan drie foto's. Toe sy nader stap, sien sy dis een van hom saam met 'n man en vrou. 'n Swartwit troufoto van dieselfde man en vrou, maar aansienlik jonger. Daar is ook 'n foto van hom, Carla en Robert waar hulle seker so dertien of veertien was.

"Dis my ouers." As hy verbaas is om haar in sy kamer te sien, wys hy dit nie, en sy gaan sit op die bed.

"Waarom het jy my nie vertel iemand het jou probeer vermoor nie?"

"Waarom moes ek?"

"Ons het al oor 'n duisend goed gepraat. Ek het jou alles van myself vertel."

"Ek het nooit gedink dis 'n relevante onderwerp nie."

"Dat daar mense is wat jou wil doodmaak en dat jy dreigbriewe kry? Wat dink jy is jy? 'n Superheld wat die wêreld op sy skouers moet ronddra? 'n Messias wat nie mag bloei nie? Asseblief, dis so donners kinderagtig." Sy skuif op tot teen die groot kussings, die glas wyn in die een hand en die halfvol bottel in die ander.

Samuel kyk na haar en weet nie na watter stem hy moet luister nie. Die een waarsku hom dat hy moet loop, terwyl die ander een hom aanpraat dat hy haar moet help. Dis net jammer die stem gee nie instruksies hoe hy moet help nie. Hy wil eers die bottel wyn by haar neem, maar aangesien sy reeds meer as die helfte gedrink het, is daar nie veel nut daarin nie, behalwe om haar nog kwater te maak. Miskien moet sy môreoggend in soveel pyn wees dat sy nooit weer soveel sal drink nie. Hy gaan sit op een van die gemakstoele en vee oor sy gesig.

"Ek is jammer dat ek jou nie vertel het nie. As ek ge-weet het dit gaan jou so ontstel, sou ek jou vertel het. Dis nie 'n geheim nie; dis maar een insident in my lewe. Ek het jou ook nie vertel 'n koedoe se horing het deur my linkerkuit gesteek, of dat ek uit 'n boom geval het toe ek vier was en 'n ysterpen byna my oog uitgesteek het nie." Hy wys na die merk langs sy oog.

"Hoe kon 'n koedoe se horing deur jou been steek?"

"Ons was besig om wild te vang en ek was nalatig."

Sy skud haar kop en skink weer haar glas vol. "Dis nie dieselfde as om geskiet te word nie."

"Ek kan jou verseker dit was baie seerder. Ek het byna dadelik my bewussyn verloor nadat ek geskiet is, maar dit was donners seer om die koedoehoring uit my been te kry. Ek was die hele tyd by my bewussyn."

"Waarom gaan jy nie weg nie? Daar moet ander plekke in die wêreld wees waar jy sal kan woon. Hierdie is tog seker nie die enigste stukkie oorblywende hemel op aarde nie."

"Daar is baie mooier plekke, maar my hart is hier. My siel is hier. Ek kan trek en dan ry 'n kar my eendag in 'n straat om, of ek stik aan 'n stukkie brood, en wat het ek dan van my lewe gehad? 'n Tweederangse bestaan omdat ek voor die dood probeer uithardloop het? Dis nie moontlik nie, Haddie. En ek sê dit nie uit fatalisme nie. Dis net 'n lewensfeit."

"Moenie my Haddie noem nie. Dis nie my naam nie."

Hy antwoord haar nie, maar skuif homself net gemakliker op die stoel.

"Kan jy nie die waansin sien nie? Is jy so arrogant dat jy dink jy sal gespaar word as jy goeie dade doen?"

"Ek kan dit sien en ek weet daar is niks wat ek kan doen om myself daarvan te vrywaar nie, maar miskien kan ek help dat iemand anders gevrywaar word. Al is dit net een mens."

"Hoe wil jy dit regkry?"

"Deur toe te sien dat die mense saam met wie ek werk, lewenskwaliteit het. Ek wil help om mense hulle potensiaal te laat bereik, sodat hulle tevrede mense is. Mense wat opgelei is om te doen wat hulle goed doen. As ek vandag hier oppak, verloor 'n klomp mense hulle werk en 'n klomp van die werk waarmee ons al begin het, sal doodloop."

"Hoe weet jy dit? Dink jy jy is die enigste Samaritaan?"

"Nee, maar ek weet ook hoeveel uitbuiters daar is, en die mense hier is deel van my pad. Daar is 'n rede waarom ek hier beland het. Ek kan nie net handdoek ingooi omdat dit my nie pas nie. Wat van hulle wat nie kan weghardloop nie?"

"Dis nie meer jou probleem nie. Die boot is aan die sink en nou is dit elke man vir homself. Is dit nie ook een van die wette van die natuur waaroor jy so graag preek nie?"

"Nee, dit kan nooit net elkeen vir homself wees nie."

Sy lig die duvet op en kruip daaronder in terwyl Samuel twee groot kerse op die laaikas aansteek. Die vlamme maak lang vingerskaduwees teen die mure en dak.

"Moses sê my siel is stukkend en ek het dit gelos en weggehardloop."

"Moses het 'n baie kleurvolle manier om dinge te beskryf."

"Dink jy my siel is stukkend?"

"Ek dink jy sukkel om dinge te verwerk."

"Weet jy, dis baie makliker om siek te wees as om gesond te word. Om gesond te word verg moeite en dikwels pyn. En ek het nie meer die krag om gesond te word nie. Ek wil net siek bly. Dis die maklikste. Ira gaan na 'n sielkundige. Ek wil nie eens begin om te dink hoeveel moeite dit moet wees nie."

"Elkeen moet doen wat vir hom of haar reg is. Miskien is daar iets anders wat jy kan doen."

"Soos wat?"

"Soos om nie elke keer weg te hardloop wanneer jy nie van iets hou nie, of wanneer dinge nie uitwerk soos jy dit wil hê nie."

"Waarvan praat jy?"

"Om mee te begin: jy kan nie jouself elke keer probeer verdrink wanneer jy ontsteld is nie."

"Dis die tweede keer dat ek hier dalk 'n bietjie te veel drink, en nou dink jy ek doen dit elke keer as ek ontsteld is."

"Dis nie al wat jy doen nie. Soms baklei jy; om geen ander rede as dat jy dink dit sal jou laat beter voel nie. Of jy slaap. Al hierdie dinge is maniere om weg te hardloop. Ná vier jaar behoort jy te besef dit werk nie. Jy verwaarloos doelbewus jou gesondheid deur nie te eet nie. Jy rook te veel."

"Wanneer laas het jy my sien rook?"

"Dis ook maar net omdat hier nie sigarette is nie."

Sy kyk weg toe hy dit sê, want sy is bang hy sien die erkenning op haar gesig. Nadat sy vanmiddag by die huis gekom het, het sy haar kamer en tasse 'n paar keer deurgesoek vir 'n verlore sigaret.

"Jy drink te veel pynmedikasie omdat dit te veel moeite is om jou oefeninge te doen en jou been behoorlik te rehabiliteer. Jy hoef nie na 'n sielkundige te gaan nie, maar moet dan net nie vir jouself lieg en maak asof jy in beheer is nie."

"Ek dink ek het my kompas verloor of die magneet het gebreek."

"Hoekom dink jy so?"

"Toe my ouers geleef het, het ek altyd geweet waar ek is. Letterlik en figuurlik. Dit was asof hulle die ware noord was waarvolgens ek myself kon oriënteer. Nou is hulle nie meer daar nie, en ek weet nie waar ek is nie. Ek weet nie waar ek hoort of waar my huis is nie, en weet jy hoe scary is dit? Nee, jy sal nie weet nie, want jy het blykbaar 'n onbreekbare kompas met 'n moerse groot magneet wat nie net vir jou rigting wys nie, maar sommer vir almal om jou ook."

Samuel wens hy het vir homself ook 'n bottel wyn gaan haal, want hy weet nie of hy opgewasse is vir hierdie gesprek nie.

"Jy sal weer jou pad kry, Ester. Jy moet net geduldig wees."

"Hoe kan jy so seker wees?"

"Want ek was ook daar en weet hoe dit voel."

"Hoe het jy die pad teruggekry?"

"Voetjie vir voetjie."

"Het ek jou al ooit vertel wat daardie aand gebeur het?" Sy wag nie vir hom om te antwoord nie. Hy kyk intussen begerig na die byna leë wynbottel in haar hand.

"Ek sou die aand saam met hulle na 'n uitvoering gaan, maar op die laaste nippertjie het 'n ou oor wie ek nogal mal was, my genooi om saam met hom na 'n vriend se verjaardag te gaan. Dit het my presies 'n uur en 'n half geneem om uit te vind dat ek en hy niks vir mekaar te sê het nie en dat sy vriende my eindeloos irriteer. Maar my ma se opvoeding was goed, en ek het die hele aand gebly. By die huis het ek hom nie ingenooi nie en sommer buite die hek uitgeklim. Dit was vir my vreemd dat my pa se motor nie in die motorhuis was nie, want hy was nogal gesteld daarop dat 'n mens jou goed oppas.

"Om 'n lang storie kort te maak, toe ek aan die bopunt van die oprit kom, het ek hulle sien lê. Ek kan nie mooi onthou wat toe gebeur het nie, maar ek het besef dat ek die laaste aand wat ek saam met hulle kon wees, op 'n spul vreemdelinge vermors het. En ook dat, as ek saam met

417

hulle gegaan het, ek iets sou kon doen om te help, of dalk het dit dan glad nie gebeur nie."

Samuel staan op en gaan sit langs haar op die bed. Hy neem die glas en die bottel by haar en sit dit op die bedkassie langs hom neer, voordat hy homself gemakliker teen die kussings skuif. Sy vingers begin met haar hand speel.

"Dis 'n nuttelose storie wat jy jouself wysmaak. Elkeen wat al iemand verloor het, glo as hulle iets anders gedoen het, sou hulle dit dalk kon keer, en almal voel soms hulle het kosbare tyd verspeel."

"Volgens die Joodse geloof is die tyd ná die dood 'n baie onseker tyd vir die siel omdat hy nie weet wat nou aangaan nie; daarom is 'n mens veronderstel om baie ondersteunend te wees wanneer iemand dood is," gaan sy voort, asof sy hom nie gehoor het nie.

"Het jy al 'n siel probeer vertroos?" Haar vingers vleg deur syne. "Wat sê jy vir 'n siel wat onseker is? In elk geval, daar sit ek toe op die oprit en ek probeer hulle siele troos, terwyl ek eintlik net al skreeuende wil weghardloop. Maar die siel kan alles hoor en sien, baie beter as 'n mens, en ek kon myself nie so ver kry om te hardloop, terwyl hulle vir my kyk nie.

"Maar ek moes seker in 'n stadium geskreeu het, want Josef en Gladys het my gehoor en die polisie gebel. Die polisie het gekom, en daarna het die huis al voller en voller geword. Mense het gekom en gegaan.

"In elke Joodse gemeenskap is daar 'n span wat onmiddellik kom wanneer daar dood in die huis is, maar anders as met ander gelowe, kom hulle nie om te simpatiseer nie, maar om na al die praktiese sake te kyk. Of daar geld en kos en ondersteuning is en of daar reëlings is wat getref moet word. Oneindig behulpsaam.

418

"En het jy geweet waarom die Jode hulle dooies so gou moontlik begrawe? Want eers met die begrafnis raak die siel rustig en weet waarheen om te gaan.

"Maar intussen kom die polisie en sê daar moet nadoodse ondersoeke wees, want hulle het op 'n onnatuurlike wyse gesterf. Eintlik laat die Joodse geloof nie nadoodse ondersoeke toe nie, want die liggaam moet so heel moontlik begrawe word. Ek dink ek het dit al vir jou genoem. En Ira laat weet hy's op pad, maar hy sukkel om 'n vlug te kry.

"Gelukkig het die rabbi vir die patoloog verduidelik hoe hulle my pa se liggaam moet hanteer en dat daar die minste moontlike weefsel of organe verwyder moet word. En hy het gereël dat daar mense is wat dag en nag by die lykshuis die nodige ondersteuning aan die siel gee. Ek weet nie of hulle my ma se siel ook vertroos het nie, want sy was nie 'n bekeerde Jood nie.

"Gelukkig het Ira 'n vlug gekry en was hy binne die toegelate twee en sewentig uur hier, maar toe het ek alreeds gate in 'n klomp van my klere en omtrent al my pa en ma se klere geknip; die gebruik wat hulle keriah noem. Dit is 'n simbool daarvan dat iets wat heel was, nou nooit weer heel kan wees nie. Dit kan gelap word, maar daar sal 'n letsel bly."

Sy lig haar hande in 'n vraende gebaar. "En dan sê mense 'n mens kom op 'n dag weer daaroor; jy sê dit self."

"Ek het nie gesê daar bly nie 'n letsel oor nie."

"Het jy 'n letsel?"

"Ja, en soos dikwels met 'n ou wond gebeur wat begin pyn as dit reën of as dit koud is, pyn so 'n letsel ook van tyd tot tyd."

"Ek praat nie van die letsel waar hulle jou geskiet het nie."

419

"Ek ook nie."

Sy vee oor haar gesig. Haar hand soek-soek op die bed-kassie na die glas wyn, maar hy het dit aan die ander kant van die bed neergesit.

"Ek wou nie begrafnis toe gaan nie, maar daar rondom is ook 'n hele ritueel. Deur deel van die levayah, die be-grafnisoptog, te wees, en om die liggaam na die graf te vergesel, verleen 'n mens weer eens ondersteuning aan die siel. Dit word gesien as 'n ware teken van onselfsugtige goedheid of vriendelikheid, gemillat chesed shel emet. So, hoe kon ek 'n laaste daad van vriendelikheid teenoor my pa weier? Die begrafnisdiens was heeltemal anders as my ma s'n, want by die Jode gaan dit nie oor die vertroosting van die agtergeblewenes nie, maar oor die verering en die waardigheid van die dooie, yekara d'schichba." Sy spreek elke keer die Hebreeuse woorde stadig en met klem uit.

"By my ma se diens het die predikant probeer om ons te vertroos deur te sê dat sy nou op 'n beter plek is, en al wat ek kan onthou, is dat ek hom die hele tyd wou vra hoe hy dit weet. Miskien het hy 'n boodskap van haar ge-kry of iets. Die Jode is nie veronderstel om antwoorde van mekaar te soek nie, maar net van God. Daarom probeer hulle jou ook nie vertroos met allerhande aannames nie." Sy sug en haal 'n paar keer diep asem.

"Gladys sê ek moet huis toe kom, want my ma-hulle wag daar vir my. Die Jode glo dat, selfs al treur ons oor 'n geliefde wat dood is, verstaan ons, of is ons veronderstel om te verstaan dat die basiese, goddelike band wat alle siele aanmekaar bind, sterker is as die veranderinge wat die dood meebring. Met ander woorde, die verbintenis tussen die siele van die dooies en die lewendes sal altyd ongeskonde of heel bly. Maar as dit so is, waarom voel ek hulle nie? Voel jy nog die band met jou ouers se siele?"

"Ja. Ek weet nie presies wat ek voel nie, maar 'n mens kan dit seker as 'n band beskryf. Ek het dit nie dadelik gevoel nie, maar op 'n dag was dit net daar."

"Dink jy ek sal dit voel as ek teruggaan huis toe?"

"Ek weet nie."

"Sal jy saam met my gaan?" Sy is steeds besig om haar vingers met syne te verstrengel.

Hy antwoord haar met net 'n kopknik.

"Dankie. Jy is 'n goeie mens."

Samuel glimlag skeefweg en kyk hoe sy al laer teen die kussings afsak, maar sy los nie sy hand nie.

"Ek dink ek sal maklik hier by jou kan bly. Jy laat 'n mens rustig voel. Jy is soos hierdie sondeurdrenkte vlaktes. Dis 'n mooi woord. Sondeurdrenk. Ek dink die son woon in jou lyf en in Moses se siel."

"Wil jy nie iets eet nie?"

Sy skud haar kop. "Later. Sit net eers hier by my."

Hy skuif homself weer gemakliker teen die kussings.

"Het ek jou gesê Richard het my genooi om die naweek by hom te gaan kuier?"

"Dis vriendelik van hom. Het jy die uitnodiging aanvaar?"

"Ek het gesê ek sal by jou hoor of ek moet werk."

"Ek sê nie vir jou wanneer jy moet werk nie."

"So, jy gee nie om as ek die naweek na hom toe gaan nie?"

"Ek kan jou nie keer as jy wil gaan kuier nie. Ek is ook nie die naweek hier nie."

Sy draai op haar sy om hom te kan sien. "Waarheen gaan jy?"

"Ek het jou gesê ek moet Zimbabwe toe gaan."

"Wat gaan jy daar maak?"

"Ek gaan na Robert se familie toe. Hy is bekommerd

oor hulle, want alle kommunikasie daarheen is al verbreek en hy weet nie of hulle veilig is nie."

"Is hulle regeringsondersteuners?"

"Nee."

"There is a pleasure sure, in being mad, that none but madmen know!" Sy gee 'n kras laggie. "Iemand het dit gesê, net soos iemand gesê het dat niks so erg kan wees soos die waansin van 'n eens goeie mens nie. Ek dink wie dit ook al gesê het, moes 'n slim mens gewees het wat geweet het van waansin."

"Ek dink dit was Shakespeare wat gesê het, madness in great ones must not unwatched go."

"Hoe ken jy Shakespeare?"

"Ek het goeie onderwysers gehad."

"Dit sal soveel makliker wees om Afrika te haat, maar sy laat haar nie sommer haat nie. Of dalk is dit die mense wat hulle nie sommer laat haat nie. Ek kyk na die personeel by die lodge en daar is iets in hulle oë, 'n oopheid in hulle glimlagte, wat êrens in 'n mens weerklink. Asof ons iets deel wat die oog nie kan sien nie. Miskien 'n oerverbintenis aan mekaar en met 'n stuk aarde wat op 'n intellektuele vlak nie sin maak nie. Hoe het jy daardie eerste dag by die konferensie gesê? 'Afrika was nog nooit 'n logiese kontinent nie.'" Sy speel weer met sy vingers.

"Dit sou ook baie makliker gewees het as ek nie van jou gehou het nie; as ek van jou kon vergeet het, want om van jou te hou is net so onlogies as om van Afrika te hou. Maar watse kans het ek gehad? Olifante swig voor jou charm, renosters raak soos mak lammers wanneer jy aan hulle raak, leeus spin soos huiskatte wanneer jy vir hulle kyk. Dit was van die begin af nie 'n gelykop stryd nie."

Samuel luister met 'n mengsel van geamuseerdheid en

empatie, want hy vermoed sy gaan môreoggend 'n paar dinge ongesê wil maak.

"Het jy nog nooit gedink daar kan dalk meer tussen ons wees nie?"

"Meer as wat?"

"Meer as wat daar nou is."

'n Oomblik oorweeg hy dit om te vra wat nou daar is, maar hy los dit. Hy besef dis nie nou die tyd om na te veel detail te vra nie.

"Hou jy ooit van my?" gaan sy voort, toe hy haar nie antwoord nie.

"Ek sou jou seker nie in my huis laat bly het as ek nie van jou gehou het nie."

"Dis 'n dubbele-nie-sin en ek was nog nooit goed daarmee nie. Verder is dit 'n kruising tussen 'n stelling en 'n teenvraag en dit was ook nooit my sterk punt nie."

"Ek hou van jou."

"Is jy verlief op my?"

"Ek dink ek is te oud om verlief te raak."

"Humour my . . . dink jy jy kan teoreties gesproke verlief raak op my?"

Samuel wil nie lag nie, maar dit raak al moeiliker om dit nie te doen nie, en hy raak al jammerder hy het nie kans gehad om vir hom iets te skink om te drink nie. As hy geweet het wat hy nou weet, moes hy miskien sommer net 'n vol bottel whiskey en 'n strooitjie saam kamer toe gebring het.

"Teoreties gesproke sal ek op jou verlief kan raak."

"Omdat ek jou aan my pa herinner?"

"Ek sou nie op jou pa verlief kon raak nie."

"Is dit dan 'n lyfding? Is jy eintlik net agter my lyf aan?"

"Jy is tog seker meer as net 'n lyf."

"Waarom sou jy dan op my verlief kon raak? Wat kan iemand soos jy in iemand soos ek sien? Sien jy iemand wat jy dalk kan bekeer? Is dit omdat ek moeilik is en jy van 'n uitdaging hou? Is dit die wildtemmer in jou?"

Nou kan hy nie help om te lag nie. "Ek is nie 'n wildtemmer nie."

"Whatever . . . jy weet wat ek bedoel." Sy skuif nader aan hom en krul teen hom op.

"Ek weet nie of nou so 'n goeie tyd is om dit te probeer verduidelik nie."

"Wat anders het ons twee om vanaand te doen? It's yet another fucking beautiful night in Africa. As jy nie vanaand vir my kan vertel waarom 'n man soos jy teoreties gesproke op 'n vrou soos ek kan verlief raak nie, sal jy dit nooit kan doen nie. Carpe diem . . . seize this moment by its tail. Jy sien my dalk nooit weer nie. Miskien verlei Richard my die naweek en dan word ek jou buurvrou. Dan kan jy net vir die res van jou lewe met begerige oë deur die draad na my kyk en jouself verwyt omdat jy nie hierdie kans gebruik het nie."

"Ons praat in 'n teoretiese sin."

"Ja, ja . . . moenie tegnies raak nie."

"Ek glo aan 'n onbewustelike konneksie. 'n Soort spark wat óf daar is, óf nie. Soms onderdruk mense dit omdat die fisiese beeld of die hele prentjie van wie die persoon is, of nie is nie, nie by hulle vooropgestelde plan inpas nie. Soms verbeel mense hulself die spark, omdat die prentjie perfek pas. Hoe ook al, ek dink as 'n mens te alle tye eerlik met jouself is, sal jy weet wanneer daar 'n konneksie is en wanneer nie." Hy kyk na haar. "Beantwoord dit jou vraag?"

"Nie eens amper nie. Daar is te veel asse en ofs en persone en hipoteses en allerhande kak in daai verduideliking. Give it to me straight, Sammy. Los die bullshit."

"Ek sou teoreties op jou verlief kon raak omdat ek 'n spark ervaar."

"At last!" Sy gooi haar arms in die lug. "As dit net nie vir die 'teoreties' in die sin was nie, was dit 'n perfekte antwoord. Mooi so. Amper volpunte. Ek ervaar ook 'n spark, of eintlik iets soos 'n bleddie hoë-volt-kortsluiting." Sy sug selfvoldaan en draai haar rug na hom terwyl sy haarself opkrul.

"Die jackpot-vraag is nou waarom ons nog nie gereageer het op die spark nie?"

"Dis nie altyd so maklik nie. Soms is daar ander faktore wat in ag geneem moet word."

"Soos wat?"

"Jy is Ira se suster, jy het nog baie dinge om uit te sorteer, ons wêrelde is letterlik duisende kilometers uitmekaar, jy het nog nie eens herstel van jou beserings nie."

"Small stuff . . . ek kan Ira skei, of wat 'n mens ook al met familie doen as jy met hulle klaar is, ek sal dinge uitsorteer, ek sal hierheen terugkom, in fact, ek sal saam met jou in die boomhuis kom bly, en wat was die laaste rede? O ja, my heup. Donner, as jy nie rondom 'n heupfraktuur kan werk nie, moet jy jouself dalk nie 'n dokter noem nie — nie eens 'n dieredokter nie. Ek is seker jy skryf nie sommer net 'n dier af omdat hy seergekry het nie." Sy strek agtertoe en lê teen sy arm. "Hou my vas. Dis die minste wat jy kan doen, noudat jy my hart gesteel het."

"Ek dink jy moet nou slaap."

"Waarom het jy nooit vir my gesê, you told me so nie?"

"Oor wat moes ek dit vir jou gesê het?"

"Die hele Beiroet-ding."

"Dis futiel om dit vir iemand te sê."

"Toe ek destyds ná my studies twee jaar in die Midde-Ooste as buitelandse korrespondent gaan werk het, het ek baie dinge gesien en beleef. Dit was crazy tye, maar ek was mal daaroor. Dit het elke dag vir my gevoel ek lewe.

"Ek het begrip vir my pa gekry en besef waarom hy so hard werk vir reg en geregtigheid. Die alternatief lê in ons gene, en wanneer 'n mens dit besef, sal jy alles doen om 'n ander pad te stap.

"Die Afrikaners dra ook daardie geen. Ons kan maklik teen mekaar draai en nie besef hoeveel skade ons aan onsself doen nie. Die bakleistreep loop dik in ons are. Ook die verknogdheid aan 'n stuk ongenaakbare land.

"Waarom sal mense oorlog maak oor 'n stuk barre woestynland? Ek weet nie regtig wat die rede is nie. Ek weet net mense bly daar, tussen die bomme en die baklei. Hulle eet en drink, maak liefde, kinders word gebore en feeste word gevier. Soos julle hier ook. Agter julle doringdrade en met een oog op die geweer.

"My pa het ook nie die antwoord gehad nie, en tog was daar destyds in my 'n gevoel van begrip. Nie noodwendig op 'n bewuste vlak nie, maar 'n diep onbewustelike verstaan van waarom jy juis op 'n sekere plek gebore is en waarom die naelstring nooit werklik geknip kan word nie. Op een of ander manier verskaf die barheid, die ongenaakbaarheid, die voeding wat ons nodig het om te lewe.

"Ek was so jonk, maar het dit tog verstaan. En ek het destyds teruggekom omdat ek geweet het ek moet hier wees. Al het ek nie noodwendig verstaan waarom nie, het ek geweet my voeding lê hier.

"Ek dink ek wou terug Beiroet toe op soek na iets van daardie verstaan. Dalk kon ek êrens nog krummels optel. Miskien het ek gedink ek sal weer die prentjie daar kry, want ek kon dit nie hier kry nie. Hier het dit te donker vir my geword.

"Ek het die dag die slag gehoor en het presies geweet wat aangaan, maar die vreemde ding is dat ek nooit bang was nie. Die liggame het om my geval en die voertuig waarmee ek gery het, het omgeslaan. Ek het uitgeval en kon alles sien. En al waaraan ek kon dink, was dat ek graag 'n foto sou wou neem. Jy is reg as jy sê ek kruip agter my kamera weg."

"Ons almal het maar dinge waaragter ons wegkruip."

"Hmm . . ."

Haar stem begin slaperig klink en Samuel bid stilweg dat sy min of meer reeds in droomland is. Hy draai op sy sy en sy skuif dadelik in die ronding van sy lyf in.

"Jy dra die son in jou lyf."

Toe hy haar nie antwoord nie, sug sy: "Ek moet huis toe gaan . . . ek dink my ma-hulle wag daar vir my."

"Ek dink ook so."

"Jy moet sorg dat jy veilig bly, want as jy doodgaan, sal ek nie jou siel vertroos nie, en ek sal ook nie begrafnis toe gaan nie. Dit sal jou verdiende loon wees om jouself te begrawe."

Hy maak sy oë toe en trek haar stywer teen hom.

"Belowe my jy sal nie doodgaan nie."

"Sjjt . . . slaap nou."

"Ons is weeskinders," mompel sy 'n rukkie later. "Oorlogswesies."

Samuel besluit om nie te reageer nie.

"Jy moet jou olifante pienk verf . . . dis nie lekker om so grys te wees nie."

Samuel kan net glimlag en ná 'n rukkie verlig sug toe haar stem eindelik stil word.

30

Samuel raak geleidelik wakker, asof verskillende lae een-een gelig word, tot sy bewussyn helder is en sy menswees betekenis kry. 'n Oomblik wonder hy hoe dit moet voel om op 'n dag wakker te word en nie te weet wie jy is en waar jy is nie. Hy luister na die bekende voël-geluide in die bome om hom. Die vroegoggendluggie is koud en hy trek die duvet effens hoër teen sy nek op. Sy arm raak aan iets en hy maak sy oë oop. Dan glimlag hy en sug. Ester lê, soos die vorige aand, opgekrul teen hom. Haar lyf is warm teen syne en hy kan nie verstaan dat hy nooit deur die nag bewus geword het van die lyf in sy bed nie. Hy, wat selfs in sy slaap weet wat om hom aangaan.

Hy het die hele nag met 'n vrou in sy arms geslaap, sonder om wakker te word of van posisie te verander. Die feit dat hy baie lanklaas 'n bed met 'n vrou gedeel het, maak dit eintlik nog vreemder, veral omdat hy nog nooit hierdie bed met iemand gedeel het nie. Hy kan nie onthou wanneer hy aan die slaap geraak het nie. Die laaste wat hy kan onthou, is dat hy probeer opstaan het, maar sy het iets geprewel en sy hand stywer vasgehou, en hy het maar weer stil bly lê.

Miskien moet hy nooit dat Ian en Robert hoor hy het die nag saam met Ester Green deurgebring sonder dat hy kan onthou hoe dit gebeur het nie. 'n Man se ego kan net soveel spot verduur.

428

Die versoeking om te bly lê is groot, maar hy skuif stadig sy arm onder haar kop uit en kom met 'n rolbeweging orent. Hy het nog die klere aan wat hy die vorige dag gedra het, maar sien dat hy darem van sy skoene ontslae geraak het. Sonder om 'n kers of lamp op te steek, voel-voel hy sy pad tot by die deur.

Toe hy op die dek uitstap, gloei 'n paar van die vorige aand se kole nog liggies. Hy strek homself lankuit en steek 'n lamp in die kombuis aan sodat hy kan koffie maak. Om een of ander rede smag sy lyf na koffie. Of miskien is dit sy rede wat hom aanpraat om wakker te word, want daar is vanoggend 'n vreemde stem wat hom terug bed toe wil verlei. Die kol waar sy teen hom gelê het, voel koud en die stem in sy kop klink baie oortuigend. Hy gaan staan met sy hande diep in sy broeksakke voor teen die reling, terwyl hy wag dat die water op die gasstofie kook.

Daar is donker figure onder in die rivierloop en toe hy mooi luister, herken hy die seekoeie se blaasgeluide. Soos dit ligter word, sien hy ook twee kameelperde en 'n troppie sebras by een van die waterpoele. Hy skud sy kop toe hy onthou wat Ester die vorige aand alles oor hom en die diere gesê het. Hy wens dit was so maklik om mens en dier te laat doen wat jy weet die beste vir hulle sal wees. Hy sou nie omgegee het om leeus soos huiskatte te laat spin nie . . . of om die son in sy lyf te dra nie.

Hy maak 'n groot pot koffie en gaan sit met 'n beker voor teen die reling. 'n Klein troppie olifante het hulle by die oggendtafereel aangesluit. As hy mooi luister, hoor hy hoe hulle die water met hulle slurpe opsuig en in hulle bekke spuit. Hulle klink so dors soos hy voel.

Na twee bekers koffie gaan stort hy en begin dan eers beter voel. Die vreemde stem begin ook effens sagter word. Hy sou verkies het om dit glad nie meer te hoor nie, maar 'n mens het seker nie altyd beheer oor die stem van verleiding nie.

Ester lê nog steeds in dieselfde posisie toe hy klaar aangetrek is. Hy trek die deur sag op knip agter hom. Miskien is dit beter dat sy die hele oggend bly slaap.

'n Halfuur later is hy besig om eiers en spek gaar te maak en sy vierde beker koffie te drink, toe hy uit die hoek van sy oog 'n beweging sien. Sy het ook nog die vorige aand se klere aan en haar hare hang deurmekaar om haar gesig. Sy het 'n kombers oor haar skouers gehang en lyk op die oomblik soos 'n kind met 'n troetelkombers. Sy knik in die verbygaan badkamer toe en hy groet gemoedelik. Ná 'n paar minute skuifel-skuifel sy terug, maar steek vas toe sy oorkant die kombuis kom. Dan gaan sit sy by die eetkamertafel en laat sak haar ken in haar hande.

"Los 'n mens nie gewoonlik 'n briefie om te sê dit was lekker en jy sal bel nie?" Haar stem klink heser as gewoonlik en sy gee 'n paar hoese.

"Dit sou saam met die ontbytskinkbord gekom het."

"Die vinnigste en pynloosste gaan dalk wees om net te sê, vergeet alles wat ek gisteraand gesê of gedoen het."

"Alles?" Hy hou homself met die pan besig. "Dit sal nogal jammer wees, want jy het 'n paar diep dinge gesê. Robert het 'n goeie aanhaling: Let schoolmasters puzzle their brain, with grammar and nonsense, and learning. Good liquor, I stoutly maintain, gives genius a better discerning."

"Ek is seker ek het 'n paar baie slim dinge gesê; ek is after all 'n baie intelligente mens, maar dit beteken nog nie jy hoef alles te onthou nie. Dit was nie 'n geval van in vino veritas nie, of miskien was daar elemente wat dalk waarheid bevat het, maar ek het nie die krag om deur alles te werk en seker te maak jy sien alles in konteks nie."

Hy sit 'n beker koffie by haar neer en laat sy hand 'n oomblik op haar skouer rus. "Ek sal alles vergeet. Kan ek miskien net onthou dat jy dink ek laat leeus soos huiskatte spin en dat ek olifante kan charm? Dit sal goed op my besigheidskaartjie lyk."

"Dit was 'n teoretiese stelling, net soos baie van wat jy gesê het teoretiese stellings was." Sy glimlag effens toe sy sien hy kyk na haar. "Ek onthou baie meer as wat jy dink." Sy neem 'n groot sluk koffie en vee hare uit haar gesig.

"Ek is beïndruk. Groter manne as jy sou dit nie reggekry het nie."

"Ek was meer moeg as iets anders."

"Ek was ook al so moeg. Dit kan 'n mens nogal vreemde dinge laat doen en sê."

"Jou ma het jou baie mooi grootgemaak. Baie ander mans sou dalk probeer het om my te verlei."

" 'n Mens verlei nie 'n vrou wat moeg is nie."

"Ek is nie meer moeg nie." Sy vou haar hande om die warm beker en kyk hoe 'n voël op die braaivleisplek se muurtjie kom sit.

Sy hande raak stil waar hy die laaste stukkies spek braai.

Ester laat sak die kombers en stap kombuis toe. Sy haal 'n repie spek uit die pan, hap 'n stukkie af en hou die res na hom toe uit. Sy mond sluit om haar vingers terwyl hy stil na haar kyk.

"Wat is teoreties die ergste wat kan gebeur?" Sy trek haar vingers stadig uit sy mond en vee oor sy onderlip.

"Dat ons ons die spark verbeel het."

"Die kanse is ook daar dat ons ons nie verbeel het nie." Sy staan teen hom en Samuel wonder of spontane ontbranding net 'n mite is, want hy is seker hy kan enige oomblik in vlamme opgaan. Hy vou sy hande om haar gesig en druk 'n soen teen haar voorkop. "Ek dink jy moet dalk eers behoorlik wakker word."

"Hoe wakker wil jy my hê?" Haar hande gly onder die hemp in teen sy vel, en sy voel hoe die spiere onder haar vingers lewe kry. "Jy dra die son in jou lyf."

"En jy is besig om my al my goeie voornemens te laat vergeet."

"Sit terug en laat die stroom jou vat waar dit wil. Wie weet, dalk hou jy daarvan . . ." Sy lag teen sy mond toe hy haar soen. "'n Slim man het dit vir my aanbeveel."

"'n Slim man het ook vir jou gesê, hierdie is nie 'n goeie idee nie." Sy arms gaan om haar lyf en hy lig haar effens op.

"'n Mens kan nie altyd alles glo wat jy hoor nie. Dis waarvoor ons common sense gekry het."

Hy soen die glimlag van haar mond af en sy kreun toe haar arms om sy nek gaan. "Vir iemand wat nie van 'n gepraat hou nie, praat jy darem vanoggend verbasend baie."

"Senuwees laat my altyd baie praat."

Haar mond raak liggies aan syne. "Dit kan nie erger as 'n buffeljag wees nie."

"Baie erger."

Sy neem sy hand en stap voor hom uit kamer toe. "Dit help soms om jou vrese te konfronteer . . ."

Hy tel haar op en soen die res van die woorde stil. "Hmm . . . ek wou dit al so lank doen . . ." praat hy teen haar mond terwyl hy haar op sy bed neerlê.

"Wat wou jy al lankal doen?" Sy begin sy hemp los-knoop.

"Jou stil soen."

"Waarom het jy dit nie gedoen nie?"

432

"Ek was bang jy byt my."

Sy druk laggend haar gesig in sy nek. "Dis nou die man wat sy hand in olifante se bekke druk! Jy is besig om jou image onberekenbare skade aan te doen. As jy langer so aanhou, kry ek jou dalk nou-nou so jammer dat ek vir jou suikerwater gaan aanmaak."

Samuel knoop haar hemp oop en laat sy vingers stadig teen haar ribbes afgly. "Dis net soos ek gedink het . . . jy het kurwes." Hy soen die kuiltjie in haar nek en laat sy mond liggies oor haar borste gaan. "Baie interessante kurwes."

"As jy so aanhou, het ék nou-nou die suikerwater nodig." Sy haal diep asem. "Dis waarom ek altyd versigtig was dat jy nie aan my moet raak nie. Ek het geweet dit gaan so wees."

Sy hande verken haar maag en trek die kontoere van haar heupbene met sy vingers na. "Hoe?"

"Verslawend. Ek het jou gesê, as 'n geharde leeumannetjie nie 'n kans het nie, wat is my kans?"

"Ek hoor jou nog nie spin nie."

"Jy luister net nie. Ek spin al van gisteraand af." Sy soen hom speels, maar hy trek haar nader en sy vergeet wat sy nog wou gesê het. Op daardie oomblik vergeet sy baie dinge, en baie dinge maak nie meer saak nie. Dit sal later dalk weer belangrik word, maar nou wil sy eers net hierdie salige hitte ervaar wat uit sy lyf straal. Sy wil sy mond proe en haar hande hulle eie loop laat neem. Toe haar vingers 'n letsel net onder sy borsbeen raakvoel, lig sy haar kop en soen sag die stukkie geplooide vel.

Samuel trek haar stywer teen hom vas en voel hoe haar lyf sag teen syne word en hy wonder waarom hy so lank gedink het dis nie 'n goeie plan nie. Hy weet nie hoeveel daar verkeerd kan wees met iets wat so goed voel nie.

"Jy sal storms kan stilmaak met jou hande," fluister sy 'n rukkie later uitasem. "En berge kan versit met jou mond."

Hy lag 'n skor laggie. "Moenie vergeet dat ek op water kan loop nie."

"Teoreties . . ."

"Sjjt . . . ek wil jou mond proe. Jy smaak bekend."

"Is jy honger?"

"Baie . . ."

"Wil jy eers gaan eet? Ek is seker die bacon en eiers sal nog eetbaar wees."

Sy mond streel liggies oor haar gesig. "Ek wil my bestelling verander."

"Ek wil nie regtig nou al teruggaan nie, al het ek dit gisteraand gesê."

"Ek weet . . ."

"Hierdie beteken egter nie ek gaan ophou met jou baklei nie."

Hy lig sy kop en sy hande raak stil. "Nie?" Hy kom effens regop. "Nee, my hel, watse voordeel gaan ek dan hieruit kry?"

Sy skuif onder hom in. "Is dit al rede waarom jy jou laat verlei het?"

"Natuurlik. Dink jy ek doen dit vir die lekkerte?"

Haar tong speel oor die buitelyne van sy mond. "Hou jy nie hiervan nie?"

"Hmm . . . dis seker nie te sleg nie."

"En dit?" Sy soen hom sag.

"Ek is nie seker nie . . . miskien moet jy nog 'n rukkie aanhou."

"As dit nie lekker is nie, moet ons miskien maar ophou . . . dalk was die spark niks anders as 'n vuurvliegie wat verbygevlieg het nie."

Sy hande sluit om haar heupe en hy trek haar teen hom vas. "Jy's slim. Min meisies kom dit agter."

"Jy is so verwaand."

"En jy is mad, bad and very dangerous to know, maar jy smaak beter as rooiboklewer. Baie beter ... ek dink ek kan leer om hiervan te hou."

Sy maak haar oë oop en hulle kyk stil na mekaar. Die woorde droog op en die glimlagte raak stil, en Ester voel hoe haar lyf beur om nader aan die hitte te kom. Sy mond en hande verlei haar met beloftes van die son en sy loop gewillig saam. Dit was van die begin af die verleiding. Dit is waarom sy moes terugkom. Vir die son en die reuk van vuur.

Ester lek oor haar lippe en weet 'n oomblik lank nie waar sy is nie. Sy lê op haar maag, maar niks om haar lyk bekend nie. Sy draai haar kop en herinneringe begin stadig vorm kry. En kleur en klank, totdat dit die voëls in die bome uitdoof. Samuel lê op sy sy, met sy arm oor haar heupe. Sy draai haar kop effens en sien hy is wakker.

"Jy het dit oorleef," laat sy hees hoor.

"Net-net."

"Is jy van jou vrese genees?"

"Ek dink ek sal nog 'n paar behandelings moet kry." Sy vinger streel teen haar ruggraat af en die hoendervleis maak knoppies op haar vel.

"Jou hande behoort as gevaarlike wapens geklassifiseer te word."

Voor hy haar kan antwoord, roep 'n stem van êrens in die huis. Sy draai haastig op haar sy, maar voordat een van hulle kan opstaan, stap Robert die kamer in. Ester trek die duvet oor haar kop en hoop hy het haar nie gesien nie.

Samuel skuif homself regop teen die kussings en vee

oor sy gesig. "Waaraan het ek die vroegoggendbesoek te danke?"

Robert kyk op sy horlosie. "Ek sal dit nie meer vroegoggend noem nie. Dis elfuur."

"Is iets fout?"

"Ja, en nee. Ons het eintlik net bekommerd geraak toe ons niks van jou hoor nie en jy ook nie die radio antwoord nie. Is jy siek?"

"Ek weet nie. Ek is dalk besig om grieperig te raak."

"Het jy al ooit griep in jou lewe gehad?"

"Nee, nie wat ek kan onthou nie."

"Hoe sal jy dan weet dis griep?"

"Ek het maar net gedink . . ."

"Trust my, dis nie griep nie. 'n Mens glimlag nie so as jy besig is om griep te kry nie. Vir my lyk dit eerder of jy dalk iets wat baie ryk en lekker is, geëet het. Jy lyk bietjie soos die kat wat 'n hele koei persent gekry het."

"Ek is nie 'n koei nie . . ." mompel Ester onder die komberse.

Robert se wenkbroue maak 'n boog terwyl hy na Samuel kyk. "Ekskuus, het jy iets gesê?"

"Niks." Samuel begin sy bene van die bed af skuif. "Waarom gaan maak jy nie solank koffie nie? Ek is nou daar."

"Goeie plan. Ek sien daar is 'n hele pan bacon en eiers wat nie geëet is nie."

Robert draai om, maar steek in die deur vas. "Môre, Ester."

Ester steek haar hand onder die duvet uit en waai liggies. Robert kyk na Samuel en skud laggend sy kop.

Robert het net klaar die koffie gemaak en staan voor teen die reling toe Samuel uit die kamer kom. Hy skink vir hom 'n beker koffie en gaan staan langs Robert.

"Wanneer het jy beplan om my te vertel? Ná die eerste kind se geboorte, of dalk as hy skool toe moet gaan?"

"Waarvan praat jy?"

"Asseblief! Net nie onskuld nie. Kan jy nie eens probeer om meer oorspronklik te wees nie?"

"Moenie op jou perdjie spring nie. Jy het gevra wanneer ek beplan het om jou iets te vertel, en ek weet regtig nie wat ek jou moes vertel het nie."

"Wanneer sou jy my vertel het jy en die interessante juffrou Green het 'n verhouding?"

"Ons het nie 'n verhouding nie."

"Julle deel maar net 'n bed."

"Vir die eerste keer 'n bed gedeel. Moenie dat jou verbeelding met jou weghardloop nie."

"Het jy nie 'n tyd gelede vir my gesê sy is moeite en dat jy nie kans sien vir soveel moeite nie?"

"Sy is moeite."

"Is jy verlief op haar?"

Samuel kyk om asof hy wil seker maak niemand hoor hom nie. "Op my ouderdom?"

Robert klap hom op die skouer. "Soos hulle sê: nog 'n held het geval."

"Waarom het jy gesê is jy hier?"

"Twee sake. Eerstens, ek het al die voorraad wat ek in die hande kon kry, gepak, en dis reeds in die helikopter gelaai. Maar as dit vir jou te gevaarlik lyk, moenie dom dinge doen nie. Ons kan altyd 'n ander plan probeer maak. Nie een van hulle is gelukkig sieklik of op ernstige medikasie nie. Dis maar grotendeels kos en noodvoorrade." Hy haal 'n koevert uit sy sak. "Ek het vir hulle 'n brief geskryf en vir hulle geld ingesit. Nie dat ek dink hulle meer iets met geld kan doen nie, maar dit sal my meer gerus maak as ek weet hulle het iets."

437

"Ek sal dit vir hulle gee. Wat is die tweede saak?"

Robert se gesig verstil merkbaar en Samuel weet hy gaan nie hou van die nuus wat hy bring nie.

"Daar is twee olifantkoeie in die noordweste doodgemaak," sê Robert. "Albei op 'n privaat plaas langs die Limpopo. Die twee jong bulkalwers is skielik baie aggressief. Die eienaar het gevra of jy hulle sal kan neem. Die een is tien en die ander een ongeveer elf, maar albei was nog in die trop."

"Hoe gaan hulle hier kom?"

" 'n Span staan reg om hulle te laai. Hulle kan blykbaar Sondag hier wees."

Samuel drink stadig die laaste bietjie koffie in die beker voordat hy knik. "Laat hulle maar kom."

"Jy weet hulle het begin, nè? Daar is bloed in die lug." Robert klink ingedagte. "Dis soos dit altyd begin. Hier een, daar twee. So toets hulle die water en sorg dat almal dink dis geïsoleerde gevalle."

"Ek weet," sê Samuel. "Ek het verlede week weer met Lucas gepraat. Hy sê dieselfde." Hy vee oor sy gesig. "Ek ken die wette van die natuur. Ek verstaan dat die sterke sal oorleef en sal heers oor die swakkere. Die geveg om oorlewing. Maar hierdie is nie 'n geveg om oorlewing nie. Dit gaan oor gulsigheid, oor 'n gebrek aan respek en 'n domheid wat soos 'n giftige rankplant voortkruip en alles op sy pad verswelg. En al wat oorbly, is die waansin."

"Het Lucas jou gewaarsku om versigtig te wees en 'n wag voor jou mond te sit?"

"Van wanneer af glo jy aan versigtigheid?"

"Ek het 'n vrou en ek werk baie hard. Daar is nie nou tyd vir begrafnisse of besoeke aan hospitale nie."

"Wie is in die hospitaal?" wil Ester skielik uit die kombuis weet waar sy vir haar koffie inskink.

"Niemand nie." Samuel kyk veelbetekenend na Robert wat breed glimlag.

"Ek is bly om te sien jy lyk beter as my vriend hier. Maar hy vermoed hy is besig om griep te kry. Miskien moet jy by ons kom bly om te keer dat jy aansteek."

"Dankie, maar ek gaan die naweek by Richard kuier. Volgens wat ek oor die telefoon kon hoor, is hy blakend gesond." Sy staan nader en raak aan Samuel se voorkop. "Ek hoop jy voel Sondag beter."

"Wie is Richard?"

"Een van die buurmanne. Ons het op die vliegtuig ont-moet en hy het my genooi om die naweek te kom kuier."

Robert kyk na Samuel, maar hy het reeds omgedraai om sy beker in die kombuis te gaan neersit.

"Ek sien jou later; ek gaan gou stort," groet hy Robert in die verbygaan.

Ester en Robert kyk hom agterna.

"Is daar iets verkeerd?" vra sy.

Robert skud sy kop. "Ons is in Afrika. Hier is maar altyd iets verkeerd."

"Iets spesifieks wat 'n uur of twee gelede nog nie ver-keerd was nie?"

"Wilddiewe het twee olifante op 'n plaas langs die Limpopo doodgeskiet. Die twee kalwers gaan hierheen gestuur word. Sammy hou nie van sulke nuus nie."

Ester byt op haar onderlip en kyk uit oor die rivier. "Sal hy nooit moed opgee nie?"

"Nie solank hy lewe nie." Robert dra sy beker kombuis toe en glimlag toe hy sy hand lig. "Vir die tweede keer in ons twee se kort verbintenis, vra ek verskoning vir die manier waarop ek onaangekondig hier opgedaag het. Glo my, as ek enige vermoede gehad het, sou ek meer diskreet gewees het."

"Is jy verbaas?"

"Nee. Sammy het net altyd so seker geklink wanneer ek hom geterg het."

"Klink hy nie maar oor die algemeen seker oor alles nie?"

Robert draai laggend om en stap uit. Toe sy die voertuig hoor wegry, loop sy kamer toe en gaan sit op haar netjies opgemaakte bed. Haar lyf voel ontspanne en lui en sy strek haar arms bo haar kop. Oscar Wilde het blykbaar gesê hy kan enigiets weerstaan, behalwe versoeking. Hoeveel te meer nog as die versoeking 'n gesig gekry het en 'n stem en hande? En 'n mond wat berge kan versit en 'n lyf wat die son in hom dra?

'n Ligte klop onderbreek haar gedagtes en Samuel loer om die deur. "Ek moet ry, maar ek sal iemand stuur om jou te kom oplaai en vliegveld toe te bring. Ek wil probeer om nie later as drie-uur te vertrek nie. Ek moet oor Richard se plaas vlieg en kan jou sommer aflaai."

"Waarheen is jy op pad?"

"Ek het jou mos gesê ek moet Zimbabwe toe gaan."

"Is jy seker jy gaan veilig wees?"

"Ons bly in Afrika. Waarvan is 'n mens hier ooit seker?"

Vir die eerste keer vandat sy hom ken, is daar 'n stramheid in sy stem en 'n afgetrokkenheid in sy oë. Dis asof 'n koue, grys wolk voor die son ingeskuif het. Sy vou haar arms om haar bors.

"Sal jy asseblief vir Kiki of Melaney vra om Richard te laat weet ek kom, en hoe laat hy my kan verwag?"

Hy knik. Dit lyk of hy nog iets wil sê, maar hy bedink hom blykbaar, en Ester kan net stil na die deuropening kyk toe hy weg is.

Sy twyfel skielik of sy hom kwaad sal wil sien.

31

Hulle vlieg die grootste gedeelte van die tyd in stilte, en selfs toe 'n groot trop buffels onder hulle op 'n grasvlakte sigbaar word, lewer Samuel nie kommentaar nie.

"Sal jy my Sondag weer kom oplaai?"

"As jy Sondag al wil huis toe kom."

"Ek is nie hier met vakansie nie."

"Ek sal jou laat weet hoe laat ek hier sal wees."

"Waaroor is jy moerig?" Sy draai haar kop sodat sy hom kan sien.

"Ek is nie moerig nie." Sy stem klink blikkerig oor die oorfone.

"Wat gaan jou rede wees waarom jy in Zimbabwe moet wees?" ignoreer sy die kortaf antwoord.

"Ek het vriende in die Parkeraad vir wie ek moet gaan help."

"Word Robert in Zimbabwe gesoek?"

Hy antwoord eers 'n stem wat oor die radio kom, voordat hy weer met haar praat. "Hulle is maar gedurig besig om na mense te soek."

"Het hy werk vir die opposisie gedoen?"

"Ja."

"Watse soort werk?"

"Waarom vra jy hom nie?"

"En jy? Het jy ook vir hulle werk gedoen?"

"Van tyd tot tyd."

"Watse soort werk?"

"Inligting."

"Inligting versamel, inligting gegee ... wat presies moes jy met inligting doen?"

"Uit die land kry."

"Soek hulle jou ook?"

"Ek weet nie. Ek dink nie so nie."

Ester kyk na die strak profiel en is verbaas dat hy enigsins haar vrae beantwoord het.

"Hierdie is inligting wat potensieel mense se lewens in gevaar kan stel. Ek sal bly wees as jy nie daaroor praat nie. Met niemand nie."

Sy maak haar mond oop om vir hom te sê wat sy van die opmerking dink, maar sy doen dit nie. Om die een of ander rede voel sy vir die eerste keer onseker oor hoe hy kan reageer.

Kort daarna draai hy die neus van die helikopter en dan gewaar sy groen grasperke en 'n ruim grasdakhuis. 'n Entjie van die huis af is 'n stukkie veld skoongemaak en 'n H-vorm is met wit op die grond aangebring. Samuel laat die helikopter stadig sak, maar skakel nie die motore af nadat hy geland het nie. Hy klim uit en haal gebukkend haar tas uit. Daarna help hy haar uit, en toe 'n man met 'n uniform aan nader staan, gee hy vir hom die tas, en dan groet hy haastig.

"Geniet jou kuier. Ek sien jou Sondag."

"Dankie. Sê groete vir Robert se familie en ... wees versigtig."

Hulle kyk net 'n oomblik na mekaar voordat hy terugklim, maar hy wag eers dat sy tot op die grasperk is voordat hy opstyg.

Ester kry meteens koud en is jammer sy het gekom. Toe sy die uitnodiging aanvaar het, het dit soos 'n welkome verandering gevoel, maar nou is sy jammer sy is nie by die boomhuis nie. Of selfs net op Bulweni nie. Dis egter te laat om van plan te verander.

Richard kom reeds oor die grasperk gestap en sy kan nie help om, soos die dag in die vliegtuig, beïndruk te wees nie. Die man het duur en goeie kleresmaak.

"A-a-a, jy het dit gemaak." Hy soen haar wang en glimlag toe hy die helikopter agterna kyk. "Wil Sammy nie kom saamkuier nie?"

"Hy het blykbaar ander dinge wat hy moet gaan doen."

"Ek sien die Laeveldse son het die Engelse bleekheid verdryf. Jy lyk goed."

"Dankie." Hulle stap om die hoek van die huis. 'n Paar mense sit op 'n breë stoep. Vier mans staan op en Richard stel haar voor. Die twee vrouens bly sit en glimlag net. Almal is elegant aangetrek en sy sien hoe een van die vrouens na haar kakielangbroek kyk.

Richard vra of sy eers na haar kamer toe wil gaan. Sy stap agter hom die huis in. Dis 'n luukse huis. In teenstelling met Bulweni se ontvangs en die boomhuis, is hier nie meubels wat lyk of dit plaaslik gemaak is nie. Dik, geweefde matte lê plek-plek op die leiklipvloer. Hulle stap 'n stel trappe op en af met 'n breë gang, tot waar hy 'n deur aan die einde van die gang oopmaak.

"Ek hoop dit sal reg wees vir jou."

"Jy het 'n pragtige plek hier."

"Dankie. Ek moes ná my ouers se dood bietjie veranderinge laat aanbring. Hulle het deur die jare nie veel aan die huis gedoen nie."

Sy stap die granaatrooi en olyfgroen kamer binne en wonder wie die binneversiering vir hom gedoen het.

"Ek gaan skink solank vir jou iets om te drink."

Ester kyk rond toe hy die deur agter hom toetrek. Sy wonder of hier selfoonontvangs is. Sy sal graag vir Henry 'n paar foto's met haar selfoon neem en aanstuur. Sy haal haar selfoon uit en glimlag toe sy sien daar is 'n redelike sterk sein. Miskien kan sy sommer vanaand vir Henry en Ira bel. Toe sy in die badkamer die ovaal bad sien, besluit sy dis dalk 'n goeie plan om te wag tot sy in die bad lê.

Richard gee vir haar 'n glas Franse sjampanje toe sy terug op die stoep kom, en trek vir haar 'n stoel nader. Sy is seker sy herken een van die mans, maar weet nie waar sy hom al vantevore gesien het nie. Wanneer hy niks laat blyk nie, vra sy hom ook nie.

Vir die eerste halfuur luister sy stilweg na die gesprekke. Daar was blykbaar êrens op een van die land se paaie 'n groot ongeluk tussen 'n vragmotor en 'n bus. Tien mense is dood en twintig lê nog in hospitale. 'n Rooftog het in Johannesburg verkeerd geloop en twee omstanders is noodlottig gewond.

Sy wonder of dit is waarom hulle Franse sjampanje drink. Om al die nuus mee af te sluk.

Die twee vrouens kla in 'n stadium oor diens in restaurante en winkels en een van die mans vertel van 'n insident waar hy 'n hele tafel se kos teruggestuur en daarop aangedring het dat almal ander kos kry. Sy kyk in die rondte en probeer die name onthou. Iets waarmee sy oor die algemeen goed is, maar vandag bly dit haar ontglip. Sy kan onthou daar is 'n Billy en 'n André en sy dink die een man se naam is Patrick. Die vrouens se name kan sy egter nie onthou nie.

Uit die gesprekke kan sy aflei dat een van die mans 'n prokureur is, dat Billy blykbaar saam met Richard in 'n besigheid is en dat een van die ander iets met wildbewaring te make het, maar sy is nie presies seker wat hy doen nie.

Daar word oor huispryse gepraat en oor beleggings-moontlikhede in die buiteland. Die man wat haar tas by die helikopter kom haal het, bring later 'n skinkbord vol klein peuselhappies uit, en verder word die glase vol ge-hou. As dit nie was dat hulle soms Afrikaans praat nie, kon sy haar verbeel het sy is tussen haar vriende in Londen. Behalwe dat hierdie groep meer glimlag of lag. Van die dinge wat haar opgeval het vandat sy terug is, is hoe graag Suid-Afrikaners lag. Selfs al lyk dit nie moontlik dat daar iets kan wees om oor te lag nie, kry hulle blykbaar altyd iets. Selfs al verskil hulle hemelsbreed van mekaar, bly lag 'n gemene deler.

Samuel sal nie hier inpas nie, dink sy sonder dat sy weet wat tot dié gedagte aanleiding gegee het. Sy is seker hy ken sulke mense, en hy reis genoeg om waarskynlik in enige geselskap gemaklik te wees. Tog dink sy net nie hy sal hiervan hou nie. Robert ook nie. Sy kan net nie be-sluit wie die eerlikste sal erken dat hulle nie daarvan hou nie. Sy kyk ongemerk na haar horlosie voordat sy besef Samuel het dit nog nie vir haar teruggegee nie. Dan kyk sy na die ondergaande son en wonder waar hy is.

"Hoe gaan dit op Bulweni?" onderbreek Richard haar gedagtes.

"Dit gaan goed. Hulle is omtrent vir die res van die jaar volbespreek."

"Ja, met die rand soos hy nou lyk, kom hou die buite-landers lekker verniet hier vakansie," antwoord een van die mans.

"En hoe gaan dit met die fotoprojek? Is jy nog nie moeg van wilde diere nie?" Richard sit agteroor in sy stoel en glimlag simpatiek.

"Ek kan nie regtig bekostig om nou moeg te raak nie. Die job is nog nie klaar nie."

"Ek dog jy is 'n modefotograaf," merk een van die vrouens op.

"Sy is, maar sy neem op die oomblik foto's vir 'n boek wat Samuel skryf."

"Hoe kry jy dit reg? Is daar nie 'n reuseverskil tussen die twee wêrelde nie, of is dit 'n guns wat jy hom doen?"

"Ek het 'n paar maande verlof geneem om by my broer te kom kuier en het gedink dis dalk 'n interessante afwisseling."

"Wie is jou broer?" Dis die ander vrou, met die kort donker hare wat wil weet.

"Ira Green."

Albei vrouens skud hulle koppe, maar die prokureur kyk met meer aandag na haar. "Hy is een van die joernaliste vir *Weekly Report*, die televisieprogram."

"Ken jy hom?"

Die man skud sy kop. "Ons het al 'n keer of wat ontmoet. Julle pa was Leon Green, die koerantredakteur wat in sy huis se oprit doodgeskiet is. Het hulle dan nie jou ma ook doodgeskiet nie?"

Ester neem eers 'n sluk sjampanje en die borreltjies lê branderig op haar tong. Blykbaar is die aantal borrels aanduidend van die kwaliteit van die sjampanje. Hoe meer borrels, hoe beter die sjampanje. Sy draai die glas effens en wonder of sy die borrels sal kan tel, maar dan gewaar sy dat almal na haar kyk. Sy glimlag.

"Jammer, ek het net 'n oomblik gedink hoe lekker die sjampanje is. Ja, hulle is saam doodgeskiet."

Richard se vingers raak-raak aan haar arm. "Jammer."

Sy haal haar skouers op. "Is dit nie maar min of meer par for the course in Suid-Afrika nie?"

446

"Jou pa was 'n formidabele karakter. Ek en hy het 'n keer of wat koppe gestamp, en ek dink myne pyn nou nog. Hy was soos 'n stormram. As ek reg onthou, was dit juis as gevolg van 'n storie dat hy om die lewe gebring is. Hy het een of ander sindikaat laat ondersoek, en selfs nadat hulle hom blykbaar gewaarsku het, het hy voortgegaan."

Ester kyk uit oor die donker grasperk waar hier en daar 'n tuinlig brand. "Dit klink soos my pa."

Een van die mans beduie na 'n boom daar naby, en toe sy kyk, sien sy die blouapies wat van tak tot tak spring.

"Dis tyd dat ek onder hulle begin skiet," sug Richard. "Hulle is besig om 'n nuisance te word."

"Skiet jy hulle dood, of skiet jy net om hulle te verwilder?" Ester kyk van die bewegende takke na Richard.

"Dit help nie ek verwilder hulle net nie. Hulle kom maar net weer terug. Die beste is om 'n goeie klompie dood te skiet. Dis die enigste boodskap wat hulle verstaan." Hy lag. "Ek skiet hulle darem nie self nie. Een van die werksmense doen dit sommer wanneer dit te erg raak."

Sy lewer nie kommentaar nie en die gesprek gaan in 'n ander rigting. Hulle sit buite totdat die man met die uniform hulle kom roep. Dan verskuif hulle na 'n eetkamer met 'n lang tafel in die middel af.

Ester sit tussen die prokureur en die man wat sy vermoed met wildbewaring te doen het. Die kos word deur twee vrouens ingedra en die een gereg na die ander verskyn voor hulle op die tafel. Waar hy die kok gekry het, weet sy nie, maar sy is seker hy moet baie goed opgelei wees. Die kos is byna te gesofitikeerd vir die omgewing, en sy is seker hier word nie rooiboklewer geëet nie.

Ná ete gaan hulle na die ruim sitkamer, en dis oor elf voordat Ester kan verskoning vra en kamer toe gaan. In die kamer draai sy die badkrane oop en keer 'n halwe

447

bottel badskuim onder die lopende water uit. Met haar selfoon in die een hand skuif sy versigtig in die warm water af en begin Ira se nommer bel.

"Waar's jy dat jy jou selfoon kan gebruik?" is sy eerste reaksie toe hy antwoord.

"Terug in Londen. Het Samuel jou nie gesê ek en hy het 'n moerse fight gehad en hy het my van die plaas af geskop nie?"

"Nee, hy het nie, en ek sal nie verbaas wees as jy actually die waarheid praat nie. Ek het hom gewaarsku."

"Donner, jy het min vertroue in my. Ek sit sommer die telefoon neer."

"Waar is jy?"

"Onthou jy ek het jou vertel van die buurman wat ek op die vliegtuig ontmoet het? Richard Allen. Ek kuier die naweek by hom, en terwyl ons gesels, lê ek agteroor in 'n marmerbad terwyl ek genoeg Franse sjampanje in het om die Titanic te laat herrys uit die dieptes uit. This is the life, brother."

"Is Samuel ook daar?"

"Nee, maar moenie so bekommerd klink nie. Richard het ander gaste ook; ek is nie alleen hier nie. Een van hulle ken jou. Of hy sê julle het al ontmoet. Hy is 'n prokureur."

"Weet jy wat sy naam is?"

"André. Ek dink André Retief. Ken jy hom?"

"Langerig, kort blonde hare."

"Dit klink soos hy. Ken jy hom?"

"Ons het al ontmoet."

"En? Waarom klink dit of jy nie van hom hou nie?"

"Ek hou nie van al sy kliënte nie."

"Hy kan seker nie verantwoordelikheid neem vir al sy kliënte nie."

"Dit is seker ook so."

"Hy het Pa ook geken. Hy sê hulle het 'n keer of wat koppe gestamp."

"Ek kan dit nogal glo."

"Wat maak jy?" Sy draai met haar tone die warm kraan oop.

"Ek was uit en het nou net by die huis gekom."

"Waarheen was jy, en saam met wie?"

"Ek het by 'n vriendin gaan eet."

"Wat is haar naam?"

"Ek dink jy moet liewer gaan slaap. Die sjampanje se borrels het na jou kop toe gegaan."

"Wat sal jy sê as ek en dokter Doolittle 'n affair aan-knoop?"

"Dat julle albei terapie moet kry."

"Ek dog hy's 'n vriend. Waarom sal jy nie wil hê ek moet met een van jou vriende 'n affair hê nie?"

"Omdat ek hom graag as vriend sal wil behou."

"Waarom is jy so negatief? Dink jy nie ons is albei twee intelligente mense wat weet hoe om so iets te laat werk nie?" Haar tone krul weer om die warm kraan en die stroompie hou op loop.

"Dit het niks met intelligensie te doen nie. Dis soos om te sê 'n Bengaalse tier en 'n sebra sal goed bymekaar pas, want albei het strepe."

Ester lag hardop en 'n paar vlokkies skuim vlieg deur die lug. "Het iemand al probeer om 'n Bengaalse tier en 'n sebra te laat paar? Dis dalk 'n match made in heaven."

"Ester, moenie dat verveling of een of ander twisted gevoel jou iets laat doen wat jy later sal berou nie, of eer-der, wat ek sal berou nie. Hy is nie die soort ou met wie jy 'n vakansieromanse aanknoop nie. As jy afleiding soek, kom kuier vir 'n naweek by my, of verf jou toonnaels."

449

"Moenie so ernstig raak nie. Ek is nie verveeld nie en dit was net 'n vraag."

"Maar terwyl jy nou gevra het, gee ek graag vir jou 'n stukkie goeie raad."

"Die prokureur sê Pa was soos 'n stormram wat niks en niemand ontsien het as hy iets wou hê nie," ignoreer sy sy laaste sin.

"Ek stel nie regtig in die man se menings belang nie."

"Dan gaan ek maar nag sê, want dis nie lekker om met jou te praat as jy beneuk is nie."

"Lekker slaap, en moenie te lekker kuier nie."

Sy skakel die telefoon af, maar speel 'n rukkie met die gedagte om Samuel te probeer bel. Sy weet nie wat sy vir hom wil sê nie; miskien sal dit genoeg wees om net sy stem te hoor. Sy blaas oor die bondel wit skuim wat op haar borste lê en die reuk van laventel styg saam met die stoom dak toe. Sy maak haar oë toe. Miskien ís hierdie situasie te ingewikkeld, selfs vir haar. Die Bengaalse tier en die sebra. Sy weet nie eens of daar Bengaalse tiere in Afrika is nie. Miskien aard hulle glad nie hier nie. Miskien vreet die tier die sebra op voor hulle nog kans gehad het om mekaar te leer ken, of dalk skop die sebra die tier se ribbes af. Of dalk, en dit is die ergste, dalk verstaan hulle mekaar net glad nie. Dalk is daar net geen vonk nie. Nie eens 'n vuurvliegie in sig nie.

Maar hier waar sy onder die warm water lê, kan sy nog sy hande op haar lyf voel, en sy weet daar is iets. Hoe groot of hoe sterk weet sy nie, en sy weet ook nie of hulle twee die moed het om verder te probeer uitvind nie.

Toe sy later in die bed is, wonder sy wat haar ma sou gesê het. Haar ma was 'n pragmatis en sou vir haar goeie raad kon gee. Sonder 'n omhaal van woorde, sonder om te veel asse of miskiene te gebruik, sou haar ma haar me-

ning gegee het. Of sy van die mening sou gehou het, is
'n ander saak.

Ira is ook in 'n mate 'n pragmatis en het ook vanaand
sy mening sonder 'n omhaal van woorde gegee, maar haar
ma sou iets verstaan het van 'n man wat die son in sy lyf
dra. Sy maak haar oë toe, maar selfs met toe oë voel die
kamer vreemd en effens bedompig. Aan die begin was die
kamer in die boomhuis vir haar te koud, maar miskien
het sy onbewustelik gewoond geraak aan die vars lug en
die geluide van die nag.

Ester is die volgende oggend vroeg wakker en nadat sy
gestort en aangetrek het, stap sy teen die trap af. Die res
van die huis is nog doodstil. Die deure uit die sitkamer is
egter al oopgestoot en sy stap op die stoep uit. Die tuine
is netjies versorg en pas by die huis. Heeltemal anders as
op Bulweni, waar die minimum aan die natuurlike plan-
tegroei verander is.

Sy hoor 'n voertuig êrens wegtrek en sien later 'n ligte
stofwolk regs van die omheining uitslaan, maar sy kan nie
uitmaak wie in die voertuig is nie. Toe sy omdraai, kom
dieselfde man wat hulle die vorige aand bedien het, met
'n skinkbord koffie en beskuit uit die huis. Hy groet stug
en beduie dat dit hare is.

Sy is nog besig om die koffie te drink, toe Richard om
die hoek van die huis gestap kom. Hy glimlag toe hy haar
sien.

"Ek kan nie glo dat 'n stadsjapie soos jy hierdie tyd van
die oggend al wakker is nie."

"Die mag van die gewoonte. Daar is op die oomblik
nie kans om laat te slaap nie. Ek het geleer as ek diere wil
sien, moet ek beweeg wanneer hulle beweeg."

"Is jy nog nie jammer jy het hierdie job aanvaar nie?

Ek is seker dis baie meer bevredigend om met 'n klomp mooi mense te werk wat jou kan verstaan, as om dae lank diere te soek."

"Dit help my dalk om weer my beroep te waardeer."

Die ander sluit hulle geleidelik op die stoep by Richard en Ester aan en 'n keurige ontbyt word laatogggend bedien. Een van die mans vra in 'n stadium iets oor Ester se ouers, maar sy antwoord hom so kortaf as wat sy kan. Sy het geen behoefte om weer na 'n verslag oor die moord of haar pa se geaardheid te luister nie, of verdere vrae te beantwoord nie. Dit was genoeg dat sy die hele nag van hulle gedroom het.

Ná ontbyt beweeg almal na die grasperk toe waar hulle kleiduiwe skiet. 'n Masjien met 'n swaaiarm gooi die ronde kleivoorwerpe die lug in en hulle kry elkeen 'n beurt om te skiet.

Ester mis die eerste paar, maar daarna kry haar oog dit reg om die tollende voorwerp te volg, totdat sy die sneller kan trek.

"Herinner my dat ek jou nooit kwaad maak nie," spot Richard toe sy die soveelste een raakskiet.

Sy glimlag. "Beginner's luck." Sy staan terug en gee vir hom die geweer. Vader, hy is 'n goed versorgde man, dink sy toe sy 'n entjie weg gaan staan. Selfs ná 'n uur of wat in die buitelug lyk hy koel en vars. Hy laat haar nogal aan een van haar ekse dink, en sy wonder eintlik of sy nie een of ander vorm van 'n vonk tussen hulle twee sal voel nie. Nie dat sy enigsins daarop wil reageer nie, maar hy pas so perfek in haar verwysingsraamwerk dat sy verbaas is dat sy nog niks gevoel het nie. Henry sal sê sy het te veel son gekry.

Later die middag word 'n trollie vol allerhande drank op die stoep uitgestoot en een van die mans in uniform sit 'n roulettewiel op een van die tafels. Een van die vrouens skuif agter die tafel in en Richard deel 'n pakkie honderdrandnote vir elkeen uit. Ester is nie seker of sy dit moet neem nie, want hulle mag blykbaar die winste hou. Sy weet nie of sy gemaklik daarmee is om geld van 'n vreemde man te neem nie. Die ander het blykbaar nie dieselfde besware nie en kort voor lank word daar groot bedrae heen en weer verwed. Ester se stapeltjie note krimp by tye, maar net voordat sy dink dis die laaste van haar geld, wen sy weer en kan sy voortgaan.

Toe dit donker word, beweeg hulle binnetoe, na waar die eetkamertafel reeds gedek is. Ná ete word die roulettewiel op die eetkamertafel uitgepak en die spel kan voortgaan. In 'n stadium verskoon Richard homself en toe hy ná 'n rukkie terugkom, speel hy nie verder saam nie, maar sit eenkant en moedig die ander aan. Toe Ester se geld uiteindelik op is, bied hy aan om vir haar nog te gee, maar sy het klaar gespeel.

"Met my luck verloor ek dalk nog jou plaas ook."

Sy gaan sit by hom waar hy eenkant op 'n gemakstoel sit.

"Staan die huis leeg as jy nie hier is nie?"

"Soms, maar ek verhuur dit van tyd tot tyd aan buitelanders of aan plaaslike mense wat vir 'n naweek of week hierheen wil wegbreek. Ek het oor die afgelope paar jaar 'n paar gereelde kliënte gekry. Die Chinese en Indiërs is nogal lief om so 'n boswegbreek te doen, mits hulle nie te ver van hulle geriewe af is nie. Dis waarom ek die huis so laat verander het. Die persepsie bestaan dikwels dat mense uit hulle omgewing wil wegkom en iets anders beleef, maar die mark waarvoor ek voorsiening maak, wil hulle geriewe en 'n luuksheid hier en daar hê. 'n Tent, hoe interessant en gerieflik ook al, gaan nie heeltemal aan hulle verwagtinge voldoen nie."

"Ek is seker hulle vind jou plek meer as gerieflik en luuks."

Richard verskoon hom weer vinnig. Ester staan ook op en stap op die stoep uit. Sy mis vanaand die reuk van vuur. Die maan is besig om volrond in die ooste op te kom. Ester kyk met 'n vreemde heimwee hoe die veld geleidelik silwerwit verlig word.

Sy stap tot op die rand van die stoep en kyk oor die verligte tuin. Sy wens hulle wil die buiteligte afskakel sodat sy beter kan sien. 'n Veraf geluid laat haar opkyk en sy draai haar kop effens skeef. Dit het soos 'n jakkals geklink, maar dis ver. In die boomhuis is dit soms asof alles net daar om hulle gebeur. Omdat alles daar so oop is, hoor 'n mens elke geluid soveel duideliker en is jy bewus daarvan dat die diere baie naby is. Hier lê 'n netjies gemanikuurde tuin en 'n elektriese omheining tussen jou en die diere. Waar dit haar 'n paar maande of 'n jaar of wat gelede veilig sou laat voel het, laat dit haar nou effens benoud voel. Asof sy nie so gemaklik kan asemhaal nie. Asof dit selfs keer dat die maan te naby kom.

Te veel son, sou Henry gesê het. Sy dink self sy moet net 'n slag weer in die beskawing kom. Sy is besig om die gevangene te word wat op haar bewaarder verlief raak. 'n Teksboekgeval van Stockholm-sindroom. En as sy reg onthou, is dit waarvan sy Ira 'n ruk gelede beskuldig het. Dat Afrika hom gevange hou en hy nie meer agterkom hy is nie hier uit vrye wil nie. Miskien moes sy nie so gou geoordeel het nie. En miskien is die bloedoortapping 'n al beter plan.

"Ek het begin dink jy het weggeloop." Richard kom staan langs haar en raak liggies aan haar arm. "Kom, daar is lekker koffie en likeur daarbinne." Sy wil eers vir hom sê hy kan maar solank ingaan, sy sal nou kom, maar hy is reeds besig om haar sag maar ferm na binne te stuur. "Dis hierdie tyd van die jaar saans koud buite."

Iemand het musiek aangesit en een van die vrouens is besig om vir die prokureur 'n paar ingewikkelde danspassies te wys. Richard maak die deure agter hulle toe en trek die gordyne dig. Ester voel weer asof sy sukkel om asem te haal.

"Wat is jou reëling met Sammy oor jou teruggaan?" wil Richard later weet toe hy en Ester dans. "Kom hy jou weer haal of kan ek jou terugneem?"

"Hy sal my kom oplaai. Ek is nog net nie seker hoe laat nie."

"Dit maak nie saak nie. Ek gaan eers Dinsdag terug Johannesburg toe. Ek sal net graag 'n paar minute met Sammy wil praat voordat ek teruggaan. As julle nie te haastig is nie, het ek gedink ons kan sommer gou môre gesels."

"Hy het belowe hy sal my môreoggend bel om te reël hoe laat hy kom. Ek sal hom sê jy wil met hom praat."

"Wanneer kom jy terug beskawing toe?"

"Ek is nog nie seker nie."

"Sal jy bel as jy daar is? Daar is 'n heerlike restaurant naby my huis."

Ester weet nie waarom sy instem nie. Miskien omdat hy die hele naweek die toonbeeld van bedagsaamheid en outydse, goeie maniere is. Hy het haar nog nie met een aanraking of blik ongemaklik laat voel nie. 'n Rare verskynsel in vandag se tye.

Ester word die volgende oggend wakker van harde stemme êrens op die werf. Sy maak die venster oop, maar dis te ver. Al wat sy kan hoor, is dat 'n paar stemme gelyk praat, maar sy kan nie uitmaak wat hulle sê nie.

Sy trek haastig aan en toe sy onder in die sitkamer kom,

kom Richard van buite af in. Tussen sy oë is 'n diep frons en om sy mond 'n grimmige trek.

Sy ken hom nie goed genoeg om te weet of sy mag vra nie, maar haar nuuskierigheid wen.

"Ek het stemme gehoor. Is daar iets verkeerd?"

Hy vee oor sy gesig. "Ons het gisteraand 'n olifant verloor. Van die werksmense het nou net kom sê wilddiewe het vermoedelik gisternag die olifant in 'n strik gevang en met machetes doodgekap. Hulle was net agter die tande aan."

Ester voel hoe die naarheid in haar keel opstoot en sy moet hard sluk.

"Ek is jammer. Het iemand seergekry?"

"Nee, gelukkig nie."

"Hoe het hulle toegang tot die plaas gekry? Het jy nie 'n hek wat saans gesluit word nie?"

"Wie kan iemand uithou as hulle regtig wil inkom? As die wildtuin se heinings en hekke hulle nie eens keer nie, wat kan ons heinings doen?"

"Kan ek gaan kyk, of is dit ver hiervandaan?"

"Ek is nou op pad daarheen, maar ek weet nie of dit iets is wat jy graag wil sien nie. Dis gewoonlik nie 'n mooi gesig nie."

"Ek was 'n oorlogkorrespondent."

Hy kyk haar skielik met 'n flikkering in sy oë aan. "Jy is vol teenstrydighede en onverwagse draaie. Ek sien uit daarna om jou beter te leer ken. Dit klink my daar is baie detail waarvan ek nog nie weet nie."

"As daar is, is dit niks interessants nie. Ek sal jou buite kry. Ek wil net gou my kamera gaan haal."

Dit is toe nie 'n mooi gesig nie. En heelwat erger as wat sy haar voorgestel het. Die karkas het reeds roofdiere gelok en hier en daar is stukke vleis uitgeruk, maar nie soveel dat 'n mens nie die wrede merke van die kapmesse kan sien nie. Die dier lê op sy sy en waar sy tande was, gaap nou twee bloederige wonde. Sy neem 'n paar foto's, maar eintlik net omdat sy nie weet wat anders om te doen nie. Werksmense staan rond en 'n ander bakkie stop met die gas wat iets met wildbewaring te doen het en die prokureur. Albei raak aan Richard se skouer toe hulle by hom kom.

"En om te dink ons was die hele aand by die huis en ons het niks gehoor nie. Dit laat 'n mens wonder wat sal gebeur het as hulle nie na 'n olifant op soek was nie, maar na geld en vuurwapens." Die prokureur skud sy kop.

Richard gee instruksies wat hulle met die karkas moet doen en dan help hy Ester terug in die viertrekvoertuig. "Ek dink dis genoeg bloed en derms vir een dag."

Hulle het net by die huis gestop toe Ester se selfoon lui. Sy stap 'n entjie weg toe sy sien dis Samuel.

"Ek gaan omtrent oor 'n uur daar verbykom," val hy met die deur in die huis toe sy antwoord. "As dit te vroeg is, moet jy vir Richard vra of hy jou later kan terugbring."

"Ek sal oor 'n uur reg wees." Dit frustreer haar dat sy stem steeds koel en saaklik klink. "Terloops, Richard sê as jy nie haastig is nie, wil hy net gou 'n paar woorde met jou praat."

"Ek is haastig."

"Wilddiewe het gisteraand een van sy olifante doodgemaak en die tande uitgehaal."

Daar is 'n stilte.

"Het jy my gehoor?"

"Ja, ek het jou gehoor. Ek sien jou oor 'n uur. Sê vir Richard ons kan gou praat."

Die ontbyttafel is op die stoep gedek en die ander sit

reeds aan toe sy daar kom. Ná wat sy gesien het, is sy nie lus vir kos nie en sy vra net 'n koppie koffie.

"Samuel behoort oor 'n uur hier te wees. Hy is haastig, maar hy sê julle kan gou praat."

Richard knik. "Dankie. Ek sal hom nie ophou nie."

Nadat hulle geëet het, gaan pak Ester haar tas en dan gaan sit sy weer by die ander op die stoep. Ná omtrent 'n halfuur kyk sy in die lug op toe sy die ritmiese draai van motore hoor. Die spikkel raak vinnig groter tot sy die helikopter herken, en toe dit op die oop stuk veld neerstryk, ervaar sy 'n ligte fladdering op die krop van haar maag. Sy weet nie of sy moet nader stap nie, maar op die ou end bly sy op die stoep sit en kyk saam met die ander hoe Samuel met lang treë nader stap. Hy is effens gekreukel en 'n dag oue baard slaan op sy ken en wange deur. Sy oë lyk moeg en sy mond is 'n reguit streep.

Richard stap nader en die twee mans skud hand. Hy word aan die ander voorgestel en hy knik in die rondte. Sy blik huiwer net 'n oomblik langer toe hy haar sien, maar dit kan ook haar verbeelding wees, dink Ester wrewelrig.

Richard maak verskoning by die ander en beduie vir Samuel waar die studeerkamer is.

Ester se tas word solank in die helikopter gelaai, en toe Samuel 'n kwartier later uit die huis kom, knik hy net vlugtig in die ander se rigting voordat hy aanstap helikopter toe.

Een kyk in Richard se rigting laat haar besef die twee mans gaan nie as goeie bure uiteen nie.

"Baie dankie vir die naweek. Dit was 'n lekker verandering en ek waardeer die uitnodiging." Sy steek haar hand na Richard uit, maar hy trek haar nader en soen haar op albei wange.

"Ek is bly jy het gekom en jammer jy kan nie langer bly nie, maar ons sien mekaar wanneer jy terug in Johannesburg is of dalk in Londen. Ek sal jou laat weet wanneer ek weer gaan."

Ester moet haar treë rek om by die helikopter te kom, want die skroewe draai alreeds weer en Samuel staan ongeduldig en wag om haar in te help.

"Hel, maar jy is in 'n onbeskofte bui." Sy maak die veiligheidsgordel vas en skuif die oorfone oor haar ore. "Die mense het niks aan jou gedoen nie."

"Jy is nie verplig om nou al terug te gaan nie. As jy langer wou bly, moes jy net so gesê het."

"Ek wou nie langer gebly het nie. Ek dink net jy het swak maniere."

Die helikopter lig stadig van die grond af en sy kyk hoe die geboue onder hulle wegsak en hoe die hele prentjie 'n ander perspektief kry.

"Weet jy waar hulle die olifant gekry het?" kom sy stem oor die oorfone. Sy beduie ondertoe.

"Ja, ons het met daardie klein paadjie langs die omheining vir omtrent vyf kilometer gery en toe regs gedraai. Jy sal seker nog tekens kan sien, of dalk lê die karkas nog daar."

Hy verander van rigting en toe hulle 'n opening in die plantegroei onder hulle sien, wys sy met haar hand.

"Dit was hier, maar hulle het die karkas verwyder." Hy gaan draai 'n entjie verder en vlieg weer stadig oor die area, voor hy suidoos draai.

Soos Vrydag praat hy net die nodigste met haar, maar sy kom darem agter dat sy sending suksesvol was en dat dit onder die omstandighede goed gaan met Robert se familie. Wat sy nie weet nie, is of hy wettig oor die grens na Zimbabwe is en of hy deur een of ander agterdeur geglip en die risiko geloop het om gevang of doodgeskiet te word. Sy is redelik seker hy gaan haar ook nie antwoord as sy hom vra nie. Net so min as wat hy haar gaan sê waaroor hy en Richard gepraat het.

32

Die Land Rover is onder 'n boom geparkeer toe hulle
neerstryk. Moses en Robert staan langs die voertuig.
Sy sien die frons wat vlugtig tussen Samuel se oë kom lê
toe hy hulle gewaar. Die twee mans groet, en nadat hulle
die bagasie help uithaal het, stoot hulle die helikopter in
die loods.

Dis eers toe hulle wegtrek dat Robert oor sy skouer
kyk, waar hy voor langs Moses sit.

"Ons het nie goeie nuus nie."

"Hoeveel het hulle doodgemaak?"

"Twee renosters en 'n olifant by ons. Drie olifante in
die Wildtuin en nog 'n renoster by Patrick-hulle."

Ester luister na die woorde, maar dit voel of dit van ver
af kom. Sy wonder of sy nie aan die slaap geraak het en
besig is om te droom nie.

"Maar dis nie die ergste nie. Percy en Mussi is doodge-
skiet. Hulle was saam met gaste op 'n nagrit uit en, nadat
hulle die gaste teruggebring het, het hulle vir Ian gesê
hulle wil net gou nog 'n draai gaan ry. Niemand weet of
hulle iets vermoed of iets gesien het toe hulle met die
gaste uit was nie.

"Hulle vrouens het vroeg vanoggend kom vra of ie-
mand weet wat van hulle geword het en dis toe Ian-hulle
begin soek het."

Ester laat sak haar kop agteroor teen die rugleuning
en maak haar oë toe. Sy voel hoe 'n arm haar nader trek

en sy skuif in die holte van Samuel se arm in, maar maak steeds nie haar oë oop nie.

"Ons gaan jou by die lodge aflaai. Jy gaan voorlopig eers by Kiki bly," praat hy teen haar slaap.

"Dis nie nodig nie. Ek sal saam met julle ry, of ek sal by die huis afklim."

"Miskien moet ons jou net eers na die sentrum toe neem. Die olifantjies het 'n halfuur gelede aangekom en die manne sukkel om hulle afgelaai te kry. Ek dink hulle voel die trauma in die ander aan. Ek sal Ester daarna terug kamp toe bring," sê Robert.

Ester was nog net een keer weer terug by die rehabilita-siesentrum sedert sy 'n maand gelede op Bulweni aange-kom het, maar toe was dit laatmiddag en alles was rustig. Nou is daar 'n geskarrel in en om die groot sinkskure. 'n Groot dubbelas-vragmotor staan met sy stertkant teen een van die geboue getrek. Sy klim saam met die ander uit, maar bly so half op die agterhoede. Die trompettergelui-de wat uit die vragmotor kom, skreeu deur haar kop. Dit klink of die duiwel vandag op die plaas losgelaat is. Kort-kort hoor sy 'n harde stampgeluid teen die vragmotor se sye, en toe sy vir Moses kyk, kom staan hy langs haar.

"Hulle is baie onrustig en Samuel gaan sukkel om hulle uit die vragmotor te kry. Olifante kan nuus oor ver af-stande dra en die kanse is goed dat die ander olifante weet wat gebeur het. Dit maak die jongetjies nog moeiliker. En Samuel weet nog nie eens van die kleintjie nie."

"Watse kleintjie?"

"Hy het gedink hulle stuur twee, maar daar was 'n kleintjie by waarvan niemand geweet het nie. Hulle het haar eers later half onder die een koei gesien. Sy is maar twee weke oud en op die oomblik baie swak."

Iemand vra hulle om opsy te staan en Moses stuur haar

langs die skuur af tot by 'n agterdeur. "Kom staan hier, maar jy moet doodstil bly."

Weerskante van die skuur vorm dik teerpale groot hokke of oorgroot stalle. In twee van die stalle sien Ester in elk 'n olifant. Een is redelik groot al, die ander een seker drie of vier jaar jonger. In die middel, tussen die stalle af, is 'n loopgang waar sy Samuel gewaar. Hy praat met twee mans en dan hoor sy hom hardop vloek.

"Hulle het hom van die kleintjie gesê," vertaal Moses vir haar.

"Hoe kan soveel dinge op een dag so verkeerd loop, Moses?" fluister sy naby sy oor. "Dis asof iemand die duiwel laat inkom het."

"Dis maar soos die lewe hier is," sug hy met 'n skouerophaling.

"Ek dink nie so nie. Vandat ek hier is, was elke dag maar min of meer soos die vorige, en nou skielik het die hel losgebars."

"Hier is een dag nooit soos 'n ander nie. As jy mooi kyk, sal jy dit sien."

Hulle hoor hoe 'n deur oopgemaak word en dan word dit stil in die skuur. Moses sit sy vinger teen sy mond.

Ester staan vasgenael na die toneel voor haar en kyk. Samuel staan net langs die vragmotor se agterdeure. Sy stem is rustig en kalm en hy praat onophoudelik. Net soos 'n mens 'n bang kind sal troos. Toe die eerste van die twee jong olifante met 'n skielike vaart uitstorm, vassteek en begin retireer, raak Samuel se stem streng maar steeds rustig en sy sien hoe die jong dier 'n oomblik huiwer voordat hy weer 'n paar tree vorentoe gee.

Een van die ander olifante in die skuur trompetter skielik en sonder om sy blik van die kleintjie af te haal, praat hy die grote aan. Dit duur 'n aansienlike tydjie voordat die eerste een bereid is dat Samuel hom in een van die stalle inneem, maar eindelik is hy in en die ouer olifant in die hok langsaan steek dadelik sy slurp tussen die pale deur.

Met die tweede een gaan dit effens vinniger, maar Samuel moet steeds baie mooi praat voordat hy genoegsaam kalmeer om in 'n hok in te gaan. Ester kyk hoe Samuel sy arm deur die afskorting druk en hulle vryf en sy hand in hulle bekke druk. Hulle ruik aan sy hande, maar sy kan sien hoe hulle lywe steeds bewe van die spanning. Samuel hou egter nooit op met praat nie en Ester dink gelate dat, as sy weet wat goed is vir haar, sy een of ander verskoning sal moet uitdink waarom sy nie die projek kan klaarmaak nie. Sy moet maak dat sy hier wegkom. Hier word op groot skaal met jou sintuie gesmokkel. Hier sal 'n mens verslaaf kan raak sonder dat jy weet hoe dit gebeur het of verstaan wat dit is waarna jy smag.

"Kom ons gaan kyk na die kleintjie," fluister Moses in haar oor en hulle glip stil by die agterdeur uit.

Die gebou is 'n entjie van die skuur af en sy sien dis soos 'n veearts se spreekkamer ingerig. Daar is egter nie klein ondersoekkamers nie, maar ruim kamers met ystertralies voor en die teaterbed is heelwat groter as wat sy al ooit in 'n hospitaal gesien het.

In een van die kamers sit 'n man by 'n toegedraaide hopie op 'n hoop skoon strooi. Hy glimlag toe hy Moses sien. Moses beduie na die hopie en Ester staan nader toe hy die komberse effens lig.

Ester staar na die klein olifantjie en sak dan plat op die strooi langs die kleintjie neer en raak versigtig aan die skurwe velletjie.

"Wat gaan julle met haar maak?"

"Ek wag dat Samuel kom sê," antwoord die man haar.

"Kan ek aan haar raak?"

"Ja, olifante hou daarvan as 'n mens aan hulle raak."

Sy begin stadig die lyfie vryf. Oor en oor en een keer verbeel sy haar sy sien die oë oopgaan, maar dit kon ook net die lig gewees het.

Ester is so ingedagte dat sy nie sien toe Samuel die kamer binnekom nie. Sy raak eers van hom bewus toe hy praat. Hy buk langs haar en begin met die ander man praat.

Ester se hand raak stil, maar bly rus op die lyfie. Samuel staan op en kom 'n rukkie later terug met 'n paar pakke mediese voorraad. Sy skuif effens opsy en hou hom dop toe hy begin om 'n drup op te stel. Hy spuit die inhoud van twee verskillende botteltjies in die drupsak en dan gee hy instruksies aan die assistent wat nog die hele tyd langs hom sit en kyk na wat hy doen.

"Robert sal jou seker nou-nou terugneem huis toe. Hy praat net gou met iemand oor die radio."

"Ek is nie haastig nie."

Toe hy uit is, skuif sy nader en begin die olifantjie streel. Sy weet nie waaraan sy dink en ook nie of sy dink nie. Die dag en die afgelope maande vervaag, en al waarvan sy bewus is, is die stadige asemhaling van die jong kalfie en die soet reuk van die strooi. Moses loop later buitentoe, maar sy kry haarself nie so ver om op te staan nie.

Sy moes later ingesluimer het, want sy skrik wakker toe 'n hand aan haar skouer raak. Sy maak haar oë oop en kyk in Samuel s'n vas.

"Ek is jammer. Ons het besig geraak en heeltemal van jou vergeet. Kom, laat ek jou huis toe neem. Dis al ná tien."

Sy lek oor haar lippe en staan dronkerig op. Samuel

steek sy hand uit toe dit lyk of sy struikel. Haar een been is dood van die lang sit.

Hy is stil op pad huis toe. Sy weet nie of sy vir hom moet sê sy is jammer oor al sy verliese en of hy sal verkies dat sy stilbly nie. Sy klere is vuil en gekreukel en hy lyk byna gehawend.

Daar brand 'n vuur in die boomhuis en oral is lampe aangesteek. Elias lê op die bank en slaap.

"Moet ons hom wakker maak?" wil Ester weet toe sy verby hom loop, maar Samuel skud sy kop en gaan haal net 'n kombers om oor hom te gooi. In die kombuis staan opskepbakke op kersbranders.

"Kan ek vir jou kos inskep?"

"Ek wil net eers gaan stort."

Sy sien hoe hy vir homself 'n glas whiskey skink en daarmee badkamer toe loop.

Sy gaan bêre haar handsak en kamera in die kamer en gaan wag in die kombuis vir Samuel om klaar te stort.

Hy skink vir hom nog 'n whiskey toe hy uit die badkamer kom, maar toe hy vra of sy iets wil drink, sê sy nee. Ester skep vir hom 'n bord kos, en selfs al wou sy aanvanklik nie eet nie, skep sy tog vir haar ook 'n bietjie in en hulle gaan sit langs die vuur.

Hy buig sy kop vir die dankgebed en sy wonder of hy werklik vanaand dankbaar is. Sal hy nie eerder vanaand wil murmureer nie? Soos Job, klaend voor God gaan staan met sy swaarkry?

"Ek is jammer dat van jou mense doodgeskiet is . . . en jou diere."

Hy knik net voordat hy begin eet.

"Dink jy die klein olifantjie gaan oorleef?"

"Olifante is hoogs sosiale wesens en ek weet nie of ons al heeltemal besef hoe hulle sisteme werk nie. Die vroulike diere is van kleins af baie afhanklik van die trop, want die verbintenisse wat hulle van geboorte af sluit, hou vir die res van hulle lewe. Daarom ervaar hulle ook die dood van 'n ma of 'n vroulike familielid baie erger as 'n bulletjie. Die bulle weet instinktief dat hulle eendag die trop sal verlaat om saam met ander bulle te gaan woon. Medies gesproke sal ons haar seker kan red, maar die belangrikste gaan wees om haar sielkundig en sosiaal ook te red."

"Wat beteken dit?"

"Die doel is om haar eendag weer by 'n trop te laat inskakel en daarom moet sy van kleins af bande smee met 'n versorger, wat op die oomblik 'n mens of 'n paar mense gaan wees. Daar sal vir 'n baie lang tyd, vier en twintig uur van elke dag, iemand by haar wees. Hierdie versorgers word vir eers haar trop. Hoe ouer sy word, hoe meer tyd sal sy algaande saam met die ander olifante by die sentrum deurbring, totdat sy op 'n dag losgelaat kan word."

"Dink jy julle sal die wilddiewe vang?"

"Dis gewoonlik nie maklik nie, maar Moses het reeds begin om na die spore te kyk. Dit kan egter 'n lang en tydsame proses word en soms is die polisie nie vreeslik behulpsaam nie."

Dit klink of hy 'n lesing gee, dink sy stilweg. Daar is geen emosie in sy stem nie en elke antwoord word 'n feitelike verslag. Sy eet 'n rukkie in stilte.

"Ek wil hê jy moet teruggaan Johannesburg toe of Londen toe, wat jy ook al besluit."

Toe sy die vurk laat sak en na hom kyk, sit hy die half-geëete bord kos op die muurtjie om die vuurmaakplek neer en strek sy bene lankuit.

"Ek gaan nou vir 'n lang tyd te besig wees om aandag aan die boek te gee. Carla sal verstaan dat ek dit een of ander tyd vir haar sal klaarmaak, maar nie nou nie."

Ester weet nie wat om te sê nie. Waarom sal sy aanbly as sy nie meer 'n werk het om hier te doen nie?

"Ek kan op my eie die foto's klaar neem en al wat jy sal moet doen, is om die bestes uit te kies."

Hy skud sy kop. "Moses gaan ook te besig wees om jou te help."

"My been is baie beter; ek is seker ek kan self die Jeep ry."

"Ester, dit gaan nie nou werk nie."

Sy wonder of hy haar al ooit Ester genoem het en waarna hy presies verwys as hy sê dit gaan nie werk nie, maar sy lewer nie kommentaar nie. Nie oor die gebruik van haar naam, die opskorting van die projek of die feit dat die vonk wat 'n paar uur hoog gebrand het, nou besig is om saam met die laaste kole in die vuur wit as te word nie.

"Ek moet Woensdag Johannesburg toe gaan. As jy tot dan kan wag, sal ek jou terugneem. Ek sal jou egter betaal vir die tyd wat jy so ver afgestaan het."

"Ek wil nie jou geld hê nie." Hy moenie vanaand te hard aan haar siel krap nie.

"Dit was 'n ooreenkoms . . ."

"Gee dit vir Moses. Hy het harder gewerk as ek." Sy staan op en stap kamer toe.

Samuel tel sy glas op en neem 'n groot sluk. Hy kyk haar nie agterna nie, want wat sal dit help? Hy strek sy bene verder tot sy voete byna aan die vlamme raak en voel hoe die moegheid soos lood aan hom hang.

Hy weet nie hoe hy vir Robert gaan vertel dat sy pa deur regeringsoldate aangerand is of dat hulle vrees hy enige oomblik in die tronk gegooi kan word op fiktiewe aanklagte nie. Die kanse is te groot dat Robert iets onverskilligs sal doen. Hy weet nie hoe lank die voorrade gaan hou wat hy vir hulle geneem het nie, en op die

oomblik lyk dit nie of daar enige lig op enige horison is
nie. Soos Ester eendag gesê het, die son drup bloed oor
Afrika, maar dit word aan die buitelanders opgedis as 'n
mooi sonsondergang. Alles illusies.

Hy weet nie wat hy môre vir twee families moet sê wat
skielik 'n man en pa verloor het nie. Waarmee gaan hy die
kinders troos? En die vrouens?

Robert en Moses dink hierdie voorval was nie soseer
'n aanslag op die diere as wat dit vir hóm 'n waarskuwing
was nie. Hulle mening beteken egter op die oomblik nie
veel vir hom nie. Dis irrelevant waarom dit gebeur het.
Die feit is dat hulle hom gewys het hulle kan. Ten spyte
van heinings, slotte, grendels en goeie veiligheidsmaat-
reëls. As dit 'n waarskuwing was, en hy is 'n slim man, sal
hy seker aandag gee en die waarskuwing ter harte neem.
Hy is net nie seker of hy so slim is nie.

Hy staan stadig op en sy lyf voel styf en seer. Daar is iets
wat hy Ester moet vra, en hy weet nie hoe nie. Hy sien
nie kans vir die teenvrae nie, en hy weet daar gaan baie
wees. Nou moet hy net eers gaan slaap voordat sy brein
die laaste bietjie logika verloor en hy dalk weer van 'n
paar goeie voornemens vergeet. Voornemens wat hy in
die eerste plek nooit moes vergeet het nie.

Ester is die volgende oggend klaar gestort en aangetrek
toe Samuel in die kombuis kom. Hy lyk verbaas.

"Ek het gedink jy sal vanoggend wil laat slaap."

"Ek wil saam met jou na die sentrum toe ry. Daar sal
wel iemand wees wat my later kan terugbring."

"Wat wil jy daar gaan maak?"

"Ek wil net gaan kyk. Ek sal in niemand se pad wees
nie en ek sal my kamera by die huis los."

"Dit kan dalk laat word voordat ek jou kan terugbring.

Ek wil eers vanoggend na die twee mans se familie toe ry en ek wil 'n draai by Lucas gaan maak." Hy kyk na die leë rusbank. "Het jy vir Elias gewaar?"

"Nee, hy was reeds weg toe ek hier kom."

"Een van die mans wat dood is, was sy broerskind."

Ester wonder skielik wie na die siele omsien. Sal daar iemand wees wat hulle vertroos?

Sy steek haar hand uit en raak liggies aan sy arm. Van gister af is dit asof haar woorde besig is om op te droog. Asof 'n kraan stadig toegedraai word. Miskien was daar te veel woorde. Miskien moet sy net eers leer om in stilte te luister.

By die sentrum lyk dit effe rustiger as die vorige dag, maar dis steeds 'n bedrywige plek, selfs net voor sewe in die oggend. Ester stap eers saam met Samuel na die skuur waar die twee jong olifante gisteraand afgelaai is. Die twee versorgers is besig om met hulle te werk en Samuel begin uitvra hoe dit deur die nag gegaan het.

Ná 'n rukkie stap Ester om na die baba te gaan kyk, maar sy beweeg al hoe stadiger hoe nader sy aan die deur kom. Sy wil nie vanoggend hoor die kleintjie het dit nie gemaak nie. Dieselfde man van die vorige dag glimlag egter breed vir haar en beduie sy kan maar inkom.

"Sy is sterk. Sy sal grootword."

"Het julle al vir haar 'n naam gegee?"

"Nkosi . . . dis kort vir nkosikazi . . . sy is nou die koningin hier."

Ester sien sy is nog aan die drup gekoppel en gaan sit weer plat op die strooi en begin die vreemde, klein lyfie vryf.

Samuel kom na 'n ruk kyk hoe dit gaan en nadat hy al die voorskrifte herhaal het en weer twee inspuitings

470

gegee het, kyk hy na Ester. "Ek moet nou eers ry. Jy kan saamkom tot by die lodge."

"Of ek kan sommer net hier bly."

Hy frons liggies. "Ek het nie vandag tyd om oor jou bekommerd te wees nie."

"Het jy nie al agtergekom dis een ding wat jy nie hoef te wees nie?" Haar gesig voel stram toe sy vir hom glimlag.

"Het jy vir jou iets saamgebring om te eet?"

"Samuel, ek is mooi groot. Gaan doen wat jy moet doen."

"Moenie in die diere se kampe ingaan nie, al lyk hulle hoe oulik en onskuldig."

Sy gee hom 'n veelbetekenende kyk en hy glimlag skeefweg. Hy stap deur toe, maar steek vas en draai weer terug. "Ek het jou nooit gevra hoe jou naweek was nie."

"Dit was lekker. Richard is 'n baie goeie gasheer."

"Wie is die ander mense wat daar was?"

"Ek kan nie almal se name onthou nie. Ek dink een van die mans is sy vennoot, een is 'n prokureur, een het te doen met wildbewaring en die ander een weet ek glad nie wat hy doen nie. Die wildbewaring-man lyk nogal bekend, maar ek kan nie besluit of en waar ek hom al gesien het nie."

"Het jy hom gevra of julle al ontmoet het?"

"Nee, want dit het nie gelyk of hy my herken nie. Ek kan nie onthou of sy naam Patrick is en of hy Billy is nie. Ek was die naweek baie sleg met detail."

"Was die man wat jy dink jy herken het nog daar toe ek jou kom haal het?"

Sy dink 'n oomblik. "Nee, ek dink iemand het gesê hy moes êrens heen gaan."

"Wanneer het Richard van die diefstal uitgevind?"

"Gisteroggend vroeg. Van die werksmense het hom kom sê. Waarom wil jy weet?"

"Ek vra maar net."

"Waarom wou Richard jou gister sien?" besluit sy om van sy skielike spraaksamigheid gebruik te maak.

"Buurmandinge."

"Soos wat?"

"Grensdrade, ensovoorts."

"Is die grensdrade tussen julle stukkend?"

Hy skud sy kop, maar dit duur 'n rukkie voordat hy haar antwoord. "Ek het 'n maand of wat gelede die grens tussen ons permanent laat toemaak. Ons klompie plase maak van tyd tot tyd ons grense oop sodat daar vrye toegang van diere kan wees."

"Waarom het jy dan die grens met hom toegemaak?"

"Ek dink nie daar is genoeg beheer oor wat op sy grond aangaan nie."

"Sy huis is ongelooflik netjies en word duidelik baie goed onderhou. Waarom sal hy nie na die plaas ook kyk nie?"

Samuel haal sy skouers op. "Miskien is die plaas nie sy eerste prioritiet nie."

Hy draai om, maar 'n minuut later loer hy weer om die deur. "Terloops, jy het nie dalk foto's van die karkas daar by hom geneem nie?"

"Ja, ek het."

"Ek sal bly wees as ek in 'n stadium daarna kan kyk. Ons probeer so goed moonlik rekord hou van sulke voorvalle. 'n Mens herken soms metodes of patrone."

"Ek sal dit vir jou wys."

Toe hy weg is, bly sit sy nog 'n ruk lank en betrap haarself dat sy later met die babaolifant praat. Eers sê sy net haar naam . . . asof sy daaraan proe. En dan gesels sy sommer net met haar. Die man met die breë glimlag is nooit ver van hulle af nie. Sy sien hoe hy soms na haar kyk, maar dit lyk nie of haar teenwoordigheid hom pla nie.

Later die oggend stap sy buitentoe en dwaal 'n lang ruk tussen die kampe rond. Toe sy verby 'n stal stap waar die renosterkalf aangehou word, is een van die helpers besig om hom uit 'n groot bottel te laat drink. Sy gaan staan en die man vra of sy wil probeer. Ester onthou wat Samuel gesê het, maar hy het sekerlik net bedoel sy mag nie alleen in die kampies ingaan nie.

Die kleintjie is honger en sy moet die bottel styf vashou. Ná die tyd snuffel hy aan haar hande en sy vryf agter sy ore. "Ek het niks meer vir jou nie."

"Hy is altyd honger," verduidelik die versorger. "Een van die dae gaan hy baie groot wees."

Sy kuier nog 'n rukkie tussen die kampe, maar haar voete vind asof vanself weer hulle pad terug na die baba toe. Sy kan nie eens 'n verdraaide moedersinstink as verskoning gebruik nie, want sy weet nie hoe dit voel nie.

Een van die werksmense bring later vir haar 'n beker koffie en nog later kom gee een vir haar 'n lemoen. Dis laatmiddag toe Robert haar kom haal.

"Sammy is nog nie terug van die dorp af nie."

Sy klim saam met hom in die Jeep. "Het hy vir jou gesê ek gaan Woensdag terug Johannesburg toe?"

"Ja. Hy sê hy het nie nou tyd om aan die boek aandag te gee nie."

"Dink jy dis die enigste rede?"

"Waarom vra jy hom nie?"

Ester gee 'n droë laggie. "Lyk hy op die oomblik vir jou soos iemand wat lus het om oor sulke dinge te praat?"

"En nou wil jy hê ek moet jou antwoord." Hy vee oor sy hare. "En wat gebeur as ek verkeerd is?"

"Julle twee ken mekaar soos 'n mens spreekwoordelik die binnekant van jou hand ken. Hoe ver verkeerd kan jy wees?"

"Teoreties kan daar dalk ander redes ook wees, maar ek weet nie of ek daaroor behoort te bespiegel nie."

Ester lag meteens hardop.

"In teorie gee ek nie om wat jy behoort te doen of nie, jy skuld my en hierdie is die dag waarop ek terugbetaling eis."

"Waarvoor skuld ek jou?"

"Daardie eerste aand . . . die nagmerries ry my nou nog."

"Dit was jou eie skuld. As jy nie Sammy se aandag afgetrek het nie, sou hy my hoor kom het."

"Moenie jouself probeer verontskuldig nie. Ek kon nog nooit daai man se aandag van enigiets aftrek nie."

"As jy so sê."

"Ag komaan, Robert, praat met my. Ek wil nie weet wat Samuel sê nie. Ek wil weet wat jy dink." Sy lig haar hande in 'n moedelose gebaar. "Hierdie is vir my vreemde gedrag, en ek skaam my vir myself, maar ek skryf dit toe aan die oormaat son. En die feit dat die hartseer voelbaar oor die plaas hang, maar almal tog met hulle werk voortgaan, laat my ook nie juis beter oor myself voel nie. Hoe selfsugtig moet jy wees as jy onder sulke omstandighede aan jouself kan dink? So, moet asseblief nie dat ek moet soebat nie. Ek is reeds skaam genoeg."

Hy versit die ratte voordat hy antwoord. "Dis nie 'n geheim dat daar van die begin af een of ander lyftaal, konneksie of wat 'n mens dit ook kan noem, tussen julle was nie. Ek het dit daardie eerste aand al gesien, of dalk eerder aangevoel. Dit was soos legkaartstukke wat onverwags net in plek geval het. Die lewe werk egter nie altyd so eenvoudig nie en ek vermoed hoe groter die prys is wat jy wil hê, hoe meer struikelblokke sal jy moet oorkom. Dis so min of meer 'n wet van die natuur. Ek kan vir jou met 'n groot omhaal van woorde probeer verduidelik, of ek kan jou net een vraag laat beantwoord: Dink jy die konneksie wat jy ervaar, is sterk genoeg dat jy alles sal prysgee en terugkom Afrika toe?"

"Dink jy die konneksie wat hy voel, is sterk genoeg dat hy alles hier sal los om naby my te wees?"

"Mense praat van 'n gee-en-neem-verhouding en dit klink so eenvoudig en idillies, maar dis onsin. Teoreties werk dit pragtig en is dit mooi regverdig teenoor albei partye, maar in die praktyk werk dit baie dikwels glad nie. Wie het in elk geval ooit vir jou gesê die lewe gaan altyd regverdig wees?"

"Is dit waarom jy alles gelos en hierheen getrek het?"

"Ek het een van twee keuses gehad. Ek bly in Lusaka en vergeet van Kiki, want ek het geweet Elias sou haar nooit daarheen laat kom het nie. Of ek los wat ek het en kom maak 'n nuwe lewe hier saam met haar." Hy glimlag. "Ek kon seker van Kiki 'n weeskind gemaak het en haar ontvoer het, maar dit was nooit 'n opsie nie."

"Gaan jy haar nie op 'n dag kwalik neem dat jy alles moes los nie?"

"Dan moes ek nooit gekom het nie. As jy nie seker is oor die antwoord van daai som nie, dan moet jy dit nie doen nie."

"En as Elias nie in die prentjie was nie, sou jy steeds gekom het, of sou jy verwag het sy moes na jou toe kom?"

"Ek het geweet ek gaan dit berou dat ek enigsins begin

praat het." Hy hou stil sodat hulle na 'n troppie sebras kan kyk.

"Wat kon ek haar daar gebied het? 'n Werk, êrens. Wat sy my hier aangebied het, is 'n lewe. 'n Vol en ryk lewe. Al voel dit eerder vanoggend of ek 'n galaanval het van al die ryk gebeure."

"Dankie. Jy het mooi geantwoord. Jy is 'n goeie dosent."

"Hy kan jou nie vra om te bly nie, Ester. Dit klink dalk soms of hy vir jou wil preek, maar hy verstaan dat hierdie jóú pad is en dat niemand namens jou mag besluit hoe en waar jy dit gaan loop nie. Hy is 'n baie besonderse mens. Sy ouers was twee baie wonderlike mense wat eindelose geduld en empatie met alles en almal om hulle gehad het. As dinge dalk anders was, het hy jou moontlik hier probeer hou, maar hy verstaan van haat en wegkom."

Elias is in die kombuis toe Ester by die huis kom. As dit moontlik is, is sy gesig selfs meer stroef as gewoonlik. Ester stap tot by hom en hou haar hand na hom uit.

"Ek is jammer oor jou broer se kind wat dood is."

Hy neem haar hand en knik.

"Ek gaan môre terug huis toe en ek wil net dankie sê vir al die kos wat jy vir my gekook het. Ek sal jou lekker kos mis."

"Wanneer kom jy terug?"

"Ek kom nie weer terug nie."

Hy knik en toe sy kamer toe loop, hoor sy hoe hy sag begin neurie. 'n Stadige, hartseer wysie wat haar oë laat brand.

Toe dit donker word, is Samuel nog nie terug nie en Ester hou haarself besig om seker te maak sy het al haar besittings gepak. Toe pak sy haar hele tas uit en begin weer van voor af. Elias kom roep haar later en sê hy het vir haar kos ingeskep.

Toe sy vra of hy nie saam met haar wil eet nie, sê hy hy het klaar geëet, en sy is genoodsaak om alleen by die tafel te gaan sit.

Ná ete sit sy 'n rukkie by die vuur, maar sy is te ruste-loos om lank stil te sit. Sy gaan staan voor teen die reling. En asof op bevel, klink die duidelik herkenbare grombrul van 'n leeu êrens uit die rivierloop op. Asof sy 'n toeris is, dink sy gelate, en hulle seker wil maak sy vergeet nie die klank van Afrika nie.

"Waar is Samuel?" vra sy toe sy sien Elias staan nog in die kombuis.

"Hy is nog nie terug van die dorp af nie."

"Is jy bekommerd?"

Die vraag laat hom opkyk en hy haal sy skouers op.

"Dink jy hy sal versigtig wees, Elias?"

"Samuel is soos Samuel is. Partykeer is hy versigtig, par-tykeer nie."

Ester gaan stort later, maar toe sy uit die badkamer kom, is Samuel steeds nie terug nie. Sy vra Elias of hy iets ge-hoor het, maar sy weet die radio in die kombuis was stil.

"Ek sal hier by jou bly tot hy terugkom. Jy kan maar gaan slaap."

Ester oorweeg dit eers om te sê sy is nog nie vaak nie, maar sy sien ook nie kans om verder na die stil gesig van die ouer man te kyk nie. Onder die filosofiese woorde, lê duidelike kommerplooie en sy kop draai kort-kort soos hy luister.

Sy stap kamer toe, maar 'n uur later loop sy kaalvoet te-rug om te kyk of sy Samuel gewaar. Elias sit roerloos langs die vuur. Sy dink eers hy slaap, maar dan draai sy kop.

"Elias, jy moet asseblief mooi na hom kyk. Jy is sy pa." Sy kry nie die trane teruggesluk nie en vee met die agter-kant van haar hand oor haar wange.

"Waarom bly jy nie?"

"Dis moeilik . . . ek weet nie hoe om te verduidelik nie." Sy moet weer vee.

Elias knik net stil, en dan kyk hy weer voor hom na waar die rooiwarm vlamme heen en weer bo-op die groot stomp dans. Samuel sê vuur ruik nêrens soos hier nie, dink Ester terwyl sy sleepvoet terugstap kamer toe.

33

Ester kyk hoe die bruin aarde onder hulle stadig maar seker opgeslurp word deur paaie en huise. Hulle is net ná tienuur op die plaas weg en asof vir 'n toegif, is dit is 'n blinkhelder winterdag. Ian vlieg saam met hulle, maar nie een van die mans is baie spraaksaam nie. Ester het ook nie lus om te praat nie. Sy dink nie sy het woorde vir wat sy wil sê nie.

Sy het Samuel die vorige aand net ná twaalf hoor terugkom, maar sy het nie opgestaan nie. Sy kon hoor hy en Elias praat 'n rukkie voordat sy sy voetstappe hoor verbygaan het kamer toe.

Op pad na die vliegveld het hulle by die lodge gestop sodat sy almal kon groet. Kiki en Robert het haar genooi om te kom kuier as sy ooit weer in Suid-Afrika kom. Melaney wou weet of sy eendag haar troufoto's ook sal kom neem. Die gidse se glimlagte was warm en oop. Maar toe sy voor Moses staan, kon sy nie die trane keer nie.

"Dankie dat jy so mooi met my gery het, Moses, en dankie vir al die gesels. Ek gaan jou baie mis." Sy druk haar hand op sy hart. "Jy dra die son in jou siel."

Hy vou haar hand in albei syne toe. "My hart loop saam met jou."

Ester voel hoe die trane dreig om weer te begin loop en sy is bly sy het haar sonbril op. Sy haat hierdie gevoel. Sy het nie eens as kind gehuil nie. En die vier jaar in Londen was droë jare. Hoe natter die Engelse weer geword het, hoe droër het haar oë gebly. En dit was goed. Daar is ook seëninge in droogte, het sy agtergekom. Dinge groei nie so geil nie . . . veral nie gedagtes nie. Daar vind nie soveel aanteelt plaas nie. Een gedagte lei nie na 'n swetterjoel ander nie. Daar is beslis seën in die maer jare. Maar nou, saam met die trane, teel gedagtes soos hase aan. En net soos hase, spring hulle so vinnig heen en weer dat sy hulle nie raakgevat kry nie. Al sukkel sy hoe hard.

Toe hulle 'n uur later by die lughawe uitry, kyk sy stil na die verkeer om haar. Sy wonder of almal weet waarheen hulle op pad is en of daar dalk in van die voertuie iemand is wat verdwaal het en nou doelloos rondry op soek na bekende bakens. Maar sy keer die gedagte voordat dit kleintjies kry. Ian het 'n motor op die lughawe gehuur en is op sy eie daar weg.

"Sal jy omgee om my by Gladys af te laai, asseblief? Ira kan my later kom haal."

Samuel kyk 'n oomblik na haar, maar lewer nie kommentaar nie.

"Of is dit te ver uit jou pad van waar jy moet wees?"

"Nee, dis nie uit my pad nie. Ek sal jou gaan aflaai."

"Dankie vir jou gasvryheid. Ek weet jy sal dit moeilik glo, maar dit was 'n hoogs interessante tyd, en daar is beslis 'n paar dinge wat ek sal mis."

"Dankie dat jy gekom het en bereid was om vir my die foto's te neem. Ek weet dit was nie aldag maklik nie, en ek is jammer ons kon nie klaarmaak nie. Ek het nogal uitgesien na jou anderse aanslag."

"Bel my wanneer jy weer tyd het; dalk stel ek belang om dit te kom klaarmaak. Dit sal eintlik so 'n vermorsing wees as ek nie al my nuwe kennis van die dierelewe kan gebruik nie."

Ester voel lus om te lag. Nie eens as wildvreemdelinge

was hulle so beleef met mekaar nie. Maar dan begin sy die strate herken, en soos die laaste paar huise verbygaan, raak sy al stiller.

Samuel druk 'n knoppie toe hulle voor die hek stop en die swart gietysterhekke swaai oop. Ester weet nie wat sy verwag het nie, maar dit voel asof vier jaar in 'n oogknip wegval. Alles lyk dieselfde. Hier en daar het 'n struik hoër gegroei of is iets uitgehaal, maar as sy in haar kop 'n foto kon neem, sou dít die foto gewees het.

Samuel laai haar bagasie af, maar toe hy dit in die huis wil indra, keer sy hom. "Jy kan maar ry. Ek sal regkom."

"Terwyl ek hier is, wil ek sommer gou 'n paar oproepe maak en 'n dokument wegstuur. Ek sal gou maak." Hy stap met haar bagasie die huis in en sy bly op die oprit staan.

Gladys lyk verras toe sy hom gewaar. "Ek het jou nie so vroeg verwag nie. Die kos is nog nie reg nie."

"Ek het net vir Ester kom aflaai."

Sy kyk by hom verby. "Ester is hier?"

Hy beduie buitentoe, maar toe sy voordeur toe begin stap, keer hy haar. "Miskien moet jy haar eers kans gee."

Gladys draai weg van die deur af en gaan staan voor die venster wat op die oprit afkyk.

"Hau, Samuel. Jy moet hier kom kyk."

Samuel gaan staan langs haar en saam kyk hulle hoe Ester kruisbeen op die oprit gaan sit en haar hande teen die stene druk asof sy iets wil raakvat. Sy laat sak haar kop agteroor en sit met haar gesig na die son gedraai. Sy bly lank so sit. Toe sy opstaan, gee hulle voor die venster pad en Gladys raak in die kombuis besig.

Ester haal diep asem toe sy in die portaal staan. Alles ruik dieselfde, selfs die meubelpolitoer. En die son val teen dieselfde hoek deur die hoë venster langs die voordeur. Die derde tree se plank behoort te kraak. Sy trap met opset daarop. Sy laat haar hand teen die muur afgly en vryf oor die trapreling se groot houtbal. Die hout voel warm onder haar hand. Tyd het hier stilgestaan en dit voel of sy vir 'n kort rukkie toegang tot die verlede kry. Soos hulle soms in die wetenskapfiksieprente op 'n opening na 'n ander dimensie afkom. Soos die groot hangkas in die Narnia-verhale. Sy het die towerwoord gekry en die kasdeur het oopgegaan.

Sy maak deure oop en loer by vertrekke in. Sy stap op die stoep uit en af met die tuinpaadjie. By die visdam buk sy om onder die lelieblare na die goudvisse te soek en heel onder in die tuin, gaan sit sy op die swaai. Die momentum laat haar stadig heen en weer beweeg. Êrens blaf 'n hond en raak 'n grassnyer stil. Dis vreemd, dink sy, dat 'n mens soms geluide eers hoor as hulle nie meer daar is nie. Sy loer deur Gladys en Josef se woonstelvensters, maar daar is niemand nie.

Terug in die huis klim sy die trap tree vir tree op. Sy luister na elke kraak. Sy loer by die spaarkamer in en trek weer die deur toe. Ira se kamer het êrens tussen sy tiener- en studentejare vasgehaak. Dis 'n jongmanskamer.

Sy maak haar kamer se deur stadig oop. Nadat sy des-tyds uit die Midde-Ooste teruggekom het, het sy eers weer hier ingetrek, met die idee om 'n woonstel of bly-plek te soek, maar voordat sy kon uittrek, is hulle dood. Die kamer lyk asof iemand op 'n dag net die deur toege-trek het. Wie is die sprokiekarakter wat op 'n dag aan die slaap geraak het saam met die hele kasteel? Tot die katte en honde het aan die slaap geraak. Haar kamer het ook op 'n dag aan die slaap geraak. Daar staan selfs nog 'n kar-ton met van haar goed in wat sy nooit uitgepak het nie. Sy kan dink wat haar ma daaroor te sê sou hê. Daar hang wit-en-room gestreepte handdoeke in haar badkamer en 'n toegedraaide vanillaseep lê op die wasbak se rand.

Haar kamermure lyk soos 'n fotogalery. Dit lyk of sy met 'n kamera in die hand gebore is, want sy het al haar maats begin afneem toe hulle skaars uit die doeke was. Vriendinne met wie sy deesdae min kontak het. Nie oor die afstand of hulle onwilligheid nie, maar omdat sy nie weet wat om met hulle jammerte te doen nie. 'n Rooigestreepte serp hang oor die bedstyl waar sy dit gegooi het toe sy een aand uitgetrek het. Sy is bly om te sien die bed is darem opgemaak.

Die laaste kamer in die gang se deur staan effens oop en sy stoot dit stadig wyer oop. Dis of die sprokie 'n oomblik wil-wil versplinter. Die kamer lyk anders, maar tog ook nie. Die vensters is op dieselfde plek. Die mure het nie verskuif nie en die gordyne is dieselfde dieproom wat haar ma gehad het. Die bed is anders, sien sy. Haar ouers se groot hemelbed is weg en in die plek daarvan is net 'n gewone groot dubbelbed. Die bedkassies is egter dieselfde. Die familiefoto's is van die mure af, en in die plek daarvan is effens ligter kolle teen die muur. Spookafdrukke van wat daar was. En dan besef sy wat eintlik die groot verskil is: haar ma is nie meer in die kamer nie. Sy gaan sit op die bed se voetenent en kyk na die streep son wat oor die mat val. Die kat het graag daar gelê. Sy wonder wat van die kat geword het.

Toe sy later weer onder die trap staan, draai sy regs en stap byna sleepvoetend haar pa se studeerkamer binne. Soos elke skip 'n brug het waar al die belangrikste besluite geneem word en al die observasies gedoen word, was hierdie hulle huis se brug. Daar het min dae verbygegaan dat hulle nie een-een of almal deur hierdie vertrek beweeg het nie. Al was dit sommer net soms om agter die groot

483

lessenaar te sit en die telefoon te antwoord. Dit was asof die gesprekke hier net anders was. Sy kan nie een slegte gesprek onthou wat sy van hierdie telefoon af gevoer het nie. Hierdie vertrek was hulle hoofkwartier, met die kombuis en die stoep in 'n sterk tweede en derde plek.

Dit lyk hier ook effens anders, maar sy besef dit het waarskynlik ook meer met haar pa se afwesigheid te doen as met 'n meubelstuk of foto teen die muur. Hier is al die foto's inderdaad nog net soos sy hulle onthou. Sy raak aan die rugkante van 'n paar boeke en ruik aan die pak ou koerante wat eenkant op die vloer lê.

Sy is nog in die gang toe sy Gladys hoor neurie. Sy en Elias sal 'n goeie sangpaar, of neuriepaar, maak. Sy wonder waarom soveel mense sing wanneer hulle kos maak, asof daar iets in die handeling is wat stemme losmaak om melodieuse klanke voort te bring.

Gladys kyk met groot, ronde oë op toe sy die kombuis instap.

"Jy het gekom."

"Ek sou een of ander tyd gekom het." Sy stap in die vrou se arms en bly staan 'n salige oomblik teen haar. "Iets ruik baie lekker. Wat kook jy?"

"Die hoender en aartappels waarvoor jou pa so lief was. Samuel eet dit ook graag."

"Waar is hy?"

"Hy het al gery. Hy het gesê ek moet groete sê."

Ester gaan sit langs die tafel en strek haar bene. "Ai, Gladys, ek mis hulle."

Gladys sit haar hand op Ester se kop. "Ek weet."

Ester en Gladys is met hulle derde koppie koffie besig toe Ira laatmiddag die kombuis binnekom. Ester sien hoe hy na haar gesig kyk asof hy na tekens van iets soek. Hy buk en druk 'n soen in haar hare voordat hy die deksel van die ysterpot oplig.

"Hel, maar dit ruik lekker. Jy moet Samuel nie so bederf nie. Waar gaan hy 'n vrou kry wat so kan kook?"

"Wil jy koffie drink?"

Ira knik, maar Ester het reeds opgestaan. "Ek sal vir jou by die woonstel gaan koffie maak."

Sy sien die kyk wat Ira en Gladys mekaar gee, maar nie een lewer kommentaar nie, en Gladys help dra Ester se bagasie uit motor toe.

"Sê groete vir Josef en die kinders en sê wanneer ek weer kom, moet hulle hier wees."

Ester kyk net 'n oomblik na waar 'n effense donker vlek uit die stene opslaan voordat sy in die motor klim.

Hulle praat nie op pad terug woonstel toe nie. Daar gekom, klim sy dadelik onder die stort in.

Ira sit en blaai deur 'n wegneemeteboekie toe sy by hom in die sitkamer kom. "Ek is jammer ek kan nie kos maak nie."

Hy glimlag. "Ek ook." Hy gee die boekie vir haar. "Wat sal dit vanaand wees?"

"Kom ons sê hulle moet enigiets bring wat hulle dink ons sal wil eet. Klink dit nie vir jou vreeslik daring nie?"

"Wild." Hy begin 'n nommer skakel en Ester lag hardop toe hy haar woorde vir die persoon aan die ander kant herhaal.

"Daai meisie is nou so geconfuse dat sy nie verder sal kan werk nie. Ek dink nie sy het al ooit so 'n bestelling ontvang nie." Hy staan op en kom met twee glase en 'n bottel wyn terug.

"Vertel my hoe dit met jou gaan."

"Ek gaan 'n nuwe antwoord uitdink vir daai vraag, want ek dink nie goed of sleg is ware weerspieëlings van wat in mense se lewens aangaan nie. En 'so–so' klink so pateties."

"So, hoe gaan dit met jou?"

"Dit gaan goed."

"Waarom het jy my nie gevra om saam met jou huis toe te gaan nie?"

"Ek was nie daar toe jy die eerste keer terug is nie."

"Dis anders."

"Dit sou dit nie makliker gemaak het nie."

"Is jy orraait?"

"Nee, maar ek sal seker weer eendag wees. Of so orraait soos ek kán wees. Ek het nou eendag vir Moses afgeneem. Dis toe dat ek besef het: ek het nou so lank deur my lense na perfeksie gesoek dat ek nie meer onthou het dat alles maar net 'n kontinuum is nie. Waar jy ook al op die skaal staan, sal daar iets of iemand weerskante van jou wees, want alles is relatief tot iets anders . . . Dis eintlik nie ek wat so slim is nie. Ek het onthou dat die Engelse skilder John Constable gesê het hy het nog nooit enigiets leliks in sy lewe gesien nie, ongeag die vorm van die voorwerp. Lig, skaduwee en perspektief sorg altyd dat dit mooi is. My lewe was vir my kak . . . tot ek die afgelope maand dit in perspektief moes sien. Totdat die lig anders daarop geval het."

Hy lig sy glas. "Amen."

"Ek het ook uitgevind dis baie makliker om vir die wêreld kwaad te wees en jou vuis te bal en sommer net mislik te wees wanneer dinge nie gaan soos jy wil hê dit moet gaan nie. Dis donnerse harde werk om weerskante van jou te kyk, of selfs net voorsiening te maak daarvoor dat daar iets weerskante van jou kan wees."

"Dis baie tragies wat die naweek op die plase gebeur het. Ek kan dink hoe ontsteld Samuel is."

"Ek het Sondag vir die eerste keer besef daar is 'n kant van hom wat ek nog nie gesien het nie. Die kant wat kan kwaad word, moeg word, moedeloos lyk en hartseer kan wees. Maar nieteenstaande die feit dat ek Sondag van hierdie emosies op sy gesig en aan sy lyftaal herken het, het hy Maandag opgestaan en gedoen wat gedoen moet word."

"My kollega wat verlede jaar geskiet is, het nou die dag vir my gesê dit vra baie meer guts om te leef as om dood te gaan."

"Kan hy al weer loop?"

"Met moeite en met twee kieries, maar die dokters is positief dat hy nog nie al sy potensiaal bereik het nie. Daar is blykbaar nog 'n kans op verbetering."

"Hmm . . . ek het mos gesê dokters moet dalk meer dikwels woordeboeke gebruik voordat hulle uitsprake maak."

"Hoe was die res van jou kuier by die buurman?"

"Soos ek vir Samuel gesê het, Richard is 'n baie goeie gasheer. Ek kan nie sê ek het 'n dringende behoefte om weer sy vriende te sien nie, en oor hom is ek ook nog nie seker nie. Daar is eintlik geen rede waarom nie, want die hel weet, hy is 'n toonbeeld van elegansie, hy is intelligent, suksesvol, en as die huis op die plaas so lyk, wil ek nie sy huis in die stad sien nie. En hy is aantreklik. Nie Samuel se windverwaaide, bruingebrande, buitelug-looks nie. Hy lyk eerder soos 'n bergstroom. Koel en netjies. Jy moet sien hoe goed is sy hande versorg."

"Waarvoor wag jy dan?"

"Om te sien of daar 'n spark is."

"As daar een was, sou jy dit geweet het."

"Glo jy nie dat 'n mens soms iemand eers moet leer ken nie?"

487

"Ja, maar 'n spark is dadelik daar of nie. Dit kan 'n soort spark wees wat sê jy sal graag met hierdie persoon wil vriende maak, of wil besigheid doen, of romanties betrokke wil raak of dalk baklei. Soms 'n kombinasie van almal. 'n Spark kan ook onduidelik wees, en iets wat as 'n moontlike romanse begin het, verander dalk na 'n vriendskap of 'n vriendskap ontwikkel tot 'n romanse, maar die spark moes daar gewees het. As jy wonder, is dit nie daar nie. Op geen een van bogenoemde vlakke nie."

Ester wonder of die vonk tussen haar en Samuel dalk bedoel was om tot 'n vriendskap te ontwikkel. Miskien het hulle die vonk net verkeerd verstaan. Dit laat haar effens beter voel, want die hele dag ervaar sy 'n matelose gevoel van verlies as sy dink dat sy dalk nooit weer met hom gaan praat of hom nie weer gaan sien nie. Maar die gedagte dat daardie hande en mond en stem vir 'n ander vrou bedoel is, laat haar naar voel.

"Is jy en Sammy op 'n goeie voet uitmekaar?"

Ester kyk na Ira en wonder of hy haar gedagtes kan lees. "Waarom vra jy?"

"Ek vra maar net."

"Ek dink nie ons is eintlik op enige voet uitmekaar nie. Die hel het so vinnig op die plaas uitgebreek dat daar nie juis tyd was om behoorlik totsiens te sê of oor gewone dinge te praat nie, maar so ver ek weet, is ons nie kwaai-vriende uitmekaar nie."

Sy skink hulle glase vol. "Ek gaan terug Londen toe. En hierdie keer gaan ons nie 'n ingewikkelde ding daarvan maak nie. Jy kan sien dit gaan beter met my, en ek sal weer kom kuier, maar nou moet ek eers terug in my wêreld kom. Ek het perspektief nodig."

"Perspektief op wat?"

"Sommer my lewe. Ek was terug huis toe. Ek wil daaroor gaan dink. Moses sê ek is besig om vir my siel weg te hardloop. Ek moet weer in my huis kom en met my roetine voortgaan sodat ek al die ervarings van die afgelope paar maande behoorlik kan bekyk en besluit wat ek daarmee wil doen."

"Waarom kan jy dit nie hier doen nie?"

"Ek het afstand nodig. Van jou ook. Ek het van my kwaadwees vir Afrika verloor, maar weet nie wat in die plek daarvan is nie."

"Miskien het jy jou liefde vir Afrika herontdek."

"Of miskien is dit verplaas deur 'n gevoel van apatie. Werklike onverskilligheid, nie hierdie geveinsde apatie van die afgelope vier jaar nie. Om iets te haat is eintlik meer moeite as om iets lief te hê."

"Ek kom volgende maand dalk vir 'n week Londen toe. Het jy slaapplek vir my?"

Ester glimlag. "As jy baie nice is . . . en belowe dat jy nooit weer met my sal baklei nie, en 'n ander werk sal soek."

"Toemaar, ek sal seker 'n hotel êrens kan bekostig."

Haar gesig versober toe sy na hom kyk. "Ek het vandag gehuil . . . en ek wil nie nou weer huil nie, maar ek wil hê jy moet weet dat ek jammer is oor al die moeite en moeilikheid wat ek jou soms gee. En ek is baie dankbaar dat jy nog nie moed opgegee het met my nie."

Ira knik stilweg. "Waaroor het jy gehuil?"

"'n Babaolifant, 'n wees renosterkalf en 'n ou man wat die son in sy siel dra."

34

Ná twee weke in 'n somerwarm Londen besef Ester dat sy en Londen oor die afgelope vier jaar stilweg 'n verhouding met mekaar aangeknoop het. Hulle laat nie noodwendig mekaar se asems jaag of mekaar se harte vinniger klop nie, maar daar is iets tussen hulle. 'n Vonk. Dit kom en gaan miskien by tye en brand nie altyd ewe hoog nie, maar sy is gelukkig hier. En die stad was die afgelope jare goed vir haar. Wanneer sy in die straat afstap, voel dit nie vreemd nie. Die mense lyk nie vreemd nie en sy het gewoond geraak aan die aksente. Londen laat haar 'n bietjie aan 'n outydse, plattelandse dorp dink. Of dan die deel waar sy leef en beweeg.

Wanneer sy by haar gewone kuierplek of restaurante instap, ken sy altyd iemand; sy loop kennisse en vriende op straat raak; daar is vriende wanneer sy op soek is na geselskap. Daar is selfs winkels waar die assistente en eienaars haar en Henry ken, en dit laat haar voel of sy behoort. En Henry is daar. Haar interessante skouer as sy die dag een nodig het, die een vir wie sy min of meer alles kan vertel en iemand wat lojaal tot die dood aan sy vriende bly, selfs aan dié wat uit Boeddhistiese kloosters geskop word omdat hulle nie kan stilbly nie. Hulle lag nou nog daaroor. Henry is haar stukkie sonskyn as Londen grys en koud word.

En tog is dit asof sy hierdie keer nie haar voete kan vind nie. Sy sukkel om uitgepak te kom en haar normale ritme te vind. Maar sy het Moses se woorde ter harte geneem en sy sal geduldig wees en wag dat haar siel haar inhaal. Waar hy op die oomblik nog sweef, sal sy nie weet nie, maar sy weet hulle twee is nog nie herenig nie.

Intussen loop sy en Henry die winkels plat, hulle verlei mekaar met uitverkopings en spesiale aanbiedinge. En sy vertel hom van die boomhuis en Moses en die baba-olifant maar nie van Samuel nie. Hy skimp en vra soms reguit, maar sy vrae is gewoonlik van so 'n aard dat sy dit maklik kan ontduik. Hulle eet uit en kuier saans tot wie weet hoe laat in vriende se interessante en soms luukse woonstelle of huise.

Londen is vir haar soos 'n paar ingetrapte pantoffels wat nog altyd gerieflik gesit het ná 'n lang dag. Daarom kan sy nie verstaan waarom dit op die oomblik voel of die pantoffels haar druk nie. Miskien het haar voete gerek, dink sy een aand toe sy laat by die huis kom en haar skoene uitskop. Miskien het haar voete in Afrika gerek. Enigiets is seker moontlik.

Sy wil net die ketel aanskakel om koffie te maak, toe die telefoon lui. Haar hart begin onverwags vinniger klop toe sy sien dis Samuel. "Jy's pateties, Green," spot sy haarself toe sy eers diep moet asemhaal voordat sy antwoord.

"Hallo, Samuel, dis 'n verrassing."

"Naand, Ester. Ek is jammer ek bel so laat. Kan ek gou praat, of is dit ongeleë?"

Ester rol haar oë en dis op die punt van haar tong om vir hom iets baie onvleiends te sê. Sy haat daardie stemtoon van hom.

"Ek is by die huis, jy kan maar praat."

"As ek vir jou 'n foto e-mail, sal jy vir my kan kyk of jy enige van die mense op die foto herken?"

"Van waar af behoort ek hulle dalk te ken?"

"Kyk maar net, en sê vir my of jy 'n gesig of gesigte herken. Ek sal dit waardeer."

"Waar is jy?"

"By die kantoor. Ek stuur dit nou deur en sal bly wees as jy my kan laat weet."

"Of jy kan met my gesels tot ek dit gekry het, en dan sê ek sommer dadelik vir jou. Hoe gaan dit op Bulweni?"

"Dit gaan goed. Die lodge is vreeslik besig en Robert sê hy was nog nooit in sy lewe so moeg nie. Ek is bang hy voer stilletjies van die gaste vir die leeus, want jy kan dink wat deur sy kop gaan as hulle oor een of ander onbenulligheid kla."

"Hoe gaan dit met Moses?"

"Dit gaan goed met hom. Hy het gesê as ek met jou praat, moet ek jou herinner aan die huis en vir jou sê hy sien jou."

"Sê vir hom ek sien hom ook, elke dag, en ek sal onthou van die huis. Hoe gaan dit met Nkosi en die ander twee?"

"Die twee grotes verg harde werk. Dit gaan 'n lang paadjie word om hulle so ver te kry om weer die wêreld te vertrou. Nkosi is getrou aan haar naam; sy is die onbetwiste koningin hier rond. Niemand kan haar weerstaan nie. As hulle so klein is, is dit maklik om te vergeet hulle word groot. Dis nou baie maklik om haar te bederf."

Ester maak haar oë toe terwyl hy praat en sy is seker sy ruik die boomhuis en die strooi in Nkosi se hok.

"Hoe gaan dit met jou? Werk jy al weer?"

"Dit gaan goed en nee, ek werk nog nie. Ek het nog nie eens behoorlik alles uitgepak nie."

"Het die e-pos nog nie daar uitgekom nie?"

Ester slaan haar rekenaar oop en gaan na haar elektroniese pos. Daar is 'n hele paar wat besig is om deur te kom. "Is jy haastig?"

"Nee, ek wil net nie jou tyd mors nie."

"Jy mors nie my tyd nie. Hoe gaan dit met Kiki en Elias?"

"Elias het twee weke verlof geneem om na sy broerhulle toe te gaan. Die dood van hulle seun was 'n groot slag vir hulle. En met Kiki gaan dit goed. Sy en Robert het al hulle eerste groot baklei gehad en hy het een aand laat by my aangekom op soek na slaapplek."

Ester glimlag. "En het jy vir hom slaapplek gegee?"

"Nee, ek het gedoen wat enige goeie pa sou doen en gesê hy moet dinge met sy vrou gaan regmaak. Hy was nie baie lief vir my nie, maar die volgende oggend het albei breed gesmile, so ek aanvaar hulle het opgemaak."

"Dit moet baie lekker voel om so slim te wees en altyd die regte ding te doen."

"Wat bedoel jy?"

"Dit was sommer net 'n opmerking. Hier's die foto nou. Die ou tweede van links was die naweek by Richard toe ek daar was. En ek onthou nou waar ek hom gesien het; by Kiki-hulle se troue. Werk hy nie op een van die buurplase nie?"

"Is jy seker dis hy?"

"Ek is 'n joernalis én 'n fotograaf . . . ek let detail op en onthou gesigte. Waaroor gaan dit in elk geval?"

"Ons is sommer net besig om deur 'n klomp inligting te werk."

"Vermoed jy hy het iets met die slagting te doen?"

"In hierdie stadium weet ons nie wie dit gedoen het nie."

"Waarom vra jy nie vir Richard nie, of praat julle steeds nie met mekaar nie?"

"Ek sal hom vra as ek iets het om hom te vra, maar op die oomblik is daar niks. Baie dankie vir die hulp. Jammer weer dat ek so laat gebel het. Lekker slaap."

Ester sê ook nag en dan gooi sy haar selfoon eenkant toe. Hierdie gesprek sit soos 'n taai toffie aan haar tande vas en sy weet nie of sy dit moet probeer uitspoeg of net klaar kou nie. Sy gaan maak vir haar koffie, maar tien minute later tel sy die telefoon op waar dit agter 'n stoel ingeval het en sy skakel Samuel se selfoonnommer.

"Is jy nog by die kantoor?"

"Nee, ek is besig om af te sak na die rivier toe en gaan waarskynlik nou die sein verloor. Wat is fout?"

"Dan moet jy nou stilhou waar jy nog 'n sein het, want ek wil met jou praat."

"Kan ek jou nie van die huis af bel nie? Dis vrek koud."

"Nee, want jy het nie altyd 'n sein daar op die rots nie, en ek het dinge wat ek nou van my hart af wil kry. Het jy gestop?"

"Ja, ek het gestop."

"Wat presies het tussen ons verkeerd geloop, en nou praat ek nie van 'n herhaling van een oggend nie. Hoe het ons van vriende na beleefde kennisse geregresseer sonder dat ek weet hoe dit gebeur het?"

"Is dit belangrik dat ons hieroor praat?"

"Dis vir my belangrik."

"Ek dink nie ons het geregresseer nie. Die lewe neem maar sy loop; soms kry jy tyd om dinge te oordink en besluite te neem, maar in hierdie geval het daar dalk net te veel dinge tegelyk gebeur."

"Jy het darem genoeg tyd gehad om te besluit ek moet gaan."

"Dit was 'n praktiese reëling. Ek het geweet ek gaan

494

vir die volgende rukkie te besig wees om enigsins aandag aan ons of aan die boek te skenk, en dit sou nie regverdig teenoor jou gewees het nie."

"Kon jy nie gevra het dat ek moet wag nie?"

Hy bly eers 'n rukkie stil. "Sou jy gewag het?"

"Ek weet nie, maar jy kon gevra het."

"Waarom sal ek 'n vraag vra as ek weet wat die antwoord gaan wees?"

Ester vee haar hare vererg uit haar gesig. "Weet jy hoe moeilik is dit vir my om hieroor te praat? Ek klink vir myself soos 'n kinderagtige skoolmeisie. So, los al jou slim verduidelikings van praktiese reëlings, ensovoorts, en sê sommer net reguit vir my of daar ooit sprake van 'n ons was. Of was dit my verbeelding? Het jy daardie oggend bang geword en toe die gaping hom voordoen, dit gebruik? Ek belowe jou ek sal nie in trane uitbars of laatnagoproepe na jou selfoon maak of voedoepoppe vol spelde steek nie."

"Ek dink as omstandighede anders was, sou ek graag 'n ons wou hê. Oor die gaping gaan ek jou nie antwoord nie, want jy is besig om my te beledig."

"Wat sou die ideale omstandighede gewees het?"

"Miskien vir 'n begin, as ons geografies nader aan mekaar was, maar dis dalk net 'n verskoning. Ek dink ek het besef ek sal jou nooit teen Afrika kan beskerm nie, al probeer ek hoe hard. Dis moeilik om te probeer vrede maak met jou eie weerloosheid. Daar is mense op die plaas doodgeskiet. Ek kon die vrees aan jou ruik. Hoe beskerm ek jou teen sulke dinge?"

"Ek het jou nie gevra om dit te doen nie."

"As jy vir iemand omgee, behoort jy sensitief genoeg te wees om te weet wanneer hulle beskerming nodig het, veral as jy die rede is waarom hulle in gevaar verkeer."

"Het jy destyds gevoel jy moet Carla teen Afrika beskerm?"

"Nee, want sy het Afrika verstaan. Sy het vrede met die risiko's gemaak. En ek was nie die primêre rede waarom sy hier gebly het nie."

"Hoe kan jy so seker wees?"

"Anders sou sy seker nie meer hier gewees het nie."

Ester wil nie vir hom sê dat Carla dalk nie uit vaderlandsliefde hier bly nie, maar eerder uit hoop. Sy sal waarskynlik ook nie kans gesien het om op 'n ander kontinent te gaan woon as sy met hom getroud was nie. 'n Mens raak verslaaf aan die son.

"Sê jy ek verstaan Afrika nie?"

"Jy verstaan Afrika dalk, maar dit beteken nie jy gaan ooit vrede met die risiko's maak nie. Dis 'n skaal waarvan die een kant so swaar gelaai is dat hy nooit sal kan kantel nie. Niemand kan dit namens jou doen nie, en ek sal myself nooit vergewe as jy hier bly en ek weet jy smag elke dag van jou lewe daarna om op 'n ander plek te wees nie."

"Miskien vergoed die bymekaarwees vir die risiko's." Sy laat haarself dink aan iemand wat na 'n vrug probeer gryp wat hopeloos te hoog in die boom is. Dit maak nie saak hoe hoog sy op haar tone gaan staan of hoe ver sy haar arms gaan strek nie, daardie vrug is nie vir haar bedoel nie.

"Moenie jouself daarmee flous nie. Wanneer die swaarkry kom, is bymekaarwees dikwels nie 'n groot genoeg kombers om almal bymekaar te hou nie."

"Hoe verwag jy moet ek daarop reageer? Jy het, soos gewoonlik, 'n antwoord op alles."

"Ek probeer net realisties wees. Om onrealistiese verwagtinge te hê, gaan nie een van ons help nie. Inteendeel . . ."

"Oukei, ek het gehoor. Dankie vir jou tyd en dat jy bereid was om dit so mooi breedvoerig te verduidelik."

"Ester . . ." Samuel kyk na die skermpie, maar die verbinding is beëindig. Sy hand is koud en styf wanneer hy die selfoon terug in sy hempsak sit. Hy sukkel daarna om die stuurwiel vas te hou en bid dat die boomhuis vanaand 'n paar kilometer nader sal skuif.

Hy klink soos Robert, dink Ester gelate terwyl sy haar bene optrek en haar ken op haar knieë sit. Hy en Samuel het waarskynlik al hierdie onderwerp uit alle hoeke bekyk en naatlose verduidelikings geformuleer. Sy, daarenteen, is die nuweling in die debatskring. Sy is nog besig om gedagtes en redenasies te toetsbestuur en sy voel lomp en onhandig en nie in staat om by te bly nie. Hulle ken kortpaaie en weet watter afdraaie om nie te neem nie. Hulle verstaan 'n risiko en weet wanneer die spoed reg is, flits dit onsigbaar verby en word dit 'n vaal kol in die truspieëltjie. Hulle bestuur met oorgawe en geloof, en vir dié wat dit langs die pad nie maak nie, gooi hulle 'n krans en laat sak hulle hoofde vir 'n minuut.

Miskien het dit met die wye vlaktes van daardie kontinent te doen. Miskien met paaie wat tot in die oneindigheid loop. As jy van een punt na 'n ander wil kom, help dit nie om na die horison te staar waar die pad klein word of om teen die slaggate vas te kyk nie. Hulle dra letsels van ongelukke en paaie wat byster geraak is, maar nie eens dit keer hulle om voort te ry nie. En hulle aanvaar dat almal nie die reis gaan voltooi nie.

En sy? Sy sou eens op 'n tyd kon saamry, toe haar oë nog ver gekyk het en adrenalien 'n soet smaak gehad het. Nou verkies sy om op ander paaie te ry. Paaie waar die risiko's aansienlik minder is. Haar pa sou gesê het, as 'n mens nie wil ry nie, moet jy nie op die pad wees nie.

Robert se Land Rover staan by die boomhuis en toe Samuel die trappe klim, hoor hy hoe Robert die yskas oopmaak.

"Moenie my yskas kom leeg eet nie. Gaan maak dinge met jou vrou reg en eet jou eie yskas leeg."

"My vrou is nie by die huis nie. Sy is saam met haar pa Phalaborwa toe. Hulle kom eers môre terug."

"Is jy bang om alleen by die huis te slaap?"

Robert kyk op van waar hy voor die yskas buk. "Wat byt jou?"

"Niks, ek is net heeltemal verkluim." Hy gaan staan digby die vuur en hou sy hande bo die vlamme.

"Waarom het jy nie met een van die Land Rovers gery nie? Jy weet mos dis koud om hierdie tyd van die nag met die Jeep te ry."

"Omdat dit my gewoonlik nie 'n uur en 'n half neem om tot hier te ry nie."

"Het jy teëspoed gehad?"

"Jy kan so sê."

Robert staak sy soektog na iets om te eet. Hy bring 'n bottel whiskey en twee glase vuur toe en trek twee stoele nader.

"Pap wiel? Enjinprobleme? Diere in die pad?"

"Ester Green."

"Is Ester hier?"

"Nee, ons het oor die telefoon gepraat."

"Gaan jy my vertel waaroor julle gepraat het wat jou so laat lyk?"

"Sy wil weet waarom ek haar nie gevra het om te bly tot ons twee tyd gehad het om dinge tussen ons uit te sorteer nie."

Robert knik 'n paar keer. "Goeie vraag. Hoekom het jy nie?"

Samuel kyk oor die glas se rand na die ander man. "Want ek is 'n bliksem."

Robert knik weer. "Goeie antwoord."

"Ek kan nie van haar verwag wat ek nie bereid is om te doen nie. 'n Groot stuk van wie ek is, is vasgevang in hierdie kontinent. Ek verwag nie iemand moet dit verstaan wanneer ek dit self nie eens verstaan nie. Ek weet net as ek hier sou weggaan, ek dalk nooit weer sal weet wie ek is nie. Ek kom op genoeg ander plekke om dit te besef. Hierdie is die enigste plek waar my menswees sin maak."

"Sal jy eerder die kans om jou lewe met iemand spesiaals te deel, by jou laat verbygaan voordat jy hierdie ongenaakbare stuk aarde prysgee?"

"Dis nie net dat ek hier weet wie ek is nie; ek verstaan my rol hier. Ek het 'n doel, 'n plan vorentoe. Of die plan gaan uitwerk of nie, ek het 'n plan. Die mense hier definieer my. Ek is bang as ek weggaan, sal ek nie meer definisie hê nie. Ek sal 'n skaduwee word en op 'n dag gaan sy my ook nie meer raaksien nie. Vrouens soos Ester kan nie saam met skaduwees lewe nie. Hulle is te helder. Hulle het te veel vlakke."

"Nou wat stel jy voor doen julle?"

"Wat ons van die begin af moes gedoen het . . . ons ignoreer die spark tot dit mettertyd uitbrand."

"Diep gedagtes vir so laat in die aand."

"En jy dink dis 'n grap."

"Ek dink nie dis 'n grap nie, maar ek verstaan nie waarom jy nie 'n kans wil waag nie. Jy was nog nooit in jou lewe bang vir 'n risiko nie. En nou skielik deins jy terug en troos jy jouself met allerhande kak-filosofieë. Wat is die ergste wat kan gebeur?"

"Sy kan op 'n oggend opstaan en besluit die opoffering is te groot."

"Sy kan dalk ook elke oggend opstaan en besluit die opoffering is die moeite werd."

Samuel kyk in Robert se oë. "Is dit hoe jý voel?"

"Elke oggend en elke aand."

"As Afrika weer sy rug op haar draai, gaan ek die logiese sondaar word, soos wat Ira dit die vorige keer geword het."

"Sy is 'n slim vrou, Sammy, en sy is ouer. Gee haar die voordeel van die twyfel."

"Dis nie nou 'n goeie tyd nie."

"Gaan daar ooit 'n goeie tyd wees?"

Samuel lig sy voete op die ronde muurtjie en hy voel hoe sy skoensole warm word van die vlamme. "Glo my net as ek vir jou sê, hierdie is 'n baie ongeleë tyd."

"Gaan jy my sê waarom, of is ek nog nie diep genoeg in die binnekring nie?"

Samuel lag hardop. "Dit was 'n patetiese poging."

"Ek weet daar is dinge wat jy op die oomblik nie vir my vertel nie."

"Dis dalk omdat ek dink jy doen reeds genoeg vir my, en 'n ander rede is dalk omdat ek dink ek het 'n plig teenoor Kiki om jou uit die kwaad te hou."

Robert skud sy kop. "Dit gaan nie so werk nie. As iemand haar moet beskerm, is dit ek. En ek weet ek het 'n verantwoordelikheid teenoor haar. Ek gaan nie dom dinge doen nie."

"Ek het inligting wat nie baie bemoedigend is nie, en as ek enigsins verder gaan krap, gaan ek heel waarskynlik 'n enorme byenes oopkrap. Ek kan nie waarborg dat enigeen dit sal ontsnap nie."

"Detail, asseblief. Ek is klaar met die akademie. Gee vir my feite."

"Ek het 'n sterk vermoede dat Patrick betrokke is by

van die aanvalle wat die laaste tyd hier was, en verder het ek 'n nog sterker vermoede dat Richard Allen ook betrokke is."

"Melaney se Patrick?"

"Die einste."

"Nee, fok man, Sammy, sy dink hulle gaan een van die dae kan trou."

"En dis dalk waarom hy geld nodig het."

"En Richard Allen? Hy het seker genoeg dat hy nie so 'n risiko hoef te loop nie."

"Het 'n mens ooit genoeg? En ek vermoed hy het so 'n goeie ooreenkoms met die ouens dat hy feitlik geen risiko loop nie – net ryklik deel in die beloning. Die man het 'n duur leefstyl wat onderhou moet word."

"Waar kom jy aan hierdie inligting?"

"Deur ure lank met legkaartstukke te speel tot iets pas. Ek het al 'n paar jaar lank nie 'n goeie gevoel oor Richard nie, maar ek kon nog nooit my vinger daarop lê nie. Soos Ester sê, hy het dalk eendag teen een van my bome gepiepie. Ons twee het oor die jare 'n paar kopstampe oor grensdrade gehad. Dit het eenkeer in die hof beland en die prokureur was iemand waarteen Ira my gewaarsku het. Hy is berug vir sy vreemde kliënte. Verder het Lucas hier en daar iets opgetel by van die mense wat daar werk, maar niks konkreets nie.

"Toe ek die Sondagoggend vir Ester by sy huis gaan oplaai, het ons weer 'n argument gehad oor die grensdraad wat ek laat toemaak het. Dit was vir my snaaks dat daar op sy grond 'n olifantkarkas gevind is, want so ver ek weet, het hy die laaste tyd nie meer baie wild gehad nie. Die ander bure het reeds lankal hulle grense met hom toegemaak omdat ons almal voel daar is nie genoegsame beheer oor wat by hom aangaan nie.

"Ester het my uit die lug gewys waar hulle die karkas gevind het, maar dit was reeds verwyder. Ek het egter die foto's gesien wat sy van die dier geneem het, en dis een van ons olifante. Ek is baie seker daarvan dat toe daardie grensdraad toegemaak is, daardie olifant nie aan sy kant was nie.

"Verder het Patrick blykbaar ook die naweek daar gekuier, maar toe ek Sondag daar kom, was hy reeds weg. Ester het hom op 'n foto herken. En Moses het gaan spore soek en al die spore, selfs die wat deurgegaan het Wildtuin toe, het oor Richard se grond gekom. Daar was goeie pogings om die spore dood te vee, maar Moses is 'n ou hand en sy oë laat ons ander s'n blind lyk. Ek vertrou sy instinkte.

"As jy my vra, dink ek Richard word slegs betaal vir die gebruik van sy grond. Hy is nie die soort ou wat by bloed en derms betrokke gaan raak nie, en ook nie iemand wat die risiko sal loop om alles te verloor nie. Hy word letterlik betaal om sy oë te sluit vir wat aan die gang is."

"Jy besef dat jou getuienis baie dun is en nooit in 'n hof sal staande bly nie."

"Ek weet. Waarom dink jy het ek hulle twee nog nie aan hulle derms opgehang nie? Maar om terug te kom na ons oorspronklike onderwerp ... hoe dink jy kan ek Ester willens en wetens hierheen laat kom wanneer ons enige dag op 'n paar sensitiewe tone gaan begin trap?"

"Ek dink die keuse behoort steeds hare te wees."

"Jy wil nie verstaan nie. Ek gaan elke dag van my lewe verantwoordelik voel vir alles wat gebeur. Ek sal wil verduidelik en toesmeer en teenargumente gee, net sodat sy nog 'n rukkie sal bly."

Robert lag kop agteroor. "Ek sal graag wil hoor hoe jy Bob en sy trawante aan enigiemand probeer verduidelik, of hulle wandade probeer toesmeer. Miskien kan jy en julle president saam probeer. Twee is dalk beter as een, alhoewel, ek wil nie pessimisties klink nie, maar julle sal fokken goed in julle job moet wees om dit reg te kry."

"Gepraat van Bob . . ." Samuel oorweeg dit 'n oomblik om iets anders te sê, maar hy weet Robert sal hom nooit vergewe nie.

"Ek het jou nie alles vertel toe ek teruggekom het nie."

Robert kom orent in sy stoel. "Wat het jy my nie vertel nie?"

"Regeringsoldate het jou pa kom ondervra. Hy het seergekry, maar ek het gesorg dat hy by 'n ou vriend van my ouers uitkom wat nog 'n bietjie mediese voorraad het. En hy het my laat weet dit gaan goed en dat die beserings gelukkig nie te erg was nie. Jou pa is self 'n dokter. Hy het my belowe hy sal versigtig wees."

Robert sit so lank na die vuur en staar dat Samuel wonder of hy hom gehoor het.

"Waarom het jy my nie vertel nie?"

"Want ek was bang jy doen iets onverantwoordeliks."

"Ek het 'n reg gehad om te weet. Ek het jou gevra om te gaan omdat ek geweet het ek kan jou vertrou om my die waarheid te kom vertel."

"Robert, kyk na my . . ." Samuel wag tot Robert na hom kyk. "As ek niks kon doen nie, sou ek jou vertel het. Dan kon ons saam 'n plan gemaak het. Maar ek kon iets doen en jou ouers het my in elk geval verbied om jou enigiets te vertel van wat daar aangaan. Ek het jou nogtans vertel hoe haglik dinge daar is en dat alles basies tot stilstand gekom het. Ek het nie gelieg nie. Dit is so erg dat ek eintlik dankbaar was my ouers hoef dit nie te beleef nie. En moenie vir my sê jy het nog nooit iets vir my weggesteek omdat jy my wou beskerm nie."

Robert antwoord hom nie en Samuel gaan voort: "As ons mekaar vertrou, moet ons ook vertrou dat die ander een nooit iets te kwader trou sal doen nie. Dat die ander een dalk op 'n dag beter weet wat goed is omdat hy 'n entjie verder staan."

"Ek moet sulke dinge weet."

"En ek sal dit vir jou vertel, maar soms mag ons maar namens mekaar iets doen. Jy het op die oomblik baie verantwoordelikhede."

Robert laat sak sy gesig in sy hande en Samuel hoor hom snik. Hy sit sy arm om sy vriend se skouers.

"Wanneer sal die waansin ophou? Hoe kan 'n hele wêreld hulle so blind hou? Hoe kan Suid-Afrika anderpad kyk?"

"Ubuntu . . ." Samuel sê die woord stadig. "Die mooi woord met die mooi betekenis."

Robert se Land Rover staan weer onder die boom toe Samuel 'n week later net voor ses by die huis kom. Dis die eerste keer in twee weke dat hy voor nege-uur by die huis is en hy proe al die bier in die yskas toe hy die trap klim.

"As jy al die bier uitgedrink het, werk jy van nou af net nagskof," roep hy boontoe. "Jy sal nie gou weer agter jou vrou se rug lê nie."

"Sjoe, dis 'n wrede straf."

Samuel steek vas toe hy bo kom en Ester op die rusbank sien sit. Hy kyk rond asof hy na iemand soek.

"Ek het alleen gekom. Ek was bang dit raak bietjie gewelddadig, en dan wil ek nie getuies hê nie."

Sy wenkbroue lig. "Het jy al die pad gekom om met my te baklei?"

"Jy behoort te weet ek sal ver gaan vir 'n lekker fight."

"Ek gaan dalk terugbaklei."

Sy glimlag. "Halleluja."

"Mag ek eers vir my iets kry om te drink, want die vorige keer toe jy met my baklei het, was jy twee bottels wyn sterk en ek het nie 'n druppel gehad om te drink nie. Nie eens water nie."

"Ek is nie haastig nie en wil nie hê jy moet later sê jy was dors of honger of vaak nie."

"Ek ís vaak en honger . . ."

"Tough luck. Jy sal oorleef."

Samuel kom sit 'n paar biere op die koffietafel neer.

"Kan ek vir jou wyn of iets anders inskink?"

"Ek wil nie nou iets hê nie . . . dalk later."

"Wat maak jy hier?"

"In Suid-Afrika of op Bulweni?"

"Beide."

"Ek het besluit om terug te trek Suid-Afrika toe, en ek is op Bulweni omdat ek vir jou wil kom werk."

"Wat wil jy doen?"

"Ek wil by die sentrum help met die diere, en ek wil hê Moses moet my leer spoorsny. En miskien wil ek eendag self 'n boek oor die diere skryf, en ek wil baie foto's neem en artikels vir tydskrifte skryf."

"Waarom wil jy hier werk?"

"Omdat daar 'n konneksie tussen my en hierdie plek is. Ira sê daar is verskillende soorte sparks. Tussen vriende, tussen jou en 'n plek, of tussen jou en 'n dier. Daar is romantiese sparks. 'n Mens is bevoorreg as jy ooit so iets ervaar, want die meeste mense gaan deur hulle lewe sonder om ooit daardie spesiale vonk te ondervind. Ek dink dis 'n moerse vermorsing wanneer 'n mens so iets ignoreer. Die lewe is moeilik genoeg. 'n Mens moet enige bietjie magic aangryp wanneer dit na jou kant toe kom."

"Wat van jou werk?"

"Daar was ongelukkig nooit 'n spark nie. Hoogstens soms 'n vuurvliegie."

"Jou woonstel, jou vriende, die lewe wat jy die afgelope paar jaar opgebou het?"

"Die woonstel is verhuur, die vriende . . . ek sal ná ses maande sien hoe diep die verbintenis geloop het as ek nie meer kan saamgesels oor wat hulle interesseer nie. Henry is my stukkie hartseer, maar my en Henry se pad loop veel dieper."

"Dis die tweede keer in jou kort lewe dat jy net van iets af wegstap." Hy maak 'n tweede blikkie bier oop.

Sy lig haar hande. "Ek stap nie hierdie keer weg van iets nie. Ek stap na iets toe. Daar is 'n groot verskil, en ek het doodseker gemaak ek is nie besig om myself te bullshit nie."

"Daar is ander sentrums . . . hierdie is nie die enigste een nie." Hy wonder stilweg of hy dit vir haar probeer moeilik maak of vir homself.

"Ek het dit oorweeg, maar ek glo in dit wat jy doen. Ek vertrou jou integriteit." Sy gee 'n skewe glimlaggie. "Ons praat nog nie hier van absolute geloof en oorgawe nie, maar ek dink jy sal dit ook nie van my verwag nie."

Toe hy haar nie dadelik antwoord nie, sug sy. "Ek het in Londen vir my siel gewag om my in te haal. Ek was bereid om geduldig te wees, maar ek het agtergekom my siel wag hier vir my."

"Dis nie nou 'n goeie tyd . . ."

"Ek het nie vir jou teruggekom nie, so jy het nie die sê nie. Ek is nie jou verantwoordelikheid nie; ek is bereid om my eie risiko's te dra. Ek dink ek verstaan beter as baie mense wat dit behels."

"Waar gaan jy woon?"

"Voorlopig by Robert en Kiki, maar ek is bereid om vir my 'n tent te huur sodra daar een beskikbaar is."

"Om deel hiervan te word," beduie hy met sy arms, "vra geduld en toewyding en 'n verbintenis wat min mense bereid is om te maak. Dit gaan dikwels gepaard met hartseer en frustrasie. Die vreugdes is maar 'n bonus. Die naweek voor jy hier weg is, moes jou herinner het dat hierdie nie die hemel is nie."

"Oukei, ek hoor jou ... moenie dat ons mekaar se tyd mors nie. Ek vra jou om my 'n kans te gee. As jy besluit ek is te veel van 'n risiko, sal ek op 'n ander plek gaan soek. Jy het eendag vir my gesê ek het 'n sterk stem en dat ek mense kan laat luister en sien. Miskien het ek nou eers die rede vir my stem gevind."

"Miskien moet jy nie alles so letterlik opneem wat ek sê nie."

Ester lag oopmond. "Miskien moes jy nie so hard aan my bekering gewerk het nie. As daar nog 'n ding is wat ek besef het, is dat hier nog iets is om te doen. Dis asof Afrika se storie nog nie klaar vertel is nie, terwyl ek dink Europa en groot dele van die Weste se stories is klaar vertel." Sy skud haar kop. "En nee, ek gaan nog nie agter jou aantrek en jou tent help opslaan en mense help bekeer nie."

Samuel voel soos die mure van Jericho wat enige oomblik kan verkrummel en in duie stort. En sy het nie eens 'n ramshoring nie. Maar 'n man het sy trots. Hy weet net nie op die oomblik wat sy trots wil hê hy moet doen nie. Hy kan die energie om haar voel vibreer in die ruimte tussen hulle, en hy besef 'n deel daarvan het hier agtergebly toe sy weg is. Hy kon dit aan die prikkelings op sy handpalms voel, asof sy hom wou herinner dat sy daar is. Die weerbarstige kort pieke het plek gemaak vir rustiger, langer golwe wat om hom gespeel het. Hy moes haar miskien nooit destyds saam huis toe gebring het nie, want dis moeilik as 'n mens eers eenkeer daardie energie gevoel het. Hy weet nie of hy ooit weer die boomhuis sal skoonkry nie.

Sy staan op en skud haar kop. "En om te dink ek was selfs bereid om te sê ek sal verniet werk. Jy verdien my nie."

Sy is by die bopunt van die trap toe sy hom hoor opstaan. "Waarheen gaan jy?"

"Terug lodge toe. Ek sal môre 'n ander plan maak. Daar moet êrens mense wees wat nie so bang is soos jy nie."

"Jy weet nie hoe om terug by die lodge te kom nie."

"Ja, ek weet. Ek het mooi opgelet elke keer wanneer Moses my teruggebring het. Hy is 'n baie beter leermeester as jy en, in elk geval, hoe dink jy het ek hier gekom?"

Hy haal haar op die trap in. "Waarom wil jy dit so moeilik vir my maak? Waarom glo jy my nie as ek vir jou sê dis nie nou 'n goeie tyd nie? 'n Paar maande van nou af . . . of dalk 'n jaar, maar nie nou nie."

"Ek het nie 'n paar maande of 'n jaar om te wag nie . . . ek het reeds vier jaar gewag."

Sy hand keer haar toe sy wil omdraai, en hy voel die hitte teen sy vingerpunte.

"Ek sal jou nooit teen Afrika kan beskerm nie . . . en dit gaan my magteloos laat voel."

"Ek het nie jou beskerming nodig nie."

"Ek gaan Afrika nooit kan verklaar of verdedig nie . . ."

Sy rek haar oë. "Nou sê jy my eers, nadat ek hoeveel preke moes aanhoor?"

"Ek kan nie waarborge gee nie, want ek self het nie." Hy druk sy hande weerskante van haar teen die granietrots.

Ester voel hoe haar lyf beur om nader aan die son te

kom en sy wonder of sy nie nog hierdie dag gaan berou nie. Hoe wen jy 'n oorlog teen die son?

"Ek het nie waarborge nodig nie, want ek het nie vir jou teruggekom nie."

Sy mond raak-raak aan haar wang. "Waarvoor het jy teruggekom?"

"Vir Nkosi omdat sy nie 'n ma het nie, vir Moses omdat hy die son in sy siel dra en vir Kiki . . . vir wie ek nooit behoorlik leer ken het nie en Robert, vir wie ek beter wil leer ken . . . en vir Elias wat een aand by my gebly het toe ek alleen en bang hier was en vir Ku biha . . . wat ongelooflik fotogenies is. En vir die reuk van vuur . . . en vir Ira, en omdat my ouers hier is, en vir die vrouens wat eendag vir my die reinigingsdans moet sing as ek trou, want ek het nie meer 'n ma wat dit kan doen nie." En vir jou hande en stem . . . praat die stemmetjie in haar kop verder. En jou mond. Maar hy hoef ook nie alles te weet nie.

Sy oë raak ernstig. "Dis nie so eenvoudig nie. Jy moet my glo as ek vir jou sê hierdie is 'n baie slegte tyd om hier te wees."

"Ek weet. Robert het my vertel van Patrick en Richard en julle vermoedens."

Samuel tree terug en 'n grimmigheid kom lê tussen sy oë. "Hy moes dit nie gedoen het nie."

"Hy sê jy moet hom soms vertrou om te doen wat die beste vir jou is, want hy staan 'n entjie verder."

Samuel laat sak sy kop teen hare. "Ek behoort hom op nagskof te sit."

"Nee, jy behoort hom 'n verhoging te gee. Hy is 'n goeie broer." Sy soen hom liggies op die wang en glip onder sy arm uit. "Ek moet ry, anders is ek dalk die eerste dag laat vir my werk."

"Waarheen gaan jy?"

"My goed is by Kiki-hulle. Ek het jou mos gesê ek bly voorlopig by hulle."

"Ek het 'n groot bed." Hy stap agter haar aan.

"Nee dankie, ek wil nie hê die ander moet dink ek word voorgetrek nie." Sy maak die voertuig se deur oop en klim agter die stuurwiel in, maar voordat sy kan wegtrek, klim hy langs haar in.

"Green, jy weet so goed soos ek jy gaan vanaand nêrens heen nie."

Sy kyk na hom en toe sy praat, is haar stem rustig asof sy vir 'n kind iets moet verduidelik. "Sammy, ek is nie hier omdat ek verwag daar is noodwendig 'n ons êrens in die toekoms nie. Ira sê soms kan 'n romantiese vonk verander in 'n vriendskap of andersom . . . wie weet. Jy weet waar ek is. As jy die dag besluit om jou ego uit die prentjie te laat en my as 'n gelyke te sien en nie iemand vir wie jy verantwoordelikheid moet aanvaar nie, sal jy weet waar om my te kry. As jy ooit wil kyk of daar dalk 'n ons is, laat my weet . . . ek is maar hier rond. Maar tot dan is nie jou bed of jou spaarkamer 'n opsie nie."

"Jy kan nie in die donker alleen terugry nie. Ek sal jou gaan wegbring, en dis nie my ego wat praat nie."

"As jy so sê . . ."

Hulle ry 'n paar minute in stilte en Ester konsentreer so op die pad dat sy skrik toe hy skielik langs haar praat.

"Jy moes daar gedraai het."

Sy kyk oor haar skouer. "Nee, ek moes nie. Robert het die pad weer mooi vir my verduidelik en hierdie is die pad waarmee ek gekom het."

"Ek dink ek ken die pad effens beter as jy, maar as jy seker is, ry soos jy dink dit moet wees."

Ester versnel weer, maar die oomblik toe sy om die

eerste draai gaan, lyk alles vreemd. En dit maak nie saak hoeveel keer sy haarself verseker sy is op die regte pad nie, haar brein het skielik alle sin vir rigting verloor. Sy hou stil.

"Nou het jy my heeltemal deurmekaar gemaak met jou gepraat."

"Moenie ergerlik raak nie. Baie mense wat baie lank hier woon, verdwaal nog dikwels in die nag. Dis moeilik." Hy beduie agtertoe. "Ry 'n entjie terug en neem daardie paadjie aan die regterkant."

Ester kry die voertuig teruggestoot en dan swaai sy op die tweespoorpaadjie waarna hy beduie.

Dis 'n smal paadjie en sy moet konsentreer om in die spore te bly. "Ek begin glo wat Moses sê dat min mense weet waar jy regtig woon. Hier is 'n doolhof van paadjies wat niemand kan verstaan nie."

"Hmm . . . dit duur 'n ruk om jouself hier te oriënteer, veral in die nag."

Die volgende oomblik moet sy vinnig rem trap toe die Land Rover se ligte op die Jeep skyn. Sy verwerdig haar nie om na hom te kyk nie.

"Dis nie Robert en Kiki se huis nie."

Hy kyk verbaas rond. "Nie? Jy moes seker weer êrens verkeerd gery het. Miskien sal dit beter wees om te wag dat die son opkom. As jy wil, kan jy inkom, of jy kan in die Land Rover wag . . . dit kan dalk net bietjie koud raak."

"Ek sal hier wag."

"Ek het wyn . . . en 'n vuur." Hy buk nader en sy mond raak-raak aan haar oor. "En rooiboklewer . . . en die son in my lyf."

❧

511

BEDANKINGS

Alhoewel *Die boek van Ester* 'n fiktiewe verhaal is, sou ek dit nie kon skryf sonder die waardevolle feite en filosofiese insette van 'n paar besonderse mense nie. Daarmee wil ek hulle nie verantwoordelik maak vir die storie nie, maar slegs my opregte dank uitspreek. Ek waardeer hulle bereidwilligheid om my van raad te bedien, hetsy wetend of onwetend.

- Deon en Reyneke Adriaanse, Kobus en Neels Hennig, Francois Cloete, David Groenewald, Arrie du Plessis, Jannik Rademeyer, Faffa Bosman, Cobus, Jaco en Johann Adriaanse, Gina Schreuder en Gerrit Snyman. Dankie vir al die uiteenlopende gedagtes oor Afrika. Mag die vure altyd hoog brand waar julle ook al gaan.
- Philé van Zyl van Mooketsi wat nie net bereid was om sy gedagtes oor Afrika met my te deel nie, maar ook gesorg het dat ek nooit my eerste helikoptervlug sal vergeet nie. Verder het hy telkemale gesorg dat Samuel veilig in die lug kom en land, en het hy my van allerhande raad bedien – van sonopkomstye tot rooiboklewer.
- Rory Hensman van Efaf (Elephants for Africa Forever) wat toegelaat het dat ons 'n onvergeetlike aand saam met hom en die olifante kon deurbring.
- Die personeel van Bongani Lodge met wie ek lang ure kon gesels.
- Rabbi Suiza van die United Orthodox Hebrew Congregation in Kaapstad.
- Sandra Fourie en Hettie Groenewald wat op hulle eie, besondere manier gesorg het dat ek hierdie boek kon klaarmaak.
- Teru Adams wat haar ervarings in die Midde-Ooste met my gedeel het.
- Tanya Tyler van Tyler's in Kaapstad wat gesorg het dat ek weet wat op 'n "shoot" gebeur.
- Denver Kisting vir sy lees en kommentaar.
- Doktor Etienne Bloemhof, my uitgewer en redakteur, in wie se bekwame hande ek Ester met 'n geruste hart kon oorgee.
- Madri Victor en Ria Barnard vir die deeglike deurlees en keurige versorging van die teks.
- Familie en vriende: vir onvoorwaardelike liefde, ondersteuning en begrip wanneer ek afwesig word.
- En soos altyd, aan Deon, Cobus, Jaco en Johann. Die vier helde in my eie verhaal. Julle menswees het gemaak dat Samuel gestalte kon kry.